郭晨作品

上

台海交锋六十年全景纪实

华夏出版社
天地出版社

图书在版编目（CIP）数据

统一大业 / 郭晨著. —成都：天地出版社，
2016.1（2016年6月重印）
　ISBN 978-7-5455-1738-5

　Ⅰ．①统… Ⅱ．①郭… Ⅲ．①纪实文学-中国-当代
Ⅳ．① I25

中国版本图书馆 CIP 数据核字（2015）第 292249 号

出品策划：华夏盛轩

网　　址：http://www.huaxiabooks.com

统一大业

著　　者	郭　晨
责任编辑	杨永龙　李建波
封面设计	蒋宏工作室
责任印制	李　昆

出版发行　天地出版社
　　　　　（成都市三洞桥路12号　邮政编码：610031）
　　　　　华夏出版社
　　　　　（北京东直门外香河园北里4号　邮政编码：100028）
网　　址　http://www.tiandiph.com
　　　　　http://www.天地出版社.com
电子邮箱　tiandicbs@vip.163.com
经　　销　新华文轩出版传媒股份有限公司
印　　刷　三河市华业印务有限公司
版　　次　2016年2月第1版
印　　次　2016年6月第3次印刷
成品尺寸　170mm×240mm　1/16
印　　张　62.5
字　　数　858千字
定　　价　88.00元
书　　号　ISBN 978-7-5455-1738-5

版权所有◆违者必究

咨询电话：（028）87734639（总编室）
购书热线：（010）67692522（市场部）

本版图书凡印刷、装订错误，可及时向我社发行部调换

前　言

2014年6月25日至28日，国台办主任张志军历史上首次访问台湾，在台湾桃园机场着落后感慨说："从北京到台湾飞机只要三小时，但迈出这一步足足用了六十五年。"

张志军个人的一小步，堪称两岸关系的一大步。

张志军28日回到北京在机场谈访台感受时说，他最大的感触是体会到台湾民众渴望两岸和平发展的愿望。台湾各界普遍认为，两岸关系和平发展是一条正确的道路，两岸应该沿着这条道路走下去。回顾历史，他说了这样一段有历史内涵、值得琢磨的话："如果把过去六十五年在两岸关系中所遇到的挑战和难题，与我们今天所遇到的挑战和难题相比，答案是不言而喻的，过去的挑战和难题要大得多、多得多。"

他同时指出，今天我们遇到的问题，有的是长期存在的政治分歧问题，有的是前进道路上遇到的一些新问题。但是，在一代代前人对台工作的基础上，在两岸同胞的共同努力下，两岸关系六年来又向前迈进了一大步。

张志军所强调的"过去六十五年在两岸关系中所遇到的挑战和难题""一代代前人对台工作的基础"等等，正是本书要向读者娓娓道来的因果传承和故事的内核与外延。

本书是一部形象的20世纪下半世纪、21世纪初的台海风云录，是浓缩的海峡两岸和战的历史巨篇。它展示了从1949年底至2014年间的台海风云，以及活跃在这片风云里的重要人物和重大事件。以大开大合大纪实的手法掀开海峡两岸昨天历史的神秘面纱，演绎海峡两岸关系变幻的波翻浪涌，危机与希望，机遇与失误，忍耐与等待，破冰与启航，风雨与初霁，为读者展示了开阔而新鲜的画卷。

本书从1949年12月毛泽东访问苏联、蒋介石告别大陆并经营台湾写起，一直写到2014年台海关系新动向止，揭示了六十多年间壮观诡异的台海风云变幻，宏大地展开和再现了"统一大业"进行式的主题，既包括解放后至改革开放前的台海风云史，也包括改革开放后祖国统一和两岸关系和平发展的部分历史。揭示了中共高层对台决策的内幕和蒋介石父子遥相呼应的秘密，以及国共多次秘密谈判的隐情，充分而生动地表现了中共几代领导人对台政策两步走的策略：第一步用"盘马弯弓欲待发"的策略，先让蒋介石稳住台湾，并维持"一个中国"的共识，不让美国过深介入制造"两个中国"或"一中一台"，实现由武力解放台湾到和平解放台湾的战略转变；第二步持续争取同国民党和谈，"和为贵"，实现从和平解放到和平统一台湾的转变，以政治方式解决台湾问题。他们的总体思路对后人大有启发。在大半个世纪里，经历一代代一辈辈的共同努力，在台海关系上实现了战略大调整：从"武力解放"调整到"和平解放"，从"和平解放"调整到"和平统一"，真正唱响了"和为贵""和平发展"的主旋律。

国共近一个世纪的争争斗斗，恩怨分合，时至今日，虽大踏步朝"和"与"合"前进了，但仍是了犹未了，统一大业仍是进行式。本书仅仅是这个宏大壮观的进行式的开局与延伸的重大段落，对于其能否相互容纳、共创人类文明的典范与中国历史光荣的美好结局，全人类都在期待中。

本书主要围绕国共的"世纪主角"毛泽东、蒋介石，及毛泽东战友周恩来、邓小平等，他们与台湾蒋氏集团之间为了实现祖国统一的交锋与和谈，角逐与对话，构架成波澜壮阔、波诡云谲的国共之争、统独之争的画卷，牵引出大半个世纪两岸政治舞台上"解放台湾"与"反攻大陆"、"武力统一"与"和平统一"的文攻武战活剧。五次台海军事危机与多次秘密谈判，"第三次国共合作"的筹划与成败得失，和中有战，战中有和，以和为主，以和为贵，演绎成了一幕又一幕惊心动魄的台海两岸的历史大戏。本书有两条主线：一条主线弹奏的是两岸六十多年间秘密谈判和国共交往的"弛"弦；另一条主线弹奏的是两岸"解放台湾"与"反攻大陆"相互较量的"张"弦。其中以弹奏"弛"弦为最强音，突出"和为贵"的主题。

1949年10月1日，中华人民共和国成立，中国共产党经过二十八年的艰苦奋斗取得了全国政权。蒋介石失掉大陆，在"宜将剩勇追穷寇"的狼狈局面下退居台湾。朝鲜战争爆发后，中国出兵"抗美援朝"，这一历史事件又救了他。美国从遏制新中国和对抗苏联出发，入侵台湾海峡与朝鲜，并同台湾当局签订了《共同防御条约》，致使海峡两岸的对峙格局最终形成，并延续至今，使得自古以来就是中国领土不可分割的一部分的台湾，被人为地与中国大陆分割开来。这就是"台湾问题"的由来。新中国成立之初，中共对台湾问题的和平诉求，建立在内战状态的延续之上，因此才有长期的隔海武力对峙，也有多次的和谈试探。为解决这一领土完整和祖国统一问题，从20世纪50年代开始，毛泽东、周恩来等党和国家领导人提出了各种各样的方案和设想，其中就包括"第三次国共合作""和平解决""一国两制"的雏形等构想。出于各种考虑，蒋氏父子也在有意无意间与大陆遥相策应与配合。在一直剑拔弩张的表面状态下，海峡两岸经常进行"藕断丝连"的秘密接触与和平谈判，有时也"文戏武唱"，譬如向金门打枪开炮，从而使海峡两岸的关系史，成为一段既有战争硝烟又有和平呼声的特殊历史，而且曾一度出现过"第三次国共合作"的机遇与曙光。共产党与国民党，中央政府与台湾当局，毛泽东与蒋介石，邓小平与蒋经国，曾经多次互派"特使"或联络人进行和谈试探，他们先后有李次白、宋宜山、章士钊、程思远、曹聚仁、陈香梅、沈诚等人，"和平老人"章士钊更是贯穿始终。他们多次出使，由他们穿针引线，海峡两岸进行了多次鲜为人知的秘密接触或谈判，从投石问路到达成意向协议，断断续续演出了多幕"和平合作与祖国统一"的活剧。悄无声息秘密来往的脚步杂以声势浩大的"万炮轰金门"，影响重大的李宗仁回归，马拉松式的中美大使级会谈，中美建交等，都是本书中有声有色的"统一大业进行式"几大桥段，几幕大戏。

台湾问题不仅是中国的问题，它牵涉到广阔的国际背景，因为它一直都有国际政治势力的介入，尤其一直受到美国因素的直接或间接的影响。本书涉及诸多国际大事件，但都紧紧扣住台湾问题的脉络来顺时针走向。在美国、前苏联、日本等势力介入的宏阔国际背景下，从宏观上展示了台湾问题的缘由和国际牵扯，以及中美关系正常化和建立正式外交关系等重大事件，逐步消除了中国解决台湾问题的最大国际障碍。把台海风云的变幻放在了广阔的国际背景下来展开，也是本书一大特色。

解决台湾问题的思路，是中国共产党几代人长期探索和传承发展的结果。毛泽东、周恩来等领导人从解决台湾问题的实际出发所作出的一些设想和探索，所提出的若干带有原则性的意见，以及蒋氏父子一定程度上的回应，为后来邓小平等第二代领导人"一国两制"的科学构想，作了思想先导和舆论准备。

上述就是本书的时代背景、故事框架、人物舞台、中心情节和主题思想。

在两岸半个多世纪的"和战"关系上，本书既写了战争硝烟，也写了和平呼声，但重点是写"和""和为贵"。毛泽东早在1955年就提出了实现"第三次国共合作"的目标，这个意愿一直到他临终也未放弃。周恩来在1955年的万隆亚非国家团结会议上，发表了第一份改善中美关系和愿意与台湾和平谈判的声明。中共对台湾的国民党人伸出了"和平统一"之手。从此，促进祖国统一的国共和谈工作一直断断续续地进行着，二十多年的时间里，双方进行了多次秘密接触与谈判，努力谋求和平统一。而同样主张"一个中国"的蒋介石，公开宣称不与中国共产党进行"任何接触，任何妥协，任何对话"，暗中却一定程度地响应过中共的和平呼唤，主动或被动地进行过"和平合作"的探索。从蒋介石退守台湾岛后所经历的风波曲折中，不管其出于何种政治动机或党派意识，蒋介石在坚持"一个中国"，反对"两个中国"和"一中一台"，这种民族主义的立场却是一贯的。在这个重大问题上，蒋介石与毛泽东有着强烈的共识。所以，弹奏"和弦"是本书的核心情节与贯穿始终的思想。

毛泽东与蒋介石、邓小平和蒋经国，逝者已矣。他们未能最终实现第三次握手便相继离世，在留有遗憾的同时，也给后人留下了在统一大业中建功立业的空间！

"后之视今，犹今之视昔"，"以史为鉴，可以知兴替"。本书截取了海峡两岸风云关系中的主要历史，加以全方位、广视角、深层次地呈现，以史为鉴，以昔视今，以艺术的形式回顾历史，意在阐明和强调如今台海"雨过天晴"的局面得来不易，需要十分珍惜和继续推进。两岸炎黄子孙，都希望这部"统一大业"的史诗剧实现"和为贵""统为终"的终极目标，最终圆满落幕。

郭　晨

2015年11月8日　改定

目 录

上 册

第1章　台海云水起　001
　　"台湾会是个大麻烦"　002
　　蒋介石在台湾挂牌开张　009
　　国民党大陆统治落幕　021

第2章　美国待尘埃落定却终落空　037
　　美国欲"弃蒋弃台"　038
　　美国妄"托管"台湾的三次阴谋破产　052
　　中美建交擦肩而过　059

第3章　求援莫斯科　069
　　求援解放台湾遭遇冷落　070
　　斯大林对毛泽东又友好起来　079
　　周恩来抵苏，会谈出现新局面　084

第4章　第一次台海危机——解放台湾　087
　　攻台预演受挫　088
　　占领攻台出发地　103

盘马弯弓欲待发　　　　　　　　　　　114

第5章　红色特务与白色特务　　　　　　121
　　虎穴藏忠魂　　　　　　　　　　　　122
　　"密使一号"和"海鸟"折翅　　　　　131
　　白色特务穿梭大陆　　　　　　　　　154
　　两岸特工头领的奇妙对话　　　　　　165

第6章　蒋介石下活了台湾这盘棋　　　　171
　　蒋介石最黯淡的时光　　　　　　　　172
　　蒋介石认真反思　　　　　　　　　　179
　　另起炉灶　　　　　　　　　　　　　187
　　起死回生国民党　　　　　　　　　　194
　　用"毛选"改造国民党　　　　　　　204
　　筑起经济的防波堤　　　　　　　　　207

第7章　第一次秘密接触　　　　　　　　209
　　"表妹的婚事成败如何"　　　　　　210
　　"表妹的婚事"没谈成　　　　　　　220

第8章　朝鲜战争救了台湾的蒋介石　　　225
　　蒋介石得到"人寿保险单"　　　　　226
　　"台湾地位未定论"两岸齐反对　　　235

第9章　第一波"反攻大陆"　　　　　　243

目录

第 10 章　第二次台海危机——海上大战　257

　　"解放台湾"先清理门户　258
　　"九三炮战"　266
　　"蚂蚁"咬翻"大象"　269
　　拨开台湾北大门的门闩　273
　　"飞贼"也在行动　280

第 11 章　台美重度"蜜月"　289

　　美台签订《共同防御条约》　290
　　"蜜月"期间的争吵　305
　　"神"的谕示也失灵　312
　　半开半掩的会谈之门　328
　　蒋介石闻不惯"民主"味儿　336

第 12 章　不给"台独"分子以生存空间　349

　　"'台独'分子要暗杀蒋介石"　350
　　铁腕治"台独之父"　353
　　蒋氏父子反"台独"一以贯之　358

第 13 章　第二次秘密接触　361

　　打和牌，老将出马　362
　　神秘人物程思远北上　370
　　蒋经国点"将"，曹聚仁北上　382
　　秘密特使宋宜山北上　394

第 14 章　帮蒋介石反对美国　407

003

第 15 章　第三次台海危机——炮击金门　　415

　　万事俱备，只待炮响　　416

　　赫鲁晓夫插一杠子　　421

　　做给美国和台湾看　　431

　　向台湾交底　　434

　　文戏武唱——"八二三"炮战　　449

　　世界各方纷纷出牌　　458

　　只打蒋舰，不打美舰　　473

　　揪住美国人讲讲道理　　484

　　支持蒋氏父子跟美国人斗　　496

　　有武戏也有文戏，才热闹好看　　502

下　册

第 16 章　第三次秘密接触　　513

　　给蒋介石捎去高低两件礼物　　514

　　国共联手挫败"划峡而治"　　518

第 17 章　和战从来交替无常　　525

　　政治仗就得这样打　　526

　　"蒋介石做'总统'比较好"　　529

　　历史地看炮击金门　　533

　　蒋介石不愿意把台湾挂在苏联人腰上　　537

第18章　第二波"反攻大陆"   539

    蒋介石动了真格   540

    "国光计划"   548

    "反攻还是反攻，只是规模小些"   556

    "反攻"的动作越搞越大   565

    "八六"海战   573

    通过美国来扬汤止沸   577

第19章　做足特赦战犯的文章   585

第20章　第四次秘密接触   595

    "四可""四不可"   597

    抚慰飘零的忧思   604

    "现在真正支持蒋介石的是北京啊！"   608

    "一纲四目"   610

第21章　李宗仁渡登彼岸   615

    叶落归根之途   616

    昨日兵戎相见，今日笑脸相迎   625

    "如果蒋介石回来，我们更欢迎"   631

第22章　第五次秘密接触   641

第23章　第三波"反攻大陆"   651

    "讨毛救国"   652

"中华文化复兴运动"	657
又敲起"反攻大陆"的锣鼓	660

第24章　尼克松打中国牌，毛泽东打美国牌　665

华盛顿在敲北京的大门	666
罗马尼亚渠道	678
巴基斯坦渠道	679
追寻中国驻波兰使官	680
蒋经国访美惊心	684
中美互敲门，方式却大异	690
"巴基斯坦渠道"再度激活	698
"波罗行动"	701
巴黎秘密渠道	715
仍玩弄"双重承认"的把戏	722
"波罗二号"行动	729
"今年流年不错"	740

第25章　中美关系正常化是一把钥匙　749

世纪性的握手	750
"瓦格纳歌剧序曲式"的接见谈话	756
台湾问题最棘手	767
蒋介石骂了娘	773
寻找台湾问题的特殊表达方式	774
"尼克松震撼"	784
"尼克松震撼"波及台湾	794
与日本建交	798

第 26 章　第六次秘密接触　803

"现在又该促蒋和谈啦"　804

"出使未捷身先死"　806

"不要关门"　811

第 27 章　"中国人当然站在中国人一边"　815

第 28 章　解决美国在台湾问题上制造的新麻烦　831

第 29 章　毛、蒋的共同遗愿——祖国统一　843

"假如我是毛泽东"　844

"贤愚千载知谁是，满眼蓬蒿共一丘"　850

毛泽东悼念蒋介石　855

托！托！托！　857

第 30 章　基本消除解决台湾问题的最大国际障碍　863

重起炉灶　864

小心开启中美建交大门　867

总统的秘密特使陈香梅　894

第 31 章　海峡两岸暖风频吹　909

武力对抗在两岸悄然消失　910

北京呼吁重启"第三次国共合作"　915

寥廓海天，不归何待　918

第 32 章　第七次秘密接触　927

第33章 历史巨人向历史作交代   933

"时代在变，环境在变，潮流也在变"   934

蒋经国向历史作交代   939

"台湾不能在任何人手里丢掉"   958

第34章 "九二共识"与"汪辜会谈"   963

"九二共识"铺路   964

"汪辜会谈"——两岸首次高层对话   968

第35章 开创两岸关系新未来   973

参考资料   979

写在后面的话   981

第 1 章

台海云水起

■ "台湾会是个大麻烦"

1949年1月23日，下野回老家的蒋介石，在儿子蒋经国陪同下坐飞机到杭州，在笕桥机场着落。台湾省主席陈诚从台湾飞来，淞沪杭战区的指挥官汤恩伯从上海飞来迎接，一起走进机场休息室。

蒋介石是在1948年12月29日任命当时在台北养病的陈诚为台湾省主席的，同时也任命蒋经国为台湾省党部主任，把台湾党政大事交给了亲信与儿子。

在休息室的沙发上坐下后，蒋介石对陈诚说："辞修，你履新台湾省主席，宣布'人民至上，民生第一'为一切措施的依归，很好，很好。"

受了表扬的陈诚顺竿爬，投其所好地说："当李宗仁代总统宣布接受中共和谈时，我还在省政府大礼堂宣布台湾700万军民，拥蒋反共到底，台湾绝不与共产党进行和谈。"

近一段时间心情一直不佳的蒋介石，听了陈诚说的话很对胃口，咧嘴笑了："好好。你在台湾要刷新政治，收拢人心，建设反共基地。"

陈诚谦恭地说："关于台湾的基地建设，还望总裁有所明示。"

于是，蒋介石也就不客气地"明示"起来："一是要多方引用台籍学识较优、资望孚众人士，参加政府；二是要特别培养台湾有为之青年；三是收揽人心，安定地方……"

陈诚掏出笔和笔记本，恭敬诚恳地记录着。

第1章
台海云水起

在杭州略事休息后，蒋介石一行回到奉化溪口，在鱼鳞岙中垄的慈庵饭厅吃午饭。这是蒋介石第三次"归田"了，也就是在他政治生涯中遭受了第三次重大挫折时，又一次住进了其母的墓庐"慈庵"，以便尽孝心，并得到心灵的慰藉。

吃中午饭了。一道道菜端上台面，极为丰盛和喷香。武岭学校教务长施季言晓得蒋介石爱吃甲鱼，特地买了孝敬他，还亲自下厨调配作料清蒸，恭恭敬敬递送到他面前说："这是剡溪里土生土长的，我亲自下厨配料清蒸，总裁您赏光，多吃些。"

1949年，"下野"期间的蒋介石与蒋经国回到浙江奉化溪口老家，步入蒋家祠堂。这是1930年蒋介石扩建祖居丰镐房之时，斥资修建了这座新祠堂，并根据汉代关云长的事迹，亲笔写下了"忠孝传家"四字。（历史图片）

不料献殷勤的教务长碰到了钉子。心情不佳又在反省失败的蒋介石，拉长脸教训起来："现在是什么时候，还买这么珍贵的水产给我吃？一斤甲鱼要多少钱，你怎么不想一想？"

一脸尴尬的施季言硬着头皮说："已经蒸熟了，总裁您就吃了吧，不然也是浪费。下次不敢了。"

"下次切不可这样。"蒋介石总算领了情，象征性地动了动筷子，却又借题发挥起来，"近时我一直在反思，我们为什么会失败？这不是因为共产党太厉害，而是我们自己太糟糕了。我们的干部，包括高级干部委实太腐败了。是自己打败了自己啊！"

见蒋介石换了与己无关的话题，施季言忙点头附和："是的，是的。"

热气腾腾的白米饭端上来了，蒋介石用筷子拨了拨又嗅了嗅，把筷子一搁，不悦地说："这是机器加工的，我不吃。重做碾子米的。"

见下野归来的蒋介石那么难伺候，与往日作风大为不同，在座者都唯唯诺诺，大气不敢出。

吃过午饭，一行人在丰镐房报本堂歇息。

公务缠身的陈诚向蒋介石告辞说："总裁，我从台湾飞来陪同您，承蒙耳提面谕，治台方略我胸中有数了。就此告别校长，立即返台实施。"

蒋介石高兴地满嘴"好好"回应着，并说："辞修，经营好台湾，不但是我们以后的栖身之地，也是重新寻求美援的本钱啊！多多拜托了！"

陈诚唯命是从地说："本是分内之事，不敢懈怠。"

蒋介石提高声调好像说给大家听："在台湾要作最坏的打算！"

陈诚和在场各位都一愣。

"在台湾要作最坏的打算"，蒋介石是有预见的。

早在1949年2月初，毛泽东在西柏坡与斯大林派来的代表米高扬的谈话中，就富有远见又不无忧虑地谈到了香港、澳门和台湾问题。他说：大陆上的事情比较好办，把军队开去就行了，海岛上的事情就比较复杂。台湾是中国的领土，这是无可争辩的。现在估计国民党的残余力量大概全要搬到那里去，以后同我们隔海相望，不相往来。那里还有一个美国的问题，台湾实际上就在美帝国主义保护下。台湾问题比西藏问题更复杂，解决它需要时间。

南京解放后，毛泽东、朱德、周恩来等中共中央领导人，根据国民党兵力部署的动向，决定立即研究解放台湾的问题。这就是要堵蒋介石的唯一生路。此时，中共中央已经估计到，国民党蒋介石将把最后的落脚点放在台湾，故欲实现全面胜利，必须渡海攻台。1949年3月，中共中央制定了"武力解放台湾"的战略方针，并于是年3月15日，由中央广播电台播发了新华社的时评《中国人民一定要解放台湾》，首次提出"解放台湾"的口号。

广播中说:"伟大的人民解放军,绝不放弃奔向全国进军的立场。我们绝不能容忍国民党反动派把台湾作为最后挣扎的根据地……"

此时,蒋介石父子在溪口故居听"敌台"广播。

广播中继续说:"……中国人民解放军的斗争任务,就是解放全中国,直到解放台湾、海南岛和属于中国的最后一寸土地为止。我们特别强调,中国人民包括台湾人民,也绝不容许美帝国主义对台湾或任何其他中国领土的非法占领……"

蒋介石听得心惊肉跳,伸手关掉收音机,不解地说:"毛泽东怎么也盯上了台湾?他现在就做台湾的文章可是厉害,对我们很不利。"

蒋经国说:"我感到奇怪的是,我们在上海抢运黄金、物资,他们怎么知道得一清二楚?"

蒋介石根据兵法说:"三军未动,粮草先行。毛泽东就是据此判断我要退往台湾。催促上海,加速抢运。我叫驻日本军事代表团团长朱世明来溪口,来了没有?"

1949年4月初,蒋介石发电给国民党政府驻日本军事代表团团长朱世明,请他赶快回国,有要事相商;回国后不要在南京待,径直前往奉化溪口。

蒋经国说:"来电报了,明天就到。"

犹如惊弓之鸟的蒋介石忧虑地说:"光注意台湾不够啊,还得多准备一两个地方。"

1949年5月6日,已进住中南海的毛泽东,给三野副司令员粟裕打电话:"粟裕同志吗?你们在向浙江进军占领奉化时,要告诫部队,不要破坏蒋介石的住宅、祠堂及其他建筑物。对!包括祖坟。"

5月26日清晨,毛泽东站在双清别墅的住宅窗前,凝视着窗外的风景。

窗外已是一片翠绿,鸟鸣树梢,花开枝头,清幽静谧中显出盎然生趣。

他从宽大的衣袋中抽出一支香烟点燃,深深地吸了一口,转过身来,对趴在桌上看地图的朱德说："老总哟，蒋介石必将老巢移到台湾，军委应特别研究一下渡海作战、解放台湾的问题。渡海作战我认为必须具备两条，一是靠空军，二是要组建一支渡海陆军攻击力量。空军的问题我们要派人去莫斯科，请斯大林帮助解决。"

朱德说："我们的眼睛要睁大一点，盯着蒋介石的动静。"

毛泽东插话说："是啊，看来，台湾会是个大麻烦。5月23号，我已电告三野应当迅速准备提早入闽，争取于六七两月内占领福州、泉州、漳州及其他要点，并准备相机夺取厦门。入闽部队只待上海解决，即可出动。"

周恩来报告说："主席，据上海地下党的情报，蒋介石指挥汤恩伯安排大量军力、民力，抢运大批金银、外汇和文物，运往台湾。还派他的儿子蒋经国去督办。"

毛泽东抽口烟，判断说："这更证明他是要逃往台湾啊！他也学会了我们搞根据地的一手。他要在台湾搞根据地，这是很严重的动向，我们要发表评论，予以揭露！"

那个时候，心神不定的蒋介石准备了两三条退路，而不是一条。

他在溪口单独接见国民党政府驻日本军事代表团团长朱世明，打起了逃亡日本的算盘。

日本投降后，蒋介石顶着压力释放了包括冈村宁次在内的一大批战犯，日本人对他很感激，他自信流亡日本，日本人会欢迎的。另外，台湾离日本较近，逃亡起来也很方便。

4月15日，朱世明回到上海，简单处理了一些事情后，匆匆赶往浙江奉化。

4月16日上午，蒋介石在溪口接见了朱世明。过去，蒋介石接见部属时，身边要员陈布雷、陶希圣等少数贴身侍从均参与。这次接见朱世明，他不要任何人在场，可见机密之至。

蒋介石先向朱世明问了一下日本的情况，然后对他说："我这次叫你回来，主要有两件事——一是招聘日本军事教官，二是代我在日本找一处住宅。"

找日本教官好理解，在日本找住宅就令人费解了，朱世明惊疑地问："总裁要在日本找住宅？"

蒋介石叹口气，很坦诚地说："这半年来，我们在东北、华北、徐蚌（淮海）战役中遭受了大挫折，共产党进军江南已不可避免。我们在江南、西南虽然还有半壁江山，与共匪的斗争仍很艰难。根据目前形势，我们军事上要迅速扭转不利局势，不大可能。通过这两三年的作战，我感到我们之所以连连失利，主因是国军战斗力不强，战斗一打响就纷纷溃逃、投降，没有杀身成仁的决心、精神。这说明，我们国军以往的思想教育、军事训练很不到位，或者说是走了过场。要扭转败局，战胜共匪，没有一支训练有素、战斗力很强的军队是不行的。我们的军队差的就是日本军人的武士道精神。你回日本后，将我们过去释放的日本高级将领，一一造册登记，然后登门拜访，并向他们表示，我国政府将聘用他们为军事教官。"

朱世明说："奉您的秘密指示，这方面我们做了不少工作。"

蒋介石继续说："用日军的训练方法，帮助我们训练反共军队。冈村宁次回去才几个月，估计他会接受我们的聘请的。"

朱世明说："冈村宁次没有问题，训练军队他有一套办法。"

蒋介石嘱咐道："你可以让他推荐人选嘛，他了解的人才多。"

朱世明点头说："好的。总裁刚才说要找房子，有什么具体要求？"

蒋介石放低声音说："要你找住房，是我考虑国内局势越来越坏，李德邻他们正在与中共和谈，如果和谈成功，等于投降，我就不好住在国内了。"他说着激动起来，"桂系四处造谣说我干预政务，又屡逼我出洋，故我想在日本住一段时间。"

朱世明试探说："噢，总裁只是找一处临时住宅。"

蒋介石说："也不一定。如果我将来在国内实在无法立足，干脆就长住日本了。"

朱世明一怔，没有敢再说什么。

蒋介石又具体叮嘱："房子的地点最好是东京市郊，既不要太热闹，也不能太偏僻，但周围的环境、风景要好，还要比较安全，大小以能住20人为宜。"

朱世明告诉蒋介石：战后日本经济萧条，东京市郊的房子很便宜，比较好找，他将尽力去办好这件事。

蒋介石又吩咐："你多选择几处，然后再电告我，我作了决定再告诉你买哪一处。"

临别，蒋介石还特别嘱咐朱世明："这两件事要高度保密，任何人都不能透露，更不能让李德邻、白崇禧他们知道。"

乖巧的朱世明忙表白："我知道深浅，晓得利害，请总裁放心。"

朱世明告辞出来，正好碰到了蒋介石的秘书周宏涛。周宏涛那时已根据蒋介石的指示，将母亲、老婆和孩子送到了台湾。前方败讯不断传来，他对蒋介石的每一个行动都极为关注。他深知，主仆虽为同林鸟，大难来了各自飞。他敏感地想到蒋介石在此时召见朱世明，又不要任何人参与，一定有很机密的事。他很担心蒋总裁在关键时刻将他抛弃，于是将朱世明拉到一偏僻处，打听蒋介石与他谈了什么。朱世明愣了半天，蒋介石的叮嘱像一把达摩克利斯之剑挂在他头顶，他不敢说出来。周宏涛拉着他的手不要他走，非要他说不可。朱世明心想，周宏涛是蒋介石最信任的贴身秘书，不会也不敢对外人泄露，便将蒋介石交代的两件事说了出来，并嘱咐他不要对任何人讲。

周宏涛听了，惊得目瞪口呆。他心想：再要失败，蒋介石及家人可往日本跑，那我们这些人怎么办呢？树倒猢狲散，猢狲能散到哪里去？心里惴惴不安。

蒋介石在台湾挂牌开张

1949年5月3日，国民党军杭州失守，京沪杭三角只剩下上海一角，这一角也已处在解放军三面包围之中。从家乡赶到战火纷飞的上海视察、打气的蒋介石，感到再滞留上海已不安全，便乘船出海，想逃往台湾去躲避。

轮船在舟山群岛的金塘岛停下了。金塘岛是舟山群岛中距大陆较近的一个大岛屿，距宁波的穿山、柴桥仅一水之隔，像一尊门神屹立在象山港外面。

蒋介石的轮船在岛边海面停泊了几天，无聊得很。这一天他对蒋经国说："在这里停了几天，待在舱里，寂寞得很，上金塘岛去看看！"

蒋经国劝说："岛上驻满了从大陆撤下来的军队，秩序很乱，怕不安全。"

蒋介石不以为然："自己的军队嘛，怕什么？寺里的和尚是果如法师的弟子，也是熟悉的。"

访寺拜庙，是父亲的一好。蒋经国不再劝阻。

一乘竹舆"吱吱呀呀"地朝岛上高峰普济寺攀去。

一会儿，竹舆停在了普济寺门前，从舆内走出蒋介石。

寺内长老快步走出来迎接，笑着作揖道："欢迎总裁驾临寒寺！快请！"

"好，好，好！"蒋介石笑容满面地应答，跟长老走进了山门，在一座万寿亭前停住。他驻足看了看亭内竖立着的康熙御碑问："宝寺内果如法师的塑像还在吗？"

"在里边。"长老欠身相让道，"请总裁跟贫僧来。"

蒋介石随长老跨进殿去，站在果如法师塑像面前，十分虔诚地焚香叩拜，口中念念有词。

陪同的总统府军务局长俞济时不知蒋介石与果如法师有什么因缘，悄悄问长老："长老，总裁与果如法师有什么因缘关系呀？"

长老介绍说："长官有所不知，这果如法师是此地金塘人氏，幼年在普济寺出家，成年后在总裁故乡溪口雪窦寺为住持，总裁之母曾皈依佛教，拜他为师。总裁幼年亦常常在果如法师面前聆听教益，因此他们有如师生关系，感情很深的。"

俞济时惊讶地说："哦，原来如此。"

天王殿正中矗立的是一尊金光闪闪的弥勒佛像。蒋介石站在佛像面前端详着，回头对蒋经国摆起家谱说："这现世的弥勒佛跟我们的祖先三房太公摩诃居士很熟，三房太公在奉化岳林寺出家，人称布袋和尚，死后葬在天童寺小弥陀山上。去年我们去过，你还记得吗？"

蒋经国顺着父亲的手指仰望佛像，忙应道："记得，记得。"

蒋介石教训说："人不可忘了祖宗。树高千丈，叶落归根。根本根本，根才是本啊！"

平日香火鼎盛的大圆通殿，现在香火冷清，只有9米高的毗卢观音庄严地端坐中间。

蒋介石拈香礼拜，又跪在毗卢观音前，捧起签筒摇了摇，口中念念有词，甩出一签。

俞济时忙捡起地上的那个签，对照签语念道："山重水复疑无路，柳暗花明又一村……好签，好签啊，总裁！"

蒋介石自己接过，看了一遍，又交回俞济时，对众人叨咕说："前途暂时困难，暂时好像没有路，以后会有好起来的一天，有希望柳暗花明的。"

他提高声音强调："我寄希望于台湾！"

蒋介石为什么单对台湾寄予希望？为什么会选择台湾作为败退大陆后负隅顽抗的"复兴基地"？答案就在蒋经国呈给他的一封家书里边。在上海"打虎"失败的蒋经国于1948年6月26日给父亲发出了一封重要的信，是这样直截了当写的：

父亲大人膝下：

　　敬禀者，最近二星期以来，儿曾与沪杭等地之负责官员，深谈国事，并私访民间，接近商民、工人，以至乞丐、难民，在各方面所得之感想殊深，经过日夜之考虑，儿不得不忍痛直呈大人者，即多数人之心，皆惶惶然而不知如何是好。我政府确已面临空前之危机，且有崩溃之可能，除设法挽回危局之外，似不可不作后退之准备。儿绝非因消极或悲观而出此言，即所谓退者，亦即以退为进之意也。有广东，方有北伐之成功；有四川，才有抗日之胜利。而今后万一遭受失败，则非台湾似不得以立足。望大人能在无形中从速密筹有关南迁之计划与准备。儿对此考虑或有过分之处，但以目前局势之演变而论，军事与经济并非无崩溃之可能，实不可不作必要之防备也。为儿者心有所思，不敢不直呈于大人之前也。

　　蒋经国这封毫无遮掩直陈利害的家书，想必触动了蒋介石内心深处的隐痛。这封信想必是蒋介石展开秘密南迁计划的一大催化剂，是他寄希望于台湾、"非台湾似不得以立足"的底牌。台湾，成为蒋氏父子亟思东山再起之根据地。

　　蒋氏父子又乘轿登山，来到慧济寺。在"云水堂"前，蒋介石伫立观瞻，问方丈："此处为什么取名云水堂？"

　　方丈以玄语回答说："云水堂者，专供来此朝拜的云游和尚食宿之处也，因为'云'飘来飘去，总是不断地流向他方而不知去向，云游和尚的行踪与此相似，故以云水两字冠以堂名。"

　　蒋介石听了，想起自己近日也像云水一样飘忽不定，脸色不觉阴沉。

　　方丈看在眼里，立即找词解释："云水者，瀛洲也，瀛洲者，岛屿也。"

　　蒋介石顿时眉开眼笑，说："师傅解得妙，岛屿者，台湾也。台海云水起，天无绝我之路啊！"

这天晚上，圆月高挂，月色澄明，四周寂静，海天无际。

这几天随父漂泊，领略了流亡之苦的蒋经国依偎在金塘岛居所的木板床上，用钢笔记着日记："夜色澄明，在住宅前静坐观赏。海天无际，白云苍狗，变幻无常，遥念故乡，深感流亡之苦。"

记着日记，他想起了父亲下野那天晚上父子俩的一场对话，不觉一阵凄凉涌上心头。

夜幕早已拉下，南京总统官邸的灯却没有亮开，四周黑暗。在蒋介石与蒋经国父子相对而坐的书房里，只有墙角的一盏壁灯惨淡地亮着，令人倍感凄清压抑，整个屋子一片黝暗。

新年文告发表了，不少人看了都觉得调子太低沉。蒋经国打开话匣子说："父亲，许多人对您这时候辞去总统职务，感到不好理解。"

蒋介石把上半身深埋在靠背椅里，幽幽地对儿子说："经国，我之所以下野，有一个重要考虑，你知道吗？"

蒋经国不敢随便猜，只好说："还望父亲明示。"

蒋介石坐起身子来自得地说："就是台湾地位的重要。在苏俄集团侵略下，宁可失了整个大陆，而台湾是不能不保的。"

蒋经国仍是不解："不下野也可以保台湾啊。"

蒋介石点拨说："如果我不下野，死守南京，那台湾就不能坚守，更不能重点经营成为反共抗俄的坚强堡垒。"

蒋经国问："阿爸，这个想法您早就有了吧？"

蒋介石说："是的。1947年，我到台湾看了以后，在日记上记着这样一句话：'只要有了台湾，共产党就无奈我何！'就算整个大陆被共产党拿去了，只要保着台湾，我就可以用以恢复大陆。因此，我就不顾一切，毅然决然地下野。"

虽然蒋介石的逻辑不很顺畅，绕弯子太多，但蒋经国还是敬佩父亲的独到眼光，恭敬地说："父亲未雨绸缪，令儿敬佩。"

第1章
台海云水起

其实蒋介石选中台湾作为退路，思维逻辑是很顺的，也的确体现了他政治家的独特眼光。

1948年底至1949年初，国民党的政治、军事形势急转直下，不可收拾。眼看蒋家王朝大厦将倾，蒋介石开始考虑在崩溃之际的退路。对此，他曾有过多种盘算：其一，将国民党军队转移到西康，建立以西昌为中心，以西南广大地区为依托的根据地；其二，撤退至海南岛，以该岛为中心，以东南沿海地区为凭借，作为国民党的最后坚守阵地；其三，以台湾作为最后的归宿之地。

蒋介石在脑子里反复比较这三个盘算的利弊得失。他联想起了1946年10月偕同宋美龄视察台湾时的情景。那次视察后，他和宋美龄心里都非常高兴，私下曾十分赞许地说："台湾尚未被共党分子所渗透，可视为一片净土，今后应积极加以建设，使之成为一模范省，则俄、共虽狡诈百出，必欲亡我国家而不甘心者，其将无如我何乎！""有了台湾，就有了一切。"这就是他和宋美龄共同的结论。蒋介石看到了台湾的独特条件，它是中国沿海的最大岛屿，气候宜人，物产丰富，又有丰富的矿藏；经过日本的长期霸占经营之后，台湾的经济脱离祖国大陆而独立存在，自成系统；尤其是它与祖国大陆之间隔了一条一百多公里宽的海峡，没有现代化的海空军的"共军"，是极难横渡攻岛的。

美国积极支持桂系的李宗仁、白崇禧向蒋介石进行"逼宫"，狠狠地在他的背后插上一刀。1949年1月20日，蒋介石被迫宣布下野。在他下野之前的1月4日，其亲信将领祝绍周上呈了一封密信，直截了当地向蒋提出"以台湾为核心，建立为军事及政治之基地"的建议。祝绍周认为：第一，建立以台湾为核心，包括浙、闽、粤和海南岛在内的军事基地，即使将来东南军事再受挫折，还可以台湾为基地，配合国际形势，反攻大陆；第二，鉴于台湾、海南岛在军事上互为掎角，应建立以张发奎和欧震为中心的海南岛军事机构，以加强台海之间的防务；第三，由于台湾形势相当复杂，应授权省政府主席统一管理从大陆来台的军事、政治机构，否则，听其自然演变，不仅部队相互纠纷，恐"二二八事件"有重演之可能；第四，文化机构及学校最好不要迁到台湾。

祝绍周深受蒋介石"第三次世界大战不久必然爆发"的观念影响，因此其建议的核心是将台湾建成一个巩固的但又是短时间的军事基地，将在大陆扰得其"鸡犬不宁"的知识界、学生界排除于这个基地之外。

这一建议正中本来对台湾就有好感的蒋介石的下怀，加上"第一夫人"对台湾赞不绝口的"枕边风"、形势的急剧逆转，犹豫彷徨的蒋介石终于定下了撤守台湾的决心。

1949年4月23日，人民解放军在全面突破了蒋介石精心策划的"长江防线"后，占领了其"首都"南京，国民党的江南"半壁江山"已支离破碎。心急如焚的蒋介石立即在浙江定海举行了紧急军事会议。会上，蒋介石引述了一句所谓孙中山先生的"遗训"——"外战不出（四）川，内战不出（台）湾"，以说明自己撤守台湾乃源于总理事先已确定的"伟大思想"。这"外战不出川"的灵验，已由八年抗日战争时期在峨眉山躲过这一劫所印证。现如今国破如此，也只有"内战不出湾"了。会议结束后，蒋介石拍板：撤守台湾，建立"反攻大陆，复兴党国"之基地。

为此，他采取了一系列应变措施，命令国民党海空军主力南移，以台湾为中心，把经营的重点放在上海、福建沿海及西南地区。

此前，他还在南京总统府发布陈诚为台湾省主席的任命。

蒋经国当时说：这是阿爸以总统名义发出的最后一道重要的人事任命吧，也是您走的一着妙棋。

蒋介石说：我还要任命你为台湾省党部主任。我是准备在台湾另起炉灶的。

蒋介石老谋深算。一方面他任命陈诚为台湾省政府主席，同时又让蒋经国担任国民党台湾党部的书记。通过中央银行向台湾运送黄金等重要物资的事宜，也交由蒋经国负责。1949年12月，蒋介石败走台湾，在最艰难的时候，也是蒋经国陪在蒋介石的身边。

陈诚曾经回忆说，对于蒋介石而言，身处台湾，他只有两件最重要的心事，除了"反攻大陆"之外，就是传位于子。

事实也的确如此，尽管手段是渐进式的。不久，蒋介石又命令陈诚兼任台湾省警备总司令和省党部主任委员之职。这项任命，使李宗仁代总统颇感意外，他说："此次就职突然发表，前主席魏道明事前竟毫无所知。陈诚得令后，立即自草山迁入台北。1949年1月5日便在台北就职视事。行动之敏捷，为国民党执政以来所鲜见，由此可知蒋先生事前布置的周密。"

与此同时，蒋介石于1949年1月18日任命另一心腹汤恩伯为京沪杭警备总司令，将40万大军交由汤指挥，以便"一旦中国大陆万一发生意外，可有一支可靠的军队随政府迁来台湾，免使台湾受到亲共阴谋的威胁，而以该省作为政府最后坚守与力图复兴之基地"。并下令俞鸿钧、席德懋两人立即将国库中3.7亿美元的黄金、白银和外汇移存台湾；同时将"中央银行""中国银行"的款项存入私人户头，以免届时无法提取；并设立了台湾区生产事业管理委员会，管理台湾经济。为拱卫台湾外围，蒋介石还任命朱绍良为"福州绥靖公署主任""福建省政府主席"，方天为"江西省政府主席"，薛岳为"广东省政府主席"，余汉谋为"广州绥靖公署主任"，张发奎为"海南警备司令"。还特别派儿子蒋经国担任定海机场修建工作的督导。

蒋经国后来回忆说："记得父亲引退之后，交我办理的第一件事情，是希望空军总部快把定海机场建筑起来，那时我们不大明白父亲的用意，只能遵照命令去做。父亲对这件事显得非常关心，差不多每星期都要问问，机场的工程已完成到何种程度。后来催得更紧，几乎三天一催，两天一催，直到机场全部竣工为止。到了淞沪弃守，才知道汤恩伯的部队，就是靠了由定海机场起飞的空军掩护，才能安全地经过舟山撤退到台湾。"

此后不久，蒋介石还"富有战略眼光"地提出了一个更庞大的设想，即建立一条"北连青岛、长山列岛，中段为舟山群岛，南到台湾、海南岛"的海上锁链，以便更全面地封锁大陆。既为配合大陆残余的国民党军队的垂死挣扎，也为将来的"反攻"奠定更可靠、便捷的基础和条件。

同时，蒋介石立即前往福建视察，极力给朱绍良等人打气，他说：比方台湾是头颅，福建就是手足，没有福建就无以确保台湾。以福建而言，守不住闽江以北，闽南也难以确保。今后大家要树立雄心壮志，和"共匪"顽强斗争下去，最迟到明年春，世界反共联军就会和我们一道驱逐赤俄势力，清除"赤色恐怖"。

照此盘算，1949年7月中旬，蒋介石在台北阳明山成立了"总裁办公室"，作为指挥东南及全国军事的中心，内设党务、经济、军事、宣传、国际问题研究、秘书、情报、警卫等九个小组和一个设计委员会。在同时召开的东南区军事会议上，蒋介石还提出了"半年整训，巩固基地，一年反攻，三年成功"的"反攻计划"。

为具体组织这一计划的实施，还设立了"东南军政长官公署"，任命陈诚为该长官公署的军政长官，统一负责苏、浙、闽、粤及海南的军事与政治。黄少谷在解释设立"总裁办公室"时极力宣称"总裁因不能常住中央党部所在地，事实上须有少数必需人员随同办事，故成立一个小规模办事机构"，其性质属于"总裁之私人秘书机构"。但是当时一些国民党高层人物已经看出来了，蒋介石此举目的有二：其一，是为恢复和巩固蒋氏"独裁"，悄悄搭起一个架子；其二，便于更好地控制台湾，为"最后撤守"做"政治上之准备"。

此外，蒋介石还在国际上积极展开活动，以图建立"远东反共国际联盟"。7月间，蒋介石飞往与台湾一水之隔的菲律宾避暑圣地——碧瑶，会见了菲律宾总统季里诺。8月，蒋介石又风尘仆仆地赶往南朝鲜，在镇海会见了韩国总统李承晚。在谈到筹建"远东反共国际联盟"一事时，蒋介石说：

"因美国不肯积极负起领导远东的责任,我等不得不自动起而联盟。"但是,由于形势所迫,他的这个如意算盘落了空。

这已经是后话,却说在金塘岛的那几天,流亡的蒋介石对是否能将台湾作为他的落脚点,心里还不是很踏实。

那天晚上,蒋经国记完日记,看见住在船长室的父亲屋里还亮着灯,便走了进去。

蒋介石示意儿子坐下后,若有所思地望着窗外黝暗的大海,没有说话。蒋经国找到话题说:"阿爸,今年初,你命令我做两件事:一是抢运上海的黄金、物资,二是抢修定海机场。那时,我还不太明白父亲的用意,可你每星期都要催问机场的进程。"

蒋介石得意地说:"你现在明白了吗?"

蒋经国说:"现在明白了,淞沪一旦失守,汤恩伯的部队全靠由定海起飞的飞机掩护,才能安全地经过舟山,撤到台湾。"

蒋介石关心地问:"上海的黄金、物资抢运得怎么样了?"

蒋经国得意地报告说:"淞沪战役前的4个月,都在抢运金银、机器设备、车辆、纸张、棉纱、布匹等,从上海大约运走1500船的物资,还不算飞机运走的。"

蒋介石笑了:"好好,这就是我们在台湾立脚、安身立命的本钱啊!"

蒋经国后来在一篇文章中回忆说:"库存黄金到达台湾之后,父亲又记起还有一箱珠宝,存放在中央信托局,命令我们再赶到上海去,劝信托局把这一箱珠宝也运到台湾。"

从1948年年底,到蒋介石父子离开大陆为止,到底运了多少趟黄金,并没有正式的统计。根据《李宗仁回忆录》记载,陈诚接任台湾省主席之后,当时国民党"监察院"的秘密报告显示,单是黄金,就有390万盎司(约11万公斤)被送到台湾,价值5亿元美金。据说,如今这些黄金被放置在台湾北部山区的金库里。

蒋经国拿着电报对蒋介石说:"上海市郊已经完全失陷,共军已向浙江沿海岛屿进军。"

蒋介石一惊,想想说:"乘船赴台湾太慢,立即调来'美龄号',飞离这里吧!"

蒋经国提醒地问:"直接飞台北吗?根据最近情报,陈诚主席和在台训练新军的孙立人军长,都跟美国人接触频繁。"

尝够众叛亲离之苦的蒋介石想想说:"先到马公岛,再飞高雄市,那里还不是辞修的势力范围。然后给辞修发个电报,告诉他我要赴台,看看他的动静再说。"

蒋经国:"是,这样稳妥,可进退,可预防不测。"

5月17日,蒋经国日记记载:"午餐后,随父亲由江静轮登岸,1时半起飞,沿途俯瞰三门湾、海门、乐清……4时50分飞抵马公降落,父亲即至马公城外之宾馆驻节。此岛实一平滩,并非山地,气候颇热……此时中枢无主,江南半壁,业已风声鹤唳、草木皆兵,父亲决计去台……"蒋介石既"决计去台",为何不径飞台北,而在马公驻节?此时,蒋介石似要看看作东道主的陈诚的态度,再定行止。

离开金塘到了澎湖列岛的马公岛的蒋介石,在临时住处问蒋经国:"我一离开舟山就致电陈诚,告诉他我要赴台,他的复电来了吗?"

蒋经国失望地说:"没有,已经24小时了。现在有一种传闻,说美国要在台湾废蒋立陈,陈主席会不会有异想?有些党政要员劝您流亡海外,就是对陈诚主席有疑虑。"

蒋介石说:"所以我不直接飞台北,而是在澎湖看看动静。派人去见孙立人,看他愿不愿来见我。"

情报灵通的蒋经国说:"据毛人凤报告,他们截获不少孙立人与美方电报往返的情报,不知他眼下跟美国人的关系到了什么程度?"

谨慎小心的蒋介石说："派驻菲律宾大使陈质平去试探，就说我不想亡命国外，但求台湾一席之地。若孙将军以为不便，我父子就去马尼拉。"

蒋经国说："驻日本军事代表团团长朱世明来了密电，说他跟冈村宁次谈好了聘请日本高级军官担任教官的事，也在日本箱根为阿爸找到了一处大宅子，请您指示。"

去留无所的蒋介石有点怆然说："好，回电同意，让他赶紧向房东预付订金。此处不留爷，自有留爷处！"

过了四天，陈诚才去了马公岛看蒋介石。蒋经国的日记写得很简单："5月20日，陈辞修、俞鸿钧、蒋铭三三先生来马公，晋谒父亲。下午往机场送辞修先生返台。"

5月26日，蒋经国日记记载："父亲于今日自马公飞冈山转高雄寿山。"为什么蒋介石来台湾，不径飞台北，而飞冈山转高雄？日记上没有写陈诚有没有去接。这一疑团，在《吴国桢八十忆往》中可见端倪，转引如下："1949年5月，蒋先生自舟山致电陈诚，告有赴台之行，陈在24小时内未行复电，蒋只好改从高雄登岸，因高雄非陈的势力范围。"

第二天一大早，孙立人在台湾保安副司令彭孟缉陪同下，赶到已到高雄的蒋介石住处，见面就惴惴地说："委员长莅台，孙立人合该远迎。孙某来迟，罪该万死。"

一脸严肃的蒋介石，这时才微露笑容，握住孙立人的手说："哪里的话，孙将军辛苦了。"

孙立人立正说："不辛苦，应该的。"

蒋介石劈头便问："我在此地安全吗？"

孙立人快人快语："有我们保卫，谁敢把总裁怎么样？"

蒋介石脸上露出凄楚的笑容，说："蒋某一个下野之人，从此息影田园，再不过问政治。孙将军不久可以出任陆军总司令。"

孙立人受宠若惊，一个立正说："全靠总裁栽培！我保证，台湾的一切，当以领袖之命是从。"

孙、彭走后，蒋经国对父亲说："经调查，陈主席没有异动，只是被事务缠身，延误了来迎接父亲的时间。"

蒋介石松了口气说："那明天就去台北。"

1949年6月24日，蒋介石在陈诚、孙立人陪同下来到台北的大溪。这里四面环山，山清水秀，满山的青绿遮天蔽日，山涧涌泉如练，清塘如镜。山水风光颇似他的故乡溪口。

走到一座不大的山前，蒋介石问："这个山叫什么名字？"

陈诚告诉他："叫草山。"

"草山？我住在这里岂不是'落草'了？"有些迷信的蒋介石听了连连摇头，"不吉利，不吉利。名字要改一下。"

陈诚顺水推舟："总裁，您就给改个名字吧。"

一贯崇拜王阳明的蒋介石脱口说："我看就改成阳明山吧，表示我对王阳明先生的敬意。"

"好好，以后就叫阳明山。"陈诚和孙立人连声说好。

蒋介石又指着一幢别墅问："那个别墅叫什么名字？"

陈诚回答："叫士林。"

蒋介石点头说："士林，这个名字还可以，不要改了。"

走了几步，蒋介石盯着陈诚的眼睛小声问："辞修，上海的黄金、外汇，运到了吗？"

陈诚回答："报告总裁，全部

陈诚——蒋介石在台湾最得力的助手。摄于1949年3月。（历史图片）

黄金已妥藏在台湾的保险库里！"

蒋介石开心地笑了："好，好！台湾可以开张了。"

陈诚笑说："您这大老板来了，就算挂牌开张啦！"

■ 国民党大陆统治落幕

心有余悸的蒋介石刚在草山安顿下来，便雄心勃勃地制订了"反攻计划"。他指着地图对陈诚、蒋经国、孙立人说："我们的反攻计划，是以台湾为中心，控制两广，开辟川滇，建立一条北起青岛、长山列岛，中段为舟山群岛，南到台湾、海南岛的海上锁链。"

"计划宏伟，我等可以大展鹏程！"陈诚、孙立人、蒋经国都称赞不已。

蒋介石得意地说："此乃必胜之途径也！为使计划实现，我要去福建、西南巡视一遍，以鼓舞士气。"

陈诚劝说："那些地方战事危急，人心浮动，总裁还是别去了。"

蒋介石不听劝："要去，我去了就不危急了！"

蒋介石先到了福州，在南郊机场办公楼会议室里召开军事会议。参加者有金、厦防卫部主任汤恩伯、福建省主席朱绍良、第六兵团司令李延年等，福建绥靖公署副主任吴石也在座。

当地军政要员报告着前线战况，蒋介石破例亲自记笔记。

一会儿，他把笔和笔记本扔到桌子上，站了起来，清清嗓子谦逊地说："现在，我是以国民党总裁身份来和大家见面，来和大家共渡危局的。"

他看下面寂静无声，又打起官腔来："我是一个下野的总统，论理不应再问国事，一切由李代总统来处理局势及和共军作战。但想起孙总理生前的托付，勉以'安危他日终须仗，甘苦来时要共尝'的遗言，出面来支撑。现在正是我党危难关头，所以我以党的总裁地位来领导大家和共党作殊死战。

个人引退半年以来，没有片刻忘怀久经患难的袍泽，希望大家勠力同心，争取最后的胜利。"

台下仍然安静无声，显得有些无动于衷。蒋介石再次将目光转向众人，先来点自我批评，立即转为批评，表现得痛心疾首，悲哀得几乎要掉泪地说："三年来，各战场均告失败，主要原因固然是因我不足以感众，也由于各级将领无德无能。刚才听到报告，除独立五十师外，其余部队兵员、武器差额颇大。这个问题靠征兵、靠美援，俱难济于事，特别是武器一项不易解决，美械供应越来越难。盟邦看到我们老打败仗，将他们援助的东西转手送给了敌人，引起了美国朝野的不满，认为援蒋等于援共，真使我惭愧之至。"

说得在座将领都低下了头。

蒋介石继续训话："敌人把我们的武器抢去，把我们的兵俘虏去，后而掉转枪口来杀我们，的确是我们的奇耻大辱啊！"

他站起来，走到地图前，提高声调强调保卫福建的重要性："守住福建很重要。只要支持到明春，世界反共力量便会和我们联合驱俄清共。"

他好像算了一卦似的，预计1950年一定会发生世界大战，只要国民党能支撑一年半载，现在跟他闹别扭的美国佬就又会全力支援他。

一将领站起直言不讳说："上海那样巩固的工事都守不住，何况福州这个背水城市……"

蒋介石叹息一声，继而提高声调说："处绝处也可以生，有我领导你们，有台湾在，即使大陆尽失，也可复兴。大家回去转达部属，用自己的热血，死守福建，巩固台湾，失去的国土就一定能够恢复！"

吴石认真地记着笔记，蒋介石赞赏地看了他一眼，说："吴石将军，你是我点名担任参谋次长的，要借重你的军事才能喽。"

吴石站起来恭敬地说："感谢总裁信任，卑职当加倍效力！"

蒋介石笑说："好，好，台湾见！"

这位蒋介石赏识的吴石，系中共地下党员，此前担任国民党国防部史政局局长，曾为中国人民解放军的渡江战役提供过重要情报。

这一天，他在国防部值班室值班，机要参谋送来一份机密文件说："吴局长，这是一份机要文件，请签收。"

吴石拔出钢笔在文件簿上签了名。

机要参谋走后，吴石打开文件，文件名称立即吸引了他：汤恩伯签署的给沿江守备10个军军长的作战命令。

他走出门口看看楼道附近没人，便坐下来摘抄这份文件。

凌晨，吴石要下班了，他把摘抄的文件揣进口袋，从窗户望望楼下岗哨，立即缩回脑袋关上窗户。

外面门岗检查非常严格，进出人员一律要进行全身检查。他在思考带出文件的办法。

他站起身来，紧了紧领带，突然高兴地拍了拍脑袋：有了！于是，他将情报从口袋取出，系在领带里，大摇大摆地走了出去。

早晨，地下党员吴仲禧来到吴石家，俩人对了对暗号，接上了头，吴石拿出情报交给了吴仲禧，俩人会心地笑了。

吴石说："这是汤恩伯签署的给沿江守备10个军军长的作战命令，对东起江阴西至芜湖沿江守备军的战斗任务，都有具体的规定。"

吴仲禧将情报小心地揣进内衣口袋，说："解放军正要发起上海战役，这情报太重要了。吴石同志，我们抗战时期有过合作，目前国共内战的形势……"

吴石打断了他的话，说："国民党大势已去，我早已不想跟蒋介石走了。只是自己的决心下得晚了一些。"

吴仲禧忙说："不晚，不晚。"

吴石说："我已经同上海'民联'取得了联系，最近上海方面有人通过何遂的关系来找我，要我在海军方面做些策反工作。我已对林遵舰长做了工作，他已答应在适当时机起义。"

吴仲禧高兴地说："太好了。吴将军在国民党军中资历很深，跟白崇禧他们曾是同学，这方面可以起很大的作用。"

吴石说："只是风险大，一直和你联系的那些人，真能代表共产党吗？"

吴仲禧说："这一点你放心，同我联系的既有著名的民主人士，也有共产党人。你什么时候到福建？"

吴石说："我把国防部的手续交清了就走，到福建省公署去担任副主任。"

吴仲禧交代说："你到福建后，我介绍一位可靠的人同你联系，他叫谢筱乃，到时会主动去找你的，你有什么重要的材料，都可以交给他。"

吴石听后十分高兴地说："太好了，我希望我走到哪里，都能找到组织。"

这段时间蒋介石特别辛苦，疲于奔命。他在福州讲了一通"台湾是头颅，福建是手脚"后，又去了广州，想稳住李宗仁再给他当一段时间的傀儡。1949年10月1日，中华人民共和国成立时，他就在广州。这一天是蒋介石最为难过的一天。

他住在广州东山梅花村32号陈济棠公馆。这是蒋介石在广州常住的居所。

他听了天安门的实况广播，心里很不是滋味。

他守在收音机旁一直收听着中共的新闻，每当听到他的许多老部下参加了中华人民共和国成立庆典的消息时，蒋介石都气得不行，破口大骂："一群混蛋，一群混蛋！我待你们不薄，转眼就投了共党，一群卖身求荣的王八蛋！"

据美国人易劳逸著《毁灭的种子》一书讲：蒋介石的失败很大程度上是因为他的许多部队倒戈投向共产党。书中说："自日本投降后，国民党部队投向共产党的第一次重大倒戈，发生于1945年10月31日，高树勋将军与他的整个部队一起投向了河北的共产党。此后，倒戈部队的数目迅速增长。共产党宣称在1946年7月至1949年1月间抓获了370万俘虏，这些俘虏中的许多人实际上是倒戈过去的。"

1949年全国解放前夕，国民党高级将领率部起义投向共产党的事件东一起西一起，已成为一种潮流，一种时尚。

2月25日，国民党海军最大的军舰"重庆"号巡洋舰在吴淞口宣布起义，给国民党长江防线以沉重的打击；4月27日，在南京即将解放前夕，在国民党海军第二舰队司令林遵的率领下，二十五艘舰艇一千二百多名官兵起义；8月4日，程潜、陈明仁这对黄埔师生在长沙宣布起义，被蒋介石称为"创造了人世间的奇迹，不愧为难得将才"的陈明仁将军在9月19日政协大会发言道："我起义了，这既是对白崇禧实行兵谏，也是我对蒋介石的大义灭亲……"

9月19日，国民党驻绥远中将军长董其武，不顾蒋介石电报劝告，拒绝蒋介石派来的前军令部长徐永昌和空军副司令王叔铭的劝说，毅然在起义通电上第一个签上了自己的名字。起义通电迅速传向北平，传向全国。

9月25日，国民党驻新疆的近十万部队由陶峙岳领衔宣布起义。第二天，包尔汉代省政府通电接受中央人民政府领导。

一通接一通投共的通电，让蒋介石听得割肉似的痛，他气得想砸收音机，又怕砸了没得听。

蒋介石通过总机好不容易要通了美国的电话，话筒里传来宋美龄那熟悉的声音，蒋介石心中一阵兴奋。当在美国求援的宋美龄在长途电话里讲到美国政府决定继续承认蒋介石政权而不承认北京政权时，蒋介石脸上露出一丝笑容，连声说："好！好！好！"

其实，蒋介石深知美国方面的这种支持不过是一张空头支票，而且是一张随时会收回去的空头支票。

从广州回到台湾，蒋介石不放心西南局势，又飞到了重庆。不久，重庆丢失了，蒋介石到了成都，在黄埔军校成都分校黄埔楼住下来。身为"行政院院长"的阎锡山跟随蒋介石从重庆逃往成都，也住在成都分校。

蒋介石召集等候在校中的张群、熊克武、刘文辉、邓锡侯、王陵基等官员开会。

军务局长俞济时介绍说:"在重庆时,总裁辛苦操劳,已有三昼夜没睡好觉了。"

蒋介石扫视在座一眼说:"重庆虽已失,但大家一定要镇静。只要我们本党同志团结奋斗,凭着四川的天险,动员和组织全四川的人力、物力与共匪周旋到底,就能争取国内外形势的好转。"

在座诸位小声议论,信心明显不足。

蒋介石提高声调压倒议论:"国军虽然损失很大,但这次川东战场亦是有计划的转进,国军在西南的主力完好无损。眼下,胡宗南的几个兵团还是完整的,关键时刻拉出去,定能胜敌。你们都是四川的俊杰,关于西南如何防守,今天我想听听各位高见。"

在座的人七嘴八舌大声议论起来:

"四川不好守,退到云南去吧!"

"还是马上退到台湾去好,伺机反攻再战!"

另有打算的刘文辉应付说:"总裁总揽全局,我们都是一偏之见。您看怎么好,就怎么办。"

四川省主席王陵基投蒋所好,说:"不要光说退守到哪里,不要光看共军如何强大,现在国军在四川仍有40万大军,川西就有20万。依我看,调胡宗南部守住川西就行了。现在是关键时候,古人云:家贫出孝子,乱世显忠臣嘛。"

这席话很受用,蒋介石点头赞许说:"王省长讲得好。请岳军牵头,你们商讨一个川西作战计划吧。"

晚上,黄埔楼里晃动着蒋介石瘦长的身影。他强打精神和胡宗南等策划"川西大决战"。

蒋介石指着墙上地图说:"我这次来成都,是为布置川西会战,基本的想法是固守川西北和西昌,首先在成都附近打一个漂亮仗,迟滞共军的进攻，再等待第三次世界大战的爆发，以图东山再起。"

被共军打怕了的胡宗南鼓起勇气说："校长，我认为不如现在放弃成都，巩固云南，不必与共军在川西决战，上策是保存实力退入缅甸，以图再起。"

"乱讲！"蒋介石吼道，"我要把川西作为埋葬共军的坟墓，把成都作为复兴的基地。我再听谁说这种动摇军心的话，就要撤他的职！"

胡宗南吓得不敢再吱声。

1949年12月初的一天，蒋介石离开大陆前夕，检阅了黄埔军校成都分校官兵师生。

检阅前，他训示说："我们正处在危难时期，你们是我的学生，不出几个月，国军就会实施全面的反攻，今后的党国就是属于你们的了。如今，区区共党，何足论道，要消灭它，也不过如秋风扫落叶。"

说着说着大话，他悲从中来，竟喉咙哽咽，老泪纵横起来："我很伤心，我的许多学生背叛了我……希望你们这一期学生要忠于党国。"

突然间，他的假牙掉了下来，只见他张了张瘪嘴，皱了皱眉，显得难堪。

站在他两侧的随行官员都很尴尬，面面相觑，手足无措。还是蒋经国老练，不动声色地走过去，沉着冷静，弯腰捡起假牙，并用眼色示意侍卫将老爸扶到后台去。

过了一会，蒋介石的假牙装好，又被扶出来检阅学生队伍。

蒋介石和张群、蒋经国、俞济时等庄重地站在国旗柱前，在"中华民国国歌"声中升国旗。

滑轮吱吱呀呀地响着。蒋介石注视着缓缓上升的青天白日旗。当那面旗快升到杆顶时，不料升旗的绳子从中间断裂了，杆头的滑轮哗啦啦一阵猛响之后，那面旗和绳子抖抖索索地滑落下来。

蒋经国小声嘟哝一声："不好！"

迷信征兆的蒋介石一激灵，但他表面镇静，不露声色，转头瞪了蒋经国一眼，盯着地上的旗子也发起愣来。

检阅完毕，他去造访国民党二十四军军长刘文辉。刘军长正在家里用餐，突报："蒋总裁到！"他一怔，赶忙放下碗筷走出门去迎接。

蒋介石亲自来探访二十四军军长、四川军阀实力派人物，是想进一步拉拢他为"川西决战"效命。蒋介石坐下后说："自乾啊，过不了几天，我就要去台湾，西南就拜托给你了。只要西南局势稳定，我会常来的。"

已准备起义的刘文辉应酬道："总裁这样看重自乾，自乾敢不效命？总裁只管放心去台湾，川西决战我是会出力的。"

蒋介石咧嘴笑了："那就好，那就好。"

回到住处，蒋介石辗转反侧，难以入眠。他将儿子召到床前说："经国，明天把财政部长关吉玉、空军副司令王叔铭叫来，我要严令两人密切配合，把成都现存所有的金银外钞，立即秘密运往台湾。"

蒋经国说："是。阿爸，共军二野部队已到达内江、自贡、宜宾一线，正迂回乐山、夹江，包抄成都。成都内部也不稳，风传共谍有'捉蒋计划'……"

蒋介石打断说："明日发布消息，就说我已离蓉。马上叫毛人凤来。"

这一天，张群奉命走进刘文辉公馆，喝口茶说："自乾兄，有几件事与你商量：一是李代总统已去国多日，你看蒋先生应否复总统一职；二是王陵基的省政府主席撤换后，你认为由谁继任好；三是川西会战马上进行，应如何部署；四是在川西会战中，应如何与胡宗南配合。"

刘文辉知道张群是来试探的，前三个问题是陪衬，最后一个问题才是他试探的目的，便打哈哈说："蒋先生复职也好，王陵基去留也好，这些都好办。我以为当前最要紧的是军事，仗打不赢，一切都是空忙活。"

张群说："是呀，是呀，自乾兄所言极是，我正是来请教军事的。"

刘文辉叹口气叫苦说："唉，过去有人曾说，蒋先生对待杂牌军的办法是'打死敌军除外患，打死我军除内患'，这话不是没有道理。你就看我二十四军吧，总是被人打，被共产党打过，被中央军打过。眼下要人没人，要枪没枪，队伍稀稀松松，如要拉出去打仗，枪没响，我看人都要跑光。"

张群忙打断说："自乾兄，蒋先生已同我谈过，只要把队伍拉出来，要人给人，要枪给枪，一切为着会战。"

刘文辉也忙说："张长官误解了我的意思，大敌当前，即使只有一兵一卒，也要与共产党拼到底啊。"

张群高兴地说："只要有自乾兄这一句话就够了。"

刘文辉摇摇头，却来个"但是"煞了他的风景，"但是，二十四军目前散处在康、宁、雅几个地方，纵横数千里，没有一两个月难以集中，参加川西会战，怕是远水救不了近火呀。"

"那怎么办？那怎么办？要快集中呀！"张群嘟哝着悻悻而去。

张群走后，刘文辉忙与心腹副官关起门来商量："关于起义的事，那边周恩来先生已有指示，说时机已到，要我联合西南实力派一道起义。"

副官报告说："刚才接到张群长官电话，要您与邓锡侯长官跟胡宗南长官合署办公，并要把家属送去台湾。"

刘文辉气愤地说："蒋介石对我们的控制加强了，什么与胡宗南合署办公，是想盯住我们动弹不得。把眷属送去台湾，不就是当人质吗？"

这时，外面卫士忽报："张长官到！"

张群再次走进来，脸色已经阴沉，见面就说："自乾，总裁很关心你的眷属，太太什么时候走呀？"

刘文辉回答说："太太不愿意单独走，要等我。"

张群把脸一板，不客气地说："你的太太不愿单独走，那你儿子先走！自乾兄，在川西会战上，你到底打的什么主意？我们虽然交往多年，情同手足，但今天非同儿戏，你不要再云山雾罩糊弄我啦。"

刘文辉说话也粗声粗气起来："张长官怎么这样说话？我刘某人说话，向来一是一、二是二，哪里云山雾罩啦？"

张群不想再捉迷藏，说："好了，明天我要去昆明，特来辞行！川西会战要指望你和邓锡侯将军。你我共事多年，希望共支危局，万一不成，要走，将来我们一起走。"

刘文辉口气也缓和了，装出一副心情沉重的样子说："能走到哪里去呀，我们是大军阀、大官僚、大地主、大资本家，那边会要我们？张长官走后，胡宗南、王陵基二位会不会开我的玩笑，冲我下手呀？"

张群笑道："你说哪里话，绝不会有这种事，自乾兄多疑了。"

傍晚，刘文辉带上副官乘吉普向北城门洞驶来，快到城门洞时，刘文辉先下车，让司机开着空车接受检查哨检查。

他自己则从城门边上一个缺口翻越出去，然后在前边的公路边上上了车，飞驶而去，指挥部队起义去了，把蒋介石给甩了。

12月初的一天，陈立夫跑到黄埔军校成都分校北校场校长官邸去见蒋介石。蒋介石一见陈立夫就问道："今天真奇怪，我召集的军事将领会议，大家都不来了，这是怎么回事？"

陈立夫说："总裁，我们现在情况很危险，共产党马上就要得天下，这些将领可能都靠不住了。云南的龙云已经叛变，卢汉的思想也起了变化，已把被捕的共产党都释放了，恐怕也靠不住。"

蒋介石听了，心情沉重，默不作声。

蒋介石本打算去西康，但陈立夫说西康的卢汉靠不住。最后蒋介石决定去台湾。

陈立夫很想与他一道走，蒋介石思忖了一会儿说："你不能跟我走，你与阎伯川（阎锡山）一起走。他是'行政院长'，你是'政务委员'，你应该与他一起走。你不是说伯川思想包袱沉重，情绪不好吗？这种人在这个时候很容易投共。你跟他在一起，可起监视作用，他就不敢投共了。如果发现他有投共倾向，要坚决阻止，必要时，可采取非常手段制止。"

很显然，蒋介石怕他的"行政院长"阎锡山向共产党投降，特派陈立夫跟踪监视。

第1章
台海云水起

这天深夜,蒋介石烦躁地背着手在秘密住处踱着步,他停住步端起茶杯喝了口水,又踱到窗前。

西南的局势挺糟糕,刚才毛人凤来报告,说云南的卢汉与共党接触密切,派去游说的张群有被扣的危险。刘文辉、邓锡侯、潘文华等四川将领已经秘密潜离成都,找不到他们的去向,很可能投奔共军去了。

蒋介石气得大骂:"卢汉、刘文辉等人太不讲仁义了!"

"阿爸。"蒋经国轻步走进唤了一声。

蒋介石回过头来,亲切地说:"你坐,经国。"见蒋经国坐下,他又说:"看来,我们在大陆是没有希望了。"

蒋经国低沉地说:"是的,父亲。"

蒋介石说:"也好,把这个烂摊子留给毛泽东吧,不出几年,他们自己就会垮台的。"

蒋经国在父亲面前敢于直言:"阿爸,很难讲的,共产党是很注重组织民众的,尤其是农民。"

蒋介石赞同地说:"对,农民。看来毛泽东收拾乱局还是有一套办法。"

蒋经国劝慰道:"阿爸,大陆不想它了,要紧的是盯住鼻子底下,稳固我们最后的立脚之地。"

"你指的是台湾?"被失败弄得心烦意乱的蒋介石不住点头,"我将在今天主持的国民政府和行政院会议上,正式宣布政府迁台办公!"

12月8日晚上,阎锡山、陈立夫、朱家骅与"总统府"秘书长邱昌渭等十四人,乘一架飞机从成都起飞赴台北。虽然机上人员并不多,飞机却超载了。阎锡山带的东西太多,光金条就有几十箱子。

阎锡山到达台北后的当天下午,即在寓所召开新闻发布会,正式宣布"国民政府"即日起迁移台北办公。自此,国民党在大陆的统治宣告结束。

这天晚上,蒋介石又站立窗前,眼眺窗外。突然窗外传来一阵"砰砰"

的枪声，人声嘈杂，吆喝声响成一片。

蒋介石吃了一惊，急问："怎么回事？哪里来的枪声？黄埔楼最近怎么老出事？又是共匪游击队偷袭吗？"

蒋经国着急了："阿爸，我们必须尽快离开这里！"

俞济时走了进来，报告说："总裁，虚惊一场。是楼下的哨兵打瞌睡，枪走了火，一梭子弹上了天，引起一阵骚乱，到处乱开枪。"

蒋介石这才镇静下来，严厉地说："黄埔校内最近连连出事，校内一定有专事捣乱的共党分子。严令校长张耀明彻底清查！"

校内的事好办，校外的事难办。共军已打到成都郊区，城内共党还在搞什么"捉蒋"行动。蒋经国说："天意不可逆转，阿爸，我们该走了！"

蒋介石说："我还想飞到昆明去，给卢汉打打气。"

这时，蒋介石的翁侍卫跑进来对蒋经国说："报告蒋先生，住所外面可疑人物不断出现，请您陪蒋总裁立即从后门出走！"

蒋介石听到了，叹息说："看来是该走了。"

翁侍卫过来搀扶说："总裁，形势险恶，从后门走吧，安全第一。"

蒋介石闻之勃然大怒，摔掉翁侍卫的手说："我堂堂正正国民党总裁，决不做那种钻胡同溜狗洞的事。我是从前门进来的，还是从前门出去！看他刘文辉能把我怎样。"

蒋介石侧转身，盯着儿子说："走吧，我们一起走！"说着拉起了儿子的手。

蒋介石由儿子搀扶着，匆忙步出黄埔军校成都分校大门。

蒋介石父子振作精神，携手并进，寂静中，神情肃穆地边走边唱中华民国"国歌"："三民主义＼吾党所宗＼以建民国＼以进大同＼咨尔多士＼为民前锋＼夙夜匪懈＼主义是从＼矢勤矢勇＼必信必忠＼一心一德＼贯彻始终……"

这与蒋介石的日常表现大异其趣，在公开场合他很少笑，更没有唱过歌，但身边人员却能不时听到他唱歌。他不唱京剧，不唱一般的歌曲，只唱三种歌曲：军歌、党歌、"国歌"。而且唱这三种歌与他的心境密切相关，他身边人员回忆，如果唱"国歌"多的时候，情绪比较正常，甚至比较高兴自得。如果多唱军歌，那就是有麻烦了。党歌一般都是在纪念日的时候才唱。他虽然嗓音一般，但这三种歌他却百唱不厌。

而现在他却一反常态，像是赴刑场一样唱起了"国歌"，显出几分从容几分悲壮，音调里透出生离死别的味道。

轰鸣声中，蒋介石的专机在天空飞掠。

时为1949年12月10日下午2时。

蒋经国俯身看着窗外一片混乱的成都，不禁悲叹："真是兵败如山倒啊！好悬，差点就出不来了！"

蒋介石没有吭声，闭目坐在沙发上。

"美龄"号很快缩成一个黑点，消失在午后的晴空。

蒋介石就此离开大陆，再没有回来。随着他的离去，一个时代永远结束了。

飞机飞临昆明上空，驾驶员突然惊叫："哎呀！不好，昆明五华山上换旗了，五星红旗！"

舱内的蒋经国听了一激灵，忙伸头贴舷窗仔细俯看，也惊叫起来："阿爸，昆明已经易帜！卢汉兵变了！"

蒋介石惊得从沙发上立起来，瞪大了眼睛，急忙下令："快！快拉起来，飞台湾，立即飞台湾！"

说完，他双腿一软，跌坐在靠椅上，喃喃道："完了，大陆全完了！"

在飞机舱内，蒋经国坐在椅上，面对摇晃的小桌写着日记："今晨，渝昆电讯复通；而第一封电报，却是卢汉拍致刘文辉的，要刘会同四川各将领扣留父亲，期向共匪戴罪立功……父亲返台之日，即刘文辉、邓锡侯公开通电附匪之时。此次身临虎穴，比西安事变时尤为危险。祸福之间，不容一发。记之，有余悸也。"

蒋介石更是心情沉重，途中"假眠三小时未能成寐"。

虚惊一场的蒋介石慢慢睁开了眼睛，从惊悸中镇定下来，脑子里闪过古怪的念头，叫唤："毛局长！"

保密局长毛人凤连忙趋前立正："学生在。"

蒋介石说："以前我曾听你讲过一个关于国旗的故事，你再讲来听听。"

毛人凤一愣，紧张地说："这……学生也是听来的，无稽之谈。"

蒋介石不耐烦了："叫你讲你就讲！"

毛人凤说："是是。有人说，党国之所以'戡乱'失利，为共产党抢去大陆，是与青天白日满地红国旗有关。"

蒋经国奇怪地问："有什么关系？"

毛人凤咳嗽一声，镇静下来，从容地说："代表国民党的青天白日，在国旗上却被满地红色占去绝大多数地方，红色是'赤匪'共党喜欢的颜色，青天白日被挤到一小角。人家就说，难怪我们今日失去大陆，退守台湾。"

蒋经国问："那怎么办呢？"

毛人凤像煞有介事说："有人建议，把国旗改过来，改成与国民党党旗一样，全部是青天白日，而把满地红缩小成一点红，放在白日中间，这样就象征国民党吞并了共产党。"

蒋介石表情复杂地说："胡说八道！唉，似乎也不幸被言中了，国旗怕是难改。但是这绝不是结束！"他强打起精神来，"等着瞧吧，我们一定要反攻！一定要回来！"

飞过广州，又经历一险，飞机差点被已经占领广州的解放军高炮弹打下。机场上解放军的战斗机飞行员已坐进机舱待命，高射炮的炮口已高高扬起。只是因为叶剑英请示中央军委没有得到批准，才让蒋介石的座机惊鸿一瞥般飞了过去。

蒋介石趴着机窗，扭头向大陆作了最后一瞥，不禁潸然泪下。

暮霭降临时，台湾海峡出现在机翼下。

第1章
台海云水起

望着窗外的蒋经国叫道："看，飞出海岸线啦！就要飞越台湾海峡啦，安全啦！"

位于福建省与台湾省之间的台湾海峡，是我国最大的海峡。它北起福建省闽江口和台湾省富贵角，南界福建省宫口港和台湾省鹅銮鼻，呈东北西南走向。南北长380公里，东西平均宽190公里，最窄处的福建平潭岛与台湾的新竹市，相距仅130公里，飞机直飞只需10分钟，轮船直航只需数小时。每当风和日丽，登上福州鼓山大顶峰，极目远眺，隐约可见高耸在台湾北部基隆附近的鸡笼山。南北长东西宽，有人说它像宽长的香蕉叶，有人说它像纺锤，有人说它像番薯，也有人称它像一条鱼，更多的人常把中国的地图比作示人友好、象征兴旺的雄鸡，而台湾和海南岛则成为鸡的双足。

台湾为中国第一大岛，也为"多岛之省"，有两大岛群：一为台湾岛区，共有兰屿、绿岛、琉球屿、龟山岛等14个大小岛屿；二为澎湖岛区，本岛为马公岛，共有渔翁岛、白沙岛等64个大小岛屿。台湾总面积约为3.6万平方公里，相当于祖国总面积的1/267。

台湾在第二次世界大战时期被日本人占领了去。开罗会议肯定台湾、东北这些被日本占领的土地都要归还中国，蒋介石是有功的。日本投降后，他迅速派兵夺回了台湾，建立了岛内的各级政权。

蒋氏父子正在飞越台湾海峡，向着世界著名的"美丽岛"飞去。美丽岛就是"福摩萨"，就是台湾。

台湾虽孤但名气大，台湾景点虽小但内涵深。

16世纪，西方海上强国葡萄牙已开始拓民东方。1540年，也就是明嘉靖十九年，从澳门驶往日本的一队葡萄牙商船困在波浪滔天的大海里，断了淡水和粮食，在饥渴焦灼的等待中，忽然透过薄雾看见西太平洋上一个载浮载沉的绿色岛屿，顿时感到像发现了绿洲一样欣喜。他们登岛之后，更是惊讶不已，发现了一个新洞天，岛上河水奔流，山林茂密，幽谷云崖，砖房棚屋，如梦似幻，美不胜收。望着这瑰丽的景象，航海家们忘情地欢呼雀跃起来，齐声赞美道："福摩萨！福摩萨！"

这声洋腔赞美，翻译成中文就是：多美丽的岛啊！多美丽的岛啊！

美丽岛确实美丽，但也一直多事。

从1885年，当时代表中国的清政府设立台湾巡抚一职，刘铭传署理台湾后，台湾作为中国领土的特殊地位开始巩固，撤县建省是清政府的历史。尽管在建省之前，台湾隶属于福建省，海峡两岸的边贸、经济、社会往来有了较大的发展，但台湾更依赖于福建等沿海地区，尤其是在康熙时期统一台湾的明延平郡王时，表现突出，当时台湾若没有福建等内陆省市的粮食供给，就没有支撑的可能。直到1885年中法战争后，台湾作为海防的作用被统治者重视起来了。

1895年，甲午中日战争，中国战败，台湾被迫割让给日本，日本在此进行了长达50年的殖民统治。在日本殖民统治期间，台湾人民同侵略者展开了英勇顽强的抗争，且当时的台湾人民认定了现在的中国作为他们的祖国，台湾的世家差不多都派了他们的子弟到大陆求学，并且在那样的情况下，两岸的往来并未中断。

1945年9月，日本宣布投降，中国作为同盟国战胜方从日本殖民者手中接收了台湾，对台湾进行正式的行政管理。至此，经历了长达50年殖民统治的台湾，终于回到了中国人民的手中。

蒋氏父子飞台后，美丽岛从此更多事，风雷激荡，云水奔腾，经常是波涛汹涌，也有时风平浪静。在半个世纪里，台湾发生了许多匪夷所思而又含义深远的事件和故事。

现在轮到蒋介石成为新故事的主人了。他到达台湾的当天，心情是好坏参半，惊魂甫定。他在当天的日记里这样记载："十八时半抵台北，与辞修同车到草卢寓（即阳明山招待所）。空气清淡，环境清静，与成都灰塞阴沉相较，则判若天渊。"

第 2 章
美国待尘埃落定却终落空

毛泽东说的"台湾会是个大麻烦",蒋介石说的"要在台湾作最坏的打算",都是掂量了美国这个大砝码而下的结论。台湾问题之所以会成为大麻烦,而且拖到现在还是麻烦,就是因为背后有美国因素,有美国的介入和干预,使台海危机时起时伏,台湾海峡老是波涛汹涌,不得消停。

■ 美国欲"弃蒋弃台"

美国纽约里弗代尔的孔家别墅,是一座深宅大院,房子隐藏在茂密的树丛中。第二次来美游说、请求援助的宋美龄,从1949年1月16日开始在这里隐居。

她这次的美国之行是碰运气来的,低调而黯淡。这遭遇似乎从她自南京出发时就已经注定了。

1948年11月底的一天,南京总统官邸的室外寒风凄厉,雨雪交加,树叶飘零。

国内战争中四处受挫的蒋介石心境极为悲凉。他停住踱步,呵气暖暖冰凉的手,提笔展纸,写了一副对联。

宋美龄走进来,看着墨迹未干的对联,念道:"冬天饮寒水,雪夜渡断桥。"她说:"达令,你未免过于悲观。"

蒋介石说:"达令,内外情势都不容乐观啊!"

第 2 章
美国待尘埃落定却终落空

宋美龄说:"我就要再次去美国访问了,也许情形会好起来。"

蒋介石握住夫人的手说:"达令,你这次赴美担子不轻,我对你此行寄予很大希望。"

宋美龄反而悲观起来:"这次去美国不比1943年了,那时罗斯福当总统。现在是杜鲁门要当总统了,他竞选时,你支持的又是杜威,他对我们不会热情的。"

蒋介石说:"我不是给他写了信,祝贺他连任总统吗?"

宋美龄撇撇嘴说:"你那封信是我改过的,除了祝贺,还希望杜鲁门总统发表一篇支持你的鲜明的宣言。"

蒋介石抱怨:"这样可以加强中国政府的地位,维持士气和民心。就这么一点精神上的要求,也被杜鲁门当即拒绝了。现在只好寄希望于你了,你既熟谙美国政界,又善于跟他们打交道。"

宋美龄微有苦衷说:"这种艰难时刻去美国,好像去乞求他们施恩,是我不愿意的。但是前线接连的失败,使我的失眠症再次发作,一躺到床上就没完没了做噩梦。只好去美国碰碰运气。"

蒋介石对夫人略有歉意:"国务卿马歇尔奉杜鲁门之命照会我们,你只能以私人资格访问,让你受委屈了。"

宋美龄的表情有些黯然:"风光不再,只好祈求上帝保佑,在逆境中创造奇迹了。"

逆境中难以创造奇迹,宋庆龄在美国受到了冷遇。

1949年1月21日,蒋介石下野离开南京的这一天,恰好也是美国杜鲁门宣誓

蒋介石夫妇在台湾官邸内一起读书,颇有举案齐眉、夫唱妇随之意。(历史图片)

就任总统的第二天，上任的总统对下野的总统没有好感，连带下野总统的夫人也受了冷落。美国礼宾司对宋美龄的到来没有表示出特别的热情，迎接蒋夫人的尽是一些二流官员。宋美龄发回国内的第一封电报极为简短、凄凉："没有人对我们感兴趣。"

1948年12月3日，马歇尔在弗吉尼亚州住宅会晤受到冷遇的宋美龄，抱歉地对她说："总统没有邀请你住白宫，也没有邀请你去白宫做客，只好委屈你暂住我家了。"

宋美龄感叹说："真是此一时彼一时啊！五年前，贵国对我的访问是旋风般热情，如今却让我感觉掉进冰窖一样寒冷。"

马歇尔故意打岔："寒冷？现在是冬天嘛。"

宋美龄抱屈说："一下飞机我就感到冷，没有红地毯，没有欢迎仪式，没有记者招待会。"

马歇尔调侃说："可是，有我这样的朋友。我事先通知过贵方，您是私人访问，就是让您有思想准备啊。"

宋美龄心犹未平："我对美国人的冷淡感到难过，我的一些美国朋友也为此感到难堪。"

马歇尔笑着说："我还是把您当作在中国的美国女儿，您住在我家里会感到舒适的。共和党、院外援华集团和卢斯等朋友，还是很愿意帮助您的。"

宋美龄问："我已经来了几天，杜鲁门总统什么时候见我？"

马歇尔说："还没有安排，我催促一下。"

由于马歇尔的催促，1948年12月10日，蒋夫人苦等了九天之后，杜鲁门打破沉默，邀请宋美龄参加一次白宫茶话会。在现场，杜鲁门表面上对宋美龄很客气，骨子里却是冷淡。

茶话会进行不久，杜鲁门就不耐烦地对宋美龄说："蒋夫人，你来了许久了，请到我的书房谈话吧。"

他没有称呼"总统夫人",这不但是对她的轻蔑,也是对蒋介石的轻蔑,让宋美龄感到不快,但也只好起身跟随他去书房。

杜鲁门招待宋美龄在总统书房坐下后,抬腕看看表,冷冷地说:"蒋夫人,我的时间安排很紧,只能给您半个小时。您就为您此行的要求作些说明吧。"

哪有这样不客气的?宋美龄忍住气旧话重提:"我的先生蒋介石总统在给您的信中已经说明,要求总统先生发表一个支持南京政府反共救国的正式宣言;派遣高级军事代表团来华主持反共战争之战略与供应计划的制定;提供30亿美元的军事援助。"

杜鲁门不客气地说:"中美友谊在历史上是留下了重要的一页,但我感到抱歉,因为美国只能付给已经承诺的援华计划的四十亿美元。这种援助可以继续下去,直到耗完为止。"

宋美龄说:"可这笔钱几乎已经耗完了。"

杜鲁门的话说得更难听了:"美国不能保证无限期地支持一个无法支持的中国政府。"

宋美龄忍着委屈和怨气说:"总统先生,这样说有失公正。中国大陆失败的因素很多,但是致命的打击只有一个。我们知道当时世界的舆论,大多受了俄共及其爪牙的影响,一致运用宣传的灵活,发表攻击政府袒护中共的言论。您一定很清楚地记得,当时多少人相信中共只是'土地改革者',而不是凶恶的造反者。"

杜鲁门不耐烦地说:"这类解释我听得太多了。蒋夫人,国务院告诉我,给贵国政府援助的总额已经超过三十八亿美元,离美国承诺的援助总额已经很接近了,只差两亿美元。"

"要是为两亿美元,我何必跨越太平洋跑到这里来!"宋美龄尴尬而不悦地说,"总统先生,您不能眼看着中国变成了赤色中国而不管啊!"

杜鲁门看看手表,耸耸肩,摊摊手。

随后，杜鲁门在白宫草坪的记者招待会上挖苦说："蒋夫人到美国来，是为了再得到一些施舍的。我不愿意像罗斯福那样让她住在白宫，我认为她也不太喜欢住在白宫。"

一位记者调侃地问："请问总统先生，你认为这位在中国的美国女儿喜欢住在哪里呢？"

杜鲁门不屑地说："不知道，对她喜欢什么或不喜欢什么，我是完全不在意的。"

记者们一阵哄笑。

转眼半年过去，宋美龄被晾在弗吉尼亚的郊区别墅了。1949年6月12日，她在客厅召见国民党驻美"大使"顾维钧，哀怨地说："目前的困境应归咎于美国国务院，他们对于援华的许多承诺都打了折扣。"

顾维钧说："夫人，是的。许多人都由赞成援华，变成了反对援华。"

宋美龄又说："马歇尔曾答应我，他不反对援华，可他的态度也在变化。听说美国要发表什么白皮书，推卸他们在中国失败的责任，你多注意这方面的情况。"

顾维钧答应道："好的。据透露的消息，白皮书对我国政府很不利。美国目前的对华政策，可以说降到了冰点。"

虽然宋美龄为"国事"奔走委屈了自己，自己倒因为鼻子长得好又风光了一回。她在美国度过了自己的五十一岁生日，正值华盛顿投票选举"世界十大美人"。美国艺术家公布：蒋夫人宋美龄当选为"世界十大美人"之一，因为她有着世界女人中最美的鼻子。

把对华政策降到冰点的是美国现任总统杜鲁门。他正在总统官邸看着一份调查报告，挖苦地对年轻的助手说："我对中国政府中那帮贪官和坏蛋，没什么好感。今天肯定有十亿美元的美国贷款，在纽约列入了中国私人的银行户头。"

助手笑说:"总统先生太保守了,我听银行界传说,光宋家和孔家就有20亿美元在曼哈顿。"

杜鲁门大为惊诧:"这么多!立即命令联邦调查局进行认真调查,以便确切了解这些存款的数额和储存地点。"

助手说:"我们美国纳税人的钱,却充塞了中国贪官的腰包。"

杜鲁门怒不可遏地骂了起来:"他们全都是贼,他妈的,没有一个不是贼!"

国务卿艾奇逊走进来对杜鲁门说:"总统先生,国务院政策设计司的凯南和戴维斯建议,及早把蒋介石政府的情况告诉美国公众。"

杜鲁门问:"你的意见呢?"

艾奇逊说:"我同意这种看法,因为国民党政府在大陆已濒临崩溃,美国必须从对它的支持中脱身出来。我主张准备一份透彻说明中美关系的实录,以过去五年为重点,在国民党政府垮台之时公布。"

杜鲁门赞成说:"应该搞个对华政策白皮书。只有这样,我国人民及其在国会的代表,才能对我们远东政策的健康演变有一个必要的了解。"

艾奇逊说:"蒋介石怕是扶不起来了,我们正在做台湾陈诚、孙立人的工作,他们是有实力和开明的。"

过了些日子,美国国务卿艾奇逊拿着一厚本纸稿走进白宫总统办公室,向杜鲁门报告说:"总统先生,遵照您的要求,我编写了一份我们与中国关系的纪要,重点在最后五年。这是一个坦率的报告,包含了批评我国政策的言论,或今后有可能成为批评我国政策而具有论据性的资料。"

杜鲁门说:"这本叫作白皮书的东西,还没有出版,就遭到不少议员的非议和责难,我不知国务卿先生对此有何看法?"

艾奇逊说:"我认为,这是关于一个伟大国家的经历中最复杂、最苦恼的时期的坦白记录,中国早就和美国有着友好联系。在编写报告的过程中,出于对事实的尊重,有必要发表一些事实,以揭示那个国家令人失望的局势，这必然引起一些当事者不满，然而，我认为不能因此而阻止它出版。"

杜鲁门又问："艾奇逊先生，你对国民党失败的原因究竟怎么看？有人批评是我们援助不够。"

艾奇逊坦率地说："那不是因为援助不够。我们派往现场的观察员报告说，在至关重要的1948年，国民党军队从未由于缺乏武器弹药吃过一次败仗。国民党军队不是被打败的，他们是自己瓦解的。"

杜鲁门问："那个'花生豆'有什么责任呢？"

艾奇逊问："花生豆？花生豆是谁呀？"

杜鲁门笑说："花生豆就是蒋介石嘛，你看他那颗秃脑袋像不像花生豆？"

"像，太像了。"艾奇逊笑了，抱怨说，"责任全在他身上。我们曾希望蒋介石引进美国式的议会民主制，为了保住他的政权，他应该对其专制而腐败的统治进行'美国式'的改革。但他专制惯了，他应该对其专制而腐败的统治负责。"

杜鲁门点头说：'我同意你的看法。看来，对一个失去其军队和人民支持的政府，我们不应该继续大规模地介入和援助了。"

艾奇逊强调说："总统先生，中国的人心掌握在共产党人手中，在这种情况下，我们的援助是无意义的。"

杜鲁门在纸稿上签了字，说："那就出版吧！"

在台北阳明山官邸，蒋介石正在接宋美龄从美国纽约打来的紧急电话："嗯嗯……白皮书已经在美国公开……嗯，目前仅限上层机构，8月5日才会正式发表……我在听着呢，只是我还不明白，这白皮书到底是写给谁看的？"

他换只手拿听筒："对，我担心狡猾的美国佬又玩双刃剑的把戏，又对我落井下石。赶快搞到一份白皮书……什么？派黄仁霖去美国取回，好的，

第2章 美国待生埃落定却终落空

我就派他去。"

蒋介石放下电话，愁眉不展。

已担任侍卫长的俞济时劝说："先生，听说白皮书不光是对我们的，据说主要是骂共产党的。"

蒋介石摇头说："不能这么说，我们目前与共产党的处境不同。他们挨骂不要紧，我挨骂就很是要紧。"

1949年7月25日，国民党军的联合特勤总司令黄仁霖突然奉召去高雄谒见蒋介石。蒋介石对他说："夫人有电话来，要你立即前往纽约，接受她的指示。"

黄仁霖第二天赶到纽约，宋美龄对他说："美国的白皮书马上要发表了，你去对这件事进行调查，并设法取得第一手的眷本，因为蒋先生急切需要知道文件的内容。如果你能够疏通各方的关系，把这件事拖延些时日，或者予以搁置，停止发表，那自然是更好了。"

黄仁霖次日就赶到华盛顿，拜访他在白宫里的朋友。他的朋友很直率很权威地告诉他，杜鲁门总统已经批准把这项白皮书发表了，再无法使它拖延或者搁置。至于文件内容他也只看到一部分，但是他收到一份校对样本，可以将这份样本送给黄仁霖。29日下午4时，黄仁霖收到了这份样本，便立即送给了宋美龄。宋美龄要他次日即返台，将样本送给蒋介石。

黄仁霖8月2日到达台北，当即把白皮书样本呈送蒋介石。蒋介石接过厚厚的白皮书，掂了掂说："比砖头还厚，该死的美国人，存心不想让人看懂！"

蒋介石也就先看了两天，8月4日，这份白皮书就在美国发表了。蒋介石气得暴跳如雷，对幕僚说："美国政府口里总说中国重要，不能落入中共之手，援华时又小气得要命，如果他们对我们的经援、军援得力一点，我们就不会输得那么惨。事情到了这一步，将责任全往我们身上推，太不道德！"

几乎与此同时，毛泽东在北京中南海菊香书屋的台灯光下伏案撰文，稿纸上可见醒目的标题：《别了，司徒雷登》。

一开头他就嘲讽："美国的白皮书，选择在司徒雷登业已离开南京、快到华盛顿、但是尚未到达的日子——8月5日发表，是可以理解的，因为它是美国侵略政策彻底失败的象征……"

蒋介石在官邸问蒋经国："共产党方面有什么反应？"

蒋经国说："新华社发表了一篇时评，听口气像是毛泽东的手笔，极尽嘲讽谩骂之能事，措辞强硬，不把美国人放在眼里。"

蒋介石说："噢，找来我看看，这个时候要特别留意大陆的动向。共产党为什么对美国不买账？美国有原子弹，他们为什么不怕这个？"

蒋经国想了想，斟酌着说："他们的看法不同。三年前，毛泽东在延安就讲过，原子弹只是一只美国人用来吓人的纸老虎，看样子可怕，其实并不可怕。他大概现在还这么看。"

蒋介石不以为然："纸老虎的说法不是毛泽东的发明。我在黄埔的辰光，经常听到广东人讲纸老虎这个词。外国人还讲过广东军阀是纸老虎。不管毛泽东讲什么硬话，如果美国真的动起手来，共产党绝非对手。我看第三次世界大战爆发，局面会好转过来。"

蒋经国说："不过共产党的看法还是特殊。毛泽东去年有过一篇文章，说代替德意日法西斯地位，而疯狂准备新的世界战争的美国，反映了资本主义世界极端腐败和濒于灭亡的恐怖情绪。"

蒋介石皱起眉头说："我不懂他是什么意思，你讲讲你的看法。"

蒋经国解释说："毛泽东的意思是要中国人不必怕美国，恰巧是美国人应该怕中国人。我倒觉得他的话也有道理。我们也可以找到对付美国人的办法，美国人对付好了，再回头对付中共就容易了。"

蒋介石轻微地点点头，又问："外国人有什么批评？"

蒋经国回答："英国最积极，意思是要在外交上承认新的中国，并在自由平等的基础上与它建立全面的商务关系。"

第 2 章
美国待尘埃落定却终落空

蒋介石咬牙骂道:"投机!"

蒋经国说:"阿爸,依我看,白皮书可以成为掩护美国继续援华的反共计划书。"

蒋介石高兴地说:"你提醒得好,要让美国人继续把美援给我们,而不是李宗仁。请陈诚他们来议议吧。"

蒋介石记日记的习惯是在第二天早上追记昨天的日记,记"隔日账"。8月10日晨,祈祷之后,他在书房里记8月9日的日记:"马歇尔、艾奇逊因欲掩饰其对华政策之错误与失败,不惜彻底毁灭中美两国传统友谊,以遂其心,而亦不知其国家之信义与外交上应守之规范,其领导世界之美国总统杜鲁门竟准其发表此失信于世之《中美关系白皮书》,为美国历史上,留下莫大污点。此不仅为美国悲,而更为世界前途悲矣。"

第二天,在台北国防部总政战部会议室,蒋经国受命举行记者招待会。

他谴责美国说:"对美国《白皮书》可痛可叹,对美国国务院此种措置,不仅为其美国痛惜,不能不认其主持者缺乏远虑,自断其臂而已……甚叹我国处境,一面受俄国之侵略,一面美国对我又如此轻率,若不求自强,何以为人?何以立国?而今实为中国最大之国耻,亦深信其为最后之国耻,既可由我受之,亦可由我湔雪也。"

在美国白宫总统办公室,杜鲁门小口喝着咖啡,看着已经翻译成英文的新华社评论文章。

国务卿艾奇逊说:"毛泽东果然厉害,借用新华社的社论方式还击我们的白皮书,分明是瞧不起我们!他还把我们美国当作纸老虎。"

杜鲁门骄横地说:"纸老虎,奇怪的比喻!要让他把那个'纸'字去掉,用不着动用联合国会员的兵力,我们便可以把他们逼回延安!"

陆军司令说:"把毛泽东逼回延安,谈何容易!我上个月去台湾,陈诚还说长沙没有事,可现在湖南省主席程潜已经投降共军。"

艾奇逊说:"长沙的坏消息,再一次证实了蒋介石不是我们理想的朋友。"

陆军司令又说："我在台北目击蒋介石的军队有两大危机。恐怕不但长沙之战他要吃亏，西北西南之战，他将继续吃亏，连未来可能发生的台湾海峡之战，他都会吃亏。"

杜鲁门说："无论如何不能等待中共攻台湾，我们必须对台湾先入为主，最好在'花生豆'立脚未稳，在中共尚难预料到台湾的情形下，守住台湾，待机反击。在目前要挽回中国局势是不可能的，要不我们不会发表白皮书。"

杜鲁门问陆军司令："你刚才讲'花生豆'的部队有两大危机，有哪两大危机？"

陆军司令回答："已经退到台北的部队普遍害思乡病，如果没仗打养而不用，眼看会超过兵役年龄，变成胡子兵，打不了仗啦，这是一；兵源大缺，台湾人对国民党没有向心力，不愿为国民党保台效力，这是二。我担心我们对台湾观望不前，'花生豆'扛不住。一旦台湾宣布同北平合为一体，我们就很难办。"

杜鲁门呶呶地说："你的担心是多余的。台湾对日和约还没签订，现在还不能说是中国的，这一点我们倒有办法。"

艾奇逊说："从北平的评论看，似乎对我们如果要踢开蒋介石也有准备，并不在意。他们认为我们的目的就是继续干涉和侵略，岂有此理！我们是在帮助一个国家，怎么能叫侵略呢？"

杜鲁门烦躁地说："我们不跟毛泽东咬文嚼字，打笔墨官司。他的目的是用抨击白皮书的办法，引起中国人民对我们的仇恨。我们不上他的当。至于蒋介石，不出兵也能让他滚蛋。但是，我们当前的敌人是共产党，是领导红色中国的毛泽东，而不是蒋介石。所以还是要适度援助'花生豆'。"

艾奇逊说："维持规模适中的援助的同时，我们要明白无误地告诉蒋介石，美国将来的对台政策，取决于他的表现。"

蒋介石"表现不好"，正在召集陈诚、蒋经国、桂永清、周至柔等人在官邸训话。他痛心地说:"美国竟至于不知国家之信义,与外交上应守之规范,落井下石,为美国历史留下莫大之污点。"

海军司令桂永清说道:"不少人建议,针对美国的白皮书,应该发表一篇署名的抗议声明,以表示蒋总裁的愤慨。"

蒋介石还不敢公开撕破脸皮,说道:"不可造次,以后还需仰仗美国。让外交部长叶公超发表个声明,对美方诬陷国府表示抗议,就行了。"

陈诚等劝说道:"中华民国要自立自强,只有蒋总裁恢复总统,才有希望。"

下野后一直憋着劲要再起的蒋介石说:"个人的出处事小,国家的存亡事大,此时我们应研究应不应该再起,不能问再起之后的利害得失。只要对人民、军队与国家有再起之必要,即不研究其他关系问题,一切只有自强、自立,才能获得外援。倘自己内部无药可救,即有外援,亦无能为力。"

在座的鼓掌支持他的话。

逃到台湾后蒋介石才明白,他和国民党的命运,已经进入历史上最危难的时刻。确保台湾安全的当务之急是争取美国援助。有了美国的援助,还可望卷土重来,再和毛泽东较量;失去了美国的援助和保护,则必将走向绝路。

当时失败的阴影笼罩,美国几乎没有人认为蒋介石能在台湾坚持一年以上。而杜鲁门总统所采取的"袖手政策",已公开表明了抛弃蒋介石的意向。

早在1948年间,杜鲁门总统就对蒋介石丧失了信心。1949年1月,在美国支持下,李宗仁逼迫蒋介石下野,月底,美军顾问团撤离中国,美国对蒋介石的军事援助也告中止。

杜鲁门总统曾郑重征求艾奇逊对台湾的政策。

艾奇逊说:"国务院的意见是,对台湾的最后处置,要等缔结对日和约后再定。我的意见是,由美国施加压力,逼国民党政权把军队全部调到海南岛，台湾则交盟军总部或联合国托管。"

杜鲁门摇头说："不行，蒋介石不会接受的。这等于是跟'花生豆'彻底翻脸，可能逼迫他投向共产党。"

艾奇逊又说："参议员史密斯等人提出联合政权的主张，由美方、蒋方和台湾人共组一个联合政权，达到友好地、和平地占领台湾的目的，又可避免美国走上没有止境地与中共军事对抗的道路。"

杜鲁门又拒绝："这是一厢情愿，美国应该从中国脱身，而不是更深地卷进去。由白宫召集会议，专门讨论几次对华政策问题。"

艾奇逊一口答应："好，我来组织。"

此前，艾奇逊在会晤共和党一批主张援蒋的议员时曾表示："森林初崩，尘埃未定，对华政策，尚宜稍待。"

在等待尘埃落定期间，美国国会"台湾帮"的主要代表诺兰参议员就曾飞到重庆会晤蒋介石。据《宋希濂自述》中记述：诺兰向蒋介石表示，"希望国军能在大陆上支持六个月"，美国的亲蒋势力就会促使杜鲁门总统及国务院改变对华政策，出兵援助蒋介石。诺兰声称："如果苏联出兵支援中国共产党，因而爆发第三次世界大战，美国是有决心和力量打这个仗的。"

蒋介石确实需要美国出兵支援，需要第三次世界大战，需要将美国与自己捆在一起。为此，他拒绝了胡宗南和宋希濂提出的将主力撤往西昌、云南甚至退往滇缅边境的建议，急令胡宗南调其骨干第一军来守重庆，接着又要胡宗南死守成都。结果不到一个月，胡宗南集团就全军覆没了。

和诺兰参议员在重庆的会晤，使蒋介石的幻想更固执了，强烈地寄希望于美国出兵援助和爆发第三次世界大战。12月10日从成都逃回台北后，他除了在台北遥控指挥胡宗南死守成都外，还于13日和14日分别与台湾省主席陈诚、"行政院长"阎锡山商讨调整对美政策。他叫陈诚将台湾省主席的位置让给受美国人青睐的吴国桢。吴国桢曾留学于美国普林斯顿大学，有"民主先生"的雅号。蒋介石后来还不得不准备将美国人最欣赏的将军孙立人提升

第 2 章
美国待尘埃落定却终落空

为陆军总司令。孙立人曾留学美国印第安纳州普渡大学与弗吉尼亚军校,被美国报刊称为"最西方式的军事首脑",是"台湾陆军中亲美派的首脑"。蒋介石是想以吴国桢、孙立人作台湾的"门面"来讨好美国人。

白宫多次召集会议,讨论对华政策,三种意见争论不下。杜鲁门总结说:"一是援蒋派,以塔夫托·诺兰等议员为代表的共和党反对派人士,力主出兵保台;二是象征性援蒋派,反对武力介入,这是以美国军方参谋长联席会议为代表的意见,认为美国全球战略重点在欧洲,目标是对付苏联,台湾在亚太战线战略地位虽重要,但与欧洲比要差。"

艾奇逊接过说:"第三种意见以我为代表,反对任何形式的援蒋。因为蒋政策已无可救药,美国不能再花冤枉钱了。美国再援蒋,只能加重中共仇美亲苏的砝码。何况在全球战略上,台湾的地位并不那么重要。现在的对华政策应坐等静观,眼光放长远些。"

杜鲁门下决心说:"我同意你的意见,美国对台湾不应承担责任和义务。"

艾奇逊说:"根据美国中央情报局的估计,台湾如没有美国公开出兵支持,将在1950年底落入共产党手里。因此,美国必须尽早公开表态,以定取舍。"

杜鲁门说:"取舍已定,可以对外发表了。"

1950年1月5日,杜鲁门代表美国政府在白宫草坪向记者发表《关于台湾的声明》,再次确认第二次世界大战时《开罗宣言》《波茨坦公告》中关于台湾归还中国的条款,宣布美国无条件地认为台湾是中国的领土,美国对台湾没有掠夺的野心。美国亦不拟使用武装部队干预其现在的局势,美国政府也不遵循任何足以把美国卷入中国内战的途径,美国政府也不拟对台湾的中国军队提供军事援助和意见。

记者招待会结束后,回到白宫总统办公室,杜鲁门对艾奇逊说:"我已经向全世界宣告了美国新的对华政策,下面怎么走,是你的事啦。"

艾奇逊说："我已经采取措施，一是宣布从台湾撤离美侨，降低驻台美国总领事馆的级别，最高长官是一位中校武官；二是命令留在北京的美国总领事柯乐博，将此文件送交中华人民共和国政府，让他们知道美国与蒋政权已拉开距离。"

杜鲁门叮嘱："这要做得极隐秘，反共援蒋的声音太强烈了，以至于我不得不在声明中强调，弃台弃蒋只是目前政策。"

杜鲁门发表的这个"弃蒋弃台"的声明，把蒋介石气坏了。他把刊载杜鲁门记者招待会消息的报纸掷于地下，忿忿地说："又开记者招待会，又撤走侨民，只留一位领事级代表，这个杜鲁门是存心坐视我自生自灭啦。"

蒋经国说："人家都说，这个脾气倔强的来自密苏里的老农，还在记恨美国两党选举时，阿爸以金钱支持了他的对手杜威，现在他在泄私愤。"

蒋介石无可奈何地说："要严令台湾报刊，不许透露半点美国对台湾政策的消息。夫人待在美国已经没有什么意义了，通知她回来吧。"

宋美龄的访问，目的有三个：让美国方面明确表态继续支持国民党政府；得到一大批物质援助；请一位高级军事家赴华考察中国局势，人选最好是麦克阿瑟将军。

争取到的一点援助经费，早已被蒋夫人一年的游说花费一空，只是经过"中央银行"转手后又重新流入美国。请麦克阿瑟将军赴华考察的意见被否决。但蒋夫人不负众望，说动美国政府表示继续支持国民党政府，实现了这个重要的政治目的。

蒋介石当然应感到欣慰了，尽管日子终究不好过。

■ 美国妄"托管"台湾的三次阴谋破产

美国对于台湾的政策，既有历史的延续性，又曾出现摇摆和反复，甚至

第2章
美国待尘埃落定却终落空

一度打过将台湾交联合国"托管"或让台湾独立的算盘。

美国参与制定了《开罗宣言》和《波茨坦公告》，公开承诺第二次世界大战后将东北、台湾和澎湖列岛归还中国。但与此同时，美国海军总部却另搞一套，称台湾极其重要，战后应由"美国单独军政管理台湾"，不要中国介入。

1945年日本投降后，以蒋介石为首的中国政府以迅雷不及掩耳之势，很快接收台湾，并立即派兵进驻，断了美国海军总部的念想，他们制订的接管台湾的计划被搁浅。

但是"山姆大叔"难以割舍觊觎了一个世纪的"福摩萨"。

1946年，美国总统杜鲁门的特使魏德迈到中国考察。次年7月，台湾失意政客、"台独"分子廖文毅和廖文奎向魏德迈交了一份"台独"纲领：《处理台湾意见书》，提出将台湾交联合国托管等八项要求。魏德迈根据廖文毅的要求，向美国国务院提交了一份考察报告说：台湾人会接受美国的保护或联合国之托管。这份报告对美国国务院制定对华政策起了重要作用。美国一些重要媒体在一些政客的授意下，纷纷刊出台湾人同意将台湾交联合国托管的文章，有的文章还胡说："台湾只有交联合国托管，才不会落入共产党之手。"

蒋介石断然采取措施反击美国这股"托管"台湾的逆流：一是授意国民党宣传部立即组织人在报刊、电台写社论和评论，反击国际上分裂中国的阴谋；二是电令台湾省主席魏道明公开发表谈话，反击、驳斥美国政界出现的"台湾托管论"。由于蒋介石的及时有力反击，美国国内掀起的第一次将台湾交联合国托管的逆流被打了下去。

1948年11月，美国国务院鉴于中国形势的发展，要求参谋长联席会议作出估计："一旦共产党在中国大陆掌权，台湾陷于一个受克里姆林宫指使的政府的统治之下，这种情况将会对美国的安全产生何种战略上的影响？"

经过一番争论，参谋长联席会议认为：如果台湾落入共产党的控制，从战略上必对美国的安全极为不利，因为台湾的战略地位十分重要，它有潜力成为美国的军事基地。他们再次搬出美国"世纪海军将领"帕里的建议，作为上述战略观点的依据。

帕里曾于1853年向华盛顿政府建议："我们仍必须……对一切足以改变中国、日本及更南的国家，特别是台湾的政治及内务的任何具有实际意义的建议，予以鼓励。美国就应该单独采取这个主动……台湾在海军及陆战上的有利位置，是值得考虑的。另外一点，该岛直接地面对中国许多主要商业口岸，只要在该岛泊驻足够的海军，它不但可以控制这些口岸，并且可以控制中国海面的东北入口。"

最后，参谋长联席会议于11月24日形成了一份原名叫《台湾的战略意义》的备忘录，上交给国务院。该备忘录得出如下结论：如果能阻止共产党对"福摩萨"的统治，对美国的国家安全利益最为有利。但是考虑到美国的全球战线过长，力不从心，建议争取通过外交和经济手段，防止共产党统治台湾。随后，美国国家安全委员会根据这个备忘录，抛出了《台湾地位未定论》的报告。报告称："美国的基本目标是不让福摩萨和佩斯卡多尔群岛（即澎湖列岛）落入共产党手中。为此目标，目前最实际可行的办法是把这些岛与中国大陆隔离开来。"

该委员会还策划了四项"隔离"方案：第一，与国民党进行谈判，由美军直接占领台湾；第二，与国民党签订协定，让美国在台湾拥有"租界和基地"；第三，"支持在福摩萨的国民党政府及其残余，承认他们是中国政府"；第四，"支持当地的非共产党人继续控制福摩萨"，"不使福摩萨成为国民党政府残余分子的避难地"。

1949年，蒋介石政权退守台湾，使麦克阿瑟等驻日盟军高级将领颇为焦虑，他们担心蒋介石的残余守不住台湾。盟军总部参谋长阿尔蒙德草拟了一个将台湾暂时移交给盟军或联合国管理的计划。盟军总部将此计划告知了国民党政府驻日军事代表团团长朱世明，并要求他做蒋介石的工作。朱世明将此计划电告了蒋介石,并说明此事重大,切盼予以答复。蒋介石极为重视,于6月18日在台湾凤山陆军军官学校召集部分幕僚商讨应对措施。蒋介石认为他手中还有几十万军队,足以跟共产党周旋一阵。另外台湾海峡是一道天然屏障,共军难以攻占。如果将台湾交给盟军或联合国托管,他们将无地可退,无处安身立命。因此,对美国政府应有坚决的表示,必须死守台湾。

6月20日,蒋介石回电朱世明,严正声明:一、不能接受台湾移交盟军或联合国暂管之拟议,共管不符合开罗会议之精神;二、台湾很可能在短期内成为中国反共力量的新基地;三、决心与中共作持久战,国民政府也不会成为流亡政府;四、设法向盟军总司令麦克阿瑟提出:第一,美国决不可承认中共政权,并防止他国承认;第二,美国政府应积极协助国民政府反共和确保台湾安全。

朱世明很快将这个电报转给了盟军总参谋部。阿尔蒙德看了很不高兴,冷冷地问:"你们守得住台湾吗?"朱回答:"守得住。"阿尔蒙德又气势汹汹问:"谁说守得住?"朱回答:"我们的蒋总裁。"阿尔蒙德更生气了:"你们的几百万大军短短几年就被共产党消灭得差不多了,还能守住台湾?"他愤愤地转身走了。

就这样,由于蒋介石的坚决反对,美国企图通过盟军总部将台湾从中国分裂出去的阴谋,再次破产。

1949年9月,原美国驻华大使司徒雷登及魏德迈联名给国民党国防部常务次长郑介民寄来邀请函,告知美国国务院远东政策小组将出炉对华新决策,请郑秘密赴美,与美方交换意见。

9月下旬,郑介民向蒋介石报告了此事。蒋介石马上叫秘书周宏涛给驻美大使馆武官皮宗敢发电,叫他去询问司徒雷登及其助手傅泾波。

11月2日,郑介民经蒋批准启程赴美。3日,美国驻台湾"总领事馆领事"麦克唐纳奉命求见蒋介石。他奉国务卿艾奇逊的指示,转达备忘录,内容是美国声明。蒋介石接过备忘录一看,只见上面写着:"美国政府并无使用军事力量以防卫台湾之意向,唯对台湾局势表示关切,并将继续予以援助。"

蒋介石看了备忘录,气不打一处来,美国又要"袖手"不管。当晚,他召集高层幕僚研究对策。

11月4日至7日,郑介民在美期间先后会见了魏德迈、美国海军司令白吉尔、美国国务院远东司司长翟石和代理国务卿魏勃。美国官员主要询问了台湾防守情况。

魏德迈直截了当问:"你们有没有能力守台湾?"

郑介民含糊回答:"这要看怎么说。"

魏德迈又问:"台湾交联合国托管安全,还是由你们防守安全?"

郑介民不能含糊了:"只要贵国真心援助,我们自己守卫肯定比交联合国安全。"

魏德迈不高兴了,毫不客气地一通指责:"你们的那些高级将领都是些贪污腐败、指挥无能、逃跑怕死的人,能守住台湾吗?我们过去给你们援助那么多武器,现在在哪里?"

戳痛了蒋介石当"运输大队长"的伤疤,郑介民强硬不起来,半天不敢吱声,过了好一会儿,才嗫嚅说:"你们要将台湾交联合国托管,我们总裁不会同意的。"

魏德迈与郑介民分手时,冷冷地说:"你们不要鸭子死了嘴巴硬,最好还是把台湾交联合国托管。"

郑介民心里当然清楚,所谓托管,实际上就是要把台湾交出去,托管之后,台湾就永远漂离祖国了,要想拿回就难了,国民党政权到哪里去立脚?

11月7日,魏勃召集白华德等人研究了台湾问题。当天,魏勃托司徒雷登将他们的意见转告郑介民。他们赤裸裸的意见是:蒋介石无力保台,建议由蒋介石在台发动民众请求,将台湾交联合国托管,国民党官员及其军队撤到海南岛去。

这岂不是要逼迫蒋介石自己主动卖国？这也太欺负人了。

司徒雷登还告诉郑介民，美国准备在圣诞节前后承认新中国，英国、法国、加拿大也有可能跟随美国与中国建交。

郑介民听了十分恼怒，终于对司徒雷登说了话："海南岛不能作海空军军事基地。共产党还没来，你们先将我们整惨，这不太好吧？"

他接着又说："这事太大，台湾托管后，我们就不能将台湾作为反共的军事基地。我对此难以表态，必须向国内请示后再作答复。"

11月8日，郑介民将美国国务院魏勃的意见整理出四条，电告了蒋介石，并说，过些时候马歇尔还要会见他讨论此问题。

蒋介石接到郑介民的电文，气得不行，电令郑立即回台湾。郑介民接到电报，连招呼都未打就匆匆返回了台湾。

蒋介石出于政治上的考虑，为了维护其集团的利益，更为重要的是为确保最后一块栖身之地的安全，对美国的"台湾地位未定论"和"台湾托管"的立场予以坚决抵制，他说："台湾移归或由联合国托管之拟议，实际为中国政府无法接受之办法，因此种办法，违反了中国国民心理，尤与中正本人自开罗会议争回台澎一贯努力与立场，根本相反。"

另据蒋经国的日记记载，蒋介石曾指示说："英、美恐我不能固守台湾，为共军夺取而入于俄国势力范围，使南太平洋诸岛防线发生缺口，亟谋由我交还美国管理，而英则在幕后积极怂恿，以间接加强其香港声势。对此一问题最足顾虑，故对美应有坚决表示，余必死守台湾，确保领土尽我国民天职，决不能交归盟国。如彼愿助我力量共同防守，则不拒绝。"

面对又硬又顽的蒋介石，美国人无计可施，几乎陷入绝望。就这样，由美国国务院一群政客再一次策划的"托管台湾"的阴谋，宣告破产。

1949年12月23日，蒋介石的日记里挺有意思地记叙了他做的一个梦："昨晚冬至，夜间梦在新建未漆之楼梯，努力挣扎爬上梯底时已力竭气衰而醒。若此为预兆，前途艰危可知，而成功亦可卜也。"

他写完日记就授意台湾当局正式向美国政府提出派顾问协防台湾的请求。偏偏就在当天，美国国务院发出了一份被称为"28号特别命令"的文件。文件标题是《关于台湾政策宣传指示》。文件唱的是悲歌："大家都预料该岛将陷落，在国民党的统治下，那里的民政和军事情况已趋恶化，这种情形更加强了这种估计。"文件还解释了美国为什么不能派人员、武器、舰只去协防台湾或以台湾作基地的原因：

1. 这并不能给国民党政权实际的好处；
2. 这将使美国卷入长期的冒险中，弄得不好，可能卷入公开战争；
3. 这将使美国遭到中国人民的敌视；
4. 这将证实苏联的宣传，分散美国的力量，从而合乎苏联的利益。

最后，这份文件指示各部门"在对中国的宣传中，强调台湾在国民党统治下的糟糕情况"，并借此使人明白"国民党为什么在那里像在其他地方一样容易被攻破"。

这份文件很清楚地表明，美国已经准备抛弃台湾当局。

爬上楼梯底已经气竭力衰的蒋介石，要想再上楼梯的确需要很长一段挣扎工夫。

美国总统杜鲁门于12月29日下午在白宫召开国家安全会议，再次讨论台湾当局的协防要求。布莱德利将军陈述参谋长联席会议建议，主张援助台湾。艾奇逊代表国务院表示反对，理由是这种援助将使美国的盟国十分为难，当时英国、印度等大国已准备承认新中国。最后，杜鲁门仍决定美国对台湾及蒋介石采取"袖手旁观"的政策。

若干年后，杜鲁门在其《口述自传》中谈起蒋介石集团，还气哼哼地说："蒋军从来不是良好的部队。我们把大约三十亿五千万元的军事装备，送给了这些所谓自由中国人士，结果，从北京到南京的战线上，蒋介石约五百万军队，却败给了三十万共军，共产党拿了这些军事装备，把蒋和他的手下，扫出中国大陆。说实话，他一直都不是个东西。他们曾要求我派出数百万美国部队去拯救他,被我一口回绝。蒋介石实在无可救药,他们的腐败是与生俱来的,我决心不虚耗哪怕是一个美国人的生命去挽救他。我不在乎他们怎么说。他们继续嘲骂与控诉,说我对共产主义软化,又说我庸碌无知,但我不会屈服于这些指责。对于蒋和他的一伙人,我从来没有改变过自己的看法,这群混蛋一个个都该关进牢狱里。"

美国的态度反复无常,杜鲁门对蒋介石越来越冷淡,宋美龄感觉在美国待得没意思,而且再也待不下去了。1950年1月9日,离开美国之前的宋美龄在里弗代尔寓所向全美发表广播演说,声调有点凄凉伤感:

"……几天之后,我就要回到中国去了。我不是回到南京、重庆、上海或广州,我不是回到我们的大陆上去,我要回到我的人民所在的台湾岛去,台湾是我们一切希望的堡垒,是一个反抗异族蹂躏我国的基地。"

她又鼓足心气讲道:"不论有无援助,我们一定会打下去。我们数百万同胞正在致力于长期斗争。只要我们一息尚存,只要我们对上帝存有信心,我们就要奋斗,无一日无一时不用来为争取自由而斗争……"

最后,她感慨道:"每次离开美国,我总不免意绪茫然。我们的朋友们,我们的国家受了屈辱,我们的政府现在孤悬海外的岛上,苏格兰的布鲁斯,曾由山洞出来和他的人民站在一起,我们也要从岛上出来和我们的人民站在一起!"

中美建交擦肩而过

"二战"结束后,美国一直对中国打着如意算盘,竭尽全力试图把中国"调解"成一个稳定、统一、强大而又亲美的联合国常任理事国。美国建议:国民党交出部分权力,以换取共产党交出军队、交出解放区的地方权力,进而将共产党融合在以蒋介石为首的政府里。1945年来华的美国特使马歇尔将军和后来的魏德迈将军，都是担当这一任务的调停人。

然而，国共两党都不能接受美国人的这种安排。特别是国民党于1946年发动内战，粉碎了美国人的幻想，美国宣告调停失败并转而公开支持蒋介石。至1948年，美国给予数十亿美元，仍然不能挽救国民党军节节败退的颓势，共产党军队仍然所向披靡，其胜利已日趋明朗。

中共在全国取得胜利之初，美国暂时没有承认新中国，但一直在考虑承认的可能性。

1948年11月，美国政府决定保持美国在南京的大使馆和在主要城市的领事馆，以便观察共产党的动向，随时准备与这个新政权接触。

1949年10月1日，新中国成立，向世界各国发出外交承认的请求。10月2日，苏联表示"承认"。美国国务院发言人10月3日表示：美国政府在与国会磋商之前，不会承认中国。6日，美国国务卿艾奇逊提出了美国承认新中国的三个条件：新政权必须有效控制中国；接受前政府的国际义务；得到中国人民的认可。但是美国大使司徒雷登并没有马上走，还在想方设法与北京接触。毛泽东发表了《别了，司徒雷登》，才"赶跑"了这位美国大使。

10月6日至8日，美国国务院召集大型会议，研讨承认新中国问题。与会者有学者、商人和官员。多数人认为：美国应该尊重国民党垮台的事实，承认新中国。哈佛大学费正清教授甚至认为："美国不应该去防止台湾落入中共手中。"

当时美国国务院的一些中国问题专家，甚至希望毛泽东的中共只是"土地改革者"，还希望毛泽东的新中国成为"南斯拉夫第二"，与苏美保持等边关系，当然更希望中国能倒向西方。即使毛泽东在6月30日表示了要向苏联"一边倒"，美国方面还是认为有可能争取毛泽东做"铁托第二"。他们认为毛泽东的"一边倒"是权宜之计，不能持久的。

的确，对于"一边倒"，当时中国国内也有不同看法。国民党和谈首席代表张治中就直率地当着毛泽东的面反对过。

第 2 章
美国待尘埃落定却终落空

那是国共和谈即将破裂时，张治中到双清别墅去拜访毛泽东。两人落座后，毛泽东点燃一支烟，悠悠吐出烟雾说："文白先生，国共和谈谈不太拢，恐怕我们两人是能谈拢的。你来北平前去了趟溪口，蒋先生怎么样？"

张治中谨慎地斟酌词句说："和平是大势所趋。就蒋先生而言，我去溪口与他分手的时候，他一再表示愿意和平，愿意终老还乡，不再担任职务。"

"嗯。"毛泽东一口接一口地抽烟，不置可否地点点头，突然问，"文白先生，你对今后新中国的建国方针有什么考虑吗？"

张治中诚恳地说："我很愿意向主席贡献一点愚见。我认为将来国家统一后，最要紧的是要有正确的外交政策。我认为国民党失败的原因很多，主要一条是奉行一面倒亲美、死硬反苏的错误政策。这是一个致命赌注，给国家民族带来严重灾难。"

碰到钉子上了。毛泽东专注地听着，眉头微蹙，目光低垂，脸上显出若有所思的神情。

张治中不顾毛泽东的反应，继续坦率说："我反对一面倒美，也反对一面倒苏，主张美苏并重，就是亲美也亲苏，平时美苏并重，战时善意中立。"

毛泽东明显不赞成，重重地"嗯"了一声。

张治中仍不管不顾地说："在未来的国家建设中，光靠苏联是不够的，中国实在太大了，还得要从美英等国取得援助。"

毛泽东把香烟习惯地往烟灰缸里一戳，严肃地说："文白先生很坦率，我也坦率地讲，我是有不同观点的。蒋介石在他发动的内战中败北，只会增强美帝国主义对中国革命的敌视程度，而决不能让它翻然悔悟，立刻向中国人民伸出友好之手。"

张治中要说什么，毛泽东摇手制止了，继续说："美帝国主义还没有放弃扶蒋反共政策，还在为蒋介石输血打气，企图使国民党在长江一线顶住，

张治中是中国共产党和毛泽东的老朋友，第二次国共合作的成功，他贡献不小。这是1945年8月28日，重庆谈判前毛泽东、周恩来、朱德与美国大使赫尔利及张治中在延安的合影。张治中曾三到延安，这是第一次。（徐肖冰摄）

同时也在考虑直接出兵的可能性。在这种情况下，怎么搞美苏并重？怎么往美国脸上贴？我们现在只有一边倒，倒向苏联。"

用心听着的张治中一怔，虽然心里不赞成毛泽东的"一边倒"，嘴上也不好说什么了。

毛泽东又留点门缝说："当然，如果美国放弃扶蒋反共政策，我并不反对跟它建立外交关系。"

艾奇逊虽然不可能知道张治中与毛泽东的这番对话，但他还是有远见的。他曾说："国务院愿意考虑承认中国的可能性。毛泽东不像是苏联的傀儡，而且中国革命的胜利与苏联关系很小，考虑到莫斯科对中国东北、西北的野心，我断言，少则六年，多则十二年，中苏关系一定破裂，而美国一旦撤出中国，大概需要二十二年才能在中国重新站稳脚跟。"

杜鲁门回答："不是我不愿意，主要是有国会和其他组织的压力。"由

第 2 章
美国待尘埃落定却终落空

于"援蒋院外集团"势力强大,杜鲁门不愿意承担蒋介石政权灭亡的历史责任。

艾奇逊随后向杜鲁门报告说:"从10月6日到8日,国务院公共事务局邀请部分中国问题专家学者,讨论承认中国问题,与会者分为两组,结果一组赞成,一组反对。"

杜鲁门问:"公众舆论呢?"

艾奇逊说:"公众舆论莫衷一是,国务院难以作出决定。"

杜鲁门又问:"你的倾向性意见呢?"

艾奇逊说:"我建议采取静待尘埃落定的静观策略。"

毛泽东早就料到美国会采取"静观"策略。早在中共七届二中全会上,毛泽东即表示:帝国主义对我们的承认,不应去急于争取,就是全国胜利后相当一段时间内,也不必急于争取。因为"帝国主义决不能很快地以平等的态度对待我们"。

苏、南决裂后,毛泽东曾派出陆定一和刘宁一赴南斯拉夫考察,了解南斯拉夫是如何与美国、英国改善关系的。获知这一消息,早对中共有疑虑的斯大林更不"放心",他担心毛泽东是又一个铁托。1948年11月,中共致电莫斯科,询问如何处理美国驻沈阳总领事馆和馆内电台。莫斯科派驻中共的顾问指出:应孤立美国外交官,没收电台,将他们作为敌对部队的指挥官对待。斯大林甚至批评了中共对待美国驻华外交机构"太谨慎",是害怕美国人的表现。为此,毛泽东严厉地批评了中共东北局对美国驻沈阳总领事馆的宽容,指示高岗和陈云应该征求在东北的苏联同志的意见,对美国人强硬起来。

1949年7月,刘少奇访苏,苏联提出中共应该"牵头"成立"东亚共产党联盟"。刘少奇请示毛泽东,毛泽东表示"不感兴趣"。当刘少奇向斯大林提出中共解放台湾,苏联老大哥可否提供海、空军支援时,斯大林也一口回绝。

由于苏联驻华顾问多次指责中共试图在苏联"背后"与帝国主义建立关系，于是中共指示解放军官兵闯进了美国驻南京大使馆，没收了美国在北京总领事馆的财产，对沈阳总领事馆的态度也格外强硬起来。

1949年10月24日，沈阳市公安局以打人罪传讯、审问并正式拘禁了美国总领事华德。美国舆论对这种公然违反国际惯例的行为表示了强烈谴责。尽管艾奇逊试图淡化这些事件，但他既不能说服国会，也很难"统一"一个意见分歧的国务院，当然也无法平息美国公众的愤怒。

尽管美国受到了羞辱，1949年11月7日，杜鲁门总统仍然会见了两位中国问题专家。在听取了专家意见后，总统告诉艾奇逊，他"学到了许多东西"。他说，我们面临着两种选择，一是"反对共产党政权，骚扰它，刺激它，在机会允许时便试图推翻它"，另一种是"将它从莫斯科的隶属地位上分离下来，而且鼓励那些可以促成分离发生的力量"。

艾奇逊告诉杜鲁门，他和专家都倾向于第二种选择。他甚至劝说杜鲁门：即使苏联在中国一时得势，也不要紧，因为苏联很快就会发现自己陷入了中国的泥潭。

如果毛泽东当时知道艾奇逊的想法，中美关系可能会发展成另一个样子。

不过，当时的五角大楼却认为中国根本就不存在"铁托主义"，认为那只是一部分人一厢情愿的"幻想"。美国国家安全委员会也向白宫提交了报告，建议"收复"被苏联占领的亚洲阵地。艾奇逊坚决反对鹰派的这一提议。

1949年底和1950年初，杜鲁门政府对台湾采取了彻底的"撒手不管"政策。与此同时，艾奇逊向中国新政府暗示：美国有意考虑与北京建立外交关系。

1949年12月23日，也就是蒋介石从炮火连天即将被解放的成都刚刚逃亡到台湾的时候，美国国务院发出第28号密令——《关于台湾的政策宣传指示》。文中确定了美国官方关于台湾问题的统一对外宣传口径，同时文件确定了任何支持台湾的做法都是对美国利益不利的,都会使美国卷入一场危险的战争,都会使美国站在中国人民的对立面。文件中最值得注意的是,它强调了一个至今依旧十分敏感的重要观点,即台湾无论从历史上还是从地理上都是中国的一部分,中国是不能够分割的一个整体的国家。美国的态度十分明确,在暂不承认新中国的同时,也不再支持已经没有希望的蒋介石。

这时候毛泽东在苏联访问,正当斯大林对毛泽东签订"中苏友好条约"的要求疑虑重重的时候,大洋彼岸的美国抢先采取了行动。美国国务院紧急召开了远东圆桌会议,会议确定了一个共识:蒋介石已经永远地被赶出了中国大陆,中国共产党军队很快会占领台湾。美国现在面临的问题是,为了美国的利益,要尽快从中国脱身,结束与国民党政权的关系。国务卿艾奇逊甚至还主张,至少暂时不向国民党政权提供军事援助,而且也不应该试图把台湾和中国大陆分离开;否则,只会有利于苏联,使毛泽东更靠近斯大林,而危害美国的远东利益。

这时,在美国朝野以费正清教授为代表的在"二战"中与中共人士有过交往的一批中国问题专家、学者,再度推动美国承认新中国。他们很有见地,眼光独到。他们认为新中国绝非由苏联一手扶植起来的东欧共产党政权,中共的领导人物也绝非一帮亡命的阴谋反叛者,而是中国一批很有才干的精英人物。他们早在十年前就拥有政权、军队。中共有独具特色的马克思主义的传统,具有民族主义色彩,意识形态不会对克里姆林宫百依百顺;中共没有理由去感谢苏联,它的存在和发展不是因为有了莫斯科,而是由于无视莫斯科的结果,中共与苏共迟早会分手。再从历史上看,早在共产主义以前,俄国就推行统治中国北部的政策,苏联继续实行这种政策,甚至想使外蒙、内蒙、新疆和满洲脱离中国,美国不应该看不清这一最为重要的史实。美国不应该因台湾问题让中国人把仇恨转到美国身上。美国应明智地从台湾脱身出来,这样中国人就会看到是谁在破坏中国的领土完整,从而美国很有可能成为新中国的朋友,这对美国的远东利益是十分重要的。

这些具有政治战略眼光的明智观点，影响了美国政府。

为了向全世界表明美国"弃蒋弃台"的决心，国务卿艾奇逊干脆公开了美国在远东的防线。他在美国全国新闻俱乐部的演讲中，面对记者展开了一幅远东地图，用讲解棒边指边说：美国东西太平洋的军事防线确定为北起阿留申群岛，经过琉球群岛，南至菲律宾；台湾岛和朝鲜在美国的防卫圈之外。换句话说，凡是在美国的防卫圈之外的事情，美国不会去管。

杜鲁门的声明和艾奇逊的讲话对蒋介石是当头一棒，而对于毛泽东无疑是一个安全的信号。这促使斯大林警觉起来了，似乎美国在拉拢毛泽东，他对正在莫斯科访问的毛泽东的态度立即由冷转暖。

后来的史学家们认为，杜鲁门的"弃蒋弃台"声明是一份让斯大林"解放思想"的声明。既然美国人主动放弃了雅尔塔会议上划定的势力范围，那么苏联干什么还要小心翼翼地遵守呢？再说，当初国民党政权在中国大陆即将崩溃的时候，美国都没有武力干涉，那么现在他们还会在乎那个小小的台湾吗？于是斯大林原来不想与毛泽东签订的条约签订了，名字叫《中苏友好同盟互助条约》。

但由于缺乏沟通和固有的成见，新中国政权与美国的关系却在恶化。当中华人民共和国政府宣布：将征用外国在"不平等条约"下建立的兵营，征用那些没有承认新中国的国家的大使馆、领事馆的房产时，艾奇逊提出了一个妥协建议：美国房产的大部分可以被征用，但应当保留一所房子作办公用。这清楚表明，美国想与中国新政权藕断丝连，仍不想撤出中国大陆。艾奇逊并且警告，如果美国房产被全部征用，美国将从中国撤回全部外交人员。

也许是因为中国遭受屈辱的历史太长，也许是共产党官兵对美帝国主义全力支持蒋介石特别反感，也许是中国新政权并不全部了解美国政府和国会的内情，也许是第一代中共领导人决心不向美国示弱，也许是宣布了"一边倒"的毛泽东此时不愿得罪苏联，因此那段时间对美国的态度特别强硬。

第2章
美国待尘埃落定却终落空

1949年11月,美国驻沈阳总领事华德和全体工作人员因"间谍罪"被驱逐出境。1950年元旦刚过,中共新政权没收了美国领事馆在华的所有财产。1月14日,艾奇逊只好电令美国在中华人民共和国领事馆工作的全体人员"打道回府"。新中国与美国关系的大门"砰"的一声关上了。

艾奇逊曾经希望中国共产党人改变主意。中美关系的大门关上之后,他在美国参议院外交委员会上说:"我们原来认为他们会停下来……我们该让他们知道,如果他们拿走这些房产,我们就从中国所有地区撤走。这些信息已经传达给了他们,可他们非但不停止,反而变本加厉。从1月6日到我们最后提出这些建议的这段时间里,我们一直对此严格保密,因为我们不愿减少中共可能回心转意的机会。我们认为,此事一旦公之于众,所有的可能性将不复存在。"

建立中美良好关系的"可能性",曾在1949年与中美两国人民擦肩而过。遗憾也好,愧惜也好,这都是一段历史。

第 3 章
求援莫斯科

中华人民共和国成立伊始，中央军委发出了"解放台湾"的号召。鉴于国民党陆军主力基本被消灭，余下的军队战斗力远不及人民解放军，但其撤退到台湾的海、空军基本保持完整；而台湾海峡宽大险恶，风急浪高，没有海、空军的掩护，人民解放军不可能渡海攻台。

毛泽东认为，解放台湾不像解放大陆那样，把军队开过去就行了，而必须先解决渡海作战问题，还要认真对付美国插手的可能性。毛泽东认为，中国人民革命力量愈强大，愈坚决，美帝国主义进行直接军事干涉的可能性就愈小。"我们从来就是将美国直接出兵占领中国沿海若干城市并和我们作战这样一种可能性，计算在作战计划之内的。"

毛泽东考虑应先准备，待条件成熟后，再发起台湾战役。

准备之一，是向苏联政府请求援助。

于是，他平生第一次出国访问苏联。

■ 求援解放台湾遭遇冷落

1949年12月21日是斯大林的七十大寿。1949年11月25日，中共中央政治局会议讨论了毛泽东即将开始的访苏问题，确认毛泽东访苏的主要目的除了向斯大林祝寿，就是签订新的中苏条约，以替代1945年8月苏联与中华民国政府签订的中苏条约。

第3章 求援莫斯科

1949年12月16日正午，莫斯科伊万大帝钟楼上那只古老的大钟，"当当当"地敲响了。

洪亮的钟声和站前广场上的欢呼声响成一片。

毛泽东率中共中央和中华人民共和国政府代表团一行，到达了莫斯科火车站，受到热烈欢迎。

傍晚，毛泽东抵达莫斯科才六个小时，两辆黑色小轿车载着毛泽东和翻译师哲，离开了莫斯科西南郊的贵宾别墅，稳稳地驶向莫斯科市区，驶向高耸的红墙。

克里姆林宫的一间宽敞明亮的大客厅，客厅的四壁是光亮如镜的大理石，地上铺着鲜红的地毯。在供房间取暖的壁炉架上端，挂着一只俄国古挂钟。

毛泽东一行走进了宽阔而富丽堂皇的大厅，踩着红地毯，他抬头看了一眼挂钟，时间是5点57分。

毛泽东跨进斯大林宽敞豪华的办公室，他眼睛一亮，只见一字排开站立着苏共中央政治局委员兼部长会议副主席莫洛托夫、苏共中央政治局委员兼书记处书记马林科夫、苏共中央政治局委员兼部长会议副主席布尔加宁、苏联外交部长维辛斯基等人。

斯大林站在最前面，身着笔挺的元帅服，头发、胡子都梳得光亮整齐。见到毛泽东走进来，斯大林立刻跨小步迎了过来。毛泽东快步走向斯大林，热情地同他握手，说："斯大林同志，您好！"

斯大林向毛泽东点头致意："您好！欢迎您的光临！"

师哲紧跟在毛泽东身后，认真翻译毛泽东和斯大林的每一句话。

毛泽东紧紧握着斯大林的手说："非常高兴见到您！"

斯大林双手握着毛泽东的手，仔细端详着毛泽东："您很年轻嘛！而且很健康，很了不起。"

毛泽东依然握着斯大林的手，满腔的话一时不知从何说起。斯大林却赞扬着毛泽东："您对中国革命、对中国人民的贡献很大，您是中国人民的好儿子！祝贺你们取得了伟大的胜利！"

毛泽东摇摇头，不知怎么不合时宜地诉起委屈来："不，我是曾经长期遭受打击和排挤的人，有话都无处说啊！到现在都还没有一个公道！"

斯大林惊讶地望着毛泽东，一时不知说什么好，以手示意，亲切地请毛泽东入座。毛泽东和师哲在会谈桌的一边坐下来，斯大林和苏方人员则在会谈桌另一边就座。

毛泽东沉稳地坐下后，斯大林便说："毛泽东同志，胜利的事实已经分清是非，胜利就已说明了一切！胜利就是公道！"毛泽东听了这话，脸上露出了笑容。

高高的宫顶上垂下数十盏华丽的水晶灯，将整个房间辉映得如同白昼。宫灯下，一条长长的铺了丝绒台布的会议桌上，摆满了各种鲜美的菜肴和食品、水果，格鲁吉亚产的红白葡萄酒和白兰地酒，还有各种名贵的伏特加酒。在每把靠背椅前的桌面上，陈列着各类餐具和酒杯，显得十分高雅而美观。

斯大林在这里举行宴会招待中国代表团，实际上是双方会谈的开始。这是斯大林习惯采取的外事方式。宾主边吃边谈，显得轻松自然。

斯大林问："毛泽东同志，你这次来，有些什么想法和愿望？"

毛泽东笑着回答："愿望当然是有的，我们这次应该搞出个东西来，这个东西应该是既好看，又好吃。"

费德林不知道怎样翻译，用恳求的目光向师哲求援，师哲便翻译带解释地说："好看就是形式好看，冠冕堂皇；好吃就是说内容有味，实实在在。"

大厅里发出一阵笑声，大家被毛泽东独具风格的幽默惊得目瞪口呆。

斯大林继续微笑着问毛泽东："请您直接讲出来，你们需要我们为新中国做些什么事情？"

毛泽东提出了中苏条约问题："斯大林同志，刘少奇回国后，中共中央讨论了中苏友好同盟和互助条约问题……"

斯大林并不正面回答这一敏感问题，而是谈"个人意见"："我认为应该讨论和解决这个问题。只是需要弄清楚，究竟是应该保留1945年苏联政府与当时的国民党政府签订的那个中苏友好同盟条约呢，还是暂时不动它，宣布将来进行修改，抑或我们现在就要对它进行相应的修改呢？"

这些话毛泽东显然不爱听，他面部表情变得严肃起来，在椅子上挪了挪屁股，强制自己听下去。

斯大林随意地把红葡萄酒和白葡萄酒掺和了一大杯，一饮而尽。毛泽东吃惊地望着他，奇怪这种饮法。

斯大林显然认为签订这样一个新条约违背了第二次世界大战中苏、美、英三国签订的《雅尔塔协定》。斯大林不想也不能破坏在雅尔塔会议上对战后远东政治格局的共同承诺，也就是说承认战后远东甚至整个中国是美国的势力范围。也许就是在这个时候，毛泽东内心里对苏联的别扭和对美国的蔑视同时产生了。

斯大林解释说："1945年的那个条约是根据苏、美、英三国缔结的《雅尔塔协议》签订的，而苏联正是通过《雅尔塔协议》才在远东得到了千岛群岛、南库页岛和旅顺口等。如果改动经过美、英两国同意的中苏条约，哪怕改动一款，都可能给美国和英国提出修改条约中涉及千岛群岛、南库页岛等条款的问题，提供法律上的借口。"

他看一眼毛泽东，顿顿又说："因此，我们经过考虑后，认为可以在形式上保留，而实际上修改这个条约。也就是说，苏联在形式上保留在旅顺口驻军的权利，但根据中国政府的建议，撤退驻在那里的苏联军队。中长铁路问题，也可采取同样的办法。这就是说，可以在形式上保留，但实际上根据中方的要求修改协定的有关条款。"

毛泽东虽然没有当场反驳斯大林，但显然不同意斯大林的意见，婉转地说:"中国在讨论条约时,没有考虑到美国和英国在《雅尔塔协定》问题上的立场。怎样有利于我们的共同事业,我们就应当怎么样做。这个问题应当进一步考虑。"

毛泽东委婉地提出:"国民党的支持者在台湾建立了一个海、空军基地,海军和空军的缺乏,使人民解放军占领这个岛屿更加困难。考虑到这种情况,我们的一些将领一直在提议,请苏联援助,比如可以派志愿飞行人员或秘密军事特遣舰队协助夺取台湾。"

对于毛泽东提出的援助要求,斯大林含糊其词地表示,这样的援助不是没有可能的,本来是应当考虑这样做的,问题是不能给美国一个干涉的借口。如果是指挥人员或军事教官,我们随时都可以派给你们,但其他的形式还需要考虑。最后,斯大林甚至小儿科地向毛泽东建议:"是否可以先向台湾空投伞兵,组织暴动,然后再去进攻呢?"

毛泽东心里十分失望,指望斯大林援助中共解放台湾看来是没有一点戏,斯大林是不会为了中国得罪美国的。不过,他还是心有不甘地提了一句:"我想叫周恩来总理来一趟莫斯科。"

斯大林摸不清毛泽东的意图,他反问道:"如果我们不能确定要完成什么事情,为什么还要叫他来,他来干什么?"

显然斯大林并不赞成周恩来来莫斯科,认为没有必要,但又不好当面拒绝,因此显得闷闷不乐。

在要不要周恩来来莫斯科的问题上,两位巨人产生了分歧,毛泽东也显得闷闷不乐。在毛泽东看来,周恩来比他更善于跟外国人打交道,同时毛泽东考虑到斯大林兼了苏联部长会议主席职务,相当于总理,他不是总理,也不是外交部长,虽然职务比周恩来高,但与斯大林对不上口径,如果能签订中苏友好条约,周恩来到莫斯科来就顺理成章了。两个人的初次会谈不欢而散。

第3章
求援莫斯科

冬天多雪，寒冷刺骨，是莫斯科的气候特点。

纷纷扬扬的雪花，像棉絮一样漫天飘舞。皑皑的白雪，罩住了大地，覆盖着房顶，压弯了青松。

将近午夜了，莫斯科沉入了梦乡之中。"当——当——当"，克里姆林宫钟楼上的大钟深沉而悠扬地响了起来，宽阔的广场上已没有了人迹，天空中飞扬的雪花仍在静静地飘洒着。广场尽头那座高耸的石座上竖着一块铁铸的纪念碑，这是纪念罗曼诺夫王朝的纪念碑。

毛泽东喜欢观赏雪。回到孔策沃住处后，他迎着凛冽的寒风，踏着厚厚的积雪，在别墅周边的林子里散步。随着脚下"咯吱咯吱"的踏雪声，他想起了刘少奇访苏的情景。

1949年5月中旬，党中央决定派刘少奇率中共中央代表团秘密访问苏联。

临出发前的6月底的一天晚上，毛泽东在中南海颐年堂接见刘少奇时，明确了中国代表团此行的三个任务：第一，向苏联老大哥介绍中国革命的发展和前景，让苏联同志了解中国革命的性质、任务；第二，向苏联同志介绍中国革命对世界革命的影响和意义，它对世界革命应负的义务和希望得到的国际援助；第三，最重要的同时也是最迫切的，是要取得苏联对中国革命的理解和支持。毛泽东特别叮嘱刘少奇，对苏联老大哥既要尊重，又要坚持原则。毛泽东在接见时曾说：国内比较麻烦的有两处，台湾和西藏。台湾是中国的领土，这无可争辩。现在国民党的残余势力，大概全要撤到那里去，以后同我们隔海相望，不相往来。那里还有一个美国问题，台湾实际上是在美帝国主义的保护下。

刘少奇说：这样，台湾问题就比西藏问题还复杂。

毛泽东说：是的。如果我们现在就解放台湾，当然是武力解决。以武力解放台湾，没有空军和海军是不行的。而要建立空军和海军，必须得到苏联的援助。

刘少奇出发之前，中共中央政治局讨论了关于是否向苏联提出协助进攻台湾的技术手段问题，建议刘少奇在代表政治局给斯大林的信中，试着提出请苏联出动空军和海军援助的问题。

7月10日夜晚，毛泽东坐在灯光下，提笔给周恩来写信：

"恩来：根据朱德建议，可考虑选派三四百人去苏联学习空军。同时购买飞机一百架左右，连同现在的空军组成一个攻击部队，掩护渡海，准备明年夏季夺取台湾……"

7月11日，斯大林在克里姆林宫小客厅第一次接见刘少奇带领的中共中央代表团。红色地毯，典雅的桌椅，桌上放着俄罗斯风格的杯子和盘子，旁边还有香槟酒和饮料。

相互交谈了一番后，刘少奇说："鉴于解放台湾的需求，我国想购买一批苏联制造的军用飞机。"

斯大林高兴地当即答应："可以，我们将提供最先进的军用飞机。"

回到住处，刘少奇问翻译师哲："师哲同志，斯大林同志是说提供最先进的飞机吗？你没翻错吧？"

师哲肯定地说："没错，他是说提供最先进的军用飞机。"

刘少奇兴奋地说："赶紧让空军司令刘亚楼来谈判购买，他们现在最先进的军用飞机是什么？"

师哲说："据有关资料讲，是米格-15喷气式战斗机。"

这时，在斯大林的莫斯科郊区别墅，苏联派往中国的顾问团团长科瓦廖夫却对斯大林说："斯大林同志，您刚才对刘少奇说，给他们提供最先进的军用飞机，不知我有没有听错？"

斯大林后悔地说："那是我一时高兴冲口说出的话，不作数，你把记录改过来，改成提供先进的军用飞机。"

科瓦廖夫又问："他们要派空军司令来谈判，告诉他们什么是先进的军用飞机呢？"

斯大林说："就说是拉-11螺旋桨战斗机，告诉他们，拉-11螺旋桨战斗机的性能优于国民党军队装备的P-51野马战斗机。"

第二天，斯大林再次接见中共代表团，对环坐的中共代表团成员一改昨天的爽快口吻，谨慎地说："对于中国同志要求苏联以海军、空军支援进攻台湾的问题，我是认真考虑过的。鉴于苏联经济经过战争，受到了严重的破坏，从西部前线一直到伏尔加河一片荒芜。苏联对进攻台湾的军事支持，将意味着与美国海、空军发生直接冲突，为其发动新的世界大战提供借口。"

抽着烟聆听的刘少奇，脸上显出失望的表情。

斯大林摸摸嘴边那一撮漂亮的小胡子，有点神秘地挤挤眼睛，得意地笑了笑说："不过，我建议将这个问题提交苏共中央政治局，在邀请一部分军方代表和部长参加的扩大会议上讨论。"

刘少奇礼貌地说："感谢斯大林同志对中共要求的重视，我们期待苏共中央政治局的答复。"

7月25日，毛泽东伏在菊香书屋台灯的光晕里，给刘少奇写信：

"中共中央代表团并转斯大林同志：……自封锁之日起，上海就更加困难了。但是为了打破封锁，必须占领台湾，而占领台湾没有空军是不行的……"

刘少奇在莫斯科住处阅读毛泽东的电报："……我们希望你们同斯大林同志交换意见，苏联能否给予我们这方面的援助，即莫斯科用六个月至一年时间为我们培训一千名飞行员、三百名地勤人员。此外，苏联能否卖给我们一百至二百架歼击机、四十至八十架轰炸机，用于攻占台湾。在建立海军方面，我们还请求苏联给予我们帮助。"

7月27日，刘少奇再次拜会斯大林等苏联领导人，向斯大林说明了中国共产党准备好1950年进攻台湾的设想，要求苏联方面提供二百架飞机并请代训飞行员。斯大林非常痛快地答应了，但说航空学校不必设在苏联，可以在中国设立。不过，对于刘少奇带去的中共中央政治局所提议的请苏联在作战时提供空军和海军支援的要求，斯大林明确表示难以赞同，说这样做的结果，必定会引起美国的介入，从而诱发美苏之间的冲突乃至战争。

刘少奇回国后，在中南海菊香书屋东厢房的办公室里，向毛泽东汇报苏联之行。刘少奇点上一支烟，深吸一口说："路上飞了七八天才到莫斯科，坐飞机很受罪，衣服都被冷气打湿了。建议主席访苏时，不要坐飞机，还是坐火车舒服安全。"

毛泽东悠悠地吸着烟说："可以，好在我们与苏联的铁路是连着的，邻国嘛，就有这点方便之处。"

刘少奇汇报说："斯大林保证，新中国政府一成立，苏联立即给予承认。他说1945年签订的中苏条约是不平等的，因为那时候是与国民党打交道，不能不如此。新中国成立后，主席即可去莫斯科，那时再解决这个问题。"

毛泽东问："他的意思是否用新条约代替旧条约？"

刘少奇说："他没有明确说，我理解有这个意思。"

毛泽东默默地点头。

刘少奇很快谈到台湾问题："斯大林第一次接见我时，说可以提供最先进的军用飞机，供我们解放台湾，可会谈记录把'最先进'改成了'先进'。"

毛泽东笑了："老大哥对我们还留一手。快派刘亚楼去谈判，看来刘亚楼拿不到最先进的飞机了。"

已经身在莫斯科的毛泽东，回忆起这些过节，脸上不由得浮起一丝苦笑。

深夜，孔策沃别墅，毛泽东下榻处。王稼祥正向毛泽东讲起，1949年12月23日，美国国务卿艾奇逊在宣布《关于台湾政策宣传指示》时说："台湾在政治上、地理上和战略上都是中国的一部分，它一点也不特别出色或者重要。""大家都预料该岛将陷落，在国民党的统治下，那里的民政和军事情况已趋恶化，这种情形更加强了这种估计。"

毛泽东听了说："看来美国的政策还是保李倒蒋，蒋介石政权在美国当政者眼中，只是一艘沉船，美国人要同它拉开距离。"

王稼祥说："司徒雷登讲过，从1949年初开始，美蒋关系走向了最低点，美国政府基本上开始实行从中国内战脱身的政策。"

毛泽东说："这有利于我们解放台湾，可是'老大哥'却顾虑重重，生怕与'山姆大叔'干仗。"

斯大林对毛泽东又友好起来

毛泽东被晾在孔策沃别墅两个多星期，虽然莫洛托夫、布尔加宁、米高扬等人礼节性地拜访过他，斯大林七十寿辰庆典活动时，毛泽东也被安排在显要的位置，但所有这些都是一般的礼仪活动。

12月24日，斯大林按毛泽东的建议举行正式会晤，师哲和费德林当翻译。

看样子，他们已经谈了很久了。许多话题都谈过了，心里装着台湾问题的毛泽东再次婉转地提出要求说："国民党的支持者在台湾建立了一个海、空军基地。海、空军的缺乏，使人民解放军占领这个岛屿更加困难。我们的一些将领一直在提议，请苏联援助，比如可以派志愿飞行人员或秘密军事特遣舰队夺取台湾，同时帮助我们培训飞行员，不知这次能否答应我们的要求？"

胡须浓密、头发蓬松的斯大林，无法回避毛泽东的当面要求，态度含糊地回答说："这样的援助不是没有可能的，本来是应当考虑这样做的，问题是不要给美国人以干涉的借口。"

毛泽东不以为然地说："解放台湾是我们行使一个主权国家的权利，纯属内政问题，美国人无权干涉。"

斯大林说:"是这样,但我们派出军事人员就是另外一回事了。至于参谋人员和指挥教官,我们随时都可以派给你们,其他的形式还需要考虑。"

毛泽东感到失望,不再说话。

斯大林见状,又强调说:"1945年苏、美、英三国达成的《雅尔塔协定》,我是签了字的。如果破坏这个对远东政治格局所作出的共同承诺,是不明智的。"

但他却提出了一个荒唐的建议:"我建议,从向共产党投诚的国民党登陆团中,挑选人加以训练,向台湾空投伞兵,通过他们组织岛上暴动,然后去进攻台湾。"

毛泽东嘟哝一句:"天方夜谭。"师哲没有翻译。

毛泽东又说:"周恩来总理就要到达了,许多事情由他跟你们的有关同志去谈吧。"

24日会见之后,斯大林又避而不见毛泽东了。毛泽东继续在孔策沃别墅

毛泽东与斯大林,两个社会主义国家的伟大领袖,由于各种原因,他们之间存在不少分歧。这是1949年12月16日,在庆祝斯大林七十岁诞辰大会上,毛泽东与斯大林在一起。这是毛泽东第一次出访苏联。(历史图片)

闲住着，埋头看书看电影，显得闷闷不乐。

师哲搬着一堆电影拷贝进来说："主席，我又找了几部苏联和欧洲的历史人物传记片给你看。"

毛泽东感兴趣地问："都有什么片？"

师哲一一道来："有《彼得大帝》《拿破仑》《库图佐夫》《涅夫斯基》。"

毛泽东高兴地说："好啊，我闭门不出，他们也不来看我，把我晾这儿啦，乐得看看电影。"

毛泽东接着问："好几天了，斯大林为什么避而不见？"

王稼祥和师哲都不好说什么。

毛泽东的拗脾气上来了，对师哲说："你给他打电话！"

师哲打完电话挂上说，对方回答说斯大林不在家，有事要我们去找米高扬。

毛泽东生气了："找米高扬？我就要找斯大林！"

正在这时，苏联驻中国总顾问科瓦廖夫和费德林找上门来说："毛泽东同志，我来转达斯大林同志的邀请，请您去苏联全国参观游览。"

毛泽东拍了桌子，沉着脸大发脾气说："参观我没兴趣，我这次不是专来替斯大林祝寿的，还想做点工作，既然没工作可做，那我的任务就只有三条：一是吃饭，二是睡觉，三是拉屎。"

毛泽东的威严和粗话震慑了科瓦廖夫，他笔挺地站着，低垂着头，怔怔地不知说什么好。

过了一会，科瓦廖夫嗫嚅地说："斯大林同志要我来看看你，看有什么事要办。"

毛泽东余怒未息，截断科瓦廖夫的话说："我是干什么来的？难道我来这里就是为天天吃饭、拉屎、睡觉吗！"

师哲送走科瓦廖夫后，回到毛泽东住室，见刚发过脾气的毛泽东情绪很不好，劝说道："主席刚才发那么大脾气，我真担心你的身体。怒伤肝，还是不动怒好。"

毛泽东笑着对师哲说："没事。我如此教训一番科瓦廖夫，为的是让他向斯大林反映，引起斯大林注意，老晾着我是不行的。"

就在毛泽东被斯大林冷落的时候，美国政府出来帮忙了。

毛泽东在苏联访问，令美国政府十分焦虑。美国当局担心中苏结成同盟，便把外交政策聚焦于"阻止中国变成苏联的附庸"，加紧实施离间策略，其策略之一就是有意让中共占领台湾，以换取中国对苏联采取疏远政策。

1950年1月5日，美国总统杜鲁门发表了那个著名演说："美国对福摩萨和其他任何中国领土没有掠夺性意向。美国目前无意在福摩萨获取特别权利和特权，或建立军事基地。美国亦无意使用武力干预现在局势。美国政府将不遵循足以使之卷入中国内政的方针。同样，美国政府将不向福摩萨的中国军队提供军事援助或建议。"

对于美国人离间中苏的诡计，敏感的斯大林心知肚明，毛泽东的大发脾气也震动了他，他立即改变了对毛泽东的冷淡态度，迅速接见了毛泽东。

他决定把科瓦廖夫的秘密报告和其他一些对中共中央提出批评性意见的密码电报都交给毛泽东，同时决定把高岗寄给他的几个情报也亲手交给毛泽东，以示他对毛泽东的诚意。

斯大林说："这是科瓦廖夫自己写的，说中共有两派，刘少奇、周恩来是亲美派，高岗是亲苏派。他写这信不是我们授意的。要知道，他不是搞政治的，原是铁道部副部长，只是一个技术人员，却往政治里钻。这是很不适当的。"

他们又谈到台湾问题。总的态度变了，斯大林口气就松动了。

美国政府对台湾的态度适逢其会地打消了他的顾虑。既然美国主动放弃了《雅尔塔协定》划定的势力范围，把中国和朝鲜划在自己保卫圈之外，这就等于把它们交给了苏联。因此，斯大林不必顾虑那么多了，他同意毛泽东就解放台湾进行必要的准备，答应将苏联给中国的三亿美元贷款，一半用于购买进攻台湾最需要的海军装备。

为了赢得毛泽东的好感，《真理报》自1月5日起连续五天把第一版报道兄弟国家的栏目留给了中华人民共和国，其中四天被列为头条。而在新中国成立后的三个月里，《真理报》总共才发表了五条有关中国的消息。

1月6日晚，苏联外交部长维辛斯基拜会毛泽东，通报可以满足中共关于购买航空汽油和请苏联帮助修复小丰满水电站的要求，同时建议中国发一个声明，否认前国民党政府代表继续为安理会中国合法代表的地位；如果联合国不接受中国意见，苏联将拒绝出席安理会。

毛泽东当即表示同意。为了表明中国方面的坚定态度，毛泽东又于1月13日，批准了中共中央关于征用包括美国在内的外国兵营，和接收征用美国经济合作总署留沪物资，以及准备将美国所有在华的旧领馆全部挤走的计划。

毛泽东对王稼祥说："可以特意将这一决定通知苏联方面，说明我的目的就是要把美国的领事代表驱逐出中国，并努力拖延美国可能承认中国的时间。"

王稼祥答应："好的，我马上通知他们。"

对于美国总统杜鲁门有意说给中国人听的那个著名声明，毛泽东采取了什么态度呢？

1月11日，正在前往莫斯科途中的周恩来向毛泽东报告说："上月，美国驻上海副领事蔡斯通过民主人士史良的丈夫陆殿栋向中共传话，表示美国国务院远东政策研究室主任杰塞普'愿与新中国政府作非正式接触，地点在香港，如新中国政府有非正式代表在香港，愿与见面'。蔡斯还说，美国'在华已经失败，迟早总要承认新中国。中美关系望不超过，但不次于中苏关系'。"

对于周恩来报告的消息，毛泽东于1月14日明确答复："在目前的时期，对于美国伸出的触角应当置之不理。"

毛泽东此时坚持"一边倒",决不让美国有任何机会破坏正在形成的中苏同盟关系,更不让其刺激斯大林高度敏感的神经。

■ 周恩来抵苏,会谈出现新局面

1950年1月20日,刚到莫斯科的周恩来去见毛泽东,说:"主席在莫斯科待了那么久,辛苦了。"

毛泽东发牢骚说:"我来了这么久,会谈没得进展,同斯大林同志吵了两次,生了几次气。"

会说话的周恩来劝慰说:"吵架是好事情嘛,既为以后的会谈奠定了基础,更为接下来的会谈开创了局面。"

毛泽东说:"目前,首先是关于如何签订中苏友好同盟条约的问题,还要重点议一议。关于海军、空军问题,要取得苏联的援助,要解放台湾嘛!"

周恩来说:"好的,我认真去办。该吃饭了。"

这以后主要由周恩来出面跟苏方会谈了。

2月6日,周恩来走进孔策沃别墅毛泽东住处报告说:"主席,上海遭到蒋介石集团派出的多架飞机的狂轰滥炸,损失惨重。"

毛泽东说:"你同他们会谈时,要求苏联尽快提供空中保护!"

周恩来答应一声,转身正要走,毛泽东又不满地说:"斯大林故意回避解放台湾问题,谈到实质问题时,要么不表态,要么扯些天方夜谭的话打岔,他葫芦里装的是什么药?"

周恩来说:"他曾经劝告我们,说因为台湾海峡问题引起的军事冲突,对新生的中华人民共和国是非常危险的。在他看来,美国对我们以武力解放台湾决不会坐视不管,苏联如果帮助中国培训飞行员,并向中国出售飞机,将使苏联卷入与美国的军事冲突,甚至引发第三次世界大战。"

毛泽东皱眉说："这不是要看我们的笑话吗？没有苏联空军和海军的援助，我们现在要武力解放台湾简直是不可能的。"

晚上，周恩来又来向毛泽东汇报："斯大林同意给予空中支援，但提出苏中双方需要签订一个秘密协定，规定在苏联的远东边疆区和中亚地区，中国的东北和新疆地区，将不向外国人提供租让权，不许第三国或其公民以直接或间接形式参与投资的工业、金融、商业和其他企业、机关、公司和组织从事活动。"

毛泽东把手一挥，断然说："这样的秘密协定不能签！苏联想在中国东北和新疆搞两个势力范围，那不行！"

周恩来委婉地说："我同李富春等同志商量，新中国刚成立，西方国家十分害怕新中国同苏联结成联盟，为了中苏间的团结，也为了中国的根本利益，是不是作点让步，建议同意把斯大林的要求作为中苏条约的补充规定，以换取苏联的空中保护？"

毛泽东喷口烟，勉强地点点头。

中苏谈判柳暗花明，以后就顺利了。

中国代表团在大都会举行的答谢宴会，十分热烈隆重。

这次宴会，斯大林与毛泽东为中苏两国人民之间的友谊共同举起了祝贺的酒杯，尽管这酒杯的举起多少有些沉重，但它毕竟代表了50年代初中苏两国之间的"蜜月时代"到来了。

答谢宴会持续到午夜，人们才尽欢而散。

宴会结束后，毛泽东等回到别墅休息。

王稼祥说："斯大林破例走出克里姆林宫，参加了中国代表团的宴会，这标志着中华人民共和国国际地位的提高，也是祖国的一份荣誉。"

毛泽东淡淡地说："斯大林总待在克里姆林宫不出来，也不好吧，总应该接触群众嘛。他总有他看问题的特别角度。"

周恩来说："苏联方面向我们提出了共同开发新疆石油的建议，还提出了共同开发新疆有色金属和稀有金属的建议，苏联坚持在帮助中国建立航空、造船、石油、有色金属等工业方面要实行合营，为此，要商定成立上述四个合营公司的协议。"

毛泽东诙谐地说："要搞合作社呀？"

周恩来说："苏联坚持中国东北和新疆不得有第三国势力存在，不允许第三国资本和人员以任何方式参与东北和新疆的任何机构以及经营性活动。"

毛泽东说："斯大林实际上是在中国要了两个势力范围。新疆的石油和有色及稀有金属需要开发，但主要由我们自己开发。他们想帮助我们是件好事，这一点必须同他们谈清楚。"

周恩来说："凡是有关国家主权的事，我们不能再让步了。请苏联帮助我们建立空军和海军部队，包括空军和海军基地，还需要同苏联人进一步协商。"

毛泽东说："建设空军和海军的事，牵涉到解放台湾，要具体谈。现在没得几个军队的人在，回去以后再说吧。"

1950年2月14日晚6时，中苏两国政府最高领导人在克里姆林宫正式签订了《中苏友好同盟互助条约》《关于中国长春铁路、旅顺口及大连的协定》以及《关于苏联贷款给中华人民共和国的协议》等文件。

除了签订了"既好看又好吃"的中苏友好条约，毛泽东还有件满意的事，就是苏联援助中国解放台湾的事情有了着落。斯大林同意毛泽东"对在适当的时候解放台湾做必要的准备"，"给予中国三亿美元的贷款"，其中的一半用来购买解放台湾的海军装备。

不过，直到最后，斯大林还是小心翼翼地拒绝了使用苏联的飞机和军舰来进攻台湾岛。涉及台湾问题时，他的眼睛总是要看看美国的脸色。这也是很自然的，他要维护"二战"后新的世界格局的相对稳定。

第 4 章
第一次台海危机——解放台湾

■ 攻台预演受挫

中国人民解放军"百万雄师过大江"后，横扫千军如卷席，国民党军就稀里哗啦了，听任势如破竹的胜利之师摧枯拉朽，根本组织不起有效的防线。蒋介石只好把尚有一定战斗力的部队集中起来，守卫几个重点地区。他确定的战略计划是"建设台湾、闽粤，控制两广，开辟川滇"，并从1949年6月起以海军封锁大陆沿海。

在东南地区，国民党陆军部队的番号虽然还有十几个军，但大多是空壳子，其中的骨干部队主要是重建的第十二兵团（辖第十八军、第十九军和第六十七军），从东北逃回又在上海作战中侥幸逃出的第五十二军和第五十四军，以及孙立人在台湾临时编练的第六军和第八十军。这些部队大都得了库存和新运到的美械装备，武器是"鸟枪换炮"了，但是在屡败之余，士气低落，而且缺额甚大，吃空饷的多，每个师人数大都只有五六千人。尽管东南地区国民党军中战斗力强的陆军部队为数不多，但是用于狭小的海岛防卫上却不可小看。

更不能小看的是国民党的空军、海军，他们现代化的腿跑得快，几乎没有受到损失。蒋介石还有一支拥有二百多艘战斗舰艇（总吨位十余万吨）的海军，以及一支拥有三百多架作战飞机的空军。在海滨地区作战，最便于发挥海空军的优势，以构成立体防御。

同这样的敌人作战，对于在陆地作战已经得心应手的人民解放军来说，

第4章
第一次台海危机——解放台湾

这是"老革命"遇到的"新问题"。

所以,在人民解放军渡江之前,中共中央尚未将解放台湾问题提到议事日程。渡江战役结束后,鉴于蒋介石的大本营已迁到台湾,因而,中央军委开始研究下一步的渡海作战解放台湾的问题。要完成这一任务,首先需要解决两个问题:一是迅速建立起一支近期可以使用的空军;二是扫清屏护台湾的外围,就是沿海那些岛屿,占领攻台出发地。

解放台湾,除了需要空军、海军配合和争取国民党及岛内人民的内应之外,当时只能主要依靠陆军,派谁挂帅呢?毛泽东点将粟裕。

考虑到在当时的条件下攻台作战只能主要靠陆军,1949年6月14日,毛泽东为中央军委起草给粟裕、参谋长张震和副参谋长周骏鸣的电报,第一次明确提出攻台作战问题,电令他们:"开始注意研究夺取台湾的问题,台湾是否有可能在较快的时间内夺取。如果我们长期不能解决台湾问题,则上海及沿海各港是要受很大危害的。"

这也是粟裕受命主持攻台准备工作的开端。

6月21日,毛泽东在菊香书屋若无其事地抽着烟,眼睛盯着墙上的地图。当一根烟快抽完时,他站起身来走到桌旁,将手中的烟蒂掐灭在烟灰缸里,拿起毛笔起草再致电粟裕和张震的电文稿:

在目前几个月内,在你们面前有四件大工作:一、经营以上海为中心的苏、浙、皖、赣新占城乡广大地区;二、占领福建及厦门;三、帮助二野西进;四、准备占领台湾。前三件工作你们已充分注意,用了大力或正在用大力进行中,后一件工作你们尚未来得及注意,但应从现在即开始加以注意。

毛泽东强调指出:不占领台湾,则国民党海、空基地不拔除,时时威胁上海及沿海各地;不占领台湾,则数十万吨船只不能通行,沿海、沿江贸易受制于外商航运界。毛泽东要求夏秋两季完成各项准备，冬季占领台湾。

在三野指挥部，粟裕反复研读和领会毛泽东的电报后，拿起电话给第十兵团指挥部打过去："叶飞司令员吗？我是粟裕呀！遵照中央军委和毛主席的指示，你兵团结束休整，提前入闽……对，提前进入福建作战！"

当时，第三野战军有四个兵团，十五个军共六十多万人。上海解放后，三野第二十四军北调山东，准备攻击由美国军队和国民党军联合驻守的青岛（第二十四军尚未到达时，美军和国民党军就已撤逃），其余部队的安排是：第七兵团准备解放舟山群岛，第八兵团警备宁沪杭地区并进行剿匪（兵团部随即撤销），最强的主力第九兵团在苏南休整训练，准备以后渡海攻台，第十兵团则负责进军福建，占领攻台出发阵地。第十兵团是渡江战役前组建的，下辖第二十八、第二十九、第三十一军，共十万余人。该兵团在解放了上海之后，很快就奉命撤出上海，集结于苏州、常熟、嘉兴一带作短暂休息，进行紧张的入闽作战准备。现在粟裕要他们提前结束休整。

于是，扫清屏护台湾的外围、占领攻台出发阵地的任务就落在了人民解放军第三野战军第九兵团、第十兵团的身上了。

一时间，东南沿海成了整个世界为之关注的焦点。

从1949年7月上旬起，第十兵团主力由苏州、常熟一带的休整地出发，冒着酷暑向福建进军，从此开始了解放福建的战斗。他们一路势如破竹，胜利消息一而再、再而三地报往中央军委。没想到的是，之前一路高唱凯歌的负责厦门、金门地区的战斗，肩负夺取攻台出发地任务的第十兵团却马失前蹄，在金门战斗中遭受了严重挫折。

负责进军福建的第十兵团由叶飞任司令员，韦国清任政治委员，入闽前，中央又派张鼎丞任福建省委书记兼兵团政委。中共中央、毛泽东之所以确定这样的人选，主要是考虑到十年内战时期叶飞是闽东苏区的负责人，而张鼎丞则是闽西苏区的创始人，他们都是福建人，都长期生活、战斗在福建，可谓人地两熟，地方声望卓著。

第4章
第一次台海危机——解放台湾

8月13日,第十兵团乘敌处于欲守无心、欲逃不准的尴尬境地时,以三个军分左、右、中路向福州发起包抄进攻。只经过五天的战斗,就于8月17日解放了福州市。随后又经过一周的追击,共围歼了国民党军第六兵团部和五个军部、十四个师共计五万余人,其中毙伤国民党军二千余人,俘虏国民党军四万余人,而解放军的伤亡不到五百人。

福州战役的胜利,使福建的国民党地方部队大部溃散为匪,其主力第八、第二十二兵团等部约八万余人退守平潭、漳州、厦门和金门地区,其中又以厦门、金门为固守的重点。

9月中旬,解放军第十兵团第二十八军,几乎未经激烈的战斗,就解放了福建沿海最大的岛屿平潭岛以及大小练岛、南日岛、湄州岛,歼灭守岛的国民党残兵九千余人。

9月19日,解放军发起对漳州的攻势。战斗刚开始,守卫漳州的国民党第八兵团刘汝明部纷纷逃向海边,漳州解放。解放军乘胜追击,一路猛进,将敌第八兵团大部俘获,只有约四千人在刘汝明的率领下乘船逃走。至9月28日,解放军第十兵团已经解放了厦门、金门对岸的全部沿海地区,歼灭国民党第八兵团约一万二千人。刘汝明的第八兵团司令部和第五十五军逃到了厦门。

中秋之夜,蒋经国陪同蒋介石乘轮船赶赴厦门。他们在银灰色的甲板上过中秋,吃月饼赏月。

蒋介石抬头看着月亮说:"今晚月亮又圆又亮!在海上赏月,别有一番情致啊!"

蒋经国说:"阿爸也太辛苦,中秋都不能在家好好过,还要在海上奔波。"

蒋介石说:"此番去厦门,是解决汤恩伯的任命问题。反对他的人太多,要进行劝慰,并部署闽厦军事,让他们努力巩固金门、厦门,为公为私都要争气。"

皎洁的月亮突被乌云笼罩，变得朦胧惨淡。

蒋经国感慨说："父亲身为全民领袖，如此风尘仆仆，席不暇暖，食不甘味，重要节日亦不能在家稍息。而一般人尚在醉生梦死，争权夺利，实在可悲可叹！"

蒋介石感动地说："经国明白父亲的心就好。落到今日这地步，实在不是父亲不努力，而是天要亡我也！"

蒋经国劝慰道："父亲也不必太伤感，前途尚有可为。"

这时候，三十五岁的叶飞正站在集美前线，举着望远镜久久凝望着灰蒙蒙的厦门。在他脚下，浪花击打着礁石，发出"啪啪啪"的巨响。

叶飞对身侧的韦国清说："我军一路以摧枯拉朽之势，解放了南平、福安、福州、泉州和漳州，完全控制了厦门外围大陆沿海的阵地，形成了对金、厦两岛三面包围的形势，金、厦之敌，已是瓮中之鳖了。"

政委韦国清说："解放军的高级将领中，没有人比你更熟悉厦门了，此时此刻你一定有很多感触吧？"

以此身份置身这熟悉之地，叶飞不能不激动。他动情地说："是的，没有人会比我更熟悉这座饱经磨难的岛城。我熟悉厦门的气候、厦门的街巷和厦门人的生活习惯，我熟悉厦门的学校，也熟悉厦门的监狱。1925年，我考上厦门港中山中学，后转入厦门省立第十三中学。我是在厦门走上革命道路的，曾担任过共青团厦门区委书记。我被国民党反动派关入厦门的大牢长达一年半。这座自己学习战斗入狱过六年的城市，在分别了十八年后，将由自己统率的大军拿下来，让它回到人民的手中，我怎么能不激动万分啊？！"

韦国清说："守卫厦门的敌军将领，是上海战役中我们的老对手汤恩伯，他是一个极为危险的对手！"

就在叶飞拿着望远镜凝视厦门的时候，正在厦门的蒋介石拿着望远镜也在巡望着第十兵团的包围圈。他身旁有汤恩伯、蒋经国以及协助汤恩伯做厦门、金门防守工作的"国民大会"副秘书长、"总统府国策顾问"雷震陪同。

面对大海，蒋介石也发起了感慨："厦门真是个好地方，风光秀丽气候宜人，鼓浪屿更是得天独厚。三十年前我在这里住过好几个月，实在令人难忘，令人流连啊！"

他转身对汤恩伯说："偌大的一个上海守不住尚情有可原，四面环水易守难攻的厦门，你是可以守住的，也应该守得住。只要守住了厦门，反攻就很有希望。"

1949年，蒋介石怀着黯然神伤的心情两赴厦门，严令丢了上海的汤恩伯固守此岛。他强调厦门的军事重要性时说，厦门自古就是要塞之地，东南门户，闽台要冲。台湾安危从来取决于澎湖得失，而澎湖安危，取决于金、厦得失。欲安居台、澎，金、厦战事至关重要，金、厦保卫战是台湾保卫战的开始。

这时蒋氏政权在西南尚有数省地盘，百万大军，但他已对那里的战事不抱希望，他真正看重的地方是厦门。福、漳、泉可以丢，厦门是丢不得的。厦门易手，他在台湾焉可安枕？

蒋经国说得更直接："在阿爸的部署里，固守厦门，是作为守卫台湾的屏障和反攻大陆的跳板的。"

蒋介石严厉地说："要不惜一切代价守住厦门、金门！"

汤恩伯立正回答："是，是！我一定守住。"

蒋介石在蒋经国陪同下，连夜撤离厦门。他举目遥望月色中的鼓浪屿，银色的日光岩显得如梦如幻。

汤恩伯邀请道："总裁，夜晚的鼓浪屿多美呀，登临日光岩看看吧？我把日光岩的扶梯和围栏都焊接妥当了，绝对安全。"

蒋介石拒绝了汤恩伯的邀请，丢下一句话："我哪里还有那个闲情，你当把修梯子的心思全部用到防守中去，就好了！"

"是。"汤恩伯显得有些羞愧。

9月21日，解放军向厦门以北的集美镇发起攻击。国民党军的一个团利用集美镇北面的高地和镇内的建筑群，构成支撑点式的防御体系。担负攻击任务的解放军第二十九军第八十五师第二五三团严格执行中央军委的"宁可多流血，也要避免使用火炮"的命令，只使用手中的步兵轻武器逐个消灭敌军的支撑点。经过两昼夜激战，于9月23日下午占领集美镇。

10月15日，第十兵团开始渡海攻击厦门。守敌为汤恩伯集团五十五军全部，一六六师及六十八军从漳州方向逃来的余部，总兵力近三万人。具体部署是：以齐装满员的七十四师三个团守厦门北半岛，以一八一师守东南面，以二十九师一个团和要塞守备队、六十八军残部等守厦门市区，以二十九师两个团守鼓浪屿。

解放军第十兵团以三十军的九十一师并以九十三师一个加强团攻击鼓浪屿，以二十九军的八十五师、八十六师和三十一军的九十二师在集美镇强大的炮兵群的火力支援下，从西、北、东北登船，向厦门发起攻击。经过两天两夜近四十个小时的浴血激战，除汤恩伯、刘汝明等率领兵团和军、师部乘船逃脱外，其第八兵团的第五十五军三个师、第六十八军残部和第一六六师共二万七千余人被解放军歼灭。

这是人民解放军第一次大规模的渡海作战，写下了我军渡海作战成功的第一页。

胜利的一页翻过去，没想到接踵而来的一页会是失败。

在厦门市第十兵团指挥部里，沉浸在厦门战斗胜利的喜悦里的韦国清说："现在厦门解放了，该攻金门了。"

叶飞豪迈地说："没想到汤恩伯那么不经打，看他如何向蒋介石交账。我们现在该向金门发起攻击啦！"

他们的望远镜瞄向了金门。

大小金门，原先是并不知名的小岛，位于福建省东南部，与厦门近在咫尺，隔海相望，是镶嵌在东海海面上的一颗明珠，面积为139平方公里。金门岛又称浯州岛，古称"仙洲"，传说晋之前是和大陆和厦门相连的，后因地壳变动才游离厦门之外。明洪武二十年间（公元1387年），江夏侯周德兴经略福建时，在岛西置有守御千户所，并在所内东西北各筑一道金色城门，总称"金门所城"。"仙洲"由此更名"金门"。小金门位于大金门之西，东距大金门两公里，西离厦门六公里，面积只有十五平方公里。大金门面积一百二十四平方公里，东西宽，南北狭，形同哑铃。金门县城位于岛西部。岛东半部为山地，山高岸陡，又多礁石，不易登陆；西半部则是相对平坦的丘陵地带，尤其西北部海岸是泥沙质海滩，是登陆的理想地区。

这个荒僻无名的小岛，一下子被落魄的蒋介石看中，主要是因为它特殊的地理位置。

1949年4月，蒋介石携陈诚、蒋经国乘飞机视察金门，他们在空中注视着金门，有一段奇妙的对话：

蒋介石："你们看，金门像什么？"

蒋经国答曰："金门像个红色的大哑铃，横卧在厦门湾的大嘴巴里。"

蒋介石没有吭声，看来对儿子的回答不太满意。陈诚连忙表示："金门岛的形状像一根丢在地上的人骨头，两头大，中间小。"

蒋介石对这个回答比较满意，直截了当说："金门是根刺！"

蒋介石开始调兵遣将经营这根"刺"了。他明白中共如要渡海攻台，厦门港将是重要的船只集结地，控制了金门，就可以封锁福建主要港口厦门的出海口。金门是台湾海峡的第一道防线，也是他将来"反攻大陆"的第一块跳板。

在台北阳明山蒋介石官邸里，10月22日，协助汤恩伯做厦门、金门防守工作的"国民大会"副秘书长、"总统府国策顾问"雷震，从金门返回台湾向蒋介石汇报厦门失守经过。雷震说："总裁，我奉汤恩伯将军之命，向您汇报厦门失守经过……"

蒋介石生气地打断说："汤恩伯不该在兵舰上指挥，贪生怕死。"

雷震为汤恩伯辩解说："没有这回事，不全在兵舰上，我是协助汤将军防守厦门、金门的，我以人格担保。"

蒋介石不相信地说："汤恩伯带兵打仗，只知道跑，不知道战，厦门还有不丢的？上海失了，厦门又失了，我们不能光跑啊！一个将官的名誉要紧嘛。你回去告诉恩伯，金门不能再失，他要与金门共存亡。"

雷震唯唯应诺："是是，我一定转告！"

金门岛上的守军是国民党李良荣的二十二兵团的两万人，蒋介石又下令胡琏兵团的十八军迅速增援金门。

厦门大捷对第十兵团特别是叶飞司令员是一次巨大的鼓舞，叶飞司令员应厦门市委的请求，命令第十兵团部队由同安渡海进驻厦门，协助厦门市委主持接管工作。并命令兵团后勤部在10月底以前，筹措大米四百万斤，柴草六百万斤，以保证部队和厦门市民的生活供应。

他把攻击金门的战斗只交给第二十八军前指执行。

这是一个轻率的决定，是此后金门之战失利的原因之一。政委韦国清对这一决定曾有担心和疑虑，觉得兵力用少了。

韦国清说："我感到奇怪的是，在解放厦门的激战中，金门的守军并没有像预想的那样增援厦门，国民党的海空优势也几乎没有任何的表现。这有什么奥妙呢？他们是不是集中兵力守金门呢？我在考虑光二十八军去打金门，兵力是不是太弱了？"

素有常胜将军、"小叶挺"之称的叶飞，由于被繁杂的地方工作牵扯了大部分精力，满脑子想的是二十万厦门居民的吃穿住，而未能像过去历次战役一样，亲自分析、检查、准备，而且头脑多少有些被目不暇接的胜利冲昏，他竟以如下不切实际的理由说服韦国清政委：你太多虑了，我的大政委，厦门是敌人有永久性设防工事的要塞，守军是号称"小白崇禧"的汤恩伯，兵力充足，有海空军支援，已被我军攻克。而金门弹丸之地，又没有什么坚固工事，守军名义上是一个兵团，实际上不过两万名残兵败将。说实话，要不是蒋介石严令固守，李良荣早在我军攻克厦门之际就弃岛南逃了。

我用一个主力军加二十九军的两个主力团攻金门,已是绰绰有余了。再说原作战部署本来就是由二十八军攻金门的嘛,没有必要再改变部署。"

他端起茶杯喝了口茶,极有把握地说:"我还是那句话,金门战斗,此役必胜!"

韦国清没有他轻松,仍是忧虑,说道:"据情报部门说,蒋介石不仅命令胡琏兵团的十八军增援金门,而且还在不断派兵增援。"

叶飞说:"将此情报上报三野粟裕副司令员。我认为,只要在大规模增援之敌还未立稳脚跟,就攻占小金门,定能赢得战役的胜利。"

三野副司令粟裕接到第十兵团电报后,对参谋口述指示说:"复电第十兵团,我向他们强调三不打:一,以原敌二十五军一〇八师一万二千人计算,只要增敌一个团也不打;二,没有一次载运六个团的船只,不打;三,要求苏北或山东沿海挑选六千名久经考验的船工,船工不到不打。"

这"三不打"很厉害,环环相扣,要是严格遵照这"三不打",就不会有金门战斗的惨败。

二十八军前线指挥部驻扎在莲河村那幢侨眷的四层楼上,电台和指挥室设在四楼,阳台上架了一台炮兵观察镜,大金门的前沿尽收眼底。

军政治部主任李曼村说:"肖副军长,厦门轻而易举拿下了,在10月10日、11日和15日,我们二十八军也轻而易举地拿下了大金门外围的大嶝岛、小嶝岛和角屿岛,看来金门不在话下。"

二十八军副军长肖锋说:"不可太乐观哩。厦门拿下后,接管工作成了第十兵团的头等大事,叶司令忙得顾不上我们了。我们的军长朱绍清生病住院,政委陈美藻留守福州,参谋长吴肃被调离,金门战役的担子就挑在我俩肩上啦。现在是10月18日,进攻金门进入了倒计时,抓紧各项战前准备吧。"

在海那边,汤恩伯把自己的指挥部一半留在了兵舰上,随时准备逃跑。

汤恩伯心灰意懒地发布命令:"所有金门岛部队在十二兵团胡司令官到达以前,均归二十二兵团李司令官统一指挥!"

协助防守金门的雷震提醒说:"汤司令,你老在兵舰上指挥怕是不妥,要是让蒋公知道了,恐怕会雷霆震怒的。"

汤恩伯苦笑道:"不在兵舰上指挥,哪还有一块安全之地?我打算向蒋公要求辞职。"

雷震劝诫:"现在辞不得,弄不好会说你临阵脱逃,要受军法制裁的。"

在台北阳明山官邸,蒋经国拿着电报对蒋介石说:"阿爸,汤恩伯司令似乎对坚守金门失去信心,把部队交给了李良荣指挥,他自己要求辞职。"

"懦夫!怕死鬼!他败坏了国军形象!"蒋介石骂了起来,"他又玩这一手。急电汤恩伯,金门不能再失,必须就地督战,军人以服从领袖为天职,不得请辞易将。"

蒋经国说:"阿爸的严厉电报意在逼迫汤恩伯背水一战,置死地而后生?"

蒋介石起身走到窗前,向北眺望,感慨说:"没有金门,哪有台湾啊!"

为了打赢金门这一仗,蒋介石押上了几乎所有的赌注,命令在澎湖马公港的海军第一舰队司令黎玉玺,乘舰队的旗舰"太平"号于26日凌晨赶到金门,支援在金门参战的九艘舰艇,从海上炮击准备乘船登陆的解放军大陆阵地,一部分配合金门岛上的国民党军围杀登陆的解放军,并轰炸金门滩头的船只。并派儿子蒋经国去金门督战。

在厦门市的第十兵团指挥部里,韦国清说:"一再传来情报表明,由潮汕地区撤回台湾的国民党胡琏兵团,可能已经或正在增援金门。"

叶飞不相信,说道:"没有那么快,我以为胡琏兵团还在海上徘徊,现在发起进攻是个战机,如有延误,金门的情况很可能发生变化。"

韦国清问:"那你的意见就批准二十八军的作战计划?"

叶飞果断说:"是的,命令二十八军于24日晚攻击金门!"

夜晚,在莲河村的二十八军前线指挥部里,李曼村说:在第十兵团总部的坚决要求下,我军决定于10月24日晚23时向金门发起总攻。第一梯队为

第4章
第一次台海危机——解放台湾

二十八军的二四四团、二四六团的一个营、二一一团和二十九军的二五三团，共十个建制营，乘木船近三百条，直扑大金门！现在已登船完毕。

肖锋犹豫地说："我总感觉胡琏兵团已经上了岛，我有些犹豫，是不是向兵团请示，是否按计划行动？"

在厦门的兵团指挥部里，韦国清拿着电报说："叶司令，肖副军长有些犹豫，请示是否按计划行动？"

叶飞说："复电给他，决心不变，计划不改！"

这时，肖锋又打来电话："叶司令，我反复研究了粟裕司令的'三不打'，他说的三个条件至今不完全具备，是不是再考虑考虑？"

叶飞坚决地说："没有什么好考虑了，箭在弦上，不得不发！只要上去两个营，你掌握好第二梯队，战斗胜利是有希望的。"

1949年10月24日，夜暗星稀，风急浪高。厦门前线，天是黑的，海是黑的，眼前的大金门显得更黑。一切都在悄然进行，没有灯光，三个团九千将士依次登船。挂篷升帆，开船出发。战船在浪峰波谷中颠簸，队形散乱，海面寂静，只有木船的船桅在风浪中的吱嘎声显得特别尖锐。

莲河村二十八军前线指挥所，肖锋和李曼村焦急地踱着步。肖锋自言自语："第一梯队离开码头已经半小时了，怎么还没有他们的消息？"

作战参谋报告："由于渡海前没有进行协同演练，登陆船队一离开码头，就与指挥部失去了联系。"

肖锋严厉地说："命令电台想尽一切办法，与登陆船队取得联络！"

25日凌晨一时半，参谋报告："电台与登陆船队恢复了联络，登陆船队报告，他们途中遭到敌人炮火拦截，由于缺乏协同作战经验，一些船队被打散。"

肖锋急问："现在他们到了哪里？"

参谋报告说："快到对岸了，走在最前面的二四四团发电要求炮火支援。"

肖锋命令道："命令大嶝岛的我军山炮和榴弹炮群轮番开火！"

凌晨2时，参谋兴奋地报告："二四四团开始登陆，要求炮火延伸射击。"

肖锋兴奋地说："命令我炮兵，延伸射击！"

凌晨2时半，参谋报告："左翼二四四团已在金门岛蜂腰部北岸琼林、兰厝间登陆！"

肖锋情不自禁喊一声："好！"

参谋又报告："二五一团和二五三团也分别登陆成功，二五三团成功地控制了在金门西北部一个突出的牛角尖——古宁头。"

肖锋没再吭声，拿着望远镜兴冲冲朝阳台走去。

走到阳台，肖锋放下了望远镜。

在这幢四层小楼的阳台上，肉眼都看得清楚，金门岛上火光闪闪，双方的炮声响成一片。

肖锋赶紧下楼，将三个军部参谋送到门口，握着三个干部的手说："你们赶去金门别无其他任务，唯一任务就是组织和督促船队，抵滩登陆后迅速返航，切记，切记！一定要迅速返航，以便第二梯队有船出发！"

"是！"参谋向他敬礼后出发了。

1949年10月25日，《厦门日报》第三版的上端，刊出醒目的新闻——《人民解放军今晨攻上金门》。

在莲河那幢四层小楼的肖锋和李曼村，彻夜未眠，焦躁不安地望着暗夜中的金门。

登陆金门的三个多团的解放军部队攻上金门后，由于缺乏统一指挥，各自为战，大胆向纵深穿插，在突破国民党军一线阵地后，继续向敌二线阵地发起进攻，并成功地推进至西山、观音亭山、湖尾、湖南高地、安歧、埔头一带，杀伤和俘获大量国民党军。

这时候，蒋经国飞到金门，走进了汤恩伯的兵舰指挥室，说："总裁派我来给金门官兵慰劳和鼓气。"

踌躇满志的汤恩伯一再向蒋经国表示："谢谢总裁关怀。金门战事已接近尾声，已接近尾声！"

蒋经国严肃地说："汤司令，不要满足于接近尾声，而是要赶紧画句号！胡琏已率军来到，要乘势消灭登陆共军。"

25日凌晨4时30分，在蒋经国的督促下，汤恩伯拿着电话下令："我命令，国军七个团在坦克和炮兵的掩护下，分三路发起全线反击。天亮之后，空军和海军也轮番出动，坚决摧毁因潮水而滞留搁浅金门滩岸的共军船只。"

金门岛上枪炮骤发，犹如疾雨狂雹，滞留海滩的解放军船只一条一条起火爆炸。

严阵以待的解放军第二梯队因为没有船只而只能隔岸观火。金门战斗以我军的失败而告结束。我登陆部队包括船工、民夫在内9086人，没有一个投降，除部分被俘外，大都壮烈牺牲。

当时没有人料想到这场在整个解放战争中排不上号的小战役，将牵扯乃至影响到未来海峡两岸半个多世纪的政治、军事和经济格局。

10月26日，奉父命来到金门战场慰问的蒋经国，在住处灯下写日记："此战是一年来第一次大胜利，是反攻复国之转折点！……我对战役之惨烈亦深有感触……"

这一天，毛泽东正在中南海菊香书屋看报，周恩来拿着一份电报匆匆走进来。

毛泽东敏感地问："第十兵团有消息了？"

周恩来沉重地点头说，"金门失利！"并把电报交与毛泽东。

毛泽东看了电报，两眼湿润了，好不容易才把眼泪忍住。他仿佛看到了九千烈士的鲜血染红的咆哮海潮。

周恩来用沉重的语气说："看起来，没有海军的配合，不可能在近期内攻占金门。"

毛泽东站起来，握笔疾书：我们一定要建立一支海军，这支海军要能保卫我们海防，有效地防御帝国主义的可能侵略。

朱德走进来说："主席，攻打金门失利，陈毅转来叶飞他们第十兵团请求处分的电报。"

毛泽东说："金门失利，不是处分问题，而是接受教训的问题。"

周恩来赞同说："是的，金门失利的教训总结好了，就变成攻打海南岛的财富啦。"

毛泽东沉痛地说："以三个团去打敌人三个军，后援不继，全部被歼灭，这是解放战争三年多以来第一次不应有的损失啊！"

朱德说："我们要给四野发电报，告诉他们渡海作战，完全与我军过去所有的作战不同，必须研究这方面的经验教训，以便顺利解放海南岛。"

10月29日，毛泽东亲笔以中央军委的名义致电各野战军和各大军区："你们以三个团登陆金门岛，与敌三个军激战两昼夜，后援不继，致全部壮烈牺牲，甚为痛惜。查此次损失，为解放战争以来最大者。其主要原因，为轻敌和急躁所致。当你们前次部署攻击厦门之同时，拟以一个师攻占金门，即为轻敌与急躁表现。当时我们曾电告你们，应先集中力量，攻占厦门，而后再转移兵力攻占金门，不可分散力量。但未引起你们深刻注意，致有此失……当此整个解放战争已

蒋介石在金门岛布下重兵防守，修筑了坚固的堡垒，易守难攻。图为金门最重要的防御工事——金门隧道。（历史图片）

在不远的时候，各级领导干部中主要是军以上的领导容易发生轻敌思想及急躁情绪，必须以金门岛事件引以为戒……"

金门失利，攻台受挫，全军震撼，金门、厦门开始了漫长的隔海对抗，演绎了更多匪夷所思的故事。

台湾蒋氏父子却欢欣鼓舞，把金门战役称为"古宁头大捷"，又庆祝又拍电影，整整吹嘘了四十年。

■ 占领攻台出发地

这一天，蒋介石在台北阳明山官邸召集亲信举行会议。

他对陈诚、孙立人、蒋经国等人说："以阎锡山为院长的'行政院'在台湾挂牌办公时，我给他的头一项任务，就是封锁大陆海区，摧毁大陆经济。不知进行得怎么样了？"

陈诚说："阎院长召开过紧急会议，拟订了封锁计划，规定了封锁范围，明确了封锁重点。"

蒋经国说："我参加了那次会议，确定的封锁重点是：华南地区以珠江口为主要对象，华东地区以长江口为主要对象。"

陈诚说："行政院还向全世界宣布，在上述地区严禁一切外国籍船舶驶入，一切海外商运予以停止。"

蒋介石问："国际上有什么反应？"

蒋经国回答："反响不小，美国首先通过军事援助给予支持，还通过联合国正在联合英、法、澳、比、加、荷、土、菲、泰、新、希等十六国参加对华禁运，我中华民国的对大陆禁运，将扩大到国际范围。"

蒋介石高兴地说："好好，这就可以关闭匪区港口，断绝航运，摧毁匪区经济。"

过了两天，蒋介石把海军司令桂永清召到官邸，问他："率真，关于封锁大陆，你已经开始行动，下一步有什么打算？"

桂永清回答："在长江口，打算增加兵力，并进行布雷；在珠江口，进一步强化万山群岛防务，我打算亲自去万山群岛一趟。"

蒋介石说："对，这两个方向是我们封锁的重点。就目前而言，守住万山群岛尤为重要，你亲自去一趟很有必要。"

"我明天就出发！"桂永清起身告辞，刚走几步，"率真，慢！"蒋介石又把他叫回。

桂永清返回后，蒋介石说："率真，那次给你的撤职留用处分，是不得已而为之，大陆失败了嘛，总要处分些人。现在撤销那个处分，你就放手去干吧！"

"是！感谢总裁的信任。"桂永清感激不尽，告辞而去。

一边封锁，另一边就要打破封锁。一边在沿海布钉子，另一边就要拔钉子。

周恩来正在中南海西花厅办公室起草文件，见代总参谋长聂荣臻走了进来，立即起身迎了上去。

招呼聂荣臻坐下后，周恩来说："荣臻同志，找你来，是同你商量打破敌人封锁的事情。"

聂荣臻说："嗯，我也感觉到台湾当局对我们的封锁形势很严峻。"

"不光是台湾当局。"周恩来说，"最近，中央政治局常委们在一次碰头会上，分析了台湾当局和联合国十六国对我国的海上封锁，我们的国内外贸易受到重大影响，闽、浙、粤对南洋、港澳的航行，已经中断；通往上海、广州等地的海路很不安全，一些外轮不得不在吞吐量极小的偏僻小港卸载货物，致使物资大量积压，无法疏通。"

聂荣臻大吃一惊："啊，这么严重！"

周恩来说："为了开展必要的对外贸易，我国政府在经济极端拮据的情况下，忍痛以高价租用外轮，每月支付租金人民币1750亿元（旧币），而这些外轮仍不时遭到国民党海军的扣留和袭击，渔业生产受到重大损失，有五十万渔民不能出海捕鱼，被劫走渔船达二千余艘，被抓走渔民一万多人。为此，常委们决定，要尽快打破敌人的海上封锁。"

聂荣臻说："是的。总参已作了些布置。"

周恩来指出："目前的重点，是先打通珠江口和长江口的出海通道。你们有什么布置？"

聂荣臻汇报说："我们拟订了一个方案，我回去后，根据中央新的指示，再修改上报。

周恩来高兴地说："好，好。"

过了几天，周恩来又召见聂荣臻说："荣臻同志，你们的方案我已经报请在莫斯科的毛主席批准，你就抓紧实施吧！"

聂荣臻说："好的。现在敌人在万山群岛的布防力量很强。敌人在那里部署了陆、海军，成立了万山防卫司令部。东西依托香港、澳门，地理位置对我威胁极大，是对我封锁的桥头堡，要先打掉。"

送走聂荣臻后，周恩来又给广州市长、广东军区司令员叶剑英打电话："剑英同志吗？我是周恩来。你们那里的海军力量虽然比较弱，也要千方百计把万山拿下来，打开珠江的出海通道。"

叶剑英说："是！敌人的封锁、轰炸，已经给广东的经济和生活造成了巨大损失。我立即找江防部队司令员洪学智传达中央的精神。"

"太好了！"听了叶剑英的传达，十三兵团副司令兼广东军区副司令、江防部队司令员洪学智说，"我这口气憋了好久啦！"

"天天挨炸受憋的日子，我比你还难受啊！由于敌人的封锁，现在广州甚至广东省的经济，是全面滑坡啊。"叶剑英拧眉说，"你有什么想法，请说说看。"

洪学智说："万山群岛有四十多个岛屿，遍布于香港、澳门之间的海面上。国民党海军舰队把持万山群岛后,在珠江口无恶不作,敲诈勒索渔民,向往来于香港、澳门的商船要'买路钱'。他们竟抢劫拖轮'新生'号,劫去客商黄金562两,引起了轰动香港的一桩'海鲨诉讼案'。我们十三兵团对解放万山群岛早有想法,临来时也跟邓华司令员商量了作战方案。"

回到江防部队司令部,洪学智立即召开江防作战会议。他说:"我决定由第四十四军一三一师和江防部队,组成一个联合指挥所。联合指挥所下设火力船队、掩护船队和登陆船队。我们的口号是:拿下万山群岛,占领祖国南大门,解放整个华南!"

与会者鼓掌响应。

但说说容易做起来难,敌我力量太悬殊了。

万山群岛位于我国第五条大河珠江口外,有四十多个岛屿。按说,解决万山群岛上的三千多敌人是小菜一碟,要在陆地,莫说三千,就是三万,也不够解放军一锤子敲的。可这是在海上,江防部队的所有舰艇加起来,总共不超过一千吨位,而且舰艇又旧又小又慢。而敌人呢,有一个舰队,三十多艘舰艇,它的一艘"太"字号护卫舰的吨位,就超过了我江防部队的总吨位,而且台湾的舰艇还可以随时前来支援。

洪学智满怀信心地说:"敌我力量是很悬殊,但计算敌我力量时,要从大处着眼。解放海南岛以后,敌人是风声鹤唳,惶恐不安。而我登陆部队是胜利之师,斗志昂扬。因此,万山群岛战役,政治思想上对我非常有利。再说,敌人立足未稳,防御工事尚未修筑,这也对我有利。"

洪学智继续说:"采取什么打法,联合指挥所曾出现分歧。经过争论取得了一致意见,这就是:逐岛攻击,稳步前进。"

他停顿一下,喝口水又说:"为什么采取这种打法呢?因为万山群岛各岛之间相距不远,能构成火力体系,进可攻,退可守,敌舰的威胁就相对减少,可保证登陆作战次第展开。"

洪学智最后说:"大家记住,首战万山群岛的第一组重要岛屿是垃圾尾！"

蒋介石接见桂永清的第二天，桂永清就乘坐"太"字号护卫舰，来到了万山群岛垃圾尾的马湾港，立即在会议室召开指挥官会议。

桂永清说："我刚从总裁那里来，总裁亲自给我下达了固守万山的指令。"

他扫视大家一眼，提高了嗓门："你们目光要放远些，不要只是盯着几条商船，几条渔船。我们要看到广州市，看到广东省，看到整个大陆！"

"站在垃圾尾怎么能看到整个大陆？"正当与会者愣愣怔怔时，他的嗓门提得更高了，"我一路上反复琢磨了总裁指令的内涵，确实深远。我们固守万山群岛的目的，是封锁珠江，策应大陆，准备反攻！"

刚被蒋介石撤销处分的桂永清傲气十足地说："我们的舰艇还可以增加。我们有这么多兵力，还对付不了共军刚刚组建的、还没有出过海的江防部队？"

国民党军固守万山群岛的实力的确强大。解放军解放海南岛后，国民党军在这里部署了陆、海军，并成立了万山防卫司令部，计有海军第三舰队、第四巡防处，还有从海口退到这里的秀英巡防处，一个陆战团，一个"广东突击军"，共三千余人。万山防卫司令部设在垃圾尾，由第三舰队司令、海军中将齐志鸿兼任司令。

桂永清强调："不过，你们要严格保密，舰艇行动要隐蔽，要给共军造成一个错觉：万山只有几艘破舰艇在巡逻。"

见连遭挫败的部属们劲头不大，桂永清又鼓气说："我们有一个舰队，三十多艘舰艇。而据侦察情报，共军江防部队所有舰艇加在一起，不超过一千吨位，而我们的一艘'太'字号护卫舰的吨位，就超过了共军的总吨位。怕什么，无论从吨位、火力、数量和速度，我们都占绝对优势。万山群岛四十多个岛屿，我们逐岛固守，共军兵力有限，嘴巴再大，也啃不过来，何况他们没有船只运送兵员。这四十多个钉子，他们怎么也拔不过来。"

一下拔不过来,就一个一个慢慢拔。洪学智决定先拔垃圾尾。

垃圾尾是万山群岛诸岛中的一组重要岛屿,位于珠江口东侧,是广州、黄埔及珠江各港出海的门户,香港和澳门位于其左右,隔海相望,是海上、空中航线的要冲。垃圾尾岛有一个可以停泊二十多艘舰艇的马湾港,国民党的舰艇主要驻泊在这里。

1950年5月24日,联合指挥所下达发起攻击命令,江防部队的十六艘舰艇,加上征用的八艘民船从唐家湾锚地出发,奇袭了国民党舰队,占领了垃圾尾岛。

"垃圾尾拿下了。"洪学智兴奋地宣布,"奇袭垃圾尾岛的海战首战告捷,敌人仓皇弃岛而逃,我军已全部占领垃圾尾及其周围的牛头岛、中心洲、大头洲等岛屿。"

我军乘胜追击,又于5月31日发起第二阶段攻击,攻下了白沥、大小万山、横洲、竹洲等岛屿。6月26日,第三阶段战斗打响,夺取了三门岛、担杆岛等大小岛屿。

8月3日,洪学智更加兴奋地宣布:"告诉大家一个好消息,万山群岛四十多个岛屿全部解放,万山战役胜利结束,珠江口航道终于打通!"

与会的指战员热烈鼓掌。

洪学智又说:"万山群岛战役,是我陆海两军首次联合登陆作战,中央军委和海军、中南军区发来贺电,表彰参战部队'打得壮烈,打得英勇!'"

还在万山群岛战役进行中,上海市长陈毅就经常给周恩来打电话叫苦:"总理呀,我向您告急喽!由于长江口被狗日的封锁,上海的经济一直处于滑坡状态。格老子,百货业有了东西卖不出去,机械业几乎濒于崩溃,纺织业的成本超过了卖价,粮价上涨,你打我屁股也没得办法啊!"

陈毅能不着急吗?长江口是万里长江的出海口,是上海港和长江流域各港口对外贸易的咽喉,在经济上、军事上都占有十分重要的地位,素有"中国东大门"之称。早在1950年初,华东军政委员会副主任马寅初,就在广播讲话里说过封锁对上海经济的影响。长江的封锁,不仅拖累着上海经济滑坡,还影响着整个国内经济的恢复。

必须打破国民党军对长江的封锁!

在中南海西花厅,周恩来放下陈毅的电话,拿起另一部电话便给粟裕打过去:"你是粟裕同志吗?我是周恩来,你找张爱萍同志谈一谈,要求华东海军迅速组织力量,扫清水雷,打通长江口航道,扫荡苏、浙沿海残敌;在舟山建立海军基地,加强战备,随时准备应付帝国主义可能扩大的战争。"

随后,周恩来拿着一份报告快步走进菊香书屋,对毛泽东说:"主席,从今年2月6日到13日,蒋介石集团的飞机连续袭击上海十三次,造成重大损失。陈毅大骂其娘。"

毛泽东说:"通知陈毅和陈丕显,要他们尽一切力量稳定上海和苏南局势,照顾好被炸群众的生活,一定要保卫人民群众的生命和财产安全。"

周恩来说:"主席,上海的局势是稳定的,人民群众已经得到了妥善安置。"

毛泽东说:"我们必须尽快地建立起一支强大的空军和海军,不然的话,就没办法阻止蒋介石的频繁捣乱。"

周恩来说:"稼祥同志打来电话,说我们的军事代表团已经到达莫斯科,正在谈判,进展还顺利。"

毛泽东高兴地说:"这就好,要快,要抓紧呢!"

在上海水电路522号华东军区海军机关会议室里,华东军区海军司令张爱萍对作战参谋说:"周总理、陈毅市长和粟裕司令员,都要求我们紧急打通长江口航道,务必把敌人布设在长江口的水雷清除掉。"

作战参谋说:"张司令,您要求司令部拟订的'打通长江口通道'作战方案,包括两项内容,一是扫除长江口的水雷,二是攻占长江口外的苏南诸岛,都在执行中。"

张爱萍这段时间一直致力于打通长江口通道。从1949年9月19日开始,张元培率领的由十三艘艇组成的编队，赴太湖剿匪。之后，这支编队又对崇明岛周围岛屿进行清剿。崇明岛以内的海匪清除后，张爱萍就指示司令部拟订了"打通长江口通道"的作战方案。

"走！到吴淞口的扫雷大队去。我要亲自督促他们扫雷。"张爱萍说完，抬腿便朝外走去。

张爱萍刚走进吴淞口扫雷大队部，电话铃就响了，张爱萍接过电话，一说话就把大家震住了："是周总理呀？我是张爱萍，正在总结扫雷失败教训。是！认真总结经验教训，继续清扫水雷！"

张爱萍放下电话，沉重地说："刚才是陈毅市长和粟裕司令来电话，询问扫雷进展，现在是周总理直接打来电话过问，我们肩上的责任重大啊！"

张爱萍继续说："第一次扫雷失败，还误炸了一艘巴拿马商轮。我们来分析原因，总结教训。"

扫雷大队长孙公飞说："报告张司令，扫雷失败有三个原因。"

张爱萍问："嗯，哪三个原因？"

孙公飞一一道来："第一，长江口风浪太大，水流急，二十五吨的小登陆艇就像一片树叶，难以进行扫雷作业；第二，自己制造的三号扫雷索太细，拉不动水雷，四条扫雷索拉断了三根，也没有把水雷拉上来；第三，部队革命热情虽然很高，但是缺乏技术。"

张爱萍望望大家沮丧沉闷的脸色，鼓励说："这次扫雷虽然失败了，但也有不少收获，归纳起来有三点：第一，熟悉了长江口航道和雷区情况，摸清了水深、流向、流速及雷区位置；第二，进行了一次扫雷练兵，学到了本领，学到了教训；第三，打消了一些人的思想顾虑，更加适应扫雷工作了。牢记三条教训和这三条收获，扫雷就一定能成功。"

回到华东军区海军机关，张爱萍要通了周恩来的电话，向他汇报下一步扫雷工作的打算。他说："总理，关于扫雷工作的打算，我就汇报到这里。为了增强扫雷技术和装备，我建议尽快从苏联进口一批扫雷工具。是，我会充分利用现有条件。"

陈毅市长找来张爱萍,着急地说:"又发生了三起轮船触雷事件,两艘触雷沉没,一艘抢救回来了。这种轮船触雷事件必须迅速制止,否则上海就要喝西北风啦!"

张爱萍说:"为了防止轮船触雷事件再次发生,海军打算暂时封闭长江口航道,禁止所有船只通航。"

陈毅在办公室抱臂踱步,有所顾虑地说:"上海自二月大轰炸以来,市面萧条不景气,近来略有好转,如全面封闭长江口,不是又要全面萧条吗?"

张爱萍申述说:"过去由于不封闭,接连发生多起商轮触雷事件;现在再不封闭,将会产生更严重后果。我们是不得已而为之,请陈老总考虑。"

陈毅想想说:"全面封闭不行,不封闭也不行,能不能部分封闭呢?"

张爱萍问:"怎么个部分封闭?"

陈毅说:"即对已测定的雷区基本都封闭,其他航道宁愿冒风险也要通航。"

在华东军区海军机关,张爱萍又在电话里把部分封闭长江口的方案报告周恩来:"总理,陈毅市长同意部分封闭长江航道,您也同意?好!具体措施?我们采取了三条具体措施:第一,加紧进行扫雷准备,争取早日扫清航道;第二,加强武装巡逻,严禁大型船只进入雷区;第三,扫雷期间另辟一条航道,让商船通行。您批准了?我们立即执行!"

1950年9月11日,张爱萍、林遵、袁也烈和赵启民联合签署了第二次扫雷命令。孙公飞率领新的扫雷编队进入雷区,以梯次队形在四个雷区往返清扫,先是用密集队形清扫两次,而后用疏散队形再清扫一次。

长江口内的水雷终于清除干净了。张爱萍在司令部说:"长江口内的水雷清除了,可长江口航道还不畅通,苏南诸岛上的海匪还堵在长江口,我们当前的任务就是清剿他们!"

苏南沿海诸岛，包括马鞍列岛、嵊泗岛和崎岖列岛。这些岛屿构成了上海、宁波、杭州的天然屏障。国民党军撤离上海时，蒋介石命令江苏省主席丁治磐率领机关，搜罗海匪，以马鞍列岛的嵊山、嵊泗列岛的泗礁、崎岖列岛的大小洋山、杭州湾的滩浒山岛为设防中心，肆意劫掠，切断南北航运，破坏渔民生产，并以此作为向大陆派遣特务的跳板。不拿下苏南诸岛，不仅不能彻底打破国民党对上海、对长江口的封锁，华东军区海军也无立足之地。

作战参谋报告说："张司令，淞沪警备区司令部作战处来电话，听说我们有一支炮艇部队要去舟山群岛剿匪，他们的司令员说，能不能请我们这支炮艇部队配合一下，先把杭州湾的滩浒岛拿下来？"

张爱萍看看地图说："好！现在广东沿海岛屿已经解放，苏南沿海岛屿最近也可以解放，剩下的就是闽浙两省沿海岛屿了。炮艇大队是人民海军第一支进入浙闽沿海作战的部队，是开路先锋，是突击队。主要任务是配合陆军与空军，解放浙闽沿海岛屿，粉碎海匪骚扰，保护渔民生产，保卫航行安全。"

第五舰队司令员张元培自告奋勇说："我请战！让我去炮艇组织实施吧？"

张爱萍拍板说："同意你去！告诉陈雪江大队长，部队的任务是根据周总理'扫荡苏浙沿海残敌'的命令，去舟山群岛，配合陆军清剿浙江沿海敌人。"

解放军"顺手牵羊"解放滩浒山岛后，张爱萍召开党委会，研究后决定首先攻占嵊泗列岛，然后再取苏南诸岛。从7月6日发起战斗，至8日结束，两天内攻占了嵊泗列岛。我舰艇乘胜追击，苏南诸岛全部解放。

解放舟山的战斗进展顺利。

为争取尽可能先在沿海岛屿歼灭国民党军主力，人民解放军在准备对舟山、海南和金门实施攻击时，就强调要集中优势兵力，确保登陆后能够有把握打歼灭战。经中央军委同意，在第四野战军攻击海南岛的同时，第三野战军决定调集第七、第九兵团共六个军（第二十、第二十二、第二十三、第二十六、第二十七军）二十万人发起舟山战役；并调第二十四、第二十五、第三十二军入闽，接替第十兵团（辖第二十八、第二十九、第三十一军）的剿匪及修筑道路、机场等任务，以腾出该兵团用以攻占金门。华东野战军还准备将对金门、舟山的攻击作为攻台的实战演习。

1950年5月，海南岛解放后，经第三野战军提议，中央军委批准，解放军于1950年的8月18日开始了解放舟山的战斗。8月19日，第二十二军首攻大榭岛成功，歼灭国民党守军一个团。

解放军占领攻台出发地首战告捷，蒋介石在台湾坐不住了。

在台北阳明山官邸的会客厅里，坐着一圈人，他们是陈诚、桂永清、周至柔、石觉、蒋经国等。

一声"总裁到！"，客厅门打开，全体起立。蒋介石挺胸走进来，走至主座，招呼大家坐下。

蒋介石咳嗽一声说："从海南岛向台湾转移兵力，已顺利完成。今天请大家来，是谈谈舟山的事，共军下一步进攻的目标肯定是舟山，诸位有何见解，请各抒己见。"

一阵沉默，大家你看看我，我看看你。陈诚只好先说："校长，共军如攻舟山，必吸取金门之教训，采取惯用的人海战术，其攻势将会超过海南、金门，战事对我军将是相当残酷。"

蒋介石点头鼓励，陈诚索性放开说："舟山远离台湾，守军占我陆军三分之一强，固守舟山，必造成给养困难和台湾基地兵力空虚，如收缩舟山兵力，将有助于加强台湾基地的防守，请校长及早决断。"

蒋介石目光扫视众人说："大家都谈谈吧。"

海军司令桂永清说："共军这次是有备而来，陈毅从苏、鲁等地调集了几千条民船南下，还配有为数不少的护卫舰、登陆艇，组成庞大的登陆集团。目前我守岛海军力量,很难阻挡大规模的登陆。"

空军司令周至柔叫苦说:"在江浙一带局部地区制空权已被共军掌握,这对我空军配合守岛十分不利。"

听得差不多了,也听出了将领们放弃舟山的弦外之音,蒋介石宣布说:"今天我这里宣布,为了保存实力,巩固台湾,我决定将舟山国军撤回台湾。对大陆的封锁和轰炸,还要加强、抓紧!那是我们战略计划的重要一环。"

■ 盘马弯弓欲待发

1950年,全国所有城市街头的墙上,到处贴着"一定要解放台湾"的标语。"解放台湾"的声势,造得很大很足。

学生们经常游行,举着纸旗,唱着解放初最流行的歌曲《一定要把胜利的旗帜插到台湾》:"看革命洪流滚滚向前,全国军民发出钢铁誓言,为领土完整,为统一祖国,一定要解放台湾……"

毛泽东之前就提出,1949年和1950年,将是中国革命在全国范围内胜利的两年。准备于1950年夏季夺取台湾,解放全中国。

1949年12月31日,中共中央发表《告前线将士和全国同胞书》,明确提出:1950年的任务就是"解放海南岛、台湾和西藏,全歼蒋介石集团的最后残余势力"。

为了给台湾准备干部,中央军委还在解放军军政大学设立了台湾队。1949年11月1日,军政大学台湾队学员毕业,朱德总司令出席了毕业典礼,并发表了重要讲话。他说:"……海南岛、台湾,这是中国的地方,我们一定要全部解放,解放一切领土。"

中共中央还作了组织人事的安排,时任华东局社会部部长的舒同,是中央和华东局内定的中共台湾第一任省委书记，刘格平为副书记。

解放台湾的军事准备在乐观的气氛中紧锣密鼓地进行着。

1950年中，当人民解放军先后解放海南岛、万山群岛、舟山群岛和闽南的东山岛等沿海岛屿后，解放军大规模的渡海作战和对台湾的最终解放，无论在政治上还是军事上都好像是水到渠成的事情。据气象部门提供的资料，解放军进攻台湾最适宜的时间是在6、7、8这三个月内。因为到了9月，台湾海峡就会进入台风频发季节，渡海作战就难搞了。

中共中央决定由第三野战军第九兵团担任主攻台湾的任务，并指定三野副司令员粟裕具体负责台湾战役的准备。

这一天，毛泽东、朱德、周恩来在中南海菊香书屋研究解放台湾的部署。

朱德说："海南岛解放后，国民党军秘密从舟山群岛撤走，三野已经占领舟山群岛，三野前委已经向各兵团、各军发出了《保证攻台作战胜利的几点意见》，决定所属部队立即做好攻占台湾的各项准备。"

周恩来说："四野也做好了从万山群岛渡海作战的准备，而且是陆、海军的协同作战，把它当作攻台战役的预演。"

毛泽东说："陈毅当了上海市长，忙得团团转，攻台战役就由粟裕总指挥吧！"

朱德说："粟裕已经做好了解放台湾的实施计划，但他请求由中央军委直接指挥。"

毛泽东说："百废待兴，我们也是忙得团团转哟，哪有工夫直接指挥嘛。"

粟裕推不掉，就把筹备解放台湾的担子挑起来了。

中央军委和粟裕根据金门和登步岛作战的经验教训，对台湾战役的计划做了进一步精密的筹划，各项工作也更加谨慎细致。

在受命后的整整一年时间里，粟裕的主要精力放在了准备攻台作战和解放沿海岛屿，剪除台湾外翼上。

1950年夏天，海南、舟山群岛解放，割断了台、澎的手足，人民解放军下一个目标自然是台湾岛。

为更好地完成对台作战，粟裕经过反复考虑，于1950年6月建议由中央军委直接指挥或派大员指挥攻台作战。

6月上旬，粟裕赴京参加中共中央七届三中全会，汇报了解放台湾的各项准备工作，并请求由中央军委直接组织台湾战役。6月下旬，粟裕在给中央军委的报告中再次提出，由于台湾战役已经成为全军的重大战略行动，将对整个太平洋地区和东南亚局势影响较大，而他在战争年代六次负伤，颅内还残留着弹片，加上各种病症造成的剧烈头痛，他怕身体顶不下来，误了大事，建议中央派刘伯承或林彪主持攻台战役，他本人作为华东地区的军事领导全力协助该战役的组织指挥。林彪也表示愿意出任解放台湾的司令员。毛泽东也曾考虑过让林彪挂帅，但林彪那个病弱身体，连解放海南岛战役的指挥都没有坚持下来，怎么能指挥台湾战役呢？

鉴于粟裕在解放战争中显示出的高超指挥才能，毛泽东仍然决定由粟裕负责指挥攻台作战。根据中央军委的部署，攻台兵力中的空军、海军主要由军委负责建设和准备，陆军主要由第三野战军负责准备。粟裕密切注视着双方战略态势的变化，以及国际形势的发展，着重研究现代战争中陆海空三军配合渡海作战的新战法，在调查研究的基础上，提出了一整套作战方案和战前准备措施。

随着第三野战军首长对渡海作战艰巨性的认识不断提高，台湾战役的计划也一再被修改。早在1949年秋，根据毛泽东"以有力一部取台湾"的指示，第三野战军制订了以八个军攻台的作战计划，其中，以第九兵团四个军为攻台第一梯队，以另四个军为第二梯队。同年底，金门岛战斗失利后，对兵力部署作了较大调整，决定增加参战兵力，三野除担任剿匪和地方警备任务外，主力十二个军约五十万人全部参加攻台训练。第一梯队在原第九兵团四个军的基础上再增加二十四军。毛泽东批准了这一计划。

这时，因为美国公开表示出与国民党台湾当局拉开距离的政策，所以估计攻台时美军不会介入。粟裕副司令员在《华东军区一九五〇年政治工作指示》中曾解释说："直接参战在政策上、军事上都是对美帝不利的，所以美帝只能间接参战，如动员日本的'志愿兵'去帮助蒋匪。"

基于这种估计，第三野战军在研究台湾战役的计划时，曾设想了同日本援蒋军人作战的可能性，并有信心消灭这些"志愿兵"。根据当时国际国内的形势，中央军委认为应在尽可能短的时间内完成台湾战役的准备，早日完成解放全中国的任务，以实现祖国的统一。

金门岛及登步岛作战失利后，粟裕提出把跨海作战的时间推迟至1950年1月或2月，以便充分准备。

此时，蒋介石孤注一掷，招募五六千日本空军协助防守。

解放军不得不及时修改计划，将计划投入台湾战役的兵力由八个军增加到十二个军，加特种兵和后勤共计五十多万人。

为了更细致地筹划台湾战役的具体事宜，1950年3月，粟裕与新任海军司令员肖劲光会商关于攻台作战的意见。在对东南沿海国共双方军事力量的对比及渡海作战可能遇到的问题，重新进行估算、分析后，设想以五十万部队用于渡海攻台，分两次运送。中央军委同意了这一方案。

这一设想，是基于对东南沿海国共双方军队力量对比进行分析后作出的估算。国民党陆海军总共还有五十多万军队，其中在舟山、金门和海南岛的部队随时又有撤回台湾集中力量防御的可能。再加上少量日本"志愿"人员的协战，按照一般的登陆作战规律，第一批登陆部队要有能突破防线并向纵深发展的充裕力量，而最忌讳"添油"式的逐次增兵。所以预定的第一梯队要有足够的兵力站稳脚跟，等待第二梯队上岸，总兵力至少应和台湾守军大致相当。当时人民解放军各部队的战斗力明显高于同等数量的国民党军。有五十万军队登陆就可以确保在短期内不间断地发展胜利，以占领全岛。根据这一设想，华东野战军准备在舟山战役结束后，以第七、第九兵团担任攻台的第一梯队，第十兵团和入闽的另外三个军担任第二梯队。这样，华东野战军的十二个军部队连同后勤支援人员，投入台湾战役的总兵力将达五十万人。

人民解放军参战人数虽然可达五十万人，但战斗部队不过三十万人，与国民党陆军人数相比并不占优势，特别是此时蒋介石正在台湾加紧补充和组建新的部队。1950年5月13日，国民党军队撤出舟山群岛，开始收缩兵力，加强台湾岛的守备力量。

对此，解放军三度修改战役计划，参战兵力增至十六个军。5月28日，粟裕给当时正在北京开会的张震的电报中，首次提出欢迎四野三至四个军参战的设想。6月23日，他进一步向中央军委报告，提出为了使攻台作战更有把握起见，如能从其他野战军中抽出四个军，作为第二梯队或预备队则更好。这样，攻台作战总兵力可达十六个军以上。

中央军委决定，第四野战军以第十三兵团（辖第三十八、第三十九、第四十军）担任全国的战略预备队，第一野战军抽出第十九兵团（原华北野战军第二兵团，辖第六十三、第六十四、第六十五军）作为中央军委可以随时调动的机动兵力。

兵力的增加也就大大增加了战役准备时间。要实现这一渡海登陆作战的设想，最大的困难来自两个方面：一是缺乏渡海船只，二是海、空军掩护问题还没有解决好。

解决渡海船只问题，在当时的条件下是一大难题。大兵团渡海攻台作战，仅靠海军运输船只是远远不够的，陆军还要依靠自身力量解决渡海运输船只问题，解决"过得去"的问题。要运送五十万部队渡海，连同装备、粮弹、饮水、燃料、马匹、车辆等，所需船只甚多。1950年1月，粟裕在一次报告中计算，攻台作战以五十万人计，所有人员及车马、武器、粮弹等一切准备，重约13.54万吨，以每人0.6平方米计，约需船只载重量76万吨，需吨位千吨以上的船只575艘。第一梯队如以六万人（突击队）计，另需登陆艇二千只。这样大量的船只在短期内是难于筹措的。

第4章
第一次台海危机——解放台湾

台湾海峡海宽浪大，渔民的小帆船难以航渡，需用轮船或较大的机帆船。近代中国海运一直不发达，沿海地区机器动力的船只很少，国民党军从大陆撤退时，又将大多数轮船带走或加以破坏。所以要靠从沿海现有船只中筹集几十万吨位的机动船比登天还难。

解决海空掩护问题，也是保证渡海攻台成功所必不可少的前提，而人民解放军当时确实不具备这种条件。台湾距大陆最近距离也在八十海里以上，平均距离则有一百多海里。而解放军当时拥有的船只时速大多只有六七海里，向台湾航渡需一天一夜的时间，庞大的船队一旦没有夜幕遮蔽暴露在海面上，必然会遭到国民党海、空军的全力拦截攻击，没有海、空军掩护的船队会遭到极惨重的损失，根本不可能达到登陆成功的目的。因此有了渡海船只后，还必须建成一支能够较敌方具有优势的海、空军，才能保证台湾战役这种大规模的渡海作战的胜利。

中央军委在筹划台湾战役时，鉴于上述这两个主要困难，决定在不影响恢复国民经济的前提下，集中财力物力，建设空军和海军。但是当时中国工业基础极为薄弱，技术设备极其落后，要筹集修造大量船只和建设空军和海军，都不是短期内能实现的。

盘马弯弓欲待发，解放台湾的准备工作紧锣密鼓地进行了起来。苏联专家也加紧协助中国军队进行装备和技术的改进工作。但是，鉴于解放台湾的准备工作之艰难繁重，主要是空军和海军建设要白手起家，颇费时日，而原来希望从苏联方面得到的物资援助也需要一定的时间，原定于1950年解放台湾的计划不可能实施了，因而中央军委将解放台湾的进程推迟到1951年夏季。

第 5 章

红色特务与白色特务

好奇怪的提法，还给特务上色，分红色的和白色的？这可是毛泽东的话，是他的独特语言。1958年10月13日，毛泽东跟民主党派的张治中、章士钊等人谈到对蒋介石的政策时，曾说："让他搞三民主义，反共在他那里反，但不要派飞机、派特务来捣乱。他不来白色特务，我也不去红色特务。"

国民党退居台湾、中共建国之后，有好一段时期，国共双方是互派特务的，台湾当局派白色特务过来，大陆也派红色特务过去，相互打了好长时间的间谍战。

咱们先说说"红色特务"，派去台湾最著名的特工是吴石和朱枫。

■ 虎穴藏忠魂

吴石系中共地下党员，福建闽侯人，早年东渡扶桑，留学日本陆军大学，毕业回国后，成为桂系的重要将领，与李宗仁、白崇禧过从甚密。曾历任国民党陆军大学教官、福建省政府军事厅长、南京政府国防部史政局局长、福建绥靖公署副主任、抗战时期第四战区参谋长、第十六集团军副总司令等重要职务。上海解放前夕，吴石被蒋介石调去南京前，秘密接受了中共地下党组织的指示，与何遂（解放后，何曾任华东军政委员会司法部部长）一道潜赴台湾。吴石到台湾后，很快被蒋介石任命为国防部参谋次长。

第5章
红色特务与白色特务

1949年初,吴石看到国民党大势已去,心中萌发了跟共产党走的念头,决心弃暗投明。吴仲禧看到他有这一念头,于是将这一情况报告给上海地下党组织。上海地下党组织见时机已成熟,便派地下党人同他联系。一个月夜,黄浦江边还十分寒冷,但久候在江边的吴石的心却热乎乎的。就在这夜,上海地下党组织派人同吴石取得了单线联系,很快吴石又成为上海"民联"组织成员。吴石在中共地下党员何遂的直接领导下(单线联系),利用他在国民党的关系,以其合法身份为掩护,担任军事情报员和掩护地下工作。不久,何遂将上海地下"民联"的联络处以及联络暗号告诉了吴石,吴石按照联络暗号很快与吴长芝联系上了。

吴长芝也是"民联"的组织成员,1946年从美国归国后,开办大兴贸易公司,自任总经理,以此来掩护地下工作,并提供地下活动经费。吴石常到吴长芝家,将搜集到的军事情报送给吴艺五,再由吴艺五送给中共地下组织负责人,转送解放军。

不久,吴石到福建绥靖公署任副长官。在福建,吴石表现十分积极,通过谢筱乃给共产党提供了不少重要军事情报,供解放军及时掌握国民党军队的作战计划、兵力部署等情况,对解放华东地区一些城市起了重要作用。

1949年6月,大陆已大部解放,吴石受地下党组织的奉派,准备赴台潜伏,参与组织"台湾省工作委员会"(简称台工委)配合解放军解放台湾。

离开大陆前,吴石还有两份重要材料想让吴仲禧转给华南地下党组织。吴石由福建先后到广州、香港来找吴仲禧。

深入虎穴的孤胆英雄吴石(历史图片)

1949年6月的一天，在香港某偏僻旅社，辗转从福建来到香港的吴石对吴仲禧说："仲禧兄，我是从福建辗转来到香港的，找你真不容易。"

吴仲禧说："谢筱乃跟我讲了，你在福建通过他给我党提供了不少重要军事情报，对解放华东地区一些城市起了重要作用。"

吴石说："这都是我应该做的。我受地下党组织的委派，准备赴台潜伏，组织'台湾省工作委员会'，配合解放军解放台湾。"

吴仲禧不露声色地"噢"了一声，没有说什么。

吴石站起望着窗外，说："这一走不知何时才能返回故乡。离开大陆前，还有两份重要材料，我想请你转给华南地下党组织。"

吴仲禧惊喜地点头："噢？嗯！"

吴石说："一份是国民党部队留存西北各地的部队番号、驻军地点、部队长姓名、现有人数和配备、准备整编的计划等，另一份是国民党部队在长江以南川、滇、湘、粤、闽各省的部队建制和兵力等。这是国民党国防部编制的长达几十页的绝密材料，我全交给你。"

吴仲禧接过珍藏起来，关切地问："你还要在福建待多久？"

吴石说："福建绥靖公署已经结束，我已被调到国民党国防部任参谋次长，很快就要离开大陆随蒋部到台湾。"

吴仲禧劝道："你是不是先留下来，再考虑考虑，到台湾是否有把握？我跟组织汇报，让你转赴解放区。"

吴石坚定地说："我的决心已经下得太晚了，为人民做的事太少了，现在既然有机会，个人风险算不了什么。你知道谁跟我一起潜伏台湾吗？"

吴仲禧问："是哪个？"

吴石说："何遂，华东军政委员会的情报负责人。上级派他和我一道潜赴台湾。"

吴仲禧放心了："这就好。你的家属怎么安排呢，要不要我帮忙？"

吴石说："为了避免嫌疑，我的夫人王碧奎和两个儿女也要一同去台

第5章
红色特务与白色特务

湾。大儿子韶成、大女儿兰成留在大陆，请你在必要时给予照顾。"

吴仲禧站起握握他的手说："这你放心。保重！"

几天后，吴石由香港乘船赴台湾，奔上了不归路。

到了台湾不久，吴石利用参谋次长的方便身份，积极进行地下活动，他和中共台湾工委密切联系，秘密开展工作。

据美籍华人江南著《蒋经国传》记载："台湾工作委员会的任务，为下列五项：（1）搜集境内军政情报。（2）向动摇的军政人员策反。（3）建立地下组织。（4）发展党组织。（5）秘密政治宣传，在台东偏僻山区，建立武装根据地，利用山区的天然条件，发展游击力量。"因为台湾还没有解放，准备担任台湾第一任省委书记的舒同，以华东局社会部部长的身份，直接参与了对台的敌工工作。他派何遂去台湾，与中共潜伏在国民党内最大的内线、被称为"密使一号"的吴石联系。

这一天，一辆"林肯"牌高级轿车疾驶在台北市沿海公路上。

风驰电掣中，耳边风声呼呼，台北石门桥一闪而过。坐在车中的是国民党国防部参谋次长、陆军中将吴石。

进入市区，"林肯"轿车离开了车流拥挤的台北站前忠孝西路，沿着一条僻静小街急驶着。

"林肯"轿车驶进中央大饭店。穿便衣的吴石应约在这里会晤华东局情报负责人何遂。

吴石将一卷微缩胶卷交与何遂，说："这是几份军事情报，对解放台湾有参考价值。"

何遂接过说："短短的时间里，你扩展了地下活动范围，发展了不少地下成员，遍布东南军政长官公署、保安司令部和空军部队，了不起啊！"

吴石说："我还把自己次长办公室的人都动员起来了，为解放军解放台湾做准备。"

过了几天，吴石再次到中央饭店秘密会晤何遂。

何遂给吴石倒了杯水说:"两天前,我接到中央情报部用密码发来的指示,要我速经香港返回大陆,另有任务。以后这里的工作就由你负责了。"

吴石问:"我今后的主要任务是什么?"

何遂说:"上级指出,一定要解放台湾的方针不变。你今后的主要任务仍然是加紧搜集台湾军政情报,做好策反工作,配合解放军解放台湾。"

最后,何遂拿出一包美国巧克力交给吴石说:"请收好,电台密码、波长和今后的接头暗号都在这里面。下月的第一个星期日,你去台北仁义路54号找李碧云女士,她是你的联络员。"

"明白了,请保重!"吴石深沉点头,站起告辞。

金门之战失利后,毛泽东曾特别强调说,情报工作很重要呀,要搞准喽!

决定让何遂返回大陆后,舒同又派长期在上海、香港从事情报工作的女共产党员朱谌之(朱枫),化名李碧云,赴台与吴石联系。

1949年11月25日,受命入台的朱枫,从香港维多利亚码头登上了开往台湾基隆的"风信子号"客货海轮。

汹涌的海浪,呼叫着拍打船舷,海鸥迎风搏浪勇敢地飞翔着。

朱枫站在甲板上,眺望着波涛汹涌的海面,任海风吹掠着她的秀发,耳畔却在回响着党组织负责人给她布置任务时的声音:

"由于国民党的血腥镇压,台湾的地下党组织遭受了空前严重的破坏。国民党军政上层机关里的一些内线与我党的联系亦被切断……

"10月24日,解放军三野第十兵

红色女间谍朱枫(历史图片)

团攻击金门。三个主力团的将士九千多人登陆时英勇战斗,然而由于情报失准,战斗连连失利……11月5日,三野第七兵团攻占舟山群岛中的登步岛,也因情报失准而严重受挫。上级领导决定,派你以探望女儿一家作掩护去台湾,尽快取回重要军事情报,为解放台湾做好一切必要的准备。"

早晨,九龙码头。阴霾遮日,细雨蒙蒙。

一男一女打着雨伞出现在九龙码头的人群中。女的即是朱枫,男的抱着的孩子,是朱枫的儿子。

汽笛一声呼叫,分别的时刻到了,朱枫最后亲吻一下自己的儿子,然后交给身边的男人。

男人和孩子走远了,朱枫的眼泪夺眶而出。

朱枫到台湾的第二天傍晚,按照预先的约定,在一幢古色古香的茶食楼上,与台湾地下党工委书记"老蔡"接上了头。

朱枫喝口茶,悄声说:"老蔡,华东局领导的指示我就传达完了,这是组织给你的一封密函。"她将油纸包裹的密函交给这位工委书记。

朱枫又问:"你跟'密使一号'有联系吗?"

老蔡说:"我跟'密使一号'没有直接联系,但知道他提供了不少情报。"

告别老蔡后,朱枫撑着漂亮的油纸伞,行走在台北市的街上。

她看到在市中心,在不少车站、广场的墙壁、电线杆上,居然出现了"拥护毛主席、活捉蒋介石""台湾同胞起来解放自己""欢迎人民解放军解放台湾"等标语。

在敌人的心脏里居然看到大陆街上才有的标语,她好一阵兴奋,用伞角遮掩着眼睛和兴奋的脸部神情。

这时候,在台北阳明山官邸,负责台湾情治工作的蒋经国正向父亲报告:地下共党分子很猖獗,不少车站、广场的墙壁、电线杆上出现了反动标语,今天铲了,明天又贴上去了,防不胜防。

蒋介石问:"你手下的特工人员有多少?"

蒋经国回答:"已有五万多人。"

蒋介石拍拍桌子说:"他们是吃干饭的呀!为台湾存亡,要实施铁腕政策,只要行动可疑,经人检举,一概列入危险分子,格杀勿论!尤其要采取一切手段肃清岛内中共组织。"

这一天是这个月的第一个星期日,小雨刚住,树枝正滴着晶莹水珠,空气仍然湿漉漉而清新。

吴石如约来到永安里仁义路54号。这是一座米黄色的法式小楼,式样古朴典雅,院内带有白栅栏花园。门楣上方镶嵌着一方铜质门牌,镂着"台北丁宅"字样。

吴石不觉一怔。他用约定暗号敲响了铁门。

里面问:"哪位呀?"

吴石又敲了下暗号。不一会儿,一位女佣模样的人走出来将大门打开一条缝,用台湾话问身穿便服的吴石:"先生,你找谁?"

"我要见李碧云小姐。"吴石说道,"请你告诉她,就说她表叔来了。"

女佣谦卑地将吴石引入客厅,说声"先生稍等",自己便上楼禀报去了。

不一会儿,一位二十八九岁的少妇出现在铺着地毯的螺旋楼梯上。她一看清来人,便愣住了。

吴石也是一怔。

朱枫无论如何也没想到作为接头人的"表叔"会是公爹的朋友,身居国民党"国防部"参谋次长高位的陆军中将!吴石也没想到"特派情报员"竟是自己的朋友、海关总署税务司长丁贵堂的漂亮儿媳。

双方都愣怔了一瞬间,吴石先开口道:"表叔今天有空,来看看你。"

朱枫笑吟吟地说:"啊,吴伯伯好,您快请坐。"

机警的朱枫并没有说出事先约定的暗号,她转身对站在身后的女佣吩咐道："你出去吧，我来布茶，有事我会叫你，不要让其他人进来，明白吗？"

女佣点头应诺，迈小步出门去了。

"请用茶，吴伯伯。"她见吴石接杯在手，轻松一指小杯说，"这茶来自蒙山。"

"中国第一茶。"吴石赞叹着，"我很小的时候就知道蒙山茶。"

啊！吴石的话让朱枫感到有些意外，她接口说："我来台湾前，曾有幸到过蒙山。"

"想不到朱女士也是蒙山茶的知音，前不久友人托朋友绕道香港，专程给我送来了一包蒙山茶。"吴石看出了她的顾虑，便语带双关地赞道，"好茶啊！蒙山茶自古饮誉海内外，舒心爽口，回味悠长，这是祖国的骄傲。"

朱枫笑而不语，端起茶杯抿了一口。

吴石喝口茶说："怎么，不欢迎我这位远方来的表叔？"

朱枫听了又惊又喜，过了一会儿，才缓缓说道："表嫂还好吗？"

吴石见她开始说暗号，便接着说："还好，就是有点想她的侄女。她说有空让你到妈祖庙看看。"

"我也很想表嫂，等春暖花开的时候，我一定过海探望她老人家。"

暗号对上了！

朱枫惊喜地问："吴伯伯，您就是'密使一号'？！"

吴石微笑着点了点头，反问说："你就是那个'海鸟'了？"

朱枫用力地点了点头，神情激动地说："真想不到！吴伯伯，走，到楼上谈！"

朱枫引吴石到楼上坐下，便说："吴伯伯，过去我一直以为您是国民党军界的一员儒将哩。上级让我传达指示：暂时停止海岛内的一些大规模活动，小心隐藏起来。目前上级急需国民党当局往大陆派遣武装匪徒和空军轰炸大陆的情报。今后，我们主要和三野第十兵团情报处直接进行无线电联系。"

吴石遗憾地说："十兵团吃了情报不准的亏，金门之战损失惨重啊。"

朱枫神色黯然，眼含热泪说："我乘船前来台湾时，途经金门岛，看到硝烟尚未散尽，沿途都是伤兵、俘虏和搬运东西的士兵。尸体遍地，血肉模糊啊。"

吴石说："我们肩上的担子很重啊！"

朱枫说："所以派我来台湾。吴伯伯，眼下咱们没有电台怎么办？"

吴石胸有成竹地答道："这个你不要急，电台已经解决了，大概两三天内即可以开始工作。以后我们怎么见面？"

朱枫说："每个月的第一个星期日，还是在这里，如果地点有变动，我会临时通知您的。"

最后，吴石取出随身携带的微型胶卷说："碧云同志，请把这个交给党。这里有孙立人与美国人交往的一些最新动态，还有几份绝密的军事情报：《台湾战区战略防御图》《关于大陆失陷后组织全国性游击武装的应变计划》、五个"戡乱"区的负责人及十五个重点游击根据地的负责人、兵力配备。"

毛泽东正在中南海办公室里看着前线发来的捷报，李克农走进来，从档案袋里拿出一沓情报，对毛泽东说："主席，舒同同志专程从上海送来的台湾情报，很有价值。"

毛泽东接过，饶有兴味地看了起来，边看边问："这么核心的情报，怎么得到的？"李克农说："秘密赴台的女共产党员朱枫，从国民党国防部参谋次长吴石那里获得的，就是那个'密使一号'。"

毛泽东当即嘱咐："一定要给他们记上一功哟！"

他忽然提起毛笔，在红线格信纸上写下一行诗。

他边写，李克农边念诵：惊涛拍孤岛，碧波映天晓。虎穴藏忠魂，曙光迎春早。

"密使一号"和"海鸟"折翅

在台北永安里仁义路54号楼上,吴石与朱枫再次接头,交换情报。

吴石将一卷缩微胶卷交与朱枫说:"这是蒋军在台团以上军官名单,以及各部队兵力、番号、部署情况等,请你通过香港转往上海。"

朱枫接过说:"吴伯伯放心,上次转送的一批绝密军事情报,迅速通过香港传递到了华东局情报部和总参作战部负责同志手里,很安全,对打破国民党军的军事封锁、解放沿海岛屿起了很大作用。"

吴石说:"金门登陆战后,岛内形势一时逆转,一些准备参加反蒋的国民党高级军官信心有所动摇。你要小心。"

朱枫说:"我来台的任务已经完成,接受上级指示,准备暂时离台返回大陆。"

吴石关切地问:"你准备什么时候走?要不要我帮忙?"

朱枫说:"我准备明年1月走,需要帮忙时我会找你。我联系的几位高级军官态度有变化,你也要小心。"

这时,台湾岛内的地下工作形势的确严峻。

1949年5月19日,国民党在大陆全面溃逃前夕,刚接任台湾省主席不久的陈诚秉承蒋介石之意,通过台湾"警备司令部"颁布"戒严令",宣布台湾地区处于"战时动员状态"。台湾省"警备司令部"宣布,自5月20日零时起实行全省戒严,除基隆、高雄、马公三个港口在警备司令部监护下开放外,其余各港一律封锁,严禁出入。该"戒严令"还严厉宣布有下列行为者处死刑:造谣惑众者,聚众暴动者,扰乱金融者,抢掠财物者,罢工、罢市扰乱秩序者,鼓动学潮、公然煽动他人犯罪者,破坏交通通信器材者,妨害公众之用水及电器煤气事业者,放火决水发生公共危险者,未经允许持有枪弹及爆炸物者。台湾从此开始了长达三十八年之久的"戒严"时期,开创了中外历史上"戒严"时间最长的先例。

蒋介石到台湾后，首先建立健全了情治系统，将情报、特务工作交给了儿子蒋经国掌管。1949年7月，蒋氏父子从大陆到台湾高雄后，曾召集各特务机关负责人和嫡系开会，决定秘密成立一个名为"政治行动委员会"的核心组织，并指定蒋经国、唐纵、郑介民、毛人凤、叶秀峰、张镇、毛森、陶一珊、彭孟缉、魏大铭等人为委员。以唐纵为召集人，负责筹组机构。"政治行动委员会"于同年8月20日在台北圆山正式成立，它的基本任务是统一所有情报工作，并充实强化。

1950年8月，国民党中央改造委员会成立，唐纵出任主任，"政治行动委员会"负责人一职便由蒋经国接替。该机构到了蒋经国手里，便由秘密的无名单位改为"总统府机要室资料组"。名字听起来不响亮，它只是"总统府"机要室的一个小小资料组，但因为庙里菩萨大，这个小"庙"的权威也就波及台湾党、政、军、特各部门，没有哪个机关不对它另眼看待。

当时，"台湾情报工作委员会"归台湾"警备司令"彭孟缉中将领导，他虽是黄埔系，但资历浅，无法领导特务工作，便向蒋介石推荐了蒋经国。这正中蒋介石下怀，蒋介石便采纳了他的建议，将"台湾情报工作委员会"正式交给儿子掌管。蒋经国接管后，将"台湾情报工作委员会"置于"总统府机要室资料组"之下管理。他向来雷厉风行，对国民党原有的情报机构进行了彻底改造，改名为"国防部情报局"，以对大陆情报搜集和布建反共工作站为主要任务。蒋经国控制下的情报机构权力无边，国民党号称"党权高于一切"，然而，蒋经国主管的特务机构却能指挥国民党。在有限的台湾岛横行着"调查局""保密局""军情局""宪兵""总政战部""国防部二厅""台湾省警务处"等多重特务体系。为了加强控制，特务机构在各阶层、各部门、各团体遍布眼线，并在政府部门和学校中普遍设立安全室。

蒋氏父子首先对台湾岛内所谓的"匪谍"进行残酷的镇压。在"戒严"体制下，蒋介石抛出了"保密防谍"的口号，对所谓"匪谍"实行大逮捕大屠杀。蒋经国遵照父旨，"为台湾存亡的必要，实施铁腕政策，只要行动可疑，经人检举，一概列入危险分子，格杀勿论"，"白色恐怖"笼罩全岛，出现了无数冤案。有"共谍"嫌疑者一律投进监狱，或用麻袋捆扎丢到海里。翻开1950年台湾的报纸，以"匪谍"案为题的报道，一周出现好几次。据台湾当局官员董显光公布的资料，仅在1950年上半年内，"台湾治安当局处理了匪党地下活动案三百件，牵涉的嫌疑犯在千人以上"。位于台北植物园附近的马场町，如同在国民党大陆时期的南京雨花台，成为大屠杀的刑场，白色恐怖令人发指。

台湾实行五户连保制度，秘密警察和特务机构遍布全岛。台北街头、火车站、汽车站，处处可见台湾当局用红墨水写的枪毙死刑者的布告。电影院每次放电影的第一条字幕就是"通匪者杀"。

据估计，1950年至1954年，台湾有数千名本省和外省优秀青年遭到杀害和监禁。后来一位台湾著名作家在《啊！那个时代，那些人……》一文中写道："对在台湾的事实和想象的中共地下党恐怖扫荡，集中、全面地从1950年至1953年进行了三年。被枪决的有三千到四千人；长期监禁和有期监禁者八千人到一万人。但在实际上，以'匪谍'罪遭到形形色色的罗织坐罪的政治性逮捕、拷问和处决、监禁，终三十余年戒严时代未尝中断。"

在台北离七星山西侧不远的竹子湖附近，有许多中西合璧的豪华别墅，其中的一幢是毛人凤在台北的一处秘密官邸。

晚上，保密局特勤室主任毛惕园迈着急促的脚步走进来。他虽然经常出入这座秘密官邸，但官邸室内的富丽堂皇还是让他瞠目。

毛人凤望着毛惕园，示意他坐下。

毛惕园摘下警帽，坐在沙发上。特勤卫士送来两杯咖啡，立即悄然退下。

尽管毛惕园是毛人凤的亲信，但和孙立人也有较深的私交。毛惕园奉命暗中监视孙立人，他两头应付，心中十分为难。

"惕园。"毛人凤直呼其名，他的声音流露出明显的不满，"这段时间,老头子十分关注孙立人的行动,常打电话责问我,说莫非你们这些人也心有异动?"

毛惕园忙说:"这怎么会呢,老头子太多心了。"

毛人凤说:"老头子还说得更狠,说莫非孙立人的铁头和美国人的支持吓破了你们的胆?莫非你们也想置党国利益于不顾?我对老头子说:卑职不敢!我们正在努力加强对孙的控制……可是惕园呀!"毛人凤加重语气,又猛地顿住。

毛惕园望着毛人凤责备的目光,一声不敢吭。

"还有,"毛人凤点燃一支烟说,"叶翔之向我报告,说岛内发现中共台湾工委主要负责人的蛛丝马迹,这更是一种威胁!如今,通过美国这个干爸爸,手握兵权的孙立人已有异动之嫌,再加上个什么中共台湾工委,老头子咋吃得消?你我身为保密局的高级长官,在这些问题上迟迟无所作为,你知道这意味着什么吗?"

毛惕园感到脊背阵阵发凉,放下咖啡,惴惴说:"人凤兄,最近我增加了便衣力量,采取了许多新的措施,目标得到了一定的控制。"

"结果仍是毫无进展,让我失望。"毛人凤打断毛惕园的话,盯视着面前的特勤室主任,一字一句地问,"阳明山那辆可疑汽车到底是怎么回事?它的真正目标是什么?是无意闯入,还是蓄谋行刺?策划者又是谁?这些你都搞清楚了吗?"

"不知道。"毛惕园低声说,"事后都循线索追查过,但整个台北八辆林肯牌轿车的拥有者,都是些权位显赫的人物,均未发现可疑之处,只是……"

"只是什么?"毛人凤盯着毛惕园问。

毛惕园谨慎回答:"直觉让我感到那个吴石有些问题,但此人身居国防部参谋次长高位,人缘又好,我怕毫无根据地怀疑,弄得不好反而加害自身,不过这个人非同一般……"

毛人凤咬咬牙说:"那就盯住他!"

台北捷安会馆是国民党高级军官的玩乐之地。这一日,捷安会馆照例是宾客满座,台湾情报机构的两个重要角色——特别行动处处长叶翔之和保安处处长彭孟缉也夹杂其间。他们正坐在角落里密谈,样子装得很闲在。

小茶几上放着两杯威士忌,两人都叼着哈瓦那上等雪茄,吞云吐雾,看似漫不经心,实则在暗中较劲。

"报告!"叶翔之的副官突然出现在两人身后。

叶翔之回头问:"什么事?"

"处座!"副官伸长脖子,小声报告道,"我们的人刚刚在海上抓到一个可疑的女人,有'匪谍'之嫌。她是从海上前往秘密接头地点时,被我们的巡逻快艇截住的。"

彭孟缉竖起耳朵听,眼睛瞅着叶翔之。

叶翔之大感兴趣:"这个人现在何处?"

副官说:"就在行动处。"

叶翔之在烟灰缸里按着烟头说:"好吧,我马上来。"

副官走后,叶翔之转身对彭孟缉笑道:"你瞧,孟缉兄,买卖来了!"

彭孟缉接话说:"干我们这一行,没有买卖就要失业。"

叶翔之拱拱手说:"是呀,那么失陪了。"

彭孟缉口是心非地说:"祝你好运!"

叶翔之优雅地起身,尽量避免刺激同行。

叶翔之的身影刚一消失,彭孟缉就小声骂道:"王八蛋,又让你抢了头功!"

被特别行动处抓住的是台湾工委外围组织发展的成员,当叶翔之出现在她面前时,她已经被侦讯室的人打得遍体鳞伤,血肉模糊。

叶翔之瞪着小圆眼睛把这女人前后看了个遍,不说一句话,满面狰狞之色。

令人猝不及防，他一把揪起她湿漉漉的头发，迫使她失神的眼睛面对着自己。他用另一只手卡住她纤细的脖子，吼道："你到底是什么人？说！"

那女人有气无力地说："渔民的婆姨。"

叶翔之恶狠狠地说："你要说半句假话，我马上掐死你！我很快就会搞清楚你到底是谁的婆姨！来人。"

副官应声而至。

叶翔之命令："你马上带人去棚户区找到她的家，进行搜查，若情况与她的话有出入，就把她的全家都给我弄来！"

副官答应一声："是！"

这位渔妇的丈夫倒真是个老实巴交的"渔老大"，可是已在半年前的海啸中丧生，丢下她和三个孩子相依为命。不久前，她认识了在基隆河棚户区开展地下工作的一名中共党员，被秘密发展为外围组织成员。现在，叶翔之派人去她家搜查，她预料，自己的谎话马上就要被识破，三个可怜的孩子厄运难逃了。

果然，一小时后，两个幼小的孩子被抓来，只有十五岁的大儿子阿松没被抓到。

两个幼小的孩子见母亲被打成这样，哭叫着呼喊着："妈妈！妈妈！"

母子相见，抱头痛哭。

眼看孩子落入虎口，这位渔妇受不住了，梦呓般地说出了接头暗语："蒙山茶……蒙山茶……"

中共台湾省工委被破获、捣毁，"蒙山茶"是一条线索，《光明报》是另一条线索。1949年7月，有人拾到一份共产党的宣传刊物《光明报》，转交给台湾省主席陈诚。蒋介石获悉后大发雷霆，立即召集三大情治机关重要干部开会，并限期破案。高雄警备队抓到四名持有《光明报》的台大学生，学生供出基隆中学校长钟浩东是共产党员，同时担任基隆市工委书记。钟浩

第 5 章
红色特务与白色特务

东被捕后，虽然坚贞不屈，却在不经意间问了一句"老郑怎么样了"。特务机关又抓到了省工委副书记陈泽民，从他嘴里套出了"老郑"的地址，"老郑"被捕。这个"老郑"就是中共台湾省工委书记蔡孝乾。

1950年1月，中共台湾工委领导人蔡孝乾被保密局抓获。五花大绑的他被特务推搡着，走出小巷。

蔡孝乾被捕后乘隙脱逃，保密局知道他好色，必然会同其姘居的小姨子马雯娟会合后再离台。于是，侦防组凭借蔡孝乾身上搜得的马雯娟照片，到警务处梳理所有申请离台者的照片，结果在一大堆已批准离台者的照片中，筛出了马雯娟，她欲离台赴定海。在文件角上还留着一张托办出境者的名片，那是东南军政长官公署总务处交际科长聂曦的，而马雯娟的住址填的是杭州南路。

三个月后，蔡孝乾再次被抓后就扛不住了，投降招供了。他领导的"中共台湾省工委会"在成功中学、台湾大学法学院、基隆中学等处的分部，相继被国民党当局破获，多名负责人被捕。"台湾工委高雄市工委会"被侦破，书记陈泽民、委员朱子慧被捕。10月5日至7日，"高雄市工委会"所属工、农、学、运各支部人员谢添火、庄识宰等十八名，蔡国智、于开雄等八人，梁清泉、何玉麟等九名地下工作者也先后被捕入狱。12月，"台湾省工会"的张志忠、李法夫妇及谢富被捕并判死刑。共产党台湾工委书记蔡孝乾的变节，导致岛内四百多名共产党员被捕，与中共有关系的一千八百多人被捕，多数遭枪决。中共在台力量基本瓦解。这个重创显示，当时中共台湾省工作委员会发展太快，成员复杂，而且缺乏严格的党纪约束，往往是一人被捕，便提线般地把联络人一一供出，最后导致一条联络线的多人被捕。

由"中共台湾省工委案"，又牵出中共在台湾的最大潜伏者吴石，制造了惊动台湾全岛的"吴石案"。

原来，蔡孝乾小姨子马雯娟住址填写的杭州南路，是台湾电力公司的招待所。这所住宅是吴石初来台湾时向电力公司借住的。查到聂曦名下，又发现聂曦是吴石旧部,过去在国防部史料局任总务组长,赴台后由吴石安插在东南军政长官公署任交际科长。聂曦交代出境证是吴石太太托办的,杭州南路地址也是吴太太填报的。就是说,吴石的部下聂曦帮蔡孝乾签发了特别通行证。吴石被保密局紧紧盯上了。屋漏偏逢连夜雨,蔡孝乾被捕时,公文包里的记事本上一串名单有"吴次长"三字。保密局长毛人凤判断,"吴次长"者,"国防部"中将参谋次长吴石也。保密局还发现,蔡孝乾身上一张十元的新台币上,写着两个电话号码,其中一个便是他直接联系的朱小姐——朱谌之。于是,黑手伸向了朱枫!

夜晚,凄厉悠长的警笛声,不时从吴石官邸窗前响过。

吴石一惊,心中隐隐有些不安。他踱到窗前,眺望着漆黑的夜幕,警惕着,思索着。

吴石清晨早早起来,对副官王正均说:"昨夜警车响了一夜,不知发生了什么事,你悄悄出去看看。"

王正均悄悄出去了。不一会儿,他回来说:"长官,大街上警车很多,乱糟糟的,好像在抓人。"

吴石心中一沉,没有说什么。

当晚10点左右,吴石从办公室回来,刚一进门,就听到电话铃大响。

他一惊,一把抓起话筒,听到一阵急促的喘息。

话筒那边传来一个女人的声音:"喂!吴伯伯吗?"那是朱枫的声音。

吴石对着话筒说:"是我,表侄女有什么事吗?"

话筒那边急促地说:"表叔!是我,有急事……"

朱枫是乘夜深人静、家人都熟睡了的机会,穿着睡衣摸到客厅给吴石打的电话。

她有些惊惶,用明语急急地说道:"吴伯伯,组织暴露了,有人叛变!蔡书记也叛变了,我们的处境十分危险。表叔,我请求您帮助我和其他几位同志,迅速撤离台湾。"

第 5 章
红色特务与白色特务

接着她镇静下来又用暗语告知自己情况危急，并说想到"府上"求见参谋次长，有要事汇报。

一会儿，朱枫来到吴石家，见到了吴石，焦急地说："我们的小组已被破坏，现在他们（国民党特务）到处抓人，你要注意安全。我想尽快离开台湾。"

吴石镇定下来，安慰朱枫说："你不要太着急，我尽快给你办理一张通行证，但要千万注意保密。明天晚上9点你来拿通行证。"

朱枫说："我们需要四张特别通行证，否则，我就走不了啦！"

吴石说："好吧，让我想想办法。"

朱枫急促地说："吴伯伯，要快，再晚就来不及了！"

吴石说："我明白，在什么地方交给你？"

朱枫说："老地方。"随即她告辞走了。

朱枫走后，吴石大声叫道："王副官！"

"到！"王正均匆匆跑进来，"什么事，长官？"

尖利的警笛声从窗前响过。

吴石没有说话，在一张"国防部"便笺上匆匆写了几行字。写完之后，他又认真看了一遍，然后神色严峻地交给王正均说："把这个带好，明天一早立刻去找李处长办理，愈快愈好，不得耽误，更不能出错！明白吗？"

王正均答应："是！"

王正均被吴石严肃的脸色吓住了，当他看到手中的条子是写给"国防部"特检处处长李伯年，要求速办四张特别通行证时，心中更是惊诧不已。他不敢多问，转身离去。

办完这一切，吴石像瘫了似的坐在书房那把棕色皮沙发里，仰着头，双目微闭，似睡非睡。

整个官邸静悄悄的，尖厉的警笛声时断时续。吴石迷迷糊糊歪在沙发上，睡不踏实。

凌晨，吴石睁开眼睛，只见王副官笔直地立在门边，一动不动，神情坚定而从容。

"你怎么起得这样早？"吴石惊讶地问。

王正均关切地说："长官，你不是也一夜未眠吗？"

吴石心中一颤，他控制住自己的感情，站起来，伸了伸筋骨。王副官默默地看着吴石，吴石发现他有话要说的样子，就招呼他："有什么话，坐下说吧。"

王正均坐下了，宅后山顶上观音寺的灯光，照着他那张刚毅的脸，那双深沉的眼睛。

"长官，"王正均嗫嚅道，"我能问您一个问题吗？"

"问吧。"吴石点燃一支烟，眼中射出犀利的目光。

王正均问："您是共产党的人？"

吴石点头。

王正均又问："您这是为什么？"

吴石说："因为我要做一个堂堂正正的中国人，做一个对得起祖宗的炎黄子孙。"

吴石见王正均眼里涌出泪水，伸出手去，在他敦厚结实的脊梁上轻轻拍了拍，然后慢慢站了起来，走到窗前，拉开窗帷，望着曙光下的新店溪和灯海般的台北市，沉默了瞬间。

吴石缓缓地说："我知道，这件事对你来说，的确是拿着脑袋去冒险，如果我有其他的办法，决不会让你冒这么大的风险。你是我的随从副官，只有你才能办到我想办的事情。"

"不，长官！"王正均激动地站起来说，"你误会我的意思了，我早就决定，我也要像长官一样，做一个堂堂正正、对得起祖宗的炎黄子孙。"

"你还年轻，"吴石慢慢转身说，"办完这件事，你也要尽早离开这里，我会安排的。"

第 5 章
红色特务与白色特务

"不，长官！我死也不会离开您，在您身边，我愿意粉身碎骨。"王正均说着泪如泉涌，"二十四年前，我母亲在紫竹溪地主庄园的狼狗窝里，生下了我和弟弟，后来你救了我。自从来到您身边以后，我知道了什么叫正义的事业，也懂得了我该为谁而死。"

吴石慈祥地望着副官说："好了，你的心意我理解了，快去睡一会儿吧，一会儿还要去办证。"

王正均挺挺胸说："您放心吧，长官，我一定办到！"

上午10点钟左右，王正均拿着吴石写的条子走进"国防部"特检处处长李伯年办公室。

李伯年见是参谋次长亲自开的条子，很痛快地答应了，并按照吴石的要求发放了四张通行证。交给王副官时，他问道："是吴次长的亲属要回大陆？要不要我派几个弟兄护送？近来海上可不太平。"

王正均接过通行证说："感谢处长好意，吴次长的亲属路上已有人关照。今后有什么事，请来找我。"

李伯年说："好说，好说。王副官，再会！"

李伯年热情地把王正均送到特检处门外。

回到吴宅，王正均将四张通行证交给吴石，吴石看了一眼，又交回王正均说："王副官，你马上将证件送给李碧云。"

王正均放好证件说："是！"

临行前，吴石吩咐道："一定要注意安全，同时尽量搞清楚她到底出了什么事。"

王副官郑重地点了点头说："长官，您放心，我一定将此事办妥。"

此刻，台北全市戒严，警车呼啸，警笛凄厉，保密局全体特工人员一齐出动，展开追捕。

傍晚6时许，王副官匆匆回到官邸，满身热汗，神情略显紧张。

他一进书房，吴石就急忙站起来，迫不及待地问："情况怎么样？李女

141

士他们安全离岛了吗？"

王副官点点头说："老长官，外面检查很严，但由于有特别通行证，一切还算顺利，没有出什么纰漏。李女士他们已经坐下午4点1刻的舟山客轮离开本岛了，我一直把他们送到了船上的客舱里，您放心吧。"

"好，坐下休息一会吧！"吴石听罢，闭上双眼，长长地吁了一口气。

过了一会儿，他又问："李女士还说了什么？为什么他们走得这样匆忙？"

王正均说："李女士说蔡先生出事了，跟他一起的一些先生也都被捕。还有，成功中学、台大法学院和基隆中学等处的组织相继被保密局破获，情况很惨，大多数工委成员失踪。他们也被特务发现，要不是李女士事先听到风声躲起来，怕也难逃特务们的魔爪。"

这些情况，吴石大致已经知道了，但他还是忍不住大吃一惊。他抬眼看了看王正均，目光中充满了慈爱和真诚，说："正均，你跟了我这么久，想没想过有朝一日我会出事？"

"想到过。"王正均异常冷静地回答道。

吴石又说："我有可能牵连你，你怕不怕？"

"不怕！自我跟您的那天起，我就是您的人了。"王副官一双眼睛真诚地注视着吴石，"我说过，能为长官死，正均死而无怨！"

吴石忍不住一把抓住他的手，用力捏了捏，喃喃地说："可是你还年轻，如果我真连累了你，岂不耽误了你的前程？"

王正均动情地说："长官，人活百年终有一死，快别说了。我跟随您多年，深为长官的品行感动，更钦佩长官为理想所进行的苦苦追求。正均虽至今不明白共产主义是什么，共产党的主张有哪些，但以长官您的人品来推测您所奉行的主义，正均完全相信，您的信仰一定是崇高的。能和长官一样为理想殉道，正均无悔无憾！"

这番肺腑之言，令吴石感动得眼涌热泪。

吴石揩揩眼角说："正均，好孩子，不枉你跟我这么久！既然你如此深明大义，我也就没什么可牵挂的了。走，咱们赶快把东西都毁掉，做好对付突发事件的准备工作。"

傍晚，两人走进地下室，开始清理文件。王正均在一个小泥瓦盆里燃起了火，吴石将一页页他舍生忘死搜集到的、已及时拍发回大陆的重要情报文稿，从容地投进了火盆。

火舌跳跃，时明时暗。

万籁俱寂，火光映红了两张坚毅的脸。

此时，在竹子湖附近毛人凤官邸里，毛惕园报告："毛局长，李碧云等人失踪了。"

毛人凤闻报大惊，气急败坏地咆哮："李碧云乃大陆共党派来的重要红色特工，从她嘴里我们可以得到许多重要情报，挖出一批至今隐藏在党国内部的高级匪谍，叫她跑了，这还了得！老头子若怪罪下来，我们这些人都没有好果子吃！"

毛惕园问："现在怎么办？"

毛人凤说："快！立即封锁金山、舟山一带，决不能让这个女匪谍逃回大陆！"

朱枫等四人拿到通行证后混在旅客里，经过几天几夜的海上漂泊，终于安全抵达舟山。与三百多海里外的台湾比，这里距祖国大陆的浙江省更近，近在咫尺。

为以防万一，朱枫和三位同志分散行动，到舟山后她没有直接去熟悉的关系户落脚，而是躲进了一家医院。但是舟山岛上的国民党军也早已接到上司的搜捕命令，朱枫随时有被捕的危险。她终于找到一条小渔船，驶向近在咫尺的祖国。

晨曦中，一条小渔船上蹲着两个男人，他们是负责海面搜索的国民党保密局特工。那个高大魁梧、一语不发的家伙是刚从高雄调来的少校，他希望一出场就在上司面前露一手，因此格外认真。海面上狂风大作，浊浪排空，顷刻间平稳行驶的小渔船就像一片树叶般在波峰浪谷间颠簸。

他们的小渔船漫无目的地漂荡着。

晨曦中，另一条小渔船也在海面上漂荡，驶向近在咫尺的大陆。船上坐着的是逃出来的朱枫。

一特工惊呼："嗨，少校！你看！"

波峰浪谷间，大雾弥漫，船体晃动。二人伸长脖子看了老半天，终于看清左舷一百米处好像有一只与他们一样的小渔船。

少校："走，过去看看！"

二人用力打舵，小渔船慢慢调过船体，并迅速向前面的渔船靠近。

国民党特务的船急速向渔船划去。随着两船的距离越来越近，他们已能清晰地分辨出前面小船上的一切，一个老渔工，一个身穿粗布衣的渔女。

少校说："会不会是我们要抓的那个女人？"他拔枪在手，伏在船舱里。

特务的船靠近了，少校拔枪向空射击，啪！啪！

枪声在海面上异常清脆刺耳。

少校厉声喝道："喂！快停住，接受检查！"

渔船被追上了，两个特务跳上小船，把两船连在一起，少校用枪逼住朱枫喝道："你是什么人？快说！"

"你又是什么人？竟敢如此无礼，快把枪收起来！"朱枫柳眉倒竖，急中生智，拿出少奶奶派头斥责道。

少校一愣，不知这位衣着普通、风韵却不凡的"渔家女"是何背景，但随即想起自己的身份又恶狠狠地说："对不起，兄弟是奉命搜捕女共党，请出示证件！"

朱枫从容地从内衣袋中摸出证件，虽然胸口怦怦直跳，眼里却满是鄙夷之色："看吧！"

那是一个蓝封面的小本子，国民党党徽下印着"特别通行证"几个字。

少校接过，满腹狐疑地翻看，没有什么异样之处，上面记载着持证人的姓名、年龄、职业、籍贯、有效期限等，还盖了一方"国防部"大印。

"对不起，太太。"少校说，"我相信您的证件没有问题，但请跟我们走一趟。现在是非常时期，恕我无礼了。"

"我要是不去呢？"朱枫怒目而视。

少校强硬地说："那兄弟只好强制了！"

5月23日上午，吴石在地下室拟了份电稿："情况十分危急，但我有决心坚持到底，完成党交给我的任务！现将一份重要情报传送……"

1950年6月，朱枫于台北马场町刑场英勇就义。（历史图片）

他将电报交给王正均说："发往大陆中国人民解放军三野第十兵团情报处。"

当日深夜11点，吴石又把一份情报交与王正均说："这是刚刚收集的十分详细的万山群岛国民党军防御情报，你迅速发出去。"

王正均道："是，老长官放心。"

次日，吴石随"陆军总司令"孙立人等到前沿阵地东引岛视察。

东引是个孤悬海外的小荒岛，面对大陆，位于台湾海峡的中间。

吴石用自己的高倍望远镜静静地观看着，内心却翻江倒海，激动不已。望远镜中，大陆清晰可见。

这时，他听到身边有人争抢着望远镜问："能看见鼓浪屿吗？能看到厦门吗？"

"能看到他们的人吗？"

"那是什么？很像大炮！"

一名士兵笑道："大炮是看不到的。"

孙立人问手持望远镜凝然不动的吴石："吴次长，你在看什么呢？"

吴石说："我在看大陆呢。"

孙立人感慨："大陆在望啊。"

吴石更感慨："可望不可即呀。"

孙立人怪异地望了他一眼。

此时，特勤室主任毛惕园正在看台北地图，负责监听的特务来向毛惕园报告："报告主任，可疑电台的位置可以确定在台北东南角一带。"

东南角？站在偌大的地图前，毛惕园托肘审视，自言自语："吴石官邸，不正地处东南角吗？"

他命令道："立即去监视吴石的住宅，出动侦听车，悄悄在台北东南角吴石官邸附近的街区进行无线电波搜索！"

特务道："是！"

1950年2月27日午夜12时，保密局特工头子谷正文率领特工坐着吉普车和侦防车抵达新生南路吴石宅外。

"你们是哪里来的？"吴石在睡梦中被惊醒，来不及穿戴整齐，穿着睡衣质问眼前的不速之客。

"国防部技术总队。"谷正文搪塞道。他还不能肯定吴石是"共谍"，不愿贸然暴露自己的身份，临时把臭名昭著的技术总队的招牌打出来。"有人说你是共产党。"他又补了一句。

"胡说！"吴石冷静地抗议道，"如果随便一个人告了密，你们就可以任意骚扰被控告者的生活，天下岂不要大乱！"

谷正文没有回应，只是示意组员彻底搜查，一阵翻箱倒柜，却没有半点收获。

"能不能请吴太太跟我们一起到队上走一趟？"谷正文从吴太太的眼神

第 5 章
红色特务与白色特务

中看出惊慌和心虚，提出了这样的要求。

"这是什么话？不可以！"吴石态度强硬地回绝。

谷正文耍起心眼来："既然有人检举，我只好带队搜查，如今既无结果，按道理吴次长是冤枉的。只是办案有办案的程序，我们还得做个笔录。可是吴次长您是中华民国的中将，在没有任何确切证据的情况下，找您去做笔录实在说不过去……"

吴石吸起一支烟，在室内踱起步来。他巧妙地将步子滑向客厅左边角落一张小桌子旁边，借着背影的掩饰，悄悄地从桌上拿起一件小东西，说："我先上个厕所。"

这个小动作引起了特务的怀疑，一名特务尾随他前往厕所，并趁吴石欲吞服安眠药自杀的刹那，将他制伏。

"好吧。"吴石被带回客厅之后，终于勉强答应谷正文将他的妻子带走。她的招供与后来被逮捕的朱枫的口供完全吻合。

3月1日晚6时，一名特务跑进来向毛惕园报告："报告主任，台湾工委的四位潜逃人员已全部抓获，三名在香港，一名在舟山，明日即可押回本岛。"

毛惕园喜形于色："好，我立即亲自审讯！"

毛惕园审讯"共谍"后，带人驱车前往"国防部"大楼，闯进特检处处长李伯年办公室。

李伯年见毛惕园凶神恶煞一般，还带着人，早已慌了神，恭恭敬敬站了起来。

毛惕园把四份"特别通行证"往李伯年的桌上一摔，问道，"伯年兄，这些'救命符'是你核发的吧？"

李伯年一见这些东西，惊得脸色陡变，不知所措。在特勤室主任严厉目光的威慑下，李伯年如同一根木桩，僵直站立着。

"李处长，你能告诉我这是怎么回事吗？"毛惕园阴沉沉地问。

他吞吞吐吐地说："是参谋次长写的条……"

毛惕园厉声喝问："条在哪儿？！"

李伯年从保险柜中找到那天的记录和吴石的亲笔便条。

返回保密局，毛惕园立即向毛人凤汇报：共谋逃跑的四张特别通行证，是吴石开的条。

毛人凤闻听大吃一惊："是吴石吗？国防部参谋次长居然通共，这可是前所未有的通天大案！"

毛惕园又说："我们的特工还从蔡孝乾的笔记本上，发现了吴石的名字。蔡孝乾已投诚，他也供出了吴石。"

毛人凤立刻向蒋经国汇报，蒋经国听了十分沉得住气，问："吴石次长通共，是否有确凿证据？"

毛人凤说："证据确凿！"

蒋经国说："此案关系重大，可先将吴石中将由保密局暂时收押起来，等其他事实调查清楚后再交请军事法庭审判。"

毛人凤又跑到阳明山向蒋介石汇报，蒋介石闻讯后简直不相信自己的耳朵："确是吴石？"

毛人凤立正说："是吴石！"

蒋介石又问一遍："的确是国防部参谋次长吴石？"

毛人凤肯定回答："是参谋次长吴石！"

"唉！"蒋介石长长地叹了一口气说，"抓吧。"

毛人凤道："是！"

蒋介石震怒之余，站起踱步，稍微冷静后说："对吴石和朱枫，都要生活上优待，谈话上安慰，接触上温和，用感情去征服他们。尽可能不杀，留为己用。"

毛人凤说："总统用心，人凤明白。"

蒋介石狠狠地说："你不明白！他们的能量和所起到的作用，是一千名高级特工也无法完成的。"

第5章
红色特务与白色特务

3月1日晚7时许，几十名便衣特务和军警包围了吴石家。

杂乱的脚步声惊动了王正均，他飞步冲上楼去向吴石报告。

早有心理准备的吴石十分泰然、镇静，他拿出备下的药物吞进口中，然后拔枪在手，安祥地对副官说："正均，夫人已经被抓走了，从家里搜走不少文件。我是难于逃脱啦。大丈夫生而何欢，死又何惧？有生之年能为中国人民做点事，我死而无憾！我死后，你也许会受牵连……"说着他就要扣动扳机。

王正均发疯般扑过去死死扳住那只紧握着柯尔特重型手枪的手，声泪俱下地喊道："长官！你不能这样啊！"

"砰"一声巨响，书房门被人撞开。

保密局特勤室主任毛惕园一马当先，率十多人闯进来。

吴石显得异常冷静和威严，他慢慢放下握枪的手，眼睛死死盯住对手，嘴角露出一丝轻蔑的笑容。

毛惕园也笑了，笑得奸诈而得意："没想到吧，吴次长？"

随即，特务们在官邸地下室起获安格利-9型美制大功率收发报机一部，但没有搜到任何文件和纸片。

毛惕园望着美式电台，严厉地问："你到底在为谁工作？"

吴石威严地回答："无可奉告！"

毛惕园咬牙说："好呀，会让你开口奉告的。带走！"

吴石及随从副官王正均等四人被捕，被押上警车。

1950年3月1日，吴石被捕了。"国防部"参谋次长成了"匪谍"，这一爆炸性的新闻，在台湾当即引起舆论哗然，台湾各大报纸大事刊登"破获中共间谍网"的重大消息。受该案牵连而被逮捕的人有：吴石的妻子王碧奎、联络人朱谌之（朱枫）、老部下聂曦、前"联勤总部"第四兵站中将总监陈宝仓、某公署主管人事的中校参谋方克华、某处主管补给的参谋江爱训及吴石的副官王正均等。

中将陈宝仓也是位著名人物，1939年，年仅三十九岁的他，已经官至国民党第四战区司令长官指挥所中将主任。抗日战争胜利后，陈宝仓被派往青岛，以国民党军事委员会军政部特派员身份，负责主持中美盟军接受日军投降仪式。大陆解放前夕，他奉老上司李济深委派由大陆前往台湾潜伏。这次也在"吴石案"中被捕。

国民党逃台初期，制造了许多"共谍案"，随便给人戴"红帽子"，把许多所谓的"共谍"送上了刑场。有一则电讯称："国民党当局经常一车车地屠杀匪谍"，仅1950年3月22日，一次就枪毙了三百多人。1952年12月17日，一家外国通讯社说，最近两周来已先后枪毙"共特"八十多人。《台湾历史纲要》中记载，1950年4月2日的一家外国报纸说，在3月23日就有数名"高级军事人员被枪决，内有中将6名，少将13名，彼等均有共党嫌疑"。"据不完全统计，1949—1952年，被台湾当局以'匪谍'、共党人员枪毙的达4000人左右，而被以同罪判处有期、无期徒刑者有8000—10000人，至于被秘密处决者则无从统计。1953年，在台北六张犁公墓附近，就发现163座当年在白色恐怖下被杀害者的坟墓，其中既有本省人也有外省人。"

据台湾《中国时报》1995年2月27日报道，根据由判决书、"国安局""历年办理匪案汇编"的机密文件、证人指认，六张犁公墓所找出的尸骨，当时因"叛乱罪"被捕的有3504人，其中死亡者有1437人，死亡者中有1008人被判处死刑立即枪决。该报在《回顾50年代白色恐怖》一文中说："这一持续10年之久的政治肃清风暴，历史学者估计约为5万人被捕，被定罪的约在1万人以上，被枪决的合计在4000人左右。"

在台北新店近郊的明德监狱，吴石被单独关在一处特殊的房间里。这是一个独处的院落，被称为大监狱中的小监狱，条件优裕。一个高墙围着的小花园，可供放风散步用，卧室、卫生间内设施一应俱全，每天都可以读到几份当日的报纸。

吴石经常对着窗户诵吟着："人生自古谁无死，留取丹心照汗青……"

在明德监狱审讯室，朱枫正在接受审讯。她已被提审了四十多次，遭受了非人的摧残和折磨。

面对敌人虚伪的嘴脸和残酷的刑罚，朱枫只有一句话："我是一个中国人，我没有做任何对不起祖国的事情。"

这一次，毛人凤亲自审讯朱枫，说："对你的优待政策，是蒋总统亲自制定的，说你是他的小老乡……"

朱枫反唇相讥："我不认他这个老乡！你们还是回去告诉蒋介石，让他放弃独裁统治，还自由于人民，早日结束分裂祖国的活动，回归大陆，勿与人民为敌，不要再倚仗外国人的势力，穷兵黩武，继续置台湾人民于水火之中了。"

毛人凤一拍桌子："放肆！"

1950年6月10日，朱枫被捕入狱已经是110天了。上午，在密嵌着钢栅栏的窗前，她神情庄重而沉凝，手握毛笔，在一叠十行纸上挥洒笔锋，写出一行端丽的小楷。她书写的是陈毅的诗篇《梅岭三章》：

断头今日意如何？
创业艰难百战多。
此去泉台招旧部，
旌旗十万斩阎罗！

南国烽烟正十年，
此头须向国门悬。
后死诸君多努力，
捷报飞来当纸钱。

……

在台北阳明山官邸，蒋介石铁青着脸耐着性子听毛人凤汇报，听完半晌未语。

良久，他咬牙切齿地吐出一个字："杀！"

"哐啷！"一声，牢门发出一声刺耳的声响。

身着美式军装的"保密局"局长毛人凤，在"特勤处"副主官章开觉的陪同下，跨进了这间"特别优待室"。

朱枫缓缓转身，朝这两个特务头目冷冷扫视，嘴角浮起一抹轻蔑的笑。

"够了！"气急败坏的毛人凤一拳擂响桌面，朝眼前这位女共产党员厉声叫道，"朱枫，实话对你说，奉总统面谕，给予你最高的礼遇、优待……其实，我们并不需要你的口供，不需要你提供任何材料……只想换你个回心转意，共赴国难。可你……"

朱枫冷笑地说："我怎么样？……使你们失望了？"

毛人凤恶狠狠地说："你不要视礼遇、优待为我们的仁慈、软弱。等待、忍耐，都是有一定限度的。我想，你也许会猜到，固执到底……会有什么样的下场！"

"不就是判我死刑嘛。"朱枫哈哈笑了，"我个人的死算得了什么？此去泉台招旧部，旌旗十万斩阎罗！"

"你？"毛人凤脸色骤变，朝身后的"特勤处"副主官做了个手势。章开觉立正回应，忙向前跨上两步，打开手中黑色公文包，抽出一份文件开始宣读。

宣读完毕，毛人凤声嘶喝力地喝道："将共党女匪谍朱枫押出去！"

朱枫轻蔑地笑了笑，然后便昂首阔步，走出了这间"陆军监狱"里的牢房——"特别优待室"。

同一天上午，在台湾"陆军监狱"特别优待室，吴石整装完毕，望着大陆方向久久伫立。他不禁吟哦起刚写下的绝笔诗：

第 5 章
红色特务与白色特务

天意茫茫未可窥，悠悠世事更难知。

平生殚力唯忠善，如此收场亦太悲。

五十七年一梦中，声名志业总成空。

凭将一掬丹心在，泉下嗟堪对我翁。

临刑前，他遥望大陆，深情地说："台湾大陆都是一家人，这是血脉、民心。几十年后，我会回到故里的。"

1950年6月10日，吴石、陈宝仓、聂曦、朱枫四人被"特别军事法庭"判处死刑。

台北上空黑云翻滚，阴霾重重。

位于台北植物园附近的马场警车鸣叫，宪兵林立，警戒森严。

站在第一辆刑车上的朱枫虽被五花大绑，但神态依然端庄，气质大方，许多老百姓前来围观大陆来的"女共党"，他们不明白这样优秀的女性怎么会被杀头？朱枫从容地向他们致意，许多人站在马路两旁落泪。

吴石、陈宝仓挺立在第二辆车、第三辆车上，他们目视前方，大义凛然。

路边许多熟悉他们或认识他们的人纷纷向他们挥手、抹泪，他们回以真诚的致意……

1973年10月29日，中央有关部门给烈士所在籍中共河南省委组织部发函证明"吴石同志为革命光荣牺牲"。河南省民政局于1973年11月15日批准吴石为革命烈士。

陈宝仓牺牲两年后，被授予革命烈士称号，1953年举行隆重公祭，国家副主席李济深主祭，宣读长篇悼文《悼念陈宝仓同志》，骨灰（其骨灰从台湾通过教会人士运往香港再运至北京）被安葬在八宝山革命烈士公墓。

■ 白色特务穿梭大陆

解放前夕，北平的特务组织多如牛毛，一共有一百一十四个单位，八千五百多名职业特务，再加上外围和掩护，计有一万六千名特工。北平还有为数不少的外国间谍。北平曾被日本占领八年，日本间谍的势力相当雄厚。"二战"结束后，美国把所有战败国的间谍全网罗起来，包括日本间谍。这些间谍，多掩护在外贸机构、学校、医院和天主教堂里。北平虽然在全国大城市中排在上海之后名列第二，但是它的特务机构的雄厚、特务人员的繁多是上海望尘莫及的。

到了1948年7月左右，国民党提出准备应变，搞了一整套应变计划，三次布置特务组织公开南撤，实际上是分散潜伏了。快围城的时候，国民党里专门搞间谍行动的特务头子毛人凤还专门飞到北平检查潜伏计划。

北平潜伏着不少国民党特务，但又不能急于抓捕。北平是和平解放的，首先要稳定人心，包括稳定国民党军队的成员，马上抓人会乱，要一步一步来，不能太激进。而且对国民党军警人员宣布他们的投诚都算起义，这种和平模式带来了一些问题，那就是间谍特务机关可以从容地把档案销毁，你接管吧，给你空房子空柜子，档案柜里的材料全都销毁了，人也跑散了，改名换姓，东躲西藏。

也就是说，解放之初的北平到处都有定时炸弹，四处都是危险。

1949年2月15日，北平市军管会物资接管委员会紧急下发了一个严防敌特活动的通知。通知说："据秘报，敌伪此次离平时，对特务组织曾有周密布置；以各种各色，混入我单位部门行业，进行暗杀、破坏、造谣等活动。各单位要提高警惕，并对原有人员严密注意，慎重审查，不经过批准者不可随便使用。至晚，凡我工作人员，无必要事，切勿外出，以防不测为妥。"

通知的签字者是北平军政委员会主任叶剑英和副主任戎子和。

签发这个紧急通知时，北平市军管会进城才仅仅半个月。但是，这不是

第 5 章
红色特务与白色特务

危言耸听，北平局势那个时期确实很紧张，紧张到了极点。

毛泽东出访苏联的消息公布不到两个小时，国民党北平保密局潜伏下来的"万能电台"，就向台湾当局拍发了密码电报，紧急报告了这个重要情报：

中国首领毛泽东决定前往苏俄，为苏俄首领斯大林12月21日的七十寿辰祝寿。据可靠情报，他们将乘专列前往。0409。

这份情报被公安部门的反特监听台及时从空中截获，并准确地破译出内容，立即上报中央。

除了截获这份密码电报，公安机关还获悉：台湾已下令潜伏特务在哈尔滨刺杀毛泽东，并准备派刺客潜入苏联，伺机下手实施暗杀。

1949年11月的一个星期天上午，在蒋介石官邸里，毛人凤小心翼翼地报告："校长上次指示之后，学生当即作了安排，命令大陆各情报站和敌后潜工加紧侦查。昨天夜里，北平独立潜伏电台已有重要情报发来。"

蒋介石嘴角抽了抽说："你说说情况吧。"

"是。"毛人凤拿出一份电文，声调平平地念起来，"据可靠情报，中共毛泽东将于本月下旬出访苏俄，与斯大林秘密会谈，详情待报。"

蒋介石微微点点头说："唔，这个情报还有点价值。"

自从毛人凤任国民党保密局长后，一心想在反共方面大显身手。国民党大陆失败逃台后经过半年的酝酿，一项绝密计划《关于大陆失陷后组织全国性游击武装的应变计划》出笼了。他曾向蒋介石夸下海口："共产党靠打游击起家，而军统也懂这一套。用共产党的招对付共产党，要比一般正规部队强得多。"

听完毛人凤把握十足的暗杀毛泽东计划，蒋介石露出了笑容："好，我在这里静候佳音！到时候定会重重嘉奖。"

但毛人凤料想不到，他的这个严密计划已被中共方面掌握。正在出访莫斯科的毛泽东在公安部报告上批示："公安部，在我回国之前，镇压这个反革命。"

周恩来布置杨奇清领导破案，为了加强力量，周恩来同时布置另一位"反特高手"、人送雅号"鬼巷居士"的社会部长李克农，一同全力侦破潜伏电台。

毛泽东批示中要镇压的"这个反革命"，查了很长时间才查到。公安部的曹纯之是个经验丰富的老侦查员，他想，特务既然报了功，台湾必汇款奖赏他们，从汇款着手查比较好。终于，他从天津的海外汇款中查到了敌特潜伏电台在南池子。

南池子挨着天安门，过去是皇宫要员的住宅。新中国成立后，中共不少高级干部也住在这里。老百姓说这南池子是贵人住的地方，因此，这一带防范比较严，但也相对成了真空。计兆祥控制的这个潜伏电台就狡猾地隐藏在这里。

杨奇清随毛泽东访苏后，侦破国民党潜伏电台的工作便由中央社会部部长李克农全权负责。李克农将毛泽东护送到满洲里，将苏联境内的安全保卫工作移交给苏联克格勃后，便火速返回北京，落实对"万能台"的侦破事项。

12月7日清早，国民党保密局局长毛人凤正与美国驻台顾问布莱德上校共进早餐，密谋在大陆的行动，保密局机要秘书匆忙走进来报告："昨夜两点，万能台自大陆报告，毛泽东的专列已经出发了，估计需要经过三天两夜到达满洲里。毛的安全在苏联境内由苏方负责。"

布莱德上校欣喜若狂地说："这是刺杀毛泽东的最好时机。南北朝鲜战争就要爆发，毛泽东此时访苏，与斯大林结成反自由社会同盟，对美国、对台湾、对朝鲜战争都很不利。你们要立刻选派最有经验的行动人员去大陆督战。"布莱德站起来又说："我们在正面战场虽然失利了，但是在情报工作方面一定要给共党以狠狠的打击。美国战略情报局希望在毛到莫斯科前后，看到你们的成功！"

毛人凤即刻对机要秘书命令说："按行动计划执行，赴大陆人员准时到达目的地。东北地下技术纵队采取两套作战方针，从两翼围追堵截毛泽东的专列，除破坏长春十四号铁路桥以外，在哈尔滨车站要埋下定时炸弹。炸了毛泽东的专列，就是第二个'皇姑屯事件'，反共复国斗争就会出现新局面。"

布莱德提醒说："要准备两套方案，毛泽东去时炸不死他，回来也要把他炸死。"

毛人凤点点头又命令："立即电告计兆祥，通知××国驻苏办事处协助侦察毛泽东从苏联回国的时间、路线！"

毛人凤转而对布莱德上校吹嘘："共产党绝难料到，在他们党政要员集中的心脏地带'南池子'，竟是我潜伏台的天下！"

布莱德说："这我相信，仅就技术装备方面而言，共产党还不是你们的对手！"

毛人凤骄傲地说："不仅是技术，我们还有王牌杀手呢！"

他说的王牌杀手就是段云鹏。

段云鹏是个老牌的行动特务，河北冀县人，自幼受高人指点，练习轻功和攀登术，当过两次兵，体壮如牛，后来离开旧军队学了盗窃本领，开始连偷带抢，成为京津一带的大盗，混得几乎与"燕子李三"齐名。他被国民党北平政府多次抓到狱中，后来被军统北平站站长马汉三看中，招募进了国民党保密局，从此成了"飞檐走壁"的王牌行动特务。他好夜间行动，美国主持国共调停期间，他曾在夜里探查北平军调部的叶剑英和滕代远的住宅，想暗杀叶剑英，但是没有机会下手。他还曾刺杀过奔走北平的原北平市长何思源。因为没有暗杀成功，段云鹏从上海乘船到台北，那时台湾保密局招待所挺势利眼，拒绝为他安排食宿。

闲居几个月后，台湾保密局叫他潜回北平，以刺杀共产党高级干部为主要任务。

美国制订了"布里奇"暗杀计划，毛泽东、周恩来、朱德、刘少奇名列暗杀名单前列。

台湾保密局给了段云鹏一份刺杀名单，上面有毛泽东、朱德、周恩来、刘少奇、李济深、郭沫若、沈钧儒、薄一波、聂荣臻、林彪、张治中、邵力子、傅作义等二十余人。台湾保密局叫他看完名单后烧掉，不要随身携带，并且对他说："只要是中共部长以上和将军以上的人，不管是谁，均可刺杀。只要你完成一项任务，回来就给你晋级，报国防部重重奖赏你。"

台湾保密局出的牌价是，刺杀一个部长级干部可以立大功，刺杀局级干部可立中功，刺杀局级以下干部可立小功。如果刺杀了李济深、郭沫若、李德全一类的人物，可得五十两黄金。

段云鹏入平津后，组织了华北行动组北京暗杀组，专门搜集京津地区的军事情报，调查中共要员、民主人士和苏联专家的住址和行踪，相机进行刺杀。

1949年全国政协筹备会召开前夕，台湾国民党当局曾将暗杀政协委员列为暗杀行动的中心任务。有的特务曾刺探张治中、陈嘉庚、沈钧儒等著名民主人士的住址、汽车号码和外出活动情况，阴谋行刺。但是他们没有机会下手，捞到机会下手的也立即被捉。

10月1日晚上，蒋介石久久不能入睡，反复调换着收音机频率。尽管收音机里杂音很大，但他还是耐着性子听着。这时收音机里报道了一则北京破获一起国民党特务破坏开国盛典的消息：

"阴谋在人民政协开会期间进行捣乱活动的国民党反动派特务分子木剑青，于20日为北京市人民政府公安局逮捕。该犯为国民党中统局特务，化名王建坤，于9月2日来京……经北京市公安局连日侦审，特务匪犯木剑青已初步供出该案为国民党中统局有计划之捣乱活动。"

1949年5月1日前夕，崇文门外北平电车公司南厂在半夜发生重大火灾，

第 5 章
红色特务与白色特务

一下子烧毁和烧坏了五十九辆车。这之后，东郊又发生了一次大爆炸。大爆炸之后，北平城一时谣言四起，什么国民党特务用无声飞机轰炸了东郊，死了一千多人；苏联火药库着火了，两里地之内无一人逃脱，等等。

第二天，台湾就公开报道是他们的保密局干的。

其实爆炸并没有鉴定为特务破坏，为什么台湾当局如此自吹自擂呢？

原来，台湾派来的行动特务段云鹏正四处碰壁，一筹莫展，暗杀啦爆炸啦全没戏，没法向保密局交代，突然东郊发生大爆炸立刻叫他想到可以报假账糊弄台湾。因此，他写了报告，说是他指挥的。中统方面也宣布是它的特务干的。两家特务组织为此争起功来，官司打到总统府资料室，资料室主任确定是保密局段云鹏的功绩，这样，毛人凤奖给他港币三万元。

当然，国民党潜伏或派遣特务并不是吃干饭的，他们也搞出了些响动，有的响动还比较大。

董必武当时是华北人民政府主席，有一次他差点被暗杀。

那时，董老在天安门广场西侧人民银行的那栋楼里办公。

柴氏三兄弟组成的国民党军统特务小组，盯上了有规律上下班的董老。

这三兄弟老大叫柴大兴，老二叫柴充平，老三叫柴赓平，日本侵华时期就专搞暗杀，是有钱人雇佣的职业杀手。他们常在河北一带贴广告："谁雇杀手？"后来他们被国民党雇了，收买为军统特务，抗战胜利后专门暗杀中共领导人。

他们发现董必武下班后不坐汽车，步行一段路回家。事情就怕形成了规律，一有规律，特务也就有了可钻的空子。但正在他们准备下手时，就进了监狱。北平公安局掌握着北平行动特务的名单，优先抓行动特务，有一个抓一个，发现这三兄弟鬼鬼祟祟，就下手了。被抓后，他们就交代了暗杀董必武的计划。

暗杀郭沫若的计划是台湾派来的潜伏特务段云鹏参与的。郭沫若是世界级的文化名人，杀了他，那国际影响就大了。

那时潜伏在北平的国民党特务条件也不怎么好。他们从报纸上剪下郭沫若的照片,就到北平饭店门口去死等,瞄着戴眼镜高脑门的人。然后他们采取连续跟踪法。特务没有车,他们看见郭沫若坐上汽车,就记下车号,跟着车向西跑。人自然跑不过车,到南河沿车没了,第二天就在南河沿再等,再追,下一次到西单拐弯了,奔西四大院胡同,郭沫若下车进去,好,知道住地了。

当然,北平公安局不会让他们得逞,没等他们下手就先破获了。

段云鹏在北平偷偷摸摸地搞了一年多,终于惨淡经营了一帮人马,也弄出了些让台湾保密局称道的动静。

一个名叫李万成的特务,钻进我民航局内部,调查到民主人士彭泽民、朱学范和林彪的住址,也搞到了民航局兰靛厂油库存油数量的情报。

另一个名叫程立云的特务通过认识的一个中南海的花匠,闲聊中了解到中央人民政府办公厅、会议厅和周恩来的办公地点,甚至还搞到了毛泽东的车牌号。特务绘制了一张中央人民政府的位置图。

段云鹏听了汇报说:"这情报非常重要,你再进一步调查一下中南海里的警卫部署情况,等我向保密局汇报后再行动。"

那时,中南海分了三个区,首长区能够出入的人很少。花匠虽然能借换花的机会去首长区,但他们只能把花放在毛泽东的门口,不许他们进屋。花匠属于技术人员一类,刚进城时中央警卫人员里可找不到这种人。因此,留用了一些经严格审查的花匠,但是,不许他们接近首长,更不许他们去首长那里。

段云鹏请示台湾保密局后,想让那位中南海花匠藏在树上,等毛泽东走过来开枪,可这根本行不通,中央警卫局的人是干什么吃的?于是,他想用炸弹炸。

程立云说:"恐怕我们的炸弹不行,我们试过。"

炸弹之类从台湾带不进来,段云鹏说:"你们配方比例不对。"他让特务们根据他说的方法再配做几个炸弹。

但是还是不灵。两名特务将一枚自制的炸弹偷放在天津罗斯福路芦庄子有轨电车道上，他们躲到远处观察效果。爆炸是爆炸了，声音还挺大，大团黑烟张牙舞爪，弥漫天空。乘客们争先恐后下车，电车周围围上了一大群人，巡逻的纠察队和警察也闻声赶来。等黑烟散去，四下一看，电车和铁轨什么事也没有，电车很快开走了。

于是，段云鹏决定回台湾弄来高效炸弹和无声手枪。他得意地拍着自己的脑袋想：有那个无价之宝的中南海位置图，他将完成蒋介石几十年付出八百万军队代价也没完成的事业。

1950年2月，段云鹏由香港坐"盛京号"轮船到达台湾基隆市，乘车到了台北。

他走进保密局二处办公室，对叶翔之说："叶处长，我在北京已经了解到几个行刺对象的住址，但是武器、炸药不行，特地回来搞武器、炸药。"

叶翔之说："你很有成绩。你先回家休息一段时间吧，到行动的时候，我会通知你。"

出访苏联的毛泽东一行安然无恙到了莫斯科，这令毛人凤和美国顾问布莱德大跌眼镜。他们把目光盯在了毛泽东的返程上。他们要计兆祥通过潜伏台每天报告三次，让计兆祥从某国驻苏办事处协助侦察毛泽东从苏联回国的时间、路线。

毛人凤把段云鹏召到局长办公室，客气地说："段兄，你已经休息了几天，现在需要你立即出发去大陆，事情十分紧急！"

段云鹏问："毛局长，我随时听命，什么任务？"

毛人凤说："根据情报，毛泽东快要从苏联回国了，他去时没有杀掉他，回到东北路上，一定要干掉他！"

段云鹏说："我东北的兄弟很能干，我这次一定不辱使命！"

毛人凤命令式地说："好吧，一切都安排好了，你明天就启程！"

高级刺客段云鹏到了北京，在一个小旅馆对特务张大平说："特任命你为领导东北技术纵队的负责人，你们的任务就是刺杀毛泽东。这些委任状，你带去在哈尔滨松花江饭店与东北技术纵队接头，并代表保密局给有关人员颁发，鼓励反共有功人员。"

"谢谢！保证不辱使命。"张大平接过说。

夜晚，一架没有任何国籍标志的飞机，在离哈尔滨不远的山林里，低低地盘旋。在中苏边境到哈尔滨的铁路边，抛下两个黑点。两个怪物"咚"地从空中落到地面，收拾了一下东西，正庆幸他们神不知鬼不觉地空降来到铁路旁，忽然一道道手电筒光和一个个森严的枪口，对准了他们。张大平和另一个特务于冠群沮丧地低下了头。

国民党特务头子毛人凤（历史图片）

从他们的衣物中，搜出了美国的卡宾枪、无线电台、气象预测器、炸药等特工用具。

根据从计兆祥电台截获的电讯，证明他们就是台湾派来的领导东北技术纵队进行暗杀活动的两个特派员。东北技术纵队是潜伏在哈尔滨附近的国民党武装特务。这两个人，曾是高级刺客段云鹏的助手。

次日上午8点，这两个特务将在哈尔滨松花江饭店与东北技术纵队接头，并代表国民党保密局，给有关人员颁发委任状，以鼓励反共有功人员。公安人员拟定了一个冒名顶替诱捕案犯的行动方案。

翌日清晨，哈尔滨松花江饭店，一间高级客房里，一位身穿蓝料子服、

第 5 章
红色特务与白色特务

戴一副墨镜、留一撮小胡子、打扮得像绅士的人,独自在客房内踱步。他时而把脸贴在玻璃窗上看着临街的动静,时而焦急地看着怀表,好像在等什么人的到来。

突然,门"砰砰"地响了两声,声音非常小。

"谁?"穿蓝料子服的人问了一声。

"我。"门外传进来的声音极小,"205来了!"

"请进来!"

门轻轻地打开了,但只开了一半。原来门外站着三个人,除了那个敲门的中等个外,还有两人。他们三人侧着身子蹑手蹑脚地走进屋。房主人转身坐到沙发上。中等个指着身穿蓝料子服的房主人,对另外两个人介绍说:"这位就是保密局特派员张大平先生,毛人凤局长的臂膀!"

其中一个高个子立刻摘下毡帽子,朝张大平恭恭敬敬地行了一个九十度的鞠躬礼,龇着黄牙,献媚地说:"久仰!久仰!"

然后,中等个又给特派员介绍说:"这位就是东北技术纵队司令马耐,代号'205'。"

"噢!请坐!"特派员稍微欠了一下身子。

马司令看了看特派员的脸,小心翼翼地提起他的半旧棉袍坐在靠近特派员的沙发上,然后用手擦擦脑袋上的汗珠,假惺惺地说:"昨晚受惊了吧?兄弟未能亲往迎接,失敬,失敬!"

特派员点头表示谅解,然后站起来说:"我奉国民党保密局毛人凤局长命令、蒋委员长的饬令,此仗不成功,便成仁。如果成功,所有行动人员除重赏外,一律官升三级。"

马司令松了一口气说:"多蒙党国关照,请特派员训示!"

特派员一挥手让另外两个人到外边去,然后对马司令说:"马司令,谈一下行动的准备情况吧!"

马司令得意扬扬,往沙发上一靠,吹嘘起来:"这次毛泽东访苏,共党防范极严，沿途及车站军警岗哨林立，便衣、地方干部都参加巡逻。我们给毛泽东灌了个迷魂汤，让他走时安然无恙，回来时粉身碎骨。"

特派员严肃地问："你们的行动计划是否可靠？"

马司令压低声音说："根据北京潜伏台指示，毛泽东专列明天晚上8点可到达哈尔滨。我们拟在满洲里、哈尔滨、长春举行三次行动。作战计划是分三路进攻：一路从正面攻击，打个快速歼灭；一路从背后堵击，防止他们撤退；剩下的一路迎击中共援军。事成之后，撤退到长白山区，建立武装游击根据地，只等第三次世界大战到来，就可迎接国军回来！"

"有响货吗？"特派员问。

"当然有，都是香港送来的黄色烈性炸药。明天，我就派人去哈尔滨市郊铁路埋炸药。到时候，炸药一响，把他们的专列炸个稀里哗啦，叫他们统统见鬼去吧！"说完，马司令嘿嘿一阵冷笑。

特派员点点头，担心地问："行动计划都有谁知道，他们不会变节吗？"

狡猾的马司令眯眯眼，不讲还有谁知道，他对特派员还有点戒心。

特派员诱惑说："这次行动成功，立刻就发委任状，论功行赏！"

马司令一听，故意不回答第一个问题，而回答第二个问题。他用手比画了一下脖子说："我手下的人都是一手接派令，一手提头颅的人。我们报效党国，脑袋丢了也不会变节！"

特派员早已明白马司令的意思，便直截了当地说："我们这次来，就是代表国府发委任状的。你不讲多少人，不讲组织成员都是谁，我怎么向上级报告，怎么给你们请功行赏？"

想到发委任状，马司令不由得心花怒放，于是再也撑不住了，便和盘托出了东北技术纵队人员名单。他打开公文包，取出东北技术纵队名册说："这是组织成员联络图副本，共170人。"

特派员看了看，将副本装进自己的衣袋说："到时，我就按这个单子点名！"

马司令操纵的这个东北技术纵队，是国民党保密局的秘密武装。国民党保密局在全国有三个技术纵队，一队在南京，一队在广州，一队在哈尔滨。所有的敌特均经过中美合作所严格的技术训练，都能熟练地掌握射击、爆破、投毒等特工技能。他们是"全武行"，专门从事重大暗杀、爆破等恐怖活动。解放前夕，这支人马大部分打入国民党起义部队，经过改编混入我人民解放军，另一小部分则散落在社会上，隐蔽下来，伺机行动。

该是收场的时候了。特派员看了看表，对马司令的谈话感到满意。

这时，那个中等个子的人敲了敲门，从外边走进来，把一张纸片递给马司令，幽默地说："马司令，你不是准备要委任状吗？我现在就发给你！"

马司令喜出望外，接过来一看，立刻呆若木鸡：不是委任状，是逮捕证！

特派员笑了，问马司令："司令先生，还有什么话没说完？"

说着，特派员把眼镜一摘，小胡子一薅，原来是公安部侦察员成润之乔装的。

随后，东北技术纵队的所有特务被一网打尽。

■ 两岸特工头领的奇妙对话

1950年2月23日，访苏归来的毛泽东、周恩来乘坐的9002号专车，奔驰在白雪皑皑的西伯利亚原野上。

而这天的上午9时，在中央社会部庄严、整洁的部长会议室里，李克农部长召集部、局、处长以上有关侦察干部召开会议。

一张铺着绿色台呢的长方形条桌，东西向摆放在会议室中间。

李克农以响亮的皖南口音讲："对台湾保密局北平潜伏台的侦察工作，按毛主席批示的限期即将提前完成任务。敌台台长就是那个因为发了战略情报而由一个小小的中尉很快升到上校的计兆祥。潜伏电台就设在计兆祥屋内。现在就要破案了，但有一个问题需要统一一下认识。什么认识呢？就是搞了这么长时间，投入那么多人力物力，只捉到一个计兆祥，恐怕不是全胜，不是歼灭战吧？今天的会议就是统一这个认识。"

大家交头接耳，议论纷纷。

李克农最后决定说："经过一段时间的侦察，我公安机关决定逮捕集台长、报务、情报、译电四职为一身的台湾保密局万能潜伏台特务计兆祥。"

翌日清晨，李克农部长准时来到侦察科现场指挥所云南会馆，门前挂着"华北贸易货栈"的招牌。

云南会馆是个幽雅、古老的庭院，公安部侦察科全体参战人员，以及北京市公安局一队部分侦察员，早在门前列队欢迎。

曹纯之快步向前迎接李克农部长下车。

李克农一边走一边挥手说："同志们辛苦了！"

大家报以热烈的掌声。

进入客厅后，李克农招呼大家坐下，然后问："老曹，这就是你的破案指挥所吗？"

曹纯之回答："是！"

曹纯之是公安部一位有名的老侦查员，外号"一堵墙"，意思是只要他出马，就没有冲不上、拿不下、破不了的案子。

"那从今天起，这里就不是华北贸易货栈了。"李克农部长幽默地说完，接着问，"东北的情况如何？"

曹纯之汇报说："一网打尽了！"

由于李克农平易近人，说话风趣，不少同志自动给他倒茶、递烟、送糖，无拘无束，显得很亲热。

李克农说："同志们干得好哇！为侦破此案，老曹之所以敢立军令状，原来，你们有这么多'张飞''李逵'保驾！！"

曹纯之代表大家说："都是部长亲自领导，我们天天都能听到部长的指

第 5 章
红色特务与白色特务

示，才打了胜仗！"

"哪里！哪里！我和你们杨副部长，也和你们曹科长天天向我们汇报一样，我们也是天天向党中央、向毛主席汇报。是党中央、毛主席天天在关怀着同志们的工作哟！"

李克农的话激起大家长时间的热烈掌声。

1950年2月18日，成润之、曹纯之率领一队便衣公安人员冲进南池子九道湾乙43号的一个四合院，逮捕了正在发报的计兆祥等特务人员，缴获了一台美制SST-1-E型25瓦电台，一支美制手枪，一本写在《古文观止》上的密码本。

抓了他就要马上利用他。国民党上校特务计兆祥被我公安人员控制了，被控制的计兆祥正在原地安装电台，一名公安战士监督着他。

李克农走进来，微微一笑，和蔼地对计兆祥说："你就是计兆祥？不要怕，今天我是来看看你的发报技术的。就用这部电台，用原来的手法，快，给我呼叫毛人凤，我说话，你发报，你看怎样？"

计兆祥忙点头答应："愿意效劳，愿意效劳！"

李克农认真地说："小计，你要明白你现在的角色！我这个报，你可要给我发好哇！"

已成阶下囚的计兆祥连连颔首："是！是！长官。"说罢，他便很熟练地架起发报机。

台北近郊，隐蔽在茂密树林中的国民党保密局本部，笼罩着一种神秘、恐怖的气氛。

神经过敏的保密局长毛人凤，对美国顾问布莱德说："刚刚接到共军即将渡海进攻海南岛、舟山群岛的情报，又接到情报部门报告：共军在福建沿海已集中大批部队，空军已进驻华东的一些机场，登陆舰艇也正在一些港口集结。看来，那阵势是对着台湾来的。"

这时，坐镇督战的美国顾问布莱德上校对毛人凤说："立即电告计兆祥，报告潜伏大陆暗杀队的准备情况，对东北技术纵队所有行动人员在行动成功后，除重赏外，一律官升三级。并委任纵队司令马耐为国民党东三省救国军司令。"

毛人凤焦虑地抽着香烟说："按规定的联络时间已经超过了一刻钟，可现在还没有得到大陆的任何反应。"

布莱德很敏感，打断毛人凤的话说："立即电告计兆祥，停止发报，马上转移。"

毛人凤强自镇静说："等等。我看问题不会那么严重。共党再狡猾，也不会那么快就发现我万能台的踪迹。也许计兆祥马上就会发来成功的电讯！"

果然发来了电讯，但不是报告成功，而是报告失败。

"嘀嘀嘀……"计兆祥熟练地按动键杆，用以往的手法呼叫台湾保密局，随后传出毛人凤接电讯的讯号。

计兆祥得此消息，高兴地眼珠一转："来了！是毛人凤接电讯的讯号。"

李克农高兴地说："好啊，欢迎！我直接跟他对话。"

李克农咳嗽一声，以无法仿效的口气说：

"毛人凤先生：被你们反复吹嘘的'万能潜伏台'已被起获，少校台长计兆祥束手被擒。今后，贵局派遣的特务，我们将悉数收留，只是恕不面谢。告诉你，给你讲话的是李克农。"

看着收报记录的毛人凤一愣，眉头皱成了疙瘩。

李克农继续口授电报内容："我们有强大的人民民主专政，有雄厚的群众反特力量，你们的阴谋是不能得逞的。你们在中国大地上洒满了怨恨，你们活动到哪里，哪里就陷入人民的包围之中，我们的专政机关就会立刻侦破你们。你们如果执迷不悟，来多少，就歼灭多少，保你有来无回。你还有什么本事吗？"

毛人凤心惊肉跳地拿过译电原文扫了一遍，不知所措。

李克农继续口授："你有本事你来嘛！不要怕嘛！好好地听着：得人心者

昌，失人心者亡。这是不可抗拒的历史规律。你们有丧师八百万，逃往海岛的教训。你们现在'寄人篱下'，好景不会长久。人民政府对你们有国人共睹的政策，立功受奖，不咎既往。你若率部来归，我李克农可以保证你们的安全。告诉你，发报的报务员，就是你新提拔的上校、万能台台长计兆祥。"

"该死的计兆祥！混蛋！"毛人凤绝望地骂了一声，把电讯稿猛地一摔，吓得几位女报务员哆嗦起来。

美国顾问布莱德上校走进来问："大陆的情形如何？"

毛人凤大叫大嚷："他妈的，李克农进了北京，比过去更厉害了。"

布莱德问："李克农是什么人？"

毛人凤气哼哼地说："老对头啦！过去十多年，他把戴局长和我整得防不胜防，处处被动挨打。党国政府曾多次悬赏十万元捉拿李克农，但始终连他的影子也没见着。为此，我和戴局长曾多次向蒋总裁下跪请罪。总裁气得训斥我们是饭桶，无用，白痴！"

"红色特务"头子李克农，跟"白色特务"头子毛人凤，50年代初的这段隔海对话，饶有兴味。现在两个人早已故世，留下的这段佳话仍能让我们嗅到50年代初两岸政治、军事、谍战对峙的浓烈火药味。

从朝鲜战争爆发到1955年9月，国民党特工机关向大陆空投特务二百三十余人，电台九十六部，各类枪支千支左右，各类弹药十八万发。虽然在李克农、罗瑞卿、杨奇清等直接领导下，抓捕了一批早已潜伏在大陆和台湾派来的特务，但台湾保密局仍是不断地派"白色特务"来，就像当时的北京市市长彭真讲的，台湾只要剩下一个特务，也要派到北京来。所以，隐蔽战线的战斗，几十年里总是没有消停过。

第 6 章
蒋介石下活了台湾这盘棋

解放军渡过长江后，美国不要台湾了，美国第七舰队撤退了，美国大使司徒雷登还留在南京，不跟国民政府去广州。蒋介石在台湾立足未稳。这时是解放台湾的最好时机。

毛泽东曾说，在大陆，我们赢了，蒋介石输了。但是，在过江以后，我们犯了一个党的"七大"以来第一个历史性错误，就是没有把二野、三野集中起来解放台湾，丧失了时机。三野力量分散了，又要守备江南的大中城市，还要肃清散兵游勇，再加上轻敌，在金门打了败仗。二野又去打西南。那时我们只看到胡宗南在西南还拥有重兵。其实西南胡宗南是一盘死棋，是下不活的，而台湾这盘棋被蒋介石下活了。我们丧失了最好的时机，犯了无可更改的错误。

毛泽东的检讨成了"马后炮"，蒋介石赢得了时机。他是怎样把台湾这盘棋下活的呢？

■ 蒋介石最黯淡的时光

1949年10月31日，是蒋介石的六十三岁生日。他哪有心情过生日？在蒋经国及随员的簇拥下，苍老疲惫的蒋介石决定去阿里山风景区避寿。

蒋介石身穿深灰色长袍、黑色呢子马褂，头戴旧式礼帽。蒋经国照旧是短装打扮，身着在苏联时就爱穿的皮夹克。他们登上高级专车后，车沿崎

第6章
蒋介石下活了台湾这盘棋

岖的山道盘旋而上。一路是森林的海洋，树木又高又大，浓荫覆地，枝叶参天。山上随处可见流泉飞瀑，有的匹练横空，响如奔雷，有的千丝万缕，细如垂洙。走进阿里山，犹如置身仙境。

蒋经国和蒋方良及孩子们都兴致勃勃，蒋介石却紧绷着脸，毫无兴致，而且脸色泛白，透出倦容。

到了山顶，他们下车观赏"神木"。这是一株"亚洲树王"，据说已长了三千多年，高过二十层楼，异常壮观。

蒋经国抚摸着神木说着吉利话："愿阿爸寿比神木，万古长青！"

蒋介石目光闪动了一下，还是高兴不起来，感慨道："人的寿命和这棵树比起来，实在太短促了！"

他眺望着周围景致，忽然说："经国，这里像不像溪口风物？"

蒋经国说："阿爸，又想家乡啦？"

"唉！"蒋介石太息不已，"谁知残忍的共匪，会不会把我们的祖坟掘了……"

蒋经国劝道："阿爸，出来玩就痛痛快快玩，不要想这想那地费神。"

蒋介石无奈地点头。过了一会，他又说："抗战胜利时，我向和尚请教，他送我六个字：内守川，外守湾。如今'川'丢了，'湾'可千万要守住哟。"

对于蒋介石来说，自败退台湾到朝鲜战争爆发前那段日子，可以说是他一生中最黯淡最难熬的日子。海南岛、舟山丢失后，台湾岛上人心惶惶，即使枪毙了陈仪、吴石等几个大人物也未能扭转局面。杜鲁门、艾奇逊等着看他的笑话。苏联代表马立克提出在联合国驱逐台湾代表，"中国"席位应归新中国，并为表示抗议国民党人还占据席位而退出会场。海峡对岸，中共两个兵团的大军在每天登船操习水战。有的报纸已经用"坐待毙命"来形容蒋介石的命运了。亚洲太平洋地区非共产党国家5月底在菲律宾碧瑶开会，印度、印度尼西亚、菲律宾、澳大利亚、锡兰、巴基斯坦、泰国等都派了代表

173

出席，与会国家硬是不同意菲律宾奎里诺总统邀请蒋介石参加。尽管蒋介石是这次会议的首倡者，曾为此会的召开奔走于马尼拉和汉城，这叫他怎能不伤心。

这段日子蒋介石特别关心时事。他每天看两次报，早上七八点吃早餐时看台湾各报，下午3点香港的报纸到了，他也要看。太忙的时候，侍从要为他用红蓝铅笔画出该看的标题。涉及他本人及台湾的消息，他更是特别关注。6月24日的香港某报转载了一条印度报业托拉斯的快讯称：艾奇逊已经表示过美国将在是否接受中国进入联大的问题上不投反对票，而且华盛顿方面已经暗示了好几次，希望安理会的其他成员国接受红色中国在联合国占有席位，甚至有人已在动员法国和埃及投票赞成北京进入联大。浏览这些消息，对蒋介石来说不啻品尝一枚枚酸涩的果子，以至于来到风景如此幽雅的阿里山，他的兴致也提不起来。

夜晚，在阿里山贵宾馆附近的空旷平台上，烧了一堆篝火。篝火上吊着一个罐子，蒋经国与蒋方良兴致勃勃地往罐子里放挂面，要给寿星煮长寿面。蒋介石躲在一旁，心不在焉地观看这野趣，神情痴痴呆呆。

孙子问："爷爷，什么叫避寿呀？"

蒋介石解释说："避寿嘛，就是爷爷躲开那些为我祝寿的人。"

孙子不解："为什么要躲开他们呀？"

蒋介石大声冒了一句："因为他们讨厌！"

蒋经国怕孩子打扰父亲的兴致，喝止道："别烦爷爷啦，你们为爷爷跳舞唱歌吧！"

孩子们围着篝火咿咿呀呀跳舞唱歌。蒋介石在一旁观看，咧嘴笑了笑，来了点情绪，但还是打不起精神来。

不一会儿，他们每人手里端着一碗面条，蒋经国端起向蒋介石拱了拱祝寿道："祝愿阿爸像熊熊的篝火一样，健康长寿！"

蒋介石只是"嗯嗯嗯"地应付着。

第6章
蒋介石下活了台湾这盘棋

大家无言地"嚯嚯"吃着面条。

深夜,躺在阿里山宾馆舒适的床上,蒋介石久久睡不着,脑子里在翻江倒海。他索性坐起来,拧亮了台灯。

他喜欢记日记。独对孤灯,他提笔写日记自醒:"本日为余六十三岁初度生日,过去之一年,实为平生所未有最黑暗、最悲惨之一年。惟自问一片虔诚,对上帝、对国家、对人民之热情赤诚,始终如一,有加无已,自信必能护卫上帝教令,以完成其所赋予之使命耳。"

他开始信奉基督教是为了取得与宋美龄的婚姻,有些勉强,现在已经很虔诚了。他在心里与上帝作了一番对话后,兴之所至,手舞足蹈,挥笔作诗一首,题曰《六三自箴》:"虚度六三,受耻招败,毋恼毋怒,莫矜莫慢。不愧不怍,自足自反,小子何幸,独蒙神爱。惟危惟艰,自警自觉,复兴中华,再造民国。"

避寿后回到台北阳明山官邸,头疼的蒋介石正在揉太阳穴,蒋经国进来报告说:"阿爸,驻日军事代表团团长朱世明办事不牢靠,日本几家报纸把你托他找房子的事捅出来了,说你要逃亡日本。"

朱世明返回日本后,先在东京找到了冈村宁次,谈好了聘请日本战犯担任国民党军队军事教官的问题。随后,他派驻日参事宋越伦等几名助手,分头到东京市郊找房。经过数路人马几天的寻访,终于在箱根为蒋介石找到了一处豪宅。

此处豪宅有大小房屋二十余间,是前闲院宫亲王的故邸,环境幽美,设计新颖,有会客室、花园、荷花池、健身房,价格约一万五千美元,不算太贵。

朱世明感到这处房子很不错,当即发电告知了蒋介石,蒋介石回电表示同意购买。朱世明马上派人向房东交了订金。

不料,此事走漏了消息,日本几家大报,如《朝日新闻》《读卖新闻》都作了报道。

蒋介石着实生气,一再叮嘱要保密就是保不住,很久没有骂人的他也忍不住骂了一句:"娘希匹!动摇台湾军心嘛,朱世明该杀!"

蒋经国又说,驻日军事代表团还发生了挂旗事件,在大陆政权成立时悬挂五星红旗,倒戈投共。

一系列的倒戈投诚,已经使蒋介石的神经特别脆弱和愤懑,他咬牙说:"电告朱世明回台,就说要委任他为国防部副部长。"

接到电报,朱世明感到那官职是诱饵,回去凶多吉少,立即辞去"团长"职务,跑到日本叶山隐居起来。哪知,蒋介石仍不放过,担心朱世明投奔大陆,于是派特务暗中追到叶山,将朱世明害死。朱世明死后好几天,尸体才被人发现。

1950年6月,朝鲜战争爆发,美国第七舰队进入台湾海峡,阻止中国人民解放军解放台湾,蒋介石得以在台湾苟延残喘,未去成日本。不久,蒋介石在箱根预定的豪宅被转卖给日本一新贵。

暗夜如磐,大雨如注。士林官邸窗玻璃上雨水哗哗地流成行,水柱闪亮。

睹此景象,睡不着觉的蒋介石心头猛地一沉,推开窗户,但见夜海茫茫,万籁俱寂,苍穹黝暗混沌,没有一丝亮光。

他在自问:台湾真的无法自守了吗?!

转瞬,蒋介石慷慨激昂地对陪在身边的儿子蒋经国说:"八十多个大大小小的岛屿,两天时间就全部失掉了啊!我们目前革命的危机,更是到了大祸临头的最后关头,我们每个人今日的处境是一个天涯沦落、海角飘零,这样一个凄怆悲惨、四顾茫茫的身世,真所谓'命悬旦夕,死亡无日'的时期啊!"

蒋经国劝慰:"阿爸,你不要过于悲观。"

蒋介石恶狠狠地提高了声调:"我们要一年准备,二年进攻,三年扫荡,五年成功,不惩治腐败行吗?不整党整军行吗?不起用新锐行吗?"

"不行!"蒋经国听了父亲这席话,格外提神解气。他是国民党新锐的

第6章
蒋介石下活了台湾这盘棋

代表，特别渴望整党整军。

这一天，在日月潭的涵碧楼，蒋介石面对着墙上的巨幅军用地图，愁眉苦脸。他阴郁的目光随着指挥棍，在地图的西南、东南半壁江山移动着，那里丢的地盘太多。他太伤感了，连宋美龄走进来都没有发觉。

蒋介石喃喃自语："丢了，丢了！西南寸土不剩，东南沿海岛屿所剩无几。"

"达令"，宋美龄安慰道，"谋事在人，成事在天，你已尽了最大的努力，还有什么可伤感的呢？"

蒋介石转过身来，幽幽地说："不甘心啊！"

宋美龄在沙发坐下说："中共虽然胜利了，但他们的胜利只是昙花一现。"

蒋介石也坐下问："达令凭什么这样自信？"

宋美龄说："第二次世界大战像一把利刃，突然把世界劈为两半，东方和西方再不是地理名词了，而是政治集团的代名词。德国成了两个，朝鲜成了两个，越南成了两个，而今我们又分成了两部分。大陆是共产党的铁幕社会，台湾则成了三民主义的自由世界。"

蒋介石点头说："达令所言有道理，只是共军攻势凌厉呀，海南岛丢了，他们要是乘势进攻台湾，如何是好？"

宋美龄摇摇头说："共军没有强大的海军，没有空军，一时半会打不过来。我们的元气一时也恢复不了，打过去也难。海峡两岸将有一个长期的对峙局面，就看达令运筹得如何了。"

夫人竟有如此见识和眼光，蒋介石灰白的脸上浮现出兴奋的红光，说："整党整军，治理台湾，我已成竹在胸。我还要办一所革命实践学院，振作革命精神，培养经济建设人才。只是，美国的态度至关重要，他们不能再拆我的烂污，这就要靠夫人了。"

宋美龄自信地说："美国最终不会丢掉我们。"

177

正在这时，卫士长送进驻美国"大使"顾维钧的急电，蒋介石一看，气得说不出话来："你看你看！"

宋美龄接过一看，脸色也变了："李宗仁也太不知趣了，你已经恢复总统，他凭什么以代总统身份去会见杜鲁门总统！"

蒋介石指点着电报说："杜鲁门总统也太不够意思，是他邀请李德邻的。夫人，你马上去美国，马上！阻止他！"

宋美龄说："好，我先通过在美国国会的朋友，对固执的杜鲁门施加影响，说服白宫改变态度！"

宋美龄的高跟皮鞋，笃笃地响出门去。

宋美龄走后，默坐静思的蒋介石仍是愁眉苦脸，唉声叹气。

蒋经国蹑手蹑脚走来，蒋介石提起精神说："经国，你马上前往基隆，慰问从海南、舟山撤退回来的将士。"

蒋经国说："阿爸，我明天就出发！"

蒋介石说："今天出发！要向将士们说清楚，我们争的不是一时的成败和利钝，我们所争的是千秋万世的大业啊！"

蒋经国说："海南岛失守的事，我要发表广播讲话。"

蒋介石说："好，好！稳定军心、民心。"他又放低声音说："经国，共党不会甘休，万一台湾守不住，在菲律宾建立政府的事，要秘密进行。"

蒋经国答应一声："是！"

蒋介石长叹一声说："国际上风刀霜剑，岛内风声鹤唳，这半年的日子难熬啊！"他又像对自己打气似的说："要撑住，要撑住！"

蒋经国说："要撑住就得整党整军，天行健，君子自强不息，此外没有别的办法。"

第6章
蒋介石下活了台湾这盘棋

■ 蒋介石认真反思

蒋介石到台湾后,一直住在台北的士林官邸。以士林官邸为中心,包括阳明山和蒋介石之子蒋经国居住的大直"七海官邸"在内的蒋氏家族官邸,是集军政指挥和安全保障系统为一体的要塞地点,部署有最忠诚最精锐的卫戍部队和一个快速反应的宪兵营。

另一个次中心则是日月潭。在日月潭四周有许多宾馆和旅游区,最出名的要数涵碧楼宾馆。宾馆临水而起,顺坡势往上而筑。在新接待楼上方,有一座规模有限、式样普通、设备一般的建筑,这是蒋介石父子的别墅之一。

居住和生活挺安全,可是蒋氏父子的心理却极不安全,时时处于恐惧和忧愤之中。

尤其是蒋经国还处于陈诚的监视之中,连自由都不保。蒋经国来台大约一年的时间,一切行动皆被自家特务秘密掌控,处于"被保护的时期"。严密掌控蒋经国在台行动的时间,大约是1949年8月起,至1950年他担任"国防部总政战部主任"以后,还延续了将近半年时间,到了1950年八九月间始告结束。

严密监控蒋经国的事是台湾省保安司令部保安处干的,它的司令正是陈诚,此时的保安司令部保安处无所不管,已管得头昏脑涨,应接不暇。可是还特别设立一个谍报组,负责对蒋经国在台湾境内的一切,做24小时全天候的严密注意,随时将所得情况研判后,最机密、最快速地呈报。

那时的蒋经国,在1949年6月左右来台至1950年3月以前无官无职,仅以蒋公子的身份,为蒋介石奔走,居处又不和蒋介石在一起,出入自宅与官邸的行动更加频繁。陈诚给随从者的任务是详细地记录下蒋经国在台期间,每一天有些什么人到他的寓所看他,他曾与什么人一道同行出入寓所,他有没有带领什么人到官邸谒见蒋介石,透过他的关系与蒋介石见面的人背景是什么、意图是什么等,甚至通过秘密的接线监听电话监听到蒋介石头上。

179

真是令人难以相信，蒋经国这位在台湾长期掌控情治系统的铁腕人物，也有过被台湾情治系统掣肘的时候。

1949年的圣诞节之夜，官邸室外的圣诞树上灯光闪烁。室内，蒋介石伏在桌上，心情凄凉地在写日记。

蒋介石爱写日记，爱在日记里作"自我批评"，丢失山河，自责难已，甚至把自己骂得狗血喷头。这一段时间的日记多有反思内容，不讳言失败，直面失败："我们的整个大陆都沦陷了，究竟我们大陆的这种悲剧，这种浩劫，是谁为为之？孰令致之？"

那么，蒋介石的败退，到底是谁为为之、孰令致之的呢？光提出问题是不行的，光慨叹也是无济于事的，面对着撤退到台湾的文武百官、残兵败将，蒋介石不能不有所交代。

早在两年以前，蒋介石曾说："自从戡乱以来，我个人每经一战役，对于这次战役的成败利钝，无不加以详细的研究和检讨，而且每一天、每一时刻，我都在研究我们国军所遭受牺牲的原因。"

但据蒋经国叙述，他父亲真正思考和研究失败的原因，是在引退于奉化之后。他说："三十八年一月二十一日，父亲引退，离开南京。回到溪口故乡之后，父亲便开始埋头研究战争失败的原因，以及重整局势和改造革命队伍的方案。"

写于1949年3月底的《上月反省录》，蒋介石全面详尽地反省了自己和国民党执政失败的十三条原因。蒋介石日记研究专家杨天石在研究中，以《反省十三条》代称并以此为主干，参考其他时间的日记，分八个方面向人们作了介绍：一，外交上，联美拒苏失衡。二，军事上，战将未战思逃。三，党务上，纪纲松弛而斗；四，经济上，抛售黄金误国。五，对共政策，误与"共匪"谈民主。六，轻浮躁急，刚愎自用独断。七，干部自私，制度性腐化。八，民生主义，未着力宣传和实施。

蒋介石在1949年的反省，是真诚实在的，也是痛彻心扉的，足以看出他反思的彻底和全面。以"信义"亲美（英）远俄（苏），没有善用美苏矛盾以制衡，以致美国马歇尔"冥顽不灵"致使革命"剿匪"大业功亏一篑；战将未战乱想，谋划逃亡，政训完全失败；党纪松弛，派斗不断，党事委人，李宗仁、白崇禧害国；误用宋子文，以抛售黄金挽救通货膨胀，害国败党；在"共匪"未灭之前搞民主宪政，是硬行民主，自毁党国基业；个人主观浮躁，用人掺杂私情，疑李济深、白宗禧、李宗仁等人"背党叛国"，却依然重用，等于自杀；干部制度不立，致使干部腐化自私，抗战接收之际为"五子登科"之利折腾，惹得民怨沸腾；未能大力宣传"平均地权，耕者有其田"等民生主义经济政策，以致被"共匪"用来煽动乱国。

蒋介石最看重《反省十三条》的最后一条，未能"宣传"社会经济政策与民生主义，并认为这是"唯一之致命伤"，表示此后要以民生为基础，亡羊补牢……真可谓用丢掉大陆政权，才换来了一个觉悟：民生经济应当先行于民主宪政。3月9日，他开始设计土地制度的实施方案。在毛泽东高喊"中国人民站起来了"前后，他真正明白了，民权就是"反共的最后、有效的武器"，是"平均地权，耕者有其田，实行民生主义"。在蒋介石大败后凄凉反思时，终于在他下野回乡的时候通过耳闻目睹家乡农民的困苦，明白了政权稳定的基业是民生。

1950年，蒋介石在台湾真正成了蒋中正，坚决实行民生主义，为蒋经国开民权宪政奠基。

却说圣诞节前的夜晚，在台湾一角的台北阳明山士林官邸，蒋介石沮丧地对儿子说："看来，这个杜鲁门，这个艾奇逊，竟想抛弃我们，从台湾脱身，休想！"

蒋经国劝道："阿爸，这些日子您太操劳，太忧心，明天就是圣诞节，何不带全家外出过节，观赏观赏台湾美丽风景？"

蒋介石答应说："好吧，先把烦人的美国佬放一边，我们先亲近大自然，亲近上帝。"

12月24日的午后，台湾中部南投县丛山中的日月潭，群峰环绕，林木扶疏，湖光山色，相映成趣。

蒋氏父子来到风光秀丽的日月潭，午饭后，父子游玩光华岛，见潭水涟漪，环山幽碧。坐对眼底浮云，蒋介石郁结的心情稍稍缓释，竟致流连忘返。

12月25日，圣诞节早晨，蒋经国陪同父亲散步涵碧楼附近林中，观赏朝日。

下午，蒋经国陪蒋介石泛舟日月潭，将鱼竿放在父亲手里，让他垂钓解愁。

夜晚，丛山中的涵碧楼，四周寂静，林壑无声。

从今天钓鱼中得到愉悦得到灵感的蒋介石，又以沉痛、凝重的心情写日记反思："从前种种譬如昨日死，今后种种譬如今日生。过去一年间，党务、政治、经济、军事、外交、教育已彻底失败而绝望矣。如余仍能持着志气，贯彻到底，则应彻悟新事业、新历史，皆从今日做起……"

"近日独思党政军方针与着手之点甚切，此时若不能将现在的党彻底改造，决无法担负革命工作之效能也。其次为整顿军队，以求内部精纯、团结一致。"

蒋介石、蒋经国父子。（历史图片）

他要彻底改造国民党，彻底整顿"国军"，他要创造新事业、新历史，而这一切必须从反思失败开始。

蒋介石虽然毛病不少，也常犯错误，但他性格中有条优点，就是爱反思反省。他的日记中，每月每周每日都有反省内容，尤其在大陆失败后那些日子，大有"吾日三省吾身"之慨。

比如，他在1949年最后一天的日记里，就毫不讳疾忌医地检讨了"国军"为什么会"稀里哗啦"地土崩瓦解："一年悲剧与惨状实不忍反省亦不敢回顾……军队为作战而消灭者十之二，为投机而降服者十之二，为避战图逃而灭亡者十之五，其他运来台湾及各岛整训存留者不过十分之一而已。"

蒋介石根据他研究反思的失败原因，在阳明山举办了"革命实践研究院"，分批集训高级干部和高级将领。蒋介石亲自主持，亲自督导，发表了连篇累牍的"训词"。在这些训词及其他各种演讲中，他对国民党的失败有深刻但并不全面的总结。

首先，蒋介石把国民党失败的责任推到"国人"身上。他说："抗战以后，我确信可以在两年之内，削平匪乱。不幸个人的主张，不能取信于国人。由此之故，在国内外种种阻力下，剿匪军事受到了挫折。"

不仅如此，蒋介石还认为："戡乱"以来，"军民风气嚣张，国家纪纲扫地，党不成其为党，军不成其为军，国民不成其为国民"。而"风气嚣张"的原因，又是因为学校教育不良："教不成教，学不成学，师不成师，弟不成弟。所谓校风校规，扫地殆尽；师道人格，荡然无遗。卒致今日国破家亡。"

蒋介石的这种剖析，既把自己择出来了，又一竿子打翻一船人，党政军学，无一幸免。责怪国民尤其荒谬。"党不成其为党，军不成其为军，国民不成其为国民"，就是不讲这个党这个军、这个政府的最高领导者又成了什么呢？

其次，蒋介石认为，国民党的失败在于国民党本身的腐朽。这还靠谱，总结到了点子上。

他痛心疾首地说："抗战胜利以来，我们一般同志精神堕落，气节丧失，把本党五十年的革命道德精神摧毁无余。甚至毁法乱纪，败德乱行，蒙上欺下，忍心害理。""我们党和团的组织复杂、散漫、松懈、迟钝，党部成了衙门，党员成了官僚，在社会上不仅不能发生领导的作用，反而成了人家讥笑侮辱的对象。"

他甚至气愤地说："自抗战以来，本党在社会上的信誉一落千丈，我们的革命工作苟且因循，毫无进展。老实说，古今中外，任何革命党都没有像我们今天这样的没有精神，没有纪律，更没有是非标准。这样的党，早就应该被消灭淘汰了。"

国民党和三青团"成了人家讥笑侮辱的对象"，"早就应该被消灭淘汰了"，这话讲得深刻，讲得不留情面，只有他才敢这样讲。蒋介石自己把国民党骂得狗血喷头，这的确不同寻常。过去在大陆，国民党是不能被批评的，因批评国民党而被逮捕、囚禁、暗杀的，不计其数。到台湾后，蒋介石自己批评起来了，而且批评得像模像样，刻骨铭心。这不能不说是蒋介石的进步，这不能不令人刮目相看。

再次，蒋介石认为国民党的失败是由于国军的作战不力。

他说："目前我们部队的情形，各长官嫖赌吃喝，无所不为。尤其是赌博一项，相沿成风。共军的纪律那样严肃，而我们的军纪如此废弛，试问这样的军队，怎么能不被敌人所消灭？"

他说："军民感情的隔膜，可以说恶劣到了极点。我们国民革命军原是以爱国救民为目的，而事实的表现，不仅不能爱民，而且处处扰民害民。"

过去，对"国军"也是不可以批评的。到了台湾，他大讲特讲"军不成其为军"的种种表现，甚至说起了"共军""纪律严肃"的优点，来衬托"国军"的"军纪废弛"。要是别人这样说，他非得给人家扣上"通共"的帽子不可。

国民党高级将领纷纷倒戈投共，一直是插在蒋介石心头的尖刀。在指责"国军"的作战不力时，蒋介石对高级将领的批评尤为严厉。他说："我们此次大失败的耻辱，不仅是由于一般党员丧失了革命精神，背叛了革命主义,尤其因为我们多数将领气节扫地,廉耻尽丧,败德乱行。"

接着,蒋介石把在大陆的失败还归咎于知识分子。他说:"我们在大陆的失败的最大的症结,就是在学校教育。当时在校的青年和教授们,几乎大半都做了共党的外围,成为敌人的工具。"

他说:"一般知识阶级随风逐浪,道听途说,以共党所好好之,以共党所恶恶之,以共党之是为是,以共党之非为非,就是这样断送了我们的大陆。"

他说:"一些自命为自由民主主义的人们,直接间接帮助共党,在政府区域内开展反内战运动。政府为剿匪的动员,特别是征兵征粮,到处遭受这一运动的阻碍。这些民族的败类,无耻的汉奸,更利用'和平'的美名,粉饰其投共投俄的罪行。反共阵营因而动摇,而士气民心亦为之颓丧。"

此外,对于国民党的失败,蒋介石还认为是由于美国支持不力。他说:"美国人对我们训政的必要,没有深刻的认识。加上共产党穿凿附会,恶意宣传,因此在美国人头脑中间,造成了一个牢不可破的观念,就是中国的政治是独裁的政治,国民党是独裁的政党。"

蒋介石居然骂起美国人来了,这反映了他反思的彻底和无所顾忌。在大陆时,蒋介石对美国使团人员虽多有不满,但不敢恶语相向。到了台湾以后,他越想越气,便经常开骂,如称史迪威"不自量力","余为总司令,史迪威只系余任命之参谋长,有何权力未经余之批准,即建议将武器分给共产党?如何对付中国共产党,乃余之责任,彼绝对不能过问"。称赫尔利为"无知之辈","赫尔利对中国一无所知,彼从延安带来之协定草案,表面上都是民主、自由、和平、进步等民主国家人士最喜欢听的名词,实际上是国际共产主义的基本战略。故余对其'联合政府'的提议加以拒绝"。在淮海战役期间,蒋介石曾要求美国出兵援助,被杜鲁门严词拒绝。到台湾后,他不敢指名骂杜鲁门,只是大骂"国际姑息分子"。他说:"铲除共产党是自由世界的共同事业,但由于国际姑息分子的盲目短视,养虎遗患,遂造成今日之局面。"

蒋介石在骂党骂军骂美国佬，怨天尤人一番之后，也表现了他少有的自我批评精神。

他在《如何纪念国父诞辰》的演讲中说："在今日纪念国父八十六诞辰的时候，不仅主义未行，历史垂绝，就是整个的革命基础，都将要在我们手里毁灭了。不知道大家对此一残酷的现实，曾经检讨过没有？在我个人来说，至少我对总理、对主义、对国家以至对我们的民族、历史，都是一个最大的罪人。因此我每天无论怎样繁忙，总要抽出一段时间来，作为反省忏悔的工夫。"

蒋介石给自己扣的帽子挺大——"对总理、对主义、对国家以至对我们的民族、历史，都是一个最大的罪人"，敢这样"骂"自己也属难能可贵。但他的"反省忏悔"，却常常把责己与责人、自责与自负混淆在一起，而且常常表现得责人严、责己宽。他说："我们过去之所以失败，我固然要自愧领导无力，督率不严，应该负重大的责任，但你们大家过去不争气，不努力，尤其在同志之间，离心离德，自私自利，不肯协力互助，团结奋斗，而对于领袖的命令阳奉阴违，不能彻底实行，对于领袖的信任，表里不一，几乎无足轻重，这是你们失败的根本原因，亦就是我们革命的致命伤。"

绕来绕去，"失败的根本原因""致命伤"还是在"你们大家"，"大家不争气不努力"。

蒋介石的反思，他对国民党失败的检讨，还算是虚心诚恳，也基本及格，显然是有积极意义的。比如他认为"当政二十年，对于社会改造与民众福利，毫未着手，而党政军事教育人员，只重做官，而不注意三民主义之实行。今后对于一切教育，皆应以民生为基础。亡羊补牢，未始为晚"。

为了"补牢"，他对民生重视起来了，亲自指导蒋经国制订了"国民党改造方案"，并于1952年在台湾农村实行了减租减息，1954年实行了土改。这是国民党在大陆从未做到的，也是被共产党赶出大陆的一个重要原因。蒋介石在大陆搞不成土改，是由于当时在大陆的执政者绝大多数出身大地主家庭，在平均地权问题上不可能采取果断措施。到台湾进行土改，既不涉及自身利益，又无亲友阻挠，故能施行其政。这也是蒋介石对以"民生为基础""亡羊补牢"的结果。

蒋介石反思了一通，又在《军人魂》的文章里向台湾军民表了个大决心："我所以不在大陆牺牲，就因为我要保持台湾。如果台湾失掉了，台湾就是我最后牺牲的地方。"

反思是蒋介石重新收拾民心、走活台湾这盘棋的关键招数、必备前提，这步棋他走得不错。

■ 另起炉灶

到台湾后，蒋介石明显感觉南京政府这盘炉灶不行了，残缺不全，推诿扯皮，钩心斗角，盘根错节，运转不灵。他决定釜底抽薪，拆灶挪锅，另盘炉灶。

他首先发觉"行政院长"阎锡山这盘炉灶太陈旧，烧不旺火了。

阎锡山刚到台湾时，频频召开新闻发布会，反复宣传到台后的施政方针。阎锡山还到处发表讲话，痛斥国民党的腐败无能，同时对国民党内部帮派之间的矛盾十分不满，对国民党的一败再败的战略指导思想进行批评。

国民党的腐败只有蒋介石自己可以批评，他怎么能允许别人跟着来说三道四呢？阎锡山指着和尚骂秃驴的讲话，处处刺到了蒋介石的痛处，使他感到难堪。于是，马上换掉阎锡山的想法在蒋介石的脑子里形成了。

1950年元旦刚过，蒋介石便把阎锡山叫到办公室，说是与他商量"行政院"改组人选，其实就是君临其上，拿他开刀，通知他应该换调哪些人，增补哪些人。

在蒋介石的授意下,"行政院"发布了以下的人事任免名单:

一、谷正纲代理"内政部长";

二、陈良任"交通部长";

三、阎锡山辞去"国防部长"职务,由"参谋总长"顾祝同兼任;

四、"政务委员"张群辞职,由丘念台继任;

五、关吉玉辞去"中央银行总裁"一职,由俞鸿钧继任。

从这个名单可以看出,谷正纲、顾祝同、俞鸿钧等蒋介石的嫡系接替了阎锡山的人马,就连阎锡山本人任职多年的"国防部长"一职,也被拿走了。

"行政院"的改组,伤了筋动了骨,引起了国民党各方人士的不满。一天晚上,阎锡山刚刚吃过晚饭,正在院子里散步,一帮四川籍的"立法委员"气势汹汹来到他的官邸,他们质问阎锡山:这次"政府"改组,为什么四川这么一个大省,竟无一人"入阁"?这一问,把阎锡山问愣了。因为他名为"行政院长",但改组人事他却不能做主。这次改组,他的山西人也"改"掉不少,阎锡山也是一肚子苦水无处倒出。他这盘炉灶几乎被蒋总裁换了,不好使了,他这口锅也保不住,要被挪开了。

蒋介石一时还顾不上挪动阎锡山,他现在还名不够正言不够顺,他只是国民党总裁,"总统"这顶大帽子还戴在李宗仁头上。

这一天,下野八个多月的蒋介石在园子里踱着方步,脸上没有一丝笑容。虽然刚才收音机中共产党新闻称他为"蒋贼介石",使他听了非常恼火,但他更清醒地认识到,目前,唯一要做的事情是尽快复职就任"总统",依靠台湾,与共产党、解放军再决高下。

可是"代总统"李宗仁就是不交权,还在美国活动争取杜鲁门总统的支持,弄得蒋介石干着急。

这一天,蒋经国拿了份电报走进阳明山士林官邸,说:"阿爸,顾维均来电报,说李宗仁通过甘介侯与艾奇逊接触,艾奇逊安排杜鲁门总统于2月21

日与李宗仁会面。"

蒋介石大吃一惊："杜鲁门与李德邻会面，他想干什么？"

蒋经国说："据说，李宗仁想游说杜鲁门，让他拿出政治家的眼光来，在经济方面全力支持李，让其团结海内外民主人士，回台着手改革，使阿爸有所顾忌，不敢阻挠。"

蒋介石问："李德邻以什么身份去见美国总统呢？"

蒋经国说："自然是国家元首。因他要以国家元首身份见杜鲁门，按照国际惯例，必须先通过使馆安排，顾大使才来请示办法。"

蒋介石大怒，忙指示："李德邻拆烂污嘛！大使馆必须设法推迟李、杜会面。我们也必须于李、杜会面前，解决总统职位问题。"

蒋经国又向蒋介石报告说："阿爸派'国防部'次长郑介民去美国争取美援，郑介民与美国白吉尔海军上将会谈时，白吉尔让他转告阿爸，军事援助的先决条件，是中国政府必须同意任命一位新的台湾省主席，替代不适应局势的陈诚。"

蒋介石赶紧问："他们有没有提出人选？"

蒋经国说："提出了，人选最好是吴国桢。"

蒋介石对吴国桢印象不错，痛快地说："那就吴国桢吧，他当省主席对争取美援有利。"

蒋经国说："白上将还郑重其事交代，希望台湾当局要给新主席以充分的权力，如果台湾实现了这个方案，美国可以立即提供一笔七千五百万美元的特别援助。"

这天晚上，在台北陈诚官邸，不知内情的陈诚邀吴国桢来谈话，说："峙之兄，我这副台湾省主席的担子太重，想请个帮手，不知你能否屈就省府秘书长之职？"

吴国桢推辞道："谢谢陈主席的信任。我从上海、重庆市长位置退下来后，闲云野鹤惯了，已经不想挑重担了。"

陈诚说:"你来到台湾后,天天下去跑,把台湾岛都跑遍了,政情民情都熟悉,何不施展一番?"

吴国桢仍是委婉拒绝:"到处跑也是只野鹤,不想受拘束了。"

陈诚诚恳地说:"你再考虑考虑,我这里是虚位以待。"

在台北士林官邸,尚未复职"总统"的蒋介石,却以国民党总裁的身份接见吴国桢,对他说:"峙之,我想任命你为台湾省主席。"

吴国桢莫名其妙地问:"总裁,陈诚将军的台湾省主席不是做得很好吗?我当恐怕不合适,如果陈诚将军不能兼顾,最好由俞大维担任。"

蒋介石毫不避讳地说:"你当很恰当,不要推辞,就你当主席。我要你今后合力争取美援,你是留学美国回来的嘛。"

吴国桢问:"那陈诚主席呢?"

蒋介石说:"他另有任用。"

吴国桢嗫嚅说:"我……我恐怕不好向陈主席交代,他是要我当省府秘书长的。"

蒋介石把手一挥说:"向辞修交代的事,你就不用管了。我是让你当省主席嘛!"

吴国桢刚走,蒋经国又进来紧急请示:"阿爸,顾大使紧急报告,大使馆虽借故拖延,可是李宗仁迫不及待,经甘介侯与艾奇逊接洽,定于3月2日李、杜会面。"

"这如何是好,如何是好!"蒋介石着急得不行,说,"倘若我去年初不下野,无论如何大陆各省不会在一年之内断送干净。我下野的后果,终是如此,殊为痛心。"

宋美龄说:"美国人现在一根筋,劝不动了。你还不如早日复位,让李宗仁和杜鲁门都失去指望。"

蒋经国说:"阿妈说得对,目前只有尽快复总统位一途。"

蒋介石终于下决心说:"好吧!现在国家情势危急非常,如果我再不负起政治军事的责任,在三个月之内,台湾一定完蛋。我出来之后,台湾可望确保。"

为确保台湾这块立脚之地,蒋介石忙着制订国民党在台湾的复兴计划,首要之举是要结束逃台带来的混乱。要结束逃台带来的混乱,首要之举是恢复自己在党内的绝对统治;要恢复在党内的绝对权威,首要之举是"复职总统"和"清理门户"。

台湾阳明山"总统府"打扮一新,青天白日旗挂上了树梢。

蒋介石在夫人的帮助下,对着镜子,穿着特级上将服。

蒋经国走进来问:"阿爸,记者想提前了解您在复职总统后的演说要点,好安排报道。"

蒋介石边系着特级上将服的扣子边说:"你告诉报刊,我的演说要点,一是虚心接受大陆失败的教训;二是不惜牺牲感情与颜面,彻底改造;三是我将鞠躬尽瘁,争取最后胜利。"

蒋经国转身说:"好,我就去告诉他们。"

1950年3月1日,穿着特级上将服的蒋介石宣布继续担任"中华民国总统"职务,也就是"恢复"了"总统"职位。在美国养病的李宗仁打电报骂他"违宪""无耻"。违宪就违宪,无耻就无耻,蒋介石不予理睬,照样当他的"总统"。

蒋介石复职的第二天,美国总统杜鲁门邀李宗仁到华盛顿白宫会见,并与国务卿艾奇逊和国防部长一起招待午餐。他们交谈甚欢。

杜鲁门举杯说:"李总统先生,干杯!"

艾奇逊与国防部长均起立举杯与李宗仁碰出响声。

杜鲁门说:"我今日会见你,有特殊的意义。因为昨天,蒋介石先生已在台湾复职总统。"

李宗仁感激地起身致意:"谢谢总统先生对我的支持!我发表了声明谴责他,刚才也给记者散发了公开信,声明我将代总统到下届总统选举时为止。"

艾奇逊与李宗仁碰杯说："祝大总统先生身体健康！"

午餐结束，杜鲁门在白宫草坪举行记者招待会。

有记者问："总统先生，您为何称李先生为总统？"

杜鲁门答道："我以总统的身份请他，我就应称呼他总统。"

记者又问："如此说来，您如何称呼蒋介石？他昨天在台北宣布复位了总统。"

杜鲁门机智地说："我和蒋介石先生尚无往来。"

夜晚，华盛顿李宗仁住处，李宗仁兴奋地伏在灯下写电报："居正、于右任、阎锡山先生：……招待午餐间与杜总统及国务卿、国防部长谈甚欢，举杯互祝，三人均称仁为大总统。餐后，杜单独与仁谈话，不令顾参加。内容不便于函电奉告。"

没想到第二天下午，国务卿艾奇逊在国务院举行招待会，口径立刻大变。他对记者说，国务院收到了台湾蒋介石先生复职"总统"的正式通知，美国承认蒋先生为中国"国家元首"。

有记者问："请问国务卿先生，总统和你刚接见了李宗仁代总统，并称他为大总统，现在又承认蒋先生为总统，这不是自相矛盾吗？"

艾奇逊外交辞令式地回答：杜鲁门总统无意决定谁是"中国总统"这一重要问题。

记者们哄笑。

消息传到台湾阳明山"总统府"，蒋经国向蒋介石报告说："美国总统上午接见李宗仁，称他为大总统。第二天下午，国务院却举行记者招待会，承认阿爸为中国国家元首。"

蒋介石大松一口气说："美国人办事就是这样颠三倒四，莫名其妙，昨天打我一巴掌，今天又打李德邻一巴掌。只要他承认就行了，李德邻没有什么好蹦跶的了。"

第6章
蒋介石下活了台湾这盘棋

3月13日，蒋介石在总理纪念周上发表《复职的使命与目的》的讲话。

蒋介石煞有介事、底气十足地说："我一生中有三次下野三次复职，第一次复职的使命是完成北伐，统一全国；第二次复职的使命是抵抗日本侵略，争取最后胜利；第三次复职的使命，就是要恢复中华民国，解救大陆同胞，而最后的目的乃是在消灭共产国际，重奠世界和平。"

"恢复"了"总统"职务的蒋介石频繁干预"行政院"事务，使得阎锡山十分窝火，于是，他产生了卸任的念头。蒋介石"登基"仪式完毕，阎锡山便向他提出辞去"行政院长"的请求。

阎锡山提出辞呈，这正中蒋介石下怀，"行政院"的庙被他拆得差不多了，他正想搬动"院长"这座"大菩萨"，没想到这"大菩萨"自己提出要让位。但他嘴上仍挽留一番。第二天，蒋介石亲自来到"行政院"阎锡山的办公室，与他长谈，安抚阎锡山。

3月6日，国民党中央常委召开了由蒋介石主持的临时会议。会议批准了阎锡山的辞呈报告，决定由陈诚继任"行政院长"。

离职前，"行政院"召开了一个小型茶话会，为阎锡山辞行。

卸去"行政院长"后，第二天阎锡山就将家搬到了台北地处偏僻的丽水街。搬进新家的当天，他就开始写《人应当怎样》。

从此，阎锡山深居简出，将自己关在家里著书立说，闲时还躬耕田亩，过起了闲云野鹤的日子。

"行政院"这盘炉灶终于重新盘好，灶主换上了亲信陈诚，蒋介石觉得这就放心了，这就好"烧"了。

陈诚字辞修，浙江青田人，保定军官学校毕业，长期在国民党军内任要职，曾当过参谋总长、国防部长。1948年底，陈诚被蒋介石任命为东南军政长官兼台湾省主席，从此开始了辅佐蒋介石主政台湾的生涯。

新的任命下达后，陈诚从此结束东南军政长官之任职，而专心致力于"行政院长"之供职，成为台湾仅次于蒋介石的第二号人物。他根据蒋介石所定"恢复中华民国，解救大陆同胞"的"复职使命"，循其精神确定"政府当前任务"为："竭尽一切力量，确保以台湾为中心的基地，准备反攻大陆；而外交内政的一切措施，皆以达成这一中心任务为目的。"

陈诚就任"行政院长"后，台湾省这盘炉灶，蒋介石决定交给吴国桢。吴国桢不再推辞，上任时还作了一番身带砒霜"不成功便成仁"的秀。

上任后的吴国桢再次奉召来见蒋介石，蒋介石夸奖说："峙之，听说你上任台湾省主席，身上还带着砒霜？"

吴国桢说："我是带着，家里也藏有砒霜，我是抱着不成功便成仁的态度，来效忠总统的。"

蒋介石满意地说："好，好，大有壮士一去兮不复返的气概。"

吴国桢说："受命于败军之际，奉命于危难之时，我当有此决心。"

蒋介石强调说："现在最重要的事，是争取美援。"

吴国桢诉苦说："争取美援首先要内部团结。院、府之间不协调，是公开的秘密。"

"行政院"和台湾省虽然都是蒋介石新盘的炉灶，但这两台炉灶却闹别扭，彼此找茬不买账。看来，蒋介石还要不断地新盘炉灶动手术，小拆小改，以适应他盘活台湾这盘大棋局。

■ 起死回生国民党

国民党政权在大陆的失败，首先是国民党的失败。蒋介石曾说："戡乱失败的最后一步，还是在党的失败，而党的失败主因，是在三民主义信仰的动摇。"唯其如此，他在向国民党"七全大会"所作的政治报告中说："我从下野到复职的这一期间，经过了深长的考虑，最后决定一定要改造本党，认为这是改革政治和改造风气的动力。"

第6章
蒋介石下活了台湾这盘棋

早在1949年7月18日,那时国民党政权还占据着大陆南方和西北部"半壁江山",蒋介石便在广州国民党中常会第204次会议上提出了《本党改造案》,并将全案颁发各地党部,组织讨论。9月20日,蒋介石又在重庆发表《告全党同志书》,阐述国民党改造的意义,提出今后的"革命方针",号召全体党员研讨改造方案,以求实现"新组织、新纲领、新风气"。后来,随着整个大陆的丢失,不仅国民党改造工作未能进行,就连原经国民党中常会通过的《本党改造案》也需重新修订。蒋介石在回顾筹备改造工作时说,1950年1月,"中正又约集中央同志若干人,就原案和各级党部及各地同志提出的意见,综合研究,另订方案,作为审订全案的参考"。

在蒋介石直接领导下,研拟改造方案的主要参与者有张其昀、谷正纲、蒋经国等人。

1949年12月30日下午,蒋介石在改造党务会上讲,大陆失败,失败在党,要使党有凝聚力、战斗力,完成"反攻大业",必须对党进行彻底的改造。改造要旨,在涮雪全党过去之错误,彻底改造作风与领导方式,凡不能在行动、生活、思想精神方面彻底与共产党作斗争者,皆应自动退党,让有为之士"革命建国"。

蒋介石整党要动真格了。整党最终要落实到整人,要找替罪羊顶罪泄愤。

头一个替罪羊就是长期主持党务的陈立夫。蹊跷的是,刚到台湾的时候,蒋介石却让陈立夫负责研究整党方案。

1950年1月,陈立夫在台北草山主持会议,讨论国民党的改造及停止第六届中央执行委员会的有关问题。会开了多少次,方案却迟迟拿不出来。

蒋介石对蒋经国说:"我叫陈立夫主持研究国民党的改造方案,及停止第六届中央执行委员会的有关问题,几个月了,还不见他的报告。"

蒋经国捅破窗户纸说:"由于以陈立夫为首的政学系在国民党第六届中委中占了很大的比例,他担心政学系在台湾失势,因此反对阿爸停止六届中委职权的提议。所以方案迟迟拿不出来。"

蒋介石不满地说："他这位立法院副院长拿不出改造党的方案，是想当立法院长吧？"

蒋经国说："他是这个想法，立法院院长童冠贤在香港，他这个副院长在台湾可负实际责任，大权就操在他的手中。过一些时候，他再顺理成章地做院长。"

蒋介石心中有"立法院长"的人选，"立法院"也是他要控制的一盘炉灶，因此说："立夫当立法院长不合适，还是让他搞党务吧。立法院长由黄埔军人出身的副院长刘健群出任。"

1950年5月29日，陈立夫在蒋介石主持的例行政务会议上报告说："滞留在香港的立法院长童冠贤已提出辞职。我个人认为，童冠贤的辞职案可暂时拖一下，原因是如准予辞职，立法院内互选院长的活动马上就要进行，目前形势不好，一选就会出现混乱。"

蒋介石说："如果童冠贤有立法院长的帽子在头上，可随时随地举行立法院会，以合法身份做不合法的事，在国际上会造成不好的影响。我意此事不能拖，应尽早准予辞职，并马上选举新院长。我看，刘健群就可以出任立法院长嘛。"

蒋介石话音一落，陈立夫首先发言反对："不妥，不妥！"并一口气连说了几条理由。

"陈副院长说得有理，刘健群当院长不合适！"其他CC分子一片附和。

由于分歧较大，蒋介石说："此事就此而止，以后由我的秘书周宏涛在会下协调。"

可陈立夫毫不松口，态度生硬地说："总裁，这事拖不得，也不是会下能协调的，就在会上定下来吧！"

"散会！"蒋介石生气地说完，站起就走，当众给昔日功臣陈立夫甩了脸子。

回到阳明山士林官邸，蒋经国拱火说："陈立夫这样的老同志，太不像话了，在会上公开叫板，政学系的一片附和，搅了会场。"

蒋介石说："昔日功臣成了障碍。我决定分三步惩处陈立夫：首先，不准他参加总统府举行的任何会议，削掉他在政务方面的权力；第二步，乘改造国民党之机，将他的党职全部解除；第三步，将他派往美国。"

蒋介石决定将昔日重臣陈立夫赶出台岛，因为只要他留在岛内，就是CC的旗帜，CC系就会为陈而战；他就是CC系的靠山，CC系就会有恃无恐。

一向恃宠傲物的陈立夫受到冷遇，愤愤道："两次托人求情，要求面谈，不与理会；写信道歉，也没有回音。"

夫人孙禄卿问："立夫，为什么事这么生气？"

陈立夫幽怨地说："我听说老头子真要处治我，托人求情，写信道歉，他都不予理会。"

孙禄卿说："他是嫌你碍手碍脚了，他要起用新锐，老朽不是逐出国，就是打入冷宫。"

陈立夫闷闷地说："听说也要把我逐出国呢。"

1950年6月9日上午，在台北阳明山士林官邸，蒋介石拿过周秘书送来的一份"中央银行改组的理监事名单"，大笔一挥将上面陈立夫的名字用红笔划掉了。

周秘书又呈上一份报告说，这是他们草拟的国民党中央改造委员会名单，请总裁阅示。

蒋介石又挥笔将陈立夫的名字划去。

7月21日晚，蒋介石将国民党全体中常委召到台北单独谈话，为22日召开第六届中常会临时会议准备讨论的国民党改造案作最后的沟通。

会上，CC分子陈肇英、李宗黄等人大胆地表示异议："我们不赞成停止六届中央执行委员会的职权，也不赞成由总裁一人重新遴选中央改造委员会。"

CC分子发言之后，受逼宫之窘的蒋介石大恼："党的改造不容再缓！

否则，我不能再以总裁的地位领导这个党。如果各同志不信赖我，只有退出本党！"

他愤愤地指着反对者说："赞成者站起来，反对者请出去！"

中常委们只好站起来表示赞成。

在场的陈立夫见状，尴尬地低下了头，感到以他为首的CC系大势已去，改造后的国民党已经难有他们的立足之地。

在酝酿国民党改造的过程中，蒋介石成功地争取到了在台中央执、监委的支持，陈立夫等老CC派就构不成障碍了。

1950年7月中旬，在台的国民党中央执行委员一百一十一人、中央监察委员六十五人、候补中执委二十五人、候补中监委十四人，共计二百一十五人，联名上书蒋介石，要求其"断然决策，彻底改造本党"，表示"全体同志仅当一致服从，率循努力"。中常会更推出居正、于右任、邹鲁三位元老，向蒋介石进言："党的改造为当今根本之图。"这一舆论的制造，使国民党改造方案的正式出炉具备了必要的火候。

7月22日，经过半年的紧张准备，在蒋介石亲自主持下拟订的《本党改造纲要》及《本党改造之措施及其程序》，经国民党中常会临时会议讨论通过。《纲要》规定：

"原有本党党员，对于党的主义、政纲、政策真诚信仰，并愿为党继续工作者，仍准保持党籍。"

"本党为淘汰腐恶分子，加强革命阵容。原有本党党员凡有下列情形之一者，应予彻底整肃：（一）有叛国通敌之行为者；（二）有跨党变节之行为者；（三）有毁纪反党之行为者；（四）有贪污渎职之行为者；（五）生活腐化，劣迹显著者；（六）放弃职守，不负责任者；（七）信仰动摇、工作弛废者；（八）作不正当经营、以取暴利为目的者。"

党的制裁为："（一）警告。（二）停止党籍。（三）开除党籍。（四）集体违犯党纪者，解散其组织。"党的改造的主要措施为：（1）第六届中央执行委员会暨中央监察委员会,均停止行使职权。(2)成立中央改造委员会,行使中央执行委员会及中央监察委员会之职权。中央改造委员会名额为十五人至二十五人,由总裁遴选。(3)中央改造委员会下设各种工作部门或委员会,其人员由总裁遴选之。(4)设中央评议委员会若干人,对党的改造负督导与监察之责,由总裁聘任之。(5)台湾省各级党部及海外各级党部之执行委员会、监察委员会与特别党部工作人员,暂均照常工作,承中央改造委员会之命,进行党的改造。

党的改造之主要程序有:宣布中央评议委员及中央改造委员名单;中央改造委员会宣布成立;中央改造委员会接管中执会、中监会及中执会所经营的事业机构;中央改造委员会订颁原有党员整肃办法及征求新党员办法;中央改造委员会订颁各省市及海外党务改造程序,成立各级改造委员会;完成县区级党部改造工作,成立县区党部,并次第成立省市级党部;召开全体代表大会。

在整个改造方案中,以中央改造委员会代行中执会、中监会的职权,动大手术的关键一刀。剥夺中央执、监委的权力,非同小可。但是,蒋介石说,鉴于"党的信誉之失坠""党的失败之惨痛","详审本党当前环境,默察革命客观情势,深觉六届中委如不停止行使职权,则今日党的改造,不能发挥其政治革命性的效能,亦即本党今后将无以负荷革命的责任"。他坦率地承认:"在实施本党改造方案的时候,我乃不顾一切反对,排除万难,这是毅然决然的替国民革命打开了一条生路。"

蒋介石为了取缔旧有的党政军系统,为国民党打开一条生路,痛下杀手,将任期未到的国民党第六届中央执行委员会、中央监察委员会、中央常务委员会全部停止工作,党务由以蒋经国实际领导的中央改造委员会接管,几百名中央执行委员、中央监察委员、中央常务委员,一夜之间统统成为普通党员。大陆时期的政府班子从"行政院长"阎锡山起,各部长官、司局长到处、科长几乎全部停职、更换。军警宪特机构主持人大部分由"新面孔"

取代。

7月26日，蒋介石宣布了十六名中央改造委员名单和二十五名中央评议委员名单。由蒋介石精心挑选的中央改造委员是：陈诚、张其昀、张道藩、谷正纲、郑彦棻、陈雪屏、胡健中、袁守谦、崔书琴、谷凤翔、曾虚白、蒋经国、萧自诚、沈昌焕、郭澄、连震东。

这份名单中的蒋经国特别引人瞩目。他踏进这个"事权集中"的"太上内阁"，对于他个人、对于蒋介石、对于国民党来说，都意味深长。

从国民党耆宿中产生的评议委员为：吴敬恒、居正、于右任、钮永建、丁惟汾、邹鲁、王宠惠、阎锡山、吴忠信、张群、李文范、吴铁城、何应钦、白崇禧、陈济棠、马超俊、陈果夫、朱家骅、张厉生、刘健群、王世杰、董显光、吴国桢、章嘉、张默君。

中央改造委员会于8月5日正式成立。十六名委员由蒋介石亲自盟誓，举行了宣誓仪式。蒋介石在改造委员宣誓后，宣读了孙中山1924年在国民党第一次全国代表大会上的讲词全文，并致训曰：

"回忆自民十三年迄今，已历二十五年，在此期间，不知牺牲了多少的军民和革命同志，然而我们的革命事业，今天却遭遇了空前的失败。我个人固然要负很大的责任，现在痛定思痛，为亡羊补牢，希望大家今后依照总理的训示，就是牺牲个人的自由和贡献个人的能力。然后才能有自由，有能力担负起革命的大事业，才能改造国家。时至今日，全党同志必须团结一致，同心合作，彻底改造本党，达成反共抗俄的任务。"

有新人笑，就有旧人哭。

十六人的中央改造委员会委员的名单公布引起爆炸性震动，陈立夫不在其中，不少昔日党国显要都名落孙山。蒋介石铁杆亲戚、四大家族中的两大家族的宋子文、孔祥熙，在蒋介石批准开除国民党党籍的名单上，分列前两名。

失落的汤恩伯到老朋友、国民党"国民大会副秘书长""总统府国策顾问"雷震家拜访，他抖着一份报纸说："搞了半年，国民党中央改造委员会名单终于公布了，由陈诚等十六人组成，上面居然没有我的名字，莫名其妙！"

雷震说："这个名单我看过，我也不得其解。"

汤恩伯牢骚满腹地抨击："那十六人中，有的是毫无经验的书呆子，有的对党国没有半点功劳，有的过去连名字都没有听说过，不知是哪路神仙！"

雷震跟着发牢骚："什么大才、新锐，老的都不要了！"

汤恩伯评论说："这十六人像个杂凑班子，总裁把这些人弄起来干什么呢？这就叫改造？我们过去为党国出生入死，牺牲个人、家庭、亲友，现在都不行了，都不要了！"

雷震说："我看到这个名单后，灰心失望，也感到国民党前途渺茫。汤公有什么打算？"

汤恩伯无奈地说："我能有什么打算！托了许多人求情，才给我弄个总统府战略顾问的空衔，生活费没有着落，又得了肝炎，只好搬到农村去住。"

雷震说："总得找个差事，要不就写文章，我想办法给你发表。"

可怜的汤恩伯说："也好，带兵之前，原本我的文章写得是不错的。"

像汤恩伯这样昔日八面风光、如今成了"落汤鸡"的人为数不少，他们牢骚满腹，怨声载道。

宋美龄从美国回来的第二天，权势炙人的陈诚和蒋经国前来看望。

客厅内，陈诚坐在左边沙发上说："总统，有关政学系、CC系的同志，为党国出过不少力，这是事实，只是台湾的局面不允许再有不同派别存在。"

为取消派别又要安抚昔日功臣而无计可施的蒋介石，手托下巴默默无语。

坐在右边沙发上的蒋经国接过话题火上浇油："父亲，辞修主席讲得有理，既要进行党的改造，首要就是禁止派别活动。革命已到如此危急关头，拖是不行了。"

刚从美国回来的宋美龄对他们的主张显然不满意，但又想不出更好的主意来"两全",只得提醒说,禁止派别、小组织活动是应该的,但要照顾好他们的情绪和生活,不要让他们说我们过河拆桥。

思考良久的蒋介石受夫人的启发,开了口:"辞修、经国,整顿是必要的,不过要注意他们的情绪。对违法乱纪乱政者,不可手软;对忠于党国者,要以诚相待,以友待之。"

蒋介石考虑,派别"龙头老大"的陈立夫仍是要赶走,否则他极有可能在幕后操控CC分子捣乱。于是,蒋介石叫侍从室通知陈立夫,要他陪自己游览日月潭。

陈立夫小心翼翼地陪侍蒋介石游览日月潭风光,检讨国是与党务。无心风光的陈立夫试探地说:"大陆失败是国民党历史上的一次大失败,这个失败要有人负责,所以我哥哥果夫与我本人应当负全责。总裁在改造党时,把我兄弟二人除去,我是可以理解的。"

蒋介石说:"立夫,你最近大概听到陈诚、经国说了你一些话,有的人甚至建议我把你哥俩送到火烧岛监禁。我当然不会这样做。"

陈立夫惴惴地说:"我自己下台吧,免得人家赶。"

蒋介石高兴地说:"立夫,你是明智的。我们退到台湾也是风声鹤唳,不起用新秀,压不住阵啊。你就做个中央评议委员吧?"

陈立夫感到失望,突然提出:"总裁,我请求出国,好让新锐放开手脚干。"

这话正中下怀,蒋介石却装出惋惜的样子说:"我本来还想依仗你,不过出国也好,你到美国去住一个时期,我会送你一笔钱。"

台北陈立夫住宅,陈立夫把一沓美元往桌上一甩,忿忿道:"把我像叫花子一样打发了!"

夫人孙禄卿从内室走出问:"立夫,谁把你当叫花子打发啦?"

陈立夫指指桌上:"老头子派人送来五万美元,不得不走啦!"

孙禄卿气得直哭说:"前两天,陈诚、蒋经国派人来骂你是'混蛋',

就已经下了逐客令，走吧！"

陈立夫叹息："唉，为他干了几十年，就换来这一脚！"

孙禄卿劝慰说："要按陈诚、蒋经国的意思，还不止一脚呢。赶紧走吧！"

陈立夫硬着头皮来到阳明山士林官邸，向蒋介石辞行。蒋介石不在，宋美龄出面接待。

宋美龄客气地说："蒋先生外出了，立夫，有什么事吗？"

陈立夫神情黯然说："我就要去美国，特来向总统和夫人辞行。"

"噢，我也刚知道。唉，都走了，子文、祥熙，还有你。"宋美龄说着，热情地送陈立夫一本《圣经》，"你在政治上负过那么大的责任，现在一下子冷落下来，会感到很难适应。这里有本《圣经》，你带到美国去念念，会在心灵上得到不少慰藉。"

陈立夫指着墙上蒋介石的肖像，低沉地说："夫人，那活着的上帝都不信任我，我还指望能得到耶稣的信任吗？"

他没接《圣经》，掉头而去。

宋美龄愣愣地望着他的背影。

陈立夫走出"总统府"门口，被一个记者发现，紧追不舍要采访他。

陈立夫躲避说："没什么好谈的！"

记者拦住他："陈先生是党国要人，请你谈谈感想。"

陈立夫被缠不过，简短回答："失败了！国民党是我一手搞起来的，如今失败了，我很沉痛，应该退出舞台了。"

记者还要再问，他扭身大步走了。

到美国后，陈立夫以养鸡维生，过了一段凄清日子。

由蒋介石一手发动和组织的国民党改造工作，前后共经过两年时间，至1952年10月召开国民党第七次全国代表大会时，方告完成。10月9日，即"七全大会"召开的前夕，在蒋介石亲自主持下，举行了中央改造委员会的

撤退台湾后,曾经为蒋氏政权做过巨大贡献的陈立夫受到排挤,最后去了美国养鸡才得以安度晚年。(历史图片)

最后一次会议,宣告了改造委员会工作的结束。

蒋介石在大会开幕词中正式向全党宣布:"今日第七次全国代表大会集会之时,就是改造工作的结束。"并宣称"这回改造的成就,真是本党起死回生的辛酸历史最重要的一页"。

是年11月1日,"中央改造委员会"与新选出的第七届中央委员会举行了交接仪式。"中央评议委员"王宠惠负责监交并致词,称"中央改造委员会"共经开会四百二十次之多,"以新的精神,新的气魄,获得了党的新生"。旋由谷正纲代表"中央改造委员会"将印信移交给"第七届中央委员会秘书长"张其昀。

■ 用"毛选"改造国民党

蒋介石指定蒋经国操纵的"中央改造委员会"正式接掌"中央党部"后,国民党的改造运动便大张旗鼓搞起来了。颇有讽刺意味的是,在整个改造运动期间,蒋介石还经常与儿子经国讨论一个敏感问题:共产党究竟是怎样治党的?这个问题蒋经国是有发言权的。他长期留苏当过联共布党员,做过党的基层工作,对共产党怎样治党,共产党的一套理论、政策、工作方针十分熟悉,他还特别注意研究中共的延安整风。如今父亲"不耻下问",他便认真而大胆地向父亲建议:不妨认真研究共产党延安整风的文件,特别是

第6章
蒋介石下活了台湾这盘棋

毛泽东的一些著作，里头有真经。

刚履失败丢掉大陆政权的蒋介石"虚怀若谷"，听取了儿子有"通共"之嫌的建议，通过公开或秘密的手段，从各个渠道搞到了一批中共的整风文件和毛泽东的著作，抽时间"拜读"起来。有意思的是，蒋介石不护短，愈是认真研讨毛泽东的著作和延安整风文件，就愈发对国民党的腐败深恶痛绝，尖锐痛斥。他大骂国民党军队"表现出的贪污腐败，真是无奇不有，简直难以想象。这样的军队就不能不走向失败"。他又十分冷静地指出，国民党军队的腐败，根源又在国民党这个党的腐败："我们的力量完全流于表面形式，而实际内容却空虚到了极点。在古今中外任何革命党都没有像我们今天这样没有精神，没有纪律，更没有是非标准，这样的党早就应该被淘汰了。"

更有趣的是，蒋介石那时候挺有胸怀，他读的毛泽东著作越多，就越对他的老对手毛泽东和共产党表示出欣赏，不像他过去只知道"匪匪匪"地痛骂，现在居然由衷称赞起来。他毫不避讳地说，共产党"不容有一丝含糊笼统的观念，绝不允许哗众取宠，半途而废"。蒋介石还总结道，共产党的特点就是坚持"科学方法"，而且独到地指出，共产党的科学方法及组织性、纪律性与精神道德，是通过延安整风运动慢慢教育培养起来的。他希望国民党的改造运动能仿照政敌的延安整风运动，不要怕向敌人学习好东西。

因此，国民党在改造运动当中，它的改造内容及有关文件所用的术语，都会使人想到共产党的延安整风运动，想到毛泽东的建党思想的基本理论和基本原则。比如，"中央改造委员会"颁布了《农民运动指导方案》《劳工运动指导方案》等一系列文件，要求青年、劳工、妇女、农民运动全面铺开，吸收工农知识分子入党。到1952年8月，国民党党员构成中，"农工分子"占49.31%，高中以上"知识分子"占29.77%，25岁青年占35.29%。党员人数由四百万降至二十八万。

其实蒋介石学"毛选"有些日子了，那是从他的"土改"搞不下去时开始的。1948年，蒋介石就在思考一个问题：共产党的部队怎么打仗很勇敢，每战必胜，我们国民党部队打仗都不想打，每战必败，怎么回事呢？蒋介石就学"毛选"，从毛泽东著作中找答案。他看了毛泽东的一篇文章，题目是《中国革命战争的战略问题》。看了以后，他恍然大悟：共产党的部队为什么能打仗，因为共产党给农民分了地，那个农民出身的士兵为了保卫胜利果实，他就要打仗，所以他勇敢不怕死。蒋介石觉得这好办，我们国民党也可以学，孙中山也说过要"耕者有其田"嘛。

所以，蒋介石下了一道命令：凡是共产党给农民分了地的那个地方，在国民党收回以后，要承认中共的土改成果，就是不能让地主再收回去。蒋介石在江苏北部找了四个县，在这四个地方试验共产党的土改政策，当年共产党的土改国民党承认，这个地是共产党分给你的，现在我还给你。这个试验区刚刚成立，贫下中农自然高兴，地主就不干了，地主就给蒋介石、给南京国民政府写信、请愿，说我们这些地主八年抗战，饱受颠沛流离之苦，三年内战之后，我们这些地主又饱受共产党斗争之苦，中共搞暴力土改，我们好不容易把你盼回来了，你还要我们承认共产党的土改，你宪法怎么写的？你宪法说保护私有财产嘛。这些地主一叫一闹，国民党的这个试验搞不下去了，蒋介石学毛泽东的尝试也就告吹了。

蒋介石到了台湾以后，痛定思痛，认定不改革无以救党救国，他一个是搞土地改革，另外一个就是搞国民党的改造。

土地改革的进展顺利，收获很大。国民党的土改在大陆搞不下去，到了台湾怎么搞下去了呢？道理很简单，国民党在大陆搞土改，要动的是大陆的地主，这些大陆的地主往往或者是国民党员，或者是国民党官员的三姑六姨等亲戚，等于割自身的肉，他怎么下得了手？在台湾实行赎买政策，就不会触犯统治集团的利益，又能让农民尝到甜头。

改造国民党就没有那么顺利了，国民党是一个"百年老店"，哪能说改就能改好的？蒋介石领导的国民党改造，并没有使国民党在性质上发生什么变化，但却在一定程度上起到了革新和整顿的作用，使处于危殆中的国民党，通过调整人事、重新分配权力，以及整顿作风、振作精神，稳住了阵脚。

整顿了国民党各级组织，实行了一些新的措施和制度，加强了党组织对党员的约束力，提拔了一批有才干的官员，促进了领导层的新陈代谢，使国民党的组织状况和工作作风都较大陆时期有所改善。不但使遭遇惨败的国民党起死回生，还确实提高了国民党的执政能力。国民党的稳定对于台湾的政治、军事、经济，都有着深远的影响。

蒋氏父子用"毛选"改造国民党是有成效的。后来有台湾人戏称，60年代大陆广泛评选"学习毛主席著作积极分子"，居然不评蒋氏父子，有失公允，蒋介石才是最早的"学习毛主席著作积极分子"。

■ 筑起经济的防波堤

蒋介石吸取在大陆失败的教训，重视起"三民主义"中的民生来。统治台湾伊始，他就着力建立独立自治的经济体系，以割断与大陆的经济联系，建立台湾经济建设基础；实行"三七五减租"，为土地改革铺路；实行币制改革，为金融稳定奠基；辅导广大毕业生就业，开拓青年出路，使之成为政治革新的生力军。这种种举措，成了蒋介石保卫台湾的防波堤，使台湾在大陆沉沦后的惊涛骇浪中能安然稳定。

在这些举措中，尤以完成台湾土地改革一事成就最大、评价最高。土地改革的实行，好处多多，一方面"耕者有其田"增进了农民福利，改善了农村结构，使台湾的农业生产与农村经济进入一个新的纪元，全台湾省农民都受惠得益，同时又使穷途末路、日渐式微的土地资本，转变为前途似锦、日趋兴起的工业资本，不仅为台湾省地主开拓了新的事业、新的财富，而且也为台湾工业化和现代化奠定了基础。

要改革农村的土地制度,这是蒋介石在长期的政治生涯中一贯的主张,只是在大陆顾不上实施。到了台湾,他有条件对农村土地制度进行全面、系统的改革了。他倡导和推进的台湾土地改革共分三个阶段,即"三七五减租"、放领公地和"耕者有其田"。

据台湾当局统计,在1949年至1956年间,共有77965户佃农自力购得耕地41383甲(每甲约合14.54876市亩);自办理公地放领以来,至1958年底,计有139688户佃农承领了公地71666甲,成为自耕农;共征收地主耕地143567甲,放领于194823户佃农。台湾原有的公私出租耕地360763甲中,经过土地改革,共有256616甲、占其总数的71%转移到佃农手中。

由蒋介石决策、陈诚主持的台湾土地改革,是在不触动土地私有制、承认和保护地主剥削所得的基础上实施的。但是,由于大量的佃农获得土地成为自耕农,基本上摧毁了农村封建的租佃关系,建立了农村新社会经济结构。由于农民与地主、农民与政府关系的调整,剥削方式的改变,在一定程度上刺激了农民的生产积极性。由于改革是用和平的方式进行的,因而保持了社会的安定。由于地主获得了可观的地价收入,便纷纷将资金投入工商业。在客观上,台湾的土地改革,对台湾的农业、工业和商业的发展起了很大的推动作用,为台湾今后的经济高速发展奠定了良好的基础。

蒋介石不愧是政坛高手,在风云变幻的国际环境和风雨飘摇的岛内环境中,他沉着冷静地下了几着高棋,竟把台湾这盘棋下活了,也使自己的政治生涯绝处逢生。

美国史坦福大学胡佛研究院资深研究员马若孟对蒋介石在台湾的经济建设奇迹评价很高,认为:"世界上从来没有一个被全面打败之后的政党,还能在废墟当中站起来,创造了经济奇迹。"

第 7 章

第一次秘密接触

■ "表妹的婚事成败如何"

天高云淡，金风送爽，中南海湖面碧波荡漾。

毛泽东邀程潜、张治中、邵力子散步湖岸，他望着周围的殿阁和湖景，触景生情说："前人对中南海曾有'翡翠层楼浮树杪，芙蓉小殿出波心'之赞誉。今日置身其间，不知颂公、文白、邵老有何感受？"

程潜会心笑道："名不虚传，妙不可言，妙不可言！"

邵力子说："今日与主席同游，心旷景更美啊！"

毛泽东提议："我们荡舟赏景吧！"

四人上了船，毛泽东操起桨要亲自划桨。

程潜不安地说："岂敢，岂敢！你是国家元首，已年近花甲，怎能让你为我们划桨？"

毛泽东谦逊地说："哪里，哪里，你是国民党元老，爱国高级将领，又是我的老上级、家乡人，分什么彼此喽！"

"还是我来吧！"张治中抢着要划桨，毛泽东不松手，说："呃，莫抢，莫抢。我请你们荡舟中南海，自然是我划桨喽！客随主便嘛。"

张治中过意不去："岂敢劳动主席！"

毛泽东笑说："我劳动你们的还多哩。北平和谈虽然结束了，你们作为'和平老人''和平将军'的使命，还没有结束呢！"

邵力子兴奋地问："又要下和棋？有这等好事，打个招呼，我保证出马！"

一向严肃的张治中现在变得轻松，他学邵力子下棋时的口头禅："邵老，你下棋时莫老叨叨'和不了，和不了'！"

邵力子笑了："彼一时此一时嘛！"

程潜说："主席，我余生就供你驱使了，只要有利和平的事，我会不遗余力！"

毛泽东笑道："和棋总要下的，和为贵嘛！不过，现在下的是战棋，蒋介石讲他的反攻大陆，我讲我的解放台湾，继续顶牛对阵。你们先放情山水，养精蓄锐吧。"

对岸隐隐飘来《一定要把胜利的旗帜插到台湾》的歌声。

张治中接过话题："主席，解放台湾的事已经部署好了吧？"

毛泽东说："我跟你谈的和平解放台湾的事还继续进行，不声不响地进行。武力解放台湾嘛，要敲锣打鼓，热热闹闹，正在紧锣密鼓地进行着。"

他们边划舟边聊天，小船悠然地向前游动，在粼粼波光之间渐行渐远。

1950年5月初的一天，毛泽东在中南海菊香书屋住处召来张治中说："文白，我跟你的老上司蒋介石又打得厉害，你注意了吗？"

张治中说："报上看到了，东南沿海打得凶，海南岛解放了。"

毛泽东说："我们打归打，不影响你做和的工作，和战从来是交替无常的嘛。我今天请你来，就是要告诉你，争取和平解放台湾的工作极为重要，你要刻意经营，借收成效。"

张治中说："明白了，这是主席的两手策略。"

毛泽东叮咛道："不过要特别保密！打起来热热闹闹，和起来要无声无息。"

张治中说："明白，此事谁都不愿张扬。"

毛泽东笑了："不到火候不揭锅，心急吃不成熟馒头嘛！"

不谋而合，走投无路的蒋介石此时心里也在谋划下一盘和棋。

涵碧楼蒋介石官邸位于台中著名的日月潭风景区。早在日本占领时代，因到此游览的人很多，日本人便修建了许多招待所，涵碧楼就是其中之一。蒋介石夫妇来这里小住时，往往是有重大事情需要考虑决策。每逢国民党中央召开全会、代表大会及"行政院"和台湾省政府改组、各"部、会"人事更动等，蒋介石总是要来此住上几天。国际上发生与台湾关联的重大变故，有时他也到此来考虑应对之策。

现在，蒋介石就住在涵碧楼，心情颇为焦虑地与蒋经国密谈应对时局。解放军继解放海南后又占领了舟山群岛，蒋介石着慌了。他知道，解放军有了渡海攻占海南岛、舟山群岛的作战经验，"共军不谙海战"的传言已被攻破，一个台湾海峡能挡得住百万解放军吗？美国不理了，台湾的后路在哪儿呢？

蒋经国说："父亲，失去海南、舟山，相当割去台湾、澎湖的手足。毛泽东的下一步，将是渡海攻台。"

蒋经国的估计没有错。6月，解放军的十六个军在沿海集结完毕，准备于7月对台湾实行侦察，8月开展对台进攻。

蒋介石问："台湾海峡只有一百五十海里宽啊……你有什么想法？"

蒋经国试探地说："缓兵之计，能不能试试缓兵之计？"

蒋介石感兴趣地问："噢？怎么缓法？"

蒋经国把椅子靠近父亲，悄声说着什么。蒋介石板着脸孔只听不点头。

侍卫长送来一份报纸，蒋经国扫了一眼标题就给了蒋介石，生气地说："杜鲁门照样接见了混蛋李宗仁，还说与父亲'尚无往来''不予保护'。"

蒋介石边看报纸边骂："岂有此理！美国又拆烂污，又拆烂污。"他气得脸色涨红，嘴唇发紫，竟要昏厥过去。

"阿爸，阿爸！"蒋经国边扶父亲边叫喊，"送医院，送医院！"

侍卫长和保健护士冲了进来。

"不去医院！"蒋介石醒了过来，嘴巴不怎么利索地说，"这个这个，

第 7 章
第一次秘密接触

那边也可以试试，缓缓兵……有没有谈判的可能？"

蒋经国说："阿爸是说与中共接洽和谈？"

蒋介石骨子里最恨与中共和谈，他总觉得每次和谈他都吃亏上当，讨不到便宜。他认为国民党的失败，"不在于历次的战役，而在于两度的和谈。三十五年（指1946年）的和谈，抵消了国军在东北、在华北以及在苏北的战果。三十八年（指1949年）的和谈，断送了北平和天津，敞开了长江的门户，瓦解了西北和西南的战局"。

蒋介石的这一观点，曾经不厌其烦地到处说。1946年的和谈，是蒋介石亲自参与的，故他只能指桑骂槐地指责赫尔利、马歇尔等人。1949年的第二次和谈，是他被迫"引退"之后进行的，是李宗仁的账，跟他没丝毫关系，这恰恰成了他洗刷自己、抬高自己的砝码。所以当他"复职总统"后的第一篇演讲中就说："余自去年一月下野后，到年底为止为时不满一年，大陆各省已全部沦陷……这次下野时间最长，国家的损失最大，而本党的失败也最惨。""倘若去年年初，我不下野，无论如何想不到大陆各省会在一年之内断送干净。我下野的后果，终竟如此，殊为痛心。"

他如此恼火和谈，怎么现在又想起了"和谈"这一壶呢？而且居然是由他的儿子提出的。

他此时同意实行"缓兵之计"，是被逼无奈，因为日子实在不好过。他说留下大陆这个烂摊子给毛泽东收拾，没想到他到台湾接收的也是个烂摊子。

台湾当时人口是六百万，日本占领期间虽然留下一些工业基础，但大部分岛民世代以耕作农田为生。从大陆突然涌入的大量国民党军队，使这个封闭的岛屿骤然紧张起来。军队俗称吃"皇粮"的，他们的衣食住行是沉重负担，弄得台湾物价飞涨，物资奇缺。而解放军马上要进攻的消息满天飞，美国要"弃台"的传言也到处走，本已混乱的岛屿更加惊恐不安。从大陆掠夺了不少金条的国民党显贵们准备再次出逃，孔祥熙、宋子文等大员早已逃亡国外。台湾国民党政权在"保密防谍"口号下，下令禁止台湾人员出岛，大有"要完蛋大家一起完蛋"的架势，弄得大家更加惶惶不可终日。

人心已乱，枪杆子也不稳。国民党撤退到台湾的号称六十万人的军队，一半属已毫无斗志的散兵，分散在沿海各个小岛屿上的国民党士兵衣衫破旧，饥肠辘辘。飞机没有零件趴了窝，汽油的库存仅够使用两个月，破旧的军舰有一半不能参加战斗。他们作战方案中最详细的内容，就是当解放军到来时如何逃命，况且，绝大部分士兵的家属、亲人还在大陆，对父母妻儿的思念使军心更加涣散。蒋介石虽然一再喊："台湾一定能守得住！"可是谁信他的啊！

其实蒋介石自己也不是很相信自己，一百五十海里的台湾海峡，在三百年前尚且阻挡不了郑成功的木船船队的兵勇，现在又如何能抵挡得住排山倒海的解放军？据送到他手上的情报，中共几十万精锐部队，各种型号的船只，都在准备之中。最令他吃惊的是，中共军队已有四百架飞机。

他还有点历史知识，知道台湾自古就不好统治。施琅大将军平定台湾后，康熙和许多大臣都不愿意台湾岛孤悬海外，认为统治台湾花费的成本太高，需要的人力物力消耗过大，曾想放弃这片领土，甚至有大臣主张再送给荷兰人。费了那么大劲平定台湾的施琅极力反对，好一番力谏后台湾才得以保全。

何况美国又那样拆烂污，老吹"弃台弃蒋"阴风。而且美国国务院和中央情报局在研究台湾现状与前途时，曾经坦言：在美国不出兵的情况下，预计在1950年台风来临之前，人民解放军就会攻占台湾。

如此情势，不实行"缓兵之计"，怕是真要像他自己说的"如果台湾沦陷，就以身殉国"了。

他思考半天，终于对儿子交了底："缓兵之计嘛可以搞，我决定派遣秘密使者前往大陆，试探国共和谈的可能性，以争取好的结局。这事，就由你负责。"

第7章
第一次秘密接触

蒋经国很清楚，此时已今非昔比，要与共产党谈判，必须选择一个能在共产党方面说得上话的人，否则连门把手都摸不到。他反复筛选，也没有找到合适人选。亏了当时任"总统府战略顾问"的汤恩伯闻知此事，推荐了李次白。李次白也是国民党将领，黄埔军校第六期毕业生，在黄埔学习时，汤恩伯与他是同期学生，汤恩伯担任学生队长，两人关系挺铁。

素有说干就干作风的蒋经国，马上找来办公厅主任胡伟克秘密交谈。蒋经国说："伟克，时局维艰，风雨飘摇。总统想与那边接洽和谈。我咨询了汤恩伯，他推荐了黄埔军校他的同班同学李次白。"

曾是国民党空军军官学校校长的胡伟克说："这人我认识，也是戴笠和我在黄埔第六期的同学。他毕业后一直在戴笠手下工作，戴笠飞机失事后，才脱离军籍。他现在是高雄'凯歌归'饭店老板。他兄嫂都是中共党员，他妹妹又嫁给了中共高官陈毅的哥哥陈孟熙。陈孟熙原来也是我军将领，后投诚共党了。"

蒋经国说："是的，他因此受到牵连，得不到升迁，一气之下去高雄开了饭店。你去做他的工作，请他充当密使去大陆。"

胡伟克答应了："好，我就去。"

蒋经国叮嘱："你就说是你的意思，别往上面说。"

1950年5月初，台湾的天气已经十分炎热了，在高雄市"凯歌归"饭店，墙壁上赫然贴着"莫谈国事"的标语，顾客却正在私下低声惶然地议论"国军丢失海南岛"的话题。

饭店老板李次白装作没听见，穿梭在饭桌之间招呼、应酬。

电台里正广播着蒋经国以"总政治作战部"主任身份出席政府发言人茶话会所作的演说："……由目前的形势看来，我们反共抗俄的最高策略，就是集中一切力量，巩固以台湾为主的据点，准备反攻大陆。所以军事力量的分散，就是战略的失败。所以海口的放弃，就是基于全盘战略的要求而决定的措施……"

李次白和客人都露出不屑的神色，这种自欺欺人不能自圆其说的宣传鼓动，他们听得耳朵都起茧子了。

"放屁！人都快死了，打强心针有什么用！"一个顾客骂起来。

本来自重庆失守已经半年过去，一直没有听到丧师失地的消息，似乎台湾局势已经渐趋稳定。不料5月份刚刚开始，在《中央日报》上又见到海南岛失守的报道。人心能不飘摇？

顾客中一人悲观地说："如今中国第二大岛海南岛也被共军攻下，剩下的台湾岛，为时还会远吗？"

李次白走进内室，对夫人许念婉说："守不住就是守不住，却还偏偏堂而皇之地讲大话。真如蒋经国所说，西昌失陷，'海口已失去了跳板作用'，何以薛岳部队没在西康陷落之后主动撤退，而要拖到林彪大军抢滩登上海南岛才仓皇出走？"

许念婉劝他："你已经不是军人了，当好你的老板吧，管什么闲事！"

李次白不服气地说："哼！想当年我也是标准的国民党军人，跟汤恩伯同为黄埔军校六期同学，我的军事才能还一度被教育长张治中看中咧！"

夫人说："可惜你沾了共党的边，哥哥和嫂子是留学法国的中共党员，妹子又嫁给了大共党陈毅的胞兄，你的仕途早就断气了。"

李次白无奈地说："所以我才弃戎从商，躲到高雄这鬼地方，远离军界，远离政治，做缩头乌龟。"

夫人旷达地说："在乱世里，做缩头乌龟没什么不好。还是老老实实开饭店吧，混碗饭吃。"

那几位常客刚出门不久，"凯歌归"饭店门口驶来一辆军用吉普，下来了三位不速之客。李次白赶忙迎了上去，三位他都认识，是他在黄埔军校六期的老同学，如今跟着蒋经国，官运亨通，分别担任"总政治作战部"办公厅主任、陆军司令部和战车司令部的政治部主任。

李次白打着哈哈："伟克兄，你官运亨通，当了总政治作战部办公厅主任了，还有兴致来小饭店打牙祭？"

胡伟克拱拳说："次白兄，莫打哈哈，日子难过呵，哪有你消闲。"

李次白讥讽说："一个黄埔军人沦落到开饭店，还消闲？胡兄真是站着说话不腰疼。"

胡伟克一挽他的腰说："你的机会来啦！"

李次白引胡伟克等人进内室雅座，刚一就座，胡伟克就开门见山："次白兄，老同学了，实不相瞒，目前党国的处境非常困难，自海南岛被攻占及舟山失守，台湾极为恐慌，相当大一部分党国要员对防守台湾不抱希望，争相逃往海外，连孔祥熙、宋子文都走了。而美国总统杜鲁门乘人之危，说什么'不予蒋保护'，美国人要看蒋总统的笑话，目前我们如在火山之巅。经国主任既被倚为长城，当然更加深感不安。"

"这些屁事跟我有什么关系？"李次白淡淡地说，"次白已是生意人，不太过问时事。"

"时事要过问你呵！我们是来请你出山的。"另两位同学说。

李次白好生纳闷："出山？一个饭店老板能出啥子山嘛？"

胡伟克向李次白亮了底："次白兄，令妹是陈毅的大嫂子，这就是请你和共产党对话的资本。你如能出山，到大陆走一趟，就等于救了我们的性命。不，应该说是整个党国的命运。"

李次白十分惊异："我……我能起那么大的作用吗？"他心里觉得好笑，他与陈毅的亲戚关系岂能"救党国的命运"！但他又不好直接拒绝，只是对自己能起多大作用表示担心："胡主任，我一个平民百姓，人微言轻，恐怕难当此大任。"

胡伟克鼓励道："李兄，我们知道你有能力，你虽说脱了军装，也还是黄埔子弟。现在校长有困难，能不帮助吗？我们从台北专程来找你，当然是希望你能为党国效劳。这不光是我们的意思……"

李次白被说动了，想想说："既然这样，恭敬不如从命。我就去大陆走一趟，顺便看望妹妹和妹夫。"

胡伟克提醒："你可是肩负党国重任啊！"

李次白说："明白，能为民族做成一件事，也不枉一生嘛。"

胡伟克站起说："次白兄是深明大义的人，这就跟我去见经国兄。"

蒋经国受蒋介石委托，5月3日飞赴舟山群岛为国民党守岛部队撤出舟山作调查摸底，回到台北后就召见了李次白。

台北市青田街一号，胡伟克公馆，布置陈设均简朴。为避嫌疑，蒋经国在这里接见李次白。

蒋经国对李次白说："李先生，伟克将他们跟你的谈话告诉我了。现在谈国共合作，我看希望不大，共产党席卷大陆，正踌躇满志，幸金门一仗，全歼抢滩登陆的共军，显示了国军潜在的威力，尚不容小看。"

李次白应付地说："是，是。"

蒋经国点题说："你和陈毅是至亲，我在赣南跟他也有过交往，我看可以深谈。最低限度，希望不进攻台湾。"

李次白信心不足地说："我去能不能达到目的，说句实话，心中没有谱，我尽力去争取就是啦。"

李次白允应之后，蒋经国又说："李兄，这次请你出马，并非我的意思，而是胡伟克他们的设计，以后诸事均直接由你与伟克联系。"

李次白听了心中有些犯堵：蒋经国既要搞国共接触，又不敢承担责任；既派他去犯难冒险，又不给他"钦差"的身份。不过他没有将不满表露出来。

蒋经国看出他内心的不快，找补了一句："你去大陆期间，我会给你的家属发放生活费的。"

胡伟克紧接着叮嘱："次白到大陆后，只能写信给你夫人许女士，由她转交给我，我们现在约定，以'表妹的婚事成败如何'一语，代表和谈的成败。"

第7章
第一次秘密接触

李次白回到"凯歌归"饭店,走进内室。夫人许念婉忧虑忡忡对他说:"饭店就这样变卖啦?你如果去大陆回不来,我娘俩吃什么?"

李次白说:"经国先生答应发放生活费,他会兑现承诺的。"

许念婉担心地说:"他会不会兑现承诺,全看你出使大陆顺利不顺利,我觉得凶多吉少。你还是别出这个头!"

李次白感叹道:"谁想出这个头呀,缩头乌龟都不让做嘛!我宁愿在台湾一隅安度余生,可谁知道被他们找上门来了。这真是信矣及彼,疏亦及彼,跑都跑不掉。"

跑不掉的李次白于5月下旬乘船离开台湾,在驶往香港的航程中,他在甲板凭栏感慨,情绪有如波涛。

他心中翻腾着这样一些念头:命运竟是这样作弄我吗?黄埔军校毕业后,深受教育长张治中的赏识,本来也有飞黄腾达的前程,但因为哥嫂是留学法国的中共党员,自己的妹子又嫁给陈毅的胞兄陈孟熙,连我也被怀疑是中共党员。可怕的株连,使我整个前半生处于颠沛流离的厄运之中。我只好脱离军队,远离政治。现在又因为我与陈毅的亲戚关系,突然被选中"出使"大陆,凶呀吉呀?!苍天佑我大陆之行顺利吧!

无边的大海波涛汹涌,击打船舷,将他的念头拍散,将他的祈祷吞没。

在上海市政府陈毅市长办公室里,即将赴京的陈毅情绪特别好,对秘书吩咐:"提醒我,到北京去跟毛主席见面之前,要剃一次头,整一下装。毛主席的电报说'有些问题须事先与你商量',我的脸面代表上海市容哩!"

秘书说:"陈老总,主席有什么问题要事先跟你商量?要不要准备些材料?"

陈毅自信地说:"关于争取国民经济状况的根本好转和调整工商业政策的问题呗,不用准备,材料和思想都在我脑子里呢。不过,还可能讨论解放台湾问题。"

秘书说:"关于解放台湾的材料,我专门给你准备一个档案袋吧。"

陈毅说："也在我脑子里呢，从现在起到明年3月，分兵种训练，明年4至5月，进行三军两栖合练，最后以三军配合两栖登陆作战解放台湾，这个计划已经报中央军委啦。"

毛泽东在北京的书房也正跟朱德、周恩来商量攻打台湾的事。毛泽东说："中共七届三中全会马上就要开了，我要在全会上代表中央提出解放台湾和西藏的当前任务，我们三个臭皮匠要好好研究一下哟。"

朱德说："陈毅、粟裕已经把解放台湾的具体部署和详细计划报来了，我和恩来研究过一遍了。"

周恩来说："粟裕还要在全会上代表华东军区汇报解放台湾的准备情况。"

毛泽东抽口烟说："我已打电报叫陈胖子提前进京，好多事要跟他商量嘛。"

■ "表妹的婚事"没谈成

中国人民解放军正磨刀霍霍要进攻台湾呢，李次白却代表台湾当局来谈"不进攻台湾"，这样南辕北辙，怎么能往一块拢？他的密使前景注定不妙。

李次白在上海找到陈孟熙，寒暄后不无苦涩地说："孟熙，原来沾了你们的边，倒了霉。现在又要沾你们的光，还不知等待我的是什么呢？"

陈孟熙说："你这次使命重大，事关民族统一大业。我来联系，你跟我弟陈毅推心置腹谈谈。"

这天，陈毅爽爽快快地剃光了头，看上去容光焕发。刚走进客厅就接到陈孟熙来的电话："我的妻兄李次白近日从台湾绕道香港过来了，想去你那儿拜访。"

第7章
第一次秘密接触

陈毅痛快地说:"好嘛,他可是难得的客人,你陪他过来吧!"

李次白在陈孟熙陪同下,走进陈毅住宅,正要抬脚上台阶,街上突然传来《一定要把胜利的旗帜插到台湾》的歌声,他一愣,腿抖颤着退下了一级台阶。

陈孟熙又把他推上台阶,领着他走进客厅。陈毅热情接待了他,亲自搬椅子,拿香烟水果,连连说:"欢迎次白兄来做客。抽烟,吃水果,不要客气!"

寒暄了一番,言归正题后,陈孟熙说:"次白这次来,是有任务的。"

陈毅一怔:"噢,什么任务?"

李次白简洁说:"台湾要我给你谈国共合作事,共走美国两党制民主的道路,最低限度要求不进攻台湾。"

"这个呀……"陈毅听了哑然失笑。

他大大咧咧说:"蒋经国先生是我的熟人,他派你来试探我,算是碰到钉子上啦,我是华东军区司令员嘛。国民党陆军总共才三十余万人,其中只有从舟山撤退的几个军和孙立人训练的两个新军还算完整,其余均残破不堪,军事上的败势是凭蒋介石的力量无法挽回的。"

李次白泄气地问:"陈市长,难道没有一点和谈的余地了?"

陈毅斩钉截铁地说:"国共合作的话题,现在先不提。现在提为时尚早,以后会有机会的。"说完,他又补充道,"我会将这个信息转达给党中央和毛主席。"

李次白失望地垂下了头,喃喃地说:"我如何回去复命哟,我如何回去复命哟……"

陈毅说:"你还回去干什么!孟熙兄和次白先生立即进华东革命大学学习,明天就去,你们的亲友们都去,你们把名单开来,我明天就告诉市委统战部。哦,我还要设宴欢迎次白回来。至于台湾嘛,让它烂下去吧!"

李次白垂头丧气地说:"我只好以陈司令'让它烂下去'的话复命了。"

221

陈毅站了起来："你就这样说！好吧。我要去北京开会了，回来请你吃饭。"

回到陈孟熙住宅，李次白坐在沙发里，惴惴不安，他反复念叨陈毅的话："'至于台湾嘛让它烂下去'，是什么意思呢？"

陈孟熙与他相对而坐，无言以对。

李次白突然兴奋地跳起来："我猜陈毅先生话的意思是，中共暂时不攻打台湾，让台湾自己烂下去。是不是？是不是？"

陈孟熙没有吭声。

李次白沿着自己的思路想下去，越想越兴奋："是这个意思，是这个意思！我的任务完成了。"

他不但这样想，还这样写信告知台湾。他完全闹拧了。

在台北市青田街一号胡伟克公馆，李次白夫人许念婉拿着封信来找胡伟克，将简函交予他说，这是次白到大陆来的第一封信，说"表妹的婚事已成"，还附了张他在陈毅家花园里与陈毅兄弟的合影。

解放初担任上海市市长的陈毅（历史图片）

"好好好。"胡伟克很高兴，接过信后，又从抽屉里取出一个厚厚的信封，交予许念婉说，"这是你这个月的生活费五百元。"

李次白继续留在上海，探亲访友，游山玩水，实际上是等中共中央的消息，希望中共能讨论国共两党重开谈判的问题，并有所决定。

没想到事情突然起变化，不是中共攻打了台湾，而是朝鲜那里爆发了战争，牵动了美苏和中国都忙碌起来应变，蒋介石倒松了口气，台湾获得喘息机会，不会烂下去了。

第7章
第一次秘密接触

在台北"总政战部"蒋经国办公室，蒋经国对胡伟克说："伟克，朝鲜战争爆发了，我们有可能要跟中共开仗了！至少台湾有救了，暂时不受战争威胁。你赶紧通知李次白，谈判之事紧急刹车！他现在在哪里？"

胡伟克说："在上海等指示，我立即给李次白发急信。"

蒋经国说："经过香港转送，要保险！就让他暂留大陆待命。"

在上海陈孟熙住宅，李次白拆开转来的密信，脸色煞白，骂道："他妈的，这不是拿我开涮吗！"

陈孟熙问："台湾来信说什么？"

李次白抖着信说："说什么国共合作之事不必提了，把我晒在这儿了。"

陈孟熙说："算了，跟我进革命学校吧。"

李次白无可奈何，只好跟陈孟熙进了革命学校。这令台北市的胡伟克非常恼火。许念婉来胡伟克家领生活费时，胡伟克给了她五百元台币后说，这是最后一次了！

许念婉吃惊地问："最后一次？为什么？"

胡伟克说："因为李次白在大陆靠过去了。背叛人的家属怎么还有津贴？"

"天呀！叫我一家六口喝西北风呀？"许念婉哭叫起来，摇摇晃晃地要晕倒。

大陆50年代初是严峻的年代。李次白虽然进了革命学校，但不等于是革命者，他毕竟是台湾当局派遣过来的"密使"，不久，大陆有关方面以国民党特务的罪名，将李次白送进青海牢狱。他在那里坐了四年牢，刑满后又被放回四川老家，作为专政对象劳改、批斗达二十六年，至1980年被驱逐出境而抵达香港。他虽迭请返台报告，台湾却不认前账，以"叛国罪"不准入境，致使他流落香港八年，郁郁而终。这是他本人的悲剧，也是两岸关系长期曲曲折折未得正果的悲剧。

第 8 章

朝鲜战争救了台湾的蒋介石

正当美国公开抛弃台湾的宣言传遍世界，大陆的广播天天播唱"一定要把胜利的旗帜插到台湾"，蒋介石在台湾大肆鼓噪"保卫大台湾"之际，"战争的台风"拐了弯，并未袭击混乱中的台湾，却于6月25日在朝鲜半岛登陆。朝鲜半岛便成为美、苏、中与台湾四方相互冲突的焦点，而且在这次军事大冲突中，蒋介石沾了最大的光，把国民党政权在台湾落脚下来，而且脚跟站得稳稳的。

■ 蒋介石得到"人寿保险单"

1950年6月24日夜，在美国哈伍德农场度周末的国务卿艾奇逊，正和在密苏里州独立城家里度周末的总统杜鲁门通电话。

艾奇逊急促地报告说："总统先生，我刚接到报告，北朝鲜已经进攻南朝鲜，南朝鲜军队正在迅速溃退。"

那边杜鲁门惊奇地问："怎么局势坏得这样快？"

艾奇逊说："我们也未料到，正在进一步了解详情。"

杜鲁门有点生气地说："怎么搞的，吉布尼不是说，拥有十万之众的韩国陆军的规模，在亚洲是首屈一指的，一夜之间怎么变成如此不堪一击？"

艾奇逊解释说："还没有不堪一击，目前局势还不太严重。"

杜鲁门不以为然："它很快会酿成奇灾大祸，需要赶快寻求对策。我要

第8章
朝鲜战争救了台湾的蒋介石

连夜返回白宫,召集国家安全会议。"

艾奇逊劝说:"我建议你等一等确切消息,以免夜间飞行危险和引起外界恐慌。现在,请你批准将朝鲜问题交联合国安理会处理。"

杜鲁门在电话里说:"我批准!"

1950年6月25日,农历庚寅年五月十一日,星期天,雨。

北京中南海丰泽园菊香书屋,毛泽东书房的灯光依旧亮着,书桌上的两个烟灰缸早已堆满了小山似的烟蒂,桌上批阅过的文件摞得高高的。

又熬了一个通宵的毛泽东,把手中的烟蒂揿灭,站起身来,伸展一下坐得麻木的腰肢,捶几下后背,又抬起双臂左右晃悠一阵。他走到窗前,聆听窗外的雨声。风卷着雨,滴滴答答地敲打着玻璃窗,把屋外的一片小树林吹打得哗哗作响,摇摆不止。

毛泽东呼吸了几口新鲜空气,风雨声抚慰着他疲倦的神经,他转身退到沙发旁边,抽过一块毛毯,盖在身上,和衣蜷卧在沙发里打盹。

已是清晨。一个矫健的身影,匆匆朝中南海菊香书屋走去。

站在书屋门前的卫士立正说:"总理,您早!"

周恩来点点头,轻声问:"主席睡了吗?"

卫士回答:"刚刚睡着。"

周恩来又问:"几点休息的?"

卫士说:"将近凌晨4点才睡下。"

周恩来说:"你马上进去叫醒主席,就说我有重要情况报告!"

卫士蹑手蹑脚朝里间走去。

一会儿,卫士走出来对周恩来说:"总理,主席请你到办公室去。"

周恩来刚跨进毛泽东办公室的门槛,穿着睡衣的毛泽东就急急问:"恩来,是越南有事,还是朝鲜方面有事?"

"是朝鲜方面,机要室刚刚收到平壤发布的一条新闻。"周恩来边说边将手中的电文递过去。

毛泽东接过扫视一遍说:"来得真快呀!朝鲜战争爆发了。"

周恩来说:"是祸躲不过,早来晚来反正要来。"

毛泽东抬起头,站起身,打个长长的哈欠说:"恩来,我们马上到颐年堂召集会议,宣布一下这个消息,征求一下大家的意见。"

周恩来关心地问:"主席,你要不要再休息一会?"

毛泽东揉揉红肿的眼睛说:"睡不着啦,战火都在身边烧起来了!"

台湾那边的蒋介石没有熬夜,他是睡醒了觉的。

蒋介石败退台湾后,生活相当规律,每天早晨6时整悄悄起床。朦朦胧胧中,他打着一支钢笔粗细的手电筒,蹑手蹑脚地摸索着走进盥洗室洗脸。他这样做,是为了不惊醒还在睡梦中的"夜猫子"宋美龄。

盥洗完毕,蒋介石便习惯地喝上两杯白开水,其中一杯是五六十度左右的温开水,另一杯则是近100度滚烫的开水。他所喜欢的便是对二者进行相互调节,但凉开水他是绝对不喝的。他这个习惯相当科学,可以防止血液黏稠和突发脑梗。

然后,蒋介石便开始了他一天中固定的约二十分钟的柔体体操和唱圣诗活动。在唱圣诗时,他在唱到"天父"或"圣哉、圣哉"时,便会自动地脱帽向东方行礼。虽然当年他为了取得与宋美龄结婚的资格,很勉强地信奉了基督教,但现在已经很虔诚了,唱拜如仪。

接下来便回书房静坐祈祷,他先是用毛毯把自己的膝盖盖好,然后开始按摩双眼,并用特制的眼药水点眼睛,闭上眼静静地坐上约摸四十分钟。

蒋介石早上的功课比较多,要到八九点钟左右才进早餐。此时,夫人宋美龄总是两眼惺忪而又准时地出现在饭厅里。

她的习惯是每天夜里一两点才睡,先睡几个钟头,爬起来陪蒋介石吃早饭,吃完早饭,等到夫君上了班,再回去补睡两三个钟头,这就是官邸里人所共知的"回笼觉"。

早餐的食品非常精致但较简单,通常是一些点心之类。蒋介石对特制的

第8章
朝鲜战争救了台湾的蒋介石

腌盐笋和芝麻酱抱有浓厚的兴趣，因为这是他家乡的菜。此外，他还非常喜欢喝鸡汤，这几乎成为士林官邸饮食的基本特色。中餐和晚餐一般定在五道菜左右，菜色是二荤三素或是三荤二素，兼顾了风味和营养。蒋介石吃东西从不挑拣，厨房做啥他吃啥，但他始终对西餐提不起兴趣来，这是他与夫人又一个截然不同之处。宋美龄则是典型"洋式"，一般以牛奶、面包为早餐。

6月25日早上8点过后，卫士长推过来一辆带轱辘的餐车，蒋介石和宋美龄正要吃早餐，窗外是电闪雷鸣，山雨欲来。

蒋介石像往常一样边翻阅报纸边用早餐，负责情报工作的蒋经国急匆匆拿着两份材料走进来，急促地说："父亲……父亲！"

蒋介石瞥了他一眼："什么事，这样慌里慌张？"

蒋经国几乎喊了起来："打起来了！打起来了！"

一直念叨第三次世界大战的蒋介石兴奋地问："第三次世界大战打起来了？"

蒋经国说："不，是南北朝鲜之间发生了战争，在三八线打起来了！这是刚收到的情报。"

蒋介石大惊，放下碗筷，赶快接过材料扫了一眼，上面列着通过国际电讯零星收到的消息："金日成部队乘星期天跨过三十八度线"，"李承晚守军与北韩斯大林战车在三八线激战"。蒋介石为之一震，脸色有些涨红，眼睛都亮了，说："好！打起来就好！这可是上帝保佑我们啊！经国，命令所有情报部门，加紧对韩战的情报搜集。立即与驻汉城的邵大使联系。通知驻美国和日本大使馆密切注意美国政府和远东美军动向！"

窗外已下起雷雨，密密的雨点啪啪地敲击着窗户玻璃，从窗户外飘洒进来。

宋美龄起身关窗户说："山雨欲来风满楼，达令，上帝保佑，你朝思暮想的第三次世界大战，终于拉开了序幕！"

蒋经国跟上说:"阿爸一再讲,第三次世界大战打起来,反攻复国就有希望。现在,希望来了!"

蒋介石用手绢细细地擦着手,兴奋地笔直站立说:"韩战爆发必能引发世界大战!美国搞的是联合国军,我们要出兵!"

宋美龄说:"美国该改变态度啦,我通过美国的朋友给杜鲁门烧把火。"

蒋介石兴奋不已:"打到鸭绿江去,明年回南京过圣诞!"

宋美龄大口地吃着生菜沙拉,蒋介石非常高兴,开她的玩笑:"达令,你大概是羊投胎的吧,这么喜欢吃草。"说完,他拿起一根卤笋蘸芝麻酱吃。

宋美龄反唇相讥:"你爱吃这卤笋蘸芝麻酱,你是笋投胎的还是芝麻投胎的?"

两人哈哈大笑。官邸的人已经好久没有听到他们这样开心的笑声了。

蒋介石突然严肃起来说:"立即告诉外交部,要他们急电汉城邵大使,查实情况,了解美国动态,马上报告。"

蒋经国道:"是!"

蒋介石又说:"还有,立即下令三军进入一级戒备,严防中共趁机攻台。"

1950年6月25日中午,蒋介石在阳明山"总统"官邸召集紧急军政会议,出席人员有"行政院长"陈诚、"国防部长"俞大维、"外交部长"叶公超、"参谋总长"周至柔、"陆军总司令"孙立人、"战略顾问委员会主任委员"何应钦,以及蒋经国、彭孟缉、桂永清等。会议决定,台湾、澎湖、金门、马祖地区自6月26日零时起,全面进入紧急备战状态,实行宵禁,停止三军官兵的休假和外宿。加强台湾海峡和大陆沿海的海空巡逻。

当晚10点钟,台北接到驻汉城大使邵毓麟发来的第一封电报,报告北朝鲜三军越过三八线南下的战况。半个小时后,又接到第二封电报,报告使馆应变情况及新的战况。这封电报的精辟分析,让蒋介石看了特过瘾:"韩战对于台湾,更是只有百利而无一弊,我们面临的中共威胁,以及友邦美国

第8章
朝鲜战争救了台湾的蒋介石

遗弃我国，与承认匪伪的外交危机，已因韩战爆发而局势大变，露出一线转机。中韩休戚与共，今后韩战发展如果有利南韩，亦必有利我国。如果韩战演成美俄世界大战，不仅南北韩必然统一，我们还可能会由鸭绿江、由东北而重返中国大陆。如果韩战进展不幸而不利南韩，也势必因此而提高美国及自由国家的警觉，加紧援韩，绝不致令中共渡海进攻台湾了。"

邵毓麟对朝鲜战争的分析，说到了蒋介石的心坎里。

过了午夜，又接到第三封电报，报告邵毓麟与南韩政府及美国使馆联系的情况，并反映了南韩急需外援的情势。

6月26日中午，从休假地返回华盛顿白宫的杜鲁门，对艾奇逊分析说："我敢肯定，朝鲜战争是俄国人推动的，必须以牙还牙。我的结论是，唯独实力才是俄国独裁者懂得的语言。我们必须以实力为基础，给予迎头痛击！"

艾奇逊问："总统，什么时候开会？"

杜鲁门说："今天晚上，通知负责军事的高级军官和外交顾问，在布莱尔大厦参加战略会议。"

当晚，杜鲁门与十三位负责全国军事、外交的高级官员，在布莱尔大厦举行紧急磋商会议。

参加会议者充分表达意见后，杜鲁门总统最后总结说："根据大家的建议，我作出三条决策：一，授权麦克阿瑟向南朝鲜运送军援计划以外的武器和其他装备；二，动用空军掩护美国妇女和儿童撤退，对企图阻挠撤退的一切北朝鲜飞机和坦克进行还击；三，命令第七舰队从菲律宾向北移动，以阻止中共进攻台湾，同时劝阻国民党当局不要采取任何针对大陆的行动，并告诫麦克阿瑟不要和台湾搞得过于亲热。"

艾奇逊说："对于台湾前途，应该由联合国来决定。"

杜鲁门插话说："或者由对日和约来决定。"

出乎毛泽东所料，朝鲜战争爆发的第二天，美国的第一个反应是：武装封锁台湾海峡。杜鲁门对台湾问题的立场来了个180度的转变。

美国总统杜鲁门发表声明，说台湾是"二战"时对日作战的盟国从日本手里接收过来的领土，"台湾未来地位的决定，必须等待太平洋安全的恢复和对日和约的签订或经由联合国考虑"，同时命令在世界战舰编队中具有霸主地位的第七舰队进入台湾海峡，称此举是为了保护朝鲜战场侧翼的安全，同时阻隔国共两党的军事冲突。

美国为什么在朝鲜战争爆发后对台湾问题如此敏感？反应如此之快？杜鲁门为什么对他之前关于台湾问题的声明如此迅速地反悔？这一直是历史学家想彻底弄清的谜。朝鲜战争战后解密的档案资料显示：在战争爆发前十天，美国国防部长约翰逊和美国参谋长联席会议主席布莱德利从远东地区视察回来，带回了美国驻远东最高司令官麦克阿瑟的备忘录。备忘录详细阐述了台湾目前的危机，阐明了不让中国共产党占领台湾对美国具有的重大战略利益。

麦克阿瑟在备忘录里振振有词地说："我们用我们和我们的盟友所有的从阿留申群岛到马利亚纳群岛形成的一条弧形的岛屿锁链，把太平洋直到亚洲海岸加以控制；从这条岛屿的锁链，我们可以用空军控制海参崴到新加坡的每一个亚洲的海港，并可防止任何进入太平洋的敌对行动。如果台湾落在一个对美国不友好的国家手里，那么它就成了插入这防御圈正中央的一个敌性的凸角。它比亚洲大陆上任何一点距离对我友好的地方——冲绳和菲律宾——都更接近了一百至一百五十英里。目前在台湾有许多密集的空军和海军作战基地，它的潜力比黄海至马六甲海峡之间亚洲大陆上任何类似的集中地都更大，它可容纳十个到二十个航空大队，包括喷气式飞机至B-29型轰炸机在内的各式不同的飞机，并可给予短程海岸潜水艇以前方作战的供应。短程海岸潜水艇因有台湾作为它的供应基地，将使其活动范围扩大而加强，以至可威胁整个从南方来的海运并切断西太平洋的所有海上通路。"

他说了那么多蛊惑性的论据，最后的结论是：台湾是防止共产主义渗

第 8 章
朝鲜战争救了台湾的蒋介石

透、保卫美国西太平洋安全的屏障，是美国在远东地区的一艘永不沉没的航空母舰！"如果失去对台湾的控制，这将把任何未来战区向东移动五千英里，达于美洲大陆海岸，等于把美国和友邦置于东方共产主义势力直接威胁之下。"

东西方两大阵营已经进入冷战时期，麦克阿瑟的这番话，必然在杜鲁门心中产生不可低估的影响，使杜鲁门重新认识台湾在国际战略地理上的作用，使他的立场迅速从"弃台弃蒋"转变到"扶蒋反共"，要确保"远东地区这艘永不沉没的航空母舰"上来。

6月27日，杜鲁门下令美国第七舰队进入台湾海峡，以武力阻止中国人民解放军进攻台湾。当天，美海军第七舰队的十余艘军舰先后进入台湾基隆、高雄两港口。7月27日，杜鲁门批准给予蒋介石以广泛的军事援助。

美国武装封锁台湾海峡，阴谋制造"两个中国"，是对中国主权和领土完整的侵犯。从此，中国为实现自己的领土和主权的统一，在台湾问题上同美国开始了长期的斗争。

杜鲁门态度的转变，乐坏了蒋介石。

在台北阳明山官邸，蒋介石喜形于色地对左右说道："韩战对于整个世界的意义极大，苏俄与美国势不两立，冲突在所难免。韩战只不过是个导火索而已，但这根导火索势将点燃东亚的全面战火。"

杜鲁门和麦克阿瑟、蒋介石与杜鲁门的意见虽有分歧，并没有影响蒋介石成为朝鲜战争的最大获益者。

1950年8月4日，麦克阿瑟的副参谋长福克斯将军自东京飞抵台北，担任麦克阿瑟总部驻台北军事联络组长，和他同来的军官有二十六人之多。这天，美国第十三航空队司令滕纳也率领其喷气式飞机大队抵达台北。8月5日，十三航空队的喷气式机群以强烈刺耳的呼啸声飞过台北上空。那是台湾人头一次见到先进的喷气式飞机。

8月10日，美国新任命的"驻华公使"兰登抵达台北，担任美国"驻华大使馆"的"代办"。在"民国政府"迁台以后，司徒雷登大使已经飞回美国休养。华盛顿方面迟迟不任命大使，而让一位默默无闻的一等秘书史枢安代理馆务，很明显地表明了美国杜鲁门政府对国民党的冷落态度。直至1953年4月，兰登才被美国政府正式任命为"驻华大使"，结束了五年来美国没有"驻华大使"的时代。

与蒋介石誓不两立的毛泽东，此时的眼光已经从一个小小的台湾岛移开，他从一开始就没把美国干涉台湾仅当作干涉中国内政来考虑，他在言论中提出了"帝国主义本质"这个概念，指出了美国在亚洲及至全球的侵略野心。毛泽东说："全世界各国的事务应由各国人民自己来管，亚洲的事务应由亚洲人民自己来管，而不应由美国来管。美国对亚洲的侵略，只能引起亚洲人民广泛而坚决的抵抗。"

面临复杂变幻的国际局势，毛泽东把中国人民解放军的战略重点由中国东南，转向工业中心地位更为重要的东北，密切注视着朝鲜战争的局势。

在北京中南海丰泽园毛泽东书房，毛泽东、朱德、周恩来在研究出兵朝鲜和解放台湾问题。

毛泽东说："顾得了东北，就顾不了东南啦，把东南的战略预备队抽到东北去吧，粟裕也调任东北边防军司令员兼政委。"

朱德说："这要跟华东军区和粟裕本人商量一下再定。"

周恩来说："陈毅来电，提出1951年不打台湾，1952年打不打，视情况再定。"

毛泽东说："美帝国主义救了蒋介石哟。复电陈毅，同意他的意见，金门也暂时不打，集中力量对付朝鲜战争。"

1950年6月30日，朝鲜开战的第五天，中共中央作出新决定："我们的态度是，谴责美国侵略台湾、干涉中国内政；我们军队的打算是：陆军继续复员、加强海空军建设，打台湾的时间往后拖延。"

中共中央清醒地认识到，目前自己没有与美国现代化海空军进行海上作

第8章
朝鲜战争救了台湾的蒋介石

战的可能，形势的变化给打台湾添了大麻烦，只好把"打台湾的时间往后拖延"。考虑到经济建设中举足轻重的东北的安全和整个国家的安全，毛泽东果断决策，暂停粟裕主持的台湾战役计划，先抗美援朝，保家卫国。粟裕等人花了一年多时间策划的攻台作战方案，只好束之高阁了。

1950年8月26日，周恩来在东北边防军准备工作会议上提出："推迟解放台湾。"9月29日，毛泽东指示胡乔木，以后不要再提何时解放台湾了。

美国军事力量进驻台湾，使原本属于中国内政的台湾问题国际化、复杂化了，而且一直绵延至今未获解决。新中国成立后即确定的解放台湾的方针，不得不搁置起来，从而使中国统一的日程表无限期地向后推移。中国大陆地区成立的中华人民共和国，与中国台湾海峡对岸的国民党当局隔岸对峙局面由此形成，这种对峙的国际背景也变得更加牢固和持久，蒋介石政权也由此得到一份苟延残喘的"人寿保险单"。

■ "台湾地位未定论"两岸齐反对

为了实施"隔离"中国大陆与台湾的战略方案，美国一直都在策划让台湾彻底脱离中国。从1947年开始，美国就提出了台湾由联合国托管的动议；1948年底，美国开始散布"台湾在法律上还不是中国领土"的言论。1949年3月，美国国务院新闻发言人称，"台湾地位在战时与库页岛完全一样，其最后地位将由一项和约决定"。

美国派第七舰队到台湾海峡的行动引起北京的强烈愤慨。武装封锁台湾海峡不但使中国人民解放军解放台湾的计划受阻，而且在政治上产生了一个不是问题的新问题，这就是"台湾地位未定"，也就是说台湾是不是中国的领土并没有确定，等以后再讨论。

在北京中南海菊香书屋，6月27日夜，毛泽东大步徘徊在巨幅世界地图前，凝神注视着，一会儿手指点点朝鲜半岛，一会儿又戳戳台湾海峡，口中喷出的烟雾弥漫在地图上。

走进的周恩来入座后，毛泽东气愤地说："杜鲁门的来头不小呀，美国的陆海空军一齐出动，第七舰队进入台湾海峡，他要赤膊上阵了。杜鲁门在今年1月5日还声明说，美国不干涉台湾，现在他用自己的嘴证明那话是假的，并且撕毁了美国关于不干涉中国内政的一切国际协议。"

毛泽东揿灭烟头继续说："我们要举起双拳，一个要克服国内经济建设方面的困难，一个要打退美国的军事挑衅。看来，要搞个东西，表明我们的立场。你明天就发表个声明，题目就叫《关于美国武装侵略中国领土台湾的声明》。"

周恩来说声："好。"

毛泽东担心地说："台湾纯属中国的内政问题，美国政策的突然变化，会使台湾问题成为中美关系中争议最大的问题。解放台湾看来要推迟啊。"

6月28日，中华人民共和国总理兼外交部长周恩来代表中国政府向全世界发表措辞强烈的声明："杜鲁门二十七日的声明和美国海军的行动，即是对中国领土的武装侵略，对于联合国宪章的彻底破坏……美国政府指使朝鲜李承晚傀儡军队对朝鲜民主主义共和国的进攻，乃是美国的一个预定步骤，其目的是为美国侵略台湾、朝鲜、越南和菲律宾制造借口……不管美帝国主义者采取任何阻挠行动，台湾属于中国的事实永远不能改变，这不仅是历史的事实，且为《开罗宣言》《波茨坦公告》及日本投降后的现状所肯定，我国全体人民必将万众一心，为从美国手中解放台湾而奋斗到底。"

耐人寻味的是，蒋介石对美国的"台湾地位未定论"也持强烈反对态度。

1949年初，美国相继炮制诸如在台湾扶植亲美势力、制造"台湾地位未定论"，以及所谓"联合国托管"等事件。对这类活动，蒋介石均予以坚决抵制，毫不含糊。蒋介石说："对此一问题最是顾虑，故对美应有坚决表示。余必死守台湾，确保领土，尽我国民天职，决不能交归盟国。"

第8章
朝鲜战争救了台湾的蒋介石

他要"外交部长"王世杰发表公开讲话,提出台湾是收复失地,不是军事占领区。中国对该岛的内政和外交拥有绝对的自主权。自1941年中国对日正式宣战以来,《马关条约》已经失效,自那时起台湾在法律上就已归还中国,到战争结束时,再从日军手中实际收回。他要求民众对"帝国主义实现直接或间接控制台湾的企图"提高警惕。

1950年6月26日,蒋经国拿着一份电报对父亲说:"阿爸,驻美大使顾维钧发来美国的备忘录,提出美国将向台湾海峡派出第七舰队,并不是应'中华民国政府'的邀请协防台湾,而是美国视台湾海峡为归属未定海域,美国在这片海域拥有'单独或集体自卫的权力',台湾和台湾海峡的未来地位,将由对日和约决定。"

蒋介石不满地说:"美国派第七舰队是帮我们的忙,但说台湾地位未定,我们断然不接受。马上命令顾维钧紧急约见美国国务院顾问杜勒斯,希望美国能将第七舰队驶入台湾的理由,改为'应中华民国政府邀请协防',决不能承认美国在这片海域拥有自卫权力。"

据后来解密的情报上说,当年作为同盟国三巨头之一与罗斯福、丘吉尔共同宣布《开罗宣言》的蒋介石,对杜鲁门声称"台湾地位未定"这番话非常反感,甚至怒斥其为胡说,他公然表示:"虽党国处境危难,事关国家主权,决不能听之任之混淆视听,应强词驳斥。"

1950年8月29日,美国总统杜鲁门发表政策声明,要把台湾问题交联合国讨论。9月20日,美国向联合国大会提出关于台湾地位的"福摩萨问题案",美国国务卿艾奇逊在联大上"要求把台湾问题作为一件具有特别及迫切重要性问题列入议程",正式向联合国提出所谓的"台湾地位未定论"。具有讽刺意味的是,当年美国为了让中国的抗战拖住日本向太平洋战场抽兵,曾支持中国在抗战胜利后从日本手中收回台湾,并和中、英两国一道发表了《开罗宣言》,其中规定:"日本所窃取中国之领土,例如满洲、台湾、澎湖群岛,归还中国……"现在,美国政府却出尔反尔,自己打了自己的嘴巴。

台湾当局反应激烈,立即向美国交涉,希望美国方面收回提案,并表示不惜使用否决权以阻止联大讨论所谓"台湾地位"。经过反复思考和权衡,最后蒋介石下定决心,即使美国人从台湾海峡撤走第七舰队,也要坚持一个中国的立场。

9月26日,蒋介石作进一步抗争,他还跑到"革命实践研究院"去演讲:"台湾是中国的一部分,这在法律上是没有问题的。台湾是在甲午战争中被日本人夺去的,二次大战中、苏、美、英都公开声明战后将台湾归还中国。我在开罗会议时还有后来的几个重要文件上,都承认了这一点。因此,我再次郑重宣布:台湾是中国的!"

他的演讲赢得一片热烈的掌声。

根据蒋介石的调子,台湾"外交部长"叶公超代表台湾当局于6月28日发表"保证中国主权完整"的声明,一方面接受美国关于台湾防务的计划,另一方面明确表示:台湾是中国领土之一部分,仍为各国所公认,国民党接受美国防务计划,自不影响国民党维护中国领土完整之立场。他特意在声明中表示:"台湾属于中国领土一部分","中国对台湾拥有主权"。这份与周恩来同日发表的声明,给人们的印象是,誓不两立的国共两党虽各自表述的方式不同,但在维护国家主权、民族大义上却是一致的,而且都很敏感和坚定。

毛泽东看到叶公超这个声明后说,蒋介石还有一点良心,不想分裂中国,不想成为千古罪人。

但一息尚存的台湾当局毕竟急需得到美国的保护,不敢走得太远。叶公超接着又声称接受美国防卫台湾计划的原则,停止攻击大陆的军事行动。

蒋介石指示台湾驻美国"大使"顾维钧与美国交涉。

在美国华盛顿国务院顾问办公室,杜勒斯向紧急求见的顾维钧解释道:"顾大使,你转达蒋总统的意见我听明白了。但是,美国出兵的理由,是反对北朝鲜侵略,如承认台湾海峡是中国领海,那岂不是美国在反侵略之前,

第 8 章
朝鲜战争救了台湾的蒋介石

已经侵略了中国？这怎么自圆其说呢？"

顾维钧说："顾问先生，如改为'应中华民国政府邀请协防'，也就无所谓'侵略中国'了。"

杜勒斯强词夺理说："杜鲁门总统在1月5日，已经拒绝了贵政府协防邀请，不便在6个月后出尔反尔，必须有新的托辞。而且美国这次出兵，是以联合国集体反侵略方式，是国际行动，只有把台湾海峡说成是'地位未定'，美国才能以'保护战略补给线'为名，在这片水域要求自卫权力，如用'协防'提法，便从国际行动变成为美国和'中华民国'的双边行动，第七舰队驶入台湾海峡的性质，也就成了干涉中国内政。那样，第七舰队只好离开台湾海峡了。"

顾维钧一听吓坏了，忙说："这……我马上将阁下的意思向国内转报。"

顾维钧又提出另一个问题："在备忘录中，贵国一方面要用优势海军力量阻止共产党在台湾海峡用武，另一方面又要求中华民国政府停止对大陆的军事袭击，这是自相矛盾的。美国政府既然承认中华民国为中国唯一合法政府，而中共早已被国民政府定为'叛匪'，而今美国竟不许我们讨伐'叛匪'，这不是明显干涉中国内政吗？"

杜勒斯"呶呶"地晃头说："第七舰队进入台湾海峡，是为了保持这片未定水域的安宁，也就是确保朝鲜战场上'联合国军'的海上运输线，国共双方谁在这片海域上用武，都将破坏安宁，因此美国都反对。但在大陆沿海岛屿，美国既不负防卫之责，当然也不管国民政府如何行动。"

顾维钧一时语塞，杜勒斯紧接着警告："杜鲁门总统还特别向蒋总统表示，这是一项极机密的安排，希望贵方心中有数，保守机密。"

顾维钧只好讷讷告辞。

在台北阳明山官邸，蒋经国拿着顾维钧的电报进来说："顾大使来电，与杜勒斯交涉未果，他深叹弱国无外交。"

蒋介石拿过电报来看，长叹一声说："为大局，先咽下这口气。但要

'外长'叶公超发表声明，表示对美国建议原则上接受，但有两点保留。"

蒋经国问："哪两点保留？"

蒋介石说："一是台湾系中国领土之一部分，乃为各国所公认，美国政府在其备忘录中向中国所言之提议，当不影响开罗会议关于台湾未来地位之决定，亦不影响中国对于台湾的主权；二是中华民国决不放弃反攻大陆的总原则，虽暂时同意'台湾中立'，仍保留采取其他步骤抵抗共产党威胁的权力。"

由于中华人民共和国政府和台湾当局的强烈抗议，以及苏联等国主持公义，英国提出的"无限期推迟讨论台湾地位案"在联大获得通过，美国的阴谋被挫败。

1951年，美、英两国提出不邀请中国代表参加对日和约的决定公布，立即遭到海峡两岸中国人的同声反对。

总的来说，从日本投降到"日台"安全条约签订的几年中，蒋介石基本上坚持了台湾是中国一部分的立场。由于蒋介石的坚定立场与行动，使得美国分离台湾的种种企图一一胎死腹中，无法实施。但考虑到自身地位和美国保护的需要，蒋介石对于美国的"台湾地位未定"叫嚣的抗争有时显得软弱、妥协。

关于蒋介石坚持一个中国的爱国立场，在朝鲜战争期间值得一记的是他坚决反对美国用原子弹袭击中国。1950年11月25日、27日，志愿军先后在西线和东线发起攻击，美军受到沉重打击。麦克阿瑟惊呼："投入北朝鲜的中国军队是大量的，其数量还在不断增加。""我们所面临的是一场全新的战争。"30日，美国总统杜鲁门沉不住气了，在记者招待会上宣称："联合国的部队不打算放弃他们在朝鲜的使命"，"将采取任何必要的步骤以应付军事局势"。记者问他："'任何必要的步骤'是否包括使用原子弹？"杜鲁门毫不含糊地回答说："我们一直在积极地考虑它。"

蒋介石则坚决反对使用原子弹！他在1950年12月1日的日记中写道："杜

第 8 章
朝鲜战争救了台湾的蒋介石

鲁门与美国朝野主张对中共使用原子弹,应设法打破之。"为什么要打破之呢?他在日记中又说:觉得此法"不能生效,因其祸根乃在俄国也"。

蒋介石不但反对美国在朝鲜战争中使用原子弹,就是在他念念不忘的"反攻大陆"计划中,他也反对向美国借用原子弹,因为那对"民心将有不利之影响"。

蒋介石与蒋经国参观美军航母(历史图片)

到了1954年,对蒋介石的"反攻大陆"一直持冷漠态度的美国突然热心起来:2月份,台湾与美方召开了"共同防卫台湾作战会议";4月份,国民党军与美军在台湾南部共同举行"联合大演习";4月14日,蒋介石邀请美国军方高级将领普尔少将等人聚餐,参加者一致表示,愿随蒋介石"并肩反攻大陆";5月7日,越南人民军解放奠边府,全歼法军一万六千多人,俘虏法国守军司令德卡特莱少将,法国和美国政府都大为震惊;9月3日,海峡两岸发生炮战,中国人民解放军自厦门向金门发炮六千余发,击毙美军在金门的顾问两人,7日,台湾国民党军出动海空军攻击解放军炮兵阵地;10月11日,蒋介石致函艾森豪威尔总统,认为如果苏联首先使用氢弹,先发制人,则"氢弹一落，全世界人心震惊，其必同时萎缩、昏迷，不知所至，更不知如何能图报复"。因此，他建议美国"不如助我反攻大陆，使敌人专致力于此，而无暇顾及其他，是为长期消耗敌力，陷入泥淖，不能自拔之一法"。

美国空军部计划处遂向蒋介石建议，只要蒋介石申请，即可出借原子弹供反攻大陆之用。

蒋介石得悉美国空军计划处的建议后有什么反应呢？他在1954年10月20日的日记中写道："召见叔明（指王叔铭，台湾"空军司令"），详询其美空军部计划处长提议，可向美国借给原子武器之申请事，此或为其空军部之授意，而其政府尚无此意乎？对反攻在国内战场，如非万不得已，亦不能使用此物。对于民心将有不利之影响，应特别注意研究。"

蒋介石当然知道原子弹的厉害，更知道原子弹对他"反攻大陆"将如虎添翼，但他还是认为"使用"不得，一旦使用"对于民心将有不利之影响"。蒋介石这点还是不错的，终其一生，他没有向美国"申请"过使用原子弹，他虽然想反攻大陆，但他并不想成为民族的千古罪人。

第 9 章

第一波"反攻大陆"

从蒋介石退守台湾的第一天起，在其演讲和文章中，就开始增加了一条新的政治口号："反攻大陆"。他始终念念不忘的就是"反攻大陆"，每逢新年、"青年节"和"双十节"都要发表文告，重弹"今年是反攻大陆决定年，明年是反攻胜利年"的老调，却不见有任何像样的实际行动。"非不为也，实不能也"。

蒋介石最早开出"反攻大陆"空头支票的时间是1949年6月26日。此时国民党在大陆还有些资本，虽已基本遭到失败，但其军队及权力中枢尚未全部退台。下野总统蒋介石不甘于就此失败，遂于台北召开东南区军事会议，并发表《本党革命的经过与失败的因果关系》的讲话，提出经过整顿党政军各部门，不出三年，就可以消灭中共，先开了一张为期三年的空头支票。

作为一个六十三岁的老人，蒋介石不怕失言地在会上高喊，确也够辛苦。在会上，他一再高呼："湔雪耻辱，报复国仇！誓灭共匪，完成革命！""精兵简政，缩小单位！自动降级，充实战力！""半年整训，革新精神，一年反攻，三年成功！"

蒋介石还宣称这是国民党"最艰苦的阶段"，但也是"成功立业，千载一时的机会"，希望全体国民党员汲取历史教训，"坚定必胜的信心，精诚团结，通力合作，充实我们反攻准备，完成国民革命，实现三民主义的使命"。

在这里，蒋介石打的三年算盘是"反攻"准备为半年，一年后开始"反攻"，三年内完成。

1950年元旦，蒋介石以"在野"的国民党总裁身份，发表了一个《告全

第 9 章
第一波"反攻大陆"

国军民同胞书》，呼吁"全国同胞""救国复国""反共抗俄"，要求大陆同胞"接应""国军的反攻"，台湾同胞"努力生产，增加反攻的力量"。

时隔一个半月，蒋介石又利用春节的机会，专门发表了一个告大陆同胞书。在这一文件中，他梦呓般地要求大陆同胞帮助他反攻："希望你们坚强地站立起来，绝对不同共匪合作，个别的或有组织的去参加游击队，使共匪要人无人，要钱无钱，要粮无粮，使他们在你们有组织的封锁与消极的反抗下，加速地崩溃灭亡，以迎接我们光明的日子，和我们革命的胜利。"

蒋介石在鼓吹"反攻大陆"的同时，还自欺欺人，不断地提出修正其反攻的具体日程表。

蒋介石在复任"总统"后的《复职的目的与使命》中，再度抛出"反攻"时间表，改"半年整训，一年反攻，三年完成"为"一年整训，两年反攻，三年扫荡，五年成功"。就是说，从他复职总统起，少则三年，多至五年，完成"反攻复国"的使命。

如此算来，反攻的准备应在1950年至1951年间完成，并于1951年至1952年间发动反攻。然而，自提出这个日程表后，原为国民党军控制的海南岛和舟山群岛又相继被解放，蒋介石不但没反攻成，还蚀了已经可怜的老本。短短的一年很快就过去了，蒋家军的"反攻"仍毫无动静，只有一点小打小闹的动作，仅限于对大陆沿海地区进行渗透和展开政治、心理和经济等攻势。

他在答记者问时，嘴上一不留神，还提出过"三月反攻论"。

当时有记者问蒋介石何时开始"反攻大陆"，他立即回答说："今后三个月内，共匪如果来侵犯台湾，那就是我们国军迎头痛击、乘胜反攻大陆的时机，这样，三个月以后，我们就可以正式开始反攻了。"

又有记者问："如果中共始终不敢来攻台湾，我们何时反攻呢？"

蒋介石答："那我们亦要在一年之内，完成我们反攻大陆的准备，至迟一年以后，亦必能实行反攻大陆。"

对于蒋介石的"三月反攻论"，李敖评论道："蒋介石这种你打我，我就立刻反攻,立刻在三个月后反攻;你不打我,我就不立刻反攻,要一年后再反攻的说法,是根本不通的。因为力能反攻,就该反攻,和敌人来不来侵,又有什么牵连关系?从三个月展期到一年,用这种'待敌人之不来'的立论,决定反不反攻,是与古今中外任何兵法者不合的。"

就在蒋介石讲话"三个月"左右,解放军在海南和舟山等地发动进攻,国民党军在海南是先打后逃,在舟山是不打就逃,蒋介石的"三个月反攻论"又破产了。

朝鲜战争打起来给了蒋介石一个机会。台湾省主席吴国桢拜见蒋介石时,曾劝说:"总统,我特地从花莲视察赶回来,向总统建议,乘中共出兵朝鲜之机,向大陆开展军事行动,派兵登陆海南岛。"

蒋介石说:"原准备派兵去朝鲜,美国不让,现在我准备进军汕头。"

吴国桢说:"登陆海南比进军汕头意义大得多,把海南变成第二个台湾,反攻大陆就有了两块大跳板。"

蒋介石敷衍说:"好,让我想一想再说。"

过了些日子,吴国桢又来拜见蒋介石,催问:"总统,我登陆海南的建议,考虑得怎么样了?"

蒋介石瞥了吴国桢一眼说:"你不是军人,不懂军事,还是把台湾省的事搞好吧。"

吴国桢很失望地告辞了。

这证明蒋介石还是有点自知之明的,弄两块"反攻大陆"的跳板,当然比只有一块好,但是弄得到手吗?"反攻大陆"只能供嘴上叫喊,行动起来还是要慎之又慎。

蒋介石虽然谨慎,他还是行动了。

1951年初,朝鲜半岛激战正酣。蒋介石认为共军主力深陷其中,东南沿海兵力空虚,正是反攻大陆的极好时机。为配合美军在朝鲜战场向中朝人民军队发动攻势,国民党当局积极密谋对大陆进行大规模窜犯。蒋介石的计划是依托其盘踞的沿海岛屿作为反攻大陆的前进阵地，同大陆残存的土匪特务遥相呼应，"内外夹击"新中国。他形象地称之为：过去共产党用农村包围城市，现在我们要用海岛包围大陆。他就战略战术问题征询诸将领的意见。诸将领也煞有介事，贡献了一大堆五花八门的战略模式：郑成功的复国模式，太平天国的起义模式，清朝中叶捻军的起义模式，李自成和张献忠的流寇模式。

蒋介石听晕了头，干脆简单化：在美国政府的指使下，首先积极策划对厦门、汕头等地的大举进犯。

1月13日，中央军委主席毛泽东电示华东、中南军区领导人，要他们迅速研究对策。两个军区按照中央军委关于"确保要点，诱敌深入，聚而歼之"的作战原则，及时调整了兵力部署，在重点岛屿和地段及时修筑防御工事。

蒋介石见厦门、汕头等地解放军防范严密，只得将窜犯的主要目标由沿海地区转向内陆地区，并在台湾成立起"敌后工作委员会"和"大陆游击总指挥部"，举办了"游击首领训练班"。

在美国军事顾问团的帮助下，台湾当局装备和训练了一万名土匪武装，准备分头潜入大陆，待机配合国民党军反攻大陆。从6月至9月，他们先后派遣约八百人的武装，从海南岛的琼东县、浙江象山、乐清县和福建省惠安县等地登陆内窜，企图重建"游击区"。

这时，解放军将许多剿匪部队转移到海防前线，以野战军控制要点，担负机动作战任务，以地方武装和边防公安军警戒封锁海岸，以民兵积极承担海防任务；同时以海军部队组成海上突击力量，从而构成了海上、岸上和纵深三道防线。这种新的海防力量配置，使内窜的国民党军无法渗透内地，登陆不久即被歼灭。

窜犯活动屡屡受挫，迫使蒋介石一而再再而三地修改反攻时间表。

为什么要反复修改时间表？蒋介石总有话说：

"我去年来到台湾以后，7月间，在台北介寿馆召开东南区军事会议，检讨过去剿匪失败的原因，并厘定我们今后反攻的计划和期限。在会议闭幕的时候，我提'半年整训，巩固基地，一年反攻，三年成功'的结论。那时候广东、广西、四川、云南、贵州、绥远、甘肃、宁夏、青海、新疆各省，以及陕南，都还在我们国军手中，所以我认为东南区一年之内开始反攻，绝对没有问题。但是后来战局变化太快，整个的西北和西南，不到四个月时间，就全部陷落在敌人的铁蹄之下，这是我始料所不及的。所以现在的情况，已经和当时大不相同了，我们要重新来拟订计划，徐图恢复，决不能好高骛远，只求速效。我们知道越王勾践在会稽失败后，经过'十年生聚，十年教训'，而后灭吴。今天我们要恢复整个大陆一千二百万平方公里的土地，彻底消灭毒辣阴险的国际共匪，当然是需要长时期的艰苦奋斗，才能有效。"

蒋介石以"战局变化太快"为借口，推翻了他原订的时间表。

到了1952年6月，蒋介石宣布这一年的"总目标"，仍为要"继续以全力推行总动员运动，完成反攻大陆的一切准备"。

虽然还是没有什么大动作，蒋介石采取"小股偷袭，以开展游击战""大股进攻，以占领部分地区""以大吃小，速进速退"等战术，仅限于骚扰袭击东南沿海岛屿，但因为次数频繁，给大陆造成的威胁和损失不可小看。

1950年2月中旬，蒋介石派遣的飞机十三次轰炸上海，居民死伤千余人；

2月19日，国民党飞机轰炸南京市。在此期间，先后轰炸了广州、福州、南昌、青岛、蚌埠等城市；

从朝鲜战争爆发到1955年9月，国民党飞机共出动三千五百多批、六千二百多架次，袭击和骚扰大陆地区；

国民党海军在台湾海峡共劫持祖国大陆各类船只470艘；

自1950年至1954年8月间，台湾当局对祖国大陆沿海地区多次进行军事偷袭，其中较大规模的有四十一次，动用总兵力达十三万人次。

1949年底金门战役之后，解放军受限于海、空军力不足，在东南沿海岛屿的战事中大体上处于守势。尤其是朝鲜战争爆发后，中共中央军委暂停攻台计划，将主力部队调往朝鲜半岛，国民党借机加紧在沿海岛屿进行游击战，通常是集中优势兵力，突然登陆目标岛屿，以大吃小，并在解放军增援部队赶到之前迅速撤离，弄得沿海解放军也很被动。

1950年7月底，福建军区错误判断国民党金门守军有撤退迹象，派遣了一个营的精锐部队渡海登陆金门外围据点大担岛，进行武装侦察，结果登陆后遇上七级强风，既撤不回又无法增援。在停泊待返的船只被国民党炮兵击毁之后，一部分解放军战死于滩头；另一部分突围至大担沙滩北小高地的西北角，藏身在一个机枪掩体内，奋力抵抗。终因寡不敌众，在国民党部队四面合击之下放下武器。这次战斗导致三百名左右的解放军官兵阵亡，包括营长、教导员在内的二百人被俘。

国民党军方面尝到甜头，在随后的两年内积极在闽浙沿海岛屿进行游击战，包括1952年10月间十五天内连续袭击南澎、中澎、玉环和南日等四岛，其中尤以突袭南日岛的成功影响为大。

南日岛位于浙江海域，岛上遍布丘陵，主峰为洪雁山。解放军只有一个连的兵力驻守此地。10月11日，国民党先头部队先由南日岛北部登陆，随即转往洪雁山。到了15日凌晨，国民党军再以两艘驱逐舰、四艘登陆艇组成的混合舰队，总计约九千人的兵力进行登陆。解放军虽然奋力阻击，但因双方火力差距悬殊，解放军大多牺牲。虽然当晚解放军的增援部队亦由海上登陆，但因事先不知敌情，仓促应战，援军面对七八倍于己的国民党军，无法支援下去，国民党部队实已控制全岛。15日晚间，国民党军悉数撤离。

这一役解放军共损失一千余人，其中数百人被俘往台湾，被国民党当局借题大事宣传。

此时朝鲜战争中美两军在进行拉锯战，战况惨烈，解放军无暇他顾，蒋介石手舞足蹈，乘机在闽浙沿海岛屿大举"反攻"，突袭中频频得手，很得美国待见，因为这不但可以牵制新中国在朝鲜的作战，也可增加美方在谈判桌上的筹码。三个月以后，共和党的艾森豪威尔就任美国总统，一改杜鲁门约束蒋介石"反攻大陆"的政策,甚至一度宣称不会阻止蒋介石反攻大陆,目的无非是再向新中国施压。

至于新中国方面,中共中央对于南日岛战役的失利曾作出认真的检讨,尤其是过去两年多解放军在沿海岛屿战事中输多赢少,几乎是处处被动挨打,这与解放战争中解放军无坚不摧、国民党军望风披靡的情况,不啻天壤之别。南日岛战役的失利,中央军委认为原因在于"轻敌麻痹",事先虽已发现国民党有登陆的企图,却没有积极准备,等到国民党军大举登陆以后,对其来犯兵力又未充分估计,仅仓促派出少量部队增援,等于是送羊入虎口。此外,客观上沿海海岸线绵长,岛屿众多,机动部队所需的道路、车辆、船只等条件很差,而且没有制海权、制空权;反之,国民党军有三军协同,可迅速集中兵力攻击一点,解放军机动性不足,沿海只有少数木船,地方武装和民兵装备更差,自然很容易处于被动挨打的局面。

因此,在吸取南日岛的教训后,沿海各军区根据总参的指示,加强了反袭击的准备。1952年冬,沿海省、地、县三级迅速建立海防对敌斗争委员会,统一部署海防工作,加强军民联防,多次给予来犯之敌以沉重打击。

解放军在东南沿海岛屿的被动情形,一直到1953年7月的东山岛战役后始为改观,蒋介石游击战式的"反攻"也是从这时候起受到遏止的。

1953年7月15日,蒋介石动用陆海空三军对福建南部的东山岛发动了一次大规模的袭击行动。

东山岛为福建第二大岛。国民党袭击行动的指挥官是金门防卫司令胡琏。在胡琏的部署下,国民党方面先是出动空军对福建沿海桥梁进行轰炸。因解放军主力位于泉州,国民党空军炸毁了泉州乘汽车通往东山岛的必经之路九龙江桥,并估计桥梁未修复前,泉州增援部队三天时间也赶不过来,因此在胡琏看来可实现快打快跑的策略。

7月15日,金门国民党第十九军第四十五师等部队一万多人搭乘数艘驱逐舰与登陆艇南驶。截获情报之后,经过半年准备的解放军迅速迎战,下令各部做好战斗准备。次日拂晓，国民党军登陆闽南东山岛，解放军第三十一军即令机动部队第二七二团火速增援东山，并根据军民联防预演程序，福州到泉州、漳州的客货车立刻让乘客下车，卸下货物，集中起来载运部队。被炸毁的九龙江桥经地方党政机关组织民工也于当天修复，汽车又可通行。

16日凌晨，国民党军登上东山岛后傻了眼，解放军严阵以待，顽强抗击。解放军原本的作战方案是留一个营死守，其余部队退至大陆保持机动，等主力赶到后再一起反攻。但是国民党登陆部队规模太大，又有坦克等重武器，守军撤出不及，只好向岛内纵深后撤，并且步步阻击。16日上午，解放军守军退至具有坚固坑道与土木工事的公云山制高点，抵挡住了国民党军猛烈的炮火攻势。

国民党军在这场战役中首次动用了伞兵部队，空投了四百八十名伞兵至岛北渡口附近，以切断东山岛与大陆的联系。不过渡口的解放军抵抗激烈，国民党伞兵死伤惨重，始终未能占领渡口。上午10时左右，解放军增援部队的先头营登岛，当即歼灭渡口的国民党军余部，接着解放军增援部队源源通过渡口进入岛内。至17日凌晨，解放军二七二团已全部上岛，第二十八军和驻广东的第四十一军先头部队也已经上岛，其速度之快大出胡琏所料。国民党军出现动摇迹象，陷入被反包围的困境。中午，解放军各部发动全面攻击。由于解放军后续部队仍陆续赶来，胡琏为避免全军覆没，只好以一部掩护，主力则登舰撤走。

这场历时一天一夜的东山岛战役，解放军包括死伤被俘者计一千二百五十余人，国民党死伤被俘者则高达3379人。尽管国民党方面在台湾仍宣传"东山岛大捷"，但军方却心知肚明，这是一场重大的失败，不但损伤惨重，还证明了解放军沿海的布防与机动能力已大为改观，可以在一天之间迅速运送大批增援部队，"打了就走"式突袭的戏不好演了。

东山岛战役是沿海战事中重要的一役，对解放军而言具有转折意义，从此国共两军攻守易位。过去三年国民党军利用海空军优势以及解放军的弱点，在闽浙沿海岛屿以大吃小、肆意进出的局势宣告结束。

袭击沿海岛屿游击战式的"反攻"也受挫，1955年11月，蒋介石不得不全面修正五年前所提出的"反攻"日程表。他说："反攻复国的使命，自今天算起，政府确信多则七年，少则五年以内，必定可以完全达成这一任务。"

记者又问他，为何原订的五年反攻计划没有能实现呢？蒋介石并不避讳，正面回答了这个问题。他说，自1950年夏季以来，由于苏联大肆装备中共陆军部队，并积极建立其海、空军，尤其是空军方面，中共部队"飞机数量与质量，竟超过我方数倍以上"，"这是当时意料所不及的"；"如此形势，我们如照原来计划，仍旧冒险反攻，则不啻为孤注之一掷"。

在这里，蒋介石的"反攻"时间表又由三年变为五年到七年。这种翻来覆去的变化，实在令人眼花缭乱，莫衷一是。台湾的党政军人员也学乖了，他们明白"反攻大陆"是一个无法兑现的"太虚幻境"，干脆也嘴上叫叫，心里不当回事。

按照最初的估计，最迟应当在1955年春天最后完成反攻"大业"，可是，伴随1955年的到来，倒霉的事接踵而来：1月江山岛被解放，2月国民党军自大陈岛撤退。形势的发展，恰恰与"反攻"的要求背道而驰。

蒋介石虽然不断修改"反攻时间表"，但他对"反攻大陆"还是认真负责的。他设立了专门机构，来设计反攻"成功"后的大陆"重建"工作。

1951年1月16日，成立了"行政院设计委员会"，由"行政院长"陈诚兼任"主任委员"，专司设计反攻大陆后的各项"建设"方案。

蒋介石亲自出席了"行政院设计委员会"成立大会，并作训话。他指出："在反共抗俄的今日，筹划将来建国大业的设计工作，比抗战时期筹划战后复员的工作困难得多。"他要求以孙中山的实业计划和他自己写的《中国之命运》作为"张本"，并指出"设计委员会"工作的重点："一为收复后一般青年学生如何重新教育，二为经济金融如何稳定，三为粮食土地如何调查改革。"

第 9 章
第一波"反攻大陆"

这个隶属于"行政院"的"设计委员会",在陈诚的主持下,依据蒋介石提出的要求,在以后三年多的时间里,设计出了政治、军事、经济和文化方面的各种"复国"方案。这都是"牛皮方案","反攻"成功的前提都不存在,何谈"复国"方案。

1954年3月,陈诚"当选"为"副总统",并辞去"行政院长"一职。陈诚地位的这一变化,当然使他不好再兼任隶属于"行政院"的"设计委员会主任委员"。但是,"反攻复国"的设计重任,又非陈诚莫属。

于是,蒋介石将原"行政院设计委员会"改组为隶属于"总统府"的"光复大陆设计研究委员会",由"副总统"陈诚兼任这一委员会的"主任委员";"委员"由"第一届国民大会代表"和原"行政院设计委员会委员"组成,共1883人。

7月16日,蒋介石将担任"光复大陆设计研究委员会主任委员"的聘书,颁发给陈诚。11月1日,蒋介石出席该委员会的成立大会,提出要"两手抓":"我们一方面要设计光复大陆,一方面不要忘记巩固台湾。这是多年来我全国军民奉行的最高国策,今后依然是本会的工作重心。"我们要"明白地告诉大陆上的同胞们,我们正在同心一德,研究如何打倒共匪的各种暴行,解除大陆人民的痛苦,并为他们复仇雪恨,争取真正的自由"。

该会研制"反攻"方案的原则是:"根据我们固有的文化和三民主义,五权宪法,以及全部国父遗教,一致而彻底地重新研拟合理的方案。"其工作重心是:"将来我们光复大陆以后,面对着国家、民族、文化传统的存续问题,就是我们光复大陆设计研究委员会最大的工作和最重要的任务。"

根据蒋介石多次讲话的主旨,研究设计人员为"反攻大陆"设计出三种方式:

第一,迫不及待,不管美国同意与否,我们自由地、单独地来反攻大陆;

第二,等到俄共全面侵略战争发动之时,与美国并肩作战;

第三,在获得美国的同情与支援下,对大陆发动反攻。

这一方案是在台美《共同防御条约》签订不久的中国国民党七届五中全会上提出的。方案将"反攻"的重心放在"美国的同情与支援"上，与美国联合作战，完成反攻。然而美国人与台湾签订《共同防御条约》最初是不情愿的，其后虽同意签订协防台湾协议，但目的不是想帮助蒋介石"反攻大陆"，而是维护其在亚太地区的根本利益，甚至是束缚蒋介石"反攻大陆"的手脚。这一点蒋介石是看得很清楚的，所以在此方案公布半年之后，蒋介石就在1955年10月国民党七届六中全会上作了修订，提出"今后军事反攻行动的三个方法"是：

第一，"国军"首先单独地反攻，而后大陆同胞群起响应；

第二，大陆同胞发动的起义发难，而后"国军"反攻登陆接应；

第三，我们台湾"国军"反攻，与大陆"抗暴运动"的发展，彼此呼应，内外夹攻。

如果将蒋介石的两个"反攻"方案进行比较，后一方案已由寄希望于美国的"同情与支援"，转变为寄希望于大陆同胞的"起义发难"。蒋介石之所以有此转变，除了美国不配合他的"反攻"之外，重要原因在于蒋介石对大陆形势的主观臆测和错误分析。

从蒋介石"反攻大陆"的战略指导原则看，他是以大陆同胞的"揭竿而起"为其前提条件的。而这一前提条件是建立在沙滩之上的。正如著名记者曹聚仁考察大陆后所说："在大陆的中国人民，从心底期望中共政权能够巩固下去，他们体会到他们的幸福是和中共共存的，他们不愿意再看到一次内战或对外的战争。没有人再提起蒋介石，也没有人想到他，会想到蒋介石的人，事实上已经不存在了。"

不管"反攻"能否实现，蒋介石的新方案继续出台。1957年10月召开的中国国民党第八次代表大会，蒋介石又抛出了"建设台湾、策进反攻"的新战略。他在开幕式上的致词中提出，中心议题是"商讨反攻大陆，光复国土，消灭匪寇，完成革命大计"。

第9章
第一波"反攻大陆"

国民党副总裁陈诚根据蒋介石为大会定下的基调，在其《政治报告》中提出："在这五年之中，世界局势有很大变化，我们的革命事业在这中间也有非常显著的进步，我们由保卫台湾进而建设台湾，并由建设台湾更进而策进反攻大陆了。"陈诚将"反共复国"工作分为四个方面进行：一是台湾，二是海外，三是国际，四是大陆。

此后，该会每半年开大会一次，"设计"了数以千计的"重建国家"方案。只可惜，这些方案不是建立在和平统一祖国的基点上，而是以"反攻大陆"、推翻人民政权为基点。因此，它们永远只能是纸上谈兵，嘴皮文章。许多人对"反攻"方案的研究设计失去兴趣，只是每半年出席一次大会，领取干薪。

蒋介石也知道老糊弄不灵，于是安慰道："光复大陆设计研究委员会"成立迄今，不断研拟有关"反攻复国"方案，备见贤劳。诸君赞襄"政府"，筹策中兴，必能益励前修，深入研究"匪情"，以造破敌之势，修订原有方案，以策无缺之谋。

美国协防台湾之前，蒋介石深知自己是泥菩萨过江自身难保，"反攻大陆"不过是政治宣传，没有实力基础，没有社会基础，只能纸上谈兵。

曾任台湾省主席的吴国桢后来回忆说，蒋介石自始至终就没有真正"反攻大陆"的打算。但为了维持蒋家小朝廷偏安孤岛的局面，还必须打肿脸充胖子，"反攻大陆"要一路唱下去，不唱不行。在每年例行发表的"新年、青年节、双十节、台湾光复节"四次文告中，蒋介石总是说今年是"反攻大陆的决定年""关键年"，明年是"反攻大陆的胜利年"，旧调重弹，弹个没完。

蒋介石不停地喊"反攻大陆"也有好处，证明他一直坚持"一个中国"，承认台湾是中国的一部分，他要从这一部分出发去"收复"整个中国。就像毛泽东讲的，我们从不放弃用武力统一台湾，蒋介石也想用武力反攻大陆。我们喊"一边倒"，夸苏联，可是决不听他的指挥棒。蒋介石靠美国反共，夸美国，可是他也决不放弃"独立国家地位"。

第 10 章

第二次台海危机——海上大战

"解放台湾"先清理门户

1951年底,第三野战军暨华东军区参谋长张震就攻打金门和大陈列岛问题,向华东军区提交了一份作战报告。根据这个报告,1952年初,华东军区司令员陈毅主持华东军区常委进行了研究并形成了决议:先行攻打上下大陈岛,一两年内完成对进攻金门的准备。

这个时候,中国人民志愿军司令员彭德怀刚与美国交过手,对美国及其影响力有独到的见解。主持中央军委日常工作的彭老总7月24日在华东军区的报告上批示:进攻上下大陈岛,美海、空军也可能参加,为慎重计,须待朝鲜停战后举行为宜,请主席考虑批示。7月27日,毛泽东作出批示:"同意你的意见。"

第一次攻打大陈岛的计划就这样搁浅了。

1952初,张爱萍被任命为华东军区参谋长,鉴于美国在朝鲜战场上被拖住了,对沿海岛屿的战斗从北向南逐岛攻击的时间拖得太久了,他认为不如先拿下大小金门,直捣要害,其余的必然不攻自破。1953年7月,张爱萍随陈毅进京,劝说毛泽东同意他们攻克金门的意见。毛泽东听完张爱萍的意见后,指着他说:"你就担任金门前线的总指挥吧。"张爱萍忙说:"这样大的规模我怕指挥不了,叶飞同志担任会更加合适些。"很快毛泽东就拍板了。华东军区为此向中央军委提交了一份新的方案——收复大小金门岛作战方案。毛泽东批示:"于1955年1月底前完成解放金门的一切准备工作。"张爱萍估计，打下大小金门不难，难的是扛住国民党军从台湾增援的压力。考虑到战斗打响以后来自台湾和澎湖的增援兵力，华东军区进行初步估算，所需经费约四亿七千万元（旧币）。

12月21日，终于等来了彭德怀的批示："攻金门问题耗费巨大，和陈毅同志商定，暂不进行，待勘察后再准备。"12月22日，毛泽东批示："我同意此项意见，至少1954年不应动用如此大笔经费。"12月25日，华东军区接到军委正式通知：攻打金门准备工作暂停。

1953年10月，朝鲜战争全面停战以后，中共中央在杭州西子湖畔刘庄召开军委会议。

毛泽东一边津津有味地吸着烟，一边聚精会神地听彭德怀汇报，时而微微点头，时而会心一笑。

彭德怀汇报完毕，毛泽东笑指周恩来："总理呀，据说你听到朝鲜停火的消息，要了瓶茅台酒，喝得酩酊大醉啊，不得不让人扶到床上。"

周恩来笑说："高兴嘛，开怀畅饮了一回。"

毛泽东说："朝鲜停战了，我们身上的担子一下子轻了许多。这两年，我们那位在台湾的蒋委员长，趁我们抗美援朝无暇他顾之际，仗着有'山姆大叔'撑腰，很是兴风作浪，老在那里做反攻大陆的美梦哩！我们现在已经腾出手了，我看该集中力量去解决台湾问题了。请诸位就此发表高见。"

彭德怀率先赞同了毛泽东的意见："我完全赞同主席的意见。我看应该把空军移到福建和浙江去，首先夺取沿海的制空权。"

毛泽东点点头说："还有制海权。没有这两权，我们的战士跨海作战的安全就难以保证。要尽快地把这两权夺过来。"

朱德建议说："主席和彭老总的意见，我都赞成。我认为可以分两步走，首先是'清理门户'，也就是把沿海那些还被国民党占领的岛屿解放过来，把我们的门户打扫干净。这样，既解除了对我东南沿海的威胁，打通了海上的南北航道，也砍掉了台湾的手脚，使我们下一步解放台湾时没有后顾之忧。"

"'清理门户'，说得好。我举双手赞成！"毛泽东高兴地说。

陈毅提议："'清理门户'可以从大陈岛开始，它是国民党在浙江东南沿海岛屿的指挥中心和防御核心。攻克大陈岛，一刀直插蒋介石的要害，浙江东南沿海其他岛屿就有可能不战而克，这样我军可以用较小的代价换取较大的胜利。"

毛泽东说："形势变了，准备打大陈，先解决浙江沿海岛屿，估计美帝不会有大的干涉。你们就准备吧。"

陈毅说："张爱萍他们早做准备了。"

毛泽东大手一指："大陈岛就交给你陈毅了。你们华东军区先拟订一个作战计划，报军委批准后实施，一定要拔掉这颗钉子！"

为了向全世界宣示一定要解放台湾的信心和决心，警告美帝反华势力停止干涉中国台湾问题的行为，毛泽东决定解放美蒋经营多年的大陈岛，放一个试探气球。

大陈岛位于浙江台州湾外，共有二十多个附属岛屿。大陈岛是整个群岛的中心，是上大陈、下大陈、台州岛三个岛屿的统称，面积一百平方公里。大陈岛是整个群岛的军事政治中心，也是护卫台湾的北大门。1951年9月，蒋介石起用胡宗南（化名秦东昌）驻大陈，秘密策划向大陆东南沿海发展敌后武装，准备由大陈岛发动反攻大陆的军事作战。1953年，大陈岛防务由新整编的美援装备师刘廉一接管。

一江山岛面积1.7平方公里，距大陆二十四公里，距大陈岛7.5公里，距台湾四百多海里，是防守大陈岛的前哨阵地。

华东军区参谋长张爱萍正在看着墙上地图，筹划解放大陈岛。作战参谋向他报告说："张参谋长，从情报部门获悉，敌人正在加强大陈、一江山、渔山、南麂一线岛屿的防御。"

张爱萍说："显然，敌人是想扭转被动挨打的局面。我还从报纸杂志上发现，美国和国民党的军政要员频繁往来，美蒋一定有什么阴谋在酝酿。"

作战参谋说："《大参考》上报道，美国国防部副部长查尔斯·威尔逊和海军部副部长托马斯·盖茨都去了台湾访问。"

"密切注视敌人的活动，加紧攻打大陈的准备。"张爱萍指示说，"同时，要注意系统研究美蒋活动的动态。"

美蒋签订了《美台共同防御条约》，自1955年《美台共同防御条约》生效后，美国不断增加驻台美军兵力，其中军事顾问多达二千六百名，其海军在台湾海峡设立了永久性的海上基地。

毛泽东认为，在台海再次与美蒋较量的时机已经成熟。

1954年7月23日，毛泽东在菊香书屋伏案起草给周恩来的电报："恩来：为击破美蒋的军事与政治联合，必须向全国、全世界提出'解放台湾'的口号，我们在朝鲜停战后没有及时提出'解放台湾'的任务是不妥的，现在若还不进行此项工作，我们将犯严重的政治错误。"

为争取世界舆论的支持与理解，按毛泽东的部署，《人民日报》于1954年7月16日发表社论《不能容忍蒋匪帮的侵略罪行和海盗罪行》。之后，毛泽东致电出席日内瓦会议的周恩来，要他立即向全世界表明中国政府的严正立场，台湾是中国领土不可分割的一部分，我们一定要解放台湾。同日，《人民日报》发表社论《一定要解放台湾》。紧接着第二天（7月24日），《人民日报》再发社论《人民解放军的光荣任务》，向全世界宣告中国人民决不放弃台湾。

1954年8月2日，彭德怀在总参谋部主持召开了解放浙、闽沿海岛屿作战会议。参加会议的有总参谋长黄克诚、作战部长张震、铁道部长吕正操、沈阳军区司令员邓华、华东军区参谋长张爱萍、作战处长石一宸等人。

会上，张爱萍、石一宸专题汇报了解放大陈岛战役的设想。张爱萍坐下后，彭德怀说："刚才张爱萍参谋长和石一宸处长作了解放大陈岛的专题汇报，我同意张参谋长的战役设想。要充分准备，慎重初战，攻则必胜。"

黄克诚说:"这是我军首次陆海空三军联合渡海作战,组织工作比较复杂,还要估计到美国可能插手,要作艰苦的打算。张参谋长、石处长,你们拟订一个具体的作战方案,再来北京向中央军委汇报一次。"

张爱萍、石一宸站起来回答:"是!"

张爱萍、石一宸回到华东军区拟订出具体方案,又来到北京国防部,向彭德怀和黄克诚汇报。彭德怀认真听取张爱萍、石一宸的作战方案后说,同意你们的作战方案。

石一宸掏出笔来做笔记,彭德怀说:"你不要记,要认真听。只要你真正听懂了,回去就好执行。"

石一宸只好收起笔和本子。

彭德怀响亮地说:"人们常说'杀鸡焉用牛刀',这次我们就要用宰牛的刀子去杀鸡。"

张爱萍说:"明白了。彭老总对轰炸大陈岛有什么具体指示?"

彭德怀说:"轰炸大陈的那一天,要想尽一切办法去查明大陈港内及其附近有没有美国的军舰。如果美国军舰停泊在那里,我们暂时不攻击,等它离开以后再打,这样可以减少很多麻烦。我们的原则是既不主动惹事,但也绝不示弱。"

彭德怀开始坐着讲,越讲越激动,又站了起来讲,还边走边讲。彭德怀说:"如果美机侵入我们领空,向我们挑衅,则坚决打击之。要告诉飞行员,美机来犯,力争将其击落在我们的领土或领海之内,以此作为美国侵略我国领土的罪证。"

彭德怀停住步想想又说:"我们的空军一炸,大陈港内的蒋舰可能向港外机动防空,这时,鱼雷快艇可以出击,具体由张爱萍同志去指挥。"

石一宸说:"空军和海军的航空兵最好统一指挥。"

"空军和海军的航空兵要统一指挥,建议由聂凤智同志来统一指挥。"彭德怀加重语气说,"要由有本事的人来指挥嘛!"

第 10 章
第二次台海危机——海上大战

在浙江宁波的天主教堂大院内，华东军区成立了浙东前线指挥部，张爱萍为司令兼政委。

张爱萍主持会议说："浙东前线指挥部今天正式成立了，我为司令员兼政委，浙江军区代司令林维先、南京军区空军副司令聂凤智、华东军区海军副司令彭德清、华东军区海军参谋长马冠三为副司令，华东军区副参谋长王德为参谋长。"

会场响起一阵掌声。

张爱萍说："这就为解放整个敌占岛屿创造了条件。为了及时指导和总结我军首次三军协同作战经验，中央军委决定，将浙东前线指挥部划归中央军委直接指挥。"

会议涉及具体问题，张爱萍说："浙东前线指挥部成立后，碰到的第一个问题是突破口选在哪里？也就是说，先打哪个岛子，对取得大陈战役最为有利？"

讨论几次后，张爱萍总结说："关于突破口问题，会上出现两种意见，一种是先攻大陈岛。理由是大陈岛是国民党军队在浙东沿海的中心点，指挥部就设在那里。因此，攻下大陈，其他岛屿就迎刃而下了。第二种意见，是先攻一江山岛。第一条理由是国民党很重视一江山岛，把它看作是大陈岛的大门，就从大门打进去；第二条理由是一江山岛距离我东矶列岛近，容易打。"

与会者的目光集中在他身上，关注他的选择。

张爱萍果断地说："这第二种意见占少数，但是，我支持少数派的意见！"

与会者为之一震，有的不解、发怔，有的兴奋。

张爱萍指着地图阐述："我为什么支持先打一江山岛？我只强调一点，我军最前沿的岛子是东矶列岛的头门山岛，距离大陈岛约十五海里，而距离一江山岛只有五海里。我军是第一次举行三军联合渡海作战，一下子要渡过十五海里去攻打大陈岛，距离远，容易受挫。先攻打一江山岛，距离近，容易成功。一旦成功，我军只要调整一下部署，以一江山岛为依托，乘胜从两面或三面解放大陈岛，这就容易了。"

大家边听边思索。

张爱萍发问："你们想想，在攻击目标的选择上，是不是符合彭总所说'杀鸡用牛刀'的精神？"

大家点头称是。

在一江山岛，深夜，登岛视察的国民党"国防部长"俞大维和蒋经国，深更半夜把突击第四大队长王辅时叫来。

俞大维大叫一声："王大队长！"

王辅时立正答应："到！"

俞大维脸色严峻地说："驻守一江山岛的官兵，蒋总统称作台湾北大门的卫士；美国军事顾问团长视察一江山岛时，说一江山岛是'保卫自由世界的钢铁堡垒'。我和经国同志白天向官兵训话，也说得很清楚，一江山岛是反攻大陆的前进基地。"

蒋经国直截了当说："一江山岛是大陈的门户，大陈是台湾的屏障。一江不保，大陈难守；大陈失守，台湾垂危矣！"

王辅时挺胸站立："是！我率领的突击大队，一定拼死保卫一江山岛！"

在浙江宁波天主教堂大院内，浙东前线指挥部在讨论用兵问题。

非常幸运地担任指挥解放军第一次合成立体实战的张爱萍提出问题："大家好好想一想，彭总为什么提出杀鸡要用牛刀？根据在哪里？"

讨论热闹了，与会者七嘴八舌争相发言。

"因为是我军第一次进行三军联合渡海登陆战役，要慎重初战。"

"敌人都是海上惯匪和逃亡地主嘛，挺顽固。"

"岛子险要，易守难攻。岛上没有树木及其他遮蔽物，地形又陡峻、光滑，攀登困难。"

"敌人工事构筑坚固，小岛上竟有各种地堡一百三十多个，地堡多设有阻止步兵抵近的铁丝伪装网，在堑壕、交通壕内及前后倾斜面的防空、防炮及掩护部，均有射击设备、副防工事及地雷阵……"

张爱萍最后说："大家分析得都有道理。攻打一江山岛，赞成使用优势兵力的意见仍占少数，我这回又要支持少数人的意见。"

大家一怔，望着他等他说下去。

张爱萍说："请同志们注意，我们进行的是三军联合渡海登陆战役，是大姑娘上轿头一回。这就是说，一个是'三军联合'，一个是'渡海登陆'，两个都是我军首次。坦率地承认，我还没有这方面的指挥经验，广大指战员也同我一样，也都没有这方面的经验。"

他顿一顿，扫了大家一眼，强调说："没有这方面的作战经验，但又要打胜仗，怎么办？只有用杀鸡用牛刀的办法，使自己的兵力占绝对优势。"

张爱萍终于下达了命令："根据中央军委的命令，解放一江山岛战役开始！华东军区空军和海军航空兵，立即对上、下大陈岛实施轰炸！把战区海空和海面都控制起来！彻底改变老百姓说这里是'共产党的地，国民党的天'的说法。"

为了确保渡海作战的制海制空权和隐蔽作战意图，张爱萍部署空军和海军航空兵连续轰炸上、下大陈岛。据统计，从1953年12月21日至次年1月10日的二十天内，华东空军总计出动了空军轰炸机二十六架次，强击机四十六架次，歼击机七十架次，五次轰炸大陈岛。特别是1月10日，浙江沿海刮起了大风，风速达每秒十五米。空军前线指挥判断国民党舰艇不会出海，只能停泊在大陈港内。机会难得，于是果断决定冒风起飞，集中兵力对大陈港内的军舰实施突击。

从6时30分到16时43分共出动各型飞机一百三十架次，取得了击坏、击沉国民党军舰五艘的战绩，其中坦克登陆舰"中权"号被炸沉没，"永春"号遭重创。当天夜间，华东海军鱼雷快艇又在大陈岛西南击沉了国民党海军

"洞庭"号炮舰。自此，国民党海军的舰艇一般不再进入大陈海域。

大陈解放后，海峡两岸的军事对峙虽然没有结束，但以攻占对方管辖范围为目的的军事行动已经停止。

在北京中南海丰泽园毛泽东书房，彭德怀向站在地图前的毛泽东说，对大陈岛的大轰炸，摸清了美蒋正在酝酿签订条约，美国企图利用条约进一步控制台湾及台湾海峡，蒋介石则妄想借用条约得到美国支持，阻止我军解放包括大陈岛在内的浙江和福建沿海岛屿。

毛泽东说："我们通过这次大轰炸，要明白地告诉美蒋，中国人民决不会屈从任何压力，一定要解放敌占岛屿。"

周恩来说："7月15日，台湾国民党军队在美军顾问的指挥下，十二艘战舰从金门岛出发，直扑东山岛，在空军轰炸掩护下，占领了东山岛。"

毛泽东指着地图问："叶飞指挥的二十八军一个师，不是配合三十一军和广东的一个军，日夜兼程赶赴东山，现在到了哪里？"

彭德怀说："据叶飞刚来的报告，他们于今天早晨夺回了东山岛，请示下一步作战行动。"

毛泽东欢喜地说："走，到作战室去，跟叶飞通话！"

■ "九三炮战"

中午12时，毛泽东在作战室里要通了福建前线电话，直接与叶飞通话："东山岛登陆也可能不是敌人的主要方向，要提防敌人以东山吸引我们的注意力，然后在另一个地方登陆。"

叶飞在前线指挥部激动地回答说："主席，我们对敌人可能在第二个方向登陆，已作好了防备。"

毛泽东问："兵力够不够？需不需要增援？"

第10章
第二次台海危机——海上大战

叶飞在那边说:"兵力够了,我们还有一个军的机动兵力未动用,以防备敌人从另一个地方登陆。"

毛泽东放心了:"好!还有什么要求吗?还有什么困难吗?"

叶飞想想说:"谢谢主席!我已下令将上饶到福州公路沿线的地方汽车,集中到福州,机动使用,请求中央下令让江西方面接替这一线的运输任务。"

毛泽东说:"可以。华东军区有一个汽车团,可以给你们福建前线。蒋介石想乘朝鲜刚停战捞便宜……"

叶飞接过去大声说:"他打错了算盘!"

通话结束,在一旁的周恩来说:"朝鲜战争期间,蒋介石仗着美国的军事援助,时常在沿海挑事,炮击民用船只,偷袭渔民和驻军,制造事端,封锁海上运输线。"

毛泽东轻松地说:"现在可以腾出手来,收拾他了。"

在厦门云顶岩指挥所,叶飞挂上电话,对身边人说:"俗话说,打狗看主人,而这次炮击金门则反其道而行之,可谓打狗给主人看!我们要用大炮向台湾当局说清楚,想拿美国人来干预海峡两岸的事,没门!"

过了几天,国防部长彭德怀元帅和总参谋长黄克诚大将、副总参谋长陈赓大将,在叶飞上将的陪同下来到厦门,部署解放金门事宜。

彭德怀登上厦门云顶岩军事指挥所,伏在那架全国最大的高倍望远镜上,反复巡视着大小金门。他的目光在古宁头断崖处停留良久,1949年10月,解放军登岛部队最后就是在这里被国民党飞机的扫射、舰艇的炮击和坦克的碾压下而全军覆没的。

彭老总的拳头握得"嘎嘎"作响。

叶飞说:"彭老总,今天的解放军已不再是单一的陆军了,当年金门失败的教训不会再现了!"

黄克诚说:"人民解放军海陆空三军已箭在弦上,只等彭老总一声令下了。"

彭德怀说:"命令好下,只等时机。"

1954年9月3日下午1点30分,在前线指挥部的叶飞拿着电话听筒在重复总参谋部的电话:"中央军委命令,集中全部炮兵部队火力,对金门岛上国民党军进行突然的猛烈打击!是,听清楚了。"

他放下与总参谋部的直通电话,又拿起与前线的直通电话下令:"我命令,向大小金门岛开炮!"

厦门怒吼了,莲河怒吼了,大嶝怒吼了,围头怒吼了,蒿屿也怒吼了!

解放军的各个炮群同时开炮,各炮群同时发射,万炮齐发,金门岛上顿时被浓烟烈火笼罩,火光闪烁,天地灰暗。

这就是著名的"九三炮战",史书上称其为"第一次台海危机"。

捷报传到中南海,毛泽东看了电报,有些意外,对周恩来说:"这么快电报就来了,好,打得好!三军将士辛苦了!要打电报去祝贺,我要接见英雄们!"

"丧报"传到台北,蒋经国向父亲报告说,大小金门七个炮兵阵地被共军炮弹摧毁了,击毁水上码头一个,一艘炮艇和一艘驱逐舰被击中沉入海底,另外三艘驱逐舰也伤痕累累。

蒋介石显得有些恐慌,有些懵懂,说:"中共突然向金门打炮,这是韩战结束后,中共掉头,集兵犯台的开始。这究竟是中共准备进犯台湾,还是只为了阻止中美条约签订呢?要连续召开军事会议,研讨对策,布置防备。"

陈诚说:"炸死了美军两名中校顾问,引起美国朝野一片哗然。"

蒋经国说:"中共打炮,美国也很震惊。现在要赶紧与美国签约,把它拴住。"

蒋介石说:"我就是想利用金门炮战和与美国的共同防御条约,拖住美国的腿,这样才有力量反攻大陆。你们立即去金门、大陈岛、一江山岛视察,安抚军心。"

在浙江宁波天主教堂大院内的浙东前线指挥所,作战参谋向张爱萍报告:"报告张司令,11月3日,海军头门山海岸炮兵连,突然袭击了抵近侦察的敌扫雷舰'永春'号,'永春'号连中数弹,重创逃窜!"

张爱萍高兴地说:"好,旗开得胜!"

在台北士林官邸,蒋介石对"国防部长"俞大维说:"'永春'号遭重创,不是小事,所以我刚才召开了紧急军事会议,要引起大家重视。"

俞大维说:"是的,刚才会上,大家都赞同总统的分析,共军的海空军力量不可低估了。"

蒋介石说:"我现在派你们同美军顾问团团长麦克唐纳秘密赶赴大陈、一江山视察,严令刘廉一司令加强防守这两个岛。"

第二天,张爱萍对作战参谋说:"从那边得来的情报判断,蒋介石很看重'永春'号遭重创事件,召开了紧急会议,还派所谓国防部长和美军顾问团长去秘密视察大陈和一江山。台湾当局一定是以为我军要攻打大陈、一江山岛了。"

作战参谋问:"张司令有什么指示?"

张爱萍说:"为了加深台湾当局的判断,我军要给敌人以更加沉重的打击。我命令,海军航空兵大队在空军驱逐机大队的掩护下,对一江山敌指挥机关及集团工事实施轰炸!"

■ "蚂蚁"咬翻"大象"

当时,由于解放军海军的基础差、底子薄,加上过分相信苏联顾问教条式的一套,因此只能利用有限的海上力量对国民党海军的骚扰和进犯给予回击。相反,国民党海军却十分猖獗,一刻不停地进犯大陆沿海诸岛,而且出击的大多是排水量千吨以上、火力凶猛的大中型战舰。对此,我海军深感无奈,挺憋屈的。

深秋的上海，浙东前线司令部转总参一份来电摆在华东军区海军司令陶勇面前。陶勇一眼就看到下面署着毛泽东的名字。电报原文如下：

　　时机不可不抓，军威不可不振。务安排近期于大陈至渔山列岛之间对蒋舰实施打击，并力求击沉中型以上军舰一至二艘。不打则已，打则必歼，以证明我海军之实力。

毛泽东这份隐含着责备的电报，让陶勇既感到十分内疚和不安，又感到前所未有的压力。他心里很清楚，以华东军区海军的实力，还没有资本跟国民党海军硬拼。怎样才能圆满完成毛主席下达的作战任务重振军威呢？他电话叫来老部下、主管作战的副司令员彭德清。

原是陆军第二十七军军长的彭德清看了电报看海图，沉思良久后说："老陶，我们是不是好好找个地方打个伏击，狠狠地干他一单大买卖？"

陶勇初一听没有咂摸出味来，把眼一瞪，说："海上怎么伏击！你现在是海军了，怎么开口闭口还是陆军的那一套？"

"海上怎么就不能打伏击呢？"彭德清嘟哝一声。

陶勇在一旁喃喃自语："伏击，伏击。"突然，他猛地一拳击在桌上，兴奋地站起身来说，"你刚才讲得有道理，国民党军舰精得像个鬼，按常规的办法还真打不着他，用鱼雷快艇在海上伏击，肯定能成。这就叫出奇制胜！"

可在哪里打呢？两人经过几番斟酌和争论，才确定了伏击区域。鱼雷快艇怎样才能神不知鬼不觉地进入伏击区域，又成了问题。两人合计一番，终于想出了一条大胆的妙计。

1954年10月31日深夜，华东军区海军的一支护卫舰编队出现在东海海面，招招摇摇地直向高岛海域驶去。很快，国民党海军雷达站发现了这支编队。荧光屏显示该编队在高岛海域绕了一圈，于午夜过后折返。值班的国民党雷达兵丝毫不敢大意，又仔细观察了两个小时，始终没有发现什么异常，

第10章
第二次台海危机——海上大战

遂向上司报告后就放心地睡大觉去了。

此时，解放军的六艘鱼雷快艇已经在护卫舰的拖带下，进入了高岛锚地。原来，护卫舰体积庞大，它舷侧拖带的鱼雷快艇雷达根本就测不出来。这就是陶勇和彭德清合计出来的"名堂"。

这次出击的六艘快艇是人民海军自行设计制造的，为同一型号，排水量仅二十二吨，主要武器是两座450毫米的鱼雷发射管和两挺12.7毫米高射机枪。四个大功率推进器可以使航速达到52节。这种快艇的弱点也十分明显，那就是几乎没有什么防卫能力。

1954年11月13日夜，艇队接到岸上指挥所命令：敌舰已从大陈岛出发，立即做好一级战斗准备。

夜晚的海面上，四艘快艇成单纵队首尾相随，等速前进。平静的海面犁出一条白色的浪带。四艘快艇很快到达了指定作战区域。

艇上没有雷达，在茫茫夜海里只能凭肉眼搜索。站在艇首的炮兵突然报告："右前方发现灯光！"

参谋也从海图室出来向艇长报告："报告艇长，在距离三十七海里弦四十五度处发现敌舰！"

艇长命令道："继续加强瞭望，发战斗警报，按原航向加速前进！"

敌舰越来越近，在月光下，敌舰的轮廓逐渐清晰。有个战士突然惊喜地大声喊："是'太'字号！是敌人的'太'字号军舰啊，大家伙！"

艇长命令："太平号可是敌人的美制护卫舰，紧紧抓住这大家伙，靠上去！"

敌情很快被报到华东军区海司作战室和浙东前线指挥部。张爱萍看着海图，对着电话下令："按照第一作战方案，开始攻击！"陶勇一把抓过话筒命令："按照第一作战方案行动，开始攻击！"

接到命令后，一五五艇、一五六艇担任主攻，一五七艇、一五八艇担任阻击，艇队以左梯队快速迎敌。

快速迎敌的艇队离敌舰越来越近。他们看清了,好家伙!面前矗立的是国民党的"太平"号军舰,一艘美制护卫舰。该舰是国民党海军的一张"王牌"。

这时快艇距离敌舰只有六七海里了,敌舰的舰桥、炮位和雷达都可以看得清清楚楚。而敌人却对这场即将来临的灭顶之灾毫无察觉,还在不紧不慢地向东航行。

一五五艇为了占领有利的发射阵位,马上向右转向,扩大敌舷角;可一五六艇却误以为敌舷角已适合攻击条件,即按预定的提前角接敌,造成前两艇距离增大,后两艇中间插上,打乱了原来的队形,以致无法按照作战方案实施攻击。

就在此时,蠢笨的敌舰发现了鱼雷快艇,一面拉响警报,一面开足马力向东北方向的渔山列岛逃窜。

四艘快艇立即高速展开追击,以雷霆之势从左右两面猛扑过去。1时35分,各艇追击到距离敌舰只有十链[1]左右,开始施放鱼雷。一五五艇首先发射的两条鱼雷呼啸而去,直击敌舰。接着,一五七艇、一五六艇、一五八艇又从不同方位先后发射。各艇发射过后立即撤出战斗。

八条鱼雷就像八条大鲨鱼,在海面上欢快飞窜,清晰地划出八道暗黑色的轨迹,像是有灵性似的向敌舰环击过去。这种鱼雷长三米,重达一千公斤,发射后依惯性制导寻觅目标,战斗部分内装五百多公斤高能炸药,即使是大型军舰,只要被一枚击中要害部位,也会葬身大海。何况如今是八枚直冲而去!

就在解放军快艇回撤时,身后传来一声闷雷般的巨响。艇队指战员们回头望去,只见"太平"号左舷一个巨大的水柱冲天而起,驾驶台前升起一股又粗又黑的浓烟,随即舰体向左侧倾斜,舰上敌人正盲目地向四周射击,乱

---

[1] 一链约为185.2米。

放枪炮。

"打中了！打中了！"往回返的快艇指战员雀跃高呼。

艇长握着报话器报告："报告！命中敌舰太平号，我艇无一伤亡！"

浙东前线指挥所，作战参谋报告："张司令，11月14日，我鱼雷艇部队击沉国民党海军护卫舰'太平'号！"

"噢！"张爱萍兴奋得声音发颤地说，"好啊！打得好啊！'太平'号护卫舰原是美国海军的护卫舰，1949年赠送给国民党海军的，是国民党海军主力之一。'小蚂蚁'的快艇，果真把'大象'咬翻了！"

■ 拨开台湾北大门的门闩

在台北士林官邸，蒋介石召见"国防部长"俞大维和"总政战部长"蒋经国说："继'永春'号遭重创，'太平'号又被击沉，你们是吃干饭的吗？"

俞大维嗫嚅说："这是个严重事件，连美国媒体都惊呼，'太平'号被击沉，证明中共现在拥有强大的海军力量。"

蒋介石不悦地说："他再强大，现在也不如我们，莫为敌人扬威！"

俞大维说："是！我军高级官员在二十四小时之内，两次召开紧急会议，商讨对策。"

蒋介石问："商讨出什么对策啊？"

俞大维尴尬地回答："对策没有商讨好，结论倒有了：共军要攻打大陈、一江山无疑！"

蒋介石命令道："你要再去大陈，再次命令刘廉一加强防卫。"

俞大维回答："是！"

蒋介石强调说："大陈岛是台湾的北大门，一江山岛是北大门的门闩。

台湾"国防部部长"俞大维，与蒋经国有姻亲关系。（历史图片）

"保卫台湾，必先巩固大陈，要守住大陈，必确保一江山岛。你们要再去视察督促。"

把陆军当作海军陆战队来登陆作战，战前的训练就格外重要。由于人民解放军没有海、陆、空三军配合作战的先例，张爱萍将联合作战的特别训练抓得十分细致严密。

训练分两个阶段：第一阶段为各军兵种分练，着重提高分队登陆作战的技术与战术，以及本军兵种内部的协同。第二阶段是各军兵种的合练，选择与一江山岛地形类似的大、小猫山为演习场地，在大榭岛建立的联合演习指挥部的指挥下，连续进行了三次营规模的登陆联合演习。

为了实现登陆攻击的突然性，张爱萍多次强调要严格隐蔽作战意图，宁波路桥机场建好后，航空兵悄悄进入。部队集结悄无声息，筹集和改装船只，火轮安装多管火箭炮，所知人员更是屈指可数。对部队只动员讲解放"沿海敌占岛屿"，不讲先打什么，隐真示假，把披山岛作为攻击目标，给敌人造成判断上的错误。三次联合演练，亦安排到远离战区的北边进行。

一切准备就绪。1955年1月，中国人民解放军开始发起收复一江山岛之战。

浙东前线指挥所，张爱萍主持会议说："制海权和制空权已经夺取了，陆海空三军也联合演练了三次，现在研究如何攻占一江山岛，就是怎么正确选择登陆时间和登陆地点。刚才因为大家反对苏联顾问夜间航渡拂晓登陆的意见，把他气走了。苏联顾问走了也好，少点束缚，让我们自己来决定自己的事情吧。"

他轻松地笑了笑，与会者哄堂大笑起来。

张爱萍收敛笑容严肃地说："苏联顾问是我们请来的客人，对这次战役准备提了不少好的意见，我们要尊重他。但是，他不理解，我们的仗是在特定条件下打的，不能脱离我们现有的条件。至于登陆时间和地点，我也不赞成苏联顾问的意见，我同意白天航渡，傍晚登陆！"

大家高兴地鼓掌。

张爱萍说："我的理由有三条：一是一江山岛是悬崖陡壁，有坚固的防御工事，夜间不易攀登攻击；二是我航渡装载工具是从各方面拼凑起来的，艇船性能不一，夜间不便于组织协同；三是我们已基本上掌握了战区的海空优势，为我们白天发起进攻提供了保障。"

张爱萍最后说："关于登陆时机问题，我看这样，中午开始航渡，下午14时30分涨满潮时登陆，黄昏前结束战斗！"

但是，关于登陆地点的选择又出现了分歧。

张爱萍说："关于登陆地点，又出现了两种意见，一种是选在暗礁少的海滩上，以便登陆艇抢滩靠岸，加快登陆速度；另一种是选在海边的突出部，这样可以一举夺取制高点。"

与会者问："张司令，我们现在要听你的结论呢。"

张爱萍摇摇头说："我还不能作结论，但倾向第二种意见，即选择海边的突出部，距离制高点近，登陆部队不必涉水，由于敌人的防御相对薄弱，还可以减少伤亡。但是，突出部有旋涡，受拍岸浪影响大，登陆艇操纵复杂，弄不好登陆艇被撞坏，部队上不去。"

与会者问："那怎么办？"

张爱萍说："现在休会，我们马上去做试验！"

张爱萍带着登陆指挥所的人员，来到类似一江山岛地形的大小猫山岛跟前，观察着。

张爱萍举着望远镜瞭望一番说："就把登陆地点选择在那里，黄岩礁、海门礁和向阳礁、乐清礁，那里是突出部，最不容易登陆，又最被敌人所疏忽。"

按浙江沿海气候特点，7月至8月份多台风，不适宜作战；9月至10月是最佳登陆作战的时间；12月以后天气阴冷，按规律不能进行登陆作战，蒋军没有思想准备，冬天打有突然性。

掌握气候非常关键，云层太厚飞机受阻，风力太大影响射击，投弹也不准。

张爱萍需要一个好天气！

空军前线指挥部气象科长徐杰经过长期准备，收集、综合、分析了近十二年的气象资料，总结出有利于产生连续好天气的L型高压天气形势的预报方法，准确掌握了1月份出现少云、小风连续好天气的情报，尤其1月18日更是少有的好天气。

1955年1月17日，张爱萍进入头门山前进指挥所，他问气象科人员："明天18日这个好天气，可靠不可靠？"

气象科长徐杰回答："可靠！"

张爱萍说："诸葛亮借的是东风，我可不要东风，我要的是一个风平浪静的好天气！"

徐杰说："我知道，愿立军令状！"

张爱萍笑说："这我就放心了。不过，军令状还得我向中央立。"

这天晚上，在大陈岛防卫司令部，国民党防卫司令刘廉一再次对来督战的俞大维、蒋经国保证说："长官放心！设防后的一江山岛固若磐石，共军无法登上一兵一卒。"

蒋经国问："两岛的兵力和布防如何？"

刘廉一回答："一江山岛驻守着突击第四大队和突击第二大队之第二中

队，共一千一百多人，战斗力很强。岛上具有中等的永久性和半永久性地堡一百五十四个，组成三道防御阵地，四层火力网，与大陈岛互为依托，成掎角之势。"

俞大维说："我们是奉蒋总统的命令来视察的，这台湾的北大门的门闩，就交给你啦！"

刘廉一极有信心地回答："有我在，门闩就牢不可破！"

俞大维、蒋经国放心地连夜飞回台湾去了。

18日凌晨，张爱萍进入登陆指挥所。

这时，海上风力不但没有减弱，反而增强了。

张爱萍立即询问气象科长徐杰："怎么又刮起大风来了？我可向中央立了军令状的啊！不行就不行，你们去查一查，要如实反映情况。"

气象科长毫不犹豫地说："就这一阵，拂晓前可以过去！"

过了一会，果然风平浪静了。红日喷薄升起，把海浪映照得闪闪发光。

战区气象实况：云量0—3个，云高3500米，风向午前北至西北，午后东风，风速每秒3—4米，能见度10公里。

风平浪静，天朗气清。

张爱萍激动地下令："攻占一江山岛的战斗开始！空军和海军航空兵起飞！登陆运输队起航！"

刹那间，港湾的指挥台上扬起一面蓝旗，港湾内所有的登陆艇和护卫舰一起发动起来，一片马达声掩浪遮岛。

雄伟的海空进军场面出现了！

由多架飞机组成的混合编队，向一江山岛飞去。

由众多艘登陆艇组成的登陆艇编队，排成波浪队形，迅速航驶着，在蔚蓝的海面上激起滚滚浪花。

张爱萍步出观察所，用望远镜检查和巡视着海上整个战斗序列，激动地说："这哪像海上进军，简直是在西湖里划船啊！"

上午8时，数十架战鹰飞临一江山、大陈海域上空，奏响了人民解放军首次陆海空联合渡海登陆作战的序曲。三个轰炸机大队的六十架伊尔-28型轰炸机在两个强击机大队的掩护下，将一百二十余吨的炸弹投向一江山岛。顿时，整个一江山岛被淹没在一片硝烟和尘埃之中。

国民党守军还没有从我空军的轰炸中醒过神来，数百门各式海岸远程大炮齐鸣，一万二千发炮弹又准确地射向一江山岛。炮弹轰炸时激起的黑色和白色的烟尘，将一江山岛变成了一座海上雾岛。

强大的空、炮火力，使国民党守军设置的三列桩丝网碎裂成了一些尺许长的铁丝，许多地堡被炸塌，成堆的炮弹也被打得在原地爆炸，爆炸声响彻天空。据被俘的蒋军第二突击大队军官崔殿臣回忆："我们从来没有见过这么厉害的火力，飞机和大炮的猛烈轰击，震得我们心里扑通扑通地直跳。"

在空、炮火力向一江山岛实施轰击的同时，海军的两艘驱逐舰和四艘巡逻舰编成的舰队，也迅速封锁了一江山岛与大陈岛之间的海域，并以猛烈的火力网将蒋军的赴援军舰阻截于数海里之外。随后，近百艘军舰、炮艇、炮船及登陆艇迅速向预定海域集结，等待最后出击的命令。

前线总指挥张爱萍来到海湾处的高地上，用望远镜巡视和检查了海上整个战斗序列。当一切就绪后，他满意地对记者们说："再等一会儿，就是海里的龙王，今天也不能安宁了！"

到下午2时的预定时刻，登陆部队在岸炮、舰炮及战斗机的支援下，排成波浪队形，分成三个方向，以破竹之势向一江山岛进发。

14时29分，我步兵一七八团二营首先在乐清礁、北山湾一带登上一江山岛，迅速占领了蒋军第一线阵地，并立即向纵深挺进。14时32分，步兵一八〇团二营的第二梯队在胜利村西侧、田岙湾地段登陆，也迅速攻占了第一线阵地。紧随其后，各营第二梯队也登陆成功，并迅速支援第一梯队向纵深发起进攻。

在纵深攻击阶段，蒋军虽然凭借有利地形和巩固工事负隅顽抗，但人

第10章
第二次台海危机——海上大战

民解放军登陆部队在空、海军的密切协同和有力支援下，英勇顽强、连续作战，仅用两个多小时就控制了整个一江山岛。至19日2时前，登陆部队全部肃清了守岛蒋军，收复了一江山岛。这一仗共毙敌519人，俘虏567人，岛上蒋军无一人漏网。

国民党的战史书中有这样的记载："一江山之战，共军首先打了一场典型的三军联合由岸至岸登陆作战。"

在战斗全过程中，美军顾问团驻大陈首席顾问华尔顿上校和来接替他的麦克雷登上校连日都在大陈岛的山头上观察，他们说："共军攻击一江山，使用在这小岛上的火力，竟比韩战还要猛烈。"

红旗已经飘扬在一江山岛。

1954年12月，美台签署了针对大陆的《共同防御条约》。为了表示中国政府强硬的反对立场，打破美国使台湾海峡现状固定化的阴谋，1955年1月18日，中国人民解放军实施了新中国成立以来首次陆海空三个军种协同作战，一举攻克了作为台湾门户的一江山岛。

美蒋慌了手脚，他们一方面在台湾海峡增加兵力，另一方面也极力寻求国际上的"支持"。在这个过程中，美国和蒋介石各有各的打算。蒋介石寻求国际支持，是为了扩大自己的国际生存空间，多争取一些外援。而美国人则打算借此机会，把台湾从中国分裂出去，搞"两个中国"。

美国人为了达到这个目的，搞了一个把台湾问题国际化的阴谋。美国总统艾森豪威尔急切呼吁通过联合国的斡旋"来停止中国沿海的战斗"。他还搞了大量外交活动，想通过联合国的介入来实现海峡两岸的停火，把台湾问题从中国一国之内的问题，变成"两个中国"的问题。这首先遭到蒋介石的抵制，他发表了公开谈话。

毛泽东看到蒋介石这个谈话材料后表示：在维护祖国统一问题上，蒋介石和美国人考虑的不一样，蒋介石还有良心。在毛泽东的决策下，中国政府也通过外交努力，争取到了苏联和东欧一些国家的支持，挫败了美国人企图把台湾问题国际化的阴谋。后来,毛泽东在《告台湾同胞书》中特意向蒋介石说了这样的话:美国人是靠不住的。

■ "飞贼"也在行动

1954年6月15日,台湾国民党保密局决定派高级特务段云鹏再次潜入大陆。

段云鹏来到保密局局长办公室见毛人凤,向毛人凤立正道:"报告毛先生,出发前的手续全办妥了,有了船我马上去香港。毛先生还有何指示?"

毛人凤说:"现在中共又叫嚣要解放台湾,炮轰金门,扬言要解放大陈岛,台海形势又紧张起来了。你这个时候进入大陆,担子重啊!你进入大陆后,在布置工作方面需要用款马上来信,我叫他们给你汇去,全力支持你的工作。"

段云鹏说:"谢谢毛先生对我的关照和支持。"

毛人凤又说:"还有,你去大陆后不要急着工作,你认为工作完成了就回来。但是,你也要在大陆作好长期待下去的打算。你可将比较好的关系人、有文化的人叫到香港受训,来台湾也好,受训毕业后我们将他们派回去给我们效力,这是安全的也是长久的,让他们在共产党机关和企业里边做事,给我们提供情报,就是共产党的干部你也可以吸收。"

段云鹏说:"是。我1950年带回的中南海地图,局座看还有价值吗?"

毛人凤说:"很有价值,不过,我看里边一定有变动。做这项工作是很艰难的,又十分复杂。你看你的关系人是否还在里边,你可以和他联系,回来后报告我,我们再研究决定行动。"

段云鹏答道:"是!我按毛先生指示办!我这次潜入大陆后,一定会好好干,不成功便成仁,以报答团体和毛先生对我的知遇之恩!"

第 10 章
第二次台海危机——海上大战

听他说到"成仁",毛人凤一惊,道:"我希望你成功,不希望你成仁,你一定要把握住机会,大干一场!"

陪坐的行动股长周大贵说,到平津后,只要能在人口稠密的大众场所,如东安市场、西单商场等地放把火,或搞次爆炸,就是大功一件。如果找到重要的爆破目标,保密局就给你送先进的爆破器材。

毛人凤却说,到大陆后,不要急于到处放火、爆破,这是短见,要有长远的打算。

段云鹏站起身立正说:"谢谢毛先生和周先生对我的信任,我就是上刀山下火海也在所不辞!"

毛人凤很和蔼地说:"你放心走吧,对家庭,对嫂夫人和孩子你不必挂念,我们会照顾的。"

段云鹏深深地鞠了一躬说:"谢谢毛先生。"

周大贵交代说:"给你规定了一套密码联络方法,你的化名是张仁,你与台湾的联系人是香港特别站的联络员阎琢。"

毛人凤拉着段云鹏的手道:"走,吃饭去!"

1954年7月,由台湾去香港的轮船停靠在香港的千诺道码头,段云鹏上了岸去了九龙,在宝勤路21号找到在北平结拜的盟兄张震家,张震独自一人,在香港以贩卖鸦片为生。

段云鹏对张震说:"张震兄,我在你这里住几天,等待去大陆的签证。"

张震说:"住吧,我们兄弟有啥好说的。"

段云鹏问:"你有什么办法给我办理合法身份吗?"

张震说:"我有一好友韩宝章,在广州经营中草药生意,娶个广州人当老婆,在广州已待了七八年,和工商界的朋友交往很多。他可以办理申请入境证。"

段云鹏一进香港,就进入了我秘密情报系统的视线。

在天津市公安局王副局长办公室,王副局长对公安处长方辉说:"公安

281

部已获知段云鹏已到香港，拟在两个月内偷渡入境潜回京津。罗瑞卿部长指示，段云鹏对首都和中央领导人的安全威胁极大，要严密布置，对段务在必获。"

方辉问："王副局长，我们的任务是什么？"

王副局长说："根据罗部长的指示，北京和天津两家公安局商量后，决定以天津市公安局为主，实施抓捕行动。公安部已部署部队在边界堵截。我局已派江枫处长前往广州坐镇指挥，在深圳、广州布下天罗地网。"

这些日子，段云鹏经常在宝勤路21号和台湾保密局驻港人员张声林、周建勋、蔡子修一块玩麻将，借此消磨时光。其实他在等广州的熟人给他办入境证。

在天津市公安局王副局长办公室，方辉报告王副局长："张震虽然贩毒，但无政治问题，且有妻室在大陆，他已同意为我们工作。这是他发来的情报，说段云鹏拟偷渡入境。"

王副局长说："段云鹏在香港的一举一动，已在我掌握之中。现在要阻止他偷渡，迫使他公开申请入境。"

方辉说："对！他只要一到深圳，就会被我公安机关多层次地严密监控起来，而且有我们的人靠近他身边。"

段云鹏走进香港弥敦道酒店三楼的一间房子，拿眼一瞄，看见天津来的人大约四十岁，身高七尺多，长脸庞，黑脸膛，浓眉大眼，身体魁梧，留长发。

段云鹏感到此人不善，不时瞥他一眼。此人也老用眼盯着段云鹏，但不说话。这让段云鹏如同芒刺在背，感到一种威慑。

周建勋赶紧切西瓜请大伙吃，谈笑一阵后，蔡子修见牌手已凑够，自己也该抽身走人了，便让新来的入桌打牌。

打牌时，天津来人老注意段云鹏洗牌时伸出有点残疾的手，使段云鹏很不自在，在打牌期间，两人从未说过一句话，似乎都在暗中较劲。

第10章
第二次台海危机——海上大战

天快亮了,在休息吃点心时,周建勋和天津来人谈话,来人不时用眼斜瞟段云鹏。段云鹏对天津来的人很反感,便起身告辞了。

段云鹏回到香港九龙宝勤路21号。张震一见他走进来便说:"有点事儿我告诉你,不是咱兄弟爱财,现在韩宝章不是给你办入境证了吗?你跟闫琢说是通过关系人偷渡到广州,带路费是一千五百元港币,现在不偷渡了,公开入关,这钱还要不要?以我说,不要白不要。"

段云鹏说:"我得向保密局报呈,找的关系人是谁?"

张震说:"你就说是黄健午给找的偷渡人,他是九龙青红帮头子罗洪手下的人。"

段云鹏说:"好吧,就这么办,弄点钱花。"

二人正说着话,闫琢推门进来,张震说:"你们哥俩先聊着,我出去办点中秋节的货。"

张震走后,闫琢说:"毛人凤先生来电报,问你用钱不用钱,你要用钱的话,毛先生让我给你。"

段云鹏说:"当然要用钱,你先给我八百元港币,我好打发目前的日子。"

闫琢说:"我明天把钱送来。关于你自己找偷渡人局里批准了,所有费用由我给。"

段云鹏很有信心地说:"这事儿已有八成把握,过些日子可能跟他们走私的一块进大陆,关系人说领路费是一千五百元港币,等我进大陆到达广州后给你来信,咱们再交款,你把钱交给张震二哥就行,让他给送去。"

闫琢问:"你的关系人是谁?叫什么名字?住哪儿?这都需要呈报的呀。"

段云鹏故意说:"这事儿保密,别人他不带,是九龙一个青红帮头子给我办的。"

闫琢着急地说:"四哥,就是青红帮头子也得告诉我,我绝对保密,

283

不告诉我也没法往局里报呈，万一要出了事故，我们上哪儿找你去，要是报呈后，我可找你关系人要人！你告诉我，我给你呈报局里，领路费都由我这拨，你进大陆后，我就将钱交给二哥。"

段云鹏说："给我介绍的领路人叫黄健午，是天申贸易行的经理，由黄健午介绍一个叫罗洪的人，他是走私大头，让我和走私人混在一起进广州，偷渡费他不要，这个钱是给走私人的酒钱，让他们在路上好照顾我。你把这儿的情况向局里报呈好了。"

闫琢说："好，我就这样往局里呈报，领路费是一千五百元港币，还有别的开销吗？"

段云鹏笑着说："兄弟，你看着办吧，能多要的就多要，谁能跟钱有仇呀！"

1954年9月5日上午，天津公安局王副局长笑着对刚刚进门的公安处长方辉说："据'海燕'提供的情报，他已见到段云鹏，段近期去广州，请速与广州市公安局联系。根据这些情况，局党委决定，命你带两名同志去广州，请广州市公安局配合，将段云鹏抓捕归案！"

"是！"方辉应声答道。

王局长又说："关于抓捕段云鹏的计划，待你确定两名人选后，咱们一块研究。"

方辉说："人选已确定，我去叫他俩，咱马上制订抓捕计划！"

此时的广州，正是特务猖獗之时。

解放初每逢国庆，台湾当局就近派到广州的特务数量多，次数也多，谓之"华南行动"，企图在国庆期间制造暗杀、恐怖事件。郑介民、毛人凤等台湾特务头子亲自坐镇港澳，指挥潜入内地特务的活动。

1954年的国庆前夕，特务屈金汉受委派潜回内地，任务是国庆期间在人群密集的公共场所制造爆炸事件。9月29日，屈金汉拿到了其他特务从香港偷带过来的藏在"黑猫"牌香烟铁罐里的两颗定时炸弹，10月2日，他将炸弹定

第 10 章
第二次台海危机——海上大战

时在晚上7时爆炸，趁着中午时分街上行人稀少，将藏着定时炸弹的香烟盒扔在了广州维新路国庆牌楼里，结果被十来岁的调皮学生发现，公安人员将屈金汉抓获归案。这前后不久，还抓获了在广州从事破坏活动的其他几路特务。

段云鹏就是在这关口撞上广州公安枪口的。

广州火车站，商人打扮的段云鹏出站后，手提皮箱步行，出站的人摩肩接踵。段云鹏突然发现视线中有个熟悉的身影一闪，像是在弥敦道酒店打牌的那个天津来人。

他赶紧推开人群疾步前行，在将出火车站的拐弯处看清此人果然是那位天津来人。

段云鹏吓出一身冷汗，为了证实自己是否眼花，他想跑步追上去，可是无力推开那拥挤扎堆的人群。等段云鹏走出车站再寻找时，早已不见其踪影。

段云鹏用劲揉了揉眼睛，仍四处寻找，此时听到有人大声喊道："李先生，我在这儿。"

段云鹏和韩宝章握手后，韩宝章接过段云鹏手中的皮箱，见段云鹏仍在四处张望，便问："李先生，你在找谁呀？"

段云鹏茫茫然空落落地说："我刚才好像看见过去一位老熟人。"

韩宝章笑着说："二哥来电报让我接你，咱们现在回家去吧。"

段云鹏说："宝章，我先不去你家，去酒店开个房间，等我洗沐后再去看弟妹。"

韩宝章说："都是自家弟兄何必客气哟，我家很方便的，完全可以住，我哪能让你住酒店？"

段云鹏想了一会儿说："好吧，就打扰你了。"

在韩宝章家里两人吃完早饭后，来到广州一家澡堂洗澡。上午11点钟，有个北方人找韩宝章，他们似乎有意避开段云鹏，在另一房间谈话。

谈了一会儿，韩宝章回来时段云鹏问："是谁找你谈话？"

韩宝章一笑掩饰说："是我的老乡，托我给他买些甜甘草，北方人来广州买药都来找我。"

段云鹏听后没再言语，眯着眼躺在那儿。他仍在想车站的事，那天津人的身影老在他眼前打晃。

他心烦意乱，似有不祥预感，突然间翻身下地，用有些颤抖的声音说："宝章，咱回家吧！"

午夜12点，段云鹏和韩宝章坐三轮车到广州抗日东路下车，当走到楼前时，段云鹏见韩家客厅灯光很亮，像有人在走动，他心里一悸，迟疑一阵，但还是上了楼。

"不许动！"在楼角过道处冒出一声吼，猛然出现几个干部模样的人抱住了他，其中就有那位天津来人。

段云鹏拼命挣扎，想夺路而逃，但感到冰凉的枪口已顶住他的头盖骨，他乖乖地举起了双手。

广州公安局审讯室，段云鹏戴着镣铐端坐在椅子上，目不转睛地盯着审讯员方辉。

方辉翻阅着材料，漫不经心地问："李先生，你的真实姓名？来大陆干什么？"

段云鹏申辩说："我是老老实实的商人，来大陆做生意的。你们这样对待我，我强烈抗议！"

方辉和其他审讯人员没有理他，低头"沙沙"地翻阅材料，不时提笔写写画画，书记员在埋头抄写什么。三四个便衣坐在旁边沙发上，各捧一张报纸专注地看。

审讯室里十分平静，纸张抖动的声响，书记员写字的"刷刷"声，此刻显得十分响亮、刺耳。

这种沉闷的空气使段云鹏渐渐紧张心悸起来，他狐疑地低下头，慌乱地

第10章
第二次台海危机——海上大战

搓着手。

"段云鹏!"方辉忽地大吼一声。

"唉。"慌了神的段云鹏下意识地应了一声,他急忙抬起头来,屋里的人都对着他微笑。

"段云鹏,你的戏该收场了,你看这是谁?"方辉说完微笑着递给他一张照片。

这是他越境时的现场照片。

"啊!"段云鹏张着嘴,几乎喊出声来。

方辉嘲讽地说:"你化名张仁进来,费了我们不少胶卷。"他又甩过去一张照片,"你再看看这张!"

这是1951年初在台湾保密局礼堂,毛人凤亲自授他"六等云麾勋章"后,他戴着勋章照的半身像。

"唉!"段云鹏叹了口气,只好招了,"我是段云鹏。"

段云鹏被押到北京,在北京公安局审讯室审讯了多次,这一次段云鹏哀求说:"该交代的我都交代了,请政府先不要枪毙我,让我劳改一两年。等台湾解放后,和老婆、孩子见上一面,再枪毙我。"

审讯人员方辉说:"鉴于你提供了不少有价值的情报,政府对你宽大。你在狱中也不要闲着,要不断写信给台湾保密局提供情报。"

段云鹏像被火烫了一下:"不不,这种勾当我洗手不干了!"

方辉以命令的口气说:"是我们要你干的,情报由我们给你提供。"

段云鹏忙点头:"明白了,一定效劳。我还可以叫他们定期给我寄活动经费,奖励我的'功绩'。"

彼此都熟悉了,方辉便和他聊起天来:"给我们说说,你是怎么成为'飞贼'的?"

段云鹏苦笑说:"人们都说我会飞檐走壁,其实是把我神化了。我只不过胆子大,手脚灵活,上房会利用地形地物而已。"

说着，他抖动了一下手上沉重的镣铐。

在公安机关的控制下，段云鹏不断从狱中写信与台湾"保密局"联系，发出编造的所谓"情报"，"保密局"还定期给他寄来"活动"经费。

段云鹏在狱中被公安机关控制使用后，提供了不少有价值的情报。每当美蒋特务机关有新的动向时，他都能提供背景资料。由于他认罪态度比较好，遵照毛泽东的"可杀可不杀的就不要杀"的指示，段云鹏的生命得以延续到"文化大革命"。"文革"使许多无辜的人都在劫难逃，段云鹏自然跑不脱被枪毙的命运。

第 11 章

台美重度"蜜月"

朝鲜战争使美国改变了对台湾的政策，人事更替更强化了这种改变。1952年，艾森豪威尔取代杜鲁门入主白宫后，台美关系进入了"蜜月时期"。1952年可说是台湾当局命运的转折点。随着美国的对台新政策而来的是源源不断的美援，美国的军事装备使受过重创的国民党军队重整旗鼓，美国的工农业原料为面临困境的台湾经济提供了新的活力，美国的经援成为国民党当局填补财政空缺，维持庞大的军警机构和繁杂的政府、党务系统的重要经费来源。

总之，从20世纪50年代初开始的有计划、有重点、连续不断的美援，成为确保台湾生存和促进社会发展的基本因素。而国民党当局反共白色恐怖的苛政也是使台湾趋于稳定的重要因素。

此时的台湾，基本摆脱了国民党大陆失败引起的大动荡、大徘徊的局面。"马克思主义论述在台绝迹，学术界几乎一片'反共'声音，都一概颂扬美国。"此时的台湾，是第二次世界大战后，在世界范围内绝无仅有的朝野一致反共亲美的社会。

■ 美台签订《共同防御条约》

艾森豪威尔一上台就向中国打"台湾牌"，任命坚决反共的杜勒斯为国务卿。1953年2月2日，在给国会的咨文中，他又从遏制共产主义发展的战略出发，宣布撤销1950年6月27日杜鲁门声明中关于台湾"中立化"的规定，下令不再使用太平洋第七舰队来"屏障共产党中国"，并正式任命兰登为美国驻台"大使"。2月5日，艾森豪威尔命令第七舰队放弃在台湾海峡从事"中立巡逻"。

对于美国撤除"中立化"的举措，有舆论称是"放蒋出笼"，旨在利用台湾问题对中国施加压力，使正处于微妙阶段的朝鲜停战谈判产生若干"心理上"的影响。

艾森豪威尔的"放蒋出笼"政策，首先安抚了蒋介石。在艾森豪威尔发表声明的第二天，蒋介石也抛出一个声明称："无论在政治上以及国际道义上，实为美国最合理而光明之举措。中国今日之反共复国，为自由世界反共抗俄侵略之一环，但中国不要求友邦地面部队协助我国对共匪作战。"

蒋介石对美国第七舰队防范范围提出质疑。兰登加以解释说，艾森豪威尔的命令不意味着可让台湾采取军事行动反攻大陆，采取任何军事行动前，均须征询驻台美军顾问蔡斯将军的意见。

艾森豪威尔的"放蒋出笼"举措，使蒋介石产生了乘机与美国结盟的念头。按照蒋介石的设想，美蒋结盟不仅可以使偏安孤岛的蒋家小朝廷永远得到美国的保护，而且还可以借美国力量反攻大陆。

美国第三十四任总统艾森豪威尔（历史图片）

蒋介石在朝鲜战争结束前萌生此念，是与亚太局势的发展变化分不开的。打了三年的朝鲜战争，强大的美国军队没能击败人民志愿军，国内反战舆论与"联合国军"的解体,使美国不得不考虑用谈判方式来结束在朝鲜的争端。然而实行这种方式对美国不利,不仅使新中国在国际上的地位大大提高,使台湾当局借助朝鲜战争重返大陆的幻想破灭,而且还会使中共从朝鲜脱身,加强针对台湾的军事力量,给蒋家小朝廷在台统治造成威胁。朝鲜战争帮了蒋介石的大忙,同样,战争结束也会给他带来大麻烦。在这种情况下,蒋介石自然意识到必须采取新的对策,即千方百计争取美国对他的支持。可以说,蒋介石当时把维持与发展同美国的关系,作为蒋家小朝廷继续生存下去的唯一法宝。

蒋介石有了构想,身为台湾当局"外交部长"的叶公超就要去实现构想,他首先提出了与美国缔结双边条约草案问题。美国驻台"大使"兰登当时认为:美国对台湾的援助在法律上所处地位是单方面的,援助和支持随时可以停止。只有签订正式《共同防御条约》,"才能指望我们的中国朋友保士气",大规模的援助会产生最好的结果。兰登向叶公超建议,可令驻美"大使"向美国国务院提出缔约建议书。

尽管蒋介石对于和美国签约抱有极大的热情,却热脸碰上冷屁股,艾森豪威尔政府最初的反应十分冷淡。顾维钧的建议一提出,立即遭到杜勒斯的拒绝,此后,台湾当局又通过各种渠道反复向美方建议举行谈判,华盛顿却一直未作出积极反应。

其实,艾森豪威尔与前任总统杜鲁门一样,不相信蒋介石的独裁制度体现了民主自由原则,也根本没有准备为帮助蒋介石反攻大陆或是防守几个海岛而去冒世界大战的危险。美国支持蒋介石政权,只是把台湾当作其在远东的战略据点而已。如果将台湾比作一艘不沉的航空母舰,蒋介石只不过是一个并不理想却无法代替的舰长。

对于这样一个差强人意的合作伙伴,美国当然不愿被条约束缚在一起。艾森豪威尔特别担心蒋介石随时采取针对大陆的军事行动,而将美国拖入中国内战。美国不愿意承担协助蒋介石防守金门、大陈等几个岛屿的义务,也不希望明确宣布美国在这一问题上的态度。美国想用对这几个沿海小岛政策的模糊性来迷惑随时可能进攻的中共军队。而要缔结《共同防御条约》将迫使美国态度明朗化，使美国陷入一种进退两难的境地。承担防卫这些小岛的义务，将使美国冒着与中共军队直接作战的危险，而一旦这些难以防守的岛屿从美军手中失掉，还会有损美国的形象。

艾森豪威尔还几次重申美国不要讲"永远"不承认中华人民共和国，并主张解除对华贸易的全面禁运，与蒋介石签约无异于在外交上堵死了这条路。

在美台"军事联盟"的建立上，蒋介石采取了主动。

为了说服美国尽早与台签约，蒋介石利用各种机会，强调台美间结盟的重要，并不惜作出一些让步。

1954年5月，美国国防部副部长查尔斯·威尔逊和海军部副部长托马斯·盖茨来到台湾访问，就双方缔结防御条约问题，代表美国政府与蒋介石交换意见。蒋介石在士林官邸接见他们，兰金、叶公超在座，宋美龄当翻译。

威尔逊说："我国政府对贵方所提缔结条约的建议，认为很有必要。我们此行的一个主要目的，就是想彼此交换意见。"

"好，好，好！"蒋介石微笑着颔首说，"我们愿与美国重修抗战期间的旧盟。在西太平洋上对付共产国际的侵略，成为中美两国共同防御的责任。我们中华民国参加这个安全体系之后，不独能弥补太平洋防线的空隙，而且能强固我后方基地，更可使我今后反共复国事业立于不败之地，并获得事半功倍之效。"

威尔逊表示说："我国政府也认为，缔结防御条约是有利于我们双方的。"

蒋介石点头说："美国在东亚应该拟定和奉行一种摆脱老殖民主义影响的政策，否则失败是不可避免的。"

"外交部长"叶公超说:"中美之间缔结一个条约,是在日本、韩国、菲律宾和中华民国这四个最直接有关的亚洲国家之间,进行一种集体安排安全的先决条件。"

威尔逊点头表示同意:"根据目前台湾的现状,我们向总统先生提个建议,能否全面自大陈、马祖、金门等外岛撤退,集中兵力防守台、澎。我国政府认为,如果双方缔约,条约也只适用于台湾和澎湖地区,而不能包括其他地区。"

蒋介石收敛了笑容,不悦地说:"这些岛屿,是我们反共复国的前哨阵地。尤其是金门、马祖,它们不仅是前哨据点,也是防卫台、澎的屏障。对这些岛屿来说,不存在撤退的问题,而是如何加强防务的问题。"

他停顿一下,咳嗽一声,提高了声调:"我刚刚下了命令,派部队增援大陈、金门。"

眼看谈判要僵,盖茨插进来说:"我们可以理解,只是有必要提醒一下总统先生,目前我国在远东的海空力量因需保护巡航的地域很广,只能顾及台、澎地区,如果要将范围扩大到贵国的全部岛屿,除非从美国本土再增派海空力量到远东来,而这是不现实的。"

叶公超说:"既是两国之间的缔约,似不宜将一方的一些领土摒弃于条约之外。"

蒋介石强硬地表示:"把金门、马祖划到条约保护范围之外,这是我们绝对不能接受的!"

威尔逊无可奈何地耸耸肩,随即又说:"条约要明确,台湾方面未经美国同意,不能对大陆采取任何重大军事行动。"

蒋介石不容置疑地说:"反共复国是我们的既定目标,对大陆采取军事行动,是我们中国的内政问题,不应列入防御条约条款之中。"

"No! No! No!"威尔逊不断地摇头。

谈判卡壳了,蒋介石决定让步。6月28日,他授意叶公超向美国驻台的兰

第11章
台美重度"蜜月"

金"大使"表示，台湾当局同意在采取任何重大军事行动之前，先征求美国同意。兰金于是在拍发给美国国务院的电报中说：蒋介石"愿意放弃任何可能为美国所反对的进攻共产党的军事行动，借以换取一个双边条约"。

台北某宾馆威尔逊住处，叶公超又来看望"美国代表"威尔逊，说："蒋总统对会谈很满意，希望代表能促进两国共同防御条约早日签订。"

威尔逊说："现在的障碍是蒋总统坚持对大陆采取军事行动是贵国的内政，不应列入条约之中。可未经美国同意，不能对大陆采取军事行动，是美国总统艾森豪威尔坚持的要求。我与蒋总统谈了三次，都不能就这个分歧达成一致，叫我如何答复我国总统呢？"

叶公超说："贵国总统是担心蒋总统会进攻大陆中共，牵累美国参战。这本是我国内政，但蒋总统今日对我讲，台湾方面准备满足贵国的要求，在采取任何重大行动之前，必先征得艾森豪威尔总统的同意。"

威尔逊高兴地说："这我就好交差了。我一定转告蒋总统的诚意，促进共同防御条约谈判早日开始。"

9月3日，大陆对金门岛发动了激烈的炮战，台海局势顿趋紧张。"九三炮战"成了促成台美之间缔约的一副催化剂。

在美国白宫总统办公室，艾森豪威尔对国防部长约翰逊说，中共突然炮击金门，又要打一江山岛，这是我执政十八个月中遇到的最严重的问题。立即让在马尼拉的杜勒斯国务卿飞往台北，与蒋介石正式商谈《共同防御条约》。

在台北士林官邸，叶公超对蒋介石说："总统，美国国务卿杜勒斯就要从马尼拉赶过来了，他是为共军炮击金门事件来的。"

蒋介石心情复杂，跟叶公超说："杜勒斯在马尼拉没什么了不起，连马尼拉市长都在说他是'全亚洲国家都不能相信的人'。这句话不是共产党说的，我相信！我不知道他怎样对待金门、马祖。这是我最关心的！"

第二天，蒋介石满脸堆笑地在官邸接待了杜勒斯，夸张地说："您今天能来台湾访问,实为值得欢迎的一件大事。"

杜勒斯说:"我在菲律宾时,许多人认为我的日程很紧,可以不必访问台湾。特别是英国外交大臣艾登先生,在我动身前给我打电报说,我访问台湾没有必要。他建议我最好直飞伦敦参加解决欧洲问题的会议。不过我觉得,既已到了远东,不可再失去访问台湾的机会。"

蒋介石也说好听的:"我认为自从您接任美国国务卿以来,美国政府在远东做了三件大事:朝鲜停战,未卷入印度支那的战争,缔结东南亚防御条约。关于前两项,有人对美国政府的立场感到不满,然而我个人认为,在这两方面的钳制政策都是正确的。"

杜勒斯高兴地说:"只要你认为正确,别人的批评或不满对我来说就无关紧要了。"

蒋介石又回顾历史说:"我自己一向认为,美国是我国唯一的忠诚朋友。自从十五年前我们在汉口第一次见面以来,我的这一信念从未动摇。因为我们两国始终是奉行同一路线,不论是在物质利益方面,还是在精神方面。这是发自我内心的良知,绝不是外交辞令。"

杜勒斯不住点头。

蒋介石乘兴讲下去:"各界人士认为,你此时访问台湾证明美国政府重视台湾,然而,如果离台时竟未签订东亚安危之所系的双边协定,如果在东南亚组织签字之后,而对中美条约不作出决定,从有识之士看来,美国在远东的政策将遭受无可弥补的损失,东南亚条约组织的有效性也将是个疑问。9月3日,厦门的共产党以重炮轰击我金门驻军,发炮六千发。我国政府认为应立即予以还击,不过,美国军事顾问坚持要请示太平洋地区总司令,我们一直等到第三天,太平洋地区总司令同意后才采取行动。这是我们坚守信约的例子。"

杜勒斯满意地说:"这是令我高兴的。"

蒋介石又说:"没有美国的同意,我们不实行反攻。但是只要我们不反攻，亚洲的共产党问题就无法解决。关于双边条约的问题，我就谈到这里，愿听听您的意见。"

杜勒斯讲了一通艾森豪威尔和他的意见，总之是要束缚蒋介石"反攻大陆"的手脚，要他放弃外岛，专守台湾、澎湖。蒋介石不爱听，老强调"反攻大陆"的重要性和迫切性。

在座的"外长"叶公超怕蒋介石过多谈论反攻大陆引起美国担心，插话道："双边条约和反攻是截然不同的两回事，条约纯粹是政治性的，不涉及反攻。"

杜勒斯说："很遗憾，由于时间短促，我不能就此问题与阁下进行详细讨论，五分钟或十分钟后，我就要离开。"

杜勒斯起身要走，蒋介石没有起身相送，还是坐着讲话，发泄自己的不满："我以前说过，美国关于对华政策没有计划，这对苏联有利，也受到共产党人欢迎。因为这会给他们可乘之机，给美国制造困难。另一方面，美国如果采取坚定政策，帮助我们打回大陆，这样便抓住了问题的核心。遗憾的是，美国政府在行动上不积极，不主动。最后，因为您即将前往日本，我愿提出，美国政府必须施加压力，要日本采取反共立场。"

杜勒斯实在坐不住了，打断蒋介石的话，礼节性表示："听阁下之言，获益甚多，我将认真考虑。我一向敬佩阁下的明智和敏锐的观察力。我不会轻易忘记或忽略阁下今天的讲话。"说着就往外走。

蒋介石追着他说："决定未来的世界问题可能是在欧洲，不过共产党侵略的最严重威胁，目前就在亚洲。据我看来，酿成世界大战的导火线在亚洲。"

"我知道，我知道……"杜勒斯一边应付着，一边匆忙往外走。

回到美国，杜勒斯对艾森豪威尔总统说："必须要求蒋介石从大陈岛撤军！那边的火烧得太大了。"

艾森豪威尔忧心忡忡问杜勒斯："国民党从大陈撤退军队，会不会遭到共军的攻击？"

1955年3月，赴台访问的美国国务卿杜勒斯与蒋介石在探讨台湾问题。（历史图片）

杜勒斯说："可以对大陆施加压力和进行试探。"

艾森豪威尔说："我决定派参谋长联席会议主席雷德福去台湾部署兵力，同时通过海军部发表声明，说明对大陈的任何进攻，都将被美国解释为干涉第七舰队的任务，要遭到美国的报复。你再找苏联外交部长施加影响。"

杜勒斯说："我可以私下告诉莫洛托夫，如果美国说服蒋军从大陈撤退，要他说服中共对大陈不进行攻击。"

艾森豪威尔和杜勒斯策划妥当，便派美国特使、国务院远东事务助理国务卿罗伯逊飞往台北，与蒋介石摊牌。

罗伯逊开宗明义说："蒋总统，美方建议立即在沿海岛屿停火，这是我这次来台湾的主要任务。"

蒋介石一听停火就跳了起来，尖锐地说："就是我本人同意这项停火建议，那么也将无法把自己的决定向岛内民众作出解释。你们允许联合国安理会讨论这个建议，是不是表示对我们在联大的代表地位发生怀疑了？把所谓金、马诸岛屿问题提交联合国讨论，是美国政府屈从于英国讨好中共的结果，也是你们故意要逃避对这些岛屿承担直接责任。因此，这一停火建议是完全荒谬的，我要誓死守卫金门、马祖、大陈，虽战至最后一人亦不停止！"

"这……"蒋介石态度那样决绝，罗伯逊头上冒汗了，不知怎么谈下去。

罗伯逊缓和语气说："总统先生，我方的意思并不是要你们对中共退让，暂时后退是为了今后更大步前进。如果你们一定要坚守金门、马祖，那么，我代表美国政府与军方，正式希望你下令从大陈岛一线撤军。"

蒋介石一口回绝："不！"

罗伯逊说："那里的局势太危险，美国不希望为了一个大陈岛与中共开战，何况大陈岛距台湾太远了。"

蒋介石不悦地打断说："特使先生，大陈岛的战事刚开始，胜负尚难预料。"

罗伯逊又劝说："不，不，总统先生，自一江山岛失守之后，中共的陆、海军已在岛上布防，现在不要说海、空军，只要共军用极普通的105榴弹炮，便可控制大陈列岛。据我们所知，现在贵军的飞机都不敢穿越大陈上空，而必须在大陈海湾绕行，以免被共军击落。在这种状况下，贵方如何在大陈与共军作战呢？再说，坦率地告诉阁下，华盛顿已指示第七舰队帮助守军立即从大陈岛撤退。"

蒋介石干瞪眼了，口气软下来："这……这得容我们再考虑一下，美国方面要答应协防金门、马祖，我们才好考虑从大陈撤兵。"

罗伯逊含糊地说："我回去向总统和国务卿先生汇报，由他们答复你。"

不久，蒋经国拿着一封信对父亲说："阿爸，艾森豪威尔总统给您写来一封信。"

蒋介石急切地问:"都写了些什么?他同意协防金门、马祖吗?"

蒋经国说:"口气很含糊,只是说:如果台方一旦判断中共对金、马二地的进攻,是其进攻台湾的准备行动,那么美国就参与保护金、马。"

蒋介石又问:"还说了些什么?"

蒋经国说:"艾森豪威尔还告诉您,杜勒斯国务卿已将从大陈撤兵的决定告诉了苏联外长莫洛托夫,希望苏方帮助说服中共不要阻挡台方撤退。美国怎么把这么机密的事,告诉苏联帝国主义呢?"

蒋介石突然蹦出一句粗话:"娘希匹!美国也是帝国主义!"

蒋经国听了一惊。美国是帝国主义不假,但这句话从父亲嘴里冒出来,蒋经国听了还是觉得新鲜和震惊。

10月下旬,正在美国出席联合国大会的叶公超,奉蒋介石之命前往华盛顿,会同台湾驻美"大使"顾维钧,与美国国务卿杜勒斯和助理国务卿罗伯逊等进行了订约谈判。谈判自10月27日开始。

在台美进行缔约谈判期间,蒋介石进一步阐明了台湾当局的观点,并对美国政府加以敦促。11月23日,蒋介石身着军常服,未佩五星肩章,在"总统府"内接见了美国《纽约时报》记者李博文和《纽约论坛报》记者毕益继。李、毕两记者报道称:"值此间盛传中美共同安全协定,将于本年底以前在华盛顿签订之时,蒋总统并主张将东南亚公约扩展至亚洲东北部,以为阻止共党侵略之保障。并认为韩国、日本及中华民国,应包括在东北亚公约之内。"

蒋介石在接见中,特别强调了台湾的重要军事价值。他说:"关于此事最重要之点,则在认识共匪战略之中心。本人认为该侵略中心即在东北亚,尤以台湾为其中心之中心的一目标。如东北亚各国能组织起来,彼等即可阻止共党在亚洲其他地区之进展。现在台湾为共匪之主要目标。因该岛正如一柄刺入共匪心窝之利刃,共匪深知彼等在东北亚与东南亚两处所侵占之利益,在未攻取台湾以前,决不能视为巩固。"

第11章
台美重度"蜜月"

12月31日和1955年1月1日，蒋介石连续两天在台北主持台美高级军事会议，与来访的美国参谋长联席会议主席雷德福上将等商讨台海的军事形势和关于"共同防御"的问题。"驻台美军协防司令部"也于此时正式成立，其职责为协调远东各美军单位，以应付台海危机。

艾森豪威尔于12月24日向国会发出了一份名为《正在台湾海峡发展的局势》的特别咨文。他在咨文中指责中国人民解放军攻占一江山岛的行动说："上星期，在少数英勇的兵士对占压倒优势的敌人勇敢地抵抗了数天后，他们以空中和两栖军事行动攻占了一个小岛。最近，他们对大陈群岛的主要岛屿本身进行了猛烈的空中攻击和大炮轰击。"他要求国会就此作出一项适当的决议，"明确而公开地确认总统作为总司令在他认为有必要时立即有效地使用我国武装部队"，以达到"保护美国的权利和安全"的目的。

美国国会经过三天的激烈辩论，终于通过了一项《授权美国总统协防台湾及澎湖之决议案》，内称：

"兹授权美国总统，在他认为对确保和保护台湾和澎湖列岛不受武装进攻的具体目标是必要的时候，使用美国武装部队，这项权力包括确保和保护该地区中现在在友好国家手中的有关阵地和领土，以及包括采取他认为在确保台湾和澎湖列岛的防御方面是必要的或适宜的其他措施。"

这一决议，使美国政府向着蒋介石所希望的协防外岛方面跨出了微妙的一步。

台美间的签约谈判历时一个多月，至1954年12月1日，双方达成协议。叶公超与杜勒斯在记者招待会上共同宣布：台美双方"已经完成了关于一项共同安全条约的谈判"，"这个条约将成为美国同太平洋地区的其他国家已经缔结的各种集体防御条约所建立的集体安全体系中的另一环节。这些安排合在一起构成西太平洋自由国家人民抵御共产党侵略的中心体制"。1954年12月2日，叶公超与杜勒斯分别代表台湾当局和美国政府在《中华民国与美利坚合众国间共同防御条约》上签字。

美国和台湾当局签订《共同防御条约》，使美国入侵台湾的行为合法化，也使蒋氏政权真正得到了美国的军事庇护。

至此，蒋介石一直悬着的心才放下来。

在北京国务院会议厅，周恩来举行记者招待会，发表严正声明说："美蒋《共同防御条约》在任何意义上都不是一个防御性条约，它是一个露骨的侵略条约……"

在中南海菊香书屋，毛泽东对周恩来说："美蒋既已签订了《共同防御条约》，我们也该用兵了。我们要告诉台湾军民，有这个条约，解放军还是想打就打，别以为条约是万灵符。"

周恩来说："美蒋签订的条约，所谓'中华民国'的领土范围，仅限于台湾和澎湖，大陈及其岛屿，不在'协防'之内。"

毛泽东一挥手："那就先打大陈岛，让中央军委指示浙东前指，在避免同美军冲突的前提下，坚决攻击大陈。攻击目标不限于大陈，只要发现其设防薄弱的岛屿，可一举攻占。"

美国后来之所以接受了蒋介石的建议，同意缔结《共同防御条约》，其原因主要有三点：

第一，美国远东事务助理国务卿罗伯逊一再游说对国务院产生了影响。罗伯逊一开始就主张同台湾缔结《共同防御条约》，他在1954年2月2日写给杜勒斯的一份备忘录中表明了他对签约的态度。他称美台"共同防御条约的缔结将有助于提高蒋军的士气，向其盟国表明美支持蒋的立场，使蒋政权获得与美国亚太军事联盟体系成员国同样的地位，并抵消蒋对美参加即将在日内瓦召开的包括中国在内的关于印支和朝鲜问题会议的疑虑"。罗伯逊的建议未获杜勒斯批准，其后他又多次向杜勒斯建议缔约，加以台湾海峡出现新的紧张局势，最后终于在1954年10月，缔约方案得以通过。

第二，台湾海峡局势突变使美国改变了对蒋介石建议的冷淡态度。朝鲜战争后，中国人民解放军集重兵于台湾海峡，准备渡海解放台湾，彻底消灭国民党残余势力。台湾海峡出现了大战前的紧张局势。此时，台湾已成美国西太平洋岛屿防线中的重要环节，也是美国"以台制华"的一张王牌，因此美国绝不愿失去对台湾的控制。

第三，蒋介石的妥协使美国也作了让步。1954年6月28日，叶公超告知兰登：如果台美双方能够缔结《共同防御条约》，蒋先生同意在采取任何重大军事行动之前，先征求美方同意。蒋介石的意图很明显，就是企图消除美国人的疑虑，尽早订立条约。通过兰登的疏通，美方同意进一步磋商。在磋商中，双方在条约的"适用范围"上存在着分歧。蒋介石主张应包括金门、马祖诸岛，但美方反对，主张仅限于台澎地区。在反攻大陆问题上，美方坚持未经同意，台湾当局不能采取重大军事行动。美国利用这一条进一步控制台湾，并凭借台湾海峡割裂大陆与台湾的关系，妄图搞"两个中国"。

经过讨价还价，台湾当局只得向美国让步，但为了挽回"面子"，又要求美国同意不将美有权否决国民党军对大陆采取军事行动的内容写入条约"正文"。美国同意了台方的这一要求，并决定以换文方式来表达。

1954年12月2日，叶公超与杜勒斯在华盛顿签署了《共同防御条约》。台湾"行政院长"俞鸿钧对条约的签订发表声明称：这是台美合作的新成就。台湾"立法院"奉蒋介石命令很快通过了这一条约。1955年2月9日，美国参议院以六十四票对六票的优势批准了此条约。1955年3月，在台北中山堂互换条约批准书，同日正式生效。

美蒋《共同防御条约》的签订，使蒋家小朝廷获得了美国的保护伞。条约共十条，要点有：

1.缔约国将个别以自助及互助之方式，维持并发展其个别及集体之能力，以抵抗武装攻击，及由国外指挥之危害其领土完整与政治安定之共产颠覆活动。

2.每一缔约国承认，对在西太平洋区域内任一缔约国之领土武装攻击即将危及其本身之和平与安全，兹并宣告将依其宪法程序采取行动。

3.有关领土等辞,就"中华民国"而言,应指台湾与澎湖,就美利坚合众国而言,应指西太平洋区域内在其管辖下之各岛屿领土。

4.台湾当局同意美国在"台澎及其附近为其防卫需要而部署美国陆海空军"之权利。

5.本条约不影响台美在"联合国宪章下之权利义务","或联合国为维持国际和平与安全所负之责任"。

美国陆海空军根据美台《共同防御条约》的规定,以及与蒋介石共同商定的部署,开始介入台湾地区。1月27日,美国远东空军总部宣布,美空军第十八战斗轰炸机航空队移驻台湾;同日,美远东总司令赫尔上将宣布,如台湾遭受攻击,美远东陆军将采取行动;28日,美国第七舰队及航空母舰"中途岛"号驶入台湾海峡。

紧接着蒋介石于4月20日在台北,又与来访的美参谋长联席会议主席雷德福和助理国务卿罗伯逊再次举行会谈,以讨论在台湾地区使用武力和防守金、马问题。《共同防御条约》的缔订,使台美关系在经历了一番颠簸之后,重新走向"蜜月"的高潮。

在"蜜月"里,蒋介石尝到了大甜头。仅以军事援助为例,美国运到台湾的武器装备数量十分惊人。到1953年底,美国提供的军事援助达6.7亿美元,此外在经济援助中的军援还有八千万美元。

1949年底,美国的250辆坦克和陆军五个师的装备运抵台湾;1950年上半年,有740辆坦克和装甲车运来台湾,供军方更换过时的装备;1950年下半年至次年5月,美国又运来加农炮150门、坦克约70辆,还有火箭炮、平射炮、榴弹炮及重型牵引车等;1952年6月,运来一批军用车辆,包括重型卡车和吉普车;1953年二三月间,运来一批火炮、机枪及工兵装备。运来的海上武器有九十余艘各类登陆艇和军舰。制空武器有:1949年底运来的100架B-25双引擎轰炸机;1950年初运来的一批飞机零部件和通信装备;四五月间运来轰炸机120架；1951年6月后的一年间分批运来飞机40架；1952年11月运来"野马式"战斗机28架；1953年初运来一批螺旋桨飞机；6月运来一批F-84战斗机。

美国武器的源源到来，帮助国民党军队度过了最困难的时期。蒋介石所拥有的武器，经过在祖国大陆失败的冲击，损失太大了，旧武器过时落后，新武器缺乏零配件达不到实战要求，美国武器的到来正好全面替换国民党军队中的武器装备，国民党军队颇有"武装到牙齿"的"风采"，提高了国民党军队的形象和士气。

■ "蜜月"期间的争吵

虽然蒋介石与美国重度"蜜月"，但并不是事事都甜蜜，由于他坚持"一个中国"的原则立场，坚持不从金门、马祖撤退，而且还要拉美国下水，要求美国"协防"金、马，而美国又不情愿，为此也吵了好长一段时间。

蒋介石与美国签订《共同防御条约》后，面临的台海局势十分严峻。此时一江山岛已丢失，大陈岛全部暴露在人民解放军的海岸炮火轰击之下。大陈岛国民党守军只有两条路，一是撤腿逃跑，二是被消灭。死守就是灭亡，稍有与人民解放军作战经验的国民党将领都明白这一点，蒋介石更是底儿清。

为避免大陈岛守军全军覆灭，只有撤军，但下令撤退蒋介石又有难处：这对刚有所稳定的台湾军心打击太大了。蒋介石指望美国有所表示，来点军事行动助助威，但美国的态度是：台美之间签订的《共同防御条约》规定的双方防御的地区只有台湾和澎湖列岛，金门、马祖、大陈均不在美国第七舰队保护之下，也就是说美国要蒋介石放弃大陆沿海岛屿。美国比蒋介石明智和实际，在华盛顿看来，蒋介石靠反共决心和自己给自己壮胆的宣传口号来防守大陈岛是不现实的，中国人民解放军绝对有实力以陆海空协同作战来收复这些地区，直到兵指台湾。

美国"驻台军事顾问团"按华盛顿的密令力劝蒋介石放弃大陈岛。"顾问"没有劝得动，美国又要派助理国务卿罗伯逊去劝。国务卿杜勒斯对即将出访台湾的罗伯逊说，我们对台湾问题的建议的核心，是劝说蒋介石从沿海岛屿撤兵，专守台湾。

罗伯逊说："蒋介石的脑袋是很顽固的，要他从沿海岛屿撤兵，简直是要他的命，何况正在沿海岛屿遭受中共进攻的时候，他更丢不了这个脸。"

杜勒斯说："对'花生豆'的脑袋我比你了解，你的底线是不能跟他闹翻，而是要牵着他的鼻子，按我们的意图走。"

要牵着蒋介石的鼻子走，谈何容易。

罗伯逊与蒋介石会谈回来，报告艾森豪威尔"花生豆"坚决不从金门、马祖撤军，艾森豪威尔大惑不解，冲着杜勒斯发问："约翰，我真不明白，这位'花生豆'是怎么想的？他误解了我们诚实而又认真的建议。"

他未等杜勒斯回答，转过身来，冲着桌上的地球仪咒骂道："这些该死的小小沿海岛屿，有时我真恨不得让它们都沉下去，在这地球上消失掉！"

蒋介石为什么抓住金门、马祖不放，甚至不惜与美国闹翻脸呢？

对于他和台湾当局来说，伺机发动反攻，返回大陆，恢复旧有的"法统"是其精神支柱，也是维护岛内稳定的重要因素。因此，金门、马祖等大陆沿海岛屿在战略上进可以成为跳板，退可以依为屏障；从法理上看，控制着一部分原属于浙江、福建的岛屿，表明台湾当局并非省政权；从政治上看，坚守这些岛屿可以表明其"反共复国"的决心和意志；从策略上看，坚守这些岛屿可以成为拖住美国、维系国民党政权生存的筹码。

在白宫总统办公室，美国总统艾森豪威尔在转椅上旋转着，突然停住说："狼来了，狼来了！"

国防部副部长威尔逊惊讶问："狼在哪里？"

艾森豪威尔说："台湾问题终于来了！小小的金门居然成了全世界注目

的焦点。你们最近去了台湾，有什么看法？"他问坐在对面的国防部副部长威尔逊和"驻台湾大使"兰金。

兰金说："我主张协助蒋介石保卫这些岛屿，但最好秘而不宣，让共产党捉摸不透美国的意图。"

艾森豪威尔将目光转向威尔逊，威尔逊说："要守住这些岛屿就必须打击大陆的军事目标，使美国卷入中国内战。要是这样，美国就无法对西方解释，为什么为了几个小岛而同中国打仗。因此我不认为协助蒋介石防守金门、马祖、大陈，是明智的。"

艾森豪威尔问："这是军方的态度吗？"

威尔逊说："不，军方没有一致的态度。以参谋长联席会议主席雷德福为代表的军方多数人意见，是采取强硬立场，派海军防卫这些岛屿，并出动空军轰炸大陆。可与大陆交过手的陆军参谋长李奇微，反对美国介入，他认为那些岛屿对美国无关紧要，没有美国支援，国民党也守不住，不如干脆丢掉它。"

艾森豪威尔叹息道："没有想到几个小岛，倒弄得我们左右为难。"

对于蒋介石最为关切的美军是否同意参加"防卫"外岛问题，美台双方曾经进行了一番讨价还价。最后，蒋介石以同意放弃大陈岛作为条件，换取了美方对金门、马祖"协防"的承诺。

夜晚，金门岛，夜雨刚停，月亮从灰云中钻出。

蒋氏父子坐在海边山头上，凝视着月光下的波涛。

蒋介石沉痛地说："唉！共军的猛烈轰炸，使大陈岛遭到巨大损失，一江山岛又沦陷了，大陈岛只好放弃。"

蒋经国安慰道："阿爸，反攻复国是件大事，为了百年大计，一时的忍痛是不可避免的。"

蒋介石说："金门、马祖要死守，这是反攻复国的跳板呀！"

蒋经国说："也是台湾与大陆的纽带，经国明白。只是美国参议院外委会主席格林写信给艾森豪威尔总统,说美国协守金门,会使美国在错误的地方、错误的时刻,为一个并不会影响美国重大利益的问题,而卷入战争的旋涡。"

"他们生怕协守金门会使他们与中共甚至苏联打起来。"蒋介石声调哽咽地说,"经国啊,失掉了金门这块跳板,海天茫茫,我们连大陆的边都看不到了,我们父子连中国人都做不成呀!"

"阿爸!"蒋经国也哽咽难言。

蒋介石痛下决心说:"下令'国防部'拟定从大陈撤退的'金刚计划',由你负责具体执行。"

由于得不到美国的支持,蒋介石不得不急派蒋经国赶赴大陈岛,执行撤退大陈守军及岛上全部居民的"金刚计划"。

艾森豪威尔得知蒋介石愿意从大陈岛撤军,很是高兴,便要杜勒斯通过苏联外长,向中国大陆求情,网开一面,让蒋介石撤军顺利一点。

北京中南海菊香书屋,周恩来说:"美国国务卿托苏联外长求情,说美国劝说蒋介石从大陈撤军,希望我军在其撤退时不要攻击。"

毛泽东爽快地说:"两大国都出面求情嘛,这个面子还是要给的。"

1955年2月2日,蒋经国冒着炮火的危险,飞抵大陈岛监督撤军。"国防部长"俞大维、"海军司令"梁序昭等军政要人也随后到达。蒋经国成立了"大陈民众疏散指挥部",颁发了"民众悉数疏散"的公告,并威胁大陈居民说:"共产党来了要把大陈的人全部杀光,大陆的人都快杀光了。美国舰队要来了,一个大兵舰能装七千人。上有飞机,下有兵舰,不去不行。不论什么人,不准哭,只准笑。哭就是脑筋不清楚。谁不愿意去台湾,谁就是共产党。"

世代生活在这里的居民,拖儿带女,背着全部家当,被押送到军舰上。一路上哭声恸地,一片狼藉,景象十分凄惨。国民党随后放火焚烧民房,凿毁渔船,炸毁岛上的水库、庙宇、学校等建筑,并在岛上埋下八千多颗

第 11 章
台美重度"蜜月"

地雷。

12日上午,蒋经国命人从所乘坐的"太昭"号军舰上拿下一面青天白日旗帜,在"大陈防卫部"低矮的小楼前,主持举行了最后一次升旗仪式。

他把旗角一甩,对着官兵打气说:"这是在大陈的最后一次升旗仪式!我们反共复国是一件大事,为了百年大计,一时的忍痛是不可避免的。"

最后,他沉痛地说:"不要难过,不要失望,我们一定会打回来的!"

那位曾对蒋介石信誓旦旦"要与大陈共存亡"的刘廉一司令员,痛哭流涕,凄惨地说:"什么都完了,又落了一场空!"

艾森豪威尔见蒋介石就范于华盛顿,遂于2月5日下令第七舰队进入台湾海峡,和其他美国部队"协助"蒋介石撤军。2月7日蒋介石发表《告海内外同胞书》,称此举为转移兵力,增加台、澎、金、马防卫力量,配合新战略,避免无谓损失。

这次大陈的撤退,虽然没有五年前海南、舟山撤军那么令人震撼,却因而谱出了"反攻无望论"的凄凉乐章,谁会再相信蒋介石在台北草山别墅发出的"我带你们回大陆"的梦话呢?

2月13日,中国人民解放军登上大陈岛,26日又解放了南麂山列岛,浙江沿海岛屿全部解放。至此,整个大陆沿海仅剩福建境内金门、马祖二岛,仍在国民党军手中。

2月13日,美国国务卿杜勒斯在记者招待会上表示:"如果中国人民解放军对于金门、马祖的进攻,确为对台湾和澎湖列岛的进攻的一部分,那么根据条约和根据法律,总统大概都会用美国武装部队来回应这个进攻。"

第二天,蒋介石就喜形于色地在台北告诉记者:"台美'共同防御'沿海诸岛是'十分清楚'的,一切军事专家都把金门、马祖作为防卫台湾和澎湖的'基本一环'。"

美国总统艾森豪威尔则于三四月中宣称:"为了不损害自由中国

的士气，及断绝他们的希望，美国决定协防金门、马祖，以巩固台澎地位。""美国可以而且愿意以最大限度的力量协助蒋，使之得以支援他在金门与马祖的前沿部队；并且装备和支持他的大批军队，作为一种待机力量，以便随时利用大陆上的政治、军事和经济情况，一举进犯而获得相当有把握的成功。"

艾森豪威尔嘴上虽然这样说，心里却十分不情愿帮助蒋介石协防金门、马祖，他觉得那是玩火。那么大年纪了，他不愿意玩火。

艾森豪威尔认为北京解放大陈列岛之后，将对金门、马祖发起总攻。按《台美共同防御条约》规定，金门、马祖应在美国第七舰队保护的范围之内，但艾森豪威尔担心由于争夺这两个孤立的小岛，美国很可能会在远东陷入一场比朝鲜战争规模更大的战争。一旦陷入，就不好脱身。因此，艾森豪威尔要杜勒斯再去说服蒋介石，主动撤出不易防守的金门、马祖，而固守台湾。

艾森豪威尔之所以一而再再而三地要蒋介石放弃沿海岛屿，为的是企图以台湾海峡划一条分割线，使台湾、澎湖孤悬海外，远离大陆，以造成"两个中国""一中一台""台湾独立"的地理现实，使台湾与大陆永远隔绝。为使蒋介石就范，表示美国是台湾真诚的盟国，3月17日，美国向台湾当局移交了二十二艘登陆舰，同日杜勒斯飞台北与蒋介石会谈，力劝他放弃金门、马祖。

多年来对美国深存戒心、对美国的"台湾地位未定论"耿耿于怀的蒋介石十分清楚，如果撤出台湾与大陆之间富有特殊意义的地理联结点金门、马祖地区，按美国的意思"划峡而治"，无疑割断了台湾与大陆的地理、政治联系，既使他失去"反攻大陆"的跳板，更不利于维护他在台湾的统治，这就落入了美国"两个中国"或"一中一台""台湾独立"的圈套。因而他在极力依靠美国的同时，坚决反对美国分裂中国的行径，但又不能与美国公开翻脸，既要发点脾气，又要装点笑脸，分寸挺难把握。

第 11 章
台美重度"蜜月"

杜勒斯刚到台湾，蒋介石先热情接待。

在台北士林官邸，蒋介石笑呵呵地说："您今天来访，时间短促，有许多事我想和您讨论，不知从何说起。因此，请您随便提出您首先想提的问题，我可以毫无保留地回答您。"

杜勒斯解释说："我要向蒋总统特别解释的是，美国目前的战略不是往世界各危险地区派遣部队和在那里驻军，以制止敌人的侵略。因为共产党集团的优势是有丰富的人力、庞大的军队；美国兵力有限，无法同时派兵防守。在共产党集团中，俄国兵力第一，中国共产党军队第二，美国的宝贵人员若被共产党的任何军队拖住，那可不上算。"

"这不是绕弯子来算计我吗？"蒋介石听着皱起了眉头。

杜勒斯看看他的脸色，赶紧说："我的讲话经常被误解，我听说我的谈话曾使阁下感到不安。事实上，只有阅读我讲话或声明的全文，才能明白我的真正意图。今天我愿向阁下保证：美国绝无意抛弃您领导下的中国政府。您的政府向来忠实于两国的共同大业。"

蒋介石微露笑容说："我们不愿意拖着美国直接参加我们反攻大陆的行动，如有外力参加我们反攻自己的土地，这会给共产党提供宣传材料，指责美国对中国发动军事侵略，引起大陆人民的反对。我热切希望在艾森豪威尔总统和阁下的任期内，美国可完成一个伟大的历史使命，即提供军火、经济和技术援助，支持我们反攻大陆，而不直接参加。"

杜勒斯对那个"伟大的历史使命"不感兴趣，还是老调重弹，劝他放弃金门、马祖。

蒋介石板起了脸，严肃地对杜勒斯说："金门、马祖是台湾的生命线，绝不能放弃，以打击对打击，为保卫金门、马祖战至最后一人！"

这话说绝了，把杜勒斯的嘴堵上了。杜勒斯是个"思考型"人物，不善演说，发言讲话不流利，穿一身死板的西服，紧绷着面孔正要读他精心推敲过的另一篇发言辞时，身穿长袍马褂的蒋介石霍地起身，摆出当年参加开罗会议同盟国三巨头的威严，毅然地把手一摆，冷冷地说道："尊敬的国务卿先生，你不要再说下去了，我们的会谈就此结束。"

蒋、杜会谈不欢而散。

杜勒斯回华盛顿向艾森豪威尔报告与蒋介石的会谈情况时，为缓和美台之间出现的矛盾，说他被蒋介石坚毅的反共决心深深地感动了，认为美国应履行它所承担的义务，否则亚洲人会认为美国是不讲信用的朋友，引起危及美国根本利益的连锁反应。艾森豪威尔被杜勒斯说服了，同意暂缓迫使蒋介石从金门、马祖撤军。

■ "神"的谕示也失灵

为了反击"美蒋条约"、推进祖国统一进程，中国人民解放军于1955年1月19日一举解放大陈岛的外围据点一江山岛，并持续炮轰金门，美蒋集团内部为此乱成一团。

西太平洋的紧张局势，一下子成了全世界的焦点。曾被美国忽悠卷入朝鲜战争的西方盟国惊恐不安，担心台湾问题会引发一场比朝鲜战争更为严重的新的世界大战，这样又将被美国拖入战争泥淖。

英国、加拿大等国一再写信给美国总统艾森豪威尔，敦促美国政府恢复杜鲁门制定的"台湾中立化政策"，"保证台湾和澎湖列岛不被用作中国国民党向中国大陆作战的基地"，通过政治途径谨慎而妥善地解决台湾问题。英国甚至认为：在中共的领导下，中国已不是当年的中国，现已成为国际社会中的重要力量，把约占全世界人口四分之一的新中国排斥在国际社会之外，在人们的眼里无疑是无理而荒诞的行径。北京之所以要向台湾发起进攻，是向国际社会对其不公正待遇的抗议。英国主张通过解决北京在联合国的席位问题，换取西太平洋的安宁。

第11章
台美重度"蜜月"

与此同时，在联合国，为怎样解决台湾问题的各种奇谈怪论都出笼了，但多是老调重弹。一是所谓"台湾独立论"，主张中国和台湾都参加联合国组织，由中国保证台湾的安全；承认中华人民共和国并支持其在联合国安理会的席位，同时承认台湾为"独立共和国"，或所谓"中国福摩萨国"，并支持其在联合国的地位。二是"联合国托管论"，一方面鼓吹"台湾地位未定论"，一方面主张台湾由联合国托管一段时间后，由当地公民投票决定其地位。三是"一个半中国方案"，主张承认中国对台湾有宗主权，在此名义下，使台湾成为保有独立外交权的自治领地，而在联合国内中国和台湾都有席位。四是"两个继承国方案"，即把中国和台湾都看作是1945年联合国成立时创始会员国中国的继承国。

其实这并不新鲜，早在朝鲜战争结束不久，被艾森豪威尔称为"对外交事务了如指掌，善于处理各种复杂问题"的美国国务卿杜勒斯，谈到中国在联合国的代表权问题时说道："有可能由共产党中国参加联合国大会，参加安全理事会。"这已透露出美国私下酝酿着"两个中国"的阴谋。联合国的这些奇谈怪论同出一源，不过是美国意旨的各种翻版而已。

针对联合国的这些奇谈怪论，1955年9月23日，中华人民共和国总理周恩来向全世界庄严宣告："一切想把台湾交联合国'托管'或中立国'代管'以及'中立化台湾'和所谓'台湾独立国'的主张都是企图割裂中国的领土，奴役台湾的中国人民，使美国侵略台湾的行为合法化，都是中国人民绝对不能容忍的！""解放台湾是中国的主权和内政，决不容许他国干涉。""中华人民共和国在联合国的合法席位必须恢复，台湾当局的代表必须驱逐出去！"

蒋介石也坚决反对联合国的奇谈怪论。他对美国的"保台"政策，欢迎的只是美国的援助，只是对美国重视台湾在反对共产主义势力中的地位和作用感兴趣，他对美国牵制、遏制中共的长期战略缺少认同，更反对美国的"台湾地位未定论"，他的侧重点在于凭恃美国的军事、政治上的支持，实现"反攻大陆"的梦想，而对美国出于自身的利益一直不允许他对大陆采取任何足以挑起台湾海峡两岸交火的军事行动耿耿于怀。所谓的美台关系里本来就存在着矛盾，只是他不便与美国撕破脸皮罢了。

10月16日，蒋介石在台北发表讲话，借抨击英国在国际上大搞"姑息"中共活动为由，称："台湾坚决反共，以打击对打击，要台湾中立不可思议！台湾决不放弃返回大陆的权利！"

17日，台湾"外交部长"叶公超在美国发表广播讲话："大陆是中国合法领土，国民党可以随时反攻，不受任何国际干涉！"

虽然上述言语表述的方式不同，但骨子里都是坚持"一个中国"的原则，坚持台湾问题是中国的内政，国共两党之间的战争是内战，不容许他国干涉。

一直注视台海局势、明察秋毫的毛泽东笑着对身边工作人员说："虽然现在我们与蒋介石动枪动炮打得惊天动地，但我举双手赞成蒋介石一伙人最近几天的几次讲话，因为他们说的是实话，他们毕竟还是中国人嘛，他们没有向着外国人。"

由于蒋介石坚持"一个中国"政策，让他的老朋友杜勒斯碰了好几鼻子灰。

中共炮击金门的时候，杜勒斯匆匆忙忙访问了台湾，回到美国，艾森豪威尔立即在白宫召见了他。

杜勒斯报告说："我离开台湾时，中共对金门实施了更猛烈的炮击，对大陈、一江山岛也实施了猛烈轰炸。美军驻台顾问蔡斯送行时，对我说，毛泽东集结上海到广东一线的兵力，足以在几天之内攻克沿海岛屿；中共还认为沿海岛屿事务是自己的内政。总有一天中共会对沿海岛屿发动全面进攻，我估计进攻的时间不会拖得太久。"

艾森豪威尔说："在刚刚开过的国家安全会议上，参谋长联席会议主席雷德福说了军方多数派意见，认为美国空军可以直接对这些小岛采取行动，可以袭击大陆的炮兵阵地、机场和船只，但是不动用美国地面部队。但陆军参谋长李奇微和国防部副部长威尔逊都反对，他们认为美国在军事上不应介入，那几个小岛根本没有什么军事价值。"

杜勒斯关切地问："总统是什么态度？"

艾森豪威尔说："我压制了军方多数派的意见，反对美国在世界各地承担过多的责任，然后待在那里防守，这样会把美国拖垮。作为国家元首、政府首脑和武装部队总司令，我优先考虑的是美国的全球战略部署和国家的根本利益，不想为了几个小岛跟中国人打仗。"

艾森豪威尔说完看着杜勒斯，等待他的表态。

杜勒斯说："前天我在台北的时候，共产党用最猛烈的炮轰金门来检验我的神经是否健全。我在飞越太平洋的飞机上，一直在考虑这几个使我们头痛的小岛问题。我们如果对共产党人的试探示弱，最终可能在更加不利的状况下被迫与对手开战，而且蒋介石从外岛的退却，将在日本、南朝鲜、台湾、菲律宾造成灾难性影响。"

艾森豪威尔惊讶地问："你主张卷入？"

杜勒斯说："不！我最担心的是，防守外岛将使美国卷入与大陆中国的战争，从而遭到李承晚、蒋介石之外的世界上其他国家以及一部分美国人民的反对。"

艾森豪威尔征询地问："那怎么办好？"

杜勒斯说："我建议，把沿海岛屿的局势问题提交联合国安理会，由安理会作出一项维持现状的决议。这样，不论美国干涉与否，都有正当理由。"

艾森豪威尔赞同道："这个方案不错，你就去办吧。"

杜勒斯胸有成竹地说："我打算让新西兰出面提出来，方案就叫'谕'，'神的谕示'。"

高兴的艾森豪威尔幽了杜勒斯一默："我知道只有一个人比杜勒斯到过全世界更多的地方，同更多的人谈过话，或知道得更多。这个人就是我！"

他说完开怀大笑，逗得呆板的杜勒斯也笑了起来。

杜勒斯是个实干家，到处奔走，讲究效率。他满世界跑了一圈，回来对艾森豪威尔说，总统先生，我飞往英国、新西兰，与两国政府进行了紧急磋商，争取了法、英两个常任理事国的支持，由非常任理事国新西兰向安理会提出新西兰提案，就叫"神谕提案"。

艾森豪威尔跷起大拇指说："OK！这个神谕提案如获通过，既可利用联合国来达到停火目的，又不使美国卷入同中国的战争。我们就不必面对那几个该死的小岛了。"

杜勒斯说："更重要的是，'台湾地位未定'就获得了联合国的承认。"

艾森豪威尔说："只是这个提案在提交联合国安理会之前，还必须获得蒋介石的同意。"

杜勒斯说："我就派负责远东事务的助理国务卿罗伯逊，去与那个顽固的'花生豆'谈判。"

在中南海菊香书屋，毛泽东正在看《大参考》，周恩来走了进来，他抬眼望望说："恩来呀，你给我们说说国际形势吧。"

周恩来简洁地说："我国的国际地位迅速上升，英国、挪威、南斯拉夫等一批欧洲国家相继与我们建交，与台湾断交，苏联等东方国家则呼吁要恢复中华人民共和国在联合国的地位。连美国前总统罗斯福的夫人、现任美国驻联合国代表叶林娜·埃莉诺，都赞成恢复我们在联合国的合法地位。"

在台北阳明山官邸，蒋介石却在骂街："混账，混账！埃莉诺发疯了吗？抗战期间她一直站在我们这边，你要去找她，说服她！"

宋美龄说："埃莉诺怎么会这样呢？我一定要让她收回意见，说服不了她，我也要说服艾森豪威尔总统。"

蒋介石又对蒋经国讲："美国又搞名堂。我坚决反对新西兰等国关于'台湾托管'的提案。大陆、台湾都是中国领土，'中华民国'不能任人割裂。曲解台湾的地位是别有用心的，'两个中国'的主张荒谬绝伦。"

蒋经国说："是的，要是'两个中国'，我们就回不去了。父亲，是不是召开记者招待会，你发表个声明？"

蒋介石点头："你去张罗吧！"

美国于1954年1月26日策动新西兰等国在联合国提案，要求安理会审议中国政府和台湾当局"在中国大陆沿岸某些岛屿的敌对行动"，妄图对北京武力威胁的同时，通过联合国，以世界裁决的形式安排海峡两岸停火，使台湾问题国际化，以图实现"两个中国"的阴谋，使台湾与大陆永久隔绝。

早在1月19日，即在解放一江山岛的第二天，艾森豪威尔总统提出由联合国斡旋，台湾海峡两岸"停火"的建议，他还在记者招待会上声称，"把福摩萨和'红色中国'看作是分开的独立国家，互相保证安全以解决台海危机的办法"，是"不断加以研究的若干可能性之一"。可见，所谓的"停火"，其实质是分离台湾，制造"两个中国"，既阻止人民解放军进攻金门，又迫使蒋介石减少金、马驻军，甚至撤出金、马。

美国同时要求联合国邀请中华人民共和国出席联合国会议。如果中华人民共和国出席联合国大会，那么会议上同时出现中华人民共和国和台湾当局的代表，这无疑会使人们产生北京默认"两个中国"的错觉。

为挫败国际反华势力在联合国搞"两个中国"的阴谋，2月3日，中华人民共和国总理周恩来致电联合国秘书长哈马舍尔德，指出新西兰政府的提案是干涉中国的内政，掩盖美国对中国的侵略行为。由于台湾蒋介石集团窃取了中国在联合国的席位，中华人民共和国的代表不能接受联合国的邀请出席联合国会议，在没有中华人民共和国的代表参加的情况下，任何有关中国问题的决议都是无效的。

针对新西兰的提案，蒋介石虽然反共，但在民族大义上可不含糊，他毕竟不是汪精卫，不是溥仪，他毕竟当过北伐英雄，又是领导过中国抗战的委员长，他不惧怕西方各国的压力，同日在台北发表讲话，明确指出："大陆、台湾都是中国领土。我要正告全世界人士，中国人民和政府决不容许任何人割裂我中华民国的领土。曲解台湾的地位是别有用心的，'两个中国'的说法，真是荒谬绝伦。在四千余年的中国历史上，虽间有卖国贼勾结敌寇叛乱之事，但中华民族不久终归统一。""汉贼不两立"，为中国人立身报国的基本立场。2月8日，针对美国策划"台湾问题国际化"的活动，蒋介石申言"决不放弃收复大陆的神圣责任"。

这是蒋介石在全世界舆论面前，第一次明确地对"两个中国"的问题表态，大声说"不"。

第二天，蒋介石再次对中外记者发表谈话，再次抨击联合国的停火建议和"两个中国"的主张，重申"台湾和大陆本是一体，骨肉相关，休戚与共，世界上只有一个中国"。

在美国白宫总统办公室，杜勒斯问："那'神谕提案'怎么办？"

艾森豪威尔恼怒地说："蒋介石这样坚决地反对，只好先搁置起来。"

杜勒斯说："总统先生为什么这样迁就他？"

艾森豪威尔说："我是怕他绝望中跟我们撕破脸，由着性子干。那样，整个东南亚的反共包围圈就可能溃堤。就目前而言，中国国民党人的士气对我们是重要的；抛弃蒋介石，我们可受不了。"

毛泽东在北京看了蒋介石的声明，连声赞道："蒋介石说'世界上只有一个中国'，此话说得很好，很好！"

国共两党在坚持"一个中国"，反对"两个中国""一中一台"的原则问题上虽表述方式不同，但具有高度的一致性。

在北京中南海毛泽东住宅旁的静谷，毛泽东、周恩来坐在藤椅上谈话。

周恩来将蒋介石的表态报告毛泽东："我们刚就美国牌的新西兰方案发表严正声明，蒋介石也发表了强硬声明。"

毛泽东笑说："好，蒋介石大叫'反攻复国'，我们大叫'一定要解放台湾'，这就叫'瓜儿离不开秧'。蒋介石这个人还是有骨气的。他很顽固，在台湾地位这个问题上，还是顽固一点好。"

周恩来说："可是，美台已经签订《美台共同防御条约》。打还是不打？打会不会引起美国出兵？"

毛泽东分析说："美国在签订《共同防御条约》后，不会改变其根本利益，不会因为大陆沿海几个岛屿而引火烧身，重蹈朝鲜战场的覆辙。"

周恩来："那就准备打。"

毛泽东说："根据美蒋缔约这一新情况，我们要在近期解放一江山岛，通知华东军区浙东前线一定要切实准备好，解放一江山岛后，再打大陈岛！管它什么条约，我们打我们的。美蒋都得给他们点颜色看。"

宋美龄飞到美国，袅袅婷婷地走进罗斯福夫人住宅客厅，年迈的罗斯福夫人放下正拿着看书的放大镜，欢喜地招呼："噢，蒋夫人，欢迎！"

埃莉诺穿着男式裤子的女秘书端来调好的马提尼酒，放在茶几上。

宋美龄喝了几口酒，感慨说："老了，都老了。夫人，你近来在干什么？"

埃莉诺说："我正在起草《世界人权宣言》。假如一个公民连人的权利都失去了，制度、主义、理想以及所有漂亮的词藻，还有什么意义呢？二次大战时，有一次我看见在赤道的阳光下，闪着红膏药日本旗的零式机翼，我心里产生一种从未有过的敌意：武士道精神是落后的，造成野蛮的毒杀、自杀，没有人性。日本兵在瓜岛居然煮人肉吃，后来才发现吃了自己人的肉。"

宋美龄把话题拉过来："是啊，可是共产主义比武士道精神还落后，共产党人比日本兵还野蛮。听说有人想把共产党中国拉进联合国，夫人，你一定要反对呀！你可是独树一帜的女政治家。"

埃莉诺淡然说："我不是政治家，我虽然极力反对男人至上的优越感，但我也认为女人的力量在于她们是女人。至于共产党中国加入联合国的事，我认为应该从人民的幸福和希望出发。"

宋美龄面露不悦："夫人，你难道愿意东方最大的国家交给一个红色帝国去控制吗？"

埃莉诺明确地说："我认为拥有六亿五千万人口的大陆，比两千万人口不到的台湾更能代表中国！"

宋美龄和埃莉诺·罗斯福（历史图片）

"那只是你的认为，夫人，真遗憾！"宋美龄猛地喝了口酒，站了起来说，"我去找艾森豪威尔总统！"

白宫总统办公室，富丽堂皇的圆形房间，装饰着奶黄色护墙板，四壁摆满了字画。一个穿灰色西装、脑袋很大的人坐在大桌子后的靠背椅里，这位头发花白的老人就是艾森豪威尔总统。

宋美龄在他面前坐下，痛心地说："尊敬的总统，罗斯福夫人怎么会支持红色中国呢？我百思不得其解呀！"

"夫人，你不应该去找埃莉诺，她的职务是杜鲁门任命的。"艾森豪威尔说着站了起来说，"共产党中国能不能进联合国，是我说了算，而不是前总统夫人说了算。"

宋美龄激将地说："全世界都知道，埃莉诺是罗斯福的夫人，是美国驻联合国的代表、联合国人权委员会主席，在国际上，她的声望可超过了

第11章
台美重度"蜜月"

你哟！"

艾森豪威尔机敏地一笑，大脑袋歪向一边，得意地说："你不要用激将法，我一定会帮助你的。联合国现有六十多个会员国，我至少可以控制四十个。你放心吧，近二十年共产党中国休想进入联合国。"

宋美龄激动地吻艾森豪威尔的手，热烈地说："总统先生，下一届选举总统，我要投你一票！"

艾森豪威尔老态龙钟地打个手势，慵懒地说："你投约翰逊一票吧。我老了，不想干了，让他们来干吧！"

在北京中南海丰泽园毛泽东书房，即将去出席日内瓦会议的周恩来汇报说："主席，由于美国的阻挠，联合国拒绝了许多国家的正确建议，我国恢复联合国席位的进程又被搁浅了。"

毛泽东说："美帝国主义者很傲慢，到处插手，凡是可以不讲理的地方就一定不讲理，他要是讲一点理的话，那是被逼得不得已了。"

周恩来说："目前，如果在台湾问题上中国不有所作为，听任美国肆意活动，搞'一中一台''两个中国'，或台湾问题'国际化'的阴谋，随着时间的推移，给世界造成台湾与大陆分离的既成印象，麻烦就大了！"

毛泽东说："为了维护国家主权，不惜再战，我们要有这个准备！当然，我们也不放弃任何和谈的机会。"他踱着步笑说，"蒋介石不是在叫喊'反攻复国'吗，他也不会赞成'一中一台'或'两个中国'的，要不他复什么'国'嘛，他的积极性可以利用。"

周恩来说："我想在即将召开的日内瓦会议上，就利用他这个积极性。"

毛泽东说："你在日内瓦会议上，可以相机提出在美国撤退台湾和台湾海峡的武装力量的前提下，和平解放台湾的可能性。"

鉴于美国插手台湾事务，台湾问题出现复杂化、国际化的形势，毛泽东及时调整对美、台政策。他认为打了那么多年的仗，终于在朝鲜停战了，在国际国内一片和平的气氛中，不好再大规模地进行军事行动了。他决定通过谈判缓和台湾海峡的局势，并正式提出"力争和平解放台湾"的新方针。

1954年4月，乍暖还寒时节，全世界都把目光投向风光秀美的瑞士小城、"旅游者圣地"日内瓦。解决朝鲜问题和恢复印度支那和平问题的日内瓦会议，将在这里举行。

1954年4月24日下午，美丽的花园城市日内瓦晴空万里，春意盎然。中国代表团团长周恩来来到了日内瓦，住进玻利瓦什旅馆。

1954年2月25日至28日，苏、美、法、英四国外长在柏林达成协议：由苏、美、法、英和中华人民共和国及其他有关国家的代表，于1954年4月26日在日内瓦开会，分别讨论朝鲜问题和印度支那问题。根据四国外长的协议，2月26日，苏联政府邀请中国政府派出全权代表赴会。中共中央决定由周恩来总理以外长身份率团参加。这是新中国成立后第一次派出参加重大国际会议的大型代表团。

中国代表团新闻办公室主任熊向晖以新闻联络官的身份，协助发言人组织新闻发布会，接待来访记者。首次举行新闻发布会时，台湾国民党中央社驻巴黎记者王家松要求参加，被熊向晖拒绝了。

熊向晖向周恩来报告说："总理，台湾国民党中央社驻巴黎记者王家松，要求参加中国代表团的首次新闻发布会，被我拒绝了。我还同新闻之家进行了交涉，追回王家松的记者证。"

周恩来听了眉头一耸，问："为什么？"

熊向晖说："中央社是台湾的官方机构，要警惕他在这里制造'两个中国'的假象。"

周恩来蹙着眉头说："不能抽象地讲警惕，警惕要有事实根据，没有事实根据的警惕是主观主义，就会变成自己制造紧张。"

熊向晖不解地说："中央社可是蒋介石控制的新闻机构哩。"

周恩来循循善诱地讲起道理来："蒋介石的基本政策，也是坚持一个中国，但他坚持的是只有一个'中华民国'。美国顽固支持蒋介石，一直否认中华人民共和国的存在,现在怎么样?瑞士早就同我们建交,杜勒斯不得不同我们一起开会,这里哪里有'两个中国'的影子呢?来一个中央社记者怎么就会造成'两个中国'的假象呢?你了解蒋介石的为人,他对这次会议很不安,美国当然会向他通气,但他信不过,他派个记者来,显然是为了便于进行现场观察,观察我们,也观察美国。"

熊向晖:"那还是让他参加记者招待会?"

周恩来语气严肃地说:"让他了解一些第一手的真实情况,这对我们有什么不好?你把人家拒之门外,这于情理不合。你还准备让新闻之家收回人家的记者证,你有什么理由?你能说他是国民党的官方代表?这样说,岂不反而给人造成'两个中国'的假象?"

熊向晖低下了头,说:"我犯了组织纪律错误,没有事先请示。"

周恩来说:"当然,组织纪律性是重要的,但不是事事都要请示,那叫不负责任。重大的、没有先例的问题,应当事先请示,有时来不及请示,就需要当机立断,但要断得正确。"

熊向晖说:"按照您的指示,我马上召集会议讨论、学习。"

周恩来指示:"你们讨论时增加一个内容,即建国以来,我们一直反对制造'两个中国'的阴谋活动,这是必要的。现在看来,对这个问题缺乏具体分析。要区别几种情况,分别提出处理办法。"

熊向晖答应道:"好的。"

周恩来又建议:"你在我们的记者中找一位便于同王家松接触的,向他作些解释,告诉他,今后如果愿意参加我们的新闻发布会,我们欢迎。但同他接触要注意分寸,不要使他为难,更不要使他丢了饭碗。"

不久前还在朝鲜战场上短兵相接、目前仍处于敌对状态的两个大国——中国和美国在日内瓦聚首,两位著名的政治家、外交家周恩来总理兼外交部长和杜勒斯国务卿,作为各自国家的首席代表将在这里交锋。杜勒斯以顽固的反共立场著称于世,周恩来则以红色外交家享誉全球,可谓"不是冤家不聚头"。

1954年4月23日，周恩来在回答美国《民族》周刊记者提问时说："台湾是中国的领土，中国人民解放台湾是中国的内政问题。中国人民同美国人民是友好的，中国人民不要同美国打仗。为了缓和台湾地区的紧张局势，中国提议和美国坐下来谈判解决这个问题。"

记者问："对于解决中美间最大的障碍台湾问题，中国有什么意向？"

周恩来说："中国政府愿意在可能的条件下，争取用和平方式解放台湾。"

记者笑问："总理阁下，如果台湾和平解放，是否可以委任蒋介石为一个将军？"

周恩来笑道："完全可以，恐怕不止将军。"

杜勒斯是在4月25日匆匆赶到日内瓦的，一住下来他就迫不及待地问代表团副团长史密斯："周恩来到了吗？"史密斯连忙把一张当地报纸呈给杜勒斯，同时答道："周恩来也刚抵达不久。"

杜勒斯接过报纸，看史密斯特意用红笔圈出来的部分："日内瓦来了一连中国军人，他们穿的衣服都是一样的中山装，连手提箱也相似。瑞士人误以为是传教人，都站下来脱帽向他们致敬。"一丝冷笑浮现在高傲的杜勒斯脸上，他不屑一顾地讥讽道："这样的乡巴佬，怎是我们美国人的对手？"

杜勒斯敌视新中国几近疯狂，在会议召开前，他公开声明，美国同意中国参加日内瓦会议并不含有对中国的外交承认。他还亲自向美国代表团下令：禁止任何美国代表团的人员同任何中国代表团的人员握手。在会议期间，杜勒斯有意不理睬周恩来，在十九国亚洲和平会议上不和他握手，也不用任何方式直接和他打交道。杜勒斯在会议第一天对他的一位密友恶狠狠地说，他与共产党中国外交部长周恩来"只有在我们的车子相撞的时候才会见面"。

针对美国的敌对行为，中方采取了相应对策，周恩来为中国代表团作了

第11章
台美重度"蜜月"

如下规定：第一，我们不主动和美国人握手；第二，如果他们主动来握手，礼尚往来，我们不要拒绝。

不过，参加会议的杜勒斯半途就返回了美国。在美国国务院举行记者招待会时，针对周恩来在记者招待会上宣布的中国愿意与美国谈判，他宣布说："我们注意到了大陆中国政府的建议，美国不排除同共产党中国谈判的可能。"

在日内瓦玻利瓦什旅馆周恩来住处会客厅，王炳南正给周恩来汇报："总理，杜勒斯国务卿回美国去了，代理团长是副国务卿史密斯。"

周恩来说："这我知道。"

王炳南又说："刚才莫洛托夫外长要我转告总理，这位史密斯跟杜勒斯有所不同，他对美国的现行外交政策有所不满。"

周恩来感兴趣地说："噢，是这样的吗？"

王炳南点头说："他认为美国对中国实行敌对政策是不明智的，不现实的，缺少长远眼光。"

"看来帝国主义阵营不是铁板一块，杜勒斯自己率领的代表团也不是铁板一块哟。"周恩来思索着说，"我们不应该放弃做工作的机会。"

王炳南说，比较困难。

王炳南说的"比较困难"，是因为他想起了一个小插曲，英国外相艾登曾有个设想，在第二次会议的会前或会后，由他介绍杜勒斯国务卿与周恩来相识，彼此握手致意。周恩来赞赏艾登的设想，认为在一起开会，理应互相接触。可是杜勒斯拒绝了艾登的与周恩来握手致意的设想。

周恩来说："杜勒斯不是走了嘛。"

王炳南说："好，我会密切注意寻找机会。"

一天，在日内瓦会议休息厅，史密斯朝酒吧柜台踱过去，要了杯饮料在喝。

在大厅转悠的王炳南发现了，他朝刚走进大厅的周恩来走过去，向他耳语。

周恩来点点头，朝酒吧柜台望望，坦然一笑，从容大度地朝史密斯走过去。

这一动作吸引了在大厅的外交官的注目，他们饶有兴味地注视着周恩来和史密斯。

周恩来快走近史密斯了，两人目光相遇，定定地看了一会儿。

周恩来微笑着一步步朝他走近。这大出史密斯的意料，他有点惊慌。在众目睽睽下，他急中生智，连忙把杯子捧到右手上。当周恩来走到他跟前伸出右手时，他演戏似的似乎右手一下腾不出来，顺势用左手握住周恩来的右腕摇了几下胳膊。

周恩来毫不介意，豁达大度地与史密斯聊起来。史密斯虽然被美国僵硬的外交政策弄得窘态百出，但也态度友好地与周恩来谈话。

台北阳明山，"总统"府大会客室，墙壁上挂着孙中山早年手书赠蒋介石的条幅："穷理于事物始生之处，研几于心意初动之时。"旁边还挂着宋美龄的山水国画。

美国"驻台湾大使"兰金走进会客室，坐在沙发上的蒋介石站起来，俩人握手寒暄后，坐下谈起来。宋美龄作翻译。

蒋介石漫不经心似的问："大使先生，日内瓦会议再过几天又要复会了吧？"

兰金说："是的，总统先生。美国是希望通过这次会议，找到一个阻止共产党在东南亚扩张的办法。"

蒋介石说："报纸上盛传，上个月开会期间，杜勒斯先生拒绝与周恩来握手，不知是不是这样？"

兰金说："传说纷纭，大概是真的。我收到杜勒斯国务卿在日内瓦给美国代表的规定：今后不论是谁，都不准和中共代表握手。"

蒋介石淡淡一笑："我跟周恩来共过事，也握过多次手，跟毛泽东也握过手。按中国传统礼节，'两国交兵，不斩来使'，敌对双方使者握手是可以的。"

兰金说："是的，拒绝握手是有违国际礼节。不过，这说明我们国务卿的反共立场是很坚定的。"

"可是……"蒋介石急拐弯来了个"可是"，"我得到的消息是，你们在日内瓦的代表与中共代表接触过几次，这是事实吧？"

兰金想回避这个话题："总统先生，我想问你一个纯粹个人性的问题，你的爱好是什么？"

蒋介石脱口而出："游山玩水。"

兰金当即提议："如此大好天气，我们何不游山玩水呢？"

被打断了话头的蒋介石好生纳闷，转头向宋美龄征询，宋美龄点点头。

蒋介石说："好吧，我们去游日月潭。"

他们一行走出"总统府"。

汽车驶进阳明山公园，蒋介石和宋美龄陪兰金游逛好山好水。

说笑间，蒋介石转回了他关心的话题："兰金大使先生，贵国代表在日内瓦跟中共代表接触，我是得到确凿情报的。"

兰金解释说："双方是接触了几次，讨论的是双方侨民归国问题。有几个美国人被他们当作间谍扣留了。"

蒋介石不悦道："索要侨民可以通过第三国的渠道，大可不必直接接触。"

兰金说："据我了解，接触时没有谈别的，没有涉及任何有关承认中共政权的问题，请总统放心。"

由于中国大陆的严正立场，加之台湾当局强烈反对，联合国安理会拒绝了新西兰的提案，"神的谕示"也失灵了，美国使"台湾问题国际化"的图谋被挫败。

■ 半开半掩的会谈之门

1955年1月,中国人民解放军在海、空军掩护下,迅速靠近一江山岛登陆点,一举解放了一江山岛。

此役震惊了华盛顿,美国总统担心中国人民解放军一鼓作气把台湾也解放了,匆匆忙忙在联合国提出"停火"议案。

1月24日,周恩来就中国人民解放军解放一江山岛、美国提出停火一事发表声明,指出:美国政府提出停火是干涉中国内政,中华人民共和国绝不同蒋介石集团停火。中国人民解放沿海岛屿并未造成国际紧张局势,只是由于美国侵占台湾、庇护蒋介石集团、颠覆中华人民共和国才造成了国际局势的紧张。中国人民一定要解放台湾,美国的武装力量必须从这一地区撤走!

华盛顿见北京的态度如此强硬,进一步认为中国政府马上就要以武力解放台湾了。在周恩来的声明之后,华盛顿立即作出反应,艾森豪威尔要求美国国会授权在台湾地区动用美国军队。1月26日、28日,美国国会参、众两院先后通过"台湾决议案",授权美国总统在台湾及台湾海峡动用美国武装力量。随即美空军第十八战斗机联队从菲律宾调往台湾。29日艾森豪威尔发表讲话,称美国将全力协助台湾抵抗共产党的侵略。

一张一弛,文武之道。美国总统想搞紧张的时候,毛泽东反其道而行之,偏要跟他们搞缓和。

在北京中南海菊香书屋,毛泽东对周恩来、朱德说:"一江山岛、大陈岛打下了,浙江沿海岛屿全部解放了。金门、马祖炮轰了一通,弄得美国和蒋介石都很紧张。我们把他们吓了一跳,适可而止吧,不要弄得蒋介石没有了希望,让国民党暂时待在这些岛上吧。我们还是集中精力搞建设,只要国家强大了,美国是无法干涉中国内政的,那时,只要嘘一声,外国人就会脱身。"

朱德笑说:"主席的意思是不是打了他们一巴掌,再揉揉?"

第 11 章
台美重度"蜜月"

周恩来说:"要集中精力搞建设,就得把台湾地区的紧张局势缓和下来。"

毛泽东说:"缓和下来,发出信息,要求跟美国代表坐下来谈谈。"

过了几个月,在中南海菊香书屋,周恩来对翻着《大参考》的毛泽东说:"主席,由于我们大力争取与美国坐下来谈判,美国政府迫于越来越多的国家要求它作出回应的压力,被迫接受了我们的建议,于7月13日通过英国政府向我们提出了中美双方各派一名大使级代表,在日内瓦举行谈判的建议。"

毛泽东放下《大参考》说:"这消息我已经看到了,他肯坐下来谈,就谈吧,将中美双方在日内瓦谈了将近一年的领事级会谈,升格为大使级。派谁去呢?"

周恩来说:"我提议派驻波兰大使王炳南任首席代表。他是老外交了,与美国人打交道,他是轻车熟路,也是谈判老手。"

毛泽东点头:"那就他吧,给他配个谈判班子。"

周恩来说:"外交部拟成立一个中美会谈指导小组,负责研究会谈中的对策,组长由副部长章汉夫担任,副组长乔冠华。"

外交部一会议室,在烟雾腾腾的准备会上,王炳南和谈判班子成员外交部副部长章汉夫、乔冠华和龚澎夫妇、董越千、浦山、王保流等人在开会。王炳南摸了一下自己微秃的脑袋,半开玩笑地说:"诸位仁兄,各位秀才,周总理给咱们的这副担子着实不轻,现蒙各位大力协助,已准备得有些头绪了。"

他转入正题说:"自去年日内瓦会议以后,有一年多未和美国人打交道了。这次要不是美国在台湾海峡陷入内外交困、焦头烂额的境地,要不是周总理采取灵活、主动的'全方位'外交攻势,迫使杜勒斯、艾森豪威尔不得不谈,他们是不会乖乖地坐到谈判桌前来的。"

潇洒的乔冠华哈哈大笑地插话:"美国佬不是那么容易听话的。主席说过，美国佬是能不讲道理就不讲道理，到了讲点道理也是被逼得没办法了。"

王炳南点头道："朝鲜战争以来，我们之间是怒目而视，成了死对头。美国帝国主义为了推行仇视新中国的'遏制'战略，与亚洲的反共国家签订了一个又一个条约，包围我们，封锁我们，特别是《美台共同防御条约》的签订，更是分裂中国，制造'一中一台''两个中国'的阴谋。所以，我们在谈判中要特别加以注意。总理对中美谈判寄予希望，不仅希望遣返两国侨民的问题得以合理解决，而且希望能着手解决台湾问题。"

章汉夫分析说："从目前情况来看，中美关系有所松动，缓解中美紧张关系和解决台湾问题具有一定的可能性。但这种可能到底有多少，在目前还无法预测。如果有可能安排总理与杜勒斯直接会谈，讨论台湾问题，那么，我们的目标就算达到了。假如实质性会谈无结果，我们仍可期望在某些象征性的技术问题上，造成美国外交上承认中国的印象。即使这种成果也得不到，我们还应保持中美之间在无外交关系的情况下通过这个渠道的来往，以便于观察对方，与之斗争。"

王炳南点点头说："老章说得对，谈判的主动权我们掌握着，但我们也应考虑到谈判的复杂性，做好充分的思想准备，完成好党和人民交给我们的任务。"

1955年7月底，王炳南及其率领的代表团抵达日内瓦车站的时候，抢新闻的记者们蜂拥到车站，把他们团团围住了。

王炳南向新闻界发表了简短演说："中国人民一向对美国人民是友好的，中国人民不想和美国打仗。周恩来总理在亚非会议中，早已经提到说中美应该用谈判方式来缓和目前的紧张局势。如果双方都有一样的诚意，我相信这次会谈，不仅是遣返侨民问题可以得到合理解决，而且对缓和中美之间的紧张情势也会有所贡献。"

1955年8月1日下午，双方代表会聚日内瓦国联大厦一小型会议厅，厅中央放着一张很大的椭圆形会议桌，陈设简单，气氛庄严。

第11章
台美重度"蜜月"

中方首席代表是王炳南，美方首席代表是约翰逊。当王炳南一行步入会议厅时，许多新闻记者都友好地向他们招手致意。约翰逊迟到了几分钟，陪同他的有美国国务院事务专家克劳。

双方坐定后，镁光灯不停闪烁。记者退出后，会谈正式开始。

王炳南首先宣读了中国政府释放美国十一名间谍的声明。约翰逊向王炳南表示了谢意。

开始的会谈气氛显得轻松愉快。

记者们在酒吧喝酒，交换新闻。

一名记者说："中国代表在第一次会谈开始，就宣布释放十一名美国间谍，好兆头啊！"

一名美国记者说："呵，中国又抢去了主动！"

在旁的一些外国记者不无嘲讽地对他说："美国何尝不可采取主动，比如美国国务院紧跟着发表一个声明，宣布撤退保护蒋介石的第七舰队，对远东国家采取友好态度。这样不就把谈判的主动权抢过来了吗？"

这也就是调侃罢了，他们知道美国不会这样抢主动权的。

在第一次就平民归国问题讨论时，双方的交锋就已经开始。会后向记者发表声明时，美国代表约翰逊建议在"联合声明"中去掉"联合"两字，美国会谈后单方面称会谈"在原则上取得协议"，中国随后对这种提法提出了异议。

坐在华盛顿白宫椭圆形办公室里的艾森豪威尔，轻松地转动着转椅，一副怡然自得的神态，中美代表坐下来谈判，改变了对他不利的世界舆论。

他对杜勒斯说："前一段，由于我提出'战争边缘说''大规模报复计划'，又不知怎么把我要给中共扔原子弹的话也传了出去，西方盟国说东道西，国内也是怨声载道，我的日子很不好过。现在美中代表坐在那里谈判，国内外的吵吵声就小多了。"

杜勒斯说："我们派出的首席代表约翰逊不错，是位中国问题专家，曾多次与中共代表交手，谈判技巧得心应手，能对付中共代表王炳南。"

艾森豪威尔得意地说："最近收到报告，共产党的舰艇减少了对国民党船只的攻击，共产党的米格飞机停止了对国民党巡逻机的攻击，对金门、马祖的炮击也大大减弱了。因此，为了避免更大的不利和被动，艾伦，你也要更多地过问美中会谈。"

"是的，总统。"杜勒斯答应说，"赤色中国正为自己在国际上创造良好的形象，我们将在会谈时避免这一结果，不让中共风头过劲。我们与他们的会谈目的，有很大的距离和分歧。我们谋求的是台湾地区停火，要求中共保证对台湾不实行武力；另外，向中共施加压力，迫使其释放扣押在中国的美国人。"

艾森豪威尔赞赏道："很好！但我提醒你注意，为保证以后不出现双方错误的认识，这种与中共的联系要保持。"

杜勒斯自负地说："我已经考虑到了。我已指示美方代表约翰逊，在会谈中要忍耐，避免出现板门店谈判时那种硬碰硬的局面。要想办法维持住和北京的这种联系，会谈不能破裂，要使这扇门半开半掩。"

"半开半掩，好好！比喻很形象。"艾森豪威尔哈哈大笑。

杜勒斯又说："如果中美代表能谈上三个月，我将很高兴。但在关于释放被监禁的美国人和中共放弃武力解决台湾问题这些主要的分歧解决前，决不允许有哪怕稍微改善气氛的协议进行讨论。"

蒋介石对中美会谈自然是大为不满的。他在接见美国合众社社长时说："本人坦白认为，自由世界在亚洲冷战中，正遭遇失败。很不幸的，至少在亚洲，自由世界的外交已造成一种支持与鼓励中立主义的印象。今日所谓中立主义，一方面使共产集团之收获日臻巩固，而另一方面使俄共政治经济的邪恶势力之渗透发展，较前更为容易。我认为，在亚洲赢得冷战的主要措施，应该是美国有一坚定的反共政策，而不是跟中共谈判、妥协。"

在日内瓦国联大厦一小会议厅，8月2日，中美大使进行第二次会谈，双方提出了遣返侨民的名单，在中方提出的名单中有钱学森的名字。

约翰逊狡辩说："贵方代表在提出的名单中，有在美国学习和工作的中国籍科学家，比如钱学森，但是没有证据表明旅居在美国的中国人想回去。"

"不，约翰逊先生，我有证据！"王炳南举着一封信说，"这是华裔科学家钱学森先生写给中国人大常委会副委员长陈叔通的信，要求中国政府帮助他早日回到祖国。"

原来，回国受阻的钱学森躲开美国特务的盯梢，与夫人蒋英溜进一家咖啡馆，钱学森以香烟盒作纸，用中文写了封信"恳请祖国助我还乡"。这封短信辗转到了全国人大副委员长陈叔通手里，他迅速转呈给了周恩来。周恩来看了这封信后，激动地用手拍桌案说："好，有了这封信，我们就可以向他们要人了。"他把王炳南召来，严肃地说："炳南同志，这封信很有价值，这是一个铁证，它说明美国当局至今仍在阻挠旅美华人和留学生回国。你要用这封信揭穿他们的谎言，争取使钱学森这样的科学家能早日回国。"

在日内瓦谈判厅，王炳南将钱学森的这封写在香烟盒上的信及翻译件摆在了桌上，理直气壮地质问："你说没有证据证明旅居美国的中国人想回国，为什么中国科学家钱学森博士还在今年6月间写信给中国政府，请求帮助回国呢？显然，情况并不像大使先生介绍的那样。"

略显尴尬的约翰逊张口结舌，无言以对，好半天才说："我提议休会一天，以便我请示国务院。"

美国政府不得不在中美大使级会谈的第四天，即8月4日，通知钱学森，准许他离开美国，长达五年的禁令终于解除。后来周恩来曾说，中美大使级会谈，虽然长期没有积极的结果，但是要回来一个钱学森，单就这一件事情来说，会谈也是值得的，有价值的。

休会一天之后，8月4日，中美大使进行第三次会谈。

一开始，约翰逊避开了前一天的问题，直接要求中国政府立即无条件地让所有在中国的美国人离境，以便进入第二项议程——其他实质性问题的讨论。

王炳南反驳说："我方不赞成！如何处理美国在华被押人员问题，是会谈的内容，绝不是继续会谈的条件。我郑重重申中国对遣返中国留学生和侨民的立场，同时要求美国必须立即释放所有被无辜监禁的中国人，使他们有机会返回祖国。"

随后双方首席代表面无表情，各说各的。

约翰逊不停地抽烟，他的烟灰缸里已经塞满了烟蒂。

中美双方代表一走出会场，焦急等待的记者们就围拢过来，但一看到王炳南、约翰逊板着的脸，就泄了气，冷淡地退到一边，议论开了：

"一看两位首席代表阴天般的脸，就知道今日无新闻！"

"又谈僵了，谈崩了！"

"也没有僵，也没有崩，只是各谈各的，两股道上各跑各的车。"

"这样能谈出什么名堂？会不会中断？"

会谈没有中断，只是两国大使老在会谈桌上打嘴仗，大量引用民谚俗语斗智。在一次会谈中，美国大使约翰逊引用美国谚语"把车置于马前"，意思是应该一件一件讨论问题，实质上不愿跟中国谈禁运问题，而想先谈对台湾"放弃使用武力"问题。王炳南大使即以中国俗语"卧榻之侧，岂容他人鼾睡"，来回敬美国插手台湾问题的行为。

周恩来是不会让会谈中断的，他与王炳南隔着千山万水在通电话。

王炳南汇报说，会谈已经程序化了，我和约翰逊轮流照本宣科。有趣的是，约翰逊在辩论中彬彬有礼，从不用尖刻语言说话。在最难受和尴尬时，他也不过就是红一红脸，多抽几支香烟罢了。

周恩来从王炳南对约翰逊性格的描述中获得了某些信息。看来，杜勒斯改变策略了。周恩来笑了，指示说："炳南，要大胆地与约翰逊进行私下接触，请他们吃中国饭。"

王炳南在电话里说："杜勒斯真的改变策略了，我已经接到了约翰逊请我吃饭的邀请。去不去吃?"

周恩来说:"有人请吃饭还不去?那你就去吃,吃完再回请他。"

在日内瓦僻静山上的一座别墅,约翰逊悄悄邀请中方代表在这里吃饭。

"王先生,请!"他举起酒杯敬王炳南,说道,"我想跟您商量解决一个技术问题,又不想让记者们发现,这个地方就成了最好的选择。"

王炳南哈哈一笑:"这个地方不错。明天我请你吃中国饭。"

第二天,还是在这座别墅,王炳南请约翰逊一行吃中国风味的饭菜。

双方敬过酒后,王炳南说:"约翰逊先生,我国的京剧团到日内瓦来演出了,我请您和您的助手看戏。"

约翰逊高兴地说:"我知道中国的京剧OK,是美国没有的。我高兴地接受邀请,但要保密,不要声张,千万不能让记者知道。"

从1955年8月至1970年2月,中美大使级会谈一直断断续续进行着,历时十五年,会谈了一百三十六次。有人形容说,马拉松式的中美会谈,就好像两个手搭在一起的人,却都板着脸。板着脸的谈判也是有收获的,两国代表经过十四次会谈,历时四十天,就遣返侨民问题达成了唯一一份百十来字的外交史上的奇特协议:

中华人民共和国(美利坚合众国)承认在中华人民共和国的美国人愿意返回美利坚国者(在美利坚合众国的中国人愿意返回中华人民共和国者),享有返回的权利,并宣布已经采取、且继续采取适当磋商,使他们能够尽快行使其返回的权利。

台湾问题的谈判,虽然一直毫无进展,但长时间的会谈对缓和台湾地区的紧张局势、促成中美双方相互了解起了积极作用。正像王炳南大使后来回忆的:"两国互不承认,却有会谈关系,没有外交关系,却又互相派出大使进行长期会谈;双方还可以达成某种协议,创造了协议上你讲你的、我讲我的新写法。这在国际关系史上也是独树一帜的。"

■ 蒋介石闻不惯"民主"味儿

蒋介石虽然与美国重度"蜜月",但相互之间的矛盾也还不少,极具个性的蒋介石不时跟美国闹点别扭,这种别扭往往通过他跟美国在台湾欣赏的人的关系折射出来。也就是说,遇到主权或制度方面的事,蒋介石也不买美国的账。

吴国桢是美国要求蒋介石安排担任台湾省主席的,现在他干不下去要求辞职了。

在士林官邸,吴国桢向蒋介石说:"总统,我特来向你辞去台湾省主席之职。"

蒋介石一愣,问:"那是为什么?你不是干得很好吗?"

吴国桢说:"您虽然任命陈诚主席当了行政院长,但您为了我让他把省主席的位置让出来,他一直耿耿于怀,老是卡着我,没法干了。"

蒋介石摇手说:"辞职不行!辞修和你斗,你就和他斗,我支持你!"

吴国桢怎么能和陈诚斗?他明白蒋介石也是嘴上说说而已。吴国桢回答说:"总统,我们的敌人是共产党。和共产党斗我干,和自己人斗,我不干!"

"对,对!"蒋介石高兴地笑了起来,吴国桢也为之一哂。

但吴国桢还是感动了,发誓说:"总统接受大陆失败的教训,已锐意改革,我故敢冒死犯险,竭智尽忠,以图报效。"

蒋介石咧嘴笑:"那就好,那就好。我的六十三岁生日,你一定要参加。"

吴国桢连连点头:"一定参加,一定参加!能为总统祝寿我荣幸之至。"

第 11 章
台美重度"蜜月"

蒋介石的角板山官邸位于台北桃园县境内，距慈湖约十公里处。该地风景秀丽，古木参天，景色宜人。官邸就在角板山公园旁边。

1950年10月31日，蒋介石在这里欢度六十三岁生日，只准陈诚、吴国桢等少数人来贺喜。

他们一行在山林里散步。吴国桢乘蒋介石的兴致正浓时，郑重进言："总统，您的六十三岁大寿，在如此秀丽的角板山度过，真是寿上加寿。而国民党如要延长寿命，我想进言献策，不知总统愿不愿意听？"

陈诚、蒋经国一听就皱眉头，觉得他煞风景。蒋介石却高兴地说："你讲，你讲。"

吴国桢郑重说："国民党党费应不用国家经费，而向党员筹募，而且应该鼓励反对党成立，才能奠定两党制度。"

听到这种"民主派头"的建议，蒋介石心里当然不接受，尤其什么鼓励成立反对党更是扯淡。正值自己生日期间，他也不好训斥，只是莞尔一笑，不说什么。

夜晚，在角板山官邸，蒋经国对父亲说："吴主席醉心美国式民主，热心搞台湾自治，主张什么民选县长、市长。我是不赞成的，将来都是台湾人执政怎么办？"

陈诚也说："吴主席还提议台湾青年要服兵役，将来军队落到台湾人手里，也不好办的。"

蒋经国又说："吴主席的这些主张，在今天的台湾看还是天方夜谭，神话故事。"

蒋介石认真听着，没有表态，但往心里去了。

得罪了陈诚、蒋经国两大实力派，庆寿回去，吴国桢的仕途就开始不顺了。

在台湾省主席办公室，吴国桢把一份卷宗一合，对秘书说："台湾火柴公司总经理王哲甫没有罪，抓错了，要彭孟缉放了。"

秘书提醒说:"吴主席,我听说彭孟缉副司令是执行蒋经国主任的命令,以通敌罪逮捕王哲甫先生,并且要求处以极刑。"

吴国桢生气地说:"我是台湾省兼职保安司令,调阅了王哲甫档案,王哲甫显系误捕,我命令彭孟缉放人。"

秘书摇着电话。

下午,彭孟缉陪同蒋经国走进了吴国桢办公室,蒋经国向吴国桢说:"吴主席,抓捕王哲甫是有证据的,只是疏忽了跟你通气,抱歉。"

吴国桢说硬话:"经国同志,我看了卷宗,抓王哲甫是枉捕无辜,应该放人!"

蒋经国说的话更硬:"王哲甫通敌有据,不能放!"

"抓捕王哲甫于法无据。"吴国桢来了脾气,借题发挥说,"到底是你做省主席兼保安司令,还是我呢?"

"现在当然是你,但抓捕王哲甫是我的职责!"蒋经国说完气冲冲走了出去。

傍晚,吴国桢拎着皮包一肚子憋屈下班,刚进家,蒋介石身边的周秘书就急急走进来说:"总统让我向你说明,下令抓王哲甫,是总统的意思,目的是缓和经国和吴主席的紧张关系。"

吴国桢对周秘书说:"周秘书,你在台湾省当过厅长,台湾情况是熟悉的。大家都为蒋先生做事,彼此立场一致,利害一致。但抓王哲甫牵涉到一个是非之争,是非问题也是一个原则问题。"

周秘书说:"吴主席的苦衷我当然清楚。"

吴国桢又说:"此刻台岛风雨飘摇,为了安定人心,政府更应谨慎从事。"

周秘书建议说:"我冒昧建议,如果省府怕遭人非议,可改由国防部军法处处理。"

吴国桢说:"不是怕遭非议,而是原则问题我不能让步。我托周秘书转交蒋先生一封私函,以做最后的努力。"

周秘书答应:"好,吴主席写吧,我等着。"

周秘书拿了吴国桢的信离开,晚饭后,他再次走进吴国桢官邸说:"吴主席,事情有了转机,蒋总统看在你的面子上,将王哲甫由死刑改判为七年徒刑。"

吴国桢不满地说:"他是无辜的,应该立即释放!"

吴国桢又来向蒋介石辞职:"总统,我特来向你辞去台湾省主席之职。"

蒋介石问:"那是为什么?你不是干得很好吗?"

吴国桢叫苦:"我没法干了!经国那里养的人太多,好多不在编制内,经费没有着落,找我要。您知道的,退守台岛后,中央及地方的一切开支均由省府开销。而省府的经济来源,无非靠征收田赋,哪里能应付这样大的开支?必须压缩开支,这就要得罪人。"

蒋介石安慰说:"你的困难我知道,干还是要干,可以想点办法。"

吴国桢乘机说:"办法是有的,只是我不好说。"

蒋介石说:"你尽管说,我给你撑腰。"

吴国桢说:"我就是要靠您撑腰,我想与总统约法三章。"

蒋介石忙问:"哪三章?"

吴国桢以豁出去的口气说:"一,政府负担中央的军费,但要点名发饷,杜绝吃空额的流弊;二,严惩走私;三,防止商人逃税。"

蒋介石勉强地答应:"好吧,就依你这三章。"

吴国桢大刀阔斧干起来,居然在台湾搞起了民选县长、市长,那娄子就捅大了。

1951年春的一天,吴国桢早早走进办公室,兴冲冲地对秘书说:"台湾第一次民选县长、市长,进行得还算顺利,过两天就要正式选举啦。"

秘书说:"吴主席一再强调,民主选举,政府要绝对公正,绝不能受党部的丝毫影响。"

吴国桢说："是呀，要是党部操纵选举，还有什么民主可言？"

秘书说："不过，不让党部过问是不行的。我刚接到下面打来的电话，蒋经国先生昨晚下令特务，以检查户口为名，一夜之间抓了398人，其中只有19人有轻微违警记录，其余均为无辜。"

吴国桢敏感地说："这是冲着民选来的，这是扰乱民选！"

电话铃响，秘书拿起电话："喂，吴主席在。"他把电话交与吴国桢说，"台北市长谢贯一的电话。"

吴国桢对着话筒说："我是吴国桢，什么？抓了两位市议员？什么罪名？没有遵照党部指示投票，没有投国民党议长的票？胡闹！我说了不受党部影响……好好，我立即要他们放人。"

吴国桢放下电话还一个劲说："胡闹，胡闹！"

秘书说："吴主席，我昨天听说一事，才是真正胡闹呢。"

吴国桢问："什么事？"

秘书说："特务打一个公司经理童轩荪钱财的主意，从他家里搜出一本儿童读物《汤姆·索亚历险记》，就把他关进了保安处。"

吴国桢奇怪了："什么罪名？"

秘书说："莫须有。有也有，因为该书作者是美国作家马克·吐温，就说马克·吐温跟马克思是一家子，就为这本儿童读物，把童家的巨大财产没收了。"

吴国桢气愤地骂道："特务横行，民无宁日。他以为他是太子，我拿他没办法，我可以扣他的经费。"

秘书劝说："吴主席，只怕是胳膊拧不过大腿。"

吴国桢刚愎地说："我不是胳膊，我也是大腿。"

自以为也是"大腿"的吴国桢，忍无可忍直接向蒋介石告状了："总统，老这样下去恐怕不行。"

蒋介石故意问："什么事？你慢慢讲，喝口水。"

第11章
台美重度"蜜月"

吴国桢喝口水，平静一下情绪说："特务到处抓人，而且抓人不办手续，老百姓失踪了，家属也不知道抓哪儿去了，连我这个保安司令也茫然无知。全岛恐慌。这种状况必须改变，否则无法制可言。"

当着老子的面数落儿子，蒋介石听得已经不耐烦了，忍住火问："怎么改变？"

吴国桢大胆提出："任何单位抓人，三天之内必须起诉，这是外国警方的通例。"

蒋介石摇头说："三天来不及，需要一个月。"

吴国桢顶撞："一个月太长，十四天吧，逮捕后的十四天内，或者起诉，或者放人，不得再借口拖延。"

"好吧。"蒋介石勉强地说。吴国桢还有用，跟美国搞关系他还是条渠道，蒋介石想用感情笼络吴国桢，又亲切地问："峙之，你跟我有二十年了吧？"

吴国桢说："是的，总统，有二十多年了。"

蒋介石说："你跟我是有好处的。"

吴国桢巧妙回答："总统，我现在已五十岁了，不想要好处了。只有两件事，我心里下不来。"

蒋介石一听忙问："哪两件事？"

吴国桢说："第一件，总统二十年的知遇，我不能不想到。"

蒋介石喜形于色，连声说："嗯嗯，好，好啊！"

吴国桢又说："第二件，大陆尚未打回去。"

蒋介石一听这话，心里很不受用，渐趋沉默。吴国桢望着他。蒋介石终于回过神说："峙之，你的忠心我知道。只要你肯与经国合作，愿当行政院长，可当行政院长；愿当行政院长兼台湾省主席，也可以。悉由你挑。"

吴国桢憋不住了，终于耿直地说了最不该说的话："经国兄，我当然是要帮忙的。总统叫他管特务，事情做得再好，天下人都是怨恨的。如果不做特务，做点社会福利方面的工作，我决心尽力帮助。"

这位讲"民主"的省主席，直接戳到了专制统治的软肋。蒋介石面露不悦之色，慢慢地走向火炉，说："我现在头痛，我们改日再谈吧。"

吴国桢失望地站起身告辞。他由跟蒋经国的对峙，发展到跟蒋介石对峙了。

1951年圣诞节，蒋介石在士林官邸蔚园内举行家庭式圣诞晚会。

身躯矮胖的吴国桢扮成圣诞老人，分赠圣诞礼品给蒋氏家人。

他走到蒋介石面前时，祝贺道："圣诞老人祝总统节日快乐，在新的一年事事如意！"

蒋介石客气地站起说："谢谢圣诞老人！"

吴国桢又从大口袋里掏出一盒糖果送他，以玩笑口吻不无揶揄道："是带民主味儿的！"

蒋介石不忍拂宋美龄和儿孙们的兴致，强忍着接过糖果没有发作。目睹如此明目张胆的挑衅，蒋经国狠狠地瞪了吴国桢一眼。

蒋经国瞪的这一眼是有分量的。他奉父命独揽了台湾的整个安全、情报与特务系统大权，他虽名为"国防部总战政部主任"，却能一手遮天，躲在幕后发号施令，只要给戴上"红帽子"，想抓谁就抓谁，想杀谁就杀谁。

吴国桢对蒋经国能忍则忍，但对他手下的特务的横行霸道却难于容忍，又直接告到蒋介石这里来了。

刚进门屁股还没有落座，吴国桢就有些激动地说："蒋总统，我觉得非改革不可了！"

蒋介石问："改革什么呀？峙之，你想说什么？"

吴国桢平静下来说："不能想抓谁就抓谁，想杀哪个就杀哪个。任何机构不通过保安司令部，不能随意抓人。逮捕后十四天，一定要释放，或起诉。"

是告儿子的状！蒋介石心里一愣，嘴里打起了哈哈，顾左右而言他："吴主席，我知道了。只是美援的事，一定要抓紧，要抓紧！"

第 11 章
台美重度"蜜月"

吴国桢继续进言:"国民党党费应不用国家经费,而向党员筹募,且应鼓励反对党之成立,俾能奠定两党制度。"

又来了!嗯嗯……蒋介石心里不悦,嘴上仍是打哈哈。

吴国桢以为蒋介石还信任他,器重他,竟天真地劝诫起来:"如钧座厚爱经国兄,则不应使其主持特务,无论其是否仗势越权,必将成为人民仇恨的焦点。"

这话就说狠了!蒋介石不言语了,脸色有变,显出忍不住的恼怒。

其实蒋介石生气归生气,话还是听进去了。他何尝不知,特务工作是见不得人的职业,特工头子的名声自然更糟。当时台湾的社会舆论对蒋经国领导的特务系统非议甚多。

蒋氏父子想着要遮掩遮掩了。蒋经国报请蒋介石,成立"国家安全局"统辖全部情报工作,这样自己就可以退居二线,不那么惹眼。蒋介石批准了蒋经国的建议,于1954年恢复"国防会议"组织后,又于当年10月成立了"国家安全局"。1967年,"国防会议"改为"国家安全会议","国安局"隶属于"国安会",并按美国中央情报局建制,调整该局内部组织与业务,成为"督导和协调"台湾各情治机构及治安机关业务的最高机构,由蒋介石的嫡系郑介民做了"国安局"第一任"局长"。

尽管蒋经国不直接掌管"国安局",但是谁都知道,台湾的所有情治工作都是在他的掌控之下的,只是他不成为社会舆论直接攻击的目标罢了。

当然这是后来的变化,当时吴国桢讲蒋经国特务工作如何如何的话,蒋介石听了还是切齿痛恨的。

台北新生南路吴国桢私宅,住得离吴家不远的孙立人,深夜悄然来看吴国桢,坐下说:"听说你劝诫老头子,惹得他不高兴?"

吴国桢说:"我这才明白,蒋老先生是爱权之心,胜于爱国;爱子之心,胜于爱民。"

孙立人说:"这我早看出来了,所以特别地失望。听说蒋太子挺恼火你，你又怎么开罪他了？"

吴国桢说："我只是采用消极抵制，不发给经费，所以蒋经国恨死我了。听说他对你也很不满意，要小心哟，老同学。"

孙立人说："彼此彼此。为避免引起蒋太子的注意，我们约好，凡在公开场合则尽量避免见面，万不得已碰到时，也仅握手寒暄，让外人看起来，关系极为冷淡。"

吴国桢说："他们谁不知道我俩是清华同学，又一个是台湾省主席，一个是陆军总司令，能不成为他们的眼中钉吗？"

孙立人无奈地说："身正不怕影斜，防不胜防，也只好顺其自然了。"

吴国桢更加消极，索性不过问省府的事，跑到日月潭涵碧楼散心来了。

宋美龄也在这里休闲，她接见了吴国桢，笑吟吟说："国桢，你好闲在呀，整天在日月潭漫游供奉，看书写字，夫人则作画娱乐，省府的事也不过问了。"

吴国桢苦着脸说："夫人，我自有苦衷。我自知该急流勇退了，多次辞职，总统皆不准。总统给了我一个月假期，让我在涵碧楼休养。"

宋美龄说："我知你有苦衷，平时有什么难言之事，但讲无妨。"

吴国桢不想利用她跟蒋经国的矛盾，想想说："我辞意已坚，也就不想说什么了。"

"那你就回去继续休养吧。"吴国桢不说心里话，宋美龄有点失望，站起说。

"谢谢夫人的接见。"吴国桢边说边往外走。

宋美龄目视着他暗示说："峙之，如果想到什么话要再跟我谈，可随时来找我。"

在日月潭涵碧楼闲居的吴国桢，为了表明心迹，写了一副对联，由夫人帮忙贴在居处的门上。只见上联是：面临日月潭，仰不愧天，俯不愧地；下联是：门对文武庙，上希为圣，下希为贤。

第11章
台美重度"蜜月"

夫人黄卓群对他说:"贴这些都没用,我们还是回家去住吧。"

吴国桢说:"好,回去,回去。"

吴国桢回到了私宅。一天,他从外面回到家里,外衣一脱就要打电话,吴夫人扑了上来抢走话筒说:"国桢,打不得,电话有人窃听!"

吴国桢一听傻了,跌坐在沙发上。

吴夫人说:"蒋先生不是蛮信任你的吗,怎么会弄出这些事来?"

吴国桢说:"嘿,此一时,彼一时。现在的美台关系比较好,我的使用价值到头了,蒋先生不必再通过我来同美国拉关系。我们不能待在台湾了!"

吴夫人不解:"你把官辞了就行,大不了在台湾当老百姓。"

吴国桢点透说:"能让你当老百姓吗?蒋先生知道我跟美国的关系那么深,他不担心会埋下日后顶替蒋家的后患呀?惹不起,躲得起!"

惊慌起来的吴夫人问:"躲到哪里去呢?"

心乱如麻的吴国桢说:"美国,美国!只有美国才安全。"

吴国桢把老朋友、美联社记者阿瑟·戈尔找来,对他神秘地说:"阿瑟,把手放在《圣经》上,我要告诉你一件事,你要发誓,帮我保密。"

"怎么搞得这样神乎其神?"阿瑟·戈尔吃惊地瞪圆眼睛看着吴国桢问,"吴主席,什么事情这么严重?"

吴国桢递给阿瑟一些文件,郑重地说:"有几封信,请你带回去,交给《纽约时报》《芝加哥论坛报》和《时代》《生活》的亨利·鲁斯。假使我不幸去世,请全文公布;没有事的话,请代为保存。"

阿瑟瞪着眼问:"交代后事?有这么严重吗?"

吴国桢说:"防人之心不可无啊!"

"陆军司令"孙立人午夜悄悄前来看望吴国桢。

孙立人笑说:"老同学,今天老头子宣布准你病假,你生什么病啦?"

吴国桢苦笑:"我哪来的病嘛,老头子只不过是向美国人掩饰我的辞职罢了。"

孙立人说:"你辞职后,高朋满座,车水马龙。我白天是不敢来,怕蒋太子的眼线,只有晚上才敢来看你。去美国的事都准备好了吗?"

吴国桢说:"我是准备好了。只是护照还没有给我,还传说要扣下我的小儿子作人质。立人,我们是清华大学同学,私交三十多年,我提醒你也要注意哟。"

吴国桢(历史图片)

孙立人摇头说:"再注意也没有用,难讨太子喜欢,你的今天就是我的明天。"

孙立人的预感很准确,吴国桢的今天果真成了他的明天。而且他不像吴国桢可以远走高飞,而是落得个被长期软禁的下场。

在台北阳明山官邸,蒋介石伏案正在写着什么,宋美龄走进来说:"达令,吴国桢去美国的事,外交部把档案送来好久了,你怎么还不批呀?"

蒋介石说:"我不想让他走,怕他到了美国说东道西。"

宋美龄求情道:"我找他谈过,他不会乱说的。你就批了吧。"

蒋介石在一堆档案里找出积压许久的吴国桢档案,在上面批了几个字,说:"先收回他的平民护照,重发官员护照,以防他留美不归。他的父亲和小儿子老的老,小的小,就别出去了,留在台湾吧。"

吴国桢到了美国,闲居下来,最初几年跟台湾蒋氏父子相安无事,后来台湾当局在报纸上把吴国桢骂得狗血喷头,而且往他头上泼了好几盆脏水。吴国桢忍无可忍,跟蒋氏父子辩扯起来,在电台、报纸发表声明,指责台湾当局过于专制,相互大伤和气,吴国桢被撤掉了"政务委员"一职,并被开除国民党党籍。听说这事还影响到蒋介石夫妇大吵了一架。

蒋介石夫妇在台湾二十多年,总的来说相处融洽,唯独在吴国桢这件事上别扭闹得相当大。

蒋介石在台湾搞了相当长时期的白色恐怖,他镇压了一部分的共产党员,也镇压了一部分主张民主、主张自由的人士,例如最有名的是雷震。雷震在台湾办一个刊物叫《自由中国》,胡适是后台,蒋介石不敢动胡适,就把雷震抓起来,而且判刑了。这是蒋介石在台湾的大"过"。虽有人为他辩解为在台湾站住脚不得不"专制独裁",搞一段恐怖统治,但专制独裁终究是不好的,他难辞其咎。

第 12 章

不给"台独"分子以生存空间

蒋介石是位民族主义者、爱国主义者，他虽然晚年屈居台湾一隅，却一直渴望统一，明白统一中国是历代开国君主留芳青史、最为重要的功业，对任何企图搞"一中一台""两个中国"的阴谋都敏锐地进行严厉驳斥，并且对岛内外的"台独"活动和"台独"分子决不姑息，不给"台独"分子以生存空间。

蒋介石败退台湾后，国际反华势力开始积极策划"台湾独立"的阴谋，在岛内处于萌芽状态的"台独"分子也蠢蠢欲动，多股"台独"势力借机兴风作浪。蒋介石毫不手软，将铁血手段和政治攻势相结合，坚决镇压了岛内的"台独"势力，尤以处理"台独"头子彭明敏和廖文毅最为果断、坚决。

■ "'台独'分子要暗杀蒋介石"

夜晚，在北京中南海菊香书屋的台灯下，毛泽东伏在桌上批阅文件。他突然读到一个情报，不禁饶有兴味地读出声来："'台独'分子要暗杀蒋介石？……"

他笑了，在该情报上大笔一挥，批下七个大字："此件请送蒋先生。"

批好批，送怎么送呀？这可难坏了机要室主任。

机要秘书拿着毛泽东的批件来西花厅请示周恩来："总理，毛主席在'台独'分子要暗杀蒋介石的情报上批示：此件请送蒋先生。机要室主任看了丈二和尚摸不着头脑，怎么执行呀？怎么送到台湾蒋介石那里呀？叫我来请示。"

周恩来接过文件笑了，说："你们送不了，我来送！我来处理，你们要保密！"

周恩来当然有办法将此件送台湾。他也知道当时"台独"势力很嚣张，而且不是一股，是好几股势力在活动，有必要提醒蒋介石关注。而"蒋先生"对"台独"一直是关注的，他是一只眼睛盯着大陆，另一只眼睛盯着"台独"。

1945年10月25日，中国政府正式从日本人手中收回宝岛台湾，日本当局及驻台的军政人员对此极不甘心。为了继续操控台湾，在原驻台湾总督安藤利吉的策划下，日本人组织成立了一个"台湾自治委员会"，将日本殖民统治时期在台湾培养的一些汉奸和暴发户网罗进该组织，并策动他们谋求"台湾独立"。这些为虎作伥的汉奸，生怕日本投降后，台湾人民会清算他们的罪行，于是甘愿帮日本人大喊"台独"的好处。在台的日本浪人也乘机四处散播"台湾独立"的好处，中国管辖台湾的害处。在日本人的教唆、策动下，一些不明智的台湾人也迷上了"台独"活动，成为了一股较大的"台独"势力。与此同时，日据时代的一些台籍政客，由于在国民党政权中备受冷落，也开始走上了"台独"的道路，成为又一股"台独"势力。

从20世纪50年代开始，蒋介石为稳固在台湾的统治，强行推行土地改革。这对台湾的社会稳定本是件好事，但一些被剥夺土地的地主、绅士却因此对国民党产生了怨恨。他们形成了另一股"台独"暗流。"台独"的另一大势力是一批在美国留学的台湾富豪子弟。他们的上三辈是靠日本人发的家，因此对日本的殖民统治颇为怀念。在美留学期间，他们成立了诸多"台独"组织。1970年，他们还在美国搞了一个全球性的"台独"组织——"台湾独立联盟"。

除了上面的四大"台独"势力外，在那段时间，还有一些零散的"台独"组织，如王育德、辜宽敏、黄昭堂等人组织的"台湾青年社"，和以史明为首的"独立台湾会"等。

这些"台独"分子均以日本、美国为靠山，并得到日、美右翼势力的大力支持。他们互相勾结，在岛内外大肆活动，企图将台湾从中国版图上分裂出去，企图暗杀反对他们将台湾从中国分裂出去的蒋介石。

所以，大陆的台湾问题专家指出，"台独"作乱的最大空间，存在于中国与美、日不确定的国防关系之中。中国与美、日的共同利益多，"台独"作乱的可能性就小；反之，"台独"作乱的可能性就大。美、日若奉行"遏制中国"的策略，"台独"就是他们的一张牌。美、日如要发展与中国日益多样和广泛的关系，"台独"就成了他们的包袱。美、日对中国的策略既不是一味的"遏制"，也不是一味的"合作"，而是长期的"遏制"与"合作"交替进行。

"台独"势力的猖獗使蒋介石认识到，必须采取坚决手段，对"台独"分子进行打击。早在1945年秋，已投降的日本军政人员的"台独"阴谋就引起了蒋介石的注意。陈仪去接收台湾前，蒋介石曾多次叮嘱他，要注意防范"台独"活动，对"台独"组织及"台独"分子要严厉打击。

陈仪到台湾后，根据蒋介石的指示，采取果断措施对"台独"组织及其骨干分子作了严惩。1946年初，"台湾自治委员会"的主要成员许丙、林熊祥等人先后落网。同年7月29日，台湾省军事法庭以"共同阴谋窃据国土罪"，将这些人处以重刑。"台湾自治委员会"随即土崩瓦解。这是国民政府接收台湾后打击的第一个"台独"组织。

1947年12月，台湾省主席魏道明根据蒋介石的指示，向外公开表明了国民党当局对"台独"的态度，极大地震慑了"台独"分子以及与之勾结的国际反华势力。魏道明警告说："如果少数人敢冒天下之大不韪，六百万台湾人民和四亿大陆人民将不惜为之流血牺牲。"

进入50年代，蒋介石更深刻地感受到了"台独"主张及其组织的危害性,"台独"主张直接威胁到他的生存空间,因为实现"台湾独立"的先决条件是将国民党赶出台湾。若"台独"主张正确,国民党就成了"外来的侵略者",其统治台湾的"合法性"就会受到挑战。

那时,"台独"组织经常秘密派人到台湾,挑拨族群矛盾,实施暗杀、爆炸等恐怖活动。这使蒋介石对"台独"分子更为痛恨。他多次召开专门会议,研究、部署打击"台独"活动。

1950年5月14日,在蒋介石的过问下,从事"台独"活动三年多的"台湾再解放同盟台湾支部长"黄纪南及其同伙被一网打尽。1952年2月,"台独"分子史明、周浩等人在台秘密组织"台湾独立武装队",并在岛内四处搜寻建立"台独"武装的武器。蒋介石获悉后,下令保安司令部火速侦缉。此案很快破获,该组织成员大部分落网,其主要头目史明秘密逃往日本。蒋介石马上派特工前去跟踪,最终将史明抓获归案。这次漂亮的行动令潜逃在外的"台独"分子心惊胆寒。

■ 铁腕治"台独之父"

"台湾独立运动"力量分散,并没有统一的组织和名称,其成员是居住在世界各地原籍台湾的人。五六十年代,"台独"的中心在日本,其领导人则以廖文毅最为著名,他也是最早鼓吹"台湾独立"的角色,被现在台湾民进党人尊为"台独之父"。

廖文毅,原名廖温义,1910年出生于台湾云林县,其家族是"台湾有数的几个大财主之一"。他在日本读中学,30年代毕业于南京金陵大学工学院,1932年赴美国留学,先后获密歇根大学硕士、俄亥俄州立大学化学博士学位。回国后曾任浙江大学工学院教授兼主任、中国军政部兵工署上校技正、香港银行团鉴定技师等职。1940年,他弃官返回台湾经营企业,任大承兴业、大承产物、永丰等公司的董事长。1945年台湾光复后，廖文毅被派参加接收，担任台北市公共事业管理处处长。但他对政治更感兴趣，1947年，他主持成立了"自治法研究会"，创办了"台湾民族精神振兴会"等组织和《前锋》杂志，开始鼓吹"台湾独立"。1946年，廖文毅竞选"国民大会代表"时以一票之差落选（有一票选廖文毅，只因"毅"字少了两点，被判为废票）。以此为转折，失意的廖文毅开始跟国民党作对，对国民党的政策进行激烈批评，"《前锋》杂志，对于战后台湾政治社会的批判，可说淋漓而直"。"二二八起义"后，廖文毅也遭国民党当局通缉，但他已提前逃至香港。

廖文毅离开台湾后，全力投身于"台湾独立"运动。他在香港成立了"台湾再解放联盟"，又向联合国递交"请愿书"，要求"托管"台湾。他的活动受到了美国政府的关注和支持，美国政府曾动过扶植他执掌台湾大权的脑筋。由于有美国的撑腰，廖文毅有恃无恐，于1948年5月在日本建立"台湾民主独立党"，自任主席，打起了"台独"的大旗。1956年，他索性把事情做大，又纠集了一帮"台独"分子在日本成立"台湾共和国临时政府"，公开与大陆和台湾政权叫板。其"国旗"竟是一个大太阳旁边附加一弯新月，而年号也不用中国年号，不用公历，均采用日本昭和纪年，每逢集会讲日本话，唱日本歌。他们心目中的"台湾独立建国"只不过是把台湾建成一个日本的"卫星国"，妄图重演"满洲国"的历史。

"台湾共和国临时政府"作为"台独"的流亡政府，廖文毅自任"大统领"（"总统"）。为联合各地"台独"分子，他1960年又建立了"台湾独立统一战线"，自任"总裁"。他还周游世界，在各地宣传"台独"主张，"并派遣人员潜伏来台，从事颠覆活动"。

廖文毅是早期"台独"分子的旗帜，其成员主要是一些与日本关系密切、在"土地改革"过程中丧失了土地、对国民党不满的旧式地主和留日学生。他们依附的是日本右翼政客，具有极浓的"皇民化台独"色彩，是当时

第12章
不给"台独"分子以生存空间

海外最大的"台独"组织。日本一些人支持他们,给予了财政等方面的支持。但"台独"分子多系乌合之众,彼此不服,其内部经常为争权夺利闹得矛盾丛生,窝斗不已。

蒋介石的铁腕伸向了"台独"元老廖文毅,对他的活动进行了有力的打击,用多种手段瓦解了廖文毅的"台湾民主独立党"。

"台独"分子的总部虽设在国外,却不断派人回台湾,进行反国民党的宣传,挑拨台湾籍人与大陆各省籍人的关系,有些激进的"台独"分子还在岛内进行爆炸等破坏活动。因此,国民党蒋介石对"台独"分子是恨之入骨的,一旦抓住均严刑重治。

蒋介石得知廖文毅在日本组织了"台独政府",极其愤怒,多次指示蒋经国注意该组织的动态,并采取措施进行严厉打击,发出了通缉令,并查封没收了他在台湾的全部财产。

由于廖文毅"台独"组织的总部及主要成员不在台湾岛内,逮捕他不太方便,暗杀手段也不好施展,蒋介石和蒋经国决定用软硬两手打击该组织:一面公开号召该组织成员主动投诚,并派特工到日本,打入廖文毅的"台独"组织内部进行策反;一面对其在岛内的同伙进行严惩,没收其所有财产,杀鸡给猴看。

60年代中期,蒋介石对"台独"分子的策略稍有变化:在严厉谴责的同时发出了暗示,在"共同反共"的前提下,可既往不咎,实行合作。在国民党"九全大会"上,蒋介石建议成立由海内外各反共政党团体、人士等组成的"反共建国联盟",宣称:"在复国建国过程中,非举国意志更加集中,才智更加发挥,行动更加一致,不足以迅赴事功,加速胜利。九全大会允应掌握时机,恢宏襟袍,以与海内外仁人志士才智俊彦,推诚合作。"蒋介石还在1964年"元旦文告"中提出:"不是敌人,都是同志。"向"台独"分子伸出了手。

具体到廖文毅本人,台湾有关部门利用"台独"内部分裂、活动屡次碰壁、经济拮据及廖文毅思乡心切等具体情况，制定了策反方略。先派人打入"台独"组织，接近廖本人，乘机进言，传递台湾方面的信息，动之以情。根据蒋氏父子的指示，台湾"调查局"局长沈之岳曾数次到日本，对廖文毅"台独"组织的主要成员进行跟踪、策反。功夫不负苦心人，"调查局"的特工终于成功策反了"台湾民主独立党"的中央委员陈哲民，然后以陈哲民为突破口，陆续策反了十余名"台湾民主独立党"的中央委员。

蒋介石凌厉的攻心和挖心战术，令廖文毅惊惶失措。他派了一名杀手潜回岛内，企图通过暗杀蒋介石使自己摆脱困境。这大概就是毛泽东得到的"台独分子要暗杀蒋介石"的情报。谁知杀手行动败露，行刺未果反而被台湾特工人员盯上。杀手虽然成功地逃回了日本，但仍难逃一死，最后神秘地暴尸日本街头。这件事使廖文毅意志更加消沉。

台湾当局乘胜追击，又将廖文毅的大嫂、侄儿廖史豪及同党数人逮捕判重刑，让廖史豪给廖文毅录了录音带送往日本："……叔叔，我母亲患心脏病快死了，我和您的部下黄纪男也被判死行，即将被枪决。国民党已保证，只要您回到台湾，他们不但不追究您的罪行，我们也会马上得到释放……叔叔请赶快回来救救我们吧！"这凄惨哀怨的话语，深深打动了廖文毅的心。

国民党的恩威并施取得成功，廖文毅终于决定放弃"台独"主张。台湾方面闻讯立即派高级官员秘密去日本与廖文毅会见，做出善后安排。1965年3月6日，廖文毅终于同意向台湾当局"输诚"。

5月15日，五十六岁的廖文毅从日本返回离别十八年的台湾。他发表了书面声明，公开宣布解散"台独"组织，放弃"台独"活动，声明他领导的"台独"组织因他返台而不复存在。"他希望过去受他领导的朋友们，也跟着放弃那种错误的主张"。他在谈到放弃"台独"、返回台湾的动机时称，是受了蒋介石的"感召"，要"响应蒋总统反共建国联盟号召，剑及履及，离日返台，贡献所有力量为反共建国大业，坚决奋斗"。廖文毅自倒旗帜，"台湾民主独立党"群龙无首，渐渐作鸟兽散，少数死硬分子后来又成立了

第12章
不给"台独"分子以生存空间

一个"台独"组织,但却难以为继,不久便自行解散了。

廖文毅返台,政治上的敌人反戈来投,要与国民党"共同反共",被称为是台湾当局"最近十年来在政治上成功的一件大事"。台湾当局对廖文毅返台的消息大事渲染,敲锣打鼓,一片欢天喜地。

蒋介石更是喜不自胜,在廖文毅到台北的当天就表示,"对廖文毅的翻然悔悟,参加反共大业,予以慰勉"。台湾有关当局宣布,对廖文毅的通缉予以撤销。6月8日,蒋介石依"宪法赋予总统的权力",赦免廖文毅的"叛乱罪",并发还过去所没收廖文毅的财产。廖文毅的大嫂侄儿也获赦出狱。廖文毅对蒋介石的"宽宏大量"感动万分。台湾"中央社"在播发这条消息时特地说:"今后凡迷途知返,愿为国效力者,据悉均将获得自新之路。"

本来蒋介石在廖文毅到台北时就要召见他的,后来意识到这么急不可耐地与一个昨日政敌见面有失"尊严",过于作秀,召见之事才延宕了一些时日。

7月2日,蒋介石召见了廖文毅,亲切地询问他返台后的生活情形和家人的近况。蒋介石告诉廖文毅,他已把台湾建成了"三民主义的模范省","这也就是我们今后反攻大陆,复国建国的准据"。

廖文毅于年底被任命为"曾文水库建设委员会"的副主任委员,对他来说这是个赋闲的职位。曾文水库是台湾当时最大的水利工程,预算投资台币六十亿元。水库面积是陈诚主持的石门水库的三倍,主任委员为台湾省主席黄杰。

争取廖文毅返台,是台湾在瓦解打击"台湾独立运动"方面取得的重大进展。廖文毅还呼吁在世界各地的"台独"分子以他为榜样,"痛改前非,悔悟自新,共同参加祖国反共复国的行动"。不久,海外的"台独"组织纷纷关门大吉。当年的五六月间,"台湾共和国临时政府驻港澳办事处主任"刘德利宣布解散港澳的"台独"组织;"台湾民政党委员长"郑万福等在东京宣布解散该党,停止"台独"活动;"自由独立党"的"组织部长"曾源宣布脱离"台独"。至此,在日本的"台独"组织"实际已全面瓦解"。

"台独"和"共谍"一样,一度成为蒋介石镇压台湾人民反抗的一顶大帽子。对反对国民党的人,若是由大陆迁去的,就会被说成是"共党匪谍";若是原籍台湾的,则被扣上"台独"的罪名。

廖文毅返台使"台独"势力遭到沉重打击,但"台独"分子的活动并未因此而停止。此后"台独"进入了一个新阶段:成员构成上,新一代台湾留学生取代旧式地主成了"台独"的骨干分子,"台独"的活动中心也由日本转移到了美国。

对于在美国的"台独"势力,台湾当局也视其如仇寇,努力侦察、掌握其动向,指示驻美"外交机构"设法反制。

在台湾光复后的四十多年时间里,蒋介石父子用铁腕手段打击"台独"组织,使"台独"势力在两蒋当政期间,始终未在岛内掀起大的风浪。

正因为坚持凌厉的反"台独"立场,蒋介石在历史上的进步作用凸显了出来,摘下了历史上曾戴过的"卖国贼"的帽子,戴上了"爱国者"的帽子,晚节得保。

■ 蒋氏父子反"台独"一以贯之

蒋氏父子反"台独"不但态度坚决,而且坚持不懈,一以贯之,由政治推及文化、社会领域。

蒋介石一直坚持"一个中国"立场,当年在"人团法"中规定"人民团体的组织与活动,不得主张分裂国土","有违法者,不予许可"。这是约束党外势力组织党团及其附属的文艺团体的法令,是专为"台独"团体及其活动治罪的。"内政部"还明文规定:成立民间社团必须冠以"中国"或"中华民国"名称,而不许以"台湾"命名,如确实需要也只能以"台湾省"，而不许单独使用"台湾"两字。1955年6月成立的"台湾省妇女写作协会"，便不用有可能引起误解的"台湾"，而改用"台湾省"。该会于1969年则干脆改名为"中国妇女写作协会"。

国民党的这一政策，不但从蒋介石贯彻到了蒋经国，而且直到蒋经国去世后仍然坚持不变。1987年成立的"国际笔会台湾总会"（简称"台湾笔会"），由于是逃避作家体制化，是有主体性和"台独"倾向的社团，因而没有被核准登记。官方后来在"必曰台湾"的年代即第七届李乔会长任内，才勉强将其核准，但仍不支持其加入"国际笔会"。

在文化艺术上，蒋氏父子也坚持认为只有"中国文学"，而无独立于中国之外的"台湾文学"；只有"中华民国台湾省文学"，而无脱离母体具有特殊含义的"台湾文学"。涉及本地区文艺时，用的是"台省文艺"，而非"台湾"的称谓。在"台湾文学馆"的筹建和成立过程中，1992年，官方不许用"台湾"命名，后以含糊的"现代文学馆"取代，其用意是在（中国）现代文学名义下包容台湾文学。这种做法引起"台独派"的严重不满，骂之为："如果在中国现代文学名义下设台湾文学组，那就是在名称上被人做了手脚，成为'传统文艺'之下没有名分的小老婆。"

蒋氏父子认为，语言寄寓着民族精神，主张中国人应该讲"国语"，"国语"应成为官方语言，不许用"台语"取代"国语"。1946年，国民党政权便在宝岛推动国语本位政策，全面废止日文写作，禁止学校用日文授课，停止媒体的一切日文版。1949年后，当局大力推广"北京话"，除办有《国语日报》外，还倡导具有祖国意识的作家应用纯正中文写作。

第 13 章
第二次秘密接触

从朝鲜战争开始，到1957年，美台关系因艾森豪威尔当政重度"蜜月"期，美国逐步加强了对台湾和台湾海峡、澎湖、金马的军事控制，一方面阻止大陆用武力解放台湾，另一方面想以各种方式吃掉台湾。美国对大陆的政策也从武装侵略为主，改变为以和平演变为主了。苏联的赫鲁晓夫也向中共伸手，不断施加压力。当时大陆面临的主要矛盾是反对两个超级大国对中国的侵略干涉。台湾面临的主要威胁是美国，大陆面临的主要威胁是苏联。蒋介石事实上已放弃用武力反攻大陆，只是嘴上叫叫而已；中共事实上也不采用武力解放台湾，也只是嘴上说说而已。毛泽东正是在这样的基础上作出了和平统一中国的战略决策，提出了实行"第三次国共合作"的主张。两岸之间开始了频繁的第二次秘密接触。

■ 打和牌，老将出马

虽是冬天，中南海丰泽园里的七棵古柏仍然苍劲挺拔，傲雪斗霜。

1955年12月21日，毛泽东在中南海丰泽园接见苏联大使尤金，明确说了他对蒋介石的看法："蒋介石也不是不可救药的，我见过他两次，还可以见第三次，同他谈一谈，这是可能的。"

尤金惊异地听着，不知说什么好。

毛泽东又说："但是蒋介石反对，不愿意再跟我们合作。他每天反对，

第13章
第二次秘密接触

我们就每天说要同他合作。这样就使我们的蒋委员长很难处,他的内部正在分化。"

这是中共打出和牌之前,毛泽东向外国人吹的风。

1956年3月的一天,周恩来在中南海西花厅接见张治中、邵力子、章士钊、黄绍竑、屈武等人,将中共要打和牌的主张告诉他们:请你们捎话给蒋介石,我们从来没有把和谈的门关死,任何和谈的机会我们都欢迎。我们是主张和谈的,既然我们说和谈,我们就不排除任何一个人,只要他赞成和谈。

张治中说:"总理,你和毛主席最近谈和平解决台湾问题是紧锣密鼓呵!"

邵力子高兴地说:"把我们都鼓舞得坐不住了,手舞足蹈想做点事。"

周恩来强调说:"蒋介石在台湾,枪还在他手里,他可以保持,主要的是使台湾归还祖国,成为祖国的一个组成部分,这就是一件好事。如果他做了这件事,他就可以取得中国人民的谅解和尊重。"

刘斐感慨说:"政府真是宽大、宽容。"

周恩来说:"在一届人大三次会议上,我还要代表政府正式提出:愿意同台湾当局协商和平解放台湾的具体步骤和条件,并且希望台湾当局在他们认为适当的时机,派遣代表到北京或其他适当地方谈判。"

这些被称为"和平将军""和平老人"的原国民党上层人士,听了都欢呼雀跃,跃跃欲试。

时任中央文史馆馆长的章士钊更是激动不已,向周恩来主动请缨:"总理,我可以借探望殷夫人的名义去香港,找滞留在香港的一些国民党故旧,去向蒋介石做工作,探求祖国统一的道路,争取第三次国共合作。"

周恩来一直微笑听着,听完说:"我支持你去,你这条线直接呀。"

在中南海丰泽园毛泽东书房,毛泽东、周恩来正在喝茶、交谈,章士钊走了进来,毛、周站起,热情问好。

章士钊一眼看见宽大的书案上平摊着怀素的《自叙帖》，便说："早晌在郭老处见到主席的草书，师自怀素《自叙》之意，而又不露其迹，已臻化境，我们都很喜欢。"

"今天请行老来，不谈文事，不谈文事。"毛泽东扬起宽厚的手掌，连连摇动，又笑着说，"专谈国事。行老不是老成谋国嘛！"

周恩来说："上次行老和我谈及，愿意去一趟香港，我报告了主席。主席和中央进行了认真研究和讨论，认为在现在的形势下，去香港试试是可行的。中央相信行老的为人，相信行老的本事。"

毛泽东说："如果台湾回归祖国，一切可以照旧。"

章士钊问："主席说的照旧，包括哪些方面？"

毛泽东挥手画个半圆，朝胸前一揽说："包括一切方面。台湾现在可以实行三民主义，可以同大陆通商，但是不要派特务来破坏。我们也不派'红色特务'去破坏他们。谈好了可以订个协议公布。"

周恩来说："如果目前台湾方面有难处，我们可以等待，希望蒋氏父子和陈诚也拿出诚意来。"

毛泽东说："台湾只要同美国断绝关系，可派代表回来参加人民代表大会和政协全国委员会。"

周恩来具体说明："蒋经国等安排在人大或政协是理所当然的。蒋介石将来总要在中央安排。台湾还是他们管，如果陈诚愿意做，蒋经国只好让一下做副的。其实陈诚、蒋经国都是想干些事的。陈诚如果愿意到中央工作，不在傅作义之下，蒋经国也可以到中央工作。"

毛泽东说："我们是一片真诚可对天。港台报纸说我们挖了蒋介石的祖坟，那是造谣嘛。"

章士钊笑说："蒋先生倒挖过毛先生的祖坟。"

毛泽东也笑了："想挖断我的龙脉，到头来倒把他自己的龙椅弄翻了。"

周恩来说："我马上要对台办有关方面打招呼，对蒋介石、陈诚等人的祖坟要加以保护，中国的传统信这些嘛，对他们在大陆的亲属要注意照顾。"

毛泽东说："中共中央专门给蒋介石写了一封信，交你带到香港，通过关系转交给他。"

周恩来郑重地将信交与章士钊。

章士钊接过信收好，又从口袋取出一信说："我也给蒋先生写了一封信，请主席、总理过目。"

毛泽东接过信，津津有味地看起来，读到警言佳句处吟哦道："'溪口之花草无恙，奉化之墓庐依然。'好！挠到蒋委员长的痒痒肉。"

毛泽东又读下去："台澎金马，唇齿相依，遥望南天，希诸珍重。"他停顿了一下说，"把台湾比作'南天'似觉不妥。"

章士钊说："那就请主席改一下。"

毛泽东提起笔来说："改作'南云'吧。我们同台湾，谁也离不开谁，就像《长恨歌》中所说：'在天愿作比翼鸟，在地愿为连理枝。'蒋介石把枝连到美国，而美国却连根都会挖掉。"

周恩来指着信说："这里还有一句关键的话，'现在支持你蒋先生的就是毛先生'。"

毛泽东笑说："这么说也公平，连'台独'分子要暗杀他的情报，我都及时告诉他嘛。"

章士钊（历史图片）

章士钊是一个有沧桑经历的老人，跨越了晚清、民国与新中国三个时代，在思想、政治上走过曲折复杂的道路。他青年时期在武昌求学时，与武昌起义的统帅黄兴同住一室，成为莫逆之交。他加入过蔡元培、章太炎的爱国学社，与"革命军中马前卒"邹容是同窗好友。他还在南京学堂组织过反清学潮，并策划过行刺广西巡视王之春的暗杀行动，并为此坐过大牢。他曾经编译宫崎寅藏所著介绍孙中山革命事迹的书《三十三年之梦》，编译中因一时笔误，将孙先生的真名"孙文"与假名"中山樵"的两个字连缀成文，写作"孙中山"。后来该书出版，这个名字也随着传开，久而久之，竟成了孙先生的正式名字。

后来，章士钊经杨度介绍，在东京结识了孙中山，他们常在一起议论天下大事，十分投机。同盟会成立时，章士钊并没有成为该会的成员。他提倡苦读救国，一生坚持做无党派人士。他的结义兄弟章太炎苦劝其入同盟会，但他不为所动。章太炎知道章士钊对同盟会员吴弱男女士甚为倾慕，于是生出一计，请吴弱男出面动员章士钊入会。不料吴弱男没有完成任务，反而通过此番接触成了章士钊的情侣，后来他俩在英国结了婚。孙中山后来说及此事时，开玩笑说："同盟会与章行严的关系，真乃'赔了夫人又折兵'。"

章士钊赞成过资产阶级代议制，参加过反袁、讨袁斗争。后来他又投靠段祺瑞，推行复古倒退政策。他设法营救过共产党领袖李大钊，并曾经出庭为陈独秀辩护，其数千言辩护词，使举座为之震惊，被上海的大学选为法学系教材。他还当过北洋军阀政府的司法总长、教育总长。抗战期间，他坚持民族气节，日伪劝诱他加入汪伪政府，被他严词拒绝。此后，日伪政权对他进行威胁，他于是秘密从上海出走，避难香港，再后来到重庆。他在重庆结识的殷德贞，就是他的第三任夫人，也是他后来九十二岁高龄去香港探视的人。

以章士钊如此独特与复杂的经历，作为促进国共两党和谈的代表，是最合适不过的。他来做祖国统一工作有得天独厚的条件。他在国民党中有许多故旧，好些国民党头面人物是他的好友。他和毛泽东是同乡，并且早就认识，相互之间有一种极为特殊的关系。他们的友谊可以追溯到20年代前，经

第 13 章
第二次秘密接触

杨开慧的父亲杨怀中介绍，他在1919年就认识了毛泽东。1920年，毛泽东为筹备中共的成立，以及送一部分同志去欧洲勤工俭学，急需一笔数目不小的经费。毛泽东到上海找到章士钊，请他帮忙。他立即答应，运用自己的影响发动社会各界名流捐款，共筹得两万银元，悉数交与毛泽东。

毛泽东、周恩来选择他作为"和平使者"，那是独具慧眼。

他们从书房走出，来到静谷树林里散步。

周恩来问："行老，中共中央的信，您用什么途径转交呢？"

章士钊说："我想先与许孝炎接触，他是湖南沅陵人，我的小同乡，在重庆共过事。他现在香港负责国民党的文化宣传工作，主持《香港时报》，深得蒋介石信任。"

毛泽东说："我看许先生较合适。"他又征询周恩来的意见："你看呢？"

周恩来点头说："许先生挺合适。他大约五十五六了吧？他是北京大学毕业，抗战胜利后，当选为国民党'国大'代表和立法委员。1949年，蒋介石派他去香港，他是国民党在香港举足轻重的人物，深得蒋介石的信任。"

毛泽东建议："可以给许先生先去封信，就说大驾要探亲嘛。"

周恩来问章士钊："您什么时候动身，要统战部安排一下。"又叮嘱道："行老一定要注意安全，一定要注意身体。高龄了，国之重宝，探亲也要带个秘书照应。"

1956年的春天，碧空如洗，万里无云。

飞机在碧蓝的天空中平稳飞行，舷舱外是金灿灿的阳光。

章士钊望着舷舱外掠过的苍穹，有些激动。

秘书俯身对他轻声说："行老，您休息一会吧，打个盹就到香港了。"

"唔。"章士钊漫不经心地唔了声，摸了摸藏在口袋里的信件，踏踏实实闭上了眼睛。

飞机穿越轻烟似的云雾，飞到了蔚蓝色大海的上空。

秘书欢快地轻喊："海！海！看得见香港维多利亚湾啦！"

章士钊睁开眼睛，望向舷舱外，眼睛有些湿润。

飞机在启德机场停稳了，身穿一袭灰色长衫的章士钊在秘书搀扶下，缓缓步下舷梯。

许孝炎等朋友快步迎上去，握手问候。

十多个新闻记者一齐将镁光灯打开，镜头对准了章士钊。

许孝炎搀扶章士钊，突出记者包围，走向停在附近的轿车。

章士钊住下后，顾不上休息，拜访了许孝炎。许孝炎在密室热情地接待了他。

喝茶之后，章士钊说："老乡，想当年我俩在重庆同为参政员，交往密切，分别了十年，竟如同路人了。"

许孝炎摇手说："哪里，哪里，我一直想念章先生，今日有缘相见，分外高兴。"

章士钊说："老乡，我们还要共同参政，参祖国统一之政。中共有意和平统一祖国，实现第三次国共合作，托我捎信给蒋先生。"他从怀里取出密藏的信，给了许孝炎说，"要托许兄亲交蒋先生。"

许孝炎接过信后，掂了掂，藏进了内衣口袋，问："信我就不打开了，请问行老，中共方面的主要条件是什么？"

章士钊说："临行，中共最高层对我作了交代，主要是四点：第一，除了外交统一中央外，其他台湾人事安排、军政大权，由蒋先生管理；第二，如台湾经济建设资金不足，中央政府可以拨款予以补助；第三，台湾社会改革从缓，待条件成熟，亦尊重蒋先生意见和台湾各界人民代表进行协商；第四，国共双方要保证不做破坏对方之事，以利两党重新合作。"

许孝炎听了说："好，蒋先生很关心祖坟是否完好，因为港澳有的报纸说，蒋氏墓庐已在镇压反革命和土地改革的运动中荡然无存。"

章士钊大声说："那是谣传，信上写的有。"

第13章
第二次秘密接触

许孝炎爽快地说："我立即直飞台北，亲手交与总统。"

第二天，许孝炎已经飞到台北，走进了士林"总统官邸"。

他坐在墙边陈旧的沙发上，侃侃而谈，已经把他与章士钊的会谈情况向蒋介石作了报告，又把信交给蒋介石。

蒋介石端坐案前，展开中共的信件，看一遍，望许一眼，再看一遍，又望许一眼，看到信的结尾，他喃喃地念出声来："溪口之花草无恙，奉化之墓庐依然……"他内心起了微澜，表面依然平静，沉默无语，闭目静思。

许孝炎坐着不敢作声，额角已经渗汗，端起玻璃杯喝口水。

柔和的阳光爬上窗台，已是下午4点了。蒋介石睁开眼，瞥眼窗外，轻声说："唔唔，这个，唔，到户外走走。"

蒋介石拄杖外行，许孝炎赶忙跟出。

蒋介石走到官邸门前金鱼池畔喂金鱼。早有侍卫捧着饲盘立候。蒋介石接过慢慢地、一点一点地向挤游过来的鱼儿抛食。

蒋介石喂金鱼是很专心的，他给每条金鱼都取了名字，往常要一边轻喊着鱼儿的名字，一边抛食。如今他有心事，行动迟缓，闷头搭脑心不在焉地抛食。

抛了一会，他扭转头，向目光充满期待的许孝炎摆手，轻声说："你可以走了。"

乘兴而来的许孝炎不得要领，蔫头耷脑地离去。

据蒋介石身边的人后来透露，这天夜里蒋介石卧室的灯光长夜不熄，他失眠了。"溪口之花草无恙，奉化之墓庐依然"，这句特透情的话，久久在他脑海里闪现。

蒋介石多年来身居海外未给祖宗扫过一次墓，未在母亲的坟上铲过一锹土。他终生难忘，他是在南京被中共占领不久的4月26日下午，当中共三野七兵团第二十二军逼近宁波、奉化一线声称要活捉他的危难时刻，才泣别母庐，带着儿子蒋经国、爱孙爱伦匆匆离开故乡到达象山港，原总统府军务局长俞济时扶着他登上早已停候在那里的"泰康号"兵舰。当"泰康号"起航时，他不由来到了后甲板上，望着舰后渐渐远去的故乡群山，眼里不由湿润了。

也许蒋介石这个不眠之夜，用"魂牵武岭，梦系溪口"八个字，足可表达他浓浓的乡愁，和对祖宗的深切怀念。

但是面对大陆伸过来的和平之手，他本能地采取了强烈的抵制情绪。他不相信共产党，不相信毛泽东，对国共合作更是心有余悸。蒋介石常说：我倒霉就倒霉在国共合作上了。这次，他拿着许孝炎传过来的信，对儿子说：中共的和谈呼吁不过是战争的另一种形式，是"统战诡计"，是"宣传诡计"。台湾绝不会妥协，要坚决反共到底，要扫除共产主义！

虽然章士钊成功地把中共中央给蒋介石的信送到了蒋介石的手中，但台海局势并未因此风平浪静，5月15日，金门、厦门之间又爆发激烈炮战，一直持续到22日。22日之所以国共双方停止炮战，是因为双方要对付南海上的突发事件：菲律宾在当日提出对南沙群岛的主权要求。29日，北京、台湾不约而同地发表声明，指出南沙群岛历来是中国领土，抗议菲律宾的无理要求。6月6日，国民党海军舰队开始到南沙群岛巡弋。12日，台湾当局宣布派往南沙群岛巡弋的舰队在南沙群岛树碑、升旗。不久又派出了驻守部队。北京对凡是有益于中华民族的事自然是默认的。

蒋介石因为忙活这些事，脑子里对中共伸出的橄榄枝也有疑虑，派特使的事也就搁下了。

■ 神秘人物程思远北上

美国新泽西州绿草如茵的乡野，有一栋带花园的小楼，是一座门前带石沿的英国都德式房子。这是李宗仁流亡美国的简陋新居。

第13章
第二次秘密接触

李宗仁放下报纸,兴奋地对夫人说:"好消息!中国政府的周恩来在万隆发表了声明,解决台湾问题有希望啦!"

郭德洁接过报看起来。李宗仁说:"我也要发表声明,提出建议,请在香港的程思远起草!"

郭德洁提醒说:"提什么建议,你可要斟酌好哟!两边都不好得罪。"

李宗仁说:"我琢磨好了,一条是恢复国共和谈,中国人解决自己的事;第二条是美国承认台湾为中国的一部分,但目前暂划为自治区,双方宣布不设防,美国撤退第七舰队,使之成为纯粹的中国内政问题。"

郭德洁说:"你发表这样的声明,台湾和海外的顽固分子非骂你不可。"

李宗仁挥挥手说:"让他们骂去,我凭良心说话。"

李宗仁的声明在电台播出了:"……蒋先生已年逾七十高年,平生饱经忧患,如果他能毫无个人成见地以苍生为念,毋使内战重起于中国,他会同意我的意见的……"

蒋介石在台湾官邸书房听着,皱紧了眉头。"德邻糊涂了!"他嘟哝一声,生气地将收音机关了。

北京中南海西花厅,周恩来捧着《大参考》,念着李宗仁建议的最后部分:"……我以过去亲身的经验,观察今日之变局,自信颇为冷静而客观,个人恩怨,早已置之度外。唯愿中国日臻富强,世界永保和平,也就别无所求了。"

周恩来拿起《大参考》,兴奋地走出屋去。

周恩来匆匆走进毛泽东书房,说:"主席,李宗仁发表了对台湾……"

毛泽东笑着举起《大参考》晃一晃。

周恩来笑说:"迟到的新闻了,原来你也在看。这可是从1949年北平和谈破裂以来,李宗仁先生在政治立场上的一个重大转变!"

毛泽东说:"这位代总统要是当时有这种认识,那就不存在台湾问题喽。不过,现在也不晚,要争取他!"

周恩来说:"我们可以跟他在香港的代表程思远取得联系。"

其实跟程思远的联系,早就有人在做。

50年代初,中央社会部长兼外交部副部长李克农,首先派人到香港找桂系人士程思远,了解他的近况,目的是争取他,并可以在需要时做争取桂系首领李宗仁的统战工作。

程思远是广西宾阳人,参加过北伐战争。后与桂系首领李宗仁、白崇禧关系密切。1930年任李宗仁秘书,加入李宗仁组织的"革命同志会"。1938年任白崇禧秘书。

程思远于抗日战争前,进入意大利罗马大学攻读政治学,获政治学博士学位。1937年9月回国后,在广西受到李宗仁、白崇禧的重用,特别为李宗仁所赏识,是李宗仁的亲信和智囊。抗战时期曾担任八路军驻桂林办事处主任的李克农,对这些背景十分了解。

程思远的思想比较开明,在抗战期间和来到广西的许多进步文化人士有接触。但他对共产党又有疑虑,1949年在大陆解放前夕跑到香港,任《正午报》专栏作家,以卖文维持生活。

在50年代的头几年里,程思远在香港与李克农委派的朋友几次接触后,对共产党的疑虑逐渐消除。新中国欣欣向荣的许多信息,对他也有所触动。这期间,住在香港的程思远与寓居美国的李宗仁常有书信往来,信息上相互交流,政治上也相互影响。

国民党政府"代总统"李宗仁,在1949年中国人民解放军解放南京前夕飞往广州,同年12月经香港赴美国。李宗仁客居异国,但对世界政治特别是新中国的动向甚为关心。他目睹美国政府企图控制和霸占台湾、分裂中国,甚为不满;又看到中国人民志愿军在朝鲜战场上,居然把世界头号强国美国打得坐下来谈判,甚为钦佩。

李宗仁虽然对共产党仍有疑虑,但他的思想在转变中。他认为铁的事实是:他参与统治的旧中国腐败、衰弱,而共产党统治的新中国在世界上站起来了。这不能当鸵鸟,硬装着看不见。

1955年春,他在美国从报纸上了解到,周恩来总理在亚非会议上为中国人民赢得了声誉,深感兴奋;特别是读到周恩来在万隆发表的关于台湾问题的声明,认为很有道理。于是,他写信给在香港的程思远,就台湾问题交换意见。接着,于同年8月,他在美国发表一个声明,公开提出和平解决台湾问题,主张"恢复国共和谈,中国人解决中国事,美国撤出第七舰队,使之成为纯粹的中国内政问题"。

李克农在北京看到这个声明后,颇为重视,认为这表明李宗仁已放弃反共立场,公开与蒋介石决裂,在思想上和政治上都是重大转变。于是,李克农积极向中共中央建议,要加紧做李宗仁的统战工作;如果可能,要争取李宗仁回国。

李克农让香港情报系统多方了解,证实对李宗仁能起作用的还是程思远。李克农决定:可继续利用程思远这条线。

这跟毛泽东、周恩来想到一块去了。

这一天,在北京中南海毛泽东书房,毛泽东正召集刘少奇、周恩来、朱德开会研究台湾问题。

毛泽东说:"恩来,你得到什么重要情报呀,给大家吹吹吧。"

周恩来说:"是关于台湾问题的。1954年,蒋介石炮制了吴国桢事件,1955年又抓了孙立人,美国人对蒋介石的独裁专制很不满意,要换马。"

朱德问:"要换哪匹马?"

周恩来说:"美国共和党中有一派人想利用李宗仁在台湾搞内部军变,推翻蒋介石。"

毛泽东说:"这不好,民主党插一手,共和党又想插一脚。蒋介石现在不能走!"

刘少奇说:"这会使台湾问题复杂化的,不利于将来解决两岸关系。"

毛泽东说:"要帮蒋介石一把。恩来,你有什么锦囊妙计?"

周恩来胸有成竹地说:"通过李济深启动程思远这条线,争取李宗仁回大陆,断了美国的念想。"

毛泽东拍板说:"好,釜底抽薪,扬汤止沸!我们已经运筹帷幄了,就由你决胜千里吧。"

1956年1月底,李克农请香港《文汇报》副总编辑金尧如与程思远联系。

1956年4月23日,金尧如和一位编辑来到香港九龙荔枝角九华新村,敲开了程思远寓所的门。程思远招呼他俩坐定后,编辑说:"老乡,我们金总编有要事跟你谈呢!"

金尧如开门见山说:"程先生,周总理最近发表的关于知识分子的讲话,号召海外知识分子为统一祖国作出贡献,不知您有何看法?"

程思远说:"讲得很好,我很有感触。我十八年前就接触过周总理,素来敬佩他,也愿为祖国统一做点事。"

金尧如说:"如果你被邀请去北京谈谈,要不要请示李宗仁先生?"

程思远说:"我看不必吧,来往征求意见要费很长时间呢。"

金尧如说:"程先生,我们接到北京的电话,李济深先生希望你到北京去谈谈。如果程先生同意,来去保证秘密,来往自由,我们全管了。你有什么要求?"

程思远一怔,停顿一会说:"没有什么要求,请允许我考虑一天如何?"

金尧如说:"好,我们明天在九龙太子道咖啡馆等程先生的答复!"

送走客人后,程思远与夫人石泓去门前几十米的维多利亚海游泳,议论着去不去大陆的事。

在海水里游着泡着,程思远颇有感慨:"世事如海潮啊,起伏难料。桂系曾经风云一时,如今李宗仁流亡美国,白崇禧被软禁台湾,我则在香港过着孤独的流亡生活。"

石泓说:"这不有了机会嘛,只是前途难测。"

程思远吐了口海水,对石泓说:"中共建国以来,先后经过三反、五

第 13 章
第二次秘密接触

反，镇压反革命，运动频繁，海外一些知识界对大陆触目惊心，提心吊胆，不敢跨入深圳河桥头半步。但我有自己的看法和抱负，我没有那么多顾虑。"

石泓问："思远，你的看法和抱负是什么呢？"

程思远简洁地说："一，台湾的'反攻复国'，是扯淡；二，我对共产党没有成见；三，共产党讲话还是算数的，此行可能走出一条新路来。"

石泓说："那你就去吧，我支持。"

第二天，在九龙太子道一间僻静的咖啡馆里，程思远如约见到了已等候在此的金尧如。

程思远喝口咖啡，悄声说："经过慎重考虑，我同意去北京。但希望不办回大陆的正式手续。"

金尧如说："好，一不办回大陆手续，二不要带行李，轻车简从。"

程思远担心地问："台湾方面有人盯我的梢，怎么走法呢？"

金尧如说："你放心，我会派一人陪你今晚乘船去澳门，从那里去广州。澳门到内地的拱北海关有专车迎候。过了广州，会把你安排在去北京参加五一劳动节观礼的港澳代表团里。"

午夜，天黑漆漆的，澳门码头一片空寂。

夜色中，一个陌生人领着程思远悄悄地走上泊岸的一艘船。

小船缓缓开动，驶离了码头，消失在茫茫的夜幕中。

这艘神秘的船在深圳码头泊岸，程思远走出船舱，早有人在岸上迎候，无言地将他领进轿车，向北疾驰而去。

1956年4月30日，程思远抵达北京车站。他身材修长，西装革履，配戴眼镜，风度翩翩。

原桂系人员黄绍竑、刘仲容前来迎接他。他们边谈边往站外走。

黄绍竑说："今天上午，全国政协散了会，在门口周总理叫住了我，说你今日到京，让我来接。是谁邀请你来的，那么神秘？"

程思远诧异地说："是老上司李济深呀，他没跟你讲？"

黄绍竑愕然："怪呀，总理跟我讲话时，任潮老就在旁边，他毫无反应。"

程思远说："香港的联系人是这么告诉我的嘛！"

黄绍竑兴奋地说："恐怕有大来头，找你来有大事。到宾馆住下再说吧。"

程思远问刘仲容："仲容兄，没接到你的信，近来好吗？"

刘仲容说："好啊，我在外语学院当校长，学以致用，为新中国培养外交人才。"

程思远真诚地说："祝福你，羡慕你啊！"

这一天，在北京东总布胡同张治中住所，张治中和夫人洪希厚热情地宴请了程思远。宴罢，在客厅闲聊。洪希厚招待他喝茶吃水果。

张治中说："思远，到北京几天了，活动挺紧张吧？"

程思远说："不紧张，5月1日在天安门广场观礼台，观看了盛大的游行活动，李济深、黄绍竑、蔡廷锴、刘仲容轮流宴请了我一遍，就没事了。"

"谁说没事了，好戏在后头呢！"张治中充满神秘地说，"明天下午3时，政协礼堂三楼有个酒会，通常总理是不参加的，但是明天他要去那里同你会面。"

程思远兴奋地说："真的吗？此行真的有幸见到周总理？"

熟悉个中奥妙的张治中说："是他邀请你来的嘛。总理还问我，程思远怎么样？要我三言两语答复他。我说，当年在白崇禧那里，我们有明确分工，我做左派工作，他做右派工作，但他并不妨碍我。"

程思远思忖道，此行莫非周公真有重托？

张治中叮嘱："明天太热闹，你要始终跟我站在一起，不要远去。你最好写点材料由我交总理。"

有备而来的程思远说："我写了份《从美、日、港三方面来观察台湾问题》，已交仲容兄转总理了。"

张治中说："那就好。"

第二天，张治中把程思远拉进全国政协小会客室，手中都端着酒杯，张治中说："总理叫我们在这儿等他，他敬完酒会脱身进来。"

他们刚坐下，周恩来端着酒杯翩然走进，身后跟着刘斐、刘仲容、屈武、罗青长等人。

张治中刚要介绍，周恩来一眼就看出高个子的程思远，即同他招呼握手，并笑容满面地说："程先生，欢迎你回来。久违了，十八年前的1938年，我们曾经在武汉见过一面。"

程思远惊异地说："总理的记忆力太好了！1938年春，白崇禧叫我去接周先生给广西学生军作报告，只这么一面，你就记住了。"

周恩来问："今年多大岁数了？"

程思远答："四十七了。"

周恩来望着他挺直的身躯说："身体这样好呀！"

程思远说："身体很好，我在海外常游水。"

坐下后，周恩来盯着程思远问："你这次来有什么计划吗？"

程思远说："没有，我听候总理指示。"

周恩来笑着说："我希望你到各地多走走，多看看。去不去东北看看？那里是我们的工业基地，办了钢铁工业、汽车工业和化学工业。"

程思远说："下次再去吧，这一回我不准备待得太久。"

周恩来劝说："如果你多看一看，到海外就有更多的讲话资料。至少，你要看看北京吧？"

程思远说："我听总理安排。"

周恩来扫视刘斐、刘仲容、屈武、罗青长一遍，说："你们这几天多花点时间，陪思远游览北京的景色，并尽地主之谊，大家多谈谈祖国这几年的情况。"

罗青长说:"我来安排。"

周恩来又说:"我现在太忙,这里也不适合多谈,过两天我们还会见面的,那时再深谈。"他举起手中的高脚玻璃杯与程思远碰了碰,就匆匆走了出去。

5月11日中午,周总理在中南海紫光阁设午宴招待程思远,是李克农领程思远去的。李克农当时的身份是外交部副部长、中国人民解放军副总参谋长。

吃饭之前,李克农和程思远先谈了一个小时。李克农谈道:"你的妻妹石慈思想进步,搞过学生运动,但是没有入党,她原来在外交部工作过。"程思远感到李克农很亲切,也对李克农了解他的情况之深很惊讶。

周恩来站在门前白玉石砌的雕栏旁迎候程思远。

参加宴会作陪的有参加过北平和谈的全部代表:张治中、邵力子、章士钊、黄绍竑、刘斐、屈武、刘仲容,还有李克农、罗青长等。

大家在宴会桌旁落座后,周恩来举起酒杯对程思远说:"今天,你应该多喝点儿,都是熟人。也是建国以来,我们党同国民党人员的第三次接触,很有意义的。"

程思远不解:"第三次接触?"

周恩来解释说:"是的,第一次是叶剑英在广东同前中国银行总裁张嘉璈见面,叶帅你见过吗?"

程思远说:"见过,那还是1939年他当八路军总参谋长时,我在桂林听过他的报告,报告的题目叫《积小胜为大胜》。"

周恩来说:"噢。第二次是我找龙绳武,龙绳武你熟吧?"

程思远说:"知道,龙云的公子。"

周恩来说:"对。我们希望他到海外做些有益于祖国统一的事,他去了香港,却溜到台湾去了,还在广播中骂我们。第三次就是这次会见你了。"

程思远表示:"我要为祖国统一做一些有益的事情,我听候总理的指示。"

"那我们今天就要多喝一点！"周恩来把两臂在胸前抱了起来，身子往椅背一靠，爽朗地说，"我们很想借此机会深入地谈谈，现在首先请吃饭吧，大家请！"

席间，黄绍竑问程思远："白崇禧的日子不好过吧？"

程思远说："不好过，蒋介石把他当摆设，听说他整天借酒浇愁。"

周恩来说："白崇禧一向很自负，号称'小诸葛'，其实他在政治上没有远见。他竟相信蒋介石骗他的话，要他去台湾当'国防部长'。那把椅子哪能给他坐嘛！不但当不了国防部长，我还担心他的安全呢。"

午宴后，周恩来在客厅里同程思远进行了三个小时的长谈。

周恩来说："我们注意到李先生去年发表的《对台湾问题的建议》，反对搞台湾托管，反对台湾独立，主张台湾问题由中国人自己协商解决。总的是很好的，是李先生身在海外、心怀祖国的表现。这是李先生政治立场的一个重大转折。"

程思远说："台湾骂他是为'共匪张目'，曾和他共过事的说他'年岁高而糊涂了'。我一定把总理对他的评价转告他。"

周恩来又说："有一点我不同意李先生的意见，他主张台湾非军事化，那怎么可能呢？就是两岸统一后，台湾还需要军队维持秩序治安嘛！"

程思远思考着，没有表态。

周恩来又抽空在中南海办公室与程思远单独交谈，气氛更为轻松愉快。

周恩来说："程先生，当前国家的一个基本方针，就是调动一切积极因素，化消极因素为积极因素，团结一切可以团结的人，为建设强大的社会主义祖国而共同奋斗。所以，我们主张爱国一家，和为贵，团结对外。我们希望有第三次国共合作。"

程思远惊疑地问："第三次国共合作？"

周恩来高声说："是的。有人说，过去两次国共合作，结果凶终隙末，但是追原究始，责任不在我们。这是事实俱在，有目共睹的。"

程思远赞同说："是的，关键是国民党当权者缺乏诚意。"

周恩来郑重说："过去的事就让他过去了，重新来。现在海外有许多人，对我们的国家情况不太了解。你告诉他们：第一，我们的国家是经过多年战斗打出来的江山，是自己打出来的；第二，我们国家没有外国驻军，是一个独立、完整的主权国家。国家的统一，各民族的团结，是我国历史上从来没有出现过的大好局面。希望海外人士了解，我们国家是大有可为的。"

程思远说："我回来这一段，亲眼所见，祖国变化太大了！"

周恩来说："从现在起，我们不派人去台湾工作，我们不在台湾内部制造分裂，我们希望台湾全部过来。台湾当局如要了解国内情况，尽可以派人来大陆考察，我们将提供一切帮助。欢迎李宗仁先生在他认为方便的时候回来看看。"

程思远抓住了这一敏感话题，赶紧问："总理，你这是正式邀请李先生回国吗？"

周恩来毫不含糊地说："是的，通过你搭桥。"

程思远感动地说："感谢你的信任。我愿意为此而努力。"

周恩来又说："请转告李先生，我们保证他来去自由。"

程思远说："新中国领导人的宽大胸怀，一定会使李先生感动的。"周恩来再次强调说："你就作为祖国与李先生联系的隐形桥梁吧，我会关照有关部门支持你的工作。"

在北京新侨饭店，黄绍竑约程思远来此饮茶。

黄绍竑说："你此次来得到周总理这样的重视，身价百倍，完全出乎我的意料。"

程思远深有感触地说："对我来说，岂止是意外，简直是梦幻。"

黄绍竑问："总理约你谈了几个小时，主要精神是什么？"

程思远说："我感觉，主要谈的是爱国一家，和为贵，团结对外。他托

第 13 章
第二次秘密接触

我做德邻的工作,请他回来看看,来去自由。"

黄绍竑说:"我们这些原桂系在北京的人,也希望你说服德邻回来,大家为新中国效力。来,以茶代酒,干杯!"

他们举起茶杯相碰。

5月17日,程思远离开北京回香港,李克农在北京饭店为他饯行。在此之前,李克农又和他谈了三个多小时,商量在做李宗仁的工作中要注意什么问题。

接着,李克农在广州设立一联络站,与程思远保持联系。

在香港荃湾程思远住所,程思远激动地向夫人石泓叙述大陆之行,石泓听得热泪盈眶,对故乡、亲人的思念之情油然而生。她说:"我要能回去看看,那有多好。"

程思远说:"会有机会的。我马上给德邻写信,把我回到大陆的见闻、感受,以及周总理的嘱咐,都告诉他。"

程思远来北京,消息没有泄露,他的夫人石泓有一份配合默契的功劳。程思远为避免外人怀疑,在走之前留下一些专栏稿子,保证每天在香港报纸专栏上发表一篇文章。文章发表完了,程思远还没有回香港,石泓就写文章,补上这个空白。

程思远花了几个晚上,把回国的见闻、感受和周恩来的接见,写了一封长信给在美国的李宗仁。

石泓问:"你写了几个晚上,这么长,十几页,怎么寄呀?"

程思远说:"分几个信封,从几个邮局寄嘛。"

傍晚,他与石泓分装和粘贴好信封。

深夜,石泓开着车,程思远将一个个鼓鼓的信封塞进一个个邮筒,每塞进一个他都左右望望,神情专注而紧张。

在美国新泽西州一幢花园小楼里,李宗仁正在与孙女玩游戏,郭德洁拿进来几个信封,高兴地说:"思远从香港来信了,好几封呢,一定有什么好消息！"

李宗仁兴奋地接过，迫不及待撕开看了起来，边看边皱眉头，嘟哝说："这么大的事，事先不跟我商量，岂有此理！"

郭德洁忙问："发生什么事啦？"

李宗仁责怪说："思远悄悄去了北京，还见了周恩来，事关重大，事先应该跟我充分商量嘛！"

郭德洁劝解说："也许是去时突然，时间来不及吧。"

李宗仁仍是生气："那也要写信批评他，去大陆这么敏感的事，不先商量怎么行！"

郭德洁劝慰："行了，别生气了，快看看周恩来说了什么，那才是关键！"

夫妻俩忙低头读信，读得喜笑颜开。

程思远这位神秘人物的归来，导致了九年后国民党二号人物李宗仁的落叶归根。

■ 蒋经国点"将"，曹聚仁北上

由于毛泽东与蒋介石在维护中国统一问题上见解一致，在挫败美国人搞"两个中国"阴谋问题上，配合也算默契，加上毛泽东在国际上公开了他关于支持蒋介石当"总统"的意见，因此，蒋介石有了与毛泽东建立特殊联系的打算。毛泽东也正想争取蒋介石，以便实现台湾的和平解放，因此，也愿意与蒋介石沟通。

7月1日，又一位神秘人物风尘仆仆地从香港北上，出现在北京。他就是曹聚仁。

与前些日子北上的程思远一样，曹聚仁的北上之行也很突然，他们两人

第13章
第二次秘密接触

都带有神秘色彩。

曹聚仁，1900年生于浙江兰溪，字挺岫，号听涛，集作家、编辑、记者、教授于一身，非国非共，却结交了国共双方许多大人物，一时名噪海外。同时他又是一位颇有争议的文化人。他于1950年别妻离雏，独自移居香港，任《星岛日报》编辑。1954年，他脱离该报，为新加坡《南洋商报》撰稿，成为该报特约记者。

曹聚仁是个有一定政治活动能力的文化人，过去与共产党和国民党的上层人物都有密切接触，国共两党都把他视为上宾，他本人对国共两党也表现出一种不偏不倚的态度。正是因为这个关系，他在中国共产党解放大陆时，没有留在大陆为新中国政权工作，也没有跑到台湾去为国民党政权工作，而是跑到了香港。他想做一个"不在此山中"的观察者。

蒋介石本跟曹聚仁没有什么历史渊源，而且对他有恶感，他在过去的日记中谈到曹聚仁时都用一个词"曹谍"，另外就是"曹奸"，就是间谍奸细。曹聚仁的朋友是蒋经国。曹聚仁所有信件都是写给蒋经国，而且都是蒋经国向蒋介石转告的，慢慢地蒋介石改变了对曹聚仁的看法。

曹聚仁这次北上，是他离开大陆到香港整整六个年头后第一次回来。其实他这次回来，是蒋经国点的"将"。蒋介石通过许孝炎得到章士钊传过来的北京来信后，虽然没有当即对许孝炎表态，却想通过另外途径试探北京方面的虚实。蒋经国得悉父亲的意图后，当即向父亲建议，推荐曹聚仁前往北京做"密使"。台湾方面派人到香港，转告了蒋经国的意图说，要请曹聚仁"去一趟大陆，摸清大陆方面的真实意图"。曹聚仁便给邵力子写了一封信，表达了他想与中共高层接触之意。为了避免引起注意，曹聚仁的这封信夹在他写给留在上海的妻子邓珂云的家信中。夹信内容大意是：为了两党和好、祖国的统一，愿作桥梁，前去北京，请邵老向中共中央转呈此意。邓珂云收到信后，即将信封好寄出。邵力子接到曹聚仁的信后，立即向上作了汇报。周恩来了解情况后，迅速安排曹聚仁进京面谈。不久，邵力子回复一简函，欢迎他来北京。北京方面通过香港左派报纸《大公报》社长费彝民跟曹聚仁联络，费彝民于是不露痕迹地安排曹聚仁以新加坡工商考察团随团特派记者的名义前往北京。

从香港过来的曹聚仁，五短身材，操着一口浙江官话，右脸颊上因儿时患牙龈炎留下一条深深的疤槽。他一走进广州白云机场，就遭到记者的包围采访。

有记者问："曹先生，你的突然北上，港澳新闻界视为热点，在周先生三天前的讲话后，你北上是偶然的巧合，还是精心的安排？"

曹聚仁低调地回答："我这次回祖国去，绝无政治上的作用，只是替新加坡《南洋商报》到大陆作广泛深入的采访工作，同新加坡商业考察团访问北京，社方派我兼任该团记者。这便是我访问北京的重要任务。"

记者哈哈笑着调侃："你这老记者，可别哄骗我们新记者哟！"

"哪里话，哪里话……"曹聚仁打着哈哈应付着躲开了，一闪身走进了候机室。

曹聚仁虽说是个做学问的文化人，却与国共两党的高层人物有很深的交情。他是国民党元老章太炎的高足，还是鲁迅的朋友，著有《鲁迅评传》《鲁迅年谱》等书。他在抗战时期担任中央通讯社记者，常到新四军战地采访，成为叶挺的上宾，并与陈毅结成至交。后来在赣南担任《正气日报》主笔、总编辑，与时任赣州地区专员的蒋经国成了无话不谈的莫逆之交，当年蒋经国曾说："知我者，曹公也。"正是由于这种特殊的身

曹聚仁（历史图片）

第13章
第二次秘密接触

份,蒋经国派一位姓王的人与曹聚仁联系,希望他到北京去一次,使曹聚仁成了国共两党重开谈判的居中调解人之一。蒋经国第一次派李次白秘密来大陆,那时时机不成熟,不但没有谈成什么,连人都有去无回,这次又派了曹聚仁,身份和影响都更大一点。这说明蒋氏父子当时确有求和之心。

在中南海毛泽东办公室,周恩来坐在沙发上对毛泽东说:"主席,曹聚仁先生来了,他与蒋经国过从甚密,曾为他办过《正气日报》,并做过蒋经国孩子的家庭教师。在香港,我们拜托《大公报》社长费彝民先生与他联络。他可能是台湾当局派来了解我们对台政策底细的。"

"好啊!"毛泽东抽着烟,对周恩来说,"我们放个试探气球,你和陈毅副总理在颐和园请他吃饭,把我们的对台政策讲给他听。他听到了,蒋氏父子也就听到了。"

曹聚仁一到北京,就受到了中共领导人的热情接待。北京方面已经安排了相关外事部门接待这个考察团,却又专门派出邵力子和徐淡庐前往机场迎接曹聚仁。邵力子是中央人民政府政务院政务委员、第一至第三届全国人大常委、第一至第四届全国政协常委,当时还身兼"和平解放台湾委员会"的秘书长。徐淡庐的身份更高,他是中共中央调查部办公厅副主任、李克农副总参谋长办公室副主任、中央对台工作领导小组办公室副主任、中共中央统战部办公厅副主任,实际上是专门从事对台情报工作的官员。在机场,徐淡庐对曹聚仁的自我介绍是"中共中央统战部办公厅副主任",从此,曹聚仁一直称他为"徐主任"。从北京机场开始,他成了曹聚仁与北京方面联络的秘密通道。

曹聚仁到达北京后,周恩来总理高度重视,分别在1956年7月的13日、16日、19日三次接见他,先后由邵力子、张治中、屈武、陈毅等陪同。

7月16日中午,周恩来在颐和园听鹂馆宴请曹聚仁。1939年,曹聚仁在南昌便与陈毅相识,旧友相逢,分外欣喜。大家叙旧谈新,气氛十分热烈。

周恩来开场白说:"我们欢迎曹先生回来看看,我代表党和政府欢迎你！"

曹聚仁问老熟人周恩来："周先生，你不久前在人大允诺的和平解放台湾的谈话里头，有多少实际价值？"

周恩来笑道："和平解放台湾的实际价值和票面完全相符！"

曹聚仁说："真的吗？海外人士还将信将疑呢！"

周恩来说："共产党的历史可以作证嘛。国民党与共产党曾经合作过两次，第一次合作有国民革命军北伐的成功，第二次合作有抗战的胜利，这都是事实。为什么不可以来合作建设呢？"

曹聚仁开玩笑地问："这是招降吗？"

周恩来认真地说："不！我们对台湾不是招降，而是彼此商谈，只要政权统一，其他问题都是可以坐下来商量安排的。"

曹聚仁颇有感触地说："国共合作，则和气致祥；国共分裂，则戾气致祸。"

宴毕，周恩来、陈毅与曹聚仁乘兴泛舟昆明湖。湖里的游客们尽兴地游玩，没有察觉身边这艘普通游艇里的特殊游客。

在游艇上，周恩来继续说："我们对台湾绝不是招降，而是要彼此商谈。"他一改闲谈口吻，郑重地说，"我们说过什么，要怎样做，就怎样做，从来不用什么阴谋，玩什么手法的。中共决不做挖墙脚的事。"

曹聚仁眼睛一亮说："周先生，我是记者，我习惯采访，请问，你对和平解放台湾的前景如何估计？"

周恩来说："现在，和平解放台湾的可能性正在增长。国际形势趋向缓和，新中国日渐强大，就是在那些从大陆跑到台湾去的国民党军政人士当中，也有越来越多的人看到，只有实现祖国的和平统一，才是他们唯一的出路。"

曹聚仁紧接着问："周先生所说，可供报道吗？"

周恩来挥挥手说："欢迎报道，要大造舆论嘛！"

第13章
第二次秘密接触

曹聚仁笑了，有兴致地说点俗话："我曾对费彝民先生说过，国共这对政治冤家，既曾结婚同居，也曾婚变反目，但夫妻总是夫妻，床头打架床尾和好，为什么不可以重新回到圆桌边去谈谈呢？"

陈毅戏谑道："曹公爱作怪异之论，但不'非常'，也还'可喜'。"

曹聚仁听了总理、副总理的一席话语，深受鼓舞，当即表示："身为炎黄子孙，当为国共重开谈判尽力奔走，多做工作，决不推辞！"

周恩来事后曾对陈毅说："终究是一个书生，把政治问题看得太简单了。他想到台湾去说服蒋经国易帜，这不是自视过高了吗？"

曹聚仁回到香港，蒋经国马上派人前往香港探望他。这个台北信使是曾经担任蒋经国机要秘书的王济慈。王济慈与曹聚仁都是浙江省立第一师范的学生，在赣南的时候有过交往。王济慈向他转达了蒋经国关于国共进一步谈判的意见，鼓励他再上北京接触。

曹聚仁回香港不到一个月，便再次出发北上。他在《北行小语》中写道："9月1日下午，记者在北京参加了齐白石老人的和平奖金授奖典礼，会场上碰到了许多文艺界的老朋友……"这一天，周恩来总理也出席了典礼，曹聚仁又一次见到了周恩来。

周恩来建议毛泽东主席接见曹聚仁一次，毛泽东点头答应。

10月3日下午，中共中央主席毛泽东在中南海接见曹聚仁。这天下午，党和国家的主要领导人都要出席欢迎印度尼西亚总统苏加诺访华的大会，毛泽东没有出席这次大会，而在中南海居仁堂静候曹聚仁，足见毛泽东对国共两党重开谈判的重视。

毛泽东一见曹聚仁，便十分诚恳地说："今天下午，国家领导人都要出席欢迎印度尼西亚苏加诺总统，我就偷个懒，不去了，我们两个吹吹。"

曹聚仁说："谢谢主席给我的殊荣！"

毛泽东说："你这次回来，有什么感想？你可以多看看，到处走走，看我们这里还存在什么问题，不要有顾虑，给我们指出来。"

曹聚仁坦率地说:"我发表了不少报道,讲了自己的观感。在充分肯定成就的同时,也讲了些缺点。"

毛泽东说:"你的大作,我能找到的,都拜读过了,你对大陆的叙述比较真实,态度也是公正的。"

曹聚仁说:"主席百忙之中,还有时间看我的东西,真是想不到。我是个自由主义者,我的文章是有话就说,百无禁忌的。"

毛泽东说:"你不妨再自由些。听说你跟蒋经国共过事,他怎么样?"

曹聚仁说:"蒋经国在赣南当专员时,邀我担任《正气报》总编,我与他关系甚好。我对他印象不错,他是个干事的人,在赣南实行的新政,口碑也好。1948年,我写过本《蒋经国论》的书,由香港创垦出版社出版了。"

毛泽东感兴趣地说:"噢,你回香港后寄一本给我,我想看看。你虽然是做学问的文化人,却与国共两党的高层人物有很深的交情,被称为'谜一样的人物'。"

曹聚仁说:"主席,我就是想用自己这点优势,为国共再度合作奔走效劳。"

听到曹聚仁的表态,毛泽东郑重地说:"如果台湾回归祖国,一切可以照旧。台湾现在可以实行三民主义,可以同大陆通商。但是,不要派特务来搞破坏,我们也不派红色特务去破坏他们,谈好了可以签个协议公布。台湾可以派代表来大陆看看。不好公开来就秘密来,台湾只要与美国断绝关系,可派代表团回来参加人民代表大会和政协会议。"

越谈越投机,越谈曹聚仁就越没有拘束,他竟然问:"斗胆问主席,你对蒋先生怎么看?"

毛泽东抽口烟说:"我们可以容许蒋介石存在。对蒋介石在某些历史时期的作用,还是可以肯定的,他有过历史功绩。他现在在台湾待着,也有好处。"

投其所好,曹聚仁谈起了哲学:"因为主席是辩证法大师,知道世间的

第 13 章
第二次秘密接触

最强者正是最弱者,像老子所说'天下之至柔,驰骋天下之至坚。天下莫柔于水,至坚强者莫之能胜'。主席是不是从这一角度,从蔑视蒋先生转而走向容忍?"

毛泽东点点头,明确地说:"我准备再次与蒋介石握手,只要他伸出手来。"

曹聚仁由衷地说:"在两党的仇恨情绪还没有消逝的今日,主席已经冷静下来,准备和自己的政敌握手,这会带来中国历史的又一重大转变的。"

毛泽东最后说:"我们准备第三次国共合作!当然,在台湾的国民党没有同我们举行和平谈判并且获得合理解决之前,内战仍然存在。"

曹聚仁站起准备告辞说:"我已经充分了解了中国共产党对国共谈判的态度,我要为促成这历史性的谈判尽一份力。"

10月7日,在邵力子、张治中等人陪同,周恩来在中南海西花厅再次接见曹聚仁。

曹聚仁问:"如果说台湾与大陆统一,中共将如何安排蒋介石先生?"

周恩来坦诚而实际地说:"蒋介石当然不要做地方长官,将来总要在中央安排。台湾还是他们管,如辞修愿意做台湾的地方长官,经国只好让一下做副的。其实辞修、经国都是想干些事的,辞修如愿在中央,职位不在傅作义之下。经国也可以到中央来。"

周恩来还说:"我们现在已不公开反蒋。至于下面小报说几句,我们也管不了,这就是为和谈制造气氛。我们的手总是伸着的。蒋介石前天对外国记者说还要我们缴械投降。为了应付美国人,可以说反共的话,这我们完全可以理解。我们劝他们约束一下,不要派人来搞破坏活动。去年'克什米尔公主号'事件就是他们收买周驹搞的,弄得名声很不好。今年又想来搞'八大',这样不得人心,将来不好向人民交代。其实倒不是哪个人怕死。'克什米尔公主号'事件后,我还是去了印尼,以后又到了新加坡,那里还不是有他们的特务吗?蒋先生和经国爱搞这一套,可能是受了英士(陈其美)先生和'格柏乌'（通常译作'克格勃'）的影响，其实历史证明这一套是不能成功的。我们不破坏他们，希望他们内部团结，不发生内乱，希望台湾整个归还祖国怀抱。他们的一切困难都可以提出，我们是诚意的，我们可以等待，希望他们也拿出诚意来。"

曹聚仁高兴地说："我没有疑问了，回去立即写信给台湾方面，尽快促成这一历史性的谈判。"

周恩来还指示有关部门领导人通知相关地方当局，对蒋、陈（诚）的祖坟加以保护，对其家属注意照顾。10月1日上午，曹聚仁和夫人邓珂云被邀请参加国庆典礼，登上了来宾观礼台。

10月12日，回到香港的曹聚仁，夜晚在寓所伏在台灯下奋笔疾书。他是给蒋经国写信，劝他"在这一紧急时间中……不要让这一时机溜了过去"。

1956年8月14日，《南洋商报》刊载了曹聚仁题为《颐和园一席谈——周恩来会见记》的报道。

在台湾慈湖蒋介石官邸，蒋介石用拐杖指指周围说："经国，风水先生说这里是龙脉呢，跟溪口风水一模一样。"

蒋经国说："是的，阿爸又想家乡了？曹聚仁的报告很详细，不知父亲看了有什么考虑？"

蒋介石说："经国，曹聚仁是你的老部下，我信得过他，让他再去大陆一趟，委托他到浙江奉化，去看看祖坟是否完好。"

蒋经国："是。"

蒋介石又吟哦："'溪口之花草无恙，奉化之墓庐依然'……"

蒋经国问："父亲是不相信？"

蒋介石："共党多欺诈，要信得过的人去眼见为实。"

不久，在香港一直静等台湾消息的曹聚仁接到台湾的指令，要他再去大陆一趟，主要任务是委托他到浙江奉化，去看看溪口花草是否"无恙"，蒋氏祖坟是否"依然"。显然，蒋介石对中共还不相信。

第 13 章
第二次秘密接触

1957年5月,正是万木葱茏的初夏日子,曹聚仁返回大陆,周恩来在新侨饭店接见他。

周恩来说:"曹先生,你去溪口,我们不事先打招呼,让你看看真实情况。"

曹聚仁说:"谢谢,我真实地看,真实地呈报台湾当局。"

周恩来又说:"我们与台湾当局的事在进行中,你转告蒋先生,千万不要因为什么风吹草动就意志动摇,改变原定的计划。不要以为时间对台湾当局有利,时间对大陆恐怕更有利。"

曹聚仁点头称是:"是这样的,我如实转告,并劝他们面对现实。"

曹聚仁在北京待了短短几天后,乘京汉铁路火车到汉口,参观了正在兴建中的长江大桥,又乘长江轮东下九江,下榻花园饭店,这是蒋介石每次上庐山前居住的地方。次日早晨,他上了庐山,到了牯岭,参观了蒋介石住过的美庐别墅和庐山大礼堂。他在庐山住了七天,回到九江后,又由南路上庐山去看海会寺——当年蒋介石练兵的地方。他在庐山沿着蒋介石的足迹走了一圈,便匆匆赶到浙江。在奉化溪口镇,他住进了当年蒋介石回溪口时常住的妙高台。在溪口,曹聚仁在徐淡庐的陪同下游览了武岭、雪窦寺,并在蒋介石寓居过的丰镐房和蒋经国寓居过的文昌阁仔细看了很久。同时,曹聚仁还代蒋氏父子到蒋母的墓园扫墓,敬香烧纸,恭行民族传统的孝仪。所到之处,曹聚仁都一一拍摄了照片。他还不时向路人采访。

曹聚仁回到北京,陈毅热情地接待了他,关心地问:"曹先生,溪口之行,观感如何?"

曹聚仁感慨地说:"观感很多,感触最深的是,在蒋先生家乡的人民,也是从心底期望中共政权能够巩固下去。他们体会到他们的幸福是与中共共存的,他们不愿意再看到一次内战或对外战争。居然没有人再提起蒋介石,也没有人想到他。会想到蒋介石的人事实上已经不存在了。"

陈毅哈哈大笑:"这叫大势所趋,人心所向。不过,我还想到蒋介石、蒋经国！"

曹聚仁说："陈先生是经国先生的熟人嘛。"

陈毅说："熟，他在赣州推行的新政还是不错的，抗战胜利后我就在南昌认识他，以后关系一直不坏。"

曹聚仁乘机说："我上次就建议陈先生，争取与经国先生见见面。"

陈毅豪爽地说："可以嘛，熟人哪能老死不相往来，一旦条件成熟，我就见他。"

曹聚仁趁热打铁问："在哪儿见？"

陈毅回答说："就在福州口外的川石岛吧！"

曹聚仁回到香港寓所，浏览一张张刚冲出的照片。

深夜，他伏在灯下给蒋经国写信："聚仁此次游历东南各地，在庐山住一个星期，又在杭州住四日，往返萧山、绍兴、奉化、宁波凡两日，遵嘱有关各处，都已拍摄照片，随函奉上全份（各三张），乞检……"

曹聚仁在信中详细介绍了蒋氏父子故里的情况，说："溪口市况比过去还繁荣一点。武岭学校本身，乃是干部训练团。农院部分由国营农场主持，中小学部分另外设立。在聚仁的心目中，这一切都是继承旧时文化体系而来，大体如旧。尊府院落庭园，整洁如旧，足证当局维护促使之至意。聚仁曾经谒蒋母及毛夫人墓地，如照片所见，足慰老人之心。聚仁往访溪口，原非地方当局所知，所以溪口政府一切也没有准备。政治上相反相成之理甚明，一切恩仇可付脑后。聚仁知老人谋国惠民，此等处自必坦然置之也。"信中的"老人"是指蒋介石。

曹聚仁在另一封信中，还谈了他对国共两党重开谈判、进行合作的看法。他坦诚地说："目前，国际形势如此复杂，聚仁不愿做任何方面的政治工作，我个人只是道义上替台座奔走其事。最高方面如无意走向解决国是的途径，似乎也不必聚仁再来多事了。诵于右任先生读史诗：'无聊豫让酬知己，多事严光认故人'之句，为之惘然！"

第13章
第二次秘密接触

此时大陆已开始"整风",为征求党外的意见号召"大鸣大放",可谓搞得轰轰烈烈。报上天天刊载鸣放文章,不少人对中共提出尖锐意见,海外谣传大陆反共浪潮滚滚,武汉汉阳学生上街示威游行,社会秩序混乱不堪。

曹聚仁怕蒋氏父子受影响,特意在信中说:

"以聚仁在大陆所见,一般情况,比去年秋冬间更有进步,秩序更安些。聚仁所可奉告台座者,我和朋友同在汉口,晚间在武昌看川剧演出,社会秩序一点也没有混乱过。海外谣传,万不可信。聚仁期待台座早日派员和聚仁到大陆广泛游历一番,看看实情如何,千万勿轻信香港马路政客的欺世浮辞。周氏(指周恩来)再三嘱聚仁转告台座,尊处千万勿因有什么风吹草动,就意志动摇,改变了原定计划。以聚仁所了解最高方面,千万勿认为时间因素对台有利。这一因素,对双方同样有利,或许对大陆比台更有利些。聚仁为了国家、民族,才来奔走拉拢,既非替中共作缓兵之计,也不想替台方延长政治生命。说老实话,中共当局不独以诚恳态度对我,也耐着性子,等待你们的决定。希望最高方面,(勿)在不必玩弄机谋时玩权术,要看得远一点才是。"

曹聚仁的信既如实地介绍了大陆情况,再次转达了中共对和平统一祖国的意愿,同时也坦率地提出了自己的意见,再加上随信寄去的实地拍摄的溪口照片,对蒋氏父子不能不有所触动。

蒋经国给父亲读着曹聚仁的来信,蒋介石专注地听着,抚摸着手中照片。

蒋经国喝了口水,蒋介石听得很感兴趣,问:"还有吗?"

"有。"蒋经国又念,"以聚仁两个多月在大陆所见所闻,比去年秋冬间更有进步,秩序已更安定些。海外谣传,万不可信。聚仁期待台座早日派员和聚仁到大陆去广泛游历一番,看看实情如何?"

蒋介石听完说:"曹先生是热心人,与中共的事嘛,再看看,你叫他不要撒手。"

蒋氏父子托人转告曹聚仁,请他多到大陆巡游,增加彼此了解。

此后,曹聚仁又多次回大陆,为国共重开和谈而奔走。这段时间,他与陈毅谈得"最多最久",因为陈毅不但与蒋经国认识,而且彼此熟悉和了解。曹聚仁极力促成陈毅与蒋经国见面,并为此做了很多工作,双方达成了默契,表示一旦条件成熟,即可见面,而且约定了会面的地点。据曹聚仁后来在《致费彝民先生》一文中透露:"当时是想让经国和陈先生在福州口外川石岛作初步接触的。"但由于种种原因,陈毅与蒋经国最终未能会面,这不能不说是一大遗憾。当然,根本原因还是取决于蒋介石的态度,没有得到老子的许可,儿子蒋经国是不敢胆大妄为的。

■ 秘密特使宋宜山北上

曹聚仁将他在北京和中共领导人多次接触的情况详细转告台湾方面,并静等台湾蒋氏父子的反馈。

此时,台湾的政局很不平静。1956年10月31日,由台湾"总统府国策顾问"雷震为发行人的政治性刊物《自由中国》,以"宣扬民主、自由、反共"为宗旨,深受胡适资产阶级自由主义思想影响,刊出了为蒋介石祝寿专号,发表胡适、蒋昀田、陈启天、陶百川、徐道邻、雷震、夏道天等人的十五篇文章和社论,咄咄逼人地劝蒋介石不要连任"总统",要确立"责任内阁制",不要一切由"总统"决定,奉劝蒋介石做一个"无智、无能、无为"的"三无"元首,并强烈要求保证言论自由,实行"民主宪政",改革台湾经济与国防制度。这期火辣辣的《自由中国》在台湾引起巨大轰动,该期刊物连印九版,发行数月,一时洛阳纸贵,为台湾历史所少见。

美国正想在台湾"换马",以胡适或李宗仁或廖文毅换掉蒋介石这匹已

第13章
第二次秘密接触

不听话的"马"。胡适等人与美国渊源非同一般,名曰为蒋介石"祝寿",实为发难,显然充当着华盛顿"换马"阴谋的急先锋和吹鼓手。不愿意当"三无"元首的蒋介石闻此勃然大怒,亲自下令将雷震开除国民党党籍,投进监狱。

而这时,台湾人廖文毅与廖文奎,在美国与日本政府庇护下,在日本成立了"台湾共和国临时政府",其"国旗"竟是一个大太阳旁边附加一弯新月,年号也采用日本昭和纪年,每逢集会讲日本话,唱日本歌。"台独"分子在海外的活动无疑对台湾国民党政权是很大的冲击。

北京密切注视着台湾的政局。

不久,周恩来在全国政协委员会二届三次会议上发表讲话,严正指出:"美国千方百计地破坏解放台湾,策动一批所谓'自由中国'分子和'台独'分子进行推翻台湾当局的活动,企图把中国的台湾变成像檀香山一样的美国属地。其实美国政府的这种手段只能使一切爱国的中国人更加认清美国政府企图奴役中国的真面目。今天美国政府既然可以发动推翻台湾当局的运动,明天美国政府何尝不可以抛弃那些标榜所谓'自由中国'和'台湾独立'的分子呢?卖国求荣不仅无荣可得,而且还将遗臭万年。一切有血性的中国人都应本着爱国一家的精神团结起来一致对外,粉碎美帝国主义的阴谋!"

这无疑表明,北京出于民族大义,鲜明反对"自由中国"分子和"台独"分子推翻台湾当局的活动,直接声援了蒋介石。

周恩来的讲话很快传到台湾。

处于严重"内忧外患"的蒋介石,自接到章士钊转来中共中央给他的信之后,再加之曹聚仁从北京带回的新鲜信息,经过一年的认真思考,就在周恩来讲话稍后不几天,即1957年初,突然召许孝炎回台北,在"总统府"与他进行了长时间的密谈。

这一天早上,在日月潭涵碧楼官邸,蒋介石洗漱完毕,对卫士长交代:

今天，我不见任何人，不许任何人进来打扰我！

说完，他走进书房，关紧了门，又取出中共中央给他的信，默读起来，读到"溪口之花草无恙，奉化之墓庐依然"处，闭目沉思起来。

过了一会，他拿起了电话："接香港许孝炎……"

阳明山"总统府"，办公室内铺红地毯，黄色沙发围成一圈椭圆形。墙壁上挂着孙中山手书的"穷理于事物始生之处，研几于心意初动之时"。蒋介石端坐于办公桌前，神情漠然，若有所思。

许孝炎应召飞回台北，当即走进"总统府"。

"总统好！"许孝炎招呼说。

蒋介石咧嘴一笑："嗯，请坐下，坐下。"

他拉着许孝炎的手，一副亲热的样子。

"喏，你先看看这篇文章吧！"蒋介石先递给许孝炎一本1957年1月号新出的香港刊物，上面刊登一篇署名"衣爵"的《解决中国问题之途径》的文章，蒋介石用红铅笔在上面画了粗杠杠和大问号。

许孝炎接过来，迅速扫了一眼，又看看蒋介石的脸色。

蒋介石又接过来说："你不便念，我念给你听……'只要胡适先生登高一呼，提出请蒋先生退休的要求，海外华侨必定群起呼应，台湾同盟及三军人员受外来的鼓励，必定有所表示，美国友人对于中国人民的一致要求蒋先生退休的运动，势必重视……'"

许孝炎如坐针毡："总统，别念了，太不像话！"

蒋介石抖抖报纸说："这篇文章的要害在后面，建议把台湾军队交给联合国组成国际警察部队，要彻底改组政府，这不是要搞台湾独立吗？"

许孝炎连声说："太不像话！太放肆！香港那个地方就是太自由。我离开香港的时候，还没有看到这份东西。这还了得，我一定严加查办！"

蒋介石却心平气和地说："你回去查一下，弄清楚是谁写的，背景如何，是不是我们这里那伙《自由中国》杂志的人，化名去香港造舆论的。"

第13章
第二次秘密接触

作为在香港主持国民党宣传文化的许孝炎，感到了肩上的责任，他局促不安地说："我一定照办，一定尽快查清楚。"

见他那样紧张，蒋介石笑着说："你喝水，请喝水。"

许孝炎紧张得感到口渴，端起水杯喝了几口。

蒋介石口气和缓下来，又亲切地说："今天这么急找你来，不是为了这件事情。一年前大陆中共给我来了封信。"

许孝炎问："是不是章士钊送来香港，我转呈总统的那封信？"

"是的。"蒋介石对许孝炎发问，"你对中共最近这段时间的和谈宣传有什么看法？"

许孝炎小心翼翼地回答："我以为正如总统所说，是中共的统战诡计和宣传诡计，我们已经在报上进行了揭露和批判，提醒国人勿为中共的花言巧语所迷惑……"

"这只是一方面。"蒋介石打断了许孝炎的话，微微一笑说，"嗯嗯，我思考很久了，我打算派人去北京走一趟。"

许孝炎一愣，不知老头子葫芦里要卖什么药，不敢轻易搭话。

蒋介石接下去说："基于'知己知彼，百战不殆'的古训，针对中共发动的和平统一攻势，我们不能总不表态，否则会愈加被动。我现在已决定了，派人到北平去走一趟，实际了解一下中共的真实意图，摸一下毛泽东的底牌。"

这表明蒋介石愿与中共"谈一谈"。

许孝炎忙说："总统英明，耳闻为虚，眼见是实嘛。"

蒋介石说："至于人选，不拟从台湾岛内派出，否则保不住密。而要从海外选择。你在香港多年，情况比较熟悉，考虑一下，提出三个人选来，香港或是南洋的，都可以。"

许孝炎斟酌一下说："我提供三个人选，请总统圈定一人。"

蒋介石："噢，哪三个人？"

许孝炎："就是曾任立法院长的童冠贤，曾任立法院秘书长的陈克文，和立法委员宋宜山。"

蒋介石问："为什么推荐这三人？"

许孝炎回答："这三个人都是立法院的，是中央民意机构的代表，身份比较灵活。"

蒋介石点点头说："这三个人都可以，都还靠得住。宋宜山是我的学生，从南京中央党校毕业后，我选派他到英国留学。回国后一直在中央党部工作，曾出任过国民党中央组织部人事处长，还担任过国民党候补中央委员。现在的官方身份不重。"

许孝炎："总统对他很了解。"

蒋介石："他还是宋希濂的兄弟，据说宋希濂给共产党关在北京的功德林战犯管理所，可以说是去那里探亲，他又是毛泽东、刘少奇、李维汉的湖南老乡。当然，童冠贤与陈克文亦可以。他们都在香港吧？"

许孝炎："他们都在香港，联系方便。"

蒋介石："首先要本人自愿，你回香港找他们三个人都联系一下，我再最后决定派谁去。"

许孝炎回到香港，立即拜访了宋宜山。

许孝炎对宋宜山说："蒋先生交代一个秘密去大陆的任务，你愿意不愿意跑一趟？"

"蒋先生的任务，我当然愿意去。"宋宜山痛快地说，"我受过蒋先生栽培，现在是报效的时候。我也希望回大陆看一看，这也是一次难得的机会。"

许孝炎说："噢，你怎么会有这个想法？"

宋宜山回答："我住在香港的这些年头，听到不少有关大陆的消息。中共左派的报纸总说大陆这几年这么好那么好。另外的报纸和消息又说民不聊生，食不果腹，地主资本家被共产，国民党的人挨抓、挨关、挨镇压，连老

第13章
第二次秘密接触

人、妇女、亲属都不放过。"

许孝炎点破道:"还有个原因吧,想看看你阶下囚的哥哥,对吧?"

宋宜山点头。

许孝炎说:"我立即报告总统,由他选定。"

实际上上次蒋介石已倾向宋宜山,只是要许孝炎征求宋宜山本人的意见。既然宋宜山本人愿意去,蒋介石立即就批准了。

在《香港时报》社许孝炎办公室,许孝炎对宋宜山说:"祝贺你如愿以偿,总统选定了你。"

宋宜山问:"什么时候出发?怎么走?"

许孝炎说:"怎么走,你去找程思远。你到北平后,由从香港回到大陆的唐生明接待。"

香港,程思远住所。1956年6月的一天,宋宜山来看望程思远。

宋宜山坐下后说:"思远,蒋介石知道你去了北京,见到周恩来,谈了国共和谈问题。他叫许孝炎回到台北,面承指示。"

程思远问:"噢?蒋先生有什么打算?"

宋宜山说:"蒋先生要在居留香港的立法委员中选一位前去北京,了解情况。许孝炎提了三个候选人,蒋先生圈定了我。"

程思远又问:"你打算去吗?"

宋宜山说:"我答应了。今天是来向你请教路径的。"

程思远爽快地说:"我来给你疏通去北京的渠道。"

渠道疏通后,宋宜山经广州乘火车来到北京站。他特地带了大衣、围巾,穿得严严实实的。他一下火车就意识到自己失算了,天气并不像他想象的那样冷。在站台上迎接他的有章士钊、唐生明。唐生明接过他手上的大衣说:"宜山兄竟然全副武装,害怕给冻坏了?"

"北平……不……"宋宜山差一点将北京按国民党老习惯说成北平,"北京的气候想不到也有了变化。我的印象,4月份是北京天气最糟糕的时候，冷风夹着沙子扑面吹来，出一趟门回来，满身都是沙尘。"

章士钊呵呵笑说："人变了，天也会变嘛，这叫天遂人愿。"

宋宜山也笑说："行严老是大学问家，说出话来学问大。"

唐生明说："我们三个湖南佬，前几年常在香港湖南同乡会上见，没想到今天能在北京见面。走，送你住下，好好叙谈叙谈。"

唐生明陪宋宜山到新侨饭店，安顿住下后，告诉他说："上面安排，你跟统战部的部长李维汉先生先商谈。李部长也是湖南老乡。"

宋宜山有些失望："如果见不到周恩来先生，我就无法向台北报账。"

唐生明说："你莫着急，这两天，周恩来总理要请你吃一顿饭。"

"那就好。"宋宜山望着唐生明，迟疑了片刻，终于开了口，"生明兄，我想问一句老乡的话，我难得来一次，我想探望我胞弟希濂，不会有困难吧？"

唐生明没有十分把握："我看不成问题。"

宋宜山半信半疑："是吗？"

唐生明说："你不是说来探亲的吗？共产党让你来探亲，怎么会不给见面呢？吃饭的时候，你可以跟周总理提出来。"

第三天上午，唐生明急急推门进来，说："宜山兄，你在屋呀？"

宋宜山说："我在饭店里窝了两天，不敢轻易出门，等着与周先生见面呢。"

唐生明："那好，现在就跟我走！"他拽着宋宜山走出门去。

唐生明陪宋宜山走进东兴楼饭

唐生明中将（历史图片）

第13章
第二次秘密接触

庄，周恩来已在雅室等着他们。他迎上前，握住宋宜山的手亲切地说："宋先生，欢迎你来北京！"

宋宜山感动地说："谢谢周先生能接见我！"

周恩来拉宋宜山在桌前坐下，说："我们边吃边谈。我特地让生明兄来接待，他和你是老乡，前几年在香港又见过面，他跟我们做朋友的历史已经不短了。"

宋宜山说："抗战时期，生明兄忍受了误会与委屈，执行'特殊任务'，打到汪精卫汉奸政府里去，为国家与民族做了许多工作，不但蒋先生与国人赞赏，连我也十分敬仰。"

周恩来笑道："我们共产党人也忘不了他。1927年大革命受挫，我们党处于最困难的时候，得到了生明兄的同情与支持。我们举行南昌起义和秋收起义时，他给予了枪支、弹药和物资的支援，一些伤员也得到了他的营救和保护。"

宋宜山第一次听说唐生明的这些旧事，流露出一点惊异："生明兄的经历真是丰富多彩。"

周恩来敬宋宜山一杯酒，说："宋先生，如果我没有记错，今年该是你希濂老弟过五十岁的生日。"

宋宜山手拍额头："哟，周先生记忆力真好。你不提起，连我这个当兄长的都想不起来了。"

周恩来说："希濂是我的学生嘛，他是黄埔一期的。他跟你们的湖南老乡陈赓一起在长沙应考合格后，绕了一个大弯，经武汉、上海来到广州。抗战时期，他在大别山和滇西惠通桥，重创日军，立下了卓著战功，人民都不会忘记的。"

宋宜山十分感动："他是你的学生。周先生，我想……"

周恩来当即表示："好嘛！五十岁是人生的大日子，你去看他正是时候。"

宋宜山连忙表示:"感谢周先生关心。"

寒暄完毕,话题转到国共和谈方面,宋宜山告诉周恩来:"台湾派我来的目的,就是了解中共关于和谈的意向。"

周恩来意味深长地说:"总的来说,在中华民族大家庭里,我们都是一家人嘛。抗战胜利后在重庆谈判时,蒋先生就说,大革命的时代,国共两党的同志们曾在一个屋里开会,共一个大锅吃饭。希望我们还会在一个屋檐下合作。具体的问题,李维汉先生跟你商谈。"

宋宜山说:"我听从安排。有的港澳报纸把新中国描绘得一团漆黑,我一进深圳,沿途所看所闻,完全不是那么回事,一派新气象。"

周恩来说:"眼见为实,我们欢迎海外同胞多回来看看,只要通知我们,我们会提供方便的。"

宋宜山说:"回去后,我一定会宣传新中国的成就,并为国共再次会谈而努力。"

周恩来深情地说:"你回到香港代我问候童冠贤先生。我早年留学日本时,生活很苦,曾得到童先生的帮助。请你转告童先生,欢迎他回大陆定居。"

宋宜山说:"我跟童先生共过事,我回去就去拜访他,转达周先生的美意。"

周恩来还表示:"中国共产党欢迎滞留海外的国民党人和爱国人士回祖国考察、观光、探亲、访友,更欢迎他们回国工作,来去自由。"

周恩来一席话使宋宜山如沐春风,过去对共产党的种种疑虑打消不少,与共产党的距离也一下子亲近了许多。

在中共中央统战部李维汉办公室,李维汉、罗青长跟宋宜山谈判。

李维汉说:"由于宋先生只是奉命来了解中共方面对于台湾及国共合作的意图,没有带来台湾当局的具体意见,我们方面先提出几点作为谈判的基础。"

第 13 章
第二次秘密接触

宋宜山说:"我洗耳恭听。"

罗青长宣布了中共提出的关于合作的具体条件,总共是四条:两党通过对等谈判,实现和平统一;台湾作为中央政府统辖下的自治区,享有高度自治权;台湾地区的政务仍归蒋介石领导,中共不派人前往干预,而国民党可派人到北京参加对全国政务的领导;美国军事力量撤离台湾海峡,不容许外国干涉中国内政。

宋宜山边记边说:"我没有异议,将一字不漏地转告台湾最高当局。"

李维汉说:"国共两党可先在香港进行谈判,如能实现,我将率团前往。"

宋宜山说:"我回台湾后,愿意为促成两党谈判尽力。"

罗青长说:"宋先生,明天安排你去看望你弟弟宋希濂,监方也做好了你给他过生日的准备。"

宋宜山激动地说:"太感谢了!"

章士钊、唐生明等陪同宋宜山参观了石景山钢厂、四季青高级农业合作社,游览了故宫、颐和园。

宋宜山兴致勃勃地拍照,兴奋地指指点点。

游览过程中,他们在颐和园划船。

章士钊问:"你看了希濂,他在里头还好吧?"

宋宜山说:"很好,出乎我意料的好。他向我谈了学习、改造的感受,盛赞共产党好。"

唐生明说:"他恐怕快出来了。"

宋宜山说:"是的,希濂告诉我,他有希望不久就可以特赦出来。我对弟弟很放心。这一趟于公于私,我都很满足。"

宋宜山在北京停留了两周,便"很满足"地返回香港。章士钊、唐生明到北京车站送行。

章士钊握着宋宜山的手，意味深长地说："希望再见到你时，是你陪同国民党更高的官员来谈判。"

宋宜山笑了，充满信心地说："希望有这一天，我们会再见的！"

让宋宜山始料不及的是，他回到香港就不顺了。

在《香港时报》社许孝炎密室，许孝炎对宋宜山说："宜山兄，蒋总统的意思是你不必回台湾当面汇报，让你先写一书面报告由我呈送。"

宋宜山既惊讶又无奈："好吧，我多想飞去台湾跟总统面谈呀，那边很有诚意，应该抓住这千载难逢的机会！"

许孝炎说："我为你争取过，但没有办法。"

过了几天，宋宜山拿着一厚沓书面报告，交与许孝炎。

许孝炎接过惊讶地说："这么厚呀！"

宋宜山说："我根据此次大陆之行的印象，如实地写了一份一万五千字的书面报告。"

许孝炎翻看起来："哎哟，你怎么尽说中共好话呀？"

宋宜山说："根据我对蒋先生的了解，估计他看了报告不会有好的结果，但我觉得还是直言禀报为好，不然对不起自己的良心。"

看着看着许孝炎念了起来："……窃以为，中共意图尚属诚恳，胞弟希濂亦有同感。举凡大陆工厂、农村，所到之处，但见政通人和、百业俱兴，民众安居乐业，与中共鱼水相依。反共复国，似已无望。不若遵循国父遗训，'适乎世界之潮流，合乎人群之需要'，与中共携手共图统一大业……"

许孝炎发表感想说："宜山兄，我当然相信你写的是真实的，但像这一段不改掉，怕是凶多吉少。"

宋宜山态度坚决地说："孝炎兄，如实呈报吧，我不想改动！"

此时，在美国新泽西州李宗仁住宅，李宗仁接见美国记者时说："试看今日中国，尘埃已经落定，室内红光耀眼，焕然一新……"

第13章
第二次秘密接触

蒋介石在台湾看到报道，捶桌拍凳，骂道："李德邻混账，叛徒，叛徒！"

正在这时，许孝炎把宋宜山的报告送到台北，亲交蒋手。蒋介石高兴地接过，认真看起来，越看越生气。他最容不得说共产党好话的人，不等看完，便把眼镜摘下，把报告往桌上重重一掼，骂了起来："混账，他把共产党说得那么好，半个月就被赤化了！简直是中了中共的奸计。"

许孝炎只好附和说："是写得过分了。"

蒋介石对许孝炎说："你告诉宋宜山，他不必回国府了，就留在香港算了，以免影响他人。将立法委员的薪饷每月寄给他，嗯？"

许孝炎只好点头应诺。

在座的蒋经国说："接受北京领导人的建议是不现实的，台湾与北京之间的差别越来越大。台湾政府理所当然是全中国的合法政府。"

蒋介石嘟哝道："台湾只不过是中华民国中央政府的临时所在地嘛。"

蒋经国说："中共倡言和谈，怕是要使台、美《共同防御条约》失去作用，要挟美国迫使我们退出金、马等外围岛屿，使中共垂手而得台、澎。"

蒋介石"砰"的一声把和谈之门关上了，坚决地说："中共的和谈牌，是他们的一贯伎俩，统战阴谋。对他们决不做任何方式的谈判。"

由于蒋介石的态度转变，本来可以以中共提出的条件为起点而深入谈下去的新一轮国共和谈，搁浅了！

在香港程思远住宅，宋宜山来看望程思远。程思远问："宜山兄，你送台湾的报告有回音吗？"

宋宜山说："据孝炎说，台湾方面对中共提出的新方针很感兴趣，正在研究。后因对中共在波兰和匈牙利事件中所采取的强硬立场表示失望，就把这个问题搁置下来了。"

程思远不解地说："这跟波兰、匈牙利挨得着边吗？恐怕这是搪塞你吧？"

这一段时期，国共双方的密使来往频繁，谈得也有些眉目，但蒋介石最终还是把很有希望的"第三次国共合作"的大门关上了。原因是他始终在国家统一与反共之间进行艰难的选择，走不出自己祭起的命运怪圈。他无法忘怀在大陆的失败，他时刻思考的主题就是如何完成"反攻复国梦"。他总认为中共提出的和谈不过是战争的另一种形式，是中共"想以政治颠覆台湾和外岛基地的统战阴谋"，"是混乱国际间对我们反攻复国决心的认识"。

这时大陆已开展"反右"斗争，一时有点乱。蒋介石认为从大陆的"反右"斗争，可看出"大陆的抗暴斗争日益增长，铁幕后的人民已经开始觉醒"。现在不是与中共和谈的时候，而是"反共复国"的大好时机。

此时，随蒋介石逃往台湾的人们，尤其是被蒋介石骗到台湾的国民党军政人员，对长期留居台湾缺乏思想准备和物质准备，他们思乡心切，希冀回归大陆，因而强烈要求蒋介石采取有力措施反攻大陆，以踏上返乡之路。但是，他们也对军事反攻抱有疑问，又无法促使蒋介石同意和平解决统一问题，在这种矛盾状态下，岛内民众人心不稳。

蒋介石面对这种形势，从巩固自身权势考虑，由同意作和谈试探来了个180度大转弯，冲动地作出决断：加紧进行军事反攻准备，以转移岛内民心的注意力。

1957年10月10日至23日，国民党第八次代表大会在台北召开，会议的核心内容是：对抗中共的和谈主张，"商讨反攻大陆，光复国土，消灭匪寇，完成革命大计"。蒋介石在"八大"会议上"砰"的一声把国共谈判的大门关闭了。

第14章
帮蒋介石反对美国

1950年后，在朝鲜战争爆发的同时，美国以武力侵占台湾，随后，同盘踞在那里的蒋介石集团签订了《共同防御条约》。美国的介入，使台湾问题严重复杂化。这样，中国人民争取台湾回归的斗争包含了性质不同的两种内容：一种是坚决要求美国放弃对台湾和台湾海峡的侵略和干涉，这是国际性的斗争；另一种是中国人民一定要解放台湾，这是内部斗争。

1958年前后，前一种斗争表现得更尖锐，更突出。

1958年是不平凡的一年。大陆在搞"大跃进"，热火朝天。台湾当局也闲不住，不断派飞机袭击闽、浙地区，甚至深入到云南、贵州、四川、青海等地撒传单，空投特务，妄图鼓动起暴乱来凑热闹。

同年8月11日，周恩来给赫鲁晓夫发了密函，进行了紧急军购。密函称，由于中方米格-19II型歼击机要在明年5月才能试制成功，因此请求苏方对华供应三十架米格-19C歼击机、32000发C-5型火箭、450000发HP-30型机关炮炮弹，及供应够半年使用的其他备份器材，以便应对美方可能帮助台湾换装F-100型超音速战斗机。

这一年的夏天，台海两岸还爆发了空战。

看到台湾当局不断挑衅的这些情报，毛泽东挺恼火，动了打炮的念头。他操着浓重的湖南乡音对身边工作人员说："太猖狂了！是可忍，孰不可忍。要打一些炮，警告他们一下。"

这个时候，美国也不甘寂寞。

本来害怕国共和谈成功的华盛顿，密切注视着北京与台湾的动向。美国

第14章
帮蒋介石反对美国

国务卿杜勒斯趁蒋介石拒和谈重新"反攻"之机发表对华政策三原则：（1）支持台湾当局；（2）不承认大陆政权；（3）反对大陆政权进入联合国。接着美国副总统尼克松访问台湾，向蒋介石转交了美国总统艾森豪威尔的信件，赞扬蒋介石的反共精神。

在这封信中，艾森豪威尔赞扬的是蒋介石的反共精神，却并不赞成他的"反攻"行动，甚至是当头泼冷水。

这一点毛泽东看得很清楚。1957年1月，毛泽东在中南海住处对周恩来说："我们在省、市、自治区党委书记会议上，印发了艾森豪威尔给蒋介石的信。我看这封信主要是给蒋介石泼冷水，然后又打点气。"

周恩来说："信上美国总统对蒋介石说需要冷静，不要冲动，就是说不要打仗，要靠联合国。"

毛泽东说："这是泼冷水。蒋介石就是有那么一点冲动。打气，就是要对共产党继续采取强硬的政策。还把希望寄托在我们出乱子上。"

周恩来说："在他看来，乱子已经出了，共产党是没有办法阻止它的。"

毛泽东喷口烟不在乎地说："各有各的观察吧！"

美国分离台湾的行动也在不断升级，多次在国际会议和经济活动中制造"两个中国"阴谋，企图保留台湾国民党当局在联合国的代表，又邀请中华人民共和国的代表出席联合国会议。美国国务卿杜勒斯多次亲赴台湾，甚至以削减军援来要挟蒋介石从金门、马祖等临近大陆的岛屿撤军，以避免因争夺这些岛屿，使美国卷入对中国的军事冲突，妄图通过"划峡而治"，迫使国共双方停止军事冲突，拐个弯实现"两个中国"的预谋。

在日内瓦进行的中美大使级会谈，虽然一直扯皮，但也一直在谈着。为了使会谈中断，美国突然制造障碍。

1957年12月12日，中美会谈第七十三次会议。

美国代表约翰逊彬彬有礼地站起来宣布："在美中第七十三次会谈开始的时候，我遗憾地宣布，我将撤出会谈，调任美国驻泰国大使，由我的副手埃德·马西接替我的工作。"

中国代表王炳南当即表示："这种突然袭击式的变化是我不能同意的！"他有礼貌地指出："大使先生，我提醒您注意，中美进行的是大使级会谈，而马丁先生只是一个参赞，不能代表大使。约翰逊大使，你这样做是很不严肃的。"

约翰逊耸耸肩，表示他无可奈何。

当王炳南将这一情况向周恩来汇报后，周恩来说："既然美国不愿意谈，我们也可以中止谈判。我们不愿意谈判破裂，但我们不怕谈判破裂。"

由于美国政府蓄意使会谈降低级别，在中美第七十三次会谈后，中美大使级会谈中断了近九个月。

与中华人民共和国闹僵的同时，美国也在束缚蒋介石"反攻大陆"的手脚，遏止他的过分冲动。

1958年4月5日，周恩来在北京机场送回国述职的苏联驻华大使尤金。尤金说："周总理，感谢您来送我回国述职。我们注意到杜勒斯最近访问台湾，只停留了不到两个小时，而进行实质性谈话的时间就更短了。"

周恩来说："我们也注意到，美国对蒋介石的态度有所变化，通过减少援助来对蒋介石进行节制，遏止他强烈的反攻大陆的愿望和行动。"

尤金说："难怪蒋介石跟杜勒斯谈话时，显得很紧张，他是感觉到了美国对他的援助正在减少。"

周恩来说："蒋介石对台湾的控制正在衰落，为了支撑他的政权，美国已经向台湾提供了过多的军队、军舰和导弹，他们不想再做赔本生意了。"

送走尤金后，周恩来来到中南海菊香书屋，跟毛泽东商量事情。

周恩来说："台湾的情况现在有变化。美国现在想搞垮蒋介石。它正在扶植一派人，想用这派人来代替蒋介石。"

毛泽东说："现在我们需要蒋介石来反对美国。"他用政治比较法分析道："蒋介石好些呢，还是美国所扶持的更亲美的势力好些？台湾像目前这样作为美国半占领地好些呢，还是台湾成为美国完全占领地好些？比较起来还是蒋介石好些。"

周恩来说："美国、英国这些国家要搞'两个中国'的阴谋，它们一方面承认我们，一方面又承认台湾。"

毛泽东说："我们的方针是：承认我们就不能承认台湾。我们不怕它们不承认。美国愈晚承认愈好，这样我们可以更好地清理内部。"

1958年6月16日，毛泽东在中南海召集讨论外交问题的会议。参加的有中央政治局常委、外交部负责人和部分驻外大使。

毛泽东说："和美国接触的问题，在日内瓦会议时我也说过，可以有所接触。事实上美国也不一定愿意接触。同美国闹成僵局二十年，对我们有利。一定要美国梳妆打扮后送上门来，使他们对中国感到出乎意外。你不承认，总有一天你会承认的。一百零一年你一定会承认的。"

会议决定，要求美国派出大使级代表，恢复在日内瓦的中美大使级会谈，并且限定美国答复中国照会的期限是十五天，对美国搞了个"最后通牒"。

最后毛泽东总结说："我们对美国要采取针锋相对，以文对文，以武对武，先礼后兵的做法。"

并不全听美国的话的蒋介石，虽然硬着头皮顶着美国的压力，硬是不从金门、马祖撤军，却一直找不到有力的理由回绝美国，因此压力很大，有点扛不住了。

蒋介石需要人帮助，他的肩膀头需要给予一点外力。

毛泽东知道，金门、马祖等岛屿，是台湾在地域和政治上同大陆连接的最后纽带，一旦蒋介石屈从美国的压力而后撤，使台湾孤悬海外，那大陆就够不着了，这样会使台湾问题的解决变得更加复杂和棘手。

毛泽东决心帮助蒋介石一把，要给他顶住美国压力提供点理由，提供点支撑。

帮助蒋介石要选择时机，要做得巧妙，既帮得上忙，又不露痕迹。

1958年7月14日，伊拉克革命爆发，推翻了亲美的费萨尔王朝，建立了伊拉克共和国。

第二天，即7月15日，美国为镇压黎巴嫩人民的爱国斗争，以"保卫美国人民生命安全"和维护黎巴嫩"领土完整和政治独立"为借口，悍然派军队在黎巴嫩首都贝鲁特附近集结，制造了世界瞩目的中东事件，同时宣布在远东的陆海空军进入戒备状态。这一事件的紧张程度，大有再次爆发世界大战或朝鲜式局部战争的味道。

1958年7月的一天，毛泽东坐在那张宽大的写字台前的圈椅上，手中夹着烟，低头看着桌上摊开的文件。

这是外交部送来的一份报告，内容是有关美国派兵在黎巴嫩登陆，英军在约旦登陆后的世界形势分析。

毛泽东搁下手中的文件，点燃一支烟，往室外的院子走去。

他在那片绿草坪上慢慢地踱着步。

他遥望天空，可劲地抽了一口烟，从嘴里把一团烟雾喷向天空，似乎喷出了久积于心头的郁闷。

他又踱开了步，任香烟在指缝间燃烧，化成长长的烟灰。随着他的一声轻咳，烟灰落了他一身。卫士过来给他轻轻掸去。

似乎打定了主意，毛泽东自言自语似的冒出了一句："炮轰金门！"

远远站着的卫士虽然没听真确，毛泽东着了魔似的神态却让他吃了一惊。

毛泽东又回到菊香书屋，伏在桌上写起文件来。写了一会儿，他站起来踱步，目光注视着墙上地图中的厦门、金门、马祖岛。他的手不由自主地在上面点了点，而后又回到圈椅上默坐沉思。

他站起来要通了周恩来的电话。

对方传来周恩来的声音："我是周恩来。主席，你找我？"

第14章
帮蒋介石反对美国

毛泽东对着听筒说:"恩来,我看外交部的意见是可以的,但我们不能仅仅限于道义的支持。"

那边,周恩来问:"主席的意思是我们要有所动作?"

毛泽东大声说:"是的,大动作!但我们还是先礼后兵。中国政府要求美国政府派出大使级代表。恢复会谈的十五天期限,已经到了吧?"

周恩来说:"还没有得到美国政府的正式答复,但是杜勒斯宣布,美国决不会向中国政府限期指派大使级代表恢复会谈的'最后通牒'低头。"

毛泽东说:"好,美国再次错过缓和台湾海峡紧张局势的机会,就莫怪我了!"

周恩来问:"突破口选在哪里?"

毛泽东果断地说:"金门、马祖!今年3月,彭老总提议炮击金门、马祖,我同意进行准备,现在可以动了!"

美国为转移世界人民对中东的视线,竟在台湾海峡大量集结武装力量,并积极支持蒋介石集团向大陆沿海地区骚扰,使台海紧张局势不断升级。7月17日,台湾当局宣布它的军队处于"特别戒备状态",同时加紧军事演习和空中侦察,摆出反攻大陆的架势。8月8日,美国海军参谋长扬言,美国海军正密切注视着台湾地区的局势,随时准备进行像黎巴嫩那样的登陆。

对于美英这一公然干涉别国内政的粗暴行径,赫鲁晓夫代表苏联政府明确表示了反对态度。他提议立即召开五大国首脑会议和联大特别会议,讨论美英撤军和恢复中东和平问题。由于苏联的干预和阿拉伯国家的一致反对,美英的态度开始软化,同意召开联大特别会议。到8月13日,美国总统艾森豪威尔已经开始同意让联合国而不是由美英来维持中东地区的和平了。21日,中东阿拉伯国家提出一项和平提案,也被紧急会议迅速通过,中东局势开始趋于缓和,显示了苏联外交的重要作用。

令赫鲁晓夫没有想到的是,我行我素的毛泽东跟他已在两股道上跑车。毛泽东从国际战略高度和解决台湾问题的根本目的出发,敏锐地察觉到机会来了。他要整一下美国人了。他说，美国人整了我们这么多年，现在机会来了，为什么不整他们一下呢？

整美国人的突破口，他选择了炮轰金门、马祖，这样让外人看起来是"直接对蒋，间接对美"。

蒋介石败逃台湾后，占据着中国两部分地区，一部分是金门和马祖等沿海岛屿，一部分是台湾和澎湖列岛。这两部分之间隔着公海，统称台湾地区。

金门、马祖，是中国福建省沿海的两个小岛，由于在国民党军队的占领下，蒋介石这时频频以它们为跳板，对福建沿海进行骚扰和渗透。这个时候，美军根据美蒋《共同防御条约》驻守台湾岛，再加上要跨过台湾海峡去进攻台湾，对海空军的要求很高，因此进攻的条件不成熟。但金、马没有美国驻军，又近在咫尺，从作战角度，要收复这两个小岛已不成问题，关键是美国是否会介入。毛泽东看准了美国陷入中东危机，备受世界舆论谴责，不能完全抽身，决心抓住这个机会把金、马拿下来。

用毛泽东炮击金门当天晚上在政治局常委会上的话来说："我们的要求是美军从台湾撤退，蒋军从金门、马祖撤退。你不撤我就打。台湾太远打不到，我就打金门，这肯定会引起国际震动，不仅美国人震动，亚洲人震动，欧洲人也震动。阿拉伯世界人民会高兴，亚、非广大人民会同情我们。"

第15章

第三次台海危机——炮击金门

对解决台湾问题，当年毛泽东策略上的高明之处在于划分了步骤。在美国出兵台湾、解放军无法攻台的情况下，毛泽东在1955年至1965年这十年间，以打打炮和有限度的海空战为辅助手段，主要手段放在长远实行政治争取上来。

当时中共确定的方针是，第一步先让蒋介石稳住台湾，并维持两岸"一个中国"的共识，不让美国过深介入制造"两个中国"或"一中一台"陷阱，为此炮轰金门、马祖之后，又让金门、马祖仍留在国民党手中而不取。第二步再争取同国民党和谈，以政治方式解决台湾问题。

炮击金门就是一出文武大戏，在猛烈而有限的炮击之后，紧接着的是一系列巧妙而和平的政治攻势。

■ 万事俱备，只待炮响

从7月中旬到8月中旬，毛泽东为炮打金门做了大量艰苦细致而周密的准备工作。

这一天，在中南海菊香书屋，毛泽东弯下腰用放大镜仔细看着厦门、金门说："我从未到过厦门，红军时期到福建最远的地方是上杭的古田。"

朱德说："主席在那里主持召开了古田会议，确立了建军思想。"

毛泽东站起来，环顾左右笑说："厦门现在还有白鹭吗？"他信口吟

第15章
第三次台海危机——炮击金门

道："两个黄鹂鸣翠柳，一行白鹭上青天……"

朱德说："这是杜甫的好诗啊！"

毛泽东又环顾左右说："当年，郑成功从厦门发兵收复台湾，后来的施琅也是在这个地方造船练兵，然后渡海作战的。如要最后完成中国的统一，厦门这个岛子很重要啊！"

彭德怀说："从各地调集的495门大炮正在厦门各就各位，所有的炮口都朝向东南方的金门、马祖。"

毛泽东响亮地说："要让它们响起来，开会吧。"

7月18日夜，北京华灯初上，中南海怀仁堂灯火辉煌。

中央军委在此召开紧急会议，讨论大规模炮击金门岛问题。周恩来、彭德怀、贺龙、徐向前、聂荣臻、陈毅、林彪、粟裕、黄克诚等将帅齐聚一堂。

中央军委主席毛泽东动作缓慢却是用力地划燃一根火柴，点燃香烟，深深吸入一口，扫视一下会场，开宗明义宣布："现在开会。大家都知道了，世界上有个地方叫中东，最近那里很热闹，搞得我们远东也不太平。人家唱大戏，我们不能做看客。支援阿拉伯人民的反侵略斗争，不能仅限于道义上的支援，还要有实际行动的支援。"

"选择哪个方面进行实际行动的支援呢？"毛泽东望望彭德怀、粟裕，提高声调说，"只有选择金门、马祖地区，主要是打蒋介石。金门、马祖是中国的领土，打金门、马祖，是中国的内政，在政治上有理，在军事上有利，美国找不到借口，而对美国则有牵制作用。"

他吐出一缕白烟，用右拳轻轻晃动了一下，继续说："因此中央政治局讨论决定，要用地面炮兵实施主要打击，第一次炮击十万至二十万发炮弹，以后每天打一千发，准备打两三个月。"

将领们都兴奋地微笑，表示支持中央的战略决策。

朱德说："蒋介石把三分之一的兵力调到了金门、马祖，经常出动飞机窜扰大陆沿海领空，丢下不少特务，是该教训他们了！"

彭德怀说："炮击金门的方案早制订好了，只等中央下决心了。"

"我们牵制美国在远东的兵力，使其不能向中东调兵，减轻美国对中东人民的压力。如能调动美国海军在中东和台湾间频繁穿梭，则更妙。"毛泽东磕了下烟灰，继续从容地说，"我们的主要作战对象是蒋介石，尽量不与美国正面冲突。因此，我们的海空军不出公海作战，并要防止误击美机、美舰，既不示弱，也不主动惹事。"

周恩来说："主席，有没有想好由谁来担任此次战斗的前线指挥？"

毛泽东说："我的意见，还是由叶飞来指挥。我们有必要把机会留给他。"

陈毅说："好！上次他指挥打金门没打下来，是他一块心病呢，这次把他的心病治好。"

毛泽东最后说："以中央军委名义发个电报，命令各大军区立即进入紧急备战，把作战任务下达给福州军区和海军、空军、炮兵，越快越好。"

将帅们以热烈的掌声，表示对最高统帅的支持和信赖。

中南海侧畔，怀仁堂的灯火，在一盏盏熄灭。

北海侧畔，琉璃瓦绿顶的总参办公楼立刻灯火通明起来。

作战参谋动作利索地摊开、挂起一幅幅各种比例的东南沿海和太平洋、远东地区的作战地图。

粟裕大将走进作战室，对参谋们说："中央军委的作战命令，你们都知道了。现在我们立即对福州军区拟订的炮击预案，再次进行研究和审定。"

作战参谋指着地图逐点介绍金门、马祖国民党军目标的方位、性质、防护力和我军准备打击的手段。粟裕聚精会神地倾听着。

参谋指着地图的一点说，敌军司令胡琏指挥部的位置，估计就在这里。

细心的粟裕突然插话："不要讲'估计''可能'，你能不能肯定回答，胡琏指挥部的位置就是这里？能不能再准确一些，金门的补给被切断以后，粮、弹究竟可维持三个月，还是四个月？是不是认真计算过？我们到底集中多少火炮，才能对料罗湾实行有效封锁？我最关心的是双方大炮的数量和质量。"

参谋报告说："报告粟总长，金门拥有美式155毫米加农炮二十门，155毫米榴弹炮九十六门，105毫米榴弹炮一百九十二门，共计三百零八门。我军105毫米以上榴弹炮二百二十三门，100毫米以上加农炮七十三门，100毫米海岸炮四门，130毫米海岸炮十九门，共计三百一十九门。我方的优势是在福建地区库存炮弹甚多，有八十九万多发，可以敞开打，足够打半年以上。只是远程火炮较少，中程火炮多，钢筋混凝土工事很少，土木结构野战工事多，在大口径火炮和永备工事方面，我方并不占优势。"

这些数据很有说服力，优缺点都讲到了。粟裕边听边点头，沉吟良久，用铅笔尖狠狠敲击桌面说："下决心再调大炮去，从全国调，立即调，火炮数量不超过金门百分之五十的话，这仗宁肯推迟。"

粟裕最后特别严肃地强调纪律："要向参战部队强调：这次炮击封锁金门作战，是毛主席的战略决策，海军、空军、炮兵参战部队，都由福州军区前方指挥部统一指挥，都要无条件服从指挥。特别是处理美机、美舰，一定要遵守中央军委的既定作战原则，不出公海作战，不主动攻击美机、美舰，严守自卫。"

夜晚，在总参作战部，作战部长王尚荣拿着电话说："叶飞同志，中央决定炮击金门，指定要你负责指挥。"

叶飞接着电话感到纳闷，追问道："王部长，到底是不是中央决定要我指挥的？"

王尚荣十分肯定地说："是，是中央决定的！"

叶飞心里不踏实，又问："是不是毛主席的决定？"

"刘培善同志就在我身边，你可以问问他。"王尚荣说着将电话听筒交与福州军区副政委刘培善。

刘培善说:"一点不错,叶政委,是毛主席决定要你指挥的。"

叶飞说:"韩先楚司令员现在北京,应该由他指挥呀。"

王尚荣说:"那你就不要问了,这件事中央已经决定了。"

叶飞说:"既然这样,那好,我接受命令来指挥。"

王尚荣打完电话,对粟裕感慨说:"粟总长,如果在1950年6月朝鲜战争爆发之前,破釜沉舟,举兵攻台,也可能……"

粟裕摇头说:"不行!金门失利的教训太深刻。不重视血的教训就要流更多的血。"

这位智勇双位的大将看看地图,沉思一会又说:"中原逐鹿,两军对垒,'有把握'通常指的是比百分之五十再多一点的胜算,而隔着一片大海作战,六七分把握绝对不行,八分九分也不行,非十分不可!"

王尚荣说:"要有十分把握可就太难了。"

粟裕沉沉地说:"大海平平,一览无余,未来的攻金台之战,是没有多少巧可讨的,就是磨盘碾秤砣,硬碰硬。不但要有数倍于敌的火力、数量优势,而且要有足够的船只,保证第一、第二甚至第三梯队的船只,还要懂得潮汐、风向、登陆点的选择。我们攻坚、野战是行家里手,但越海作战是外行,单凭解放海南那点经验,是要吃大亏的。"

王尚荣同感地说:"是啊,金门的教训实在太令全军难忘!"

粟裕说:"攻台就更厉害了,几十万人马上去了,可能一鼓作气一胜到底,也可能上不去,叫人家反下来,那就是无路可退全军覆没啊!"

王尚荣说:"所以粟总作指示,反复强调的就是两个字:纪律!"

粟裕再次强调说:"这次炮击封锁金门岛作战,是毛主席的战略决策。海军、空军、炮兵参战部队,都由福州军区前方指挥部统一指挥,都要无条件地服从指挥,要打就打,要停就停,令行禁止。不许各行其是擅作主张。"

王尚荣:"根据你的指示,我给他们打电话也强调,发现特殊情况要及时请示。"

粟裕："特别是处理美机、美舰，一定要遵守中央军委的既定作战原则，不出公海作战，不主动攻击美机、美舰，严守自卫！"

■ 赫鲁晓夫插一杠子

炮击原定于7月25日发起，但此时，国民党有两个师将要开往金门换防。中央军委根据情况变化，决定将炮击时间推迟至27日。

7月27日凌晨，福州前线参战的三十个炮兵营，已全部进入发射阵地，做好了射击准备。

黝暗中，炮兵阵地上，大炮抬身翘起，四周是炮兵战士快速往炮膛填充炮弹的忙碌身影。

7月26日深夜，毛泽东已熄灯躺下，却在床上辗转反侧，翻来覆去睡不着。

他干脆翻身起床，走出房门。月光下，卫兵有些局促和拘谨地向他敬礼。

他微笑着拍拍小战士的肩膀，信步沿着曲折幽深的小径踱去。

曼妙的月光轻轻抛洒，中南海波光粼粼，这是寂静中的灵动。毛泽东依岸而立，一手叉腰，一手夹烟，衣摆微风，剪影伟岸，恰似一尊冷峻的雕塑。

听到前门火车站一声鸣笛，他收住思绪，轻轻弹灭手中烟蒂，将之碾碎，返身快速向屋里走去。

毛泽东走回房里，伸手揿亮台灯，坐在藤椅上，缓缓地点燃一支香烟，拿起叶飞报来的作战方案看了起来。

他在烟雾中伏桌提笔，给彭德怀和即将接粟裕任总参谋长的黄克诚写信。

到了27日早晨，毛泽东的思虑终于落定，根据国际形势的变化和为使炮击准备更加充分，决定炮击时间再推迟一步。当天，他给彭德怀、黄克诚的信中说：

德怀、克诚同志：

睡不着觉，想了一下。打金门停止若干天似较适宜。目前不打，看一看形势。彼方换防不打，不换防也不打。等彼方无理进攻，再行反攻。中东解决，要有时日，我们是有时间的，何必急呢？暂时不打，总有打之一日。彼方如攻漳、汕、福州、杭州，那就最妙了。这个主意，你看如何？找几个同志议一议如何？政治挂帅，反复推敲，极为有益。一鼓作气往往想不周，我就往往如此，有时难免失算。你意如何？如彼来攻，等几天，考虑明白，再作攻击。以上种种，是不是算得运筹帷幄之中，制敌千里之外，我战则克，较有把握呢？不打无把握之仗这个原则，必须坚持。如你同意，将此信电告叶飞，过细考虑一下，以其意见见告。

晨安！
毛泽东
七月廿七日上午十时

在北京国防部彭德怀办公室，彭德怀看着信，很不理解地对总参谋长黄克诚说："克诚，我给毛主席的信说，经过军委和福州军区讨论，拟定在七八月份调空军进福建，并准备炮轰金门、马祖，主席是批示同意了的。现在又说不着急了，好像我们反倒着急了，他又有什么考虑呢？"

黄克诚说："也许是从国际形势考虑，谁知道，叫停就停吧。"

了解毛泽东的彭德怀说："暂停炮轰的命令传下去，还是继续准备，他随时都可能改变主意的。"

第 15 章
第三次台海危机——炮击金门

毛泽东推迟炮击金门，很主要的原因是等待来自"远方"的一位尊神——赫鲁晓夫的造访。

1958年7月31日，"图-104"客机滑向南苑机场的候机楼前。毛泽东、刘少奇、周恩来、邓小平依次迎上前去。

赫鲁晓夫走出舱门，脸上的笑容凝住了。

没有红地毯，没有仪仗队，也没有拥抱，他习惯的隆重欢迎不见影子。毛泽东与赫鲁晓夫只是握了下手，便彼此寒暄着走进候机楼里的会客室。

陪同赫鲁晓夫的有国防部长马利诺夫斯基、外交部副部长费德林等人。

"我们现在确实是出现了'大跃进'。"坐下后，毛泽东介绍说，"农村形势很好。"

刘少奇接着说："我们现在发愁的不是没粮食，不够吃，而是粮食多了怎么办？"

质疑中国"大跃进"的赫鲁晓夫，脸上露出一种叫中国领导人见了不舒服的怪怪的笑容："那好办。粮食多了你们不好办，可以给我们嘛。"

赫鲁晓夫掌权后，全面否定了斯大林，让中俄关系紧张起来。毛泽东与赫鲁晓夫之间，更是冲突不断，互不相让。图为1956年赫鲁晓夫在苏共二十大会议上发言。（历史图片）

不冷不热，略有微讽，一开头气氛就不佳。

毛泽东陪着赫鲁晓夫进入中南海颐年堂会议室，请赫鲁晓夫坐下，自己也坐下了，开门见山问赫鲁晓夫："尤金向我讲了，你们有那么个意思，建立联合舰队，但说不清楚究竟你们是出于什么考虑。所以我想听听你的想法，你自己来了，这很好。我们欢迎，我们一起谈谈好。"

这个话题显然不是那么好"谈谈"的，因为它的缘由错综复杂，各有各的算盘，各有各的思路，各有各的心事。

随着国内"大跃进"的狂潮汹涌，中国的外交也开始进入到一个风云激荡的革命年代。毛泽东1958年2月撤换周恩来的兼外长职务时，已经在酝酿外交的革命化了。但是，毛泽东当时大概也没有想到，他所积极推行的革命外交，会把一心要与资本主义"和平共处"的苏联首脑推上一种尴尬而恼火的境地。1958年至1959年，中苏之间出现了一系列摩擦与冲突。

1958年的头几个月，中苏关系基本上还是在一种平静的气氛中度过的。毛泽东虽然不大满意周恩来推行的旨在与世界各国和平共处的外交方针，用陈毅取代了周恩来的外长职务，但中国的整个对外关系，包括对苏关系，总体上还是平稳的。

6月7日，毛泽东读到国防部长彭德怀5日提交的一份报告，说苏联国防部长马利诺夫斯基4月18日写信给他，表示苏联过去援助中国建设的三个长波电台功率太小，不足以指挥其在远洋活动的潜艇，希望双方合作，在中国南方花四年时间建设一座大功率长波电台，总投资一亿卢布，苏方出资七千万，中方出资三千万，使用时间各占50%。彭德怀当即复函，主张苏方出技术及设备，由中方投资，所有权属中方，建成后双方共同使用。他没有想到，长波电台当时在苏联还是属于尖端技术一类，而苏联军方并不情愿把自己的这类技术无偿让中方拥有，他们也不理解由他们投资控股在中国建设这样一个先进的技术装置，由双方共同使用，对中国有什么不好。因此，苏联军方仍坚持自己要有控制权。

第15章
第三次台海危机——炮击金门

对此，毛泽东显然不能理解。新中国成立以来，在对外经贸关系中，中共中央始终认为，可以互通有无，也可以贷款或者援助，但不可以让外资介入国内建设，无论是投资或是合股，只要所有权有一点不在自己手里，都是有损国家主权的行为。为此，新中国政府成立以后，很快就将一切外资公司和企业统统搞掉了，对于在苏方要求下组建的四个合营公司也想方设法废止了，对于斯大林提议的什么由苏联出资建设菠萝罐头加工厂和橡胶种植园之类的建议，也是极端反感，一概拒绝。

现在苏联又要采取投资控股的方式在中国建设长波电台，毛泽东的反应特别敏感：既然你的东西要建在中国，所有权当然必须是我的。于是，他在彭德怀的报告上明确批示："钱一定由中国出，不能由苏方出。如苏方以高压加则不要回答，拖一时期再说。"不过，他这时似乎还没有把这件事同赫鲁晓夫的中央联系起来，只把它看成是苏联军方的一种意见，因而特别强调"此事应由两国政府签订协定"。

如果仅仅是一个长波电台的问题，毛泽东也许还不会大发脾气。但紧接着发生的共同舰队问题，就使得在主权问题上极端敏感的毛泽东马上把两件事联系起来，怀疑赫鲁晓夫在搞斯大林时代的大国沙文主义那一套了。在斯大林问题已经揭露，波匈事件已经发生，中共中央领导人已经多次直截了当地批评过苏联的大国沙文主义错误，毛泽东自信已经在各国共产党人中树立起了正确的权威地位之后，苏联人居然又想出这种公然损害中国主权的主意来，这不能不让毛泽东大为恼火。

由共同舰队事件引发的这场风波，具体经过是这样的：

1958年6月28日，周恩来根据国防部的建议，致信赫鲁晓夫，希望苏联能够在建造核潜艇和快艇方面为中国提供技术帮助。核潜艇的制造，又是苏联当时的一项较为尖端的技术。但在中国方面看来，既然是同志加兄弟，生产原子弹、导弹的技术都可以提供，那么提供制造核潜艇的技术也理所当然。殊不知，当年如果不是赫鲁晓夫因处境不妙而极力坚持，转让导弹、原子弹的技术本来也是难以实现的；现在再要转让核潜艇技术，就几乎是不可能了。只是由于苏联军方这时正在设想借用中国沿太平洋的海岸线，使载有核弹头的苏联潜艇能够有效地靠近美国，赫鲁晓夫仍不能不认真对待周恩来的来信。

颇感为难的赫鲁晓夫灵机一动，想出了一个既不用转让技术，又能满足中苏军方愿望的合作建议来。他当即要正在莫斯科述职的苏联驻华大使尤金向中共中央转告这一提议：赫鲁晓夫同志希望与中国同志一起商量一下，建立一支共同潜艇舰队。

现在，赫鲁晓夫当着毛泽东的面拉开架势讲了起来。毛泽东神色肃穆，不停地吸烟，望着赫鲁晓夫默默地听着。赫鲁晓夫搞不清毛泽东的态度，越说越得意，有点手舞足蹈：中国应该有一支强大的、装备着导弹的潜水艇舰队，装有导弹的鱼雷快艇和驱逐舰，苏联有的东西都可以给中国。对于长波电台，所有权可以是中国的，由中方投资，苏联只要在协议的基础上，有权使用这个电台来指挥自己的舰队就可以了。我的意思，是否可以根据一项协定，苏联的飞机可以在中国的机场停留加油……

见赫鲁晓夫在绕圈子，毛泽东抬手做了个断然而简洁的打住手势，不耐烦地对他说："你讲了很长时间，还没说到正题。"

赫鲁晓夫一怔，他努力笑一笑，喘口气说："台湾海峡紧张，美国第七舰队活动猖狂。我们愿意和你们搞个共同舰队，对付美国的第七舰队……"

早已不耐烦赫鲁晓夫遮遮掩掩的毛泽东，眼里打闪似的闪亮了一下，将手向下一顿，直抓要害："请你告诉我，什么叫共同舰队？"

"嗯，嗯。"赫鲁晓夫有些支吾，做出个莫名其妙的手势说，"所谓共同嘛，就是共同商量商量的意思……"

"什么共同商量？请你说明什么叫共同舰队？"毛泽东咄咄逼人。

赫鲁晓夫忍住气说："毛泽东同志，我们出钱给你们建立这个电台。这个电台属于谁对我们无关紧要，我们不过是用它同我们的潜水艇保持无线电

第15章
第三次台海危机——炮击金门

联络。我们甚至愿意把这个电台送给你们，但是希望这个电台能尽快地建起来。我们的舰队现在正在太平洋活动，我们的主要基地远在符拉迪沃斯托克……"

毛泽东打断说："你们大使尤金说的是搞共同舰队。"

赫鲁晓夫辩解道："尤金说得不对，我们没有要搞共同舰队的意思，是中国政府给苏联的信里，提出要搞核潜艇舰队。"

尤金听着既生气又害怕，当场要晕过去。

毛泽东在听李越然翻译时，脸色越来越阴沉。他的大手忽然拍在沙发扶手上，已经愤然起身，伸手一指："什么叫共同商量，我们还有没有主权了？你们是不是想把我们的沿海地区都拿去？"毛泽东将手一划，划出中国海岸的弧形，愤怒中不乏讥嘲："我们的一万多公里海岸线，你们都拿去算了！！"

陪同赫鲁晓夫参加会谈的苏联副外长兼翻译、汉学家费德林，在外交场合没有见过这种火药味那么强的争吵，用俄语对赫鲁晓夫说："毛泽东可真动火了！"

赫鲁晓夫很窘，耸耸双肩，摊开双手，嘟哝着："不要误解。中国同志说我们要搞共同舰队，把俄罗斯的民族主义搞到中国来，我听了很伤心，觉得中国同志不相信我们，对我们的政策理解不对，这触犯了我们的自尊心。"

重新坐下的毛泽东一听又恼火了，十分生气地反驳他："什么？触犯了你们的自尊心？是谁触犯了谁的自尊心？你们提出搞共同舰队，正是触犯了我们的自尊心嘛！我得出一个结论：你们不信任中国，搞联合舰队要搞'合作社'，这是政治问题，这是政治条件。"

赫鲁晓夫哪受过这个憋，忍不住了，也发起火来，把眼睛眯成一条缝，目光被聚光之后凝成犀利的一束，大声抗议："我没有料想到你们会这样粗暴地理解我们。就是因为你们粗暴的理解，我才急忙赶来亲自澄清。"

毛泽东拍了桌子，声调也提高了："谁粗暴？是你派的代表尤金，在北京向我们五次提出要搞共同舰队。当时我们理解，你们就是要搞共同舰队，否则就不给援助。我们说，我们一万年不建设海军也没有关系，你要搞共同舰队我们就不干。我们可以分工，你们去搞核潜艇舰队，我们去打游击。"

赫鲁晓夫明确地说："现代战争条件下，打游击不行！"

毛泽东说："不行也没有办法。你捏住中国人的鼻子，除此之外还有什么办法？"

赫鲁晓夫想了想，建议道："毛泽东同志，我们能不能达成某种协议，让我们的潜水艇在你们的港口加油、修理、短期停泊，等等？"

"不行！"毛泽东断然拒绝，把手从里向外一拂，"我不想再听到这种事！"

"毛泽东同志，大西洋公约组织国家在互相合作和后勤供应方面没有什么麻烦，可是我们这里竟连这样简单的一件事情都达不成协议！"赫鲁晓夫有些愤怒了。

毛泽东反而平静了，甚至慢悠悠地吸起了香烟。他像给赫鲁晓夫上课一样继续讲道："英国人、日本人，还有别的许多外国人已经在我们国土上待了很久，被我们赶走了。赫鲁晓夫同志，我想最后再说一遍，我们再也不想让任何人利用我们的国土来达到他们自己的目的。"

话讲到这一步，赫鲁晓夫不再抱任何希望，缓和一下气氛说："不同意就不同意吧，我们不提这个建议了。"

似乎就此结束，他也不好下台，便又将眉毛耸了耸，暗示和提醒说："我们今后还要打交道吧？怎么打？毛泽东同志，你们为什么要这样误解我们呢？你是知道的，我们苏联对你们中国做出了许多援助，而且正在继续援助。1954年我到这里来，那次你们很热情，因为我把旅大港归还了中国，放弃了在新疆成立的联合股份公司的股份，这比你和斯大林所签协定规定的日期提前了二十五年，而且我们还增加了对你们的经济援助。"

"你是做了好事，可这是另一回事。"毛泽东肯定了赫鲁晓夫做的好事，用柔和的声音将援助和主权问题区分开，礼貌而不失坚定地重复一句，"是另一个问题。"

毛泽东这么一说，凝聚的乌云开始散开了。

中南海游泳池是室外游泳池，阳光照射在清澈透底的池水上，浅水泛青白，深水泛幽蓝。白瓷砖亮得耀眼。池边摆了藤椅，藤桌上有茶水和香烟。藤椅摆放的样式是准备会谈的。

8月1日，毛泽东换了游泳裤，穿一件浴衣，在池边做准备活动，等待着赫鲁晓夫。

刘少奇、周恩来、邓小平等人都来了，他们也将参加今天的会谈。毛、刘、邓都很能抽烟，周恩来基本不抽，偶尔拿支烟摆摆样子。毛泽东显得随便，穿一件浴衣，光脚踩着拖鞋。另外三位领导人都穿着整齐，立在池边，抽烟聊天。

"我们要学点唯物论、辩证法。"毛泽东一边吸烟，一边对环立左右的战友们说，"这里可有学问哩！客观事物复杂着呢，一切都处于运动中，一切都在变化，一成不变的东西是没有的。"

毛泽东在暗示他的战友们：中苏关系也是有可能变化的。

赫鲁晓夫终于到了。双方握手寒暄了几句。他见到毛泽东光着身子穿一件浴衣，赤脚踏一双拖鞋。就这样会谈？是轻视还是亲切？他皱了皱眉。

双方在藤椅上坐下来，开始了第二次会谈。

今天谈国际形势，对形势看法双方还是有一致的地方。可也仍然有矛盾，有争吵。毛泽东、赫鲁晓夫两人的神情一会儿谈笑风生，一会儿又绷紧脸孔，尤其是赫鲁晓夫，时有不加掩饰的愠怒。

"大跃进"、人民公社谈不拢，赫鲁晓夫话锋一转，回到国际关系话题，说："对亚洲，对东南亚，你们比我们清楚。我们对欧洲比较清楚。如果分工，我们只能考虑考虑欧洲的事情，你们可以多考虑考虑亚洲的事情。"

毛泽东与赫鲁晓夫闹上了别扭，几乎没有一件事随声附和赫鲁晓夫，他做个手势说："这样分工不行，各国有各国的实际情况。有的事你们比我们熟悉一些，但各国的事情主要还是靠本国人民去解决，每个国家都有各自的实际情况，别的国家不好去干涉。"

会谈结束，毛泽东请赫鲁晓夫游泳。赫鲁晓夫赶忙走进更衣室。

不一会，赫鲁晓夫也换上了游泳裤头，两人相视而笑，一道入水游泳，互相饶有兴味地欣赏着对方的泳姿，不时发出爽朗的笑声。

赫鲁晓夫游泳水平一般，只能停留在浅水区，游不出什么姿势，只是手脚乱刨，"刨"几下就沉不住气，在工作人员搀扶下爬上岸，套了救生圈才重新下水。

毛泽东喜欢看赫鲁晓夫笨拙的泳姿，看过后不动声色，走到深水区下水，用蛙泳离岸，换了侧泳向浅水区冲击，肩部冲激起朵朵浪花，就像鱼雷一样向前飞进，眨眼间已游近赫鲁晓夫。

"我早就知道你是游泳能手。"赫鲁晓夫伏在救生圈上嘟哝。毛泽东微笑作答，又转身折向深水区。他的侧泳换成仰泳，游到了泳池中间。

毛泽东游得心满意足，而后靠近赫鲁晓夫，不再是官方会谈时的严肃表情，换上了个人交往的比较轻松自由的气氛聊天。

"中国人是最难同化的。"毛泽东望一眼赫鲁晓夫，意味深长地说，"过去有多少个国家想打进中国，到我们中国来。结果呢？那么多打进中国来的人，最后还是都站不住。我们现在有了七亿人，谁想征服中国人，同化中国人，那是不可能的。"

赫鲁晓夫听这段话时面无表情，他听得出毛泽东的话中之话。

聊着聊着，毛泽东的话头又严肃起来："你不必搞什么联合舰队，你只要收回28日的建议，不要跟美国开什么最高会议，这比联合舰队更能对付美国人。我们坚决反对和那些仍然支持台湾的美帝国主义去搞什么最高级会议！"

赫鲁晓夫来北京的三天前，他建议召开美国、英国、法国、印度和苏联的最高级会议，这是迄今为止他要采取直接和西方大国领导人打交道这种方法的最明确的姿态。

"你也不要总想用武力去试探资本主义国家的稳定性。"赫鲁晓夫对毛泽东反唇相讥。

毛泽东把话题拉到台湾问题上来："你既然一贯支持我们解放台湾，那好嘛，我们感谢。台湾是靠美帝国主义支持才站住脚的，对待美帝国主义的态度如何，对中国人民来说是一个原则问题。"

赫鲁晓夫在毛泽东的原则面前又一次皱眉，又一次沉默地抵抗。

游了一会，他们在工作人员的搀扶下，双双爬上岸来，裹上毛巾毯，舒适地斜靠在躺椅上。

赫鲁晓夫说："三天的会谈，头一天不太愉快，有些误会，第二天双方意见基本一致，希望明天意见完全一致。"

毛泽东笑容满面，好像什么事情都没有发生过一样，说："吹过一片乌云，就天晴了。"

■ 做给美国和台湾看

赫鲁晓夫离开游泳池后，毛泽东躺在椅子上对周恩来说："看来，在台湾局势问题上，赫鲁晓夫把自己当作中国的庇护人，他不愿意我们与蒋介石交锋，怕把苏联牵扯进来，从而逐步升级，最终引发苏美之间的军事冲突。"

周恩来说："苏联是指望不上了，所以你没有把准备炮击金门的事情告诉他。"

毛泽东断然说："这是我们自己的事，没有必要请他批准。"

周恩来说："明天还有一轮会谈，把公报搞出来。"

毛泽东笑着说："公报要搞好，不能让赫鲁晓夫白跑一趟嘛。我请他秘密来公开回去，都是做给美国和台湾看的，让他们感觉到中国采取的行动，是经中苏双方协商过的。公报上就不要吵架了。"

8月3日傍晚，中国共产党的主要领导人物都来到颐年堂，参加同赫鲁晓夫的会谈。

毛泽东招呼赫鲁晓夫坐下后说："赫鲁晓夫同志，你是秘密来的，我建议你公开回国，还要搞个公报。"

赫鲁晓夫感到意外："公开回国？还要搞公报？不不！"

毛泽东说："来时冷落你了，走时我们在机场组织一个隆重的欢送仪式，有仪仗队，并通知各国驻华使节。"

赫鲁晓夫不太赞同："昨天已经谈好，怎么来的还怎么走，来华前也是这样商定的，为什么要改变呢？"

毛泽东自顾自地说下去："我本来有三个方案，即公开来公开走，秘密来公开走，秘密来秘密走。而且无论哪个方案，都要搞个公报。"

赫鲁晓夫请求："还是不要公开，以免给敌人提供造谣的借口。"

毛泽东解释："我们建议你秘密来访，是担心敌人利用你不在莫斯科的时候，搞突然袭击。你还是公开回去好，签订公报的一切工作都准备好了。"

赫鲁晓夫勉强地同意："那好吧。"

与赫鲁晓夫第一天会谈后，乌云大致就已经散开了。从8月1日到3日，接连两天的会谈是在相当友好和诚挚的气氛中进行的。

《中华人民共和国外交史（1957—1969）》一书在评价这三天会谈的结果时，也肯定地说，第一天双方"意见基本一致"，第二天和第三天都是"意见完全一致"。毛泽东重新变得谈笑风生，好像什么事情都没有发生过一样。

从7月31日至8月3日，毛泽东与赫鲁晓夫的会谈一共进行了四次，除了第一次会谈是针对"共同舰队"问题外，其余三次会谈大都是毛泽东主动地阐述他对国际局势的看法，并同赫鲁晓夫进行探讨，看来是想借此机会听听赫鲁晓夫的意见,看看自己在决策炮打金门过程中对局势动向的分析是否符合实际。

8月3日,《毛泽东和赫鲁晓夫会谈公报》公布后,外电议论纷纷。美国当局注意到,中苏两国国防部长参加了这次首脑会谈,也注意到《公报》里有这样一段话:"双方就目前国际形势下两国所面临的在亚洲方面和欧洲方面的一系列重大问题充分地交换了意见,并且对于反对侵略和维护和平所应采取的措施达成了完全一致的协议。"

赫鲁晓夫回到莫斯科后,经过苏共中央的研究,致函中共中央,表示愿意帮助我国建设海军,明确表示同意就帮助中国制造核潜艇问题开始具体的商谈。当然,赫鲁晓夫心里还是感到憋屈,觉得受了毛泽东的奚落,结了个很大的疙瘩。而最倒霉的要算是尤金大使了,这件事把他吓得不轻,夹在中间里外不是人,当时就病倒了,后来不得不被抬回莫斯科。

十几年后,赫鲁晓夫在他的回忆录中曾记述了这段交涉,但对事情的来龙去脉已经记忆不清了。不过他说到苏联军方当时想要使用中国沿海港口停泊其在太平洋的潜艇,应该是合乎情理的。当年任苏共中央联络部中国处处长的库里克对这件事的解释,也许更容易让人了解赫鲁晓夫当时提议的背景。

他说:当时苏联没有一种导弹能够从苏联直接打到美国的东海岸,军人们于是就产生了一个想法,想搞一个舰队,通过中国沿海随时进出太平洋,由在中国设立的长波电台指挥,这样就可以向美国实施有效的导弹袭击了。

1962年发生的古巴导弹危机,就是这种想法的重演。据他说,如果1958年同中国搞起了这个联合舰队,赫鲁晓夫就不需要把导弹运到古巴去,因为从中国的沿海就可以打到美国了。问题是当时苏方只想到了如何对付美国,却没有想到中国人对主权的敏感,更没有料到毛泽东的过激反应。

在美国白宫总统办公室,杜勒斯拿着一张英文报纸进来,对艾森豪威尔说:"毛泽东和赫鲁晓夫会谈,发表了公报,参加会谈的有中苏两国的国防部长，值得注意。"

艾森豪威尔说："我已经读过公报，我认为，中共可能对沿海岛屿，甚至对台湾采取某种军事行动。"

杜勒斯说："我也有这种预感。要采取措施，控制局势的进一步恶化。"

艾森豪威尔说："我已经派驻波兰大使参加美中会谈。不过，这已经超过中国政府声明规定的期限十二天，中国政府不会满意的。"

8月6日，美国总统艾森豪威尔得到确切情报，中共想对沿海岛屿再次发起攻击。他很自然地把这一情况同赫鲁晓夫访华联系在一起。也正是在这一天，台湾当局宣布，台、澎、金、马进入紧急备战状态。台湾海峡的紧张局势眼看就要一触即发。

其实，在炮打金门之前，毛泽东跟来访的赫鲁晓夫会谈，并没有告知苏联他要炮打金门，因为毛泽东认为，这纯属中国内政，也有意挑战苏联的老大哥地位，不听它的指挥棒指挥。但是，毛泽东又巧妙地利用了赫鲁晓夫的访华做文章，给美国和蒋介石造成假象，仿佛中国采取军事行动是经中苏协商决定的，美国和台湾当局都要小心一点。

■ 向台湾交底

8月19日黄昏，毛泽东站在北戴河岸边望着大海，精神因高度集中而兴奋起来。他吟哦着曹操"东临碣石，以观沧海"的句子，踱着步，眺望着大海，仿佛在眺望金门。

装了一胸腔大海的澎湃，鼓荡起海潮般的豪情，毛泽东回到住处，伫立窗前，宽阔的胸膛起伏不止。

彭德怀走进来说："主席，你是东临碣石，以思金门呵！"

毛泽东转过身来："呵，彭老总，请坐，我正要找你。"

第15章
第三次台海危机——炮击金门

彭德怀坐下说:"我知道你下决心了,所以主动来请战。"

毛泽东幽默地说:"你钻进我肚子里啦。彭老总啊,你把那么多飞机、大炮开到海边去,我的老朋友蒋委员长会不高兴哩,你这不是要打上人家的山门嘛。人家派出了哼哈二将胡琏和赵家骧来防守,你的先锋是关云长还是鲁智深呀?"

彭德怀说:"总指挥是叶飞,空军是聂凤智,海军是彭德清。"

毛泽东问:"五个空军师第一批转场入闽,进展怎样?"

彭德怀说:"已经顺利转场,由聂凤智为司令员,组成了福州空军指挥部。"

毛泽东说:"这个叶飞,神不知鬼不觉就把数万大军数百门大炮,搬运到了金门的鼻子底下。考虑台湾海峡美国海空军力量的存在,中央军委要为空战规定纪律,不进入公海上空作战;美国飞机不进入大陆领空即不许攻击。"

彭德怀说:"空军飞行员作战十分英勇,空军第十六师飞行员周春富驾米格17型歼击机,在飞行高度比对方低的不利条件下,单机冲入敌阵,击伤其一架,但自己也被击落。周春富跳伞后落入海中。"

毛泽东说:"用电话通知福州军区,一定要救起落水飞行员!"

彭德怀答应:"是!空军入闽二十多天,经数次空战,击落国民党飞机四架,击伤五架,从此福建上空的制空权被我军掌握。老百姓欢呼'我们头上也真正解放了!'"

毛泽东听了很高兴:"好啊!头上脚上都解放,那才叫真正的解放嘛!"

彭德怀继续汇报:"有了空军掩护,地面炮兵部队在未遭受空中袭击的情况下安全顺利地完成了隐蔽集结,三十二个炮兵营都按时到达指定位置。"

毛泽东伸伸胳膊腿,大为兴奋:"噢,万事齐备嘛。"

彭德怀说:"主席,部队情绪高昂,只待你一声令下,立即万炮轰金门。"

毛泽东说:"命令好下啊,告诉你吧,我还在主战主和之间徘徊呢!"

彭德怀笑着说:"你可徘徊不得,我们忙活了几个月,不能白忙活啊!"

在厦门云顶岩前线指挥所,叶飞问福州军区参谋长石一宸:"你审问了几个俘虏,弄清了胡琏指挥部的坑道口在哪里吗?"

石一宸报告说:"从北太武山的主峰向西倾斜五百米的一个山坳口就是。胡琏躲进炮击死角的那个神秘的指挥所,我已经画出了草图。"

叶飞问:"还有什么情况?"

石一宸说:"据俘虏讲,坑道口外面有个篮球场,向前走二三百米有个会议厅,也叫翠谷厅,是金门防守长官的会餐、娱乐场所。他们通常下午5时开饭,饭后,在坑道外散步,或打篮球。"

叶飞又问:"炮击的具体步骤设计好了吗?"

石一宸说得有声有色:"在某天下午的6点半,待金门的'国军兄弟'酒足饭饱出洞散步时,我们给他们加点便餐,头一道菜,6000发炮弹!"

叶飞再问:"第一次炮击就打到胡琏的老窝,你有把握吗?"

石一宸拍胸脯说:"叶政委,到时候,我们的炮要是打不到胡琏的老窝,你找我!"

"好!"叶飞的嘴角线由"下弦月"变成了"上弦月"。

8月20日下午,毛泽东在墙上挂着的台湾海峡军事地图前徘徊。彭德怀领着总参作战部部长王尚荣进来。周恩来、邓小平、林彪、黄克诚、肖劲光、陈锡联、王秉璋、陶勇等早已坐在沙发上。

彭德怀从档案袋里抽出一份材料说:"主席,总参谋部刚刚搞到一份情报,蒋介石鉴于国际形势和海峡形势紧张,最近连续召集谋士幕僚开会,专门研究金门、马祖的撤守问题。不少人劝蒋介石下定决心,撤出金、马,一则避免损失,二则台、澎暴露,可将犹豫不决的美军推入与我直接对抗的第一线。"

毛泽东听了说:"聪明主意!我要是蒋介石,就按这个意见办。占住两个小岛，就能反攻大陆？天大的牛皮！"

彭德怀笑道："可惜蒋介石不是毛泽东，他反复权衡，最后仍决定不惜代价防守金门、马祖到底。"

毛泽东抽口烟说："岛小赌注大，上面住着占他三分之一的十几万军队嘛。好啊，人家的思路理清了，彭老总，说说看，我们该怎么办？"

彭德怀说："他如放弃金、马，我们不妨网开一面，让他撤。现在，他要固守金、马，那么就打吧！真打起来，美国确实是个未知数，但不怕。主席讲过，道义在我方，人心在我方，政治主动在我方，地理优势在我方。还有，大家在朝鲜交过手，互相都摸底嘛。总之，打，有风险，但有利。"

毛泽东笑道："你们主战的有那么多条理由，我这个主和的还有什么话说？我们立即集中力量，对金门国民党军予以突然猛烈的打击。"他的手在空中一挥，指着地图上的金门岛说："不要怕，狠狠地打，把它四面封锁起来。"

彭德怀与王尚荣对视一笑，互相点点头。

王尚荣问："主席是否有登岛作战的考虑？"

毛泽东说："先打三天，无非两种可能，登与不登。好比下棋，我们走一步看一步。"

王尚荣又问："您看炮击时间……"

毛泽东对彭德怀说："哎，这几天没有看到叶飞嘛。叫叶飞过来吧，前线司令官不在，仗如何打？"

王尚荣说："我立即打电话请他来，估计明天就能到。明天是8月21日，再给前线两天准备，炮击时间定在8月23日，正好是个星期六，敌人容易麻痹。可以吗，主席？"

"好嘛，就是你说的这个'八二三'，叶飞一到，就开炮。"

毛泽东说完，三人开怀大笑。

8月23日，是联大紧急会议讨论通过阿拉伯各国要求美国从中东撤军提案的第二天。毛泽东选择这一天炮击金门，是独具匠心的。因为，美国从中东撤军的提案通过后，中东局势将缓和下来，这样，国际关注的热点就会转向台湾地区。毛泽东就是要吸引全世界的眼球。

8月20日晚，毛泽东在寓所弯下腰来，用放大镜仔细研究厦门岛。他今天是要谈炮击金门作战方针的，所以环顾左右一遍，立即直奔主题："我们立即集中力量，对金门国民党军予以突然猛烈的打击。把它封锁起来，经一段时间后，对方可能从金门、马祖撤兵，或困难很大还要挣扎，那时是否考虑登陆作战，视情况而定，走一步，看一步。"

周恩来说："台、美不是有个《共同防御条约》嘛，摸摸这是张什么牌。"

林彪说："上次主席命令炮击金门，已经摸过一次了，已经告诉了美蒋，管你什么条约，我们想打就打，想停就停。"

毛泽东笑道："那就更加大声地再告诉他们一次，让他们把神经绷紧一点！暂时不打马祖，集中火力炮击金门！"

第二天，毛泽东、彭德怀、林彪、王尚荣都坐在沙发上等叶飞。叶飞气喘吁吁地走进，毛泽东站起递给他一杯茶说："赶一身汗，喝口温茶吧。"

叶飞也不客气，接过"咕咚咕咚"就喝了个干净，坐下说："首长都等我多时了，我就汇报炮击金门的准备情况，重点是炮兵的数量、部署和突然猛烈的打法……"

地图摊在地毯上，毛泽东一面听叶飞汇报，一面趴在地毯上看地图，精神非常集中，不时用铅笔做着记号。

毛泽东突然提出："你用这么多的炮打，会不会把美国人打死呢？"

叶飞回答说："哎呀，那是打得到的呵！美军顾问一直配备到国民党部队的营一级嘛，一大堆美国人。"

毛泽东踱着步沉思，林、彭、叶的目光跟随着他的步履。许久，毛泽东又问："能不能避免不打到美国人？"

第15章
第三次台海危机——炮击金门

金门岛附近海面上，美军舰艇及美军士兵在协助国民党军巡逻。（历史图片）

叶飞回答得很干脆："主席，那无法避免！炮弹不长眼睛。"

毛泽东听后，再也不问其他问题，也不作什么指示，就宣布："今天就到这吧。"他对叶飞说："你也够辛苦了，先到住处休息一下，养养精神。"

走出院外，叶飞问王尚荣："我急急飞来，主席没下指示呀！"

王尚荣安慰说："主席要进一步考虑嘛，事关重大啊！"

晚饭后，王尚荣拿了一张条子到叶飞的房间给他说："这是林彪同志写给主席的。"

叶飞念着条子："主席：您很重视能否打到美国人的问题，是否可以通过在华沙同美国谈判的王炳南给美国透露一点消息？"

叶飞念完吃惊地问："告诉美国人不就等于告诉了台湾吗？这样一来，突然猛袭的打法就难于达到预期效果。主席把这信交我，有没有什么交代？是不是要我表态？"

王尚荣说："主席没说什么，只说拿给你看。"

"噢，我明白了。"叶飞又看了一遍林彪的条子，就搁在一边了。

晚上，叶飞躺在床上辗转反侧，怎么也睡不着，反复念叨："又要开炮，又不能打到美国人，这怎么办？"

他索性下床，掀开窗帘，望过去看到毛泽东房间的灯还亮着，望着那灯光，他心情才安定下来，慢悠悠地抽起了烟。

第二天，继续开会。毛泽东一上来就指着叶飞说："叶飞，那好，就照你拟订的计划打！"

叶飞赶紧问："炮击时间呢？"

毛泽东说："23日17点30分！"

"是！主席，我马上发电，然后回福州去。"叶飞说着想起纸条的事，看了林彪一眼，林彪没有吭声。

毛泽东说："你不必回福州了，就留在北戴河指挥作战，有什么事我们也好及时研究。"

叶飞："是，主席。"

毛泽东想了想又说："你干脆跟彭老总一起住吧。"

叶飞没作声，只是望着毛泽东不解地点了点头。

毛泽东轻松地说："你们指挥去吧，我要跟一位神秘的海外记者聊聊天。"

蒋介石很喜欢金门岛，据说是因为金门的桃花开得早，空气也很清新，拿望远镜还能眺望他久违的大陆。他儿子蒋经国也喜欢金门。父子俩经常从台北飞到金门去办公。

蒋介石对国际形势的变化很是敏感，对大陆军队在福建沿海的集结也有所察觉。8月6日，台湾"国防部"宣布海峡形势紧张，军队进入紧急戒备状态，所有官兵停止休假，非军事人员不得再进入金门等"外岛地区"。蒋介石也派"国防会议"副秘书长蒋经国到金门、马祖、高登、白犬等各岛，传达他的紧急备战命令，要求守备部队"加强工事，储备粮食燃料，尤其重要的是加强炮兵阵地，并将弹药移藏地下仓库"。

第 15 章
第三次台海危机——炮击金门

自国民党军撤出大陈岛以后,金门等小岛便成了其最接近大陆的地区,其象征意义很大。金门等岛屿既是进攻大陆、完成"反攻复国"使命的最前沿阵地,又是防止大陆"解放台湾"的第一道屏障。它维系着一个"反攻复国"的神话梦想。

蒋介石一直很重视金门的防务,在全面炮战的前夕,海峡上空已是战云密布,千钧一发。8月19日深夜,蒋介石由蒋经国陪同,乘军舰秘密驶过台湾海峡巡视马祖,20日深夜又抵金门。那个时候,毛泽东在北戴河已经决策炮击金门,只是蒋介石不知道罢了。国民党方面的人写书,说解放军向金门猛烈开炮,就是因为知道蒋介石父子在金门,但是情报弄得不准,打炮时,蒋氏父子已经离开金门。这大概是想当然的猜测,炮击金门绝不是为了要打死蒋氏父子,那是有极为复杂的政治、军事、外交原因的,其中还有帮助蒋氏父子跟美国闹独立的因素。

在金门岛上,蒋介石一身戎装,戴着军帽,将手杖挂在臂间,在"国防部长"俞大维和金门守军司令胡琏、副司令赵家骧、吉星文、章杰飞陪同下,视察金门。

胡琏拿着一套衣服说:"总统,这里太热,请换上短袖绸衫,戴上遮阳帽吧?"

讲究军容风纪的蒋介石断然说:"不!"

胡琏只好将衣服交给部下,自己恭敬地去搀扶蒋介石。蒋介石不愿意在部属面前显出老态,立刻站定,厉声拒绝说:"你若要扶,我就不走了!"左右只得知趣后退。七十多岁的他挂着拐杖缓慢前行,明显有些吃力,汗流浃背,濡湿军衣,气喘吁吁。他不时接过副官小翁递上的湿毛巾,揩一把汗,喘一口气,继续顽强地向前走去。

蒋介石硬撑着冒着炎热,精神抖擞地走进卫生连,用戴着白手套的手四处摸了摸,看有无灰尘。军官们紧张地看着他,怕他发作。

蒋介石又来到金门岛"毋忘在莒"的石碑前。他站在他题字的石碑前,慷慨激昂地鼓劲打气。环绕着他的除俞大维、胡琏、吉星文、章杰飞等人外，还有几个团长。

蒋介石利用老故事做动员：最近金、马前线官兵，效法两千两百年前田单在莒县和即墨的事迹，纠合军民，忍辱负重，牺牲奋斗，最后终于驱逐了敌人，恢复了齐国的精神，全岛军民发起了"毋忘在莒"运动。我为了勉励前线军民，雪耻复国，亲自题写了这四个字"毋忘在莒"！大家要以这种精神守住金门，守住台湾！

"毋忘在莒！毋忘在莒！"在场的官兵跟着举手呼喊一阵。

蒋介石满意地咧着嘴笑了。

黄昏，车队来到最后一站，在北太武山的炮兵阵地停下来，蒋介石把望远镜瞄向只有一步之遥的大陆海岸线。

翁副官搬来一把藤椅，蒋介石执拗地坚决不坐，双手重叠按住手杖，长时间静默伫立。两颗泪珠从他眼里滑落，夕阳在他脸颊上反射出摇晃的光斑。

看了一会，他无限感慨地说："我们实在对不起大陆的同胞啊！直到现在还不能将他们从共产暴政下拯救出来。"

他语毕，突然后面将校中有几位因受感动而流泪，发出嘤嘤的啜泣。

蒋介石声调喑哑地下令："开炮！给我开炮！"

一排炮弹漫无目标地打到彼岸的荒山秃岭间，扬起一阵烟尘。

蒋介石解气似的在藤椅上坐下，翁副官递上随身携带的白开水，他润润嗓子，喝下几口。

他又走到炮兵观察哨前，眼对着观察镜，瞭望着对岸的厦门，从左到右，从右到左，看了又看。

他离开观察镜，感慨说："金门呀金门，这是唯一一个可以让我亲眼看到厦门和大陆山河的地方了！"

胡琏表态说："总统放心，我们会守住这金色之门的！"

第15章
第三次台海危机——炮击金门

下午5时半,蒋介石站在草坪上,要对陪同的军官和拥上的老兵训话。卫兵找来一段木头台阶,蒋介石便站了上去,使他比受训的人高出了一头,这才像统帅嘛。

蒋介石动情地说,退出大陆已九年,从民国三十七年开始失败,则已十年。十年来受耻忍辱,含辛茹苦,日日盼望反攻复国。越王勾践十年生聚十年教训,现在时代不同,十年已不算少。我们再不打胜仗,有何面目见世人?

胡琏又忙表态:"我们一定誓死保卫金门,请总统放心!"

蒋介石喝了口水,又说:"我只强调三点:第一,大家要决心与阵地共存亡,亦即与国家共存亡。而此次金、马作战应负责开反攻复国胜利之基础;第二,敌人两个月内一定要来攻我们,故时刻刻要准备防御敌之来攻,两个月内敌如不来,则我们也要打敌人,要反攻复国;第三,各级务要服从命令,严守纪律,贯彻到底,不可放纵。"

一老兵大胆问道:"总统,您老人家什么时候带领我们打回去呀?"

蒋介石闪烁其词答道:"现在形势与当年不同了,大家知道越王勾践卧薪尝胆,十年奋斗,才报仇复国。今天我们要反攻复国,也要长期的艰苦奋斗。"

老兵忍不住了:"难道遥遥无期了吗?"

蒋介石只好又开空头支票:"你不要急。我们要在一年之内,完成反攻复国的准备,至迟一年以后,必能反攻大陆。"

老兵把空头支票当了真,感动得顿时大哭:"总统,这么说,我这辈子还能再见老母一面啊!"

在场官兵均唏嘘感叹,有的军官还振臂高呼:"光复大陆必成!""蒋总统万岁!"

后来,蒋介石召集了军事会议,"指示机宜"。他说:"任何事情都可能发生。你们必须戒备攻击。一旦发生攻击,我们将击退他们。一旦他们受挫,他们内部将发生各种困难,并将发生革命。所以你们必须准备坚守到底。"

傍晚,在金门岛守军小型餐厅的小型晚餐席上,蒋介石慢悠悠地用毛巾擦着手,叫大家先吃,他只拣几个素菜伸伸筷子,不要酒,也不吃肉。

他吃完半碗饭,擦完嘴,又开始布置战术。他对第一桌的"国防部长"俞大维和守军司令胡琏、副司令赵家骧、吉星文、章杰飞等说:"金门四面环海,敌四面可来,再加以空中威胁,指挥第一要紧的是作战纪律,只许看海面,不许看上空,此即我人之精神锻炼。"

胡琏说:"是是!全军谨遵总统教诲。"

蒋介石又说:"金马每一主官,必须确保核心据点,与核心工事共存亡,核心工事即是死所。"

胡琏又"是是"。

晚饭后,蒋介石来到专机前,与送行军官一一握别,最后与胡琏握手。胡琏抓住机会说:"总统,我已准备就绪,只要您一声令下,立刻就能渡海反攻!"

蒋介石伸出手来摇了摇,莫测高深地说:"伯玉,你牢牢守住金门,便是对党国尽忠了!平时可以向那边打打炮,让毛泽东心烦就行了。要是毛泽东真的来打金门,那是天大的好事,我最欢迎。拜托你了!"

胡琏听得一头雾水,虽不明所以,也不住点头。

蒋介石估计"敌人两个月必来攻我们",显然情报太不准,推测也离谱。

这时,在北戴河王尚荣住处,王尚荣正给福建前线打电话:"张翼翔副司令吗?我是王尚荣,中央已经决定,炮击金门按计划实施!对,具体时间由总参作战部传达中央军委的命令。炮击目标,首要任务是打掉蒋军雷达,第一次炮击,海岸炮0.4个基数,其他炮队5个基数,预计二万五千发……"

晚饭后,叶飞散步回来,王尚荣走过来问他:"老兄,主席不是叫你跟彭老总住一起吗?"

第15章
第三次台海危机——炮击金门

叶飞为难地说:"我怎好跟老总住一起呢?不方便。彭老总也没派参谋来叫我嘛。"

王尚荣说:"我替你想个办法,把专线电话架到你房间里。"

叶飞高兴地说:"这样好,前线直接同我通话,我通过你转报主席。可彭老总那里怎么报告呢?"

王尚荣说:"你别管了,这事由我办。"

初夜,王尚荣正在看地图,彭德怀走进来说:"领海线内容有些条款写得不够清楚,需推迟两天公布,这与炮击金门无关。"

王尚荣马上追问:"彭老总,那炮击时间是不是还按原计划在17点30分呀?"

彭德怀说:"这个问题不是已经决定了?怎么还问?"

王尚荣认真地说:"不问怎么行呢?原先的大方针是先对外公布领海线,然后再炮击嘛!"

彭德怀果断地说:"炮击时间不变!使用炮弹数一万至一万五千,也可以少于一万发,不要机械规定死了。"

深夜,王尚荣走进已经躺下的叶飞的房间,将彭德怀的意见告诉他。叶飞说:"毛主席开始考虑先打几百发,由小而大。我向毛主席说明,先给敌人一个突然袭击,最好由大而小。毛主席同意了,先打10000发。领海线问题我已知道,先打后公布。"

北戴河毛泽东别墅,毛泽东邀来章士钊,热情招呼他坐下后说:"行老,到了北戴河,有没有游水?"

章士钊说:"我不善此道,下海就呛水。不像主席能'胜似闲庭信步'。"

毛泽东笑了:"我喜欢搅搅风浪。我请你来,是想请你给蒋介石写封信。"

章士钊有点惊讶:"你正要打他呢,写什么呢?"

毛泽东伸出四个指头说:"四个字:联蒋抗美!"

章士钊不解:"联蒋抗美?"

毛泽东说:"马上就要万炮轰金门了,事先告诉他,让他心中有个数。与其台湾让美国占了去,不如交给蒋介石看管,炮轰金门既是警告他,也是帮助他。"

章士钊思考着说:"打他就是帮助他?主席太高明了!"

毛泽东郑重叮嘱:"这可是高级机密,只可你知道,蒋介石知道。"

送走章士钊后,毛泽东第二次接见秘密来访的曹聚仁,并与他共进午餐。

"嘿,30年代上海影坛的掌故多啦,三天三夜也讲不完!"曹聚仁书生本色,在毛泽东面前,大谈30年代上海影坛的逸闻和掌故。他就不避讳江青正是故事中人。

毛泽东边听边笑:"曹先生对30年代上海影坛逸闻了解不少啊,许多有趣的事,我还是头一次听说。"

曹聚仁纳闷:"江青女士没跟你讲?她知道的应该比我多呀。"

毛泽东显然不愿接此话题,转换话题道:"曹先生,给你透露一个秘密,人民解放军明天就要炮击金门了。"

曹聚仁惊讶地:"是真的吗?两岸又要起战火?"

毛泽东庄重地点点头,说:"是惩戒性的,美帝国主义和蒋介石都太猖狂了,教训教训!"

曹聚仁喜形于色:"明白!谢谢主席的午餐,我告辞了!"

"热闹了,你快回到香港去收集海外对金门炮战的反映。"毛泽东说完送曹聚仁出去,站在门口向他招手。

8月22日,嗅觉敏锐的俞大维跑到"总统府"对蒋介石说:"总统,我要再去金门巡视,我总感觉共军近期要打金门。"

蒋介石说:"我刚视察过金门,共军是先打马祖,还是先打金门,你跟参谋总部的意见相左，参谋总部坚持要我派一师海军陆战队增援马祖。"

俞大维说："不要派，三星期内，共军必打金门！我还是再去金门看看吧。"

蒋介石满脸狐疑，但也没有阻拦。

天气晴朗，太阳西斜，万顷蔚蓝的海面波平浪静，海鸥飞翔，姿势优美，海空的能见度极佳。

俞大维来到当年大败解放军的古宁头阵地，举着望远镜追逐翩翩远去的海鸥，厦门、鼓浪屿历历在目。

书生出身的俞大维不由得涌起满腔豪情，激昂地对随陪将军胡琏、赵家骧等说："只要当面共军有集中蠢动迹象，我们一定可以制敌于彼岸，击敌于半途，摧敌于滩头，歼敌于阵地，就像当年古宁头战役大捷一样，再让共军吓破一次胆。"

陪同的将军们诺诺称是。

北戴河毛泽东别墅，8月22日下午5时半，毛泽东在寓所拿起电话："叶飞吗？"

叶飞寓所，叶飞拿着红机电话："是是，明天开炮，是，就下命令准备……"

叶飞放下红机电话，又拿起直通福建前线的专线电话，兴奋地喊道："接云顶岩前线指挥所……"

厦门云顶岩前线指挥所，这是一座三面可以瞭望的钢筋混凝土巨型观察所，在指挥员周围摆了十几部电话机，有几位参谋在接电话。

在指挥部负责具体指挥的石一宸拿着电话下令："命令炮兵卸下炮衣，擦拭炮弹，摇起炮身，装定好射击诸元，等待开炮命令！"

8月23日早晨，新加坡《南洋商报》早晨版报道了"金门即将炮战"的消息。

在新加坡街头，人们抢购晨报，拿到手读了那则耸人听闻的消息，都疑信参半。

一读者嚷嚷："造谣，怎么可能呢！"

另一读者则开骂："一家远隔北京千万里的小报，能抢到这样的新闻，见鬼！"

23日早晨，厦门前线炮兵阵地。风和日丽，阳光普照，波澜不惊，一片宁静平和。除了当事人，谁也不会想到在这宁静中酝酿着大爆发。

在到处张贴"解放台湾"标语和怒斥蒋军漫画，以及解放军官兵决心书的炮兵阵地上，炮手们都已到位，装弹手捧着擦得闪闪发亮、写有炮手们誓言的炮弹；电话员把耳机紧贴着耳朵；指挥员紧握着电话机不敢松手……

几千门大炮的射击诸元早已标定完毕。

23日早晨，在北戴河叶飞住处，叶飞对着电话机喊："战斗就要打响了！"

在厦门前线指挥所，领导成员福州军区副司令张翼翔、副政委刘培善、空军指挥所司令员聂凤智、海军指挥所司令员彭德清、福州军区参谋长石一宸等人都在听着叶飞的电话指示，张翼翔拿着话机重复叶飞的话。

在北戴河叶飞住处，叶飞对着话机强调说："这次封锁金门之战，是一场以军事手段导演的政治战和外交战，总导演是毛主席。什么时候打，打多少炮弹，什么时候停，以及战区的范围，打击的主要目标，等等，都由毛主席亲自确定。我们每个指战员，特别是我们指挥员，都要服从命令，听从指挥。谁要是违反了，不管何人，都要追查到底，严肃处理！"

厦门前线指挥所的气氛显得十分严肃、紧张。

张翼翔重复叶飞的电话指示："由石一宸参谋长在云顶岩负责具体指挥。"

石一宸站起响亮回答："是！"

张翼翔说："你直接与总参谋部的作战部长王尚荣保持电话联系，他是直接与毛主席联系的。"

石一宸："是！"

石一宸接受任务后，给北京总参王尚荣打电话："报告总参谋部，部队一切准备就绪，只待命令一下，就可以执行任务了！"

北戴河总参临时作战室，王尚荣对着电话说："石副参谋长，彭总嘱咐，炮击时要抓住目标打，不要乱打，以免效果不好，造成浪费，敌人还会笑话我们。对水面目标主要打舰艇，好好地打它几只；对地面也要打其主要的目标……炮击时间还要等待中央军委的最后一道命令，没有命令不准行动！"

厦门前线十分紧张，北戴河和金门岛却是十分平静。

到了23日的下午，周恩来拿着报纸走进毛泽东住处，有点生气地说："曹聚仁化名郭宗羲，在《南洋商报》发表消息，泄露了炮击金门天机。"

毛泽东倒很开心，笑着说："我们事先让这位大记者知道，也要准备他第二天写成新闻去发表。今天，台湾即使知道了，也不一定信以为真，就是信以为真，要做防备工作也来不及了。"

周恩来仍对曹聚仁有微词，说："主席和我在炮轰金门前夕接见他，并不是要他到报纸上去发消息，而是要他直接传递给蒋经国。"

毛泽东体谅地说："已经达到对金门炮战向台湾交底的目的，乐得送个顺水人情给曹聚仁。让我们的大记者更出名也好嘛。"

周恩来也谅解了："这个消息告诉了台湾，我们的重大举动是光明磊落的，已事先通报，勿怪言之不预。"

■ 文戏武唱——"八二三"炮战

23日下午，在金门岛北太武山地下司令部里，金门岛守军司令胡琏对来视察的"国防部长"俞大维报告说："根据刚才情报部门的报告，我前沿阵地日夜观察，没有发现共军有任何调动兵力的迹象。"

俞大维说:"不是说共军近期要袭击我军吗?《南洋商报》一条消息说得更具体,说是近日呢。"

胡琏一身轻松说:"那纯属谣传,不能轻信,不必把自己的神经搞得过分紧张。"

俞大维说:"那就好,不过我还是相信我的预感。我参加你们的周末聚餐吧,听说很热闹。"

胡琏说:"热闹。到时间了,请!"

云顶岩是厦门岛内诸山峰的第一高峰,可俯视金门北太武山。

23日下午,石一宸用望远镜扫视一下对岸的北太武山,握着电话机不敢撒手。下午2时,他就开始说:"王部长,我握着电话不敢撒手啊!"

在北戴河,手拿电话机的王尚荣笑说:"一样,我也握紧电话机不敢撒手!"

石一宸问:"毛主席17时30分开炮的命令下来了没有?"

王尚荣干脆地回答:"没有!"

石一宸有点着急:"还没有?"

王尚荣说:"不过我可以告诉你,彭总午后在你们福建前指的电报上批了'我同意按福建前指意见,按时炮击。估计美军不会参加'。毛主席看了彭总批示,批了'同意',转给了周总理。你们就按计划准备吧!"

下午4时,着急的石一宸握着电话又问:"17时30分开炮的命令下来了没有哇?"

王尚荣响亮地回答:"没有!"

这天下午,金门岛的天气十分好,太阳刚要落下海面,溅起万道金光,晚霞辉耀得碧蓝海水发出灿灿红光。

金门北太武山的山谷入口处,竖立着一块石碑,镌刻"翠谷"二字。国民党军金门防卫司令部正举行周末聚餐,官兵们大快朵颐,吃得津津有味。

夕阳已下斜,从金门太武山往西看,浮光余晖有点眩目刺眼,海边风平浪静，正是黄昏游乐的大好时光。

聚餐散席后，官兵们漫步离去。到处是入浴、打球、游玩的士兵，既闲散又充满活力。

金门防卫司令胡琏陪同俞大维徒步走回翠谷地下司令部，边走边聊，意态闲适，潇洒自在。赵家骧、吉星文、章杰飞三位副司令官站在翠湖岸边的桥头上聊得热烈。

胡琏指着周围说："我及各位副司令、参谋长的办公室与宿舍，修建在谷地两侧山麓。"

俞大维搭着胡琏的肩膀，望着岛上工事得意地说："一次，我陪同美国协防司令殷格索视察金门后，我笑问他：假如你是共产党，你计划怎样来攻这个岛？"

胡琏感兴趣地问："他怎么回答？"

俞大维转述："他说，我考虑的结果是不攻了。"

胡琏大笑："明智嘛，哈哈哈……"

俞大维指着翠谷问："胡司令，金门防卫司令部所在的太武门翠谷，是不是绝对安全？"

胡琏得意地说："绝对！经炮火专家测量计算，金防营区都在解放军设在东北方位的围头炮位的射击死角之内，炮弹是落不到这里的，除非它会拐弯。"

俞大维却提醒："三天前，我陪总统来视察，他批评说，你们司令部的办公、宿舍区多沿着狭窄的北太武山谷地两侧建筑，空间太小，又过于密集，一旦遭受敌炮奇袭，会造成严重损失，而且指挥上也不便利。"

胡琏说："我准备将司令部转移到南坑道。"

俞大维："越快越好！"

胡琏："来得及，共军这几天打不了炮。"

俞大维："我有预感，三星期内，共军必打金门！"

"是吗？"胡琏将信将疑地望着他。

厦门云顶岩前线指挥所却没有那么闲适。下午5时，按捺不住的石一宸又打电话问："王部长，毛主席开炮的命令下达了没有哇？在第一线的指挥员老催问我呢！"

王尚荣急了，大声说："老石，我比你还急，命令一来，我马上告诉你！"

墙壁上挂钟的秒针"嘀嘀嗒嗒"响，在石一宸听起来，它走得比平日缓慢多了，感觉上好像停摆不走了。

17时20分，石一宸再次打电话问："王部长，现在已是17时20分，开炮的命令下来了吗？"

这下有戏了！王尚荣拿着电话兴奋地说："毛主席命令，17时30分开炮！"

石一宸目不转睛地看着手表，到了17时30分，他兴奋地对着电话机大声命令："开炮！开炮！！开炮！！！"

于是乎，厦门前线炮兵阵地上，一串串红色信号弹飞蹿升空，各个联合炮群、各种口径的火炮在同一时间，从不同方位突然怒吼起来！炮兵阵地上立刻闪现出一簇簇、一朵朵白色的爆烟和橘红色的蔽天火光。

随着震耳欲聋的尖啸，刹那间山崩地裂，地动山摇。

石一宸下令开炮的前夕，在金门岛北太武山翠谷，胡琏仍悠然自得地跟俞大维对话："那就是说，金门固若金汤！"

俞大维、胡琏哈哈大笑，感染得赵、吉、章三位副司令也莫名其妙跟着大笑。

胡琏说："俞部长，我们进坑道指挥部吧。"

"等一等。"俞大维拉他在平地上坐下说，"我还有事跟你讲。"

胡琏刚坐下，便看见对面山坡有白色烟柱一阵一阵炸开，接着是沉闷震耳的爆炸声，像满天鞭炮响。

俞大维大惊，诧异问："那是我们在处理废弹吗？"

第15章
第三次台海危机——炮击金门

胡琏回答："不是！"

俞大维恍然大悟："伯玉，那就是共军打炮呀！"

"打……"胡琏话未说完，随着一串串红色信号弹升起，从西边厦门炮兵群、北边莲河炮兵群与东北边莲河炮兵群，发出阵阵嘶啸声音，掠过太武山头，一群群"黑老鸦"驰落翠谷。

胡琏叫声："不好！"撒腿就跑。

赵、吉、章跟着连叫："不好，不好！"也撒腿快跑。

地震？还在疑惑的俞大维没有跑，机警地立即趴在地下，但已是血流满面。

山摇地动，爆炸声不断，整个翠谷烟雾弥漫，弹片纷飞，硝烟冲鼻，翠湖亭塌了，小桥断了，公路上出现雨点般的炮弹坑，比麻子脸还难看。

解放军各炮兵分群的炮火从北、西、南三个方向，撒火网似的完全覆盖了金门诸岛。金门沉浸在浓烟大雾之中，海天都不见了。

趴在地下的俞大维被炸伤多处，血流如注，被附近一个军官拉入路边山石下躲避。胡琏猛跑回来，侥幸躲过炮弹片，跑到俞大维面前扶起他跑向司令部掩体。

在桥头谈天的赵家骧、吉星文、章杰飞三位副司令，于第一群炮弹落地爆炸时被炸死，血肉横飞。

横祸突然从天而降。岛上国民党军官兵毫无戒备，好些人晚饭后在滩头纳凉，爆炸声中纷纷慌忙逃入掩蔽部。

炮弹碎片啸叫着追逐四下狂奔夺路而逃的人群，有的着了弹片尖叫倒下，到处都是死尸、伤员和鲜血。翠谷刹那成了死亡之谷、恐怖之谷。

在翠谷地下室电台室，电台人员在紧急呼叫："共军的炮弹像下大雨一样，下大雨一样呀！我们被打得没有一点办法，赶快增援啊！"

在厦门云顶岩前线指挥所，张翼翔兴奋地举着电话对北戴河的王尚荣喊叫："王部长，你看不到这里的奇异景象，就听一听吧，太过瘾了！"他兴奋不已地把受话器对着瞭望孔,让北戴河统帅部的人听炮响。

厦门前线炮兵阵地,烟尘弥漫的阵地上,指挥员手中的旗子不停地挥舞,炮弹出口的火光不断闪烁,填弹手们穿着单军衣,卷起袖口,累得满头大汗地装填炮弹,只要炮弹壳一弹跳出来,新的炮弹就填进去了,"轰"的一声,炮弹又飞了出去。

在猛烈的炮火攻击下,金门岛海滩笼罩在火光烟雾之中。(历史图片)

电话机里响亮地传出指挥部的命令:各炮阵地注意!各炮阵地注意!炮火延伸,集中打金门岛料罗湾蒋军补给船和机场。

在金门岛翠谷地下电台室,电台人员惊恐万状,用明码在语无伦次地惊呼:共军的炮火像冰雹一样,对……冰雹!满山遍野,防不胜防呀!他们打得太厉害了!天塌地陷、天昏地暗……

"炮兵还击……还击!"胡琏跑回地下室司令部立即拿起电话下令炮兵还击,但电话已经不通。他拿起多部电话机叫喊"接炮兵阵地……接炮兵阵地……"但没有一部有声音。

"啪啪啪……",他发疯般砸电话机。

地下室一角,医务人员在微弱的灯光下给俞大维包扎伤口。

第15章
第三次台海危机——炮击金门

胡琏突然想起问："俞部长，刚才你说等一等，有事对我讲，是什么急事？"

俞大维痛得龇牙咧嘴说："该谈的都谈过了，哪里还有什么事！"

胡琏道："那你为什么叫我等一等？"

俞大维百思不得其解："也许，这就是命运的安排吧，你还不该死。我叫你等一等，就避免了我俩被炮弹炸死的危险。"

在当天的第一波炮击中，金门等岛国民党军阵地共遭到四万一千余发炮弹的密集轰击。这是海峡两岸的军队自1954年"九三炮战"以后最激烈的军事接触（"九三炮战"时大陆方面仅发射了六千余发炮弹），也创下了第二次世界大战以来炮弹密集的最高纪录。

午夜，厦门云顶岩前指。石一宸拿着电话向北戴河王尚荣报告炮击结果："从敌方获悉，大担、二担蒋军伤亡七十人；小金门敌伤亡惨重，但具体数字不详；大金门敌军一片混乱，伤亡数字目前尚不清楚，美军顾问团二十多人下落不明……什么？我军伤亡？总伤亡十人，都是原阵地上的炮兵。现在海军的快艇正在准备截击国民党'国防部长'俞大维的军舰；空军也做好了出击准备……"

北戴河总参作战室，王尚荣对着电话兴奋地说："总部同意出动快艇，你们不要被动，对有利的目标可以主动打击。"

炮击金门成功，在北戴河的毛泽东很高兴，他披着睡衣从卧室出来。卫士迎上去说："主席，您晚上睡得可香了，鼾声雷动！"

毛泽东笑道："你是不是听错了，你听的是炮声吧？"

卫士说："这里哪有炮声？是鼾声！"

毛泽东说："你听是鼾声，我听是炮声，睡了个安稳觉啊！"

北戴河彭德怀住所，叶飞走进来报告："彭老总，主席同意我飞回福建前线。"

彭德怀说："那好啊，直接指挥，多过瘾！"

叶飞忍不住问彭德怀："老总，主席是不是决定攻打金门了？"

彭德怀豪爽地笑道："老兄着急啦？想上金门岛了？不是早就告诉你了，主席说是先把金门岛封锁起来，是否登陆作战视情况而定，走一步，看一步。先打三天，走出第一步，看看台湾当局的动态后，再决定下一步。老兄赶快回去打炮吧，连我都手痒了，你再不走，我就捷足先登啦，哈哈！"

台湾阳明山官邸，蒋介石正襟坐在藤椅上，皱着眉头翻看着毛泽东的《中国革命战争的战略问题》。

蒋经国走进来，见状问："阿爸，这个毛泽东正往金门打炮呢，打得很凶！这是前线电报。"

蒋介石紧皱眉头，还没有反应过来，一时有些慌：打得凶？转而一想，又突然眉头舒展，嘴角露出淡淡笑意："好！好！好！他打炮好。"

蒋经国一愣："阿爸，怎么会好呢？'国防部长'被打伤，三个副司令被打死啦！两个美军顾问也死于炮火。"

蒋介石恍若没听见："这个毛泽东诡计多端，怎么突然打起炮来呢？他肯定在玩什么花招。"

蒋经国问："找到答案了吗？"

蒋介石两眼炯炯放亮，兴奋地说："不管毛泽东什么目的，他这时打炮是帮我。我们要大力宣传共匪炮击金门是进攻台湾的前奏，美国要我们撤出金、马，岂不是要我们自动敞开台湾门户吗？共产党的炮声能叫他们闭嘴，让杜勒斯的'托管台湾'见鬼去吧！"

蒋介石是政治家，他看待军事问题带着政治眼光，因此是独到的，也能与毛泽东心有灵犀一点通。

蒋经国一点自明："还是父亲高明，这可用作抵制美国的一张牌。奇怪的是，曹聚仁在打炮的前一天，就在新加坡报纸上透露了。"

"这里头有文章啊！"蒋介石说完问，"给艾森豪威尔总统的紧急求援电报发了吗？"

第15章
第三次台海危机——炮击金门

蒋经国回答："发出去了！"

蒋介石又说："再以我的名义给他一封信，就说我们再一次希望美国显示出正义和力量，坚决制止毛泽东的挑衅和入侵。告诉陈诚，总统府和政府部门准备搬家，统统搬到乡下去！小心为上。"

蒋经国响亮回答："是！"

夜晚，金门岛机场，一架C-46型运输机待飞台北。没有一盏灯的机场，跑道反射着清冷凄惨的月光，黑暗和沉寂更加凸显沮丧消沉的气氛。

只有一人登机，一人送行，一件随行物品。

送行的是金防司令长官胡琏，登机的是头缠绷带的台湾"国防部长"俞大维。随行物品是一具棺木，盛殓着金防副司令赵家骧的尸体。

胡琏凄然说："俞部长，先把赵家骧副司令的英魂带回去吧，吉星文和章杰飞副司令来不及了，以后再运回去。"

俞大维说："还是你命大，共军的大炮很明显是瞄着你来的。"

胡琏心有余悸说："共军的大炮打得十分准确，不知他们的大炮为什么会拐弯，否则落不到翠谷。好在他们打早了五分钟，要是晚五分钟，我必死无疑。你别夸我命大了，好在你拉我'等一等'，要不早被炮火闷死在坑道了。"

俞大维感激地说："我也好在你机灵，跑回来扶我，捡了一条命。"

胡琏说："客气话不说了，拜托部长回到台湾向老头子多要点钱，多要点大炮。"

同一夜晚，在中南海菊香书屋，周恩来对毛泽东说："据可靠情报说，蒋介石得到我们炮击金门的消息后，连说三个'好好好'。"

毛泽东笑了："我们的这个老对手是精明的，炮声一响，他又可以向美国主子讨价还价了。"

周恩来说："他跟美国讨价还价，对我们也没有坏处。"

毛泽东说："有好处，就是要打得他跟美国讨价还价。"

■ 世界各方纷纷出牌

毛泽东通过炮击金门这种独特方式，一方面沉重地打击了国民党军队的嚣张气焰，另一方面巧妙地把台湾问题醒目突出地摆到全世界面前，表明了中国人民一定要解决台湾问题的决心和立场。

23日晚上，毛泽东在北戴河住所召集政治局常委会，说："今天开炮，时机选择得当。联合国大会三天前通过决议，要求美、英军队退出黎巴嫩和约旦。美国人霸占我国台湾更显得无理。我们的要求是美军从台湾撤退，蒋军从金门、马祖撤退。你不撤我就打。"

周恩来说："我们正在密切注视着美国、台湾当局的反应，积极搜集这方面的情报。"

毛泽东又说："这次炮轰金门，老实说是为了支援阿拉伯人民，就是要整美国人一下。美国欺负我们多年，有机会为什么不整它一下？美国人在中东烧了一把火，我们在远东烧一把火，看他怎么办？现在我们要观察各方面的反应，首先是美国的反应，再确定下一步行动。"

彭德怀说："炸死两名美军顾问，美国却没有吭声。"

毛泽东说："他不敢吭声，只好哑巴吃黄连喽。"

第二天，在北戴河住处看着《大参考》的毛泽东，突然对他的负责国际问题的秘书林克说："向金门打炮，也不是为了解放台湾，而是蒋介石希望我们打炮。"

林秘书不解："蒋介石还希望我们向他开炮？"

毛泽东说："我们一开炮，他就有了借口，大肆嚷嚷，可以抵抗美国要他放弃金、马和同意'台湾托管'的压力了。"

林秘书问："蒋介石不是卖国贼吗？"

毛泽东说："蒋介石虽然也卖国，但这个人与汪精卫还有一点点不同，他有爱国的一面。我们对他既要打，又要拉。"

第15章
第三次台海危机——炮击金门

卖国是以前的事了，退居台湾的蒋介石是个爱国主义者，出于民族大义，他反对美国分离台湾，始终坚持"一个中国"，与美国存在着本质上的分歧。但另一方面，为了反共和巩固台湾政权，他又不得不向美国请求援助。金门炮战的当天夜里，台湾当局通过新任"美军驻台司令"史慕德中将，急切向美国要求援助。

8月23日，中共炮击金门的时候，美国总统当时在北卡罗来纳州山中的地下防弹掩蔽所里。

这个掩蔽所墙壁是钢筋水泥，到处都是闪烁的电子仪器。正在自己农场度假的艾森豪威尔总统来到这里，参加美国本土美军一年一度的"行动"演习。这位美国的三军总司令穿着作战服，周围都是最先进的电子仪器，衬托出现代战争的气氛。

中央情报局长艾伦·杜勒斯匆匆走进来，向总统报告："总统先生，中国大陆共军突然炮击金门、马祖……"

艾森豪威尔感到意外，惊讶地问："轰击金门、马祖？损失大吗？"

艾伦·杜勒斯说："据台湾当局电告，在短短85分钟内，就落下了三万多发炮弹。大炮轰击所造成的损失是轻微的，尽管伤亡不小，我们的两个顾问被炸死。蒋介石预料'中共将对这两个岛实行封锁，企图让守军挨饿。这是共军进攻台湾的前奏'。他请求美国必须出兵，帮助守岛军民。"

作为"二战"时欧洲盟军总司令的艾森豪威尔知道，中共炮打金门的规模，和"二战"时盟军攻击柏林的炮火差不多，甚至有过之无不及。他先是一愣，随即抱怨说："这全是蒋介石不听从美国的安排所遭到的惩罚。毛泽东究竟要干什么呢？"

国务卿杜勒斯（约翰·杜勒斯）也在埋怨蒋介石："蒋介石不顾美国的劝阻，一直不断增加金门、马祖的驻军兵力，已达到十万人之多，占他总兵力的三分之一。中共多次抗议这种挑衅行为，所以他们昨天开炮并不出乎我的意料。"

艾伦·杜勒斯继续汇报说:"中共空军已经取得福建上空的制空权,海军也有了福建沿海的制海权,陆地上大批炮兵和坦克部队仍在向福建运动。"

艾森豪威尔说:"中共炮击金门,跟赫鲁晓夫访问中国有关系。毛泽东的目标看来不止是金门、马祖,有一举拿下台湾之势。他的胃口不小啊!"

艾伦·杜勒斯点头,国务卿杜勒斯则摇头。

艾森豪威尔几夜没有睡好觉,他想破了脑壳,也不知道毛泽东要干什么,被毛泽东牵上了鼻子,弄得有点手忙脚乱,穷于应付。

毛泽东却从容不迫,在北戴河继续运筹帷幄。

8月24日,毛泽东在北戴河住所对彭德怀说:"彭大将军,命令前线部队全面封锁金门岛!"

彭德怀精神抖擞地站起,向毛泽东敬个军礼:"是!我就去下命令!"

王尚荣走进来说:"主席,这是前线发来的战报,炮击收获很大。"

毛泽东阅毕,扔在一边,莞尔一笑,他在意的不是这个。他吩咐说:"华盛顿、台北两位大总统那里有什么情况,立即告我。"

台北阳明山官邸,蒋经国向蒋介石报告:"父亲,驻美大使顾维钧报告,中共炮击金门,艾森豪威尔总统很紧张,他正在农场度假,立即赶回华盛顿,三天三夜睡不着觉。"

艾森豪威尔失眠,蒋介石高兴:"好,好,他睡不着觉,我睡得着觉,他慌我不慌了。毛泽东打一张牌,我打一张牌,也要逼得美国打一张牌。"

艾森豪威尔回到白宫总统办公室,取来一小杯威士忌,慢悠悠地喝着说:"我不担心失去金门、马祖,甚至希望中共能在一夜之间将这两个岛拿走。我担心的是毛泽东会像出兵朝鲜那样,以迅雷不及掩耳之势,一步跨向台湾岛。"

国务卿杜勒斯说:"那可不妙!"

艾森豪威尔说:"不是一般的不妙,如果丢了台湾,将威胁日本、菲律宾、泰国、越南,甚至冲绳未来的安全。对红色中国的半月形包围圈就缺了

第15章
第三次台海危机——炮击金门

一环，会导致一连串的崩溃，从而使美国的根本利益受到严重损失。"

杜勒斯说："总统先生，我不认为中共会在目前发动全面攻击，因为他们还没有把他们的大部队和两栖登陆能力，增强到能够这样做的水平。如今的问题是要迅速遏止中共的攻势。"

艾森豪威尔说："我决定下令从第六舰队调出两艘航空母舰，加入到台湾海峡的第七舰队，第四十六巡逻航空队、第一海军陆战队和几批飞机也调去台湾。如果中共真的企图侵占金门和马祖，我将考虑批准对共产主义中国的机场，使用战术原子弹武器。"

杜勒斯说："我赞成使用原子武器！"

美国的注意力从中东转移到远东，金门炮战一开始，艾森豪威尔摸不清解放军大规模炮击金门的意图，立即下令调兵遣将，急忙调动五艘航空母舰、八十多艘巡洋舰、驱逐舰急赴台湾海峡。不到十天，台湾海峡的美国海空军力量计有航空母舰七艘、重巡洋舰三艘、驱逐舰四十余艘；第九十六巡逻航空队、第一海军陆战队航空队和其他好几批飞机。另外，美国第一批海军陆战队近四千人在台湾南部登陆，还有部队陆续到达，在中东地区的第六舰队也驶向台湾海峡。出现了第二次世界大战以来美国在远东的最大海空力量大集结。远东局势立即趋向紧张，而原本紧张的中东局势趋向缓解，中东各国十分感谢中国。

美国虽然集结了重兵，但摸不清中国的意图，不敢轻举妄动。8月23日，国务卿杜勒斯首先提出三点建议：1.如果炮击金门导致局势危急，可能导致美国干涉；2.台湾反攻大陆的活动，虽有利于提高国民党的士气，但此举将牵动全局；3.视可能，将台湾危机提交联合国。

毛泽东对艾森豪威尔往台湾调兵遣将十分欣慰，十分欢迎，兴奋地对身边工作人员说："这回中东各国可是欢迎啦，特别是一个阿联酋，一个伊拉克，每天说我们这个事情好。因为我们这一搞，美国人对他们那里的压力就轻了。"

下午，北戴河海滩，毛泽东在潇洒地搏击海浪。刘少奇、周恩来、邓小平等朝海滩游泳场休息室走来。

毛泽东从海上上岸，浑身淋漓滴水，走向更衣室。

刘少奇笑说："那边艾森豪威尔睡不着觉，这里主席却在游泳！"

邓小平说："一阵炮声，美国总统愣神了。老大哥赫鲁晓夫也暴跳如雷，骂我们不打招呼。"

毛泽东说："中国人解决自家的事，为什么要向他莫斯科打报告，非得得到他的批准？我就不信这个邪！"

8月25日，在北戴河海滩游泳场休息室，毛泽东穿着睡衣主持召开政治局常委会，参加会议的有刘少奇、周恩来、邓小平、彭德怀、叶飞、王尚荣列席参加。

毛泽东一开头就风趣地说："我们在这里避暑，美国人却紧张得不得了，艾森豪威尔如坐蒸笼，他避暑都找不到地方。"

周恩来说："据说，艾森豪威尔三天三夜没睡着觉，对台湾海峡的事，摸不着头脑。"

毛泽东笑着调侃："这么大年纪了，睡不着觉，苦了他了。从这几天的反应看，美国人很怕我们不仅要登陆金、马，而且准备解放台湾。其实我们向金门打了几万发炮弹，是火力侦察。我们不说一定登陆金、马，也不说不登陆。我们相机行事，慎而又慎，三思而行。"

周恩来说："因为登陆金门、马祖，不是件小事。问题不在于那里有九万五千名蒋军，这个好办，而在于美国政府的态度。美国同蒋介石签订了《共同防御条约》，防御范围是否包括这两个岛屿，没有明确规定。"

毛泽东说："美国人是否也把这两个包袱背上，还得观察。打炮的主要目的不是要侦察蒋军的防御，而是侦察美国人的决心，考验美国人的决心。中国人就是敢于太岁头上动土！"

打金、马，会不会引起美国介入，毛泽东并没有十分的把握，因此，最初的炮击带有"火力侦察"的性质是显而易见的。

彭德怀提出:"福建前线官兵艰苦奋斗,英勇作战,可以写些通讯报道鼓励,不过要注意保密。"

刘少奇说:"这是应该的,前线记者可以先进行采访,报道时机再议。"

毛泽东说:"我们宣传上目前暂不直接联系炮打金门,现在要养精蓄锐,引而不发。"

在参与指挥的中共军事领导层里,并不是都明了毛泽东和中共中央的作战意图。从8月27日起,人民解放军总政治部用福建前线指挥所的名义,连续播放了一篇广播稿,敦促防守金门的国民党军官兵放下武器,其中提到"对金门的登陆进攻已经迫在眉睫"。这引起外电注意,国外纷纷猜测,说东道西。

9月1日前后,毛泽东从外电报道中得知这一情况,严厉批评这是违反集中统一原则。他责成中央军委起草了《对台湾和沿海蒋占岛屿军事斗争的指示》稿,9月3日经他审阅修改后下发。

这个指示指出:"台湾和沿海蒋占岛屿是目前国际阶级斗争中最严重最复杂的焦点之一。""解放台湾和沿海蒋占岛屿虽然属于我国内政问题,但实际上已变成一种复杂严重的国际斗争,我们不要把这个斗争简单化,而要把它看作是包括军事、政治、外交、经济、宣传上错综复杂的斗争。台湾和沿海蒋占岛屿问题的全部、彻底解决,不是短时间的事,而是一种持久的斗争,我们必须有长期的打算。"

指示对包括炮击金门在内的沿海斗争的方针,作了四点规定:1.继续炮击封锁金门,但目前不宜进行登陆作战。2.炮击封锁金门的活动,必须有节奏,打打看看,看看打打。3.海军、空军不得进入公海作战。蒋机不轰炸大陆,我也不轰炸金、马;蒋军轰炸大陆,我轰炸金、马,但不轰炸台湾。4.我军不主动攻击美军。如果美军侵入我领海、领空,我必须坚决打击。

这个指示澄清了一些胡乱猜测,使炮击金门的斗争有了更加明确的指导原则。

炮击金门，让艾森豪威尔摸不着头脑，让赫鲁晓夫气得蹦蹦跳跳。

在莫斯科赫鲁晓夫别墅办公室，赫鲁晓夫拿着报纸捶着桌子，气得大叫大嚷："炮打金门，这么重大的事情，三周前毛泽东在北京不跟我透点风，到现在竟连一个招呼都不打，这算什么亲如兄弟？！"

侍立一侧的秘书惊诧得一愣一愣的，没法吱声。

赫鲁晓夫自顾自说下去："我刚刚成功地调处了中东的紧张局势，证明了苏共二十大以来我所提倡的和平共处的外交方针的正确性，想不到毛泽东却刻意去制造紧张局势，这不是令我难堪吗？"

秘书不好说什么，唯唯诺诺干站着。

赫鲁晓夫继续咆哮："要知道，台湾背后是美国，苏联作为与中国订有互助同盟条约的盟国，是要承担由此带来的战争风险的啊！"

秘书这时汇报说："据苏联驻华代办报告称：中国朋友们只是在8月23日发动了炮击之后才告诉我们，之前丝毫没有透露这一本已在计划中的重大军事政治行动的意图。"

赫鲁晓夫生气也不是没有一点道理，毛泽东的这个"火力侦察美国人的决心"的想法，并没有让赫鲁晓夫了解。而苏联从中国报纸上看到的宣传，尽是"解放台湾"之类的口号，好像中国人民解放军就要登陆解放台湾了。

台湾海峡局势骤然紧张，让赫鲁晓夫深感不满。这一方面是因为他刚刚成功地调处了中东的紧张局势，从而证明了自苏共二十大以来他所提倡的"和平共处"的外交方针的正确性，想不到自己的盟友却不跟他合作，刻意去制造紧张局势，这不能不令他难堪；另一方面则是因为毛泽东采取如此重大的、直接冲着美蒋《共同防御条约》去的军事行动，竟然没有向苏联打个招呼，而苏联作为与中国订有互助同盟条约的盟国是要承担由此带来的战争风险的。

在中南海游泳池旁，周恩来对毛泽东说："主席，赫鲁晓夫要求苏联大使紧急转告我们：中国全面建设社会主义才刚刚开始，经济上和军事上都还比较落后，目前不具备打现代战争、对台湾实施登陆作战的条件。包括苏联在内的整个社会主义阵营，也没有必要在现在卷入到这场战争中来。"

毛泽东拂拂手，不在意地说："我不过是想摸摸美国人的底，最多也就是准备把金门、马祖拿下来，并没有立即夺取台湾的打算，不会弄出大乱子。通过外交部通知苏方，这些岛屿是中华人民共和国的领土，我们如何解放它们，是我们的内部事务。"

毛泽东的言外之意，你赫鲁晓夫杞人忧天，管得也太宽了。

对此，苏联大使馆难以接受，它在给国内的报告中明确认为：中国人现在表现出来的倾向是要自己解决亚洲问题，他们并不认为有必要与我们商量他们计划中的行动，尽管当局势失控时他们会指望我们的支持。

火力侦察美国的结果也出来了。9月4日，美国国务卿发表声明，公开宣布金门、马祖也在美台协防的范围之内。

注意到夺取金、马可能引起中美直接冲突，同时也注意到苏联方面的焦虑，周恩来受命向苏联驻华代办正式转达了毛泽东新的考虑，这就是：中国炮轰金、马，并不是就要武力夺取金、马，只是要惩罚国民党军队在福建沿海的挑衅，炮击是有分寸的，不会打出乱子。如果打出乱子，中国也绝不拖苏联下水。除非美国使用大口径的核武器，如果只是使用战术核武器的话，苏联不必参加战争。

自从苏共二十大以来，毛泽东与赫鲁晓夫在要不要与资本主义世界"和平共处"的问题上，就一直存在着分歧。这种分歧到1957年莫斯科会议时双方直截了当地交换了意见，都做了一些妥协。但是，从1958年2月毛泽东撤换周恩来的外交部长职务，可以清楚地看出他对周恩来此前所坚持的和平外交方针已相当不满意，力图首先使中国的外交走向革命化。炮击金门事件，就是毛泽东这种革命外交的重大举动。毛泽东讲，这次炮击金门，就是抓住美军登陆黎巴嫩的时机，一面试探美国人对金、马的态度，一面声援阿拉伯人民。他很清楚这会使刚刚缓和的国际局势又紧张起来，但他就是要搞点紧张局势。因为他认为紧张局势有刺激世界人民觉醒的有利的一面，可以促使许多人清醒起来，下决心同帝国主义斗争，这未必不是好事。因此，毛泽东在炮击金门的问题上不与赫鲁晓夫打招呼，也就不奇怪了。

赫鲁晓夫还是心里不踏实，谁知道毛泽东会不会闹出大乱子？为了搞清楚中国炮击金门的真正意图，1958年9月5日，赫鲁晓夫通过苏联驻中国大使馆参赞（当时苏联使馆代办不在北京）苏达利柯夫向中国政府表示，苏联政府要派外交部长葛罗米柯到北京来了解情况。

9月5日晚，周总理接见苏达利柯夫，表示欢迎葛罗米柯来华访问。周恩来向苏达利柯夫介绍了中国对台湾海峡形势的分析、美蒋矛盾以及中国的立场、策略和所采取的行动。周恩来说：第一，我们不是要解放台湾，而是惩罚国民党在我沿海骚扰；第二，我们这样做的目的是阻止美国搞"两个中国"；第三，如果美国要发动战争，中国全部承担起来，决不连累苏联，不会拖苏联下水。周总理要求苏达利柯夫把这三点马上报告莫斯科。

1958年9月6日，周恩来总理在万寿路十八所会见了苏联外长葛罗米柯。周恩来与葛罗米柯的谈话主要涉及台湾局势问题，双方还就美国是否会立即采取军事行动交换了意见。

周恩来最后说："今天晚上我们准备针对（美国国务卿）杜勒斯的声明发表一项声明。现在已经拟好草稿，正在进行翻译，翻成后送给你参考。我们还准备把这个声明提交最高国务会议审议通过。"葛罗米柯表示感谢，并说："我相信，你们的声明和我们赫鲁晓夫同志给艾森豪威尔的信将是互相紧密配合、互相补充的两个重要的外交行动。"

在周恩来和葛罗米柯谈话过程中，周总理的秘书马列两次向他报告了美国军舰在台湾海峡地区的动向。

1958年9月6日晚6时半至10时，毛泽东主席在中南海颐年堂接见了葛罗米柯。宾主寒暄后，先由葛罗米柯介绍了苏联国内的情况，并谈了苏方对目前局势的看法。

葛罗米柯谈完后，宾主共进晚餐。在晚饭时和饭后继续进行的谈话中，毛泽东把中方在台湾海峡的斗争方针和策略全部告诉了葛罗米柯，请他回去向赫鲁晓夫报告。

毛泽东说："我们炮打金门，不是要打台湾，也不是要登陆金门、马祖，而是要调动美国人。希望你们放心。尽管这样，我们对美国要打仗还得有准备。我们的方针要放在它可能要打，不是放在它不会打，要在精神上、物质上准备与美国打仗。但是，我们的方针不是跟它硬碰硬。如果它要登陆，我们就采取诱敌深入的办法，放它进来。我们准备把沿海地区让出来，放它进来后就关起门来打狗，让他们陷在我们人民战争的汪洋大海之中，然后再一步步消灭它。"

葛罗米柯显然不赞成毛泽东的意见，含蓄地提醒说："对你们这种战略我不能评论，但是要考虑到现在是原子弹时代。"

毛泽东以典型的毛泽东口吻说："原子弹有什么可怕？我们现在没有，将来会有。我们没有，你们还有嘛。"

毛泽东对葛罗米柯强调说："我们的方针是我们自己来承担这个战争的全部责任，不要你们参加这个战争。我们不同于国民党，我们不会拖苏联下水。"

葛罗米柯说："我个人认为，你们这样做是对的，我个人是赞成的。我回去后一定把中国的想法打算报告苏共中央主席团，报告赫鲁晓夫同志。"

也就在这天，赫鲁晓夫接到葛罗米柯的报告，了解了中国的对策，起草了给艾森豪威尔的信。赫鲁晓夫在谴责美国的同时，声明对中华人民共和国的侵犯也就是对苏联的侵犯。

1958年9月7日，葛罗米柯结束访华，返回莫斯科。在他回国前，毛泽东给周恩来写信，要周恩来"本日上午约五六人对赫致艾文件草件认真研究一次，如可能的话，写出一个意见书交葛罗米柯外长带去，肯定正确部分占百分之九十，可商量部分只占少数，你看如何？赫文中应对中美新声明有所评论"。由此可见，毛泽东对赫鲁晓夫致艾森豪威尔的信还是满意的。

不管赫鲁晓夫对中国方面没有事先通知苏联就用武力向美国进行试探一事如何不满，在美国与中国有可能直接冲突的情况下，作为中国的盟国，赫鲁晓夫还是做出了公开的表态。9月5日，苏联政府发表了声明。10日，赫鲁晓夫又发出了致美国总统艾森豪威尔的公开信，公开说明："对我国伟大的盟友盟邦和邻国中华人民共和国的侵犯，也就是对苏联的侵犯。"为了更有效地威慑美国，赫鲁晓夫这时还特地召见了中国大使刘晓，要求刘晓秘密转告毛泽东，说苏联可以帮助中国加强在台湾海峡沿岸的空军力量，以便威慑美国第七舰队。

赫鲁晓夫为此又接连写了两封信给毛泽东，说是可以派携带地空导弹的C-75轰炸机部队到福建来。对此，毛泽东专门复信表示欢迎，只是他强调："为了最后胜利，灭掉帝国主义，我们愿意承担第一个打击，无非是死一大堆人"，要赫鲁晓夫不必担心。同时，他的提议是：最好请苏联政府供应我国一批地空导弹和岸舰导弹，并请苏联政府派来技术专家帮助我国训练使用这些武器的部队。不难看出，毛泽东不是不想要苏联的援助，导弹和技术都可以运来，只是苏联的部队就不要来了。毛泽东对主权问题的敏感导致他后来又怀疑道：赫鲁晓夫派导弹部队来，是不是别有企图？

此时，美国总统艾森豪威尔正被蒋介石缠得头痛。

蒋介石猜测中共攻占金门是解放台湾的前奏，十分地惊恐。他受到了自退到台湾以后最严峻的考验。炮战使台湾受到极大打击。台湾难以独力支撑，便又求救于它的盟友——美国。炮战开始的一段时间，蒋介石幻想援引台美《共同防御条约》，让美军协同国民党军防守金门。但好梦难圆，美国人不肯过深陷入这场两岸的争端中去。

8月27日和9月4日，蒋介石两度致函艾森豪威尔，要求美国同台湾采取共同行动。他一口气提出了五条要求：

1.美台联合显示武力遏制中共；

2.同意台湾轰炸中共海空基地和金门岸的阵地；

3.艾森豪威尔发表声明，表示对金门攻击已构成对台湾的攻击，美国将使用武力反击这种行动；

4.第七舰队对金、马运送补给提供护航；

5.授权美军驻台司令有权不请示白宫，直接采取必要的措施。

接到蒋介石的求援信，艾森豪威尔态度强硬起来。他在白宫召开记者招待会，公然威胁北京：共产党不得占领金门、马祖，美国不会放弃对台湾的责任。同日，美国国务院也发表声明，声称美国不能容忍对金门、马祖的攻击。9月3日，美国国防部发表声明，称美国军队已做好准备，再次警告中国不要进攻金门、马祖，否则美国军队将介入。

9月4日，在美国白宫总统办公室，艾森豪威尔与国务卿杜勒斯会商台湾局势。

艾森豪威尔说："我授权你明天发表声明，宣布美国政府有条约义务来帮助保卫台湾不受武装进攻，国会的联合决议授权总统可以使用美国的武装部队，来确保像金门和马祖等有关阵地。"

杜勒斯说："这样也许能让毛泽东冷静一点，让他明白，金门、马祖是受美台共同条约保护的。"

艾森豪威尔说："我们也不想为蒋介石走得太远。你同时表示，美国不愿放弃和平谈判的希望，愿意恢复华沙中美大使级会谈。"

杜勒斯说："总统此举非常明智。我觉得蒋介石夸大金门、马祖的危险性，是要滑头，要拖美国下水。不能上他的当。"

针对美国的威胁和武装介入的叫嚣，毛泽东针锋相对，抛出了领海宽度的声明，警告美国不要乱来。

在北戴河毛泽东别墅小会议室里，毛泽东召集周恩来、彭德怀和乔冠华等商量公海问题。

毛泽东问乔冠华："关于领海线问题，你与几位专家研究了几天，意见怎么样呀？我是军事大学战争系毕业的，不懂国际法，想听听专家意见。"

外交部部长助理乔冠华介绍说："专家们引经据典，坚决主张领海线为三海里。"

毛泽东显然不赞成："理由呢？"

乔冠华："专家们说这是符合海牙国际法的。不能搞得太宽，如果宣布十二海里，搞得不好要打仗的。"

毛泽东装着吃惊的样子说："海牙协议是万万违背不得呀？"

乔冠华说："专家们说，违背不得，违背不得！"

"违背不得？"毛泽东愉快地仰头大笑说，"老先生们的意见很好，很可贵，使我们可以从另外的角度多想一想。但是，海牙协议不是圣旨，我们的领海线还是扩大一点好。从各方面判断，仗一时半会打不起来，我们不愿打，帝国主义就那么想打？我看未必。一定要打我们也不怕，在朝鲜已经较量过了，不过如此嘛！好，明天回北京。"

回到北京的毛泽东在怀仁堂召开政治局常委会议，讨论炮击金门后的形势。

刘少奇说："炮击金门后很热闹，艾森豪威尔和杜勒斯都讲了话，美国已经下令把地中海的军舰调一半到太平洋来。"

周恩来插话："同时又提出恢复华沙中美会谈。我们只放了几炮，美国就露了底，真正到了战争边缘，它又害怕了。"

刘少奇说："可见美方是估计我们要解放台湾，他们想守住台湾，是否也想守住金、马，看来还没有下决心。"

邓小平说："美国人还是怕打仗，也未必敢在金门、马祖跟我们干起来。火力侦察的目的已经达到，全世界人民也动员起来了。"

周恩来说："当然，我们还不是马上要登陆金、马。是不是采取宣布我领海为十二海里的办法，使美国军舰不敢迫近属于我领海范围的金门、马祖？"

毛泽东说："我在北戴河召集各方面的人士研究了中国领海主权问题，

并征求过一些熟悉国际法的专家学者的意见。在大家畅所欲言的基础上，从中国的经济、国防利益出发，本着独立自主和不惧怕帝国主义战争威胁的态度，综合国际上的情况及中国国情，最后确定领海线为十二海里宽度。大家认为怎么样？"

邓小平接着表态："我赞成！明白地告诉世界：如果有什么人敢于蔑视中国的领海，那么就要准备尝尝炮击金门的滋味。"

毛泽东说："美舰入我领海，我有权自卫，但也不一定打炮，可以先发警告。我们还准备另一手，通过即将恢复的中美会谈，以外交斗争和宣传斗争，配合福建前线的炮击。有文戏又有武戏，才热闹好看。"

9月4日晚，中央人民广播电台播音员向世界宣布："中华人民共和国政府公布领海线为十二海里，一切外国飞机和军用船舶，未经中国政府许可，不得进入中国领海及其上空……"

久经大战阵的艾森豪威尔坐不住了，人似乎消瘦了一圈，眼睛浮肿。他召集杜勒斯等人来讨论台湾海峡局势的应对之策。

艾森豪威尔说："毛泽东打炮十天，蒋介石数度告急，毛和蒋都出了牌，我们出什么牌呢？"

杜勒斯说："我向总统汇报几个人物的反应吧。前陆军部长赫尔利说，美国如果草率同中国开战，就等于自杀；前国务卿艾奇逊指责政府正向错误的道路上滑下去，如果跟中国开战，美国既可能没有朋友，又没有盟国。"

艾森豪威尔问："英国朋友有什么反应？"

杜勒斯说："英国首相声明，英国并没有对美国承担关于远东局势的任何义务。泰国总理说，台湾海峡的局势令人惊惶，但那是中国人自己的事。菲律宾总统说，菲律宾并没有同美国一起作战的条约义务。日本非常担心我们会把它拖进同中国的战争中去。加拿大、澳大利亚、新西兰的政府首脑，也表示不愿与台湾海峡局势沾边。"

艾森豪威尔嘟哝："都隔岸观火呀！都袖手看戏呀！你怎么看？"

杜勒斯说:"假如金门失守,不管通过交战还是投降,那都将严重地影响台湾现政府的权威和军事力量。该岛将经受颠覆,结果可能产生一个主张与共产党中国联合的政府;假如此种情况发生,将大大地破坏反共阵线,包括日本、韩国、泰国和越南;东南亚的其他政府,诸如印度尼西亚、马来西亚、柬埔寨、老挝与缅甸,都将统统置于共产主义的影响之下。我是主张使用原子武器的。我认为,当我们决定使用原子武器时,我们已经承认使用这些武器要冒政治和心理上的风险。"

艾森豪威尔犹豫说:"使用原子武器不是好玩的,决心难下啊!为这事,我几天吃不好,睡不着。"

杜勒斯鼓动说:"我们已经使我们的国防适应于在任何规模的冲突中,使用这些武器。当情况危急时,如果我们由于世界上舆论的反对而不使用它们,那么,我们就必须修改我们的国防部署。"

艾森豪威尔摇头说:"假如我们使用原子武器攻击中共的机场,那么共产党很可能使用苏联的核武器攻击台湾来报复。那我们将失去更多。在这种情况下,我不准备批准使用原子弹。"

这时艾森豪威尔的女秘书进来报告:"北京广播宣布,中国的领海界线为十二海里。"

十二海里?毛泽东又打出一张牌。"挑衅!"艾森豪威尔咆哮起来,"美国永远不能接受!"

杜勒斯问:"总统,我们出什么牌?"

艾森豪威尔终于下了决心:"第一,你立即代表美国政府发表声明,口气越硬越好,但不要披露美国最终将采取何种手段制止中共的侵略;第二,通知太平洋舰队司令特文宁将军,第七舰队可以为蒋介石的运输船队护航,以确保金门、马祖的补给。"

艾森豪威尔亲自给太平洋舰队司令打电话,特别叮嘱:"特文宁司令吗?我是艾森豪威尔,对!舰队给蒋总统护航,并不等于立即就要同中国开仗，只有得到我本人批准授权，才能下令第七舰队向中国大陆攻击，对！要我亲自下命令。"

美国终于答应协防金、马，蒋介石高兴了，对蒋经国说："告诉宣传部，报纸要就美国的态度发表报道。"

蒋经国问："报道怎么措辞呢？"

蒋介石："就说，帮助台湾防守金门、马祖是美国尽条约义务，美国正考虑对台湾海峡的军事冲突，采取从护航直至投掷原子弹等五种行动。"

北京也立即反应了。在中南海毛泽东住处，毛泽东对周恩来说："美国不承认中国的领海为十二海里，只承认三海里，这可不能由他们说了算。"

周恩来提议说："主席，每逢美舰船飞机越过中国领海线，中国政府发言人都要发出一次严重警告，并在华沙中美会谈中提出交涉。"

毛泽东问："恩来，美国人有什么初步反应？"

周恩来说："他们声称：你们宣布的十二海里领海，我们是不会承认的，但我们的军舰也决不会进入十二海里。"

毛泽东轻松地笑了："美国人还乖，他们的态度马马虎虎。"

美国满足了蒋介石的部分要求，一段时间内美军高级将领频频出访台北，冠盖如云，来往穿梭。蒋介石先后接见美国陆军部长布鲁克、空军副参谋长李梅上将、美军太平洋区总司令费尔特上将、海军陆战队司令派特上将、美国国防部长麦艾乐等美国的高级军事官员，与他们"就台湾海峡现势以及加强中美两国间军事合作问题"交换意见，"就中美两国在台湾海峡地区共同应付共党侵略所应采取的进一步军事行动作具体的磋商"。

■ 只打蒋舰，不打美舰

继续开展炮击金门的斗争，遇到了一个棘手问题，就是如何对付护航的美国军舰。在指导炮击金门的斗争中,毛泽东亲自掌握着斗争的策略和分寸。

夜晚,台北士林官邸。蒋经国进来报告,蒋介石说:"中共的长处,就是重视军队的党务和政工,重视对军队的鼓动和激励。你多去金门鼓动、激励,如人人能够死战,金门是丢不了的。"

蒋经国说:"是!我代表总统去鼓励官兵,激励他们死守金门。"

蒋介石忧虑地说:"我最不放心的地方就是金门,那个岛离大陆太近,离台湾太远,我十万将士如能人人抱定拼死一战的决心,坚守五日,美国必会出兵助战。如三天都守不到,那就没有人会来挽救它。"

蒋经国说:"我立即到那里去,与金门官兵一起坚守!"

蒋介石叮嘱:"你要常去金门,越是情势紧急越要去。那里的事情办不好,你就不要回来!"

蒋经国道:"是!"

早晨6时,晓日初升,霞光万道。

金门岛料罗湾附近,坑道口外,一人身着夹克,头戴钢盔,正顺着坡道往上走。

胡琏等人迎上前去,那人抬起头来,原来是"国民党国防会议副秘书长"蒋经国。

胡琏说:"经国先生这么早就来了,欢迎欢迎!"

蒋经国说:"各位辛苦!我代表总统来看望你们。"

胡琏说:"总统来电来函就行了,何必劳动副秘书长大驾一趟。中共正在打炮,实在太危险了。"

蒋经国客气地说:"司令官和各位同志,每天都在危险之中,你们如害怕,我才会胆怯。"

胡琏巧舌如簧:"蒋先生无所畏惧,我们还怕什么!"

众人大笑,拥着蒋经国往岛内走去。

第15章
第三次台海危机——炮击金门

9月27日是中秋,蒋经国到达金门,代表蒋介石向士兵发月饼。他还召开前线的"政工会议",以"激励士气",这对安定军心是很起作用的。在炮击期间,蒋介石曾派儿子蒋经国九次冒死到金门前线,整个金门岛的运输补给工作,主要由蒋经国负责。

傍晚,蒋经国在胡琏陪同下,走出地堡坑道,发现侧后二百米处有一小庙,有三三两两士兵进出。蒋经国信步走了过去。

这是关帝庙,正面一尊关公塑像,美髯添威,神情凛然。他身旁竖一柄木制青龙偃月刀,左边两侧较小的武将是关平、周仓。香炉内插满供香,烟缕袅袅,香气扑鼻。那位在金门岛跟蒋介石对过话的老兵正在上香跪拜。

蒋经国凝视良久,问:"你们常来进香?"

老兵答:"是的。打仗祭拜关帝,是闽南一带的风俗,祈求武帝保佑啊!"

胡琏问:"军官也来?"

老兵说:"也来,他们也是人呀,都是血肉之躯嘛。"

胡琏皱眉说:"历史上堪称军人典范的人物很多,要多学习岳飞、文天祥、史可法他们。"

蒋经国宽容地说:"他们愿意拜关公也好,关公也是勇敢不怕死的武将。"

蒋经国戎装照(历史图片)

夜晚,金门岛蒋经国坑道住处。蒋经国白天奔波视察、鼓气,晚上住下在写日记。

他对白天视察看到的情形挺满意:"在炮火中,与官兵谈笑良久,至感愉快。""在大树下约官兵十余人闲谈,听彼等讲述炮战实况,至为感奋!"

夜间巡视的胡琏走了进来说:"看见屋里亮着灯,我就进来了。蒋先生白天视察辛苦,这么晚了还不睡觉?"

蒋经国说:"白天的情景太感人,我在日记里写下来,勉励自己呀。"

胡琏说:"经国先生多次来金门,每次一到,不啻给战地带来了十万雄师和不可计数的军需补给,胡某实在感谢!"

蒋经国谦逊说:"胡司令过奖了。我在总统处总是说,金门胡司令以下每一位官兵都是勇敢无畏,这是金门坚如磐石的根本。"

胡琏高兴地说:"副秘书长过奖!夜深了,早点休息吧。"说着,他走了出去。

厦门云顶岩指挥部,福州军区司令员韩先楚上将陪同空军司令刘亚楼、炮兵司令陈锡联到达厦门视察。

私下里,韩先楚对叶飞说:"这次趁亚楼司令和锡联司令在,我们是不是提出用空军轰炸金门,炮兵配合,给胡琏的炮兵予以摧毁性的打击?"

叶飞说:"出动空军轰炸金门,还必须慎重考虑。目前毛主席还没有实行登陆解放金门的指示,原定炮击金门的方案并没有涉及使用空军轰炸。如果我们不实行金门登陆,现阶段就没有使用空军轰炸的必要。特别是使用轰炸机,还要使用战斗机掩护,这样的空军编队在金门上空作战就很难避免同美国空军冲突。"

韩先楚说:"也许主席想法有变化呢?要不为什么派空军、炮兵司令来这里?"

叶飞为了尊重韩先楚的意见,说:"韩司令,是不是将我俩的意见,同时报告给军委和毛主席?"

"好。"韩先楚点头同意。

不久,在北戴河总参作战部长王尚荣住处,王尚荣给叶飞打电话说:"叶政委,电报收到了。送给毛主席看过,主席同意你的意见。"

第15章
第三次台海危机——炮击金门

大陆没有出动空军轰炸，仅是不断打炮，蒋介石放下心来，在炮轰间隙，他偕宋美龄登上金门岛，在地下战壕巡视。

他不断给部下打气："要不惜一切代价死守金门，与阵地共存亡，不成功便成仁！"

宋美龄也跟着鼓动："将士们，没有金门，就没有台湾；没有台湾，就回不去大陆啊！"

蒋介石说："要知道，今日金门战争，是很单纯的屏障台湾海峡的保卫战，金门保卫战必须取得胜利！"

胡琏汇报说："总统、夫人，共军自8月23日开炮后，弹着点便渐渐收拢，集中于金门的西村、沙头两机场和料罗湾港口。"

蒋介石悟道："这就是说，共军并无攻金迹象。"

胡琏说："是的，它打炮的目的，是想窒息金门，久困我军。"

蒋介石笑道："那是毛泽东的敲锣吓雀战术，他惯于搞这一手，我们偏不当麻雀。"

从8月27日开始，叶飞决定用"围城打援"的办法，专打国民党的海上运输船只，使金门守军困守待援，得不到后勤补给。

金门海面，海上观察哨，雷达天线在急速转动。金门海面沉浸在一种不寻常的平静之中。

接近中午时分，海上观察哨向福建前线指挥部报告：报告首长，海上出现由十四艘舰船组成的庞大舰队，正朝金门海域驶来。

在厦门云顶岩指挥部，操着电话的叶飞命令："继续观察，随时报告！"

海上观察哨继续报告："这是一支由美、台两大军舰混合编队组成的大型舰队。舰队中包括美军的两艘巡洋舰、五艘驱逐舰，其余是国民党海军的两艘运输舰、五艘作战舰，美军配置在编队左、右两侧护航，将国民党军舰和运输船夹在中间。美军舰只上的美国星条旗已看得清楚，而且是在船板上铺上大大的美国星条旗，军舰在金门附近海面做出掩护姿态。"

在厦门云顶岩指挥所，叶飞在电话里向毛泽东报告："主席，美国军舰为国民党舰船护航，美军已经卷入，怎么办？打不打？如果一打，势必把美舰一起打上，这就可能把美国拖下水，同美军发生直接冲突。"

王尚荣在直达军用电话里转达毛泽东的意见说："毛主席说，照打不误！"

叶飞继续请示："是不是连美舰一起打？"

王尚荣回答："主席说，只打蒋舰，不打美舰。并且要等美蒋联合编队抵达料罗湾港口才打。要求前线指挥员每一小时报告一次美蒋联合舰队的位置、队形，必须等北京下命令才能开火。"

叶飞又问："我们不打美舰，如果美舰向我开火，我们是否还击？"

王尚荣转达毛泽东的答复："没有命令，不准还击！"

叶飞接到这个电话，极为吃惊，与韩先楚交换一下眼色，恐怕电话听不准确，铸成大错，又问："请问主席，如果美舰向我开火，我是不是也不还击？"

那边王尚荣大声说："毛主席命令，不准还击！"

叶飞回答："明白了。我们严格按照主席指示执行，但只打蒋舰，不准打美舰，这很不好打，美舰和蒋舰相距仅两海里，如果哪一个炮群瞄准失误，就会打到美舰。至于如美舰向我开炮，我不予还击，这倒还比较好办。"

韩先楚说："叶政委，只能按主席指示下命令啦！"

叶飞又操起电话下令："三十一军及各炮兵群注意：待美蒋联合编队抵达金门料罗湾港口，北京下了命令后才开炮；各炮群只打蒋舰，不许打美舰；如美舰向我开火，我不予还击！谁的命令？毛主席的命令！"

叶飞又追问一遍："都听清楚了吗？……都听清楚了，明白了？好，按毛主席的命令严格执行。"

在北京中南海毛泽东书房，毛泽东对彭德怀说："在宣布领海线以后的三天里，命令福建前线停止炮战，看一看美国军舰、飞机对中国领海线的态度如何。"

彭德怀说："我立即叫福建前线暂停打炮，密切观察。"

毛泽东谈笑风生："美国人不整是不行的。但是所谓'整'，请同志们放心，双方都是谨慎小心的。我们已经公布了十二海里，你到了七海里我都不打，我专打国民党军，我就不打你那个美国军舰，七打八打，不直接打你你也得跑。"

9月3日晚，总参作战部长王尚荣给前线副司令张翼翔打来电话："张副司令吗？刚才毛主席指示，从明天起，9月4日、5日、6日三天内，暂停炮击金门，陆炮、岸炮均不准射击！"

张翼翔不理解，半信半疑地说："怎么搞的，莫名其妙？为什么不准打？海上要不要封锁？请发个特急电报来，这么大的事，口说无凭啊！"

王尚荣语气郑重地说："老张啊，头脑要冷静些，打了十天啦，中央要观察一下国际动态，特别是美国佬的动态。他们调集了那么多兵力，必须弄清他们的意图，是观战还是参战呀？你不要忘记军事斗争要服从政治斗争，可不能乱放炮啊！"

这时，叶飞走了进来，张翼翔简单向他汇报了王尚荣的电话，他还没有听仔细便拿起了电话："向前线命令：我命令暂停炮击！三天内，一炮不打，炮管冷却三天，炮弹不准上膛，敌人打我们也不准还击，违反者军法惩处！"

放下电话，叶飞对韩先楚、张翼翔说："韩司令，张副司令，我晚上睡不着觉呀！"

韩先楚不解道："形势那么好，你怎么会失眠呢？"

叶飞说："就是因为形势好嘛，炮击金门又封锁了几天，金门蒋军没饭吃了，弹药也消耗得差不多了，我认为金门唾手可得，都在焦急等待毛主席下命令。可却等来个让停止炮击三天的命令，困惑不解呀。"

韩先楚说："我也是翻来覆去睡不着。按我的脾气早就打过去了。1950年4月底，我们只有木帆船，我就指挥渡海打上了海南岛。"

叶飞说："这可不是那时候喽，主席的眼睛盯着世界风云哩。"

韩先楚说："主席自有锦囊妙计，我们执行命令就是。"

叶飞说："主席棋高一着，我们摸不透哟！"

9月5日，毛泽东在人民大会堂的最高国务会议第十五次会议上，着重分析了炮击金门的形势：美国现在在我们这里来了个"大包干"制度，索性把金门、马祖，还有些什么大担岛、二担岛、东碇岛一切包过去，我看它就舒服了。

他停顿一下，点上一支烟，说起俏皮话来："它上了我们的绞索，美国的颈脖子吊在我们中国的铁绞索上面。台湾也是个绞索，不过要隔得远一点。它要把金门这一套包括进去，那它的头更接近我们。我们哪一天踢它一脚，它走不掉，因为它被一根索子绞住了。"

毛泽东继续说："我们并不要登那个什么金门、马祖，你登它干什么？它的工事相当坚固。就是吓它一下。但是，金门、马祖并不是不打，一有机会，我们就钻上去，相机而行。"

毛泽东打定了主意，金门必须留在蒋介石手里。金门在手，蒋介石就不会跟美国穿一条裤子，台海国共两党之争就永远是中国的内政。

毛泽东手举前天发表的《关于领海的声明》说："这个文件是相当复杂的，那里头要想一想才想到这个道理的。为了这个文件，准备了好几个月，去年起草了，这回又准备了一个多月。总要有法有天吧，不然，搞得无法无天就不好办事。"

对于国际形势，他判断道："通过最近几年的观察，我有几个判断。第一条，美国人和我们都怕打仗，但是谁怕得更多一点呢？是杜勒斯怕我们怕得多一点。这里有一个力量的问题、人心的问题。人心就是力量。共产主义、民族主义、帝国主义，这三个主义里有两个主义比较接近，就是共产主义和民族主义。第二条，美国等国结成北大西洋公约、巴格达条约、马尼拉条约等军事团体，是向社会主义进攻，还是向民族主义进攻？现在我看是向

第15章
第三次台海危机——炮击金门

民族主义进攻。社会主义这个骨头啃不动，它就啃那个比较好啃的地方。第三条，紧张局势是不是对我们有害？对西方和我们都有利有害，但是比较起来，对我们的利要多一点。现在当然没有战争，但是这种在武装对立的情况下的紧张局势，也能够调动一切积极因素，并且使落后阶层想一想问题。"

最后，毛泽东提出要准备作战的问题："世界上的事情还是要搞一个保险系数，所以要准备作战。第一，我们不要打，而且反对打。但是，世界上的事情，你不想到那个极点，你就睡不着觉。它一定要打，是它先打，打原子弹。既然是怕也打，不怕也打，二者选哪一个呢？我看，还是横下一条心，要打就打，打了再建设。"

在厦门云顶岩指挥所，领导成员在开会讨论。叶飞说："今天是7日，中央军委又命令再停止炮击一天。可就在今天，一支美蒋海军特混编队来到了金门海域，共有十一艘舰艇，其中美国重型巡洋舰一艘，驱逐舰四艘。一艘美字号登陆舰在特混编队护航和空中数十架美蒋飞机掩护下，向料罗湾岸滩卸货。"

张翼翔说："因为我们一炮未发，美蒋以为我们软弱可欺，今天不断派飞机、舰艇侵犯我领海、领空，已经四批次了。"

副政委刘培善说："怎么办？打不打？指战员已经忍无可忍了。"

叶飞说："打不打，不由我们说了算，把美舰入侵情况报告中央军委！"

参谋受命离去后，感到肩上有重担的叶飞沉重地踱着步，自言自语说："被激怒的指战员万一打炮击中了美舰，可就坏了大局啊！责任大如天，谁也承担不起啊！"

9月7日晚23时30分，总参谋长黄克诚给叶飞打电话："叶司令吗？我是黄克诚。毛主席、周总理研究了美国海军公开介入的情况，作了两点指示：第一，为了惩罚国民党金门守军的炮击行为，我们准备还击，对大金门、小金门、二担的军事目标进行炮击，炮击规模比8月23日的还要大，准备打三万发……明天下午5时到6时左右炮击；第二，准备用海岸炮与鱼雷艇打击国民党运输舰船，但美蒋军舰混在一起，不好打，就不打，打蒋军舰船主要是打靠在码头上的船只。"

叶飞认真地听着，眉头紧皱成疙瘩。

午夜，在厦门云顶岩指挥所，叶飞心事重重地绕室徘徊。

电话铃突然骤响，他跳起来去接，是王尚荣打来的："周总理指示：估计明天和后天，美国海军特混编队可能继续来金门护航，因此要求严密掌握美国护航军舰的活动，发现美舰及时上报，越早越好！"

叶飞放下电话后，立即通知开紧急会议。"只打蒋舰，不打美舰，这是一个死命令，要坚决执行！事态还在发展，一切要听从中央军委命令。"

9月8日，美国第七舰队旗舰——重巡洋舰"海伦娜"号亲自出马，率领六艘驱逐舰的特混舰队，护送国民党的运输船队向料罗湾码头实施补给。

厦门天清气朗，一片和平宁静气象。

在指挥所内，张翼翔看着望远镜说："今天是9月8日，美蒋海军特别活跃。11时35分，912吨的中型登陆舰'美乐'号和'美珍'号，满载着汽油、弹药和军需物资，分别在双打街、沙头附近岸滩卸载。它们处于抛锚状态，正是我海岸炮兵射击的有利时机。"

叶飞说："此刻，金门海域的美蒋海军共十二艘军舰，组成了两层巡逻警戒线，美国军舰又侵入了我国十二海里领海内。立即向中央军委报告！"

北京人民大会堂会议室，毛泽东正在谈笑风生："我们8月13号打炮，艾森豪威尔马上回华盛顿，开了个最高国务会议，他叫国防安全委员会会议发表一个声明，立即恢复谈判。你看他之急！"

讲到这里，他突然停下来问："今天我们总是要打几万发炮弹吧？前线报告说，美蒋军舰在金门海域很活跃呢，要给点颜色了！"

周恩来说："打三万发，二十分钟就解决了。"

毛泽东："二十分钟打三万发炮弹，什么时候打？"

周恩来："12点。"

第15章
第三次台海危机——炮击金门

毛泽东看了一下手表说:"现在是11点半,快到了。"

在厦门云顶岩指挥所,叶飞给炮兵指挥所司令员彭德清打电话:"彭德清司令吗?对金门的第三次大规模炮战,从你那里开始。今天要力争击沉'美'字号登陆舰,但绝对不准向美舰开炮,我可是向毛主席立过军令状的,就是美舰向我们射击,没有上面命令也不还击!"

他坐在四十倍望远镜后侧观察着美国特混舰队的位置,用手指了指金门,发出了洪亮的命令:"目标金门,预备——放!"

信号弹响过,解放军连续发射了21700发炮弹,猛烈射击金门岛上的军事目标及驶入料罗湾的登陆舰。

海上观察哨兴奋地报告着:"美乐"号登陆舰被击中起火,引爆了舰载弹药而沉没。"美珍"号中弹累累后向外海逃窜,另外两艘登陆舰也在中弹后逃走。美国军舰根本不管国民党舰只,急速掉头退驶到料罗湾以外近十二海里海域,徘徊观望,始终不发一炮。

厦门云顶岩指挥所,叶飞放下望远镜,颇感意外地说:"真奇怪,我们的大炮一响,美舰掉头就跑,这算什么护航呀?"

韩先楚说:"看来,美国不敢跟我们直接对抗。"

叶飞说:"对!明白了,彻底明白了!"

韩先楚问:"政委明白什么了?"

叶飞说:"明白了这次较量的意义和胜利,不在于击沉、击伤了蒋军多少舰只,而在于把貌似强大的美国底牌摸清楚了,在于把蒋介石拖美国下水的算盘砸碎了!"

韩先楚感叹:"毛主席真是神机妙算啊!"

在金门岛守军指挥部,眼巴巴等待补给的胡琏见运输失败,烦躁不安地连续向台湾喊叫:"金门告急……金门告急!"

台北,蒋经国在电话中问:"美国朋友呢?美国军舰哪里去了?"

胡琏气愤地骂:"什么朋友,美军舰已经掉头跑了!他妈的,美国人混蛋，狗屁的护航！"

蒋经国命令："下令紧急撤退！"

在厦门云顶岩指挥所，韩先楚说："我们的电台侦知，国民党军官又急又慌，慌得通话时连密码都不用了，直接就用明码向台湾告急。"

"美国人背信弃义，他们急眼了！"叶飞哈哈大笑。

■ 揪住美国人讲讲道理

金门炮响，而且响得那么猛烈，让美国人一时间摸不着头脑。美国国防部、外交部连续开会，讨论中国连续炮轰金门岛一事，但却没有发表任何声明，因为他们一时不知说什么好。醒过神来之后，美国人才有反应，在向中国进行武力威胁的同时，又在声明中提及已中断的中美大使级会谈，暗示美国仍然没有放弃希望，以同"中共政权"达成在台湾海峡"放弃使用武力"的协议。连一向反对新中国的国务卿杜勒斯在美菲会议上也提出"希望恢复会谈，缓和台湾海峡地区的紧张局势"。美国国务院新闻发布官甚至表示，美国没有打算就两名美军军官在金门岛被大炮击毙一事提出抗议。这些反应与美国平时嚣张和霸道的作风形成鲜明对照，显得很低调。

美国的底露出来了，毛泽东决定根据新的情况，积极回应美方的要求，将中美会谈重新提上议事日程，采取边打边谈、以打促谈的方针。

9月6日，最高国务会议继续在人民大会堂举行，讨论通过了周恩来针对杜勒斯声明发表的《关于台湾海峡地区局势的声明》。

周恩来拿着声明稿说："我看不要多讲，就是把这个念一念，全部的立场、方针、政策、策略，都在上头了。前几天不是发表了一个领海声明吗？也是抢先一步。我们的行动是调动世界上一切方面的力量，各方面都表示了态度。"

第15章
第三次台海危机——炮击金门

毛泽东插话:"公开支持它的,只有一个南朝鲜李承晚。"

周恩来接着说:"连菲律宾都是有条件的,要打它那个军事基地,它才参加。这等于放空炮,我们怎么能打它那个军事基地呀!"

毛泽东说:"连菲律宾都不参加,除非我们打了它,它才参加。"

周恩来说:"英国也很担心,表示沿海岛屿是中国的内政。日本这回态度不同一点,藤山说这个沿海岛屿是中国的内政,他一直把台湾看作是中国的内政,希望一个中国。所以美国很孤立。我们是后发制人,毛主席的方针,后发制人总是有利的。"

毛泽东补充说:"打炮是先发,说话是后发。"

周恩来说:"打炮就是试验杜勒斯,这回试验出来了,杜勒斯这张牌出来了。杜勒斯这张牌有四点可以说一下。第一,他还是艾森豪威尔从前那个声明,就是说沿海岛屿与台湾是有关系的,没有前进一步,强调而已。第二,他想试一试,如果蒋介石不行,他就顺着溜来,就是保护运输,到公海边上。然后蒋介石自己拿小船运上去,自己防守。第三,他表示,如果我们正式登陆,他难免要采取行动。但是他这个话说得没劲儿,他说他真诚希望中共大概也不是这样想。这不是话松了吗?第四,他表示还要谈判。这个是他漏了底的。我们不是限期他答复吗?他晚了十二天,为了面子,结果还是答复了。所以我们炮轰金门,把杜勒斯、艾森豪威尔的牌亮了底,然后我们再将这张牌打出去,我们就可以动员世界舆论和全国人民。"

毛泽东谈到周恩来手中的声明稿说:"这是经过斟酌了的,有些观点是一路过来的,几年以来我们就是这样的观点。现在好处就是我们这一打,打出美国想谈了,它敞开了这张门了。看样子它现在不谈,也是不得下地,它每天紧张,它不晓得我们要怎么样干。那好,就谈吧。跟美国的事,就大局上说,还是谈判解决,还是和平解决,我们都是爱好和平的人民嘛。它前天那个东西,前面很硬,后面就软了,就是雷声大,雨点小。"

以这样调侃的口吻说国际大事,引得大家哄堂大笑。

485

毛泽东又说:"我们整金门,我们是整蒋法,这是我们国内的事。"

大家又笑。

毛泽东继续讲:"当然,整台湾也是整蒋法了,不过那个地方有你美国兵,我还是暂时不去。你过去谈判又那么冷淡,中断了好几个月。现在你想谈,那好,可以谈。你不打它就不想谈,要把这个绞索捏紧一下,它感到痛了,它说,好好好,我们来谈吧。你不捏它就不谈。"

9月8日,最高国务会议继续举行。

毛泽东说:"我们前天发表了声明,美国跳起来欢迎。他们是4号声明,我们是6号声明。"

周恩来插话:"他回答也是6号。"

毛泽东打着手势潇洒地说:"它6号是第二个,是回答我们的。跳起来欢迎,可见如获至宝,就是说可以不打了。"

这一下,中共中央摸到了美国人的底。我们力求避免与美国人发生直接冲突,美国人也极力避免同中共发生冲突,国民党方面则千方百计想拖美国人下水。摸到底就好应对了。

驻波兰大使王炳南应召回国,在中南海颐年堂向政治局汇报中美大使会谈情况。参加会议的有毛泽东、刘少奇、周恩来、朱德、张闻天等人。

周恩来说:"王炳南同志应召于前天回国,现在请他向政治局汇报前一阶段中美会谈的进展情况。"

毛泽东说:"如果不是美国到处乱伸手,我们这个星球本来平安无事,哪里来的什么'台湾问题'。解铃还需系铃人,只要美国一天不把台湾这个包袱从背上卸下来,他就一天不要想从中国脱身,六亿中国人民总要揪住他讲讲道理的。今天,我们把派出去讲道理的总代表请回来。炳南同志,你先说,这里你最有发言权。"

王炳南开始汇报前一阶段中美会谈情况,毛泽东听得很专注。

王炳南说:"由于我们掌握了真理,对美国无所畏惧,无所求,因此在

第15章
第三次台海危机——炮击金门

会谈中处于主动地位……"

毛泽东笑着插话："我们要台湾回归祖国，怎么就无求美国呢？"

王炳南一愣，立即反应说："台湾自古就是咱们中国的领土，是我们的地方，美国无权霸占，它本该交还我们，而不是我们去求它。"

在场的与会者都点头。

毛泽东笑道："总代表果然是舌战群儒，伶牙俐齿，了得了得！"

听完王炳南的汇报，周恩来说："会后，要指定专人起草一个中美会谈的新方案。"

同一天，毛泽东又召集刘少奇、周恩来、邓小平、黄克诚、王炳南、乔冠华等人，商谈中国政府关于缓和台湾地区紧张局势的方案。

毛泽东谈笑风生，比喻打得俏皮："炮打金门是我们先打的，不要赖在美国人身上，我们就是要欺负一下美国人，因为他们在中东混不下去了。伊拉克发生革命，搞得艾森豪威尔、杜勒斯神魂不安，决定派兵去黎巴嫩。我们就搞他一下。中国领土台湾、黎巴嫩以及所有美国在外国的军事基地，都是套在美国脖子上的绞索。我们炮打金门、马祖，杜勒斯似乎要钻进金、马绞索，把台、澎、金、马都包下来。这也好，给套住了。我们什么时候要踢他一脚就踢他一脚，我们主动，美国人被动。我们现在不是马上登陆金、马，只是试试美国人，吓吓美国人，把它套住。"

周恩来插话："已经套住啦，而且套得它喘不过气来。"

毛泽东又说："炮击金门，摸了一下美国的底牌，也不过如此。他不敢与中国打仗，我们也不想跟他打，也不想解放金门，把金门解放了，蒋介石就没有盼头了，就得后撤两百里，美国人正好帮他死守台湾，搞台湾独立或台湾托管。所以现在还不能把蒋介石从金门赶走。那就和吧！我们愿意通过谈判解决彼此之间的争端。"

最后，毛泽东说："台湾海峡的斗争我就委托恩来你们处理了，我后天离开北京，去湖北、安徽、南京、杭州、上海等地走一走。"

9月8日，周恩来接见在北京采访的曹聚仁，就台海局势分析说，美国目前是虚张声势，金门、马祖的蒋军有三条路可走。

曹聚仁问："请周公明示，哪三条路？"

周恩来说，第一条是与岛共存亡；第二条是全师而退，好处是金、马驻军占国民党军队的三分之一，这个数字我们不在乎，但对蒋介石有作用，可以作为跟美国讲话的资本；第三条是美国逼蒋撤退，这条路是很不光彩的。

曹聚仁忙着埋头记录着。

1958年9月9日，毛泽东在南下巡视前夕，特地在丰泽园接见了即将回华沙参加中美会谈的王炳南。

毛泽东说："炳南同志，上一回你说得多，我说得少。想了两天，有些意见还是要发表出来，供你参考。我要到南方去走走，走之前，跟你再谈谈。"

"在会谈中，我方提出的方案，应当是一个争取主动，并使美国陷入被动的方案。在同美国人的会谈中，你要多用一种劝说的方法，譬如说，你们美国是一个大国，中国也不小，你们何必为了仅仅不到一千万人口的台湾岛屿，与六亿中国人民为敌呢？你们现在的做法究竟对美国有什么好处呢？"

王炳南说："是，我也意识到，谈判中的态度很重要。"

毛泽东引导说："在会谈中，要多用脑子，谦虚谨慎，说话时不要对美国人使用板门店谈判那样过分刺激的语言，不要伤害美国民族的感情。中国人民和美国人民都是伟大的民族，应该和好嘛。"

王炳南在笔记本上记录着。言者谆谆，闻者诺诺。

毛泽东还对在座的人说："在王炳南返回华沙时，由新华社发一条消息，就说王炳南回国述职完毕，敲锣打鼓送送他。"

在人民大会堂记者招待会上，周恩来代表中国政府宣布："现在，美国政府又表示愿意通过和平谈判来解决中美两国在台湾地区的争端，我们欢迎。为了再一次进行维护和平的努力，中国政府准备恢复两国大使级会谈。"

第15章
第三次台海危机——炮击金门

9月10日，周恩来再次接见曹聚仁说："曹先生，你明日即返香港，以最快办法转告台方，为了宽大并给予蒋方面子，我们准备以七天的期限，准其在此间由蒋军舰运送粮食、弹药和药品至金门、马祖。但前提条件是决不能由美国飞机和军舰护航。内战问题应该自己来谈判解决。"

曹聚仁问："怎么解决呢？"

周恩来："可以告诉对方，应该胆量大一点，学学西哈努克的做法。美国可以公开同我们谈，为什么国共两党不能再来一次公开谈判呢？"

外交是要为国家利益服务的。蒋介石及台湾当局关于中共"炮击金门即解放台湾的前奏"的宣传，并不能使美国改变自己的世界战略。美国在帮助台湾的同时，也不愿和中华人民共和国敌对到底。

9月15日，中美大使级会谈在台湾海峡形势十分紧张的情况下，从日内瓦移到华沙重新开始。

会场布置既简单又考究，四张大桌子排成一个长方形，双方代表分两边相对而坐，代表团团长坐在中间，两侧分别为各自的顾问和译员。

下午3时，王炳南和美国驻波兰大使雅各布·比姆入席，彼此点头致意。

王炳南客气地说："请美国首席代表比姆先生先发言。"

缺乏幽默感的比姆，站起来一本正经说："我奉命代表美国政府，要求中国方面停止对金门、马祖几个岛屿的炮击。美国承认，中美长期以来对台湾及其附近岛屿存在着严重争议，美国并不要求任何一方在这个阶段放弃自己的意见，美国的目的是消除可能被对方视为战争挑衅的行动，否则，军事行动将可能扩大。"

他用呆板的声调继续说："中美的共同任务是缓和台湾海峡的紧张局势。"

王炳南站起来，平静地反驳说："比姆大使先生，你无权代表台湾当局说话，无权提出停火的建议，中美之间并没有交战。台湾及澎湖列岛是中国的领土，解放台湾和澎湖列岛是中国的内政，包括金门、马祖。"

在第一次会议上，中方代表王炳南提出方案：建议双方共同发表声明，保证通过和平谈判解决中美之间在台湾和远东其他地区的争端，并达成了五点协议。

中华人民共和国的代表与美国代表在华沙谈台湾问题，这无疑使置身谈判桌外的当事者台湾当局颇为难堪。蒋介石只好声明：现在华沙进行的会谈，只是美国与"共匪"两方面的行为，而说不上是三方面的关系，而且在根本上是我们不赞成的。

台湾"行政院长"陈诚公开宣称：中美华沙大使级会谈，"如果有任何涉及及损害我国权益之决定，我国概不承认"。

9月17日，蒋介石在接见美国记者时，大喊大叫：中共对金门的挑衅行为，实在就是进犯台湾的序幕。其目的当然是占领台湾，企图以战争威胁美国退出台湾海峡，即清算美国在亚洲的威信及其势力；同时要闯入联合国，取代国民党的代表权。

夜晚，中南海西花厅。在台灯的光晕下，周恩来给南巡的毛泽东写信："已电告王炳南，先与美方周旋，逼其先我露底，估计美方可能先提停火，再提沿海岛屿非军事化，已指示王炳南予以驳斥。"

夜深人静，住在武昌东湖的毛泽东，伏在灯下给周恩来写信："华沙谈判，三四天或者一周以内，实行侦察战，不要和盘托出。彼方亦似不会和盘托出，先要对我们进行侦察。"

可是，中方代表在第一次会议上就"和盘托出"提出了方案，显然是太急了一点。

在中南海西花厅，周恩来召集陈云、彭真、张闻天、黄克诚、廖承志、章汉夫、乔冠华开会。

周恩来说："华沙谈判，我方代表过早地提出方案，给美方代表产生一个错觉，误以为中国政府急于解放金门、马祖，便想趁机抬高要价，态度再次强硬起来。"

第15章
第三次台海危机——炮击金门

章汉夫说:"我方提出方案三天以后,9月18日,美方正式提出一个停火方案,要中国放弃对金门和马祖群岛使用武力或武力威胁。同一天,美国国务卿杜勒斯在联合国大会发言,也提出要尽快停火,会谈再次陷入僵局。"

周恩来说:"双方都提出了方案,彼此都露了底,美国知道我们目前不会扩大战事到台湾,我们知道美国不愿卷入金马战争。蒋介石希望金门战争扩大,拖美国下水;美国想压我们停火,摆脱它的被动地位。根据这些情况,我们认为,针对美国的停火要求,我们应该从各方面进一步要求美军停止挑衅,和从台湾和台湾海峡撤军的活动,这才是缓和局势的迫切前提。我们商量几条具体措施,我立即写信给主席请示汇报。"

9月19日凌晨,已到合肥的毛泽东收到周恩来的电话传达的信,凌晨4时即复信:"18日夜来信收到,极好,有了主动了,读完后很高兴,即照办。你来信及我这封复信,请即转发王炳南、叶飞二同志,使他们明白我们这种新方针,新策略,是主动的、攻势的和有理的。高屋建瓴,势如破竹,是我们外交斗争的必须形态。"

对蒋介石一再强调的金门等岛屿的重要性,美国及其他西方国家都不持认同态度。日本及英国曾先后提出要国民党军队撤出金门、马祖,将金、马变成"中立区",以结束台海炮战的建议。美台之间对金门战略地位的歧见,随着炮战深入而日见扩大。

9月30日,杜勒斯举行记者招待会。他公开说:"如果台湾海峡地区获得相当可靠的停火,国民党军队继续驻在金门、马祖等岛屿就是不明智的,不慎重的。美国将赞成国民党军队从金、马撤出。我们没有保卫沿海岛屿的任何法律义务,我们不想承担这种义务。"杜勒斯甚至公开表示,如果能为解决问题提供机会的话,他愿与中国总理周恩来会面磋商。

美国的如意算盘是,台方从这些靠近大陆的岛屿"脱身"后,台湾与大陆的最后一点联系便分割了,台湾彻底飘出了大陆的视野,在台湾海峡就划出了一条永久停火线,"划峡而治"、分裂中国的目的就达到了。

"岂有此理！"听着杜勒斯声明的蒋介石骂一声，将收音机关掉。

他情绪激动地对蒋经国说："不明智、不慎重的是美国，不是我们！美国与中共谈判才是不明智的。我们决不接受任何与大陆有关的安排！"

杜勒斯的谈话在台湾引起轩然大波。

蒋介石吃完早餐，从餐室走出，在庭院散步。他踱到水池前，在一张石凳上坐下，将饼干屑均匀地撒散水中，逗引着成群的金鱼蜂拥到池边抢食。这是他的一好。他给每条鱼都取了名字，他像检阅部队一样一边喂一边点名，自得其乐："南京、溪口……呃，金门、马祖呢？"

他转身又问蒋经国："为什么今天'金门''马祖'还没有出来吃？"

"'金门''马祖'出了问题！"蒋经国回答得岔了题。

蒋介石不悦地说："我说的是金鱼'金门''马祖'。"

蒋经国说："阿爸，顾不上金鱼啦。杜勒斯发表讲话，要我们放弃金门、马祖。"他把电报递给蒋介石。

"岂有此理！"蒋介石扫了一眼，十分恼火地说，"杜勒斯如此胡言，这叫我们怎么保卫金门？要我放弃金门、马祖，等我死了以后！"他撒一把饼干屑到水池，"我硬是不从金门、马祖撤退，就是要拖住美国不放。"

蒋经国见他太愤怒，劝道："阿爸，你不要发火，以免影响身体。"

蒋介石依然怒火难消，将手中茶杯使劲往地上扔，大吼道："1954年8月24日，杜勒斯是怎么讲的？他说我们美国已决定协助台湾防守本岛和外围岛屿，现在又这样胡讲，太不像话！"

蒋经国说："我请来了记者。"他向后面招手，"阿爸向他们发表讲话吧！"

蒋介石恼怒地对记者说："台湾军民坚决反对减少外岛、包括金门的驻军！假定杜勒斯先生真的说了那句话，那也只是片面的声明，我国政府并无接受的义务！"

他态度激昂起来："金门之战到了生死关头，我将不考虑盟邦的态度如

第 15 章
第三次台海危机——炮击金门

何而瞻前顾后，我要作出我自己的决定！"

记者离开后，蒋介石又对儿子强调说："金门是中华民国福建省的省府，金门、马祖是反攻大陆的前哨阵地。无金门即无台湾，有台湾便有大陆。我们将不对任何压力屈服，决心打到最后一个人！"

蒋经国说："经国明白！看来，那边也无意让我们撤出金、马，既不想让我们撤，也不登陆，就吊在那里。"

蒋介石点头："他们是吊美国人。毛泽东鬼着呢，我看出来了，他觉得台湾在我手里，他比较放心。他们也不愿意台湾被联合国托管嘛。"

蒋介石父子合影。撤退台湾后，蒋经国越来越受到蒋介石的器重，成为台湾继蒋介石之后未来统治的默认的继承人。（历史图片）

台湾"外交部"也于10月1日发表声明，强调金门等外岛对台湾的重要性，"无金门即无台湾"，驻兵绝对必要。台湾将维护其权益，任何足以损害其权益的安排，台湾"自不受其拘束"。

10月6日，蒋介石接见英国记者时表达了更为强硬的立场："金门是我们最后的防线，也是自由世界的远东前哨据点，我们必须保有该岛，作为台湾的屏障。"不同意台湾外岛非军事化，或甚至由外岛作象征性撤退的任何建议，台湾军队准备在无外援的情况下，"独立作战"。蒋介石并要求美国立即停止在华沙的中美大使级会谈。不久之后，美国国防部长麦艾乐访台，在与蒋介石的会谈中，曾试探性地提出关于"减少台海岛屿国军之可能性的任

493

何意见"，遭到倔强的蒋介石断然拒绝。

在蒋介石的默许下，台北多家报刊纷纷抨击杜勒斯"背信弃义""不怀好意"，台湾新"外长"黄少谷则指责杜勒斯为"国际政客"。一时间，杜勒斯这个蒋介石的老朋友被骂得狗血喷头，一无是处。

在毛泽东南巡的轮船上，早上8时，陪同南巡的张治中被请到毛泽东的住室谈话。

张治中一见穿着睡衣的毛泽东，就笑着问："您昨晚到底睡觉没有？"

毛泽东说："还是前天睡的呢！昨晚开了五个会，累了，找你来吹吹。"

张治中建议："主席，我对迟迟不登金门、马祖很不理解，这次要是解放台湾做不到，至少要把金门、马祖拿回来呀。机不可失，时不再来嘛。"

"你比我还急呀！金门、马祖不想要了，统统都归蒋委员长暂时看管着。我们少了金门、马祖也可以活下去嘛。"毛泽东凝视着奔腾的江水说，"文白，我不是不想拿下金门、马祖，只是不那么简单。"

张治中不解地说："前线形势很好啊，金、马可以说是手到擒来。"

"我们面对的不仅是蒋介石，而是美国，把美国也擒来？"毛泽东说着笑了。

张治中说："你不是说美国是纸老虎吗？"

毛泽东说："它是纸老虎。一次，美国军舰为国民党运输船队护航，抵达金门港口时，我下令猛烈开炮，美舰马上掉头就跑了，国民党船队遭了殃，哭天骂地的。是不是纸老虎？"

张治中笑着点头。

讲究辩证法的毛泽东语气一转："可它又是真老虎！目前美国在台湾海峡集中了美国所有十二只航空母舰中的六只，重巡洋舰三只，驱逐舰四十只，航空队两个。实力相当强大，不可轻视。美国有原子弹，我们只有手榴弹，跟一个有原子弹的敌人开战，不是好办法。因此，我们采取的方针是打而不登，断而不死，就是封锁金门，断其后援，但不能把人家困死。"

第15章
第三次台海危机——炮击金门

张治中由衷地说:"佩服,佩服,不愧是战略高手!"

毛泽东笑说:"文白,我们有口头协议的,不许给我戴高帽子。"

张治中也笑了:"心悦诚服的评价,不属于高帽子嘛。"

9月29日,南巡归来,毛泽东正在菊香书屋为新华社写他南行视察的消息。周恩来进来报告:9月24日,国民党空军出动二十四架F-86型战斗机,袭击温州地区上空。空战中,国民党首次使用了美国提供的"响尾蛇"空对空导弹。解放军飞行员王自重掉队,与十二架敌机激战,击落对方两架,自己被"响尾蛇"击落。

毛泽东听了有些难过,许久不说话。

周恩来说:"驻苏大使刘晓,从莫斯科拍来电报,说赫鲁晓夫在雅尔塔接见了他,说如果中国政府提出要求的话,苏联可以派一批带有导弹的图-16型轰炸机到中国来,并配备苏联飞行员,打击蒋介石军队,构成对美国的压力,体现社会主义阵营的强大。"

"台湾海峡已经够热闹了,赫鲁晓夫也想来凑热闹。请神容易送神难呀!"毛泽东断然说,"不要!不要飞机,也不要导弹部队。"

周恩来说,看来,他们还是想控制我们沿海,控制福建那个地方,跟美国在台湾驻扎美军一样。

毛泽东说,那样一来,以后我们有什么动作都得问他,像蒋介石有什么动作要问美国一样。这些我们不干,我们统统给他顶回去。

周恩来又报告:国民党空军发射的"响尾蛇"导弹,有好几枚坠落地面,并未爆炸,完好无损,被当地居民捡到,已送往国防部科研部门。

毛泽东笑道,太好了!蒋介石这个运输大队长还在当,又无偿地给我们送来空对空导弹。要感谢他。恩来呀,防不胜防啊,我们要研制自己的空对空导弹!

周恩来说,我马上通知空军刘亚楼司令,要他抓紧研制。

周恩来刚要告辞,毛泽东把写好的消息给他说:恩来,我这个老报人为

495

新华社写了条消息，你交给他们。

周恩来接过读起来："此次同行者，还有张治中将军……"

中央人民广播电台广播了这则消息："……张治中是人民代表和国防委员会副主席。他对工业农业'大跃进'感到兴趣。他很关心在台湾的那些过去和他有联系的人们……"

在北京东总布胡同张治中住所，张治中和夫人洪希厚在家里专注地听广播："……希望他们认识美帝国主义的罪恶，走到爱国主义的道路上来。"

张治中对洪希厚说，毛主席邀我陪他南行，用意在这儿呀！我要对台湾发表广播讲话，呼应一下！

乘中共再次大规模炮击金门间隙之机，美国又打起主意促使蒋介石从金门、马祖撤退。蒋介石多次表示台湾将决心固守金、马，"不容为了考虑盟邦态度如何而瞻顾徘徊"，若至紧急关头，台湾将独立与大陆作战。

美蒋之间在大陆沿海岛屿问题上的不断冲突，实质上是"两个中国"与"一个中国"的矛盾，蒋介石力图扩大美台《共同防御条约》的适用范围，拖住美国迫使其承担沿海岛屿的防御，以维持与大陆间联系的纽带，并利用美国想保住台、澎的心理，极力大肆渲染金、马与台、澎之间的内在联系，坚决不撤出金、马。蒋介石也深知，任何放弃领土完整的统治者必为人民所唾弃，因而在涉及领土问题上不愿向美国人作过多的让步。

■ 支持蒋氏父子跟美国人斗

面对金门前线形势出现的新变化，中共中央当即决定采取"联蒋抗美"的政策，一方面在华沙揪住美国人讲讲道理，一方面对金门、马祖采取打打停停的策略，对蒋介石既不放松，也不逼得太紧。

当毛泽东得知杜勒斯要蒋介石从金门、马祖撤军的讲话后，十分重视。

他拿着译稿对翻译说:"请你重新核对原文。杜勒斯所使用的'stupid'与'foolish'在英文词典中,有几层意思?"

翻译说:"主席,这两个词含有愚蠢的、蠢笨的、不明智的、昏乱的、没有头脑的等意思。"

毛泽东幽默地说:"杜勒斯骂蒋介石老祖宗了!"

在一旁的周恩来说:"《纽约时报》9月下旬公布了一份材料,说美国国务院和白宫收到了五万封公众来信,有百分之八十的信件反对美国为台湾防守沿海岛屿。英国、加拿大、泰国、菲律宾、澳大利亚等国都纷纷表示不愿卷入台湾冲突里。艾森豪威尔迫于国内外压力,要求美国制定放弃卷入金门、马祖的政策。"

毛泽东对周恩来说:"杜勒斯的声明,表明美国打算逼蒋介石从金、马撤退。我们要是收回金、马,就执行了杜勒斯的政治路线。美国当前的政策是脱身金、马,霸占台湾。看来,还得我们来帮助蒋介石守住金、马呢,要搞'联蒋抗美'了。我不肯听赫鲁晓夫的指挥棒,蒋介石也不愿完全听从杜勒斯,我喜欢他这一点。"

周恩来赞同说,那就支持蒋氏父子跟美国人斗。

毛泽东又说:"让蒋介石跟美国人斗,蒋介石和蒋经国都有一点反美的积极性。美国要派大批陆军到台湾驻扎,蒋介石不同意,只允许美国派团一级的部队驻在台湾。我们和蒋介石是有共同点的,是可以在一定程度和一定范围内联合反美的,不让美国完全霸占台湾。"

周恩来笑说:"外国评论家说,毛泽东是台湾最好的代言人呢。"

毛泽东笑了:"代言人何止我一个。开政治局常委会!"

在中南海勤政殿的政治局常委会上,周恩来首先说:"杜勒斯的讲话,表明美国想趁目前这个机会,制造'两个中国',要我们承担不使用武力解放台湾的义务。以此为条件,美国可能逼迫台湾从金、马撤退。一句话,是以金、马换台、澎。这同我们在华沙中美会谈上摸到的底牌是一样的。"

刘少奇说:"中美双方都在摸底,在华沙如此,在金门也如此。现在双方都比较了解对方的意图了,美国人也知道我们并不想在最近时期解放台湾,也并不想同美国迎头相撞。"

邓小平说:"公平地讲,在台湾海峡的对峙中,双方都比较谨慎。我们在八九月间的火力侦察是对的,迫使美国人不得不考虑怎么办。同时,我们只打蒋舰,不打美舰,这也是谨慎的,克制得当。"

毛泽东接着说:"侦察任务已经完成,下一步棋怎么走呢?对于杜勒斯的政策,我们同蒋介石有共同点,都反对将台湾海峡作为隔绝国共双方和分裂中国的界峡,都反对'隔峡而治',都反对两个中国。他自然坚持他是正统,我是'匪';第二,都不会放弃使用武力,他念念不忘反攻大陆,我也绝不会答应放弃台湾。但目前的情况是,我们在一个相当时期内不能解放台湾,蒋介石反攻大陆呢,连杜勒斯也认为'假设成分很大'。剩下的问题是对金、马如何?蒋是不愿撤出金、马,我们也不是非登陆不可。可以设想,让金、马留在蒋介石手里如何?"

周恩来说:"留在蒋介石手里比较可靠,为了回大陆,他死也不会放弃金、马。那就总有一天会回到大陆上来。"

毛泽东把话说得更透彻:"这样做的好处是金、马离大陆很近,我们可以通过这里同国民党保持接触,什么时候需要就什么时候打炮,什么时候需要紧张一点就把绞索拉紧一点,什么时候需要缓和一下就把绞索放松一点,不死不活地吊在那里,可以作为对付美国人的一个手段。对于我们来说,不收复金、马并不影响我们建设社会主义。反之,如果我们收复金、马,或者让美国人迫使蒋介石撤退金、马,就把蒋介石逼上绝路了,会在事实上形成'两个中国'。"

邓小平心领神会:"这样好,让蒋军留在金、马,使美国人背上这两个包袱,时不时挨我们踢一脚,提心吊胆。"

周恩来又说:"美国可能在中美会谈时提出三个方案:一是要我们停

止打炮，蒋方减少金、马兵力，美方声明金、马在《共同防御条约》范围之内；二是要我们停止打炮，蒋方减少金、马驻军，美方宣布《共同防御条约》仅限于台、澎；三是要我们停止打炮，蒋方从金、马撤退，双方承担互相不使用武力义务。这三个方案都不能接受，因为三者的实质都是制造'两个中国'，使美国霸占台湾合法化。中美会谈拖下去也好，可以拖住美国人，力求避免美方或其他西方国家把台湾问题提到联合国去。"

毛泽东总结道："拿下金门，虽然也会胜利一时，痛快一时，但海峡两岸拉大了距离，势必为最后的统一大业带来更多的麻烦。我们的方针还是打而不登，断而不死。打也不是天天打，打打停停，一时大打，一时小打。但宣传上要大张旗鼓，大喊大叫。我们跟蒋介石呢，还是通过谈判来解决金、马，以至台、澎问题。"

散会出门时，毛泽东对周恩来说："你可以见见曹聚仁，把消息向他透露一点，让他把我们主要是对美不对台的底细，转告蒋氏父子。他是名记者嘛，跟蒋经国有交情。"

周恩来顾虑地说："我就怕他像上次那样，又拿到报纸上去捅。"

毛泽东说："我准备在10月6日公开发表《告台湾同胞书》，他没有必要提前去海外报纸发消息嘛。"

毛泽东意识到，如果再向蒋介石施压，势必导致蒋介石向美国就范。那么，金门岛上的蒋军除了崩溃外，就只有重演一次大撤退。如果只能夺取金、马两岛，而不能同时解放台湾，那么国共之间在地理上的距离将由不足十公里，扩大至一百多公里，且隔着一道台湾海峡，接触就更不方便了。

因此，毛泽东决定把绷紧的弦松一松，指示福建前线暂停一两天直到一个礼拜不打炮，又发展到单日打炮双日不打炮，并于10月6日发表亲自起草的《告台湾同胞书》。

有趣的是，在毛泽东《告台湾同胞书》发表的前一天，即10月5日，那家与曹聚仁关系密切的《南洋商报》，发表了独家重要新闻，署名"本报驻香港记者郭宗羲三日专讯"。新闻称：

> 据此间第三方面最高人士透露，最近已有迹象，显示国共双方将恢复过去边打边谈的局面。据云：在最近一周内已获致一项默契，中共方面已同意从10月6日起，为期约一星期，停止炮击、轰炸、拦截台湾运送补给在金门、马祖的一切船只，默契是这些船只不由美舰护航。

一家远在新加坡的民间报纸，能够事先准确披露北京高层的重要决策，引起有关各方的刮目相看。蒋经国就非常关注来自《南洋商报》的特殊消息，他知道老朋友曹聚仁的身影活跃在这些特殊消息之中。

一直陪同曹聚仁的徐淡庐后来回忆说："金门炮战开始后，毛主席、周总理、陈毅副总理都接见了曹聚仁，让他赶快回到香港收集海外对金门炮战的反应。金门炮战间中央派我到广州蹲点，派曹聚仁去香港，我在广州等待曹聚仁的消息，让他将消息告诉我，由我打长途电话给总理办公室。"

以彭德怀名义发表的《告金、马、台、澎军民同胞书》，却使蒋介石与杜勒斯的斗气升级。因为在《告金、马、台、澎军民同胞书》中提到了杜勒斯的谈话，并说："美国人总有一天要抛弃你们的，你们不信吗？历史巨人会出来作证的，杜勒斯9月30日的谈话端倪已现，站在你们的立场，能不寒心？"

这又把蒋介石的火气挑起来了。他火速召来"外交部长"黄少谷，说："杜勒斯的那个谈话影响太坏了，共军现在就用他的谈话挑拨我们与美国的关系，你知道吗？"

黄少谷说知道了，杜勒斯9月30日的谈话的确糟糕透了，其副作用已显现出来。

蒋介石说："我已考虑了两个意见：其一，马上以外交部的名义向美驻台大使庄莱德作交涉，强烈要求美国国务院否认杜勒斯9月30日的谈话；其二，我马上举行美英记者会，反驳彭德怀的那个东西。"

这天晚上，蒋介石在台北举行美英两国驻台记者会，他说："内地的广播都是骗局，目的是离间台美关系。金门之战台美合作打胜了一个回合，只要继续合作就可以击败大陆中共。大陆提出的停火是恶毒的阴谋，在于打击台湾的民心士气，台湾方面绝不予以理会。"

蒋介石跟杜勒斯的义气虽然还在，中美大使级会谈却照常进行。在1958年第八十次会谈上，中国大使宣布了中国停止炮击的声明，但同时指出，解放军暂时停止行动跟美方在两次会谈中提出的停火建议，是风马牛不相及的两回事。

这天正值双日，即我军不向金门打炮的日子。

缺乏幽默感的比姆，突然高兴地说起幽默话来："今天是双日，是贵军不向金门打炮的日子，真是令人高兴。我希望永远停止炮击。"

王炳南笑着说："比姆先生，打炮不打炮，是我们的单方面行动，与中美会谈无关，会谈应该讨论美国全面地从台湾撤军。"

比姆尴尬一笑，随即收起笑容，不再言语。

中美会谈虽然在攻打金门的炮声中恢复了，但会谈除了更明确了各方的意图外，没有任何实质性进展。王炳南在有一次的会谈结束后对比姆大使说："大使阁下，你刚才的讲话使我想起了中国的一个成语'旧瓶装新酒'。你不能企图仅仅更换一个标签，中国就把那杯酒喝到肚里去。"

比姆苦笑着说："王大使，美国的苦酒你无法下咽，而中国的烈性酒看来我也难接受。"

双方还得继续谈，中国人还得揪住美国人继续讲道理。

"停停打打"的炮击方式，让美国人迷惑不已。中美会谈仍在不会有任何结果的情况下继续，中美双方显然都愿意保持这个对话渠道，两国大使虽然以各说各话的方式交流，但谁也不愿意把会谈的大门关上。

■ 有武戏也有文戏，才热闹好看

1958年国庆节，天安门广场举行了隆重的阅兵式。

阅兵式后，毛泽东从休息室走出来时，遇到彭德怀，关心地问："今天有没有金门的消息？"

彭德怀说："到中午12点以前，国民党的飞机已经到金门空投了将近五十架次，次数比往常多。"

毛泽东问："有没有美机掩护？"

彭德怀说："有，都在公海上巡行。"

毛泽东一笑："趁我们过国庆节钻空子来喽！"

彭德怀说："聂凤智请求作战，要对空投的国民党飞机揍它两下。"

毛泽东问："美机开火怎么办？"

彭德怀说："空军地面观察所经过观察，找到了间隙，低飞突袭，打了就跑。"

毛泽东沉吟半晌，没有回答，又回到城楼栏杆那里检阅群众去了。

10月2日，毛泽东在中南海书房回答彭德怀说："你昨天说的事，我考虑了两天，决定批准空军的作战请求，要强调我机不飞出领海，不轰炸金门。"

彭德怀问："主席，下一步的战略打算是什么？"

毛泽东简捷回答："战是为了和，打是为了谈。金门目前状况怎么样呀？"

彭德怀说："国民党整个白天没有敢到金门空投，只是夜间空投还在进行。从外海驶来的水陆输送车在炮火下还有零星登岸。平均日运输量已经大为降低，只能达到金门守军每天最低需求量的百分之四十左右，守岛部队处境日益恶化。再过十多天，岛上十万部队将不战自溃。"

毛泽东大吃一惊："噢？这么严重？战略该转喽！"

彭德怀问:"战略方向要转?"

毛泽东说:"我们现在手里只有手榴弹,没有原子弹,跟一个有原子弹的敌人开战,不是好办法。因此在炮打金门过程中,我们的方针是小心谨慎。美军舰护航,我们不打美国军舰,专打蒋介石的军舰。美国人也很小心谨慎,也是采取这样的方针,不触犯我们。我们提出十二海里领海权,美国人公开表示不承认,硬是要突破我国十二海里领海权,但是,它不在金门、马祖,而只在福建平潭那个地方突破一下,表示它不承认。我们没有打它,只是发出警告。它又突破一下,我们又警告一次,这样警告了四十次,美国人觉得老这样下去会有危险,现在就老实遵守我们的十二海里领海权了,只在公海上晃来晃去。"

经毛泽东这样一说,彭德怀当即表示:"明白了。"

10月2日,中南海突然来了许多外国朋友,他们是保加利亚、阿尔巴尼亚、罗马尼亚、蒙古、苏联、波兰六国参加我国国庆节代表团的代表,济济一堂。

毛泽东环视朋友们,眯起眼睛笑着谈起了当时的热门话题:"金门打炮,这是真打,但基本上还是文打。我们没有跟任何外国人开战。美国人要我们停火,每天都要我们停火。我们没有跟你打仗嘛!为什么停火?我们中国就没有跟你美国人开过战,就没有打枪,我们只是跟我们的蒋委员长、蒋总统打。我们这个国家有一个'总统'叫蒋介石,也是我们的老朋友,我们跟他这个仗打得久了,打了三十一年,1927年打起,还要打多少年,我也不知道,可能还要打七十年吧,合起来就是百年战争。"

毛泽东悠闲地抽着烟,看着翻译译完之后,停顿了一下,情绪更加热烈,调侃意味也更浓,湖南口音也明显了许多:"有一个蒋介石比较好,是不是?你们觉得有一个好还是没有好?没有蒋介石中国人民就不能进步,就不能团结起来,也不能武装起来。单是马克思主义是不能把中国人民教育过来的,所以我们除了马克思主义者的教员之外,还请了另外一个教员,这就是蒋介石。噢！这个人在中国可是做了很有益的事情，一直到现在还在尽他的历史责任。他的历史任务现在还没有完结，他还在当教员，他很有益处呀！不拿薪水，美国人发薪水给他，我们一个钱都不花，可是他给我们当教员。"

听懂毛泽东的幽默和讥讽意味的外国朋友，都"哄"地笑了。

调侃完蒋介石，毛泽东又调侃杜勒斯："第一个教员是马克思主义者，第二个教员才是杜勒斯，还要加上蒋介石，他还活着。杜勒斯现在搞得很不好办，他搞得很被动。人们责问他，为什么管到金门去呢？他总是拿朝鲜相比，说共产党又在搞朝鲜战争啦！人们说不像嘛，朝鲜是朝鲜嘛！金门是金门嘛！金门只有那么大，只有一个酒杯大。全世界除了杜勒斯，都说金门是中国的岛屿，金门问题是中国的内政。所以他现在搞得很不好办事啦！我们还要继续使他处于困难地位。不要轻易饶他！不要轻易让他溜掉！在这个地方大概他一时也相当难溜。"

"好！那么打起仗来怎么办哪？谁要打仗呀？我们是爱好和平的呀，这个叫打文仗，不叫打武仗。我们是要惩罚蒋介石。这个教员哪，我们又要感谢他又要惩罚他，也给他以批评嘛。学生也可以给先生以批评，就是用大炮批评他。"

毛泽东在快乐的笑声中结束谈话。

毛泽东起草的《告台湾同胞书》写起来一气呵成，酝酿时颇费了一番脑筋。10月4日，毛泽东起床后，在书房里踱步，吩咐秘书："今天我不批公文，不接电话，不见客！"

"哎！"秘书把沏好的茶放在桌上，轻轻走了出去。

整天里，毛泽东在书房沙发上静坐，吸着烟，喝着茶，苦思冥想着什么。

秘书给他准备的纸笔，静静地躺在桌上，他未著一字。在烟雾缭绕中，他在构想着什么。

5日凌晨，毛泽东披衣走到室外转圈，侧耳聆听雀鸟的鸣叫，扩扩胸，深

第15章
第三次台海危机——炮击金门

深呼吸了几口新鲜空气,身心放松地进入思考。

他似乎豁然开朗,突然止步,快步回房,在桌前正襟端坐,奋笔疾书。

5日早晨,毛泽东已把文稿一气呵成,修改了几个字,把笔一掷,吩咐秘书:速送各常委和彭(德怀)、陈(毅)阅。

秘书接过文稿,毛泽东喃喃道:"许多年了,我是诚心诚意想对海那边的老朋友们说几句奉劝话哩。"

10月5日8时,熬了一夜尚未睡觉的毛泽东,给彭德怀打电话说:"彭老总吗?还没有上床呢。为了留下一个与台湾通话的渠道,命令福建前线部队,不管有无美机、美舰护航,10月6、7两日我军一炮不发,敌方向我开炮也一炮不还。偃旗息鼓,观察两天,再作道理。"

毛泽东又对着话机说:"对,要发公告,我正在替你起草呢!"

至此,人民解放军炮击金门已进行了六周,金门守军已到了弹尽粮绝之境,而美国又不断强迫蒋介石从金门、马祖撤军,此时如果人民解放军发动登陆,金门唾手可得。美国、台湾当局直到此时都还没摸透毛泽东的真实意图,甚至参加炮战的广大人民解放军指战员也以为炮战之后是渡海作战,收复金门、马祖,然后旌旗直指台湾。人们万万想不到的是,此时毛泽东却戛然而止,从维护祖国领土完整的大义出发,以其特有的气魄和眼光决定"联蒋抗美",暂不收复金门、马祖。

他已经在考虑停止炮战了。

10月5日,新加坡《南洋商报》发表专讯,署名"本报驻香港记者郭宗羲3日专讯",透露了停止炮击一星期的特大消息:"……据云,在近一周内已获致一项默契,中共方面已同意从10月6日起,为期约一星期,停止炮击、轰炸、拦截台湾运送补给物资往金门、马祖的一切船只,默契是这些船只不由美舰护航。记者获得此消息后,即设法向此间接近双方人士采访,他即表示:'请看三两天,便可揭晓。'"

10月6日凌晨2时,毛泽东对召来的彭德怀说:"我考虑了两天一夜,决定暂停炮击一周,我起草了以你的名义发表的《告台湾同胞书》,拿去广播吧!"

彭德怀边看边笑说:"幽默风趣,尖酸刻薄,妙笔生花,人家一听,就知道不是我大老粗能写得出来的。"

毛泽东笑道:"要是广播电台发稿费的话,人家还是发给你哩。"

彭德怀也笑道:"那我就请你吃饭。我不会掠人之美的。"

这篇文风奇妙、幽默诙谐、脍炙人口的历史性文献,震响了海峡两岸的天空:

我们都是中国人,三十六计和为上计。金门战斗属于惩罚性质。你们的领导人过去长时间太猖狂了,命令飞机向大陆乱钻,远及云、贵、川、康、青海,发传单,丢特务,炸福州,扰江浙,是可忍孰不可忍。因此打一些炮,引起你们注意。台、澎、金、马是中国领土,这一点你们是同意的,见之于你们领导人的文告,确定不是美国人的领土。台、澎、金、马是中国的一部分,不是另一个国家,世界上只有一个中国,没有两个中国,这一点也是你们同意的,见之于你们领导人的文告。你们的领导人与美国人签订军事协定是片面的,我们不承认,应予废除。美国人总有一天肯定要抛弃你们的,你们不信吗?历史巨人会要出来作证的,杜勒斯的谈话端倪已见。站在你们的地位,能不寒心?归根结底美帝国主义是我们共同的敌人。十三万金门军民供应缺乏,饥寒交迫,难为久计。为了人道主义,我已命令福建前线10月6日起暂以七天为限期,停止炮击,你们可以充分自由地运输供应品,但以没有美国人护航为条件,如有护航,不在此例。我们与你们之间的战争,三十年了尚未结束,这是不好的,建议举行谈判实行和平解决,这一点周恩来总理在几年前已经告诉你们了,这是中国内部贵我两方有关问题,不是中美两国有关的问题。美国侵占台、澎与台湾海峡，这是中美两国有关的问题，应当由两国谈判解决。目前，谈判正在华沙举行。美国人总是要走的，不走是不行的，早走于美国有利，因为它可以取得主动，迟走不利，因为它老是被动。一个东太平洋国家为什么跑到西太平洋呢？西太平洋是西太平洋人的西太平洋，正如东太平洋是东太平洋人的东太平洋一样，这是常识，美国人应该懂得。中华人民共和国和美国之间未有战争，无所谓停火，无火而停火岂非笑话？台湾朋友们，我们之间是有战火的，应当停止，并早熄灭，这就需要谈判。当然再打三十年也不是什么了不起的大事，但是究竟是以早日和平解决较为妥善，何去何从请你们酌定。

《告台湾同胞书》不仅在《人民日报》发表，当日福建前线还用高音喇叭反复向金门、马祖广播。

据当时外电报道，此文播出，台、澎、金、马军民奔走相告，深得欢迎，在国际上反响也十分热烈。

《告台湾同胞书》的发表，标志着金门炮战进入新的斗争阶段，即以政治斗争、外交斗争为主，军事斗争为辅的阶段。

台湾阳明山官邸，蒋介石关掉收音机说，这肯定不是彭德怀写的，他是个大老粗。中共那里，只有毛泽东的文笔才这样老辣、俏皮。

蒋经国说，那就是毛泽东写的。

蒋介石说："共党得以坐大势，很大程度靠毛泽东，这个人文的武的都厉害。"

蒋经国说："这不光是文章，是一种策略。他要干什么呢？"

蒋介石有些发懵："不知道毛泽东又玩什么鬼把戏。在大陆的时候，他就常玩停停打打、半停半打的把戏，让我上当。指示新闻界要给予揭露！"

蒋经国说："只是口径难定，有的说是骗局，有的说是发动新攻势前的喘息,有的甚至说这是中共无条件投降,有的又说是离间中美合作的关系。"

蒋介石拍板说:"都靠点谱,就按骗局揭露吧,对美国人则要强调中共离间中美关系。"

蒋经国:"是!"

蒋介石高兴地对蒋经国说:"金门可以松口气了!要腾出手来,毫不留情地封杀台独势力,打击那些完全看美国人脸色行事的人。"

蒋经国说:"看来,毛泽东玩了美国人,帮了我们对付美国人和台独势力。"

蒋介石有些苦涩又有些得意地说:"唉,毛泽东这套把戏,逃不过我的眼睛。"

蒋经国忿忿说:"我们又被他耍了!"

蒋介石说:"他也帮了我们。但是,我不领情!"

在中南海丰泽园的政治局常委会上,刘少奇说:"《告台湾同胞书》发表后,反响强烈,有些西方报刊认为,这是台湾海峡两方关系以至中美关系发生变化的预兆。"

邓小平说:"美舰已经停止护航,也不再入侵我金门领海。只有蒋介石的'国防部'认为是中共的诡计。"

毛泽东风趣地讲起故事来:"这并非诡计,是阳谋。我给你们讲个不怕鬼的故事。《聊斋志异》中有一篇《青凤》,说的是狂生耿去病夜读于荒宅,一个鬼披发走进,脸黑漆漆的,瞪着眼看狂生。狂生不慌不忙,对着黑鬼笑,手指蘸上墨水把自己的脸也涂黑,就像我们现在看袁世海的花脸那个样子,与黑鬼对视,斗鸡眼,最后黑鬼惭愧地溜了。美国侵略者像不像那个黑鬼呀?"

说得大家哈哈大笑。

毛泽东认真说:"你不怕鬼,鬼也无可奈何。炮打金门、马祖的经过也是这样。"

第15章
第三次台海危机——炮击金门

停止炮击一星期后,为了再让金门军民得到充分的补给,给蒋介石更多的考虑和平解决的机会,毛泽东又决定再停止炮击两周。

蒋介石却对中共再停炮击两周很恐慌。他在官邸草坪接见记者时,宣称:"毛泽东的声明是'骗局',是为了离间台美感情,我劝美国不要上当。我们已经战胜了第一回合,宁愿冒继续炮击的危险,亦决不愿意美国盟邦退出护航。"

他提高声调说:"不撤退,不姑息,准备随时以更坚强的反击,对付中共武力的攻击!"

美国白宫总统办公室,富丽堂皇的圆形房间,装饰着奶黄色护墙板,四壁摆满了字画。一个穿灰色西装、脑袋很大的人坐在大桌子后的靠背椅里。这位脑袋特大、头发花白的老人就是艾森豪威尔总统。

他面前站着的美国将军说:"总统,中共停止两周炮击后,毛泽东突然宣布:他们将只在单日炮打国民党船队,而允许双日补给沿海岛屿的驻军。"

12月2日,厦门前线的对台广播反复播出这样一篇稿件:"金门全岛军民同胞注意:今日是十一月二号,是个双日,我们一炮未打,你们得到补给。明日,十一月三号是个单日,你们千万不要出来。注意!注意!"

这则有些幽默有些俏皮、亦庄亦谐的广播稿,是周恩来总理亲自拟写的。

艾森豪威尔挺纳闷地说:"我们都被毛泽东耍弄了一阵。我奇怪,我们是不是在进行一场滑稽歌剧式的战争了?"

美国将军说:"外电评论,说在这场炮战中,毛泽东、蒋介石都赢了,毛泽东是大赢家。"

艾森豪威尔跳了起来:"难道就我们输了?这个毛泽东,我真看不懂他!"

美国将军说:"总统,你可是第二次世界大战的英雄,怎么会看不懂

509

毛呢？"

艾森豪威尔跌坐椅里，叹息："看来我是老了！"

杜勒斯看出了点门道："我们都上了毛泽东的当。他炮打金门，原来是帮助蒋介石对付我们的。"

艾森豪威尔说："如果能说服蒋介石，把防线划到台湾和澎湖周围，美国卷入战争的机会将少得多。"

杜勒斯说："蒋介石很顽固，不管我怎么劝说怎么威胁，他就是不肯从金门、马祖撤军，拖住我们不放。总统先生，我很担心台海局势将影响共和党的下届总统选举。"

在金门炮击暂停期间，台湾和美国方面各打各的算盘，都打得挺精。

1958年金门岛上的美军士兵（历史图片）

美国把中共暂停炮击看成是他们强硬政策的胜利，18日宣布国务卿杜勒斯将于21日到台湾与蒋介石会谈。19日，美国军舰公然在金门海域为国民党军舰护航。杜勒斯称："如果共产党恢复他们的战斗以达到他们的政治目的，我们的措施就不可能具有在停火情况下本来可能具有的那种范围和性质。"

第15章
第三次台海危机——炮击金门

美国政府加紧了压迫蒋介石放弃金门、马祖的步骤，弄得蒋介石很恼火。

10月15日，蒋介石在回答《星期日泰晤士报》记者提问时，用尖锐的语言提出，美国关于台湾地位未定的说法和"托管"台湾的建议，是"空洞和愚蠢的"，重申了台湾无可争议的是中国领土。

此后，蒋介石和宋美龄夫妇还亲临金门，深入战壕巡视。

这一天，蒋介石偕宋美龄、蒋经国，哼着岳飞的《满江红》踱进金门岛一家照相馆。

他看到照相馆旁边有一家所谓"军防部特约茶室"，实际上是"军妓馆"，几个妖冶女子挤在门口想揽客，见是大员忙躲了进去。门前仍然贴着已陈旧的对联"金门厦门门对门，大炮小炮炮对炮"；另一副对联更奇特："大丈夫效命沙场，小女子献身报国。"

蒋介石皱紧眉头对蒋经国说："太不像话了，这种事还上了对联。"

蒋经国说："我把它撕掉！"

蒋经国和卫士撕对联时，穿着长袍马褂的蒋介石以平民姿态走进了照相馆，摄影师竟未认出来。及至对镜头时他才认出镜头里的光头，紧张得目瞪口呆。

"莫紧张，没关系。"经蒋介石再三抚慰，摄影师才定下神来拍照。

摄影师讨好说："我要把总统的玉照放大挂在大门口，一定利市百倍！"

蒋介石咧开嘴笑："放心做生意吧，金门还是我们的！"

蒋介石又拄着拐杖，同宋美龄和蒋经国走到炮兵阵地，坐在凳子上，从炮位上的望远镜里眺望大陆，喃喃地说："大陆在望啊！也不知毛泽东又在搞什么名堂？"

蒋介石透过观察镜，眼睛沉沉地落在厦门。

他离开观察镜，感慨说："厦门，别时容易见时难喽！"

这时，忽然从对面厦门高山广播站传来女广播员陈菲菲的声音："亲爱的金门同胞们、蒋军官兵弟兄们……"

蒋介石、宋美龄一怔，蒋介石醒过神来，指着天上命令："关掉，关掉！"

一旁的胡琏说："关是关不掉，天天吵。不过，我们的广播响了！"

果然，金门广播电台响起了："大陆同胞们，共军弟兄们……"

蒋介石兴奋地说："好好，天天播，年年播，对着吵，声音要大！"

此后，当时任"国防部政战部主任"的蒋经国还受蒋介石的委托，三赴金门、马祖前线慰问国民党驻军。

发表《告台湾同胞书》后，中共对金门、马祖的政策迅速调整，调整政策后的好处是：

第一，保护了蒋介石的民族性，使台湾不落到美国人手里，从而挫败美国人搞"两个中国"的图谋。

第二，金、马留在蒋介石的手里，就保留了一个大陆同台湾对话的渠道和维持联系的纽带，如果蒋介石让出金、马，使台、澎与金、马分开，台湾飘离大陆就更远了，双方将长期处于隔离状态。